CHARLOTTE LINK
Verbotene Wege

Buch

England 1789: Im Hafen von King's Lynn macht ein Schiff aus Amerika fest. An Bord befindet sich die kleine Elizabeth Landale aus Louisiana. Ihre Eltern sind ums Leben gekommen, und die Waise soll nun bei der Familie Sheridy aufwachsen. Schnell werden Elizabeth und Joanna, die jüngere Tochter der Sheridys, Freundinnen, wie man sie nur selten findet. Gemeinsam gehen sie manchen verbotenen Weg der Kindheit.

Verbotene Wege geht auch der junge Sir John Carmody. Obwohl adelig, gehören seine Sympathien dem unterdrückten Volk und den Ideen der Französischen Revolution. Als Elizabeth ihn zum erstenmal sieht, keimt in ihr eine Liebe, die ein Leben lang halten wird. Durch John lernt die in Wohlstand aufgewachsene Elizabeth bald die unüberbrückbaren Gegensätze des Lebens im England jener Jahre kennen: prachtvolle Bälle und bittere Not, Verschwendungssucht und Raub, Geborgenheit und Flucht. Voller Liebe und Überzeugung folgt sie ihm in den Untergrund, in unvorstellbares Elend, in die Illegalität. Da wird John eines Tages bei einem Einbruch, mit den er Bestechungsgelder beschaffen will, überrascht, und um John zu retten, erschießt Elizabeth einen Soldaten. Wieder sind sie auf der Flucht, sie müssen außer Landes gehen. Wenn sie sich retten wollen, gibt es auch diesmal nur verbotene Wege ...

Autorin

Schon mit sechzehn Jahren begann Charlotte Link ihren ersten Roman, *Die schöne Helena,* zu schreiben, der sogleich eine große Leserschaft fand. Heute lebt die junge Autorin als freie Schriftstellerin in München. Zuletzt erschien von ihr im Blanvalet Verlag der Bestseller *Das Haus der Schwestern.*

Als Goldmann-Taschenbuch
ist bereits lieferbar:

Die Sterne von Marmalon, Roman (9776) · Schattenspiel, Roman (42016) · Sturmzeit, Roman (41066) · Wilde Lupinen, Roman (42603) · Die Stunde der Erben, Roman (43395) · Die Sünde der Engel, Roman (43256) · Der Verehrer, Roman (44254) · Das Haus der Schwestern, Roman (44436)

Charlotte Link
Verbotene Wege

Roman

GOLDMANN

Umwelthinweis:
Alle bedruckten Materialien dieses Taschenbuches
sind chlorfrei und umweltschonend.

Copyright © 1986 by Wilhelm Goldmann Verlag, München,
in der Verlagsgruppe Bertelsmann GmbH
Umschlaggestaltung: Design Team München
Umschlagmotiv: Edward Matthew Ward
Druck: Elsnerdruck, Berlin
Verlagsnummer: 9286
BR · Herstellung: Peter Papenbrok/sc
Made in Germany
ISBN 3-442-09286-8

13 15 17 19 20 18 16 14

Die Gärten
von Heron Hall

1789–1790

I

Im Hafen von King's Lynn herrschte aufgeregte Betriebsamkeit. Trotz der heißen Mittagssonne hatten sich Scharen von Menschen am Ufer des Flusses eingefunden, der vom Meer her in die Stadt führte und dessen Wasser in schmutzigbraunen Wellen gegen die hohen steinernen Hafenmauern schwappte. Am wolkenlosen Himmel zogen Möwen schreiend ihre Kreise und erschreckten damit ein paar Pferde, die mit hängenden Köpfen, vor Kutschen gespannt, im Schatten einiger Häuser warteten. Matrosen fluchten lautstark, während sie Kisten herumschleppten, Leute beiseite schoben oder sich Wassereimer über die Köpfe schütteten, um sich für wenige Minuten abzukühlen. Es stank grauenhaft nach faulendem Fisch und altem, angeschwemmtem Tang. Die Sonne stach erbarmungslos, aber immer noch langten neue Kutschen oder einfache Bauernwagen an, gesellten sich Menschen zu der wartenden Menge. Die vornehmen Damen hielten spitzenverzierte Sonnenschirme in der Hand und fächelten sich mit großen Seidenfächern Luft zu, die einfachen Frauen hatten sich Kopftücher umgebunden und hockten sich oftmals auf die Erde, weil sie nicht länger stehen konnten. Hin und wieder fiel jemand in Ohnmacht, ohne daß dies große Aufregung hervorgerufen hätte. Bei derartigen Gelegenheiten gab es immer einige Leute, die nicht durchhielten, die Reichen, weil sie es nicht gewöhnt waren, so lange zu stehen, die Armen, weil sie nie genug zu essen hatten. Aber es wäre keinem eingefallen, wegen eines kleinen Schwächeanfalls nach Hause zu gehen. Man wurde in den Schatten geschleift, mit einem Riechfläschchen oder mit kaltem Wasser zu neuem Leben erweckt und konnte sich dann wieder unter die Wartenden einreihen.

Es war der 14. Juli 1789, ein Tag, der bedeutsam werden sollte in der Geschichte Europas, der aber über England als einer von hundert klaren Hochsommertagen aufgestiegen war und nun in einen brütendheißen Nachmittag überging, ein Tag, an dem alle Wiesen blühten, Vögel sangen, Grillen zirpten und der Sand am Meer hell und weiß leuchtete. Daß im fernen Paris das Volk auf die Straßen ging und in rasender Wut gegen die Staatsmacht die berüchtigte Bastille stürmte, daß alles, was über Revolution und Umsturz in der letzten Zeit gesprochen worden war, blutige Wirklichkeit anzunehmen begann, daß ein Ereignis unmittelbar bevorstand, das Europa verändern sollte, das alles wußten die Menschen in England an diesem Tag noch nicht, und sie dachten auch gar nicht darüber nach. Denn heute erwarteten sie ein viel wichtigeres und spannenderes Abenteuer. Im Hafen von King's Lynn sollte nach allen Berechnungen am Nachmittag die »Seagull's Flight« eintreffen, kein gewöhnliches Schiff, das zwischen den europäischen Häfen umherkreuzte, sondern eines, das unzählige Meilen über den Atlantischen Ozean zurückgelegt hatte. Ein Schiff aus Amerika.

Die Menschen in der Grafschaft Norfolk erlebten eine solche Ankunft nur selten. Schiffe aus Amerika steuerten meist die großen Häfen an der Südküste an, Plymouth oder Southampton oder Portsmouth. Diesmal jedoch sollte eine große Ladung Baumwolle aus Georgia für Kaufleute in Norfolk gebracht werden, und daher würde die »Seagull's Flight« in King's Lynn anlegen. Weswegen sich aber die vielen Menschen im Hafen versammelten, der Hitze trotzten und stundenlang warteten, geschah weniger um des Schiffes und seiner Baumwolle willen, als vielmehr wegen der zu erwartenden Passagiere. Jedes Schiff aus der Neuen Welt hatte Reisende an Bord, die mehr bestaunt wurden als irgendwelche verwunderliche exotische Wesen. Amerika faszinierte jeden Europäer. Es war so fern, so fremd, es sollte so groß sein, weit, abenteuerlich und bunt. Ein Land voller Versprechungen und Gefahren, und mochte man noch so verachtungsvoll von den Menschen sprechen, die in die unzivilisierte Wildnis gingen, insgeheim brachte man ihnen doch Bewunderung entgegen. Natürlich hatte jeder patriotische Engländer die Unabhängigkeitserklärung und den darum geführten Krieg verurteilt, aber auch dies geriet nun, nahezu zwanzig Jahre später, allmählich in Vergessenheit.

»Die Leute von der Seagull's Flight können glücklich sein, an einem so schönen Tag hier anzukommen«, meinte eine alte Bauersfrau, die sich einen der begehrten Plätze unter einem schattigen Baum erkämpft hatte, »sie müssen doch denken, sie sind im Paradies!«

»Verflucht armseliges Paradies«, entgegnete ein Mann, der neben ihr stand, »schau dich doch um! Die Menschen in diesem Paradies verrecken wie die Fliegen, und tut irgend jemand etwas dagegen? Nein, die Lords machen sich ein gutes Leben, und wir sind noch so verrückt und schaffen ihnen herbei, was sie dazu brauchen!«

»Hör doch auf mit diesen Reden! Lebst du etwa schlecht?«

»Er hat aber recht«, mischte sich ein anderer Mann ein, »und die in Frankreich haben schon längst begriffen, daß man irgend etwas ändern muß. Wir sollten das auch mal begreifen!«

»Na, und was würdest du ändern?« fragte die Frau spitz. »Keine Alkoholsteuern mehr, wie? Wäre bestimmt ein verdammt viel billigeres Leben für dich!«

Alle Umstehenden lachten. Es stimmte, was die Frau gesagt hatte. Seit König George III. William Pitt zum Premierminister gemacht hatte, fand dieser ständig neue Wege, um die englische Wirtschaft zu sanieren. Dazu gehörte auch, daß er nahezu alle Verbrauchsgüter des Landes mit hohen Steuern belegte, was die Engländer verärgerte, wegen des sichtlichen Erfolges für die englische Wirtschaft aber auch wieder besänftigte.

»Die Steuern sind nicht das schlimmste«, erwiderte der Mann, »aber freie Wahlen wären schon eine schöne Sache. Es ist doch lächerlich, zu den Wahlen überhaupt hinzugehen. Die Grundbesitzer einer Grafschaft stellen den Mann auf, den sie haben wollen, und dann schauen sie uns über die Schulter, ob wir unser

Kreuz auch an der richtigen Stelle machen. Und wenn nicht, dann haben wir am nächsten Tag keine Arbeit mehr, oder man findet uns mit zerschlagenen Knochen irgendwo halbtot in einem Straßengraben. Und das nennen sie Wahlrecht für alle!«

»Du hast eben auch keinen Mut«, sagte die junge Frau verächtlich, »wenn ich wählen dürfte, dann würde ich das Kreuz genau da machen, wo ich es will, darauf könnt ihr euch verlassen!«

Sämtliche Männer lachten höhnisch.

»Wahlrecht für Frauen ist das letzte, was wir jetzt gebrauchen können«, rief einer, »dann schon lieber Wahlrecht für die Katholiken!«

»Du lieber Himmel, ich wüßte nicht, was schlimmer wäre! Oh, Vorsicht...!« Alle wichen zur Seite, als plötzlich eine Kutsche schwungvoll schaukelnd um die Straßenecke bog und mit einiger Rücksichtslosigkeit in die wartende Menge hineinrollte. Es handelte sich um ein prächtiges Gefährt aus dunkelbraunem Holz, mit goldenen Wappen verziert und von vier Pferden gezogen.

»Die Lords glauben immer, sie könnten sich alles erlauben«, schimpfte ein älterer Mann. »Ich finde, daß...«

»Psst! Das ist der Wagen von Lord Sheridy. Der ist nicht schlecht wie so viele andere.«

»Er lebt sein gutes, reiches Leben, und tausend andere hungern!«

Die Kutsche kam zum Stehen, der Kutscher sprang herab und öffnete die Tür. Heraus stieg ein eleganter, grauhaariger Herr, vor dem sich sofort einige Umstehende ehrfürchtig verneigten. Jeder in der Gegend kannte Lord Sheridy, der große Ländereien besaß und viele Bauern für sich beschäftigte. Er galt nicht als Ausbeuter, wahrte aber eine Distanz zu seinen Untergebenen, die manche als unerträglich hochmütig empfanden. Dazu mochte auch sein Aussehen beitragen, das völlig dem landläufigen Bild des englischen Aristokraten entsprach und in seiner Vollkommenheit verwirrte. Auch jetzt lächelte er nicht, sondern nickte nur kurz, ehe er Lady Sheridy die Hand reichte, um ihr beim Aussteigen zu helfen.

Lady Harriet Sheridy war eher geeignet, Sympathien zu erwecken. Klein, zart und blond, stand sie ein wenig hilflos auf dem Platz, sah sich scheu um und schien sich an ihrem Sonnenschirm geradezu festzuhalten. Sie trug ein wunderschönes himmelblaues Seidenkleid und wirkte in dem dreckigen Hafen ganz fehl am Platze. Dennoch klang ihre Stimme erstaunlich befehlsgewohnt, als sie sich nun zur Kutsche zurückwandte und sagte:

»Agatha, komm mit den Kindern heraus!«

Eine ältere Frau in einfacher brauner Dienstbotenkleidung kletterte aus dem Wagen und hob nacheinander zwei kleine Mädchen heraus, die sie sogleich fürsorglich an die Hand nahm. Das ältere von beiden mochte etwa elf, das jüngere acht Jahre alt sein, Cynthia und Joanna Sheridy, beide ebenso hellblond wie ihre Mutter. Cynthia versuchte, gelassen zu wirken und sich gelangweilt umzusehen, während Joanna riesige, staunende Augen bekam. Schwungvoll riß sie sich von ihrem Kindermädchen los.

»Ist das Schiff schon da?« rief sie aufgeregt. Lord Sheridy hielt sie gerade noch fest, bevor sie, ohne eine Antwort abzuwarten, in der Menschenmenge verschwinden konnte.

»Bleib hier stehen«, befahl er, »das Schiff ist noch nicht zu sehen.«

»Hoffentlich kommt es bald«, sagte Harriet, »es ist schrecklich heiß hier.«

Joanna hüpfte von einem Fuß auf den anderen.

»Wann kommt es denn?« schrie sie. Harriet fächelte sich erschöpft Luft zu.

»Agatha, sorge dafür, daß die Kinder ruhig sind«, bat sie.

»Ich war ja ruhig«, warf Cynthia zornig ein. Sie mochte nie gern mit Joanna in einem Atemzug genannt werden.

»Ihr seid jetzt beide still«, sagte Agatha, »ihr seht doch, daß es eurer Mutter nicht gutgeht.«

Harriet hatte gerade beschlossen, sich wieder in die Kutsche zu setzen, um der Sonne zu entfliehen, als eine Dame sich aus der Menschenmenge löste und auf sie zueilte. Sie war etwa ebenso alt wie Harriet, aber größer und kräftiger. An ihrem Arm hing ein kleines, pummeliges Mädchen.

»Harriet!« rief sie lebhaft. »Harriet, wie schön, dich hier zu treffen!«

Harriet wandte sich um und erkannte Lady Viola Fitheridge, mit der sie seit ihrer Kindheit befreundet war. Viola lebte ganz nahe bei den Sheridys, doch sie und Harriet sahen einander nur selten, da Harriet sich häufig krank fühlte. Außerdem brachte Viola bei jedem Besuch ihre Tochter Belinda mit, die genauso alt war wie Joanna. Die beiden Mädchen wurden zusammen in ein Zimmer gesetzt mit der Mahnung, sich nicht zu streiten, sondern miteinander zu spielen. Aber das endete jedesmal in Zorn und Tränen. Joanna fand Belinda dumm und falsch, und die zahlte es ihr heim, indem sie jedes Mißgeschick der Spielgefährtin verpetzte. Auch jetzt funkelten ihre Augen hämisch, als sie Joanna erblickte, die ihr hinter Agathas Rücken die Zunge herausstreckte.

»Viola, du bist hier?« sagte Harriet wenig erfreut. Nun konnte sie sich doch nicht in ihren Wagen zurückziehen. Viola ließ sich mit geziertem Lächeln von Lord Sheridy die Hand küssen, ehe sie Harriet umarmte.

»Meine Liebe, ich hätte dich hier nie vermutet«, meinte sie, »und du siehst auch ganz blaß aus. Was tust du hier? Willst du die fremden Menschen sehen?«

»Lady Sheridy und ich erwarten Besuch aus Amerika«, mischte der Lord sich ein, »deshalb sind wir hier.«

»Besuch aus Amerika? Wie aufregend!«

»Genauer gesagt handelt es sich nicht nur um einen Besuch«, erklärte Harriet, »ein kleines Mädchen aus Louisiana kommt, um von nun an bei uns zu leben.«

»Ach, davon hast du mir gar nichts erzählt!« empörte sich Viola. »Wer ist das Kind?«

»Erinnerst du dich an Sarah Mace?« fragte Harriet. »Neben dir gehörte sie zu meinen besten Freundinnen. Sie heiratete diesen Sir Henry Landale, den wir alle so bewunderten...«

»Ah, ich weiß!« Viola hob anzüglich ihre Augenbrauen.

»Weißt du, ich will wirklich nichts Schlechtes über die liebe Sarah sagen«, meinte sie, »aber ich fand sie immer ein wenig seltsam. Fast... verrückt, nicht wahr? Und Landale... natürlich waren wir alle ein bißchen verzaubert von seinem Charme – aber ihn heiraten, so etwas konnte wieder nur Sarah passieren!«

»Nun ja, soweit ich mich erinnere, hast du dir ziemlich viel Mühe gegeben, daß es *dir* passiert!«

»Liebe Harriet, *deine* Mühe in diesem Fall war geradezu sehenswert«, sagte Viola kalt. Harriet blickte sich unsicher nach ihren Kindern um, doch glücklicherweise hatten die nicht genau zugehört.

»Nun, wie dem auch sei«, sagte sie, »jedenfalls heiratete er Sarah. Und die beiden gingen nach Louisiana.«

»Ah, ich ahne bereits etwas. Dieses Kind, auf das ihr hier wartet – das ist Sarahs Tochter?«

»Ja. Elizabeth Landale, das Kind von Henry und Sarah. Elizabeth wurde in Amerika geboren. Vor acht Jahren.«

»Dann ist sie genauso alt wie meine Belinda!«

»Sie ist genauso alt wie *ich*«, mischte sich Joanna ein, »und sie wird meine Schwester!«

Die beiden Kinder blickten sich zornig an.

»Ich bekam vor einigen Wochen einen Brief«, fuhr Harriet rasch fort, »Bekannte von Henry und Sarah schrieben mir, daß beide kurz hintereinander im letzten Frühjahr am Sumpffieber gestorben sind.«

»Oh, das ist ja schrecklich! Ich hatte nie viel für Sarah übrig... aber warum mußte sie auch in dieses gräßliche, wilde Land gehen?«

»Sie war immer sehr abenteuerlustig«, meinte Harriet, »und außerdem wollte Henry, daß sie gehen. Ich glaube, mit ihm wäre sie überall hingegangen. Sie hat gar nicht lange überlegt.«

»Sie war wirklich etwas verrückt«, stellte Viola, die tiefsinnigere Gespräche nicht mochte, sachlich fest. Sie wollte noch etwas hinzufügen, aber gerade da ging eine Bewegung durch die wartende Menge, und das Stimmengewirr wurde lauter. »Das Schiff!« schrie jemand. »Dort hinten kommt es!«

»Tatsächlich! Ich sehe die Segel!«

»Es kommt wirklich!«

Die ermatteten Lebensgeister regten sich wieder. Die Menschen drängten nach vorn, um auch einen Blick auf das Schiff zu ergattern. Die Hitze und das lange Warten waren von einem Moment zum anderen vergessen. Auch Viola stellte sich auf die Zehenspitzen.

»Ich kann gar nichts sehen«, jammerte sie.

»Wenn es anlegt, werden wir es schon sehen«, beruhigte Lord Sheridy, »wegen dieser wenigen Augenblicke sollten wir uns nicht von den Massen tottrampeln lassen.«

»Ich bleibe jedenfalls hier«, sagte Viola entschlossen, »Sarahs Tochter möchte ich sofort sehen. Aber, ganz im Vertrauen, Harriet, fürchtest du dich nicht ein bißchen? Dieses Kind kommt aus einem recht unzivilisierten Land, es wird englische Sitten überhaupt nicht kennen!«

»In diesem Alter sind Kinder noch sehr lernfähig«, entgegnete Harriet, »im übrigen glaube ich, daß Henry und Sarah sehr vornehm lebten. Sie sollen eine feudale Plantage am Ufer des Mississippi besessen haben.«

»Eine Plantage? Weißt du, das ist gewiß etwas sehr Wertvolles, aber man hört doch so allerlei... diese Leute besitzen Sklaven. Schwarze. Mit denen ist das Kind natürlich auch zusammengekommen. Also, ich beneide dich nicht!«

Harriet, der schon wieder schwindlig war, hoffte, Viola werde irgendwann aufhören zu reden. Doch deren Neugier war noch nicht gestillt.

»Wenn Henry und Sarah tot sind«, sagte sie, »dann gehören Haus und Land in Louisiana wohl der kleinen Elizabeth?«

»Nein, es mußte alles verkauft werden. Henry hinterließ Schulden...«

»Wirklich? Um ehrlich zu sein, genau das hatte ich erwartet. Das arme kleine Waisenkind! Ich finde dich äußerst mildtätig, Harriet!«

»Ich hatte Sarah sehr gern«, erwiderte Harriet kurz. Im gleichen Moment schrie Joanna auf. Auch Cynthia zuckte zusammen. Unerwartet plötzlich war das große Segelschiff aufgetaucht und glitt nun sanft und hoheitsvoll in den Hafen. Es war vielleicht in Wirklichkeit nicht ganz so strahlend weiß und schön, wie es nun aussah, aber es lag wohl an dem blauen Himmel und der Sonne, die auf dem Wasser glitzerte, daß es so stolz und großartig wirkte. Der Schauer, der alle Zuschauer bei diesem Anblick durchflutete, streifte geradezu spürbar über den Hafen hinweg, wie ein leiser, sehnsüchtiger Seufzer. Für einen Moment fühlte sich jeder mit fernen Ländern verbunden, niemand hätte nicht sekundenlang in der Versuchung geschwebt, einmal alles hinter sich zu lassen und über die Meere zu anderen Welten zu fahren. Auch Viola verdrehte entzückt die Augen.

»Unbeschreiblich, was ich beim Anblick eines solchen Schiffes empfinde«, murmelte sie. Lord Sheridy, der sich selber nie eine Gefühlsäußerung erlaubte, verzog das Gesicht. Er konnte Viola ohnehin nicht ausstehen und bedauerte die Freundschaft zwischen ihr und Harriet.

»Wo ist denn Elizabeth?« fragte Joanna, kaum noch fähig, ruhig stehenzubleiben.

»Du bist so dumm«, sagte Cynthia verächtlich, »sie müssen doch erst eine Brücke machen, vom Ufer zum Schiff, damit die Leute hinausgehen können.«

»Elizabeth ist bestimmt gleich bei uns«, meinte Harriet, »leider wissen wir nicht, wie sie aussieht. Hoffentlich bemerken wir sie.«

»Vielleicht sieht sie Sarah ähnlich«, warf Viola ein, »oder wenigstens diesem Henry!«

Das Schiff lag nun dicht an der Hafenmauer, und die Matrosen beeilten sich, die Landestege auszulegen. An der Reling drängelten sich die Passagiere, beladen mit Koffern und Kisten. Einige winkten, andere strahlten voller Erleichterung, die meisten wirkten zutiefst erschöpft. Endlose Wochen auf See lagen hinter ihnen, ungezählte Meilen über glattem oder aufgewühltem Meer. Fast jeder war irgendwann einmal von der Seekrankheit heimgesucht worden und hatte, sterbenselend, nur noch den Tod herbeigesehnt. Der Anblick Englands, der Anblick von Häusern und Wiesen mußte ihnen allen wie ein Traumbild vorkommen.

Als die ersten von Bord gingen, verstärkte sich das hastige Gewühl um die Landungsbrücken herum noch. Es schien kaum möglich, irgend jemanden zu erkennen. Harriet begann bereits wieder am ganzen Körper zu zittern. Ihre Blicke jagten am Ufer entlang, aber es war dann doch Joanna, die das fremde Kind zuerst entdeckte. Sie gewahrte plötzlich zwei dicke, ältliche Damen, die riesige Hüte zum Schutz vor der Sonne trugen und jammernd und stöhnend über den Platz gestapft kamen. Zwischen sich führten sie ein kleines Mädchen, das sie jede an einer Hand festhielten. Lord Sheridy trat auf die beiden Damen zu und begrüßte sie höflich.

»Bringen Sie Elizabeth Landale aus Louisiana?« fragte er. Beide strahlten auf.

»Sind Sie Lord Sheridy? Gott sei Dank, wir hatten solche Angst, daß der Brief über Elizabeths Kommen Sie gar nicht erreicht! Wir hätten ja nicht gewußt, was wir mit dem Kind tun sollen!«

Nach diesem Ausbruch der Erleichterung stellten sich die Damen als Miss Hart und Miss Waddlington aus New York vor, die nach langem Aufenthalt in Amerika wieder in England leben wollten. Von Bekannten der verstorbenen Landales war ihnen Elizabeth für die Überfahrt anvertraut worden.

»Dies hier«, sagte Miss Hart, »ist Elizabeth!«

Lord Sheridy beugte sich zu dem Kind hinab und sah es an. Elizabeth erwiderte seinen Blick aus Augen, die zu müde schienen, um noch Scheu zu zeigen. Sie sah vollkommen übernächtigt aus, blaß und elend. Sie trug ein dunkelgrünes Kleid, das ein wenig schmutzig und zerknittert an ihr herunterhing und ihre Gesichtsfarbe noch bleicher wirken ließ. Lord Sheridy lächelte unsicher.

»Ich bin Lord Phillip Sheridy«, sagte er, »und du bist Elizabeth Landale?«

Elizabeth nickte. Dann sah sie zu Joanna hin. Beide sagten nichts, aber ganz unwillkürlich lächelte Joanna, gleichermaßen von Mitleid und Zuneigung ergriffen, und Elizabeth gab das Lächeln schwach zurück. Phillip richtete sich wieder auf und sah sich nach Harriet um, die soeben mit Viola hinzutrat. Viola wirkte ziemlich aufgeregt.

»Sie sieht aber ganz aus wie Henry«, flüsterte sie Harriet zu, »sie hat völlig schwarze Haare!«

»Und sie ist so furchtbar dünn«, meinte Harriet. Sie umarmte das Mädchen so vorsichtig, als habe sie Angst, es zu zerbrechen.

»Willkommen in England, Elizabeth! Wir haben uns so auf dich gefreut. Ich hoffe, es wird dir bei uns gefallen.«

»Ja, Mylady. Es ist schön hier.« Diese Antwort klang angesichts des dreckigen, lärmüberfluteten Hafens rührend höflich. Harriet zog Elizabeth noch einmal an sich.

»Ich habe deine Mutter sehr geliebt«, flüsterte sie, »ich wünschte, ich könnte sie dir ein bißchen ersetzen!«

Joanna schossen vor Ergriffenheit die Tränen in die Augen. Auch Cynthia, Agatha, Viola und die beiden Damen aus Amerika blickten gerührt. Phillip hustete.

»Wir sollten uns auf den Heimweg machen«, meinte er, »wir vergehen ja alle fast vor Hitze.«

Sie gingen zu ihrer Kutsche. Harriet und Phillip verabschiedeten sich unter Danksagungen von Miss Hart und Miss Waddlington, die sichtlich erleichtert waren, ihren Auftrag ohne Zwischenfälle erledigt zu haben. Viola kündigte an, sie werde schon bald mit Belinda zu den Sheridys kommen, um zu sehen, wie sich Elizabeth eingelebt habe. Dann erst konnte der Kutscher das wenige neue Gepäck verladen und den Reisenden nacheinander in den Wagen helfen. Mühsam bahnten sich die Pferde einen Weg durch das Gewühl, trabten dann schneller, als die Gassen freier wurden, und endlich verließen sie die Stadt, zogen die Kutsche über staubige Feldwege, an blühenden Sommerwiesen vorbei. In der Ferne glitzerte blau das Meer herüber, aber Elizabeth sah davon nichts, denn sie schlief tief und fest auf Harriets Schoß.

Es war das Jahr der Revolution und der Tag der Bastille, für Joanna Sheridy und Elizabeth Landale aber blieb es in der Erinnerung immer nur die Zeit, in der für sie beide ein neues Leben begann.

2

Es fiel Elizabeth nicht leicht, sich in dem fremden Land einzugewöhnen. Am Anfang schien ihr das ganze Leben einem verworrenen Alptraum zu gleichen. Sie stand verloren in ihrem schönen Zimmer und blickte durch das alte, hohe Bogenfenster, das von roten Rosen umrankt wurde, hinaus auf den hügeligen, waldigen Park, auf die Wiesen, die sich um das Schloß herum erstreckten, und auf die kleinen, eilig sprudelnden Bäche. Sie kannte den englischen Sommer nicht, sie kannte das ganze England nicht. Sie verstand und beherrschte die Sprache, aber sonst war ihr alles fremd. Sie hatte die Stadt gesehen mit ihren seltsam düsteren, alten Häusern, die vor dreihundert oder vierhundert Jahren gebaut worden waren und deren schiefe, spitze Dachgiebel sich über die Gassen hinweg fast berührten. Sie waren über Landstraßen gefahren, an verträumten Dörfern und mächtigen Kirchen vorbei, dann durch ein eisernes Tor in den Park, eine Allee von Eichen entlang bis zum Portal des steinernen Schlosses, einem Bau der Tudor-Zeit, von den Jahrhunderten abgenutzt, aber voller Schönheit, rosenbewachsen und warm. Heron Hall befand sich seit unzähligen Generationen im Besitz der Familie Sheridy, es lag im Norden Norfolks, nahe der Küste. Das Innere des Hauses wies auf die lange Ahnenreihe hin, die hier hindurchgegangen war, fast alle Möbel waren alt und kostbar, angefertigt im prunkvollen Stil des frühen Barock. Von allen Wänden blickten ehrwürdige Damen und Herren aus goldgerahmten Bildern herab, Generationen von Sheridys. Seltsamerweise wirkte das Haus trotz seines Reichtums und seines Alters weder kalt noch verstaubt. Es besaß einen Charme, der jeden umfing, der hier eintrat, den Zauber eines alten Hauses, in dem so viel gelebt worden war, durch Krieg und Frieden, Leid und Glück hindurch, und dieses wechselvolle Leben wurde spürbar in jedem Winkel.

Elizabeth empfand diese Geborgenheit. Aus jedem Raum kam

sie ihr entgegen, aber das konnte nicht verhindern, daß Gefühle von Schwermut und Einsamkeit sie in dieser ersten Zeit befielen. Ihr ganzes bisheriges Leben hatte sich zu schnell und zu grundlegend geändert, als daß sie damit hätte fertig werden können. Wann immer sie die Obstbäume, die bunten Sommerblumen, das weiche Gras und das dunkle Schloßgemäuer sah, stiegen andere Bilder in ihr auf, vergangen und doch wirklicher als die Gegenwart. Es war ihre bisherige Heimat, die tiefen, dunklen Wälder Louisianas mit ihren Schlingpflanzen und Farnen, der lehmige Boden, Baumwollfelder, weiter, als das Auge zu blicken vermochte, der Mississippi, der als schlammiger, gelber Strom durch sein gewaltiges Bett floß. Elizabeth mußte nur die Augen schließen, und sie hörte sogar die weichen Stimmen der Sklaven und Sklavinnen, wenn sie abends in ihren Hütten in schwermütigen Liedern eine verlorene Heimat besangen. Diese Lieder hatten für Elizabeth bislang nichts bedeutet als eine sanfte, vertraute Hintergrundmusik ihres Lebens, zum ersten Mal nun traten ihr die Tränen in die Augen, wenn sie die Melodien vor sich hin summte. Nun plötzlich begriff sie den Schmerz, der darin zum Ausdruck kam, sie erlebte ihn selbst, denn sie hatte alles verloren, was bisher zu ihr gehört hatte. Sie dachte an das weiße Säulenhaus, das zwischen dem dunklen Grün der Blätter hervorschimmerte, wenn man mit der Kutsche in die Auffahrt zur Plantage einbog, das weiße Herrenhaus mit seinen hohen Räumen und kühlen Gängen. Und doch – nicht immer waren Friede und Kühle dort gewesen. Besonders nachts, wenn sie jetzt wach in ihrem Bett lag und auf die ungewohnten Geräusche in diesem fremden Haus lauschte, drang wieder der entsetzliche Frühsommer des vergangenen Jahres in Elizabeths Bewußtsein, als ihre Eltern krank wurden und über Wochen hinweg mit dem Tod rangen. Elizabeth hatte damals nicht genau gewußt, was geschah, aber das Grauen dieser Wochen hatte sie gespürt. Es war so heiß in dieser Zeit wie nie zuvor, und dabei so schwül, daß die Luft förmlich nach Fieber und Fäulnis roch. Die Sterbeglocken in den Kirchen läuteten häufig, in vielen Familien trugen die Menschen auf einmal schwarze Kleider und liefen mit verweinten Gesichtern herum. Sarah und Henry sprachen oft von dem Fieber, das umging und gnadenlos seine Beute suchte, aber für Elizabeth war das etwas, was nur Fremde betraf, niemals sie selbst oder gar die wunderschöne Sarah und den selbstbewußten Henry. Sie verstand nicht, wie es hatte geschehen können, daß eines Tages alle Sklaven im Haus schluchzten, daß niemand ihr sagen wollte, wo Sarah und Henry waren, daß ihr erst am Abend eines langen, furchtbaren Tages, den sie weinend in einer Ecke sitzend verbracht hatte, erlaubt wurde, leise in Sarahs Salon zu gehen. Nie, solange sie lebte, würde sie den unheimlichen Anblick des halbverdunkelten Raumes vergessen, in dem auf einem Sofa ihre Mutter lag, leise stöhnend und ohne ein Zeichen zu geben, daß sie ihre Tochter erkannte. Das Bild des eingefallenen, schweißglänzenden Gesichtes mit den feuchtverklebten Haaren in der Stirn wurde zu Elizabeths stetem Begleiter über Tage hinweg. Abend für Abend wurde sie in den Salon gerufen, um dieser fremden Sarah eine gute Nacht zu wünschen. Henry sah sie überhaupt nicht mehr, doch es mußte ihm genauso ergangen sein, denn an einem Abend, als sie schon in ihrem Bett lag, kam die schöne, schwarze Natalie, die enge Vertraute und Freundin Sarahs, zu ihr, schloß sie in die Arme und flüsterte unverständliche, zärtlich klingende Worte. Der süße, warme Nachtwind wehte durch die geöffneten Fenster, und im Mondlicht sah Elizabeth, daß Natalies Wangen feucht waren von Tränen. Sie begann ebenfalls zu weinen, und dann sagte Natalie ihr, daß Henry und Sarah beide an diesem Tag gestorben waren, kurz hintereinander.

»Armes kleines Mädchen«, sagte Natalie weich, »nun geht es dir wie mir, auch wenn du weiß bist, jetzt hast du auch deine Familie verloren, so wie ich. Meine arme kleine Elizabeth!«

Es sollte noch schlimmer kommen, als Elizabeth in diesem Moment glaubte. Benommen und ungläubig erlebte sie mit, wie alles verschwand, was sie kannte. Die Sklaven wurden fortgebracht, fremde Leute liefen über die Plantage, sahen sich alles an, sogar Sarahs Kleider und ihren Schmuck, und schätzten mit lauten Stimmen, die Elizabeth bedrohlich fand, den Wert eines jeden Gegenstandes ab. Die Nachbarn kamen zu ihr und sagten ihr, sie solle fort, erst in den Norden des Landes hinauf, dann weit über das Meer in ein anderes Land.

»Kennst du England?« fragten sie. »Deine Eltern kamen von dort und viele, die hier leben, auch. Eigentlich ist England viel mehr deine Heimat als Louisiana!«

Aber das tröstete Elizabeth nicht, sie wußte nichts von England und fürchtete sich davor. Eine endlose Reise in einem rüttelnden Wagen brachte sie nach New York, wo sie den Winter bei Miss Hart und Miss Waddlington verbrachte, einen ungewohnten Winter mit Schnee und Eis und schauerlich kaltem Wind. Die beiden alten Damen gaben sich viel Mühe mit dem verängstigten Mädchen, doch sie hatten beide nie Kinder gehabt, daher begriffen sie nichts von der schrecklichen Verwirrung, in der sich Elizabeth befand. Später, auf dem Schiff, wurde es noch schlimmer, denn Miss Waddlington litt entweder unter Seekrankheit oder quälte sich mit panischen Ängsten vor einem Ertrinkungstod. Miss Hart mußte sich ständig um sie kümmern, so daß Elizabeth meist sich selbst überlassen blieb. Sie saß stundenlang an Deck, sah über die uferlosen, tosenden Wellen oder hielt ihr Gesicht in den Wind, bis die Augen tränten. Dann lief sie hinunter in ihre Kajüte und starrte in den winzigen Spiegel, der neben ihrem Bett hing, in dieses fremde, ihr seelenlos scheinende Gesicht, das nicht mehr zu ihr gehörte, weil es gar nichts mehr gab, was zu ihr gehörte. Sie weinte nicht in dieser Zeit, sondern verharrte über all die Wochen in einer eisigen Erstarrung, die sich erst löste, als sie schon in England war und in Heron Hall lebte. Jeder hier schien sie zu lieben, und jeder war freundlich zu ihr, doch vielleicht ließ gerade die Wärme der neuen Familie sie besonders heftig in ihren Kummer fallen. Alle kümmerten sich um sie, sogar Belinda, die oft nach Heron Hall kam und sich ganz offensichtlich mit Joanna gar nicht verstand, warb um ihre Gunst. Dennoch tat ihr inmitten dieser freundlichen Menschen oft das ganze Gesicht weh vor Anstrengung, nur nicht zu weinen. Manchmal gab sie auf Fragen keine Antwort, weil sie Angst hatte, ihr würden sofort die Tränen kommen.

»Ich glaube, sie ist genauso seltsam wie Sarah«, sagte Viola zu Harriet, »nur zeigte sich das bei Sarah in ihrem übermäßig exaltierten Benehmen. Die Kleine hingegen scheint unter Sprachlosigkeit zu leiden!«

»Sie ist krank vor Heimweh«, entgegnete Harriet, »ach, wenn ich nur einen Weg wüßte, ihr zu helfen!«

Erst abends, wenn es im Haus still wurde, ließ Elizabeth ihren Tränen freien Lauf. Sie zog die Decke über den Kopf, bohrte das Gesicht tief in die Kissen und begann zu schluchzen, zaghaft zuerst, dann immer heftiger. Irgendwann schlief sie erschöpft ein, und bis zum Morgen waren die Tränen versiegt, nur sah sie immer schlechter und elender aus. Erst vier Wochen nach ihrer Ankunft wurde jemand auf ihr Geheimnis aufmerksam.

Es war ein später Augustabend, als Elizabeth, die wieder einmal weinend im Bett lag, plötzlich von der Tür ihres Zimmers her ein fremdes Geräusch hörte. Sie hielt den Atem an, richtete sich halb auf und starrte in die Dunkelheit. Deutlich konnte sie erkennen, wie sich die Tür sachte bewegte.

»Wer ist da?« flüsterte sie.

»Ich bin es. Joanna.«

Elizabeth versuchte eilig, mit beiden Händen die Tränen aus dem Gesicht zu wischen, aber sie konnte nichts mehr vertuschen. Schon huschte Joanna ins Zimmer, eine wild flackernde Kerze vor sich hertragend, mit der sie direkt vor dem Bett stehenblieb und prüfend ihr Gegenüber beleuchtete.

»Du weinst«, stellte sie fest, »das dachte ich mir. Ich habe es gehört.«

»Wie konntest du das hören?«

Joanna wies zum Fenster, das weit offenstand.

»Mein Fenster ist heute auch offen«, erklärte sie, »und mein Zimmer liegt neben deinem.«

»Es tut mir leid«, sagte Elizabeth mit wackliger Stimme, »ich wollte niemanden stören.«

»Warum weinst du denn? Tut dir etwas weh?«

Elizabeth schüttelte den Kopf.

Joanna blickte sie verständnislos an. In ihrem ganzen Leben

hatte sie noch nie grundlos geweint. Es gab Dinge, die sie in einen wilden Kummer stürzten, so sehr, daß sie laut schrie. Wenn ihr schlecht wurde etwa, weil sie zuviel gegessen hatte, oder wenn sie hinfiel und sich die Knie aufschlug, was ihr häufig geschah. Aber sie kannte immer den Grund ihrer Tränen.

»Du weißt es nicht?« fragte sie zweifelnd.

»Es ist alles so schrecklich«, sagte Elizabeth, »ich will so gern nach Hause. Aber ich werde dort nie wieder hinkönnen. Nicht nach Louisiana und nicht zu unserer Plantage!« Gegen ihren Willen und trotz ihres heftigen Bemühens, die Tränen zurückzuhalten, begann sie wieder zu weinen. Joanna wurde ganz ängstlich.

»Aber du bist doch jetzt bei uns!« rief sie. »Und du hast mich! Ich habe mir immer eine Schwester wie dich gewünscht, denn Cynthia ist viel zu alt. Dich mag ich viel lieber!« Als Elizabeth fortfuhr zu weinen, stellte Joanna entschlossen die Kerze ab und krabbelte zu ihr ins Bett.

»Weinst du nicht mehr, wenn ich bei dir schlafe?« fragte sie. Elizabeth nickte. Sie konnte ihren Schmerz nicht in Worte fassen, und Joanna fielen keine tröstenden Sätze mehr ein, aber Elizabeth spürte die Zärtlichkeit, die die Freundin ihr entgegenbrachte. Da sie so viele Nächte kaum geschlafen hatte, überfiel sie nun die Erschöpfung, und so schlief sie, eng an Joanna gekuschelt, in wenigen Augenblicken ein.

Die Familie bemerkte die Veränderung sofort. Hand in Hand kamen Joanna und Elizabeth am nächsten Morgen zum Frühstück in den Salon hinunter. Phillip, Harriet und Cynthia saßen schon um den Tisch herum, als die beiden Mädchen eintraten. Joanna strahlte, Elizabeth lächelte und sah weniger traurig aus als an allen Tagen zuvor.

»Ist irgend etwas?« fragte Cynthia sofort.

»Ich habe heute nacht bei Elizabeth geschlafen«, erklärte Joanna. »Mutter, *bitte*, lassen Sie uns jetzt immer ein Zimmer zusammen haben!«

»Möchte Elizabeth das auch?« fragte Harriet.

»Ja, bitte«, sagte Elizabeth.

»Nun gut. Dann wird Agatha alles herrichten. Wirklich, ich freue mich, Elizabeth. Du siehst viel besser aus.«

Phillip rückte seinen Stuhl zurück und erhob sich.

»Ihr entschuldigt mich bitte«, sagte er, »aber John Carmody muß jeden Moment kommen. Ich werde ihn in der Bibliothek empfangen.«

»Bitte, reg dich nicht auf. Denke immer daran, daß John noch sehr jung ist«, bat Harriet. Phillip gab einen verächtlichen Laut von sich.

»Jugend entschuldigt nicht alles«, sagte er grimmig. »Wie alt ist der junge Mann? Zwanzig, nicht wahr? In diesem Alter wäre ich nicht mehr irgendwelchen absurden Ideen verfallen!«

»Du hast ja recht. Aber versuche doch, es nicht zu einem Streit kommen zu lassen.«

Phillip nickte beruhigend, dann verließ er das Zimmer. Cynthia hatte große Augen bekommen.

»Wer ist John Carmody?« erkundigte sie sich. Harriet seufzte. »Der Sohn eines Freundes von deinem Vater«, erwiderte sie, »Phillip erfuhr, daß er sich gerade in der Nähe aufhält, und lud ihn ein. Aber das hätte er nicht tun sollen.«

»Warum nicht?«

»Dieser John Carmody – er vertritt merkwürdige Ansichten über den Staat und bekundet offen seine Sympathie für die Bourgeoisie in Frankreich, die jetzt gegen den Adel loszieht. Nun ja, es gibt sogar in unserer Regierung Männer, die den Sturm auf die Bastille rechtfertigen, aber Phillip ist da nun einmal sehr streng. Und John spricht ständig von Gleichheit...« Harriet schüttelte den Kopf. Ihr Blick glitt durch den holzgetäfelten Raum, durch das Fenster mit seinen seidenen Vorhängen hindurch in den sonnigen, friedlichen Park hinaus.

»Was wollen diese Leute«, murmelte sie mehr zu sich, »sie müssen außer sich sein vor Neid über das, was uns seit Jahrhunderten gehört – und rechtmäßig gehört! Unsere Privilegien, unser Besitz...« Dann bemerkte sie, daß die Kinder sie anblickten.

»Davon versteht ihr wohl noch nichts«, meinte sie.

»Ist John Carmody nicht adelig?« fragte Cynthia.

»Doch. Aber die Familie ist verarmt. Sein Vater lebt auf einem schrecklich heruntergekommenen Gut in Devon. Aber er ist ein reizender Herr.«

Cynthia setzte eine etwas hochnäsige Miene auf.

»Deshalb ist John Carmody gegen den Adel«, sagte sie, »weil er selber in elender Armut lebt und uns daher haßt!«

»Er kann ja nichts für seine Armut«, meinte Elizabeth schüchtern. Cynthia blickte sie überlegen an.

»Jeder kann etwas dafür, wenn er arm ist«, sagte sie, »denn jeder darf ja reich werden, oder nicht?«

»Laßt uns jetzt nicht darüber sprechen«, mischte sich Harriet ein, »es reicht, wenn man auf allen Straßen und Gassen nichts anderes hört!«

Das Frühstück nahm einen friedlichen Verlauf. Später, als Harriet sich mit Cynthia zu einem Spaziergang aufmachte, gingen Joanna und Elizabeth durch die Halle in den Park. Als sie aus dem Haus traten, sahen sie Phillip, der sich mit einem jungen Mann unterhielt, dessen Pferd gerade von einem Diener herbeigeführt wurde. Beide waren sichtlich bemüht, höflich miteinander zu sprechen, doch die Spannung zwischen ihnen war sogar für die beiden Kinder spürbar. Etwas scheu blieben sie stehen. Phillip hatte sie gehört und wandte sich zu ihnen um.

»Ah, John, nun können Sie noch meine jüngere Tochter begrüßen«, sagte er, »da ist Joanna. Und das ist Elizabeth Landale, das Kind einer verstorbenen Freundin von Lady Sheridy. Sie lebt jetzt bei uns.«

John lächelte freundlich. Sein Gesicht, das zuvor etwas düster und verschlossen dreingeblickt hatte, erhellte sich.

»Ich habe Joanna lange nicht mehr gesehen«, meinte er. Dann sah er zu Elizabeth hin.

»Wo hast du denn vorher gelebt?« fragte er.

»In Amerika«, erwiderte Elizabeth. Phillip schnitt eine Grimasse.

»Das muß Ihnen gefallen, John«, meinte er anzüglich, »von der Herrschaft einer Krone haben sich die Amerikaner schließlich äußerst entschlossen befreit!«

»Wir wollen darüber heute nicht mehr sprechen, Sir«, entgegnete John. Phillip nickte.

»Sie werden schon auch noch zur Vernunft kommen«, meinte er in väterlichem Ton. Elizabeth, die Johns blaue Augen betrachtete, gewahrte darin ein zorniges Aufblitzen, das nur mühsam zurückgedrängt wurde. Unwillkürlich, ohne es selbst richtig zu merken, lächelte sie John kameradschaftlich zu. Durch einen zufälligen Seitenblick fing er ihr Lächeln auf und gab es nach einem Moment der Überraschung zurück. Wieder konnte sie die überraschend schnelle Verwandlung seines Gesichtsausdrucks sehen. Statt verärgert wirkte er plötzlich amüsiert. »Wir sehen uns im Oktober wieder«, sagte er und reichte Phillip die Hand, »ich freue mich, Sie nach London zu begleiten.« Er stieg auf sein Pferd, grüßte noch einmal und ritt davon. Joanna ergriff Phillips Arm.

»Kommt John Carmody mit nach London?« fragte sie.

»Ja, er kommt mit. Er will auch dorthin.«

»Warum reist er mit, wenn Sie ihn nicht leiden können?«

»So ist das nicht. Er ist ein netter Kerl, bis auf seine… Ideen. Und es ist in diesen Zeiten besser, in größeren Gruppen zu reisen.« Er verschwand im Haus. Joanna machte ein paar ungeduldige Schritte.

»Komm«, sagte sie zu Elizabeth, »wir spielen im Park. Denn bald ist es Herbst, und wir gehen nach London. Es ist schön dort, aber natürlich nicht so schön wie in Heron Hall!«

Nebeneinander liefen sie in den Park.

3

Jedes Jahr, wenn die letzte Oktoberwoche herankam, verließen Harriet und Phillip mit ihren Kindern Heron Hall, um nach London zu fahren, wo sie den Winter in ihrem Stadthaus am Themseufer verbrachten. Harriet mochte die kalte Jahreszeit auf dem Land nicht, sie empfand den kahlen Park, den silbrigen Rauhreif auf den Wiesen und den Nebel als niederdrückend und traurig. London konnte im Herbst schrecklich verhangen sein, aber es wimmelte dort wenigstens von Menschen, und unzählige Zerstreuungen boten sich an, bei denen man die grauen Nachmittage und dunklen Abende vergessen konnte. Die Bälle am Hofe von König George besaßen natürlich große Anziehungskraft, daneben gab es aber auch Theateraufführungen, Opern, Besuche in den Vergnügungsvierteln Vauxhall und Ranelagh oder, wenn es einmal nicht regnete, Spaziergänge im St. James Park. Allerdings würde es in diesem Jahr nicht besonders amüsant für Harriet werden. Ihr gesundheitlicher Zustand hatte sich in den letzten Jahren sehr verschlechtert; sie fühlte sich häufig krank, litt fast ständig unter Kopfschmerzen und Schwindel. Phillip war daher recht besorgt.

»Die lange Reise könnte zu anstrengend für dich sein«, meinte er. »Wollen wir lieber hierbleiben?«

»Ich hoffe, daß es gehen wird«, entgegnete Harriet. »Ihr sollt nicht meinetwegen auf London verzichten. Ich werde ohnehin immer mehr zu einer Last für euch.«

So wurde die Abreise wie geplant vorbereitet. Es dauerte eine endlose Zeit, bis alles, was Harriet zum Mitnehmen für wichtig hielt, zusammengesucht und in riesige Kisten verpackt war. Die Dienstboten stöhnten und jammerten und rannten wie gehetzt durch das Haus. Währenddessen liefen Joanna und Elizabeth im Park herum, um Abschied zu nehmen von den Plätzen, an denen sie sich im Sommer am liebsten aufgehalten hatten. Von dem Bach, durch den man an heißen Tagen so schön barfuß waten konnte, von der weitverzweigten Eiche, an der sie in schwindelerregende Höhen hinaufgeklettert waren, von der Wiese mit den wilden Blumen, der Ponyweide und dem unheimlichen finsteren Waldstück. Elizabeth fühlte sich von Joannas lautstarken, kummervollen Abschiedsbekundungen angesteckt und entdeckte dabei, daß sie Heron Hall bereits wie ein Zuhause empfand, lange nicht so wie Louisiana natürlich, aber es übte einen leisen Zauber auf sie aus. Daneben stieg ein wenig Aufregung in ihr auf wegen des bevorstehenden Abenteuers der Londonreise.

Am 20. Oktober brachen sie auf. Sie fuhren in drei Kutschen, weil Harriet auf eine ausgewählte achtköpfige Dienerschaft nirgends verzichten konnte. Sie selbst saß mit Phillip und ihrer Zofe Edna in der vordersten Kutsche, während Cynthia, Joanna und Elizabeth mit dem Kindermädchen Agatha den zweiten Wagen hatten besteigen müssen. Harriet konnte ihre Kinder auf dieser Fahrt keinen Moment ertragen, so elend fühlte sie sich. Beängstigend bleich, die Stirn voller Schweiß, ein Taschentuch in der zitternden Hand zerknäult, so lehnte sie in ihrer Ecke und kämpfte gegen Übelkeit und Ohnmacht. Edna, die ihre Herrin seit dreißig Jahren kannte, behielt ihre gleichmäßige Ruhe, stützte Harriets Kopf und hielt ihr immer wieder das stärkende Riechsalz unter die Nase. Phillip hingegen konnte seine Unruhe nicht verbergen.

»Wollen wir nicht doch lieber umkehren?« fragte er einmal, aber Harriet antwortete mit zusammengebissenen Zähnen:

»Nein, es wird nicht besser mit mir. Ich muß das jetzt durchhalten!«

Kurz hinter King's Lynn kamen sie zu einem Wirtshaus, an dem sie sich mit John Carmody treffen wollten. Er saß schon auf seinem Pferd, als die Wagen in den Hof rollten. Joanna hing weit zum Fenster hinaus.

»Hallo, Sir«, rief sie aufgeregt. Er ritt an ihre Kutsche heran.

»Guten Morgen«, grüßte er, »ihr seht aus, als freut ihr euch auf London!«

»Es wird wunderbar«, sagte Joanna, die ihren Abschiedsschmerz in dem Augenblick vergessen hatte, in dem Heron Hall aus ihrer Sichtweite verschwunden war.

»Joanna findet alles wunderbar«, warf Cynthia ein, »dabei erlebt sie die wirklich schönen Dinge gar nicht. Aber *ich* gehe in diesem Winter zum ersten Mal in eine Oper!« Ihre Stimme zitterte vor Stolz.

»Großartig«, entgegnete John, ohne dabei auszusehen, als sterbe er gleich vor Neid. Er wandte sich an Elizabeth.

»Und du, freust du dich auch?«

Elizabeth nickte heftig.

»London muß so schön sein«, meinte sie. John lächelte. »Nicht nur und nicht überall. Aber für euch sicher. Nun, hoffen wir, daß wir bald dort sind!« Er ritt weiter und hielt neben Phillips Kutsche.

»Guten Morgen, Sir. Mylady.«

Harriet öffnete die Augen.

»Ah, John, wie schön, daß Sie uns begleiten«, murmelte sie.

»Sie fühlen sich nicht wohl, Mylady, nicht wahr?«

»Lady Sheridy verträgt das Reisen nicht«, antwortete Phillip. »Na, John, wie geht's? Was haben Sie denn da?« Er wies auf eine Pergamentrolle, die John in den Händen hielt. John zögerte.

»Eigentlich ein Geschenk für Sie, Sir«, sagte er, »aber es wird Sie aufregen. Vielleicht sollten wir mit Rücksicht auf Lady Sheridys Befinden...«

»Ach, geben Sie schon her. Sicher wieder revolutionärer Unsinn!« Phillip griff nach dem Papier und entrollte es. Sein Gesicht verfinsterte sich sofort.

»Das sind die Menschen- und Bürgerrechte«, schnaubte er, »nach den Ideen von diesem Lafayette. Gültig seit dem 27. August 1789 in ganz Frankreich. Harriet, hör dir das an! Artikel eins: Alle Menschen sind und bleiben von Geburt frei und gleich an Rechten! Artikel zwei...«

»Jetzt nicht, Phillip«, bat Harriet schwach.

»Sie sollten das alleine und in Ruhe lesen«, sagte John, »dann kommen Sie vielleicht dahinter, daß...«

»Ich will Ihnen gleich zeigen, John, was ich mit diesem Fetzen hier tue«, erwiderte Phillip. Er hob das Papier hoch und riß es säuberlich in kleine Stücke. Die Schnipsel hielt er zum Fenster hinaus, wo sie ihm der Wind aus der Hand nahm und in alle Richtungen verwehte. Johns Gesicht blieb unbewegt.

»Damit«, sagte er, »setzen Sie die Bürgerrechte nicht außer Kraft!«

»Nein«, erwiderte Phillip, »aber ich demonstriere wenigstens meinen Widerstand. Und Tausende sind auf meiner Seite.«

»Der Adel ist auf Ihrer Seite, und nicht einmal geschlossen.«

»Mein lieber John«, Phillip war ganz blaß geworden vor Zorn, »was in Frankreich herrscht, ist einfach nur Anarchie, und ich...«

Harriet seufzte laut.

»Fahren wir nicht bald weiter?« fragte sie.

»Gleich. – John, diese Revolution, wenn sie nicht bald aufgehalten wird, endet in einem schrecklichen Blutbad. Und das Volk wird doch der Verlierer sein. Das war schon immer sein Schicksal.« Phillip lehnte sich zurück. John verzog spöttisch das Gesicht. »Ja, das war bislang eure wirkungsvollste Waffe«, entgegnete er, »Schicksal und womöglich noch die gottgewollte Natur! Aber das wird euch jetzt aus der Hand geschlagen. Denn niemand schenkt euch und euren Priestern länger Glauben.«

Phillip antwortete nichts darauf, sondern rief dem Kutscher zu, er möge weiterfahren. Sie kamen nur sehr langsam voran, denn sobald die Pferde in einen schnellen Trab fielen, begann Harriet zu jammern.

»Wir werden eine Woche bis London brauchen«, meinte Phillip. Harriet leckte sich über die trockenen Lippen.

»Es tut mir leid«, murmelte sie, »die Kinder werden sicher ungeduldig.«

»Die Kinder amüsieren sich«, beruhigte Edna. »Sir Carmody läßt Elizabeth und Joanna abwechselnd vor sich auf seinem Pferd reiten. Sehen Sie nur!«

Harriet hob mühsam den Kopf und sah zum Fenster hinaus. Tatsächlich hatte John gerade Elizabeth auf sein Pferd gehoben und ritt in tänzelndem Trab über eine Wiese. Harriet ließ sich in ihren Sitz zurücksinken.

»Ein netter junger Mann«, sagte sie, »du solltest nicht so viel mit ihm streiten, Phillip.«

»Ich glaube, er ist nicht so nett, wie du denkst. Für seine seltsamen Ideen würde er alles und jeden verkaufen und verraten. Er ist unberechenbar.«

»Aber er ist der Sohn deines besten Freundes!«

»Deswegen gebe ich mir auch noch so viel Mühe mit ihm. Ich glaube immer noch, daß er eines Tages zur Vernunft kommt.«

Am Abend waren sie in der Höhe von Cambridge angelangt, wo sie eine kleine, etwas schäbige Herberge fanden, in der sie übernachten konnten. Elizabeth und Joanna, die tief geschlafen hatten, wurden von Agatha die steile Wendeltreppe halb hochgetragen, halb hochgeschoben und sanken erschöpft in ihre Betten. Elizabeth fand nicht einmal mehr die Zeit, sich in dem ungewohnten, dunklen Haus zu fürchten, so schnell fielen ihr die Augen zu. Im Traum spürte sie noch weiter das Rütteln der Kutsche, so daß sie sogar noch glaubte, das Bett schwanke, als sie am nächsten Morgen erwachte und eiskalter, feuchter Herbstnebel durch die Fenster ins Zimmer drang. Sie war entsetzlich müde, aber Agatha zwang sie aufzustehen und sich in Windeseile anzuziehen. Die Wirtin brachte das Frühstück, aber Elizabeth konnte vor Aufregung keinen Bissen herunterbringen. Auch Joanna aß kaum etwas, sondern wollte nur ihre Mutter sehen. Doch Agatha machte ein sorgenvolles Gesicht.

»Laß deine Mutter in Ruhe«, sagte sie, »es geht ihr nicht gut.«

»Ist sie sehr krank?« fragte Elizabeth erschrocken. Sie hatte schon bemerkt, daß Joannas Mutter offenbar häufig sehr elend war, ein Zustand, den sie von Sarah kaum kannte. Sie war nur einmal wirklich krank gewesen, und das hatte dann ihren Tod zur Folge gehabt. Agatha aber sagte dazu gar nichts mehr, sondern meinte nur, die Kinder sollten sich beeilen und dann hinuntergehen.

Unten im Hof standen die Kutschen schon bereit. John ging gerade an den Pferden vorüber und betastete ihre Beine. Es schien alles in Ordnung zu sein, denn er machte ein zufriedenes Gesicht.

»Wir werden gut vorankommen«, sagte er zu einem der Diener, »die Pferde sind gesund, und außerdem«, er hob prüfend seinen Blick, »außerdem verschwindet der Nebel bald. Es wird sehr sonnig werden.«

Als alle wieder ihre Plätze eingenommen hatten, gab Phillip das Zeichen zum Aufbruch. Schon bald merkten sie, daß John recht gehabt hatte. Der Nebel hob sich, und die Sonne schien von einem klaren, blauen Oktoberhimmel. Sie fuhren durch gelbgefärbte Wälder, an abgeernteten Feldern vorbei, durch Wiesen, aus denen es nach Pilzen, Laub und überreifen Äpfeln roch. Die Stimmung wurde heiter und ausgelassen, so daß selbst Harriet auflebte und interessiert zum Fenster hinaussah. Sie war auch die erste, die bei einbrechender Dunkelheit ein hölzernes Schild am Straßenrand entdeckte, das auf ein nahe gelegenes Wirtshaus hinwies. Beim Herankommen bemerkten sie, daß es sich um eine äußerst verwahrloste Herberge handelte. In einem dreckigen, abfallüberhäuften Hof stand ein baufälliges altes Haus, zum Teil aus Holz, zum Teil aus Steinen gebaut. Es wirkte sehr hoch, aber nur aus den unteren Fenstern drang Licht. Von Zeit zu Zeit war ein grölendes Lachen zu hören. Phillip sprang aus der Kutsche.

»John«, rief er, »kennen Sie dieses Wirtshaus?«

John ritt zu ihm heran.

»Nein«, erwiderte er, »es scheint aber gesellig dort zuzugehen. Ruhe werden wir so bald nicht finden. Ich meine, wegen Lady Sheridy...«

»Es bleibt uns nichts anderes übrig, als hier zu übernachten. Es ist eine einsame Gegend, wer weiß, wann wieder ein Haus kommt. Die Diener sollen sich um die Pferde kümmern!«

Phillip nahm Harriets Arm, schritt auf die Eingangstür zu, öffnete und betrat hocherhobenen Hauptes den Raum. Ihm folgte John, dann kam Agatha mit Joanna und Elizabeth, zuletzt Cynthia.

Bei ihrem Eintritt erstarb das Stimmengemurmel sofort, und alle Blicke wandten sich ihnen zu. Es befanden sich etwa zehn Männer in dem Raum, die an mehreren Tischen saßen, aber offenbar zusammengehörten, denn sie sahen einander vielsagend an. In der Mitte auf einem Tisch saß eine junge Frau, deren Gesicht vor lauter Haarmähne fast nicht zu erkennen war und die ein unglaublich tief ausgeschnittenes feuerrotes Kleid trug. Der Wirt, der hinter dem Schanktisch gerade ein paar Gläser trockenwischte, hielt in seiner Bewegung inne und starrte mit schwimmenden Augen zu den neu angekommenen Gästen hinüber. Erst etwas später bemerkten diese, daß in einer weiter hinten gelegenen Tür noch ein paar zerlumpte, verhärmte Frauen lehnten, im Schatten fast nicht sichtbar, nur die weit offenen, hungrigen Augen leuchteten.

Die Leute schienen arm zu sein, denn sie trugen schmutzige Kleider, hatten wirre, ungepflegte Haare und ungewaschene Hälse. Im übrigen waren sie alle bereits leicht betrunken.

»Sieh an!« rief einer. »Wer kommt denn da?«

»Feine Leute«, antwortete ein anderer, »oh, so ein Glanz!« Seine Augen ruhten auf Harriet, an deren Hals und Armen Brillanten funkelten. Phillip, die Stimmen ignorierend, schritt auf die Theke zu.

»Wir sind vierzehn Personen«, sagte er zu dem Wirt, »können wir hier übernachten?«

Der Wirt starrte ihn an.

»Natürlich, gern, Sir«, erwiderte er lauernd, »aber wir sind ein bescheidenes Haus...«

»Du kannst den vornehmen Herrschaften doch nicht deine verlausten Drecksräume anbieten!« rief jemand.

»Halts Maul«, brummte der Wirt. »Wenn die hierherkommen, müssen sie nehmen, was da ist!«

»Wir sind müde und stellen keine hohen Ansprüche«, sagte Phillip kalt. Ein junger Mann, ärmlicher als die übrigen, der weniger betrunken, aber dafür bösartiger wirkte, trat vor.

»Vielleicht stellen Sie keine hohen Ansprüche, Sir«, sagte er, »aber wir tun das. Wer sagt Ihnen, daß wir bereit sind, mit Ihnen und Ihresgleichen unter einem Dach zu schlafen?«

»Seien Sie nicht albern. Das Haus ist groß genug, so daß wir uns nicht gegenseitig belästigen müssen. Ihre Versuche, mich zu provozieren, sind ganz überflüssig.«

»Meinen Sie?« Der junge Mann kam noch dichter an ihn heran. In seinen Augen stand so viel Haß, daß Harriet sich erschrocken fester an Phillips Arm klammerte. Trotzdem bemerkte sie, daß ihr Gegenüber unter all dem Dreck bleich und krank aussah.

»Laß die doch«, rief jemand, »sollen sie sich doch hier einnisten, wenn sie das ihren süßen Kinderchen zumuten wollen!« Lachend schauten alle zu Cynthia, Joanna und Elizabeth hin. Cynthia setzte eine empörte Miene auf, Joanna und Elizabeth bekamen kugelrunde Augen. Aber trotz des Gelächters hatte sich eine neue Spannung in den Raum geschlichen. Eine unheimliche Feindseligkeit breitete sich aus. John begriff, daß Phillips immer hochmütiger werdendes Gesicht die Lage zu verschlechtern drohte.

»Wer seid ihr?« fragte er den jungen Mann, der zu ihnen gekommen war. Dieser antwortete nicht, aber ein anderer mischte sich ein.

»Wir kommen von London«, sagte er, »und wir wollen zurück nach Hause.«

»Ach, und wir wollen gerade nach London«, meinte Cynthia unbefangen. Höhnisches Gelächter antwortete ihr.

»Das glaube ich euch gern«, rief ein sehr alter Mann aus einer Ecke, »das ist ja so üblich. Den Sommer im Schloß, den Winter dann in London. Bälle und Oper und Theater und all das verfluchte Zeug, mit dem ihr euch euer verdammtes Leben so angenehm macht!« Er nahm einen großen Schluck Bier, während Harriet erbleichte. Sie hatte noch nie zwei Flüche in einem Satz gehört.

»Ja, das London der Reichen«, mischte sich ein anderer ein, »Mylady, kennen Sie *unser* London?«

»Wir legen keinen Wert darauf, es kennenzulernen«, entgegnete Phillip. Er wandte sich wieder an den Wirt.

»Ich möchte jetzt unsere Zimmer sehen«, befahl er. Der Wirt kam endlich hinter seinem Tisch hervor. Doch der Mann, der dicht neben Phillip und Harriet stand, wollte das Gespräch noch nicht beenden.

»Unser London«, sagte er, »das sind verschmutzte Gassen

und feuchte Keller, das sind zwanzig Menschen, die zusammen in einem einzigen verdreckten Zimmer leben. Das sind Seuchen, Hunger, Tod und Elend. Kinder, die sich wie Ratten vermehren und dann doch in irgendeiner naßkalten Ecke verrecken. Mein Gott«, er blickte in Harriets sanfte, blaue Augen, »haben Sie eigentlich jemals in Ihrem Leben gehungert?«

»Nein«, antwortete Harriet zitternd.

»Da hört ihr es! Diese schöne Frau kennt den Hunger überhaupt nicht. Die kennt überhaupt nichts außer Seidenkleidern und Wein und Salons mit großen, warmen Kaminen. Aber unser Leben, ich sage Ihnen, Mylady, das läßt sich überhaupt nur besoffen aushalten!«

»Phillip«, sagte Harriet leise, »ich möchte sofort in unser Zimmer.«

»Ja«, der fremde Mann lachte, bitter und hart, »nur fort von diesen dreckigen, schlampigen Menschen. Die Armut ist sehr häßlich, nicht wahr? Nichts für eine so schöne Frau!«

»Hattet ihr keine Arbeit in London?« fragte John. Eine der Frauen, die in der Tür lehnten, trat vor. Sie war alt, ganz grauhaarig und zahnlos, aber sie besaß denselben wachen, haßerfüllten Blick wie der junge Mann.

»Sir«, sagte sie. Ihre Stimme klang abstoßend heiser. »Sir, diese alle hier sind meine Familie. Mein Mann, meine Söhne, meine Brüder, meine Töchter und Schwiegertöchter. Wir hatten etwas Land, oben in Lincolnshire, wenig fruchtbar und kärglich, aber wenigstens gehörte es uns. Wir mußten es verkaufen, für einen Dreckspreis verschleudern, weil wir Schulden hatten. Dann gingen wir nach London, vor zwei Jahren, um in den Fabriken zu arbeiten. Es war die Hölle, sage ich Ihnen, eine einzige Hölle. Viele von uns sind gestorben, an einer Krankheit, am Hunger oder am Schnaps. Zwei Enkel von mir, kleine Kinder, sind in der Fabrik einfach umgefallen, verreckt unter den Augen der Aufseher. Die Leichen habe ich später unter einem Haufen Abfall hervorgewühlt.«

»Bitte, hören Sie auf«, flüsterte Harriet.

»Ha!« Die Frau lachte schrill. »Das mögen Sie nicht hören!

Wie scheußlich auch, was ich erzähle. Ja, und jetzt gehen wir zurück nach Lincolnshire, aber das Land gehört uns nicht mehr, und wir werden alle verhungern!«

Phillip durchquerte mit entschlossenen Schritten den Raum, bis er die nächste Tür erreichte, hinter der eine Treppe nach oben führte.

»Komm, Harriet«, sagte er, »wir müssen uns mit diesen Leuten nicht unterhalten. Und Sie, merken Sie sich bitte: Ich trage keine Verantwortung für euer Schicksal! Ich habe euch nicht befohlen, Schulden zu machen, euer Land zu verkaufen, nach London zu gehen. Vielleicht solltet ihr alle weniger trinken, das würde eine Menge Geld sparen!«

Sie verließen den Raum, gefolgt von dem Wirt, der sich beeilte, den Gästen den Weg zu leuchten. Seine anfängliche Unhöflichkeit war neuem Eifer gewichen, nachdem sich in den vergangenen Minuten der Gedanke in seinem Kopf festgesetzt hatte, daß diese reichen Leute eine gute Einnahmequelle für ihn bedeuteten.

Er stieg die schmale Treppe hinauf, denn es war ihm nun darum zu tun, daß die Fremden nicht länger in einen Streit verwickelt blieben.

»Die haben ein bißchen zuviel getrunken«, meinte er vertraulich zu Phillip, »kann ja jedem von uns passieren.«

»Mir passiert es nie«, erwiderte Phillip, »und jetzt zeig uns endlich unsere Zimmer!«

»Natürlich.« Der Wirt beeilte sich. Es stellte sich heraus, daß die Zimmer sich über sämtliche Stockwerke verteilten, weil häufig auf einem der engen Flure nur ein einziges Zimmer Platz hatte und dort sonst nur noch ein paar Rumpelkammern zu finden waren. Harriet und Phillip bekamen ein Zimmer im ersten Stock, John eine Kammer neben ihnen. Agatha sollte mit den drei Kindern im zweiten Stock schlafen und die übrigen Diener in einem ganz anderen Flügel. John zeigte sich über diese Regelung etwas besorgt. Nachdem der Wirt verschwunden war, sagte er zu Phillip:

»Ich hätte es lieber gesehen, wenn wir alle zusammengeblieben wären. Ich habe kein gutes Gefühl wegen der Leute dort unten.«

»Meinen Sie damit, daß sie gefährlich werden könnten?« fragte Harriet entsetzt.

»Sie sind betrunken. Und Lord Sheridy hat ihnen zuletzt noch ein paar provozierende Worte hingeworfen.«

»Ach, ich habe provoziert!« brauste Phillip auf. »Dieses Pack nimmt sich die größten Unverschämtheiten heraus, und ich darf mich nicht einmal verteidigen. In welcher Zeit leben wir eigentlich?«

»Ich möchte jetzt schlafen«, verlangte Harriet, »John, nicht wahr, uns wird nichts geschehen?«

»Ich werde jedenfalls wach bleiben«, entgegnete John. »Wenn ich etwas Verdächtiges bemerke, wecke ich Sie!«

Alle wünschten einander eine gute Nacht und verschwanden in ihren Zimmern. Die drei Kinder mußten mit Agatha eine weitere Treppe hinaufsteigen, wo sie zwei schäbige kleine Räume vorfanden. Agatha wollte mit Joanna in dem einen schlafen, Cynthia und Elizabeth sollten sich den anderen teilen.

»Ihr redet nachts zuviel, Joanna und Elizabeth«, meinte Agatha streng, »und es ist gut, wenn ihr mal wieder etwas Ruhe findet!«

Elizabeth fand es unangenehm, mit Cynthia schlafen zu müssen. Diese nutzte ihre Rechte als Ältere auch sofort und schnappte sich das bessere Bett. Es stand nahe der Tür und sah breit und weich aus, während sich das von Elizabeth in einer zugigen Ecke unterhalb des Fensters befand.

»Leg dich gleich schlafen«, befahl Cynthia. Sie selbst trat vor den Spiegel über dem Waschtisch und bürstete schwungvoll ihre langen blonden Haare.

»Ach, einen Mann wie John Carmody würde ich gerne einmal heiraten«, murmelte sie träumerisch. »Sieht er nicht wundervoll aus?«

Elizabeth war nicht ganz sicher, ob diese Frage an sie gerichtet war, und schwieg daher. Aber Cynthia drehte sich zu ihr um.

»Nun?« forschte sie.

»Er ist sehr lieb«, erwiderte Elizabeth. Cynthia verzog das Gesicht.

»Lieb«, wiederholte sie, »als ob es darauf ankäme! Das verstehst du wohl nicht!«

Elizabeth hatte tatsächlich das Gefühl, nicht genau zu verstehen, was Cynthia meinte, aber es ärgerte sie, daß diese so großartig tat.

»Du bist auch erst elf Jahre alt«, sagte sie schnippisch.

»Na und? In zwei Wochen bin ich zwölf! Viele Mädchen werden mit zwölf schon verheiratet!«

Elizabeth zog die dünne Decke bis unters Kinn.

»Ich will jetzt nicht übers Heiraten reden«, sagte sie, »ich will schlafen.«

»Ja, schlaf nur. Aber eines kann ich dir sagen: Ich heirate, sobald ich nur kann, und dann sieht mich hier niemand wieder!« Sie sprang in ihr Bett. Elizabeth rollte sich auf die andere Seite, antwortete nicht und schloß einfach die Augen. Cynthia blies die Kerze aus, die neben ihr stand, seufzte noch einige Male, aber schien dann rasch einzuschlafen, denn nur noch ihr gleichmäßiger Atem war zu hören.

Elizabeth schlief unruhig. Sie begann wirr zu träumen, ohne dabei genau zu wissen, ob sie schlief oder in halbwachem Zustand in diesem Zimmer lag. Die merkwürdige Atmosphäre der Wirtsstube drängte in ihre Erinnerung, das Unbekannte hatte sie tief beeindruckt, diese fremde Welt, die sie nicht zu begreifen vermochte, weil sie sie vorher nie erlebt hatte, nicht in Louisiana, nicht in New York und nicht in Heron Hall. Armut und Schmutz, Alkohol und Haß waren Dinge, die nicht in ihr Leben gehörten. Sie war auch noch zu klein, um dieses Neue zu begreifen, aber sie spürte, wie es ihre Gefühle erregte. Sie träumte von dem jungen Mann, der aufgestanden und vor sie hingetreten war, sie sah seine übergroßen dunklen Augen, in denen ein so verzweifelter Haß funkelte, und plötzlich verwandelte sich der Mann in John, aber der Blick blieb, dieses faszinierende, zornige Aufbegehren. Sie hörte wieder die lauten Stimmen, die sich zu Schreien steigerten, voll Wut und Angriffslust. Sie durchbrachen schrill die ruhige Nacht, und plötzlich fuhr Elizabeth auf, mit laut pochendem Herzen. Es war kein Traum, der sie bedrängt hatte. Um sie herum herrschte Dunkelheit, aber das Haus hallte wider von Rufen und Schreien. Die Geräusche klangen gedämpft zu ihr herauf, wirkten aber deswegen noch bedrohlicher. Es konnte nicht anders sein: dort unten fand ein heftiger Kampf statt.

4

Nach den ersten Sekunden des Schreckens kam Bewegung in Elizabeth. Blitzschnell sprang sie aus dem Bett und tastete sich hinüber zu der Stelle, wo Cynthia schlief. Sie konnte kaum etwas sehen, aber schließlich stieß sie gegen etwas Hartes und fühlte dann weiche Decken unter ihren suchenden Händen. Sie begann wild darin herumzuwühlen.

»Cynthia«, flüsterte sie, »Cynthia, wach doch auf, bitte.«

Aber es kam keine Regung. Als Elizabeth sich langsam an die Schwärze des Zimmers gewöhnt hatte, bemerkte sie, daß das Bett vor ihr leer war. Die Tür zum Gang stand einen Spalt offen.

Elizabeth brach sofort in Tränen aus, als sie begriff, daß Cynthia sich gerettet und sie ihrem Schicksal überlassen hatte. Ihr erster Impuls war, in den Schrank zu flüchten, aber dann schrak sie zurück vor der noch tieferen Finsternis, die darin herrschte. Schluchzend stolperte sie zur Tür, hinaus in den Flur.

»Tante Harriet«, jammerte sie, »Tante Harriet, wo sind Sie?« Laut weinend tappte sie die Treppe hinunter. Sie vernahm Waffenklirren und plötzlich einen hohen, schrillen Schrei, gefolgt von einem greulichen Fluch. Wie erstarrt blieb sie stehen, da öffnete sich eine der Zimmertüren, und ein bärtiger Mann stürzte heraus, ein Messer in der Hand, in den Augen das wirre Blitzen des Betrunkenen. Er starrte das kleine Mädchen an, das dort barfuß auf der Treppe stand und ihn aus riesengroßen Augen entsetzt anblickte. Sein Mund verzog sich zu einem Lächeln.

»Ach, die hübsche Prinzessin«, sagte er, »fürchtest du dich?« Er trat einen Schritt auf sie zu. Elizabeth brüllte wie am Spieß, drehte sich um und hastete die Treppe wieder hinauf. In der Dunkelheit und in der panischen Eile fand sie die Tür zu ihrem Zimmer nicht mehr. Sie lief daran vorbei und schlug hart mit dem Bein gegen die unterste Stufe zu einer weiteren Treppe, die steil nach oben führte. Ohne zu bedenken, in welche Falle sie geriet, erklomm sie die Stufen, bis sie einen flachen Raum mit schrägen Wänden erreichte, in dem es staubig und modrig roch und der voller Gerümpel stand. Offenbar war sie auf dem Speicher des Hauses. Elizabeth lief zwischen all den abgestellten Dingen hindurch, einige Male stolperte sie und fiel beinahe hin, dann riß ihr ein irgendwo hervorstehender Nagel eine Wunde ins Bein. Sie spürte das Blut warm zum Fuß hinabrinnen, bevor sie zitternd und erschöpft hinter einem Stapel Kisten zu Boden sank. Diese schreckliche Nacht kam ihr vor wie ein furchtbarer Alptraum. Sie verstand überhaupt nicht, was eigentlich geschah, aber es mußte eine grausige Gefahr sein, die von jenen Leuten ausging, die am Abend so böse zu den Ankommenden gesprochen hatten. Sehnsüchtig wünschte sie Joanna herbei, aber vielleicht war sie schon tot. Elizabeth rollte sich zusammen und vergrub das Gesicht in den Armen. Warum konnte sie nicht einfach erwachen und feststellen, daß das alles gar nicht geschehen war?

Gerade wollte sie sich etwas bewegen, um ihre schmerzenden Knochen etwas auszustrecken, da hörte sie ganz leise das Knarren der Treppe. Atemlos lauschte sie in die Dunkelheit. Ohne Zweifel kam dort jemand, vorsichtig schleichend, der schwarzbärtige Mann vielleicht, das Messer zwischen den Zähnen. Elizabeths Phantasie spiegelte ihr die wildesten Bilder vor, so daß sie glaubte, gleich zu sterben vor Grauen. Jetzt hatte der Fremde den Speicher erreicht und bewegte sich vorsichtig auf sie zu. Er mußte sehen können wie eine Katze, denn er stieß kein einziges Mal gegen irgendeinen Gegenstand. Zuerst sagte er nichts, aber dann vernahm sie auf einmal seine Stimme.

»Elizabeth«, flüsterte er, sehr leise und sehr deutlich. Die Stimme kannte sie. Es war John.

Sie sprang auf und schrie beinahe vor Erleichterung.

»John! Hier bin ich!«

Schon stand er neben ihr und drückte sie an sich.

»Psst«, machte er, »nicht so laut. O Gott, wir fürchteten schon, du seist tot!«

In Elizabeth löste sich die Erstarrung der letzten Minuten, und sie fing wieder an zu weinen. Sie preßte sich so dicht sie nur konnte an ihn und fühlte seine Hand beruhigend über ihr Haar streichen.

»Was ist denn nur passiert?« schluchzte sie.

»Elizabeth, hör mir jetzt zu. Wir sollten ganz ruhig sein. Ein paar von den Leuten, mit denen wir heute abend gestritten haben, hatten wirklich zuviel getrunken. Sie wollten Phillip Sheridy umbringen!«

»Ist er tot?«

»Nein, er ist nicht tot, Lady Sheridy, Cynthia und Joanna auch nicht. Sie konnten in einen der unteren Räume fliehen. Der Wirt ist auch bei ihnen und hält die Tür verriegelt. Nur wir beide sitzen hier oben, und das ist wohl ein bißchen gefährlich.«

»Ja.«

»Hast du große Angst?«

Elizabeth schüttelte den Kopf. John spürte das mehr, als daß er es sah, und lächelte.

»Du bist sehr tapfer«, sagte er. Im gleichen Augenblick ertönten laute Stimmen auf der Treppe, und Schritte waren zu hören, nicht leise schleichend diesmal, sondern laut und plump. »Die Kleine ist hier hinaufgerannt«, rief jemand, »und der Teufel soll mich holen, wenn dieser junge Mann nicht bei ihr ist!«

»Wenn sie da oben sind, sitzen sie wie die Kaninchen in der Falle. Ich würde zu gern wissen, was uns der reiche Lord gibt, wenn wir das süße Prinzeßchen geschnappt haben!«

»Das werden wir feststellen!«

Die Treppe dröhnte. John drückte Elizabeth zu Boden. Dabei faßte er in die klebrige Flüssigkeit ihres Blutes.

»Du bist verletzt«, flüsterte er.

»Ja, aber es ist nicht schlimm!« Elizabeth kam sich ungeheuer großartig vor bei diesen Worten. Überhaupt verlor sich ihre Angst, seit John da war. Sie empfand es als atemberaubend spannend, hier neben ihm hinter den Kisten zu liegen, die Nase im Staub, der Körper vibrierend vor Aufregung. Sie war vollkommen davon überzeugt, daß John sie beschützen würde. In den letzten Minuten hatte sich ihre Bewunderung für ihn in grenzenlose Verehrung verwandelt, einfach nur deshalb, weil er plötzlich aus dem Dunkel heraus aufgetaucht war, in einem Moment, in dem sie ihn so dringend brauchte. Und sie hatte das Gefühl, daß er sie dabei gar nicht herablassend behandelte, sondern es ganz selbstverständlich fand, daß sie trotz ihrer Verletzung am Bein die Zähne zusammenbiß und nicht jammerte. Belinda, dachte sie etwas verächtlich, würde weinen und zittern!

Auf der Treppe flammten Kerzenlichter auf.

»Kommt heraus!« schrie eine Stimme. »Es hat keinen Sinn, sich zu verstecken!«

Elizabeth erkannte, daß John etwas in der Hand hielt. Da es heller im Raum geworden war, konnte sie sehen, daß es sich um ein Messer handelte. Erschrocken seufzte sie.

John wandte ihr sein Gesicht zu. Er lächelte, doch nur kurz, dann bekam er wieder einen angespannten Ausdruck. Auf einmal ging alles ganz schnell. Die Feinde mußten sich dem Versteck genähert haben, denn plötzlich stieß John den Berg von Kisten um, so daß alles laut polternd übereinanderfiel. Er sprang auf, und Elizabeth sah nur noch ein Gewühl von vielen Männern, die alle auf John losgingen, aber manche stolperten, weil überall Kisten herumlagen. Die gespenstische Szene im flackernden Kerzenlicht ließ in Sekundenschnelle Elizabeths ganze Tapferkeit zusammenbrechen. Sie schrie auf, sah, wie John den Arm hob und seinem Gegner das Messer in die Brust stach, spürte selbst einen stechenden Schmerz in ihrem verletzten Bein, alles um sie herum versank in tiefste Finsternis, und sie sah und fühlte überhaupt nichts mehr außer dem letzten kurzen Gedanken: Lieber Gott, nun sterbe ich!

Sie wußte nicht, wie lange es gedauert hatte, bis sie wieder zu sich kam. Als sie die Augen aufschlug, lag sie in einem warmen Zimmer auf einem weichen Sofa, und über sie neigten sich ein halbes Dutzend tiefbesorgter Gesichter. Phillip, Harriet, Joanna, Cynthia, Agatha und der blasse Wirt, alle blickten sie aufmerksam an. Nach einigen Minuten der Unsicherheit, in denen alles noch ein wenig verschwamm, konnte Elizabeth sie klar sehen.

»Tante Harriet«, murmelte sie. Harriet legte ihr die Hand auf die Stirn.

»Mein armes Kleines«, sagte sie, »ich hatte so schreckliche Angst um dich!«

Joanna weinte beinahe.

»Ich dachte, du wärest mit Agatha und mir nach unten gelaufen«, erzählte sie, »wir hörten Lärm und rannten aus dem Zimmer, und da kam gerade auch Cynthia, und wir glaubten, du seist bei ihr. Wir bemerkten erst unten, daß du nicht da warst...«

Cynthias Gesicht verriet deutlich den Schrecken darüber, daß sie die Flucht ergriffen und Elizabeth vergessen hatte.

»Es tut mir so leid«, jammerte sie, »aber ich war so aufgeregt. O Elizabeth, kannst du mir jemals verzeihen?«

Elizabeth nickte, während Phillip sagte:

»Aber Cynthia, niemand macht dir Vorwürfe!«

»Zum Glück wagte sich John Carmody hinauf«, setzte Harriet hinzu, »wir müssen ihm ewig dankbar sein.«

Bei der Erwähnung dieses Namens begann Elizabeths Verstand endlich wieder zu arbeiten. Sie setzte sich ruckartig auf. »Wo ist er?« rief sie. Dann stöhnte sie leise, denn ihr Bein tat scheußlich weh und war geschwollen.

»Du hast eine ziemlich große Wunde am Bein«, sagte Harriet, »aber ein Doktor wird gleich hiersein. John ist nichts geschehen. Er ist draußen im Hof und spricht mit den Männern von der Bürgerwehr, die zu unserer Rettung gekommen sind. Denk dir nur, einer der Diener konnte durch ein Fenster entkommen und im nächsten Ort Hilfe holen. Wer weiß«, sie schauderte, »wer weiß, was sonst mit uns geschehen wäre!«

»Sie kamen wirklich im letzten Moment«, meinte Phillip, »John wurde dort oben ziemlich bedrängt. Übrigens hat er einen Gegner...« Er brach ab, als Harriet ihm ein Zeichen machte. Elizabeth aber wußte, was er hatte sagen wollen. Schlagartig kam ihr die Erinnerung an den schrecklichen Augenblick, der ihre Ohnmacht ausgelöst hatte, an jenen Moment, da alles um sie herum nur noch Blut zu sein schien. Ihre Augen standen voller Entsetzen.

»Ist der Mann tot?« fragte sie. Harriet nahm schnell ihre Hand.

»Er war ein schlechter Mensch«, sagte sie, »er hat es nicht besser verdient.«

Elizabeth wollte etwas entgegnen, aber da öffnete sich die Tür, und herein kamen der Arzt und einige Soldaten. Der Arzt wandte sich sogleich Elizabeth zu. Sie mußte ihm ihr Bein zeigen, an dem sich unterhalb des Knies eine beachtliche Wunde befand. Während der Arzt sie mit warmem Wasser reinigte und ein brennendes Pulver hineinschüttete, sagte der anführende Sergeant zu Phillip:

»Die Angreifer sind alle festgenommen und werden vermutlich nach Colchester gebracht. Ich bin beinahe sicher, daß man sie aufhängen wird.«

»Ja, richtig!« rief der Wirt. Er zitterte am ganzen Körper. Offenbar hatte er große Angst, wegen seiner anfänglichen Sympathie mit den Arbeitern nun ganz zu ihnen gezählt zu werden und für ihre Vergehen ebenfalls bezahlen zu müssen.

»Sir, sagen Sie dem Sergeanten, daß ich alles getan habe, um Sie und Ihre Familie zu schützen«, verlangte er. Phillip nickte.

»Der Wirt ist unschuldig«, sagte er, »allerdings hat er diesen Leuten zuviel Alkohol gegeben. Das alles wäre nicht passiert, wenn nicht einige hoffnungslos betrunken gewesen wären. Im übrigen, Sergeant, sollten sie nicht alle aufgehängt werden. Fünf Männer haben den Angriff geführt, alle anderen beteiligten sich nicht daran.«

»Das werden wir dem Richter überlassen müssen«, entgegnete der Sergeant. »Da die Bande zusammengehört, muß sie sich auch zusammen verantworten. Wer unschuldig ist, hat nichts zu befürchten.«

Von der Tür her war lautes Lachen zu hören. Alle drehten sich um. Es war John, der dort lehnte und das Gespräch gehört hatte.

»Warum lachen Sie?« erkundigte sich der Sergeant irritiert.

»Ich lache über Ihren Kinderglauben, mit dem Sie über die Unfehlbarkeit der englischen Justiz sprechen«, erwiderte John. »Sollten Sie wirklich nicht wissen, daß hier nur das Recht des Adels und des Reichtums regiert? Diese Menschen dort draußen«, er wies mit der Hand zum Fenster, »werden alle hängen. Sie haben kein Geld für einen Anwalt, und sie werden vor einem Richter stehen, der sie schon für ihre schmutzigen Kleider, ihre unrichtige Sprechweise und ihre ausgehungerten Körper haßt!«

»Sir, ich bitte Sie!« Der Sergeant war blaß geworden.

»John, fangen Sie nicht schon wieder an«, warf Phillip ein. »Sie selbst wurden doch auch von diesen Leuten angegriffen. Und sehr zimperlich waren Sie nicht. Schließlich haben Sie einen von ihnen ohne längeres Zögern ins Jenseits geschickt!«

»Ich wurde angegriffen und habe mich verteidigt. Aber was jetzt geschieht, ist die Auslieferung unschuldiger Menschen an eine korrupte und einseitig richtende Justiz!«

»Korrupt!« Nun war der Sergeant für einen Moment sprachlos. »Sir«, sagte er dann, »Sir, ich schiebe Ihre... Ihre... nun, Ihre etwas leichtfertigen Reden auf Ihre augenblickliche Situation so unmittelbar nach einem gefährlichen Kampf. Sie sollten sich ausruhen. Morgen früh werden Sie einen klaren Kopf haben.«

John lächelte ihn mitleidig an, dann trat er an Elizabeths Sofa.

»Wie geht es dir?« fragte er. Sie strahlte ihn an.

»Wunderbar«, sagte sie.

»Das freut mich. Nachdem unsere Freunde, die Soldaten, gekommen waren, sah ich mich wieder nach dir um und merkte, daß du in der Zwischenzeit eingeschlafen warst.«

»Ich glaube, das geschah wegen meines Beines«, entgegnete Elizabeth. Sie mochte nicht zugeben, daß das Blut des Feindes die Ursache gewesen war.

»Ich finde, wir sollten alle noch ein wenig schlafen«, meinte Phillip, »ein paar Stunden sind von der Nacht ja noch übrig.«

Natürlich fand kaum jemand Schlaf. Cynthia verbrachte die Nacht damit, sich alle fünf Minuten bei Elizabeth wegen ihrer überstürzten Flucht zu entschuldigen, und Elizabeth versicherte jedesmal, das sei gar nicht schlimm, aber sie hörte in Wirklichkeit kaum zu, sondern dachte an ihr Erlebnis und an John.

Nie werde ich einen anderen Mann lieben, dachte sie überschwenglich.

John hatte ihre Liebe in dem Augenblick errungen, als er ihr das Leben rettete. Sie ahnte nicht, daß sie sich siebzehn Jahre später für diese Nacht würde revanchieren müssen und daß sie es tun würde, ohne mit der Wimper zu zucken.

»Bist du mir wirklich nicht böse?« fragte Cynthia. Elizabeth richtete sich auf, ihre Augen funkelten.

»Aber nein, Cynthia«, erwiderte sie, »mir konnte doch nichts geschehen. John war ja da!«

Entgegen ihren Reden vom Abend gab sich Cynthia jetzt trocken. »John ist auch nur ein Mensch«, sagte sie, »sie hätten ihn leicht töten können!«

»Er ist stärker als sie alle!«

»Glaub das doch nicht! Eines Tages wirst du aufwachen und feststellen, daß er nicht stärker ist als andere auch!«

»Du redest auch jede Minute andersherum«, entgegnete Elizabeth böse. Sie drehte sich auf die andere Seite, denn sie wollte allein sein mit ihren Träumen.

Wenige Tage danach erreichten sie an einem späten Nachmittag London. Es regnete, als sie in die Stadt kamen, nur wenige Menschen hasteten durch die Straßen, und tief über allen Hausdächern lastete dichter Nebel. Elizabeth, die von Zeit zu Zeit ihren Kopf zum Fenster hinausstreckte, fand nicht sehr schön, was sie hier sah. Enge Gassen und düstere Häuser, ein paar verwahrloste Katzen, ärmlich gekleidete Menschen und über allem ein seltsam fauliger Geruch nach uralten Abfällen und nach dem Wasser der völlig verschmutzten Themse, die zu nichts anderem als zur

Schmutzbeseitigung der Fabriken diente. Die Stadt hatte gar nichts gemeinsam mit dem schönen, lieblichen Heron Hall. Obwohl schon die Dunkelheit hereinbrach, trieben sich draußen noch Bettler herum. Sie warfen sich beinahe vor die heranrollenden Kutschen, um sie zum Anhalten zu zwingen, aber die Kutscher verjagten sie mit geübter Brutalität. Joanna und Elizabeth stießen gleichzeitig einen Schrei aus, als sie einen Mann bemerkten, der an eine Hauswand gelehnt auf den Pflastersteinen kauerte und den Vorüberfahrenden beide Arme entgegenstreckte. Es war furchtbar. Er hatte keine Hände mehr, sondern seine Arme endeten mit blutverkrusteten Handgelenken.

»Oh, Agatha, sieh nur«, rief Elizabeth, »der arme Mann hat keine Hände mehr!« Sie weinte beinahe vor Mitleid, doch Agatha blieb unerschütterlich.

»Man hat sie ihm abgehackt«, erklärte sie, »das tut man bei Dieben. Dieser Mann muß schon zweimal versucht haben, etwas zu stehlen, da ihm beide Hände fehlen.«

»Bitte, wir müssen ihm etwas geben«, verlangte Joanna, »er hat bestimmt schon lange nichts mehr gegessen.«

»Nichts da! Wenn er essen will, soll er arbeiten. Und wenn er arbeitet, dann kann er auch essen!«

»Aber er kann nicht arbeiten, wenn ihm doch seine Hände fehlen«, gab Joanna zu bedenken.

»Das hätte er sich vorher überlegen müssen«, sagte Agatha, »und jetzt seid still, Kinder. Wir sind doch schon an dem Mann vorbei!«

Allmählich wurde die Gegend angenehmer, zugleich verstärkte sich jedoch die Dunkelheit, so daß nur noch wenig zu sehen war. Sie waren von Osten her in die Stadt gekommen und hatten daher zunächst die grauenhaften Armenviertel durchqueren müssen, nun nahm sie der Westen auf, mit seinen schönen Häusern und gepflegten Parks. Das Stadthaus der Sheridys lag nahe dem ehemaligen Königspalast Whitehall und war fast hundert Jahre alt, groß und eindrucksvoll, verschwenderisch gebaut. Ein Pferdestall gehörte dazu, ebenso ein großer Hof, in dem einige alte Eichen standen. Hinter der Mauer, die den Hof gegen jede Einsicht von außen abschirmte, befanden sich Gartenanlagen, die bis zum Themseufer hinabreichten und zum Park von Whitehall gehörten.

Aber von alldem konnte man an diesem Abend kaum etwas sehen. Steifbeinig und frierend kletterten die Reisenden aus den Wagen, nichts anderes im Sinn, als so schnell wie möglich in Wärme und Trockenheit zu gelangen. Harriet schwankte vor Erschöpfung, als sie die steinernen Stufen zur Haustür hinaufstieg. Dort wurde ihr von dem Dienstmädchen Samantha, das während der Abwesenheit der Familie das Haus in Ordnung hielt, geöffnet. Harriet sah sich nach Agatha um.

»Agatha, du bringst die Kinder ins Bett«, sagte sie, »und bitte kein Geschrei mehr heute abend.«

Joanna verzog das Gesicht.

»Ich möchte Elizabeth aber noch das ganze Haus zeigen«, sagte sie. Agatha schüttelte den Kopf.

»Deiner Mutter geht es nicht gut«, sagte sie, »darum werdet ihr schlafen und still sein!«

»Mutter geht es nie gut«, maulte Joanna. Dennoch sah sie ein, daß es keinen Zweck hatte zu jammern. Sie und Elizabeth gingen hinauf auf ihr Zimmer, dessen Fenster zur Straße ging, so daß man noch im Liegen die Dächer der anderen Häuser erkennen konnte. Hin und wieder drangen Stimmen herauf, ein Lachen oder ein Rufen oder das Räderrasseln eines Wagens. Im Einschlafen fielen Elizabeth die Worte Johns ein, die er ihr sagte, ehe er sich am King's Square von ihnen verabschiedete: »Freu dich auf diesen Winter, Elizabeth. Du verbringst ihn im Herzen des British Empire!«

5

Das London des ausgehenden 18. Jahrhunderts war so voller Gegensätze, voller Lebendigkeit und Bewegung, daß es jedem vorkommen mußte, als seien hier die wichtigsten Ströme der Welt in einem wogenden Meer vereint. Die Stadt glich einem Hexenkessel, bunt und laut, hektisch und hysterisch, überdreht und pulsierend. Glitzer und Schmutz standen dicht beieinander, schreiende Fröhlichkeit und jämmerliches Leid, protziger Reichtum und tödliche Armut befanden sich in unmittelbarer Nachbarschaft. Tag und Nacht lärmte London in rauschenden Festen, in Tänzen, Besäufnissen, in Tränen und Lachen, in Flüchen, in Schlägereien und in der Liebe. Seine Lebhaftigkeit wurde führend in den europäischen Städten, nachdem der gefährliche Konkurrent Paris ganz in den rauschhaften, alles verdrängenden Bann der Revolution geraten war. In London hingegen kamen das Laster und die Lust und jede Form der Unmoral an die Herrschaft. Sie gediehen blühend auf diesem Boden des Abfalls, der Überfüllung, des grenzenlosen Reichtums, des abgrundtiefen Elends. Diese Mischung erst bot die Voraussetzung für den giftigen Sumpf, in dem die Stadt versank.

Es war keine echte Fröhlichkeit, die in den Straßen herrschte, nicht die des Glückes und der Zufriedenheit. Es war die maßlose und fast verzweifelte Fröhlichkeit des Lebens in übermäßigem Luxus, des Überdrusses, der Ausbeutung, der verdrängten Schuld, des Ablehnens jeder Nachdenklichkeit. Die Reichen in London wußten mit ihrem Leben nichts anderes anzufangen, als es in funkelnder Pracht zu ersticken, und die Armen konnten ihr Leben nicht anders erhalten, als daß sie zu Trinkern und Verbrechern wurden. Der Adel feierte jede Nacht Feste, deren Schein und Glanz ausgereicht hätte, das ganze Land zu beleuchten, zugleich starben im Schatten seiner Palastmauern die Bettler und verhungerten in feuchten Wohnungen die Arbeiter. Nie hatten so strenge Klassenunterschiede bestanden wie in dieser Zeit, dabei fielen in Wahrheit die Schranken zwischen Adel und in die Städte strömenden Bauern immer mehr. Die Arbeiterfrauen begriffen, auf welchem einzigen Weg sie ihre Familien am Leben erhalten konnten, und die adeligen Herren erkannten in der käuflichen Liebe eine wundervolle Abwechslung zum Ehealltag und zum schon langweiligen Seitensprung mit den ewig gleichen Ladies. Die hungrigen, verhärmten Elendsfrauen hatten für viele Männer einen ganz ungewohnten, neuen Reiz. Die Bordelle schossen wie Pilze aus dem Boden, und die Kutschen, die abends vor ihren Türen hielten, trugen nicht selten das Wappen alter Geschlechter. Die Frauen der Lords rächten sich für diese Untreue und zogen ihrerseits los, die Nächte in fremden Betten zu verbringen. Manche geschickte Kurtisane gelangte in dieser Zeit zu beachtlichem Reichtum, manche andere aber blieb immer nur ausgenutztes Opfer und ging irgendwann zugrunde.

Trotz oder gerade wegen dieser Zustände existierte weiterhin eine merkwürdige Doppelmoral. Es gab beinahe nichts, was sich die verheirateten Männer und Frauen nicht erlaubten, aber mit einer unglaublichen Aufmerksamkeit und Unnachsichtigkeit wurde über die Keuschheit junger Mädchen gewacht. Bei ihnen konnte jeder aufleuchtende Blick, jedes ermunternde Lächeln, jedes zu laute Lachen bereits als zutiefst verwerflich gelten. Jede Woche hatte die Gesellschaft einen neuen Skandal in den Salons zu besprechen, jedesmal ausgelöst durch ein junges Mädchen, das in irgendeiner verfänglichen Situation überrascht worden war. Hatte man sich darüber genug erregt, zog man sich, durchaus nicht immer diskret, zu den eigenen Freuden zurück.

Die Sheridys hielten sich abseits der Gesellschaft, sie nahmen vielmehr nur an höchst offiziellen Festlichkeiten teil und ließen den Rest aus. Im St.-James-Palast wenigstens herrschte noch ein Hauch von Anstand. Die Königsfamilie hielt sich zwar auch nicht von allen Lastern fern, aber der König selbst immerhin galt als ziemlich tugendhaft. Es gab allerdings sonst nicht viel Gutes, was man über George III. sagen konnte. Im vergangenen Jahr erst war er von einer Geisteskrankheit befallen worden, die beinahe sechs Monate dauerte und während deren Verlauf die Nation angstvoll damit rechnete, über kurz oder lang den Prince of Wales den Thron besteigen zu sehen, der außer seinen rasch wechselnden Geliebten und auserlesenen Speisen keine Interessen hatte. George III. hatte Anfälle von Wahnsinn, galt als völlig ungebildet, und unter seiner Regentschaft erreichte England den moralischen Tiefpunkt seiner Geschichte, aber wenigstens war er fromm und gutmütig.

Selbst Kritiker atmeten daher auf, als seine Gestörtheit endete und er die Krone behalten konnte.

Joanna, Cynthia und Elizabeth sollten natürlich von dem verderblichen Einfluß ferngehalten werden, dem sie in London ausgesetzt sein konnten. Ihre Welt blieb die des Wohlstandes und des Friedens, abgeschlossen gegen das Böse von draußen. In diesem Winter, der mit eisiger Kälte und Nebel kam, bildete das alte geräumige Stadthaus die schützende Burg. Stunde um Stunde spielten die Kinder auf dem riesigen Dachboden mit seinen knarrenden Holzdielen und Spinnweben zwischen den Wandpfeilern, mit seinen hundert Ecken und Winkeln, in denen man unerwartet die seltsamsten Dinge finden konnte. Hier gab es vergilbte Bücher, mit blaß gewordener Tinte beschrieben, so das unglaublich faszinierende Tagebuch einer Laura Sheridy, die in den Jahren des englischen Bürgerkrieges über die täglichen Abenteuer ihres Lebens berichtet hatte, oder eine dreihundert Jahre alte Bibel, von einem Angus Sheridy mit seinen gottlosen Randbemerkungen versehen. Es gab Stoffpuppen, zerschlissene Seidenkleider, Perücken und Schuhe, getrocknete Blumen und zerbrochene Schmuckstücke. Joanna kannte viele dieser Dinge bereits von ihren früheren Aufenthalten in London her und stieß Triumphschreie aus, wenn sie auf einen vertrauten Gegenstand stieß. In Elizabeth stiegen Bilder wunderbarer Spiele auf, die man hier spielen konnte, und in Joanna fand sie begeisterten Widerhall. Joanna blieb die Anführerin. Sie wußte sofort, wie jeder Plan in die Wirklichkeit umgesetzt werden konnte, sie kannte kein Zögern und keine Scheu zu tun, was sie tun wollte. Sie stülpte sich einen enormen Hut auf den Kopf, stieg in wahre Fässer von Reitstiefeln und stürmte über die Treppen des Hauses, gefolgt von Elizabeth im Reifrock, das Gesicht von einem Schleier verhüllt.

Natürlich gab es manchmal auch unliebsame Unterbrechungen, so etwa, wenn Harriet die Kinder in ihren Salon bat, um ihnen dort Geschichten vorzulesen oder Lieder mit ihnen zu singen. Sie mußten dann ganz still sitzen und Harriets klarer Stimme lauschen, aber Elizabeths Augen schweiften jedesmal unruhig durch das Zimmer, berührten das lodernde Feuer im Kamin, das Großmuttergemälde in der Ecke, den weichen Teppich und schließlich den Nebel draußen über den Hausdächern. Irgendwann aber trafen ihre Augen auf die von Joanna, in denen es immer funkelte und in denen Elizabeth das Spiegelbild des eigenen Erlebnishungers erblickte. Sie lächelten einander zu, und auf einmal kehrte alle lebendige Regsamkeit in Elizabeth zurück, und das Herumsitzen in diesem Zimmer wurde ebenso zum Spiel wie alles andere.

Häufig gingen sie mit Agatha im St.-James-Park spazieren, wo es so aufregend war, daß sie sogar die beißende Kälte und die Feuchtigkeit vergaßen. Nie hatte Elizabeth so viele elegante Menschen auf einmal gesehen. Wo sie auch hinblickte, rollten Kutschen, schritten in kostbare Pelze gehüllte Damen und stattliche Herren vorüber, ertönten Rufe und Gelächter. Immer wieder streifte ein köstliches Parfüm die Nase oder tauchten plötzlich ein verwegen roter Mund und hochgetürmte Lockenberge auf. Elizabeth, leicht zu beeindrucken, fiel von einem Staunen ins nächste. Ohne richtig zu begreifen, was alles sich hier abspielte, witterte sie darin doch das wahre Leben, das jenseits von Dachbodenspielen und Gesangsstunden lag. Die Zukunft lief auf etwas anderes hinaus als auf das Glück in der liebevollen Geborgenheit einer Familie. In weiter Ferne wartete eine Wirklichkeit, die nichts Sanftes mehr besaß. Wie sehr diese Wirklichkeit bereits in ihr Leben eingegriffen hatte, wußte Elizabeth überhaupt nicht. Sie machte sich nicht klar, daß sie ihr schon in die Augen geblickt hatte, als Sarah und Henry elend starben, als sie Louisiana verlassen mußte, als sie, von wilden, verzweifelten Menschen bedroht, zitternd ein Versteck hinter einem Stapel von Kisten suchte, als John vor ihren Augen einen fremden Mann tötete. Ihre Kindlichkeit besaß noch die Fähigkeit des vollkommenen Verdrängens. An einem der ersten Januartage des Jahres 1790 aber wohnte sie einem erschütternden Ereignis bei.

Sie kehrte am frühen Abend mit Joanna von einem Spaziergang zurück, verfroren wie noch nie. In London herrschte meist eher feuchte als trockene Kälte, doch an diesem Tag lastete kein Nebel über der Stadt, sondern die Luft blieb trocken und eisig kalt. Viele Leute hatten behauptet, es werde sogar Schnee geben, man könne ihn bereits riechen.

Zu Hause beschlossen Joanna und Elizabeth, sich in der Küche aufzuwärmen. Ohnehin war dort ihr liebster Aufenthaltsort, wenn sie nicht gerade spielten. Die Küche befand sich im Keller des Hauses, und hier herrschte immer eine herrliche Wärme von dem Feuer im Herd. Es roch nach einem frischgebackenen Kuchen, nach Vanille und Mandeln. Auf dem breiten hölzernen Tisch rollte die Köchin Teig aus, daneben stand ein Küchenmädchen und füllte Pasteten mit Fleisch. Ein weiteres Mädchen kniete neben dem Herd, um die gehackten Holzscheite aufzuschichten, dabei unterhielt sie sich mit einem Diener, der neben ihr saß und sie hingebungsvoll betrachtete. Die ganze Wärme und Gemütlichkeit dieses Dienstbotenreiches umfing die Kinder, als sie nebeneinander durch die Tür stürmten. Die Köchin Alice sah auf und lächelte strahlend.

»O meine Goldstücke!« rief sie. »Kommt her, Kinder, setzt euch an den Tisch. Ihr seht ja ganz verfroren aus! Ihr bekommt jetzt Kakao!« Schon schleppte sie Milch herbei. Das Küchenmädchen Eve schob ihnen zwei Pasteten zu.

»Mögt ihr die essen?« fragte sie.

Die Kinder machten sich sogleich über das noch warme Gebäck her, tranken Kakao, baumelten mit den Beinen und genossen das Kitzeln in den Fingern, als die Hände langsam wieder warm wurden. Eve summte ein trauriges Liebeslied vor sich hin, und Alice bekam beim Zuhören ganz feuchte Augen. Joanna und

Elizabeth amüsierten sich über die schmachtenden Blicke, mit denen der Diener Samuel das zweite Küchenmädchen Samantha anstarrte. Sie kicherten verstohlen, da unterbrach Samuel plötzlich die Stille.

»Ist es wahr«, fragte er, »daß Ellen Lewis morgen vor dem Fleetprison gehängt wird?«

Eve hörte auf zu singen, und Alice runzelte die Stirn.

»Samuel, die Kinder«, zischte sie. Samuel zuckte die Schultern.

»Na und?« meinte er. »Es wird jeden Tag einer gehängt!«

»Ellen Lewis«, wiederholte Samantha, »hat man sie doch noch erwischt!«

»Was hat sie eigentlich getan?« erkundigte sich Eve. Samuel grinste.

»Nichts weiter als ein paar Raubmorde verübt. Sie soll mit irgendeinem alten Kerl herumgezogen sein. In den Wirtshäusern hat sie die reichen Männer angelockt, sie in verschwiegene Ecken geführt, und dort wartete dann schon ihr Freund. Na ja, und dann...« Er machte die Bewegung des Halsabschneidens. Eve war ganz blaß geworden.

»Das hätte ich nicht von ihr gedacht«, murmelte sie.

»Sie war immer ein leichtfertiges Ding«, stellte Alice fest, »und so kommt es nun mal mit leichtfertigen Dingern!«

Joanna und Elizabeth hörten mit weit offenen Mündern zu.

»Wer ist Ellen Lewis?« fragte Joanna schließlich.

»Sie war Küchenmädchen wie wir«, erklärte Samantha, »nicht hier, in einem anderen Haus, in dem wir drei auch gearbeitet haben. Das hat ihr aber nicht gereicht. Sie wollte mehr vom Leben und hat sich anderswo Freunde gesucht. Eines Tages war sie dann verschwunden.« Sie schwieg. Ihr Blick stand voller Sehnsucht, als sie fortfuhr: »Vielleicht hatte sie verdammt recht!«

»Rede keinen Unsinn, Samantha!« fuhr Alice sie an. »Wohin ihr Weg sie geführt hat, siehst du! Direkt an den Galgen!«

»Traurig, traurig«, murmelte Samuel, »war ein teuflisch schönes Mädchen, diese Ellen. Und großzügig mit sich! Die war sich für keinen Kerl zu schade, die hat gegeben, was sie hatte!«

»Samuel, es reicht!« fauchte Alice. »Diese Reden kannst du im Wirtshaus unter deinen liederlichen Kumpanen führen, aber nicht hier! Ich will über Ellen Lewis kein Wort mehr hören!«

Samuel stand auf und schlich mit tückischem Blick auf die beiden Kinder zu.

»Wißt ihr, wie es ist, wenn sie einen aufhängen?« flüsterte er rauh. »Erst kommt der Strick um den Hals, dann ziehen sie den Boden unter den Füßen weg und... ha!« Er umklammerte mit beiden Händen seinen Hals, streckte die Zunge heraus und rollte mit den Augen. Eve schrie kreischend auf.

»Er soll aufhören«, jammerte sie, »hu, ich habe Angst!« Sie lief aus der Küche.

»Wie kannst du es wagen!« drohte Alice.

»Samuel, du bist ein Scheusal«, sagte auch Samantha, aber ihre dunklen Augen glühten.

»Meine armen Kinderchen«, sagte Alice, »hat Samuel euch so erschreckt!«

Aber die Kinder zeigten erstaunlich wenig Schrecken.

»Ich möchte es auch einmal sehen«, sagte Joanna, »oh, schrecklich gern würde ich es sehen!«

»Ich auch«, stimmte Elizabeth sofort zu. Alice schlug die Hände über dem Kopf zusammen.

»Da siehst du, was du angerichtet hast! Nichts als dumme Ideen setzt du den Kindern in die Köpfe. Warte nur, wenn sie das Lady Harriet oder Seiner Lordschaft erzählen!«

Dieser Gedanke schien Samuel inzwischen auch gekommen zu sein, denn sein Gesicht verriet deutlich Unbehagen.

»Ihr redet doch nicht darüber?« wandte er sich eindringlich an die kleinen Mädchen.

»Dumme Lage, nicht wahr, Samuel«, meinte Samantha spöttisch. Er warf ihr einen wütenden Blick zu.

»Ihr behaltet doch alles für euch?« wiederholte er. Elizabeth nickte.

»Aber wir möchten gern dorthin gehen«, bat sie.

»Das kommt nicht in Frage«, sagte Alice streng, »und jetzt kein Wort mehr davon, sonst werde ich sehr böse.«

Alle schwiegen. Samantha schmollte. Joanna und Elizabeth blieben nur noch kurz, dann zogen sie sich auf den Dachboden zurück, um über das Ereignis zu sprechen.

»Ich würde es zu gerne sehen«, sagte Joanna, »aber wir dürfen ja nichts!«

Die beiden sprachen noch eine Weile, aber es fiel ihnen kein brauchbarer Plan ein. Abends, als sie schon in ihren Betten lagen, hörten sie auf einmal leise Schritte und ein sanftes Pochen an der Tür. Es war Samantha, die hereingeschlichen kam.

»Ich darf hier nicht gesehen werden«, flüsterte sie, »ich wollte euch nur einen Vorschlag machen.«

Die Kinder richteten sich auf und sahen sie gespannt an.

»Ihr wollet doch sehen, wie Ellen Lewis gehängt wird? Nun, ich werde morgen hingehen. Und wenn ihr möchtet, nehme ich euch mit!«

»Oh«, machte Elizabeth, die sich als erste von ihrer Überraschung erholt hatte, »das ist aber nett von dir!«

»Aber was sagen wir meinen Eltern?« fragte Joanna.

»Morgen merken sie nichts«, erwiderte Samantha, »denn morgen gehen sie mit Miss Cynthia in die Oper!«

»Aber erst abends.«

»Ellen wird abends hingerichtet.«

Die Augen der Kinder leuchteten. Ein Grauen flutete durch ihre Körper, nun, da die Sache ernst zu werden versprach. Aber mit diesem Grauen wuchs die unheimliche Macht der Sensation, die sie unwiderstehlich anzog. Samanthas Gesicht leuchtete weiß im Mondlicht, ihre Augen blickten starr. Ach, sie *mußten* mit ihr gehen!

Tatsächlich fand am nächsten Tag die von Cynthia schon so lange ersehnte Oper statt. Früh am Morgen kam die Schneiderin, um das fertige Kleid für die junge Miss zu bringen. Es war ein Kleid, wie auch erwachsene Damen es trugen, schmal geschnitten, mit enger Taille und vielen Spitzen an Ausschnitt und Ärmeln. Cynthia machte schrecklich viel Aufhebens darum und stolzierte stundenlang über alle Gänge und die Treppen hinauf und hinunter. Sie ärgerte sich, daß Joanna und Elizabeth so wenig Neid zeigten, ohne im entferntesten an die wahre Erklärung dafür zu denken: Beide betrachteten die Ältere eher etwas mitleidig, weil sie etwas viel Aufregenderes am Abend vorhatten, wobei es den Reiz erheblich erhöhte, daß sie es heimlich tun würden.

Um fünf Uhr brachen die Sheridys endlich auf. Joanna und Elizabeth winkten der Kutsche nach, bis sie um die nächste Straßenecke verschwunden war, dann stürzten sie die Treppe hinauf in ihr Zimmer, um die Mäntel anzuziehen.

»Jetzt bloß nicht von Agatha erwischt werden«, stöhnte Joanna. »Wo ist sie eigentlich?«

»Vorhin saß sie in ihrem Zimmer am Kamin und schlief«, antwortete Elizabeth, »und hoffentlich tut sie das immer noch.«

Agatha hatte die dankenswerte Angewohnheit, am späten Nachmittag fast immer von schwerer Müdigkeit überwältigt zu werden und dann bis in den Abend hinein tief zu schlafen.

»Bist du fertig?« erkundigte sich Joanna heiser. Elizabeth zitterte.

»Ja«, flüsterte sie.

»Dann komm.«

An der Haustür trafen sie Samantha, die äußerst nervös und unruhig wirkte.

»Ich riskiere alles, weil ich euch mitnehme«, sagte sie ängstlich. »Ich weiß gar nicht, warum ich das tue!«

Die Kinder bekamen schon Angst, sie werde es sich anders überlegen. Aber über Samanthas Furcht siegte schließlich doch die Begierde, diesen unschuldigen, naiven Mädchen einmal ihre Welt vorzuführen, die Londoner Halbwelt, in der sie bereits viel mehr Fuß gefaßt hatte, als irgend jemand im Haus ahnte. Sie genoß die erstaunten und ehrfürchtigen Blicke, mit denen die beiden sie musterten. So wie heute hatten sie Samantha noch nie gesehen. Sie trug gewöhnlich ein graues Kleid mit einer schmutzigen Schürze darüber und ein weißes Häubchen auf dem unordentlichen dunkelroten Haar. Heute hatte sie einen roten Mantel an, mit einem etwas schmuddeligen, aber gewaltigen schwarzen Pelzbesatz an Saum und Kragen, riesige funkelnde Ohrringe und Stöckelschuhe, die sie um einen ganzen Kopf größer werden ließen. Ihre Haare waren zu einem Berg von glänzenden Locken aufgetürmt, auf denen ein roter Hut mit kurzem Spitzenschleier schwebte. Ihre Augen verschwanden fast, so sehr hatte sie Farbe darum herum verteilt. Das unglaublichste aber war ihr Mund, er leuchtete feuerrot und besaß das Doppelte seines normalen Umfanges. Elizabeth fand sie atemberaubend schön und fühlte nur den sehnlichen Wunsch, später auch einmal so auszusehen.

Als sie auf die Straße hinaustraten, taumelten sie im ersten Augenblick beinahe zurück vor der Kälte, die ihnen entgegenschlug. Die Luft war eisig, vereinzelt fielen Schneeflocken vom Himmel. Das Gras zwischen den Pflastersteinen war mit Reif überzogen, und auf den Laternen vor den gemütlich hell erleuchteten Häusern hatte sich eine Eisschicht gebildet.

Samantha ging mit großen Schritten voran, so daß die Kinder rennen mußten, um mitzukommen. Hin und wieder knickte Samantha mit ihren Stöckelschuhen um, dann sagte sie so schreckliche Worte wie »verfluchte Dinger« oder stieß einen Schmerzenslaut aus. Ihre Laune sank darüber, und sie schnauzte die Kinder an, wenn sie ihr zu langsam liefen.

»Wenn wir rechtzeitig dasein wollen, müßt ihr euren gemütlichen Trott aufgeben«, sagte sie böse. »Ich werde dort erwartet, und ich möchte nicht euretwegen den armen Luke warten lassen, versteht ihr? Au!« Das Kopfsteinpflaster hätte sie abermals beinahe zu Fall gebracht. Joanna kicherte, aber Samantha verstand heute keinen Spaß.

»Ich nehme euch nie wieder mit«, drohte sie, was Elizabeth gar nicht so schlimm fand. Dieses Abenteuer entpuppte sich vorläufig nur als äußerst unangenehme Anstrengung. Sie hatte Seitenstechen vom Laufen, außerdem fror ihr fast die Nase ab, und die dunklen Straßen sahen ganz anders aus als am Tag, richtig trostlos und unheimlich.

Je weiter sie zur Stadtmitte vordrangen, desto lebendiger wurde es jedoch. Hier befanden sich weniger die vornehmen Bürgerhäuser, sondern mehr Restaurants, Wirtshäuser und Bordelle. Helles Licht fiel auf die Straßen hinaus, Menschen liefen hin und her, einige torkelten, die meisten lachten laut und klammerten sich aneinander fest. Die Frauen, die aus den Wirtshäusern kamen oder in sie hineingingen, sahen fast alle aus wie Samantha, ähnlich gekleidet und geschminkt. Ein Mädchen mit faszinierend laut klirrenden Ohrringen stürzte auf Samantha zu und fiel ihr in die Arme.

»Samantha«, schrie sie, »o Samantha, du mußt mir helfen! Ich sterbe! Dieser verdammte Dreckskerl Jack ist mit dieser Schlampe Cathleen abgehauen! Oh, wie kreuzunglücklich ich bin!«

»Sie sieht aber gar nicht so unglücklich aus«, flüsterte Elizabeth Joanna zu. Darauf kam es jedoch offensichtlich nicht an. Samantha spielte mit, schimpfte lautstark auf den unglückseligen Jack und die Männer überhaupt. Ihre Laune war geradezu sprunghaft gestiegen, als sei sie jetzt endlich dort, wo sie sein wollte.

»Wenn du nichts Besseres vorhast«, sagte sie, »dann komm doch mit uns. Wir gehen zu Ellens Hinrichtung!«

»Ach, wunderbar, das tu' ich auch. Ich sage dir, nie wieder kommt ein Mann in meine Nähe! Huch, wer sind denn die süßen Kinderchen?«

»Die gehören zu meiner Herrschaft. Joanna und Elizabeth. Kinder, das ist meine alte Freundin Claire. Eine liebe, nette Tante, aber hoffnungslos dem Schnaps und den Männern verfallen.«

»Jetzt nur noch dem Schnaps. Aber hör mal, Samantha, dürfen die Kinder denn hiersein?«

Samantha machte eine großzügige Handbewegung.

»Ich wollte den Kleinen auch mal etwas Abwechslung gönnen«, erklärte sie, »aber jetzt kommt endlich, sonst fangen sie ohne uns an!«

Sie gingen weiter, Claire zwischen Joanna und Elizabeth, jede an einer Hand führend und ihr unglückliches Leben beklagend. Endlich erreichten sie einen großen Platz, auf dem sich bereits eine große Menschenmenge drängte. Es herrschte ein unvorstellbares Gewühl und ein unübertönbares Stimmengewirr. Die beiden kleinen Mädchen konnten überhaupt nichts sehen außer einer Unmenge verschiedener Beine. Sie ließen sich blind mitziehen, wurden immer wieder getreten und angestoßen, und mehr als einmal hätten sie beinahe Claires Hände verloren. Elizabeth weinte fast vor Angst. Sie wünschte sich nichts sehnlicher, als endlich wieder zu Hause zu sein. Die fremden, lauten Menschen ängstigten sie, zudem fand sie es gar nicht mehr erstrebenswert zu sehen, wie jemand aufgehängt wurde. Samantha jedoch drängelte sich unverdrossen weiter nach vorne. Einmal gab es einen längeren Aufenthalt, als sie nämlich jenen Luke entdeckte, mit dem sie sich verabredet hatte. Luke wirkte ziemlich furchteinflößend. Er ragte riesengroß über die ganze Menge hinaus, war unglaublich breit und hatte wirre Haare und buschige Augenbrauen über schwarzen Augen. Er lachte dröhnend, während er erst Samantha und Claire an seine Brust preßte und dann den Kindern die Hände schüttelte. Er nannte Samantha »Kätzchen«, was sehr passend schien, denn seit sie neben ihm stand, schnurrte sie geradezu.

Wie sich herausstellte, war Luke wesentlich gutmütiger, als er aussah.

»Ihr kleinen Würmer seht ja gar nichts«, meinte er zu Joanna und Elizabeth, und ehe beide es sich versahen, hatte er jede auf einen Arm genommen und auf seine Schultern gehoben. Von dort hatten sie eine ungetrübte Aussicht. In der Mitte des Platzes befand sich ein Brettergerüst, das auf vier Beinen stand und zu dem ein paar Treppenstufen hinaufführten. Oben stand hoch aufgerichtet eine breite hölzerne Stange, von deren Ende aus ein kürzerer Balken in die Luft ragte, von dem herab ein Seil mit einer Schlinge daran hing. Bis dicht an das Gerüst heran drängten sich die Menschen, meist ärmlich gekleidete Leute, aber hier und da waren auch kostbare Stoffe und glitzernder Schmuck zu entdecken. Ellen Lewis' Bekanntschaften erstreckten sich quer durch alle Schichten und Klassen, ihre Liebhaber waren Bettler ebenso gewesen wie Grafen. Ihre Hinrichtung glich einem gesellschaftlichen Ereignis.

Rund um den Platz hatte man unzählige Fackeln aufgestellt,

deren Flammen die Winternacht hell erleuchteten, aber sie auch in eine schreckliche Unheimlichkeit stürzten. Der Feuerschein tanzte rötlichgelb über die Gesichter der Menschen und warf vergrößerte, zuckende Schatten auf alle Hauswände.

Plötzlich wich an einer Stelle die Menge auseinander, man hörte laute Rufe und wildes Geschrei. Elizabeths Augen schmerzten, so weit riß sie sie auf in ihrer Anstrengung, nur ja nichts zu versäumen. Sie sah ein paar Männer, die nun die Stufen zu dem Holzgerüst erklommen, und hörte Samanthas heisere Stimme:

»Jetzt bringen sie Ellen!«

Tatsächlich ging zwischen den Männern eine Frau, so klein und zierlich, daß man sie leicht hätte übersehen können. Sie trug einen schmutzigen grauen Rock und ein halbzerrissenes weißes Oberteil, das ihre Schultern und Arme frei ließ. Bis zur Taille fielen ihre honigfarbenen Haare herab, wirr und ungekämmt zwar, aber noch immer üppig gelockt. Elizabeth erkannte scharfe Züge, spitz und verhungert, zurückgesunkene Augen, aber ein unvergleichlich hochmütiges, spöttisches Lächeln um die Lippen.

»Sie sieht aus wie immer«, murmelte Claire hingerissen, »nicht einmal der Galgen kann sie einschüchtern.«

»Jetzt nach vorne stürzen und sie retten«, sagte Luke sehnsüchtig, aber Samantha gab ihm einen Rippenstoß.

»Verdirb ihr nicht ihren größten Auftritt«, wies sie ihn zurecht. Ellen stand nun direkt unterhalb der Schlinge. Ein Geistlicher trat an sie heran, aber sie sagte etwas zu ihm, was ihn entsetzt zurückweichen ließ. Statt mit ihm zu beten und sich den Segen für ihren letzten Weg geben zu lassen, machte Ellen einen Schritt nach vorne.

»Freunde!« schrie sie. Ihre Stimme klang rauh und heiser, bewirkte aber, daß in Sekundenschnelle völlige Ruhe auf dem Platz eintrat.

»Ich danke euch, daß ihr gekommen seid. Wem es jetzt leid tut um die schöne Ellen, den liebe ich, und wer jetzt triumphiert, der soll fortan in der Hölle schmoren! Ich habe verdammt lange in diesem Drecksgefängnis gesessen und darauf gewartet, daß man mich freikauft. Aber die Reichen vergessen ja so schnell. Dort drüben«, sie wies mit dem ausgestreckten Zeigefinger in eine Richtung, »sehe ich den Earl Marworth. Er war mein letzter... Bekannter!« Alle Blicke folgten ihrem Finger. Einige Leute schienen den Earl zu erkennen und pfiffen ihm anerkennend zu.

»Nicht zu früh«, schrie Ellen, »der Kerl hatte auch kein Geld für mich im Gefängnis!« Ihr Gesicht nahm einen gehässigen, abstoßenden Ausdruck an.

»Du bist ein geiziger Hund, Earl!« rief sie ihm zu. »Nicht das kleinste Geschenk habe ich je von dir erhalten! Alle Frauen, die heute hier sind, kann ich nur vor dir warnen. Du bist ein feiger Schwätzer und zu allem Überfluß, mein Schatz, auch noch ein verflucht lausiger Liebhaber!«

Brüllendes Gelächter toste über den Platz. Luke lachte so sehr, daß die beiden Mädchen sich an seinem Hals festhalten mußten, um nicht hinunterzufallen.

»Der Earl ist blamiert bis ans Ende seines Lebens«, jauchzte Claire, »ach, Ellen ist herrlich!«

Ellen genoß den Jubel der Menge zutiefst. Sie lächelte zufrieden, dann trat sie zurück und blieb unterhalb der Schlinge stehen. Ein Henker mit schwarz verhülltem Haupt legte ihr die Schlinge um den Hals. Gelächter und Geschrei waren mit einem Schlag verstummt. Irgendwo seufzte jemand, andere weinten.

Bis zu diesem Moment hatte Elizabeth keine Minute lang vollkommen begriffen, was dies eigentlich für ein Geschehen war, dem sie gegenüberstand. Alles, was hier passierte, hatte jede Ahnungsfähigkeit in ihr überstiegen. Zum ersten Mal plötzlich wurde ihr klar, daß die lachende, lebendige Frau dort vorne im nächsten Augenblick tot sein würde, daß diese schreckliche Schlinge ihr den Hals zuschnüren und ihren Atem zum Stocken bringen würde. Dazu kamen die Fackeln, der schwarze Himmel, das lähmende Schweigen. Ein entsetzlicher Schrecken durchfuhr sie.

»Nein!« Sie krallte beide Hände in die Schulter des aufschreienden Luke. »Nein, das dürfen sie nicht! Sie dürfen die arme Ellen nicht töten! Nein, nein!« Ihre Stimme wurde zum Kreischen. Luke packte ihre Hände.

»Sei ruhig!« herrschte er sie an. Doch in Elizabeth war bereits Hysterie erwacht. Sie weinte laut, ohne daß irgend jemand das beachtet hätte. Jeder blickte starr nach vorne, wo Ellen totenblaß auf dem Gerüst stand. Und dann geschah es: Ein lauter Schlag war zu hören, ein Aufschrei. Eine Klappe unter Ellen hatte sich plötzlich geöffnet, das Seil straffte sich, und der leblose Körper schwang schwerfällig daran hin und her. Die Menge, infolge des Londoner Lebens abgebrüht und hart im Nehmen, stand wie erstarrt. Elizabeth wurde es entsetzlich übel. Das also ist das Herz des British Empire, dachte sie, und gleich darauf: O Gott, nein, ich kann doch nicht jedesmal ohnmächtig werden! Lukes Schultern befanden sich in solch schwindelerregender Höhe. Ganz, ganz weit unten lag verschwommen der steinerne Boden. Er begann sich zu drehen, rasend schnell, in einem wilden Wirbel, wurde zum dunklen, hohen Himmel, zum Himmel von England und von Louisiana, und Elizabeth verlor jeden Halt und stürzte hinab zu den blitzenden, goldfarbenen Sternen.

6

Es war diesmal kein bequemes Sofa, auf dem Elizabeth erwachte, sondern ein harter, hölzerner Tisch, an dessen Ende ihre Beine herabhingen. Über ihr verlief eine weißgestrichene, mit Wasserflecken durchsetzte Decke. Elizabeth wußte überhaupt nicht, wo sie war, aber sie kam auch nicht dazu, darüber nachzudenken. Ihr Kopf schmerzte, aber noch viel schlimmer quälte sie ein höllisches Brennen, das durch ihre Kehle rann. Wild nach Luft schnappend richtete sie sich auf, sah Luke, fühlte dann etwas Hartes im Mund, und gleich darauf erfüllte eine Flüssigkeit ihren Hals.

»Schnaps«, erklärte Luke, »der bringt jeden wieder auf die Beine!«

»Mach sie nicht besoffen«, beschwor ihn Samantha, »Herrgott, Kind, hättest du nicht vorher sagen können, daß du so schlechte Nerven hast? Und verdammt tief gefallen bist du!«

»Du blutest am Kopf«, sagte Joanna. »O Elizabeth, ich habe mich so erschrocken, als du auf die Erde fielst!«

Elizabeth starrte sie an. Ihr war kalt, und ihr Kopf tat weh. Auf einmal, ohne längeren Übergang, weinte sie heftig. »Ich will nach Hause«, schluchzte sie, »bitte, Samantha, bring mich nach Hause!«

»Jaja, wir gehen. Kannst du laufen?«

Elizabeth nickte. Kaum stand sie, da merkte sie, daß sie ein wenig voreilig gewesen war. In ihrem Kopf drehte sich immer noch alles, aber sie war fest entschlossen, das nicht zuzugeben.

Eine verwahrloste alte Treppe führte hinunter auf die Gasse. Luke flößte ihr zum Abschied noch etwas Schnaps ein, obwohl sie sich heftig wehrte.

»Stell dich nicht an, Kleine«, sagte er, »das Teufelszeug ist das einzige, was dich am Leben hält.«

Samantha legte beide Arme um ihn und küßte ihn endlos lange auf den Mund, während Joanna ungeduldig hin und her trippelte. Endlich besann sie sich auf die Kinder, versprach Luke, sich bald wieder mit ihm zu treffen, dann traten sie den Heimweg an.

Es dauerte diesmal noch länger als zuvor. Samantha und Joanna unterhielten sich recht lebhaft, aber Elizabeth schlich müde hinter ihnen her. Ihr Kopf tat weh, und ihr war schlecht von dem Alkohol. Zudem stand ihr noch immer das scheußliche Bild der baumelnden Ellen vor Augen.

Als sie endlich in die Straße der Sheridys einbogen, stieß Samantha einen Schrei aus.

»Die Kutsche ist ja wieder da!« rief sie. »Ach Gott, dann haben sie bemerkt, daß wir fort waren!« Sie war ganz blaß geworden vor Entsetzen.

»Nun ist alles aus«, jammerte sie, »Seine Lordschaft jagt mich natürlich davon! Was mache ich denn bloß?« Elizabeth hoffte, sie werde sich rasch entscheiden, denn ihre Übelkeit wurde immer schlimmer, und sie sehnte sich nach Ruhe. Samantha schien eine Idee zu haben.

»Kinder, ihr könntet mir einen großen Gefallen tun«, sagte sie. »Ihr seid jetzt sowieso verloren, aber warum noch mich mit hineinziehen? Ich gehe jetzt zurück zu Luke, und ihr geht allein ins Haus und erzählt dort, ihr hättet ein bißchen durch die Straßen laufen wollen und dabei dann den Rückweg nicht mehr gefunden. Was haltet ihr davon?«

»Sie werden schrecklich böse auf uns sein«, meinte Joanna unbehaglich.

»Ja, aber euch können sie nicht in Schimpf und Schande davonjagen so wie mich. Denkt nur, eure liebe Samantha in Armut und Elend! Ach, bitte!«

Die Kinder gaben schließlich nach, und Samantha verließ sie unter wortgewaltigen Danksagungen. Ein bißchen zögernd näherten sie sich dann der Haustür.

Die Aufregung, die sie empfing, überstieg noch alle Erwartungen. Agatha saß laut schluchzend auf der untersten Treppenstufe in der Eingangshalle, neben ihr stand die Köchin in ihrem Nachtgewand und rang die Hände. Harriet lag mit geschlossenen Augen im Salon auf dem Sofa, zitternd und bebend, ohne einen Laut von sich zu geben. Phillip ging mit großen Schritten durch sämtliche Räume. Er wollte offenbar gelassen erscheinen, wirkte aber am nervösesten.

Die Ankunft der Vermißten löste einen ungeheuren Trubel aus. Jeder stürzte sich auf sie, schloß sie in die Arme, küßte sie und sprach soviel auf sie ein, daß beide schließlich völlig überdreht in Tränen ausbrachen. Harriet richtete sich auf ihrem Sofa auf.

»Wo, um Gottes willen, seid ihr denn bloß gewesen?« rief sie.

»Wir wollten spazierengehen«, erklärte Joanna, »und dann fanden wir nicht zurück!«

Sie drängten sich in Harriets Arme.

»Das ist unglaublich«, sagte Phillip. »Wie kamt ihr denn auf diese Idee?« Niemand antwortete, aber Harriet schob plötzlich Elizabeth ein Stück von sich und starrte sie entsetzt an.

»Kind«, sagte sie, »du riechst ja nach Schnaps!«

Das verschlug jedem für einige Augenblicke die Sprache.

»Was?« fragte Cynthia schließlich. Aber noch ehe sie fortfahren konnte, schrie Harriet:

»O nein, Blut!« Sie zog die Finger von Elizabeths Haaransatz. Jeder sah die rote Flüssigkeit, die an ihnen klebte. Phillip war sofort neben ihr.

»Das ist eine ziemliche Verletzung«, stellte er fest. Er blickte die Kinder scharf an.

»Wo wart ihr?«

»Blut und Schnaps«, murmelte Cynthia ehrfürchtig. Joanna und Elizabeth warfen einander einen Blick der Übereinstimmung zu, mit dem sie einander versicherten zu schweigen.

»Wer hat euch Alkohol gegeben?« Phillips Stimme wurde immer ungeduldiger.

»Nun gut«, sagte er schließlich, »ihr bleibt eine Woche in eurem Zimmer. Es sei denn, ihr redet. Überlegt es euch!«

Joanna und Elizabeth verließen das Zimmer, stiegen die Treppe hinauf und fühlten sich unglaublich edel.

»Wir nehmen alles auf uns«, sagte Elizabeth, »aber wir halten den Mund.«

»Ja«, hauchte Joanna überwältigt, »ganz gleich, was sie mit uns machen!«

Die einwöchige Haft erwies sich nicht als unerträglich. Samantha erschien jeden Tag heimlich bei den Gefangenen, um ihnen ein wenig die Zeit zu vertreiben.

»Das werde ich euch nie vergessen«, sagte sie, »und Luke auch nicht. Er findet euch großartig. Er hat gesagt, wenn ihr einmal Hilfe braucht, könnt ihr euch immer an ihn wenden!«

Elizabeth schwieg, aber bei sich dachte sie, daß sie hoffentlich nie im Leben die Hilfe von Luke und Samantha brauchen würde. Für sie lag etwas Unheimliches über den beiden und ihrem Leben, etwas, das sie merkwürdig anzog und zugleich ängstigte. Auch nach Wochen, als längst die alte sorglose Heiterkeit eines jeden Tages zurückgekehrt war, konnte sie einen Schatten über sich nie ganz vertreiben.

Anfang Mai beschloß Phillip, nach Devon zu reisen, um dort seinen Freund, den alten Lord Carmody, zu besuchen. Joanna quengelte so lange, bis er sich bereit erklärte, die beiden Mädchen mitzunehmen. Cynthia sollte bei Harriet bleiben, die in wenigen Wochen ihr drittes Kind zur Welt bringen würde.

Die Fahrt nach Devon verlief wunderschön, obwohl sie sehr lange dauerte. Die zauberhafte Frühlingslandschaft und das sonnige Wetter entschädigten für alle Strapazen. Zu Elizabeths großer Enttäuschung wurden sie nicht von John begleitet, überhaupt hatte sie von ihm den ganzen Winter über nichts gehört. Auf ihre Fragen nach dem Freund antwortete Phillip:

»Ach, John ist ein Herumtreiber. Er verkehrt nicht gerade in den besten Kreisen, jedenfalls nicht in unseren. Und seinen Vater besucht er kaum. Die beiden verstehen einander nicht.«

An einem sehr warmen Tag erreichten sie Blackhill, das Gut der Carmodys, das nahe dem Städtchen Taunton lag. Es stand schon seit dreihundert Jahren auf einem waldigen Hügel in tiefster Einsamkeit, umgeben von nichts anderem als Bäumen und Wiesen. Es mußte einst ein traumhaft schönes Haus gewesen sein, großzügig und elegant gebaut, dabei prunkvoller als Heron Hall, fast ein wenig bedrohlich in seiner gewaltigen Schönheit. Jetzt konnte jeder die bittere Armut sehen, in der die einst so reiche Familie Carmody lebte. Früher hielt sie ebensoviel Macht wie Geld in den Händen, nahm Einfluß auf Politik und Wirtschaft Englands, heute war dieser Glanz längst verflogen, und nur der Adelsname blieb als letzte Ehre.

Auf dem Hof wuchsen Gras und Unkraut bis zur Haustür hin, in den halb eingestürzten Ställen, in denen längst keine Tiere mehr standen, stapelte sich das Gerümpel. Ein magerer Hund schnüffelte um die Bäume herum, und vom Dachgiebel flatterten kreischend ein halbes Dutzend Vögel davon, die dort behaglich in dem alten Holzgebälk nisteten.

Lord Carmody aber stand lächelnd und stolz auf den Stufen

zu der Eingangstür, so würdevoll, als hieße er Gäste in einem prunkvollen Schloß willkommen. Elizabeth fand ihn auf den ersten Blick beeindruckend. Obwohl seine abgetragene Kleidung an ihm herumschlabberte und ihm seine weißen Haare wirr ins Gesicht fielen, strahlte er die gelassene Würde des englischen Aristokraten aus. Als er sich zu Elizabeth herabneigte, um sie zu begrüßen, sah sie, daß er dieselben blauen Augen hatte wie John.

Leider war Lord Carmody nicht allein in Blackhill. Die Kinder lernten zu ihrem Schrecken zwei Verwandte von John kennen, seine Tante Marie und seine Kusine Hortense, die vom Kontinent kamen und für einige Monate in Blackhill lebten. Tante Marie hatte ein erschreckend strenges Gesicht, Hortense war ein sechzehnjähriges Mädchen, das so häßlich war wie die Nacht und nie auch nur einen Ton sagte. Beide regten sich ständig darüber auf, wie heruntergekommen Blackhill war. Hortense in stummer Entrüstung, Tante Marie lautstark schimpfend. Sie war die ältere Schwester von Johns verstorbener Mutter und hatte zum erstenmal in ihrem Leben ihren Landsitz im belgischen Ligny verlassen, um sich das Land anzusehen, in das ihre Schwester vor über zweiundzwanzig Jahren unbegreiflicherweise einem charmanten Engländer gefolgt war. Wie sie es erwartet hatte, fand sie die Sitten, die Sprache und die Menschen greulich.

»Marie und Hortense Sevigny sitzen in Ligny auf einem phantastischen Vermögen«, erzählte Lord Carmody. »Nur ein Teil davon, und ich könnte aus Blackhill wieder das machen, was es einmal war. Aber ehe ich die beiden um etwas bitte, verhungere ich lieber in Ehren!« Sein Blick fiel auf Elizabeth, die ihm fasziniert zuhörte.

»John soll sich aber einmal holen, was ihm zusteht«, meinte er, »das Erbe seiner Mutter. Du könntest ihn später einmal daran erinnern, Elizabeth. Vielleicht hört er auf dich.«

Elizabeth hätte ihn für diese Worte umarmen können, aber im übrigen glaubte sie kaum daran. Sie war sicher, daß nur der ganze Zusammenbruch seiner Welt John dazu bewegen könnte, Zuflucht bei Marie und ihrem Geld zu suchen.

Und Ligny ist weit, dachte sie, was will er dort schon! Aber Blackhill, hier zu leben müßte das Schönste der Welt sein!

Sie blieben mehrere Tage, für Elizabeth und Joanna ein fast unwirkliches Eintauchen in eine neue Welt. Sie liefen in staubigen Kleidern und mit ungekämmten Haaren herum, standen irgendwann morgens in der ersten Dämmerung auf und gingen schlafen, wenn die Nacht längst hereingebrochen war. Sie spielten mit dem alten Hund oder den scheuen Katzen, die überall herumliefen, kletterten auf Bäume und krochen durch dichtes Gestrüpp. Tante Marie war schockiert, aber sie sprach zuwenig Englisch, um den Kindern Vorhaltungen machen zu können, und für ihr Französisch erntete sie verständnislose Blicke. Nach fünf Tagen hatte Elizabeth das Gefühl, hier immer gelebt zu haben, und sie liebte Blackhill. Gerade als sie dachte, daß sie seinen unwiderstehlichen Zauber nie würde verlassen können, mußten sie zurück nach London reisen.

»Ich komme wieder«, sagte sie leise zum Abschied, »ganz sicher, ich komme wieder!«

Auf der Heimfahrt fragte Joanna:

»Was tut Lord Carmody eigentlich den ganzen Tag?«

Phillip lächelte bitter und wehmütig.

»Er tut das, was die Carmodys zu allen Zeiten zuviel getan haben«, sagte er, »er denkt nach. Er versucht, das Leben und das Dasein in irgendeine Philosophie zu bringen, und darüber vergißt er ganz, etwas Sinnvolles zu tun, damit er überhaupt leben kann!«

»Ist John auch so?«

»John«, sagte Phillip grimmig, »ja, in gewisser Weise ist er auch so. Aber viel stürmischer und rücksichtsloser. John wird sich eines Tages den Kopf einrennen. Er wird die Carmodys endgültig ruinieren!«

In London wurden sie bereits sehnsüchtig erwartet. Zwei Tage vor ihrer Ankunft nämlich hatte Harriet ihr Baby zur Welt gebracht, früher als erwartet. Sie lag erschöpft in einem Sessel in ihrem Salon, mit eingesunkenen Wangen und blassen Lippen, aber ein stolzes Funkeln stand in ihren Augen, als sie Phillip sah.

»Du hast einen Sohn«, sagte sie, »dem Himmel sei Dank, endlich einen Sohn!«

Dem Kind ging es wesentlich besser als seiner Mutter, es lag zufrieden und rosig in seiner Wiege und lutschte am Daumen. Alle bewunderten es ausgiebig, nur Agatha betrachtete es mit einem sorgenvollen Kopfschütteln.

»Es ist kein Segen, in diesen Zeiten geboren zu werden«, murmelte sie, »denn es wird Kriege geben, und vielleicht stirbt dieses Kind auf dem Schlachtfeld, ehe es richtig erwachsen ist!«

Phillip verbot ihr sofort, so etwas zu sagen. Er war sehr stolz auf seinen Sohn und beschloß, ihn George zu nennen, weil der König so hieß und er diesen Namen daher angemessen fand.

Elizabeth und Joanna freuten sich bereits darauf, daß George älter würde und mit ihnen spielen könnte. Weniger schön fanden sie es, daß Harriets Freundin, Lady Viola Fitheridge, die in Phillips Abwesenheit bei Harriet gewohnt hatte, ihren Auszug beharrlich verzögerte. Natürlich hatte sie auch die abscheuliche Belinda bei sich. Sie starrte die beiden Mädchen neugierig an.

»Wie seht ihr denn aus!« rief sie.

»Wieso?«

»Na, schaut doch mal in den Spiegel! Ihr seid richtig verwahrlost!«

Joanna zuckte gleichgültig mit den Schultern. Arme Belinda, sie kannte Blackhill nicht und seine Freiheit. Sie stand nur da mit ihren gewaltigen Haarschleifen und ihrer unbeirrbaren Selbstzufriedenheit. Mochte sie ruhig glücklich sein damit!

Die alljährliche Abreise nach Heron Hall verzögerte sich, denn Harriet fühlte sich sehr schwach und lag noch wochenlang im Bett. Draußen kam der Sommer heran und senkte sich mit brütender Hitze über die Stadt. Viele reiche Leute ergriffen die Flucht und zogen sich auf ihre Landgüter zurück, denn an allen Ecken und Enden der überfüllten Stadt brachen schon wieder Seuchen aus. Die Armen krochen aus ihren Kellerlöchern hervor, setzten sich in die Sonne, dankten Gott, daß sie den Winter überstanden hatten, und beteten um einen langen Sommer.

Joanna und Elizabeth fieberten Norfolk entgegen. Elizabeth wäre vielleicht sehr traurig gewesen über die Wochen, die sie noch in London bleiben mußten, doch der Zufall schenkte ihr eine reiche Entschädigung. Im Juli traf sie überraschend John. Sie war mit Agatha und Samantha auf dem Markt gewesen, ohne Joanna, und befand sich nun wieder auf dem Heimweg, als neben ihr eine Kutsche hielt und ein Mann sich herauslehnte. Es war John.

»Guten Tag, Elizabeth!« rief er. Sie blieb sofort stehen.

»Oh, Sir Carmody!« Sie trat an die Kutsche heran und reichte ihm die Hand. Agatha und Samantha, die John Carmody kannten, blieben in einiger Entfernung respektvoll stehen.

»Hattest du einen schönen Winter?« fragte John.

»Ja, sehr schön.« Elizabeth nickte. »Aber warum haben Sie uns kein einziges Mal besucht?«

»Ich war nicht eingeladen. Außerdem... Lord Sheridy und ich... du weißt ja!«

Sie sah ihn an mit einem Blick, in den sie soviel Verständnis wie nur möglich legte. Sie liebte diese Kameradschaftlichkeit, mit der er sie immer behandelte.

»Was hast du denn alles erlebt?« fuhr John in der Unterhaltung fort. Elizabeth vergewisserte sich, daß Agatha sie nicht hören konnte.

»Ich habe gesehen«, sie schluckte noch nachträglich vor Aufregung, »ich habe gesehen, wie Ellen Lewis aufgehängt wurde!«

»Donnerwetter! So weit war ich in deinem Alter noch nicht. Wie fandest du es?«

»Ich... nun, ich wurde wieder ohnmächtig«, gestand Elizabeth kleinlaut. John sah sie belustigt an.

»Das geht aber immer ziemlich schnell bei dir«, meinte er.

»Ja, leider.«

»Das macht gar nichts. Anständige Damen fallen bei der geringsten Aufregung in Ohnmacht!«

»Aber irgendwie mag ich das nicht.«

»Dann wirst du auch damit fertig werden. Paß auf, ich verspreche dir etwas: Das erste Mal, wo du nicht ohnmächtig wirst, wenn du etwas wirklich Scheußliches siehst, eine Hinrichtung oder einen Mord oder etwas Ähnliches, dann werde ich mit dir ausgehen und dir die verruchtesten Kneipen von London zeigen. Möchtest du das?«

Elizabeth sah ihn fasziniert an.

»Ja, natürlich.«

»In Ordnung. Du brauchst mit deiner Tante Harriet ja noch nicht darüber zu sprechen.«

»Nein, ich sage ihr nichts. Sir Carmody, möchten Sie nicht noch mit uns nach Hause kommen?«

»Vielen Dank, doch das geht nicht. Ich habe eine Verabredung.«

»Mit wem?«

John mußte lachen.

»Du fragst ziemlich direkt. Ich bin mit einer Frau verabredet. Du kennst sie nicht.«

»Ah«, machte Elizabeth eifersüchtig. John strich ihr sacht mit dem Finger über die Nase.

»Noch...«, er sah sie abschätzend an, »noch sieben Jahre, dann verabrede ich mich mit dir!«

»Wirklich?«

»Natürlich. Aber jetzt muß ich weiter. Grüße Lord und Lady Sheridy von mir und die übrige Familie. Auf Wiedersehen, Elizabeth!«

Die Kutsche rollte an. Elizabeth winkte, aber John sah nicht noch einmal zum Fenster hinaus. Auf dem ganzen Heimweg dachte sie an ihn und an sein Versprechen und daß sie ihn daran erinnern würde, ob er nun wollte oder nicht.

Es wurde August, bis sie schließlich die Reise heim nach Norfolk antraten. Nach London und nach der anstrengenden Fahrt erschien ihnen allen Heron Hall wie das Paradies selber. Hier blühten die Rosen in allen Farben, stand das Gras dicht und hoch, hingen die Bäume voller Äpfel und Birnen. Der Himmel war viel blauer als über London, wo ihn der Qualm der Fabriken verschleierte. Ein salziger Wind wehte beständig von der nahen Küste her ins Land und brachte sogar die Möwen mit, die frühmorgens bereits vor den Fenstern kreischten und damit jeden aus dem Schlaf schreckten.

Joanna und Elizabeth fuhren häufig mit Agatha zum Meer. Obwohl es dort sehr einsam war und sie selten Menschen trafen, fand Elizabeth es aufregender als den Londoner St.-James-Park. Das Meer wechselte zu jeder Stunde seine Farbe, es konnte türkis schimmern oder sich in ein geheimnisvolles tiefdunkles Blau verwandeln, es konnte golden sein von den Sonnenstrahlen, die auf ihm lagen, oder grau und kalt, von stürmischem Wind aufgewühlt. Manchmal zog es sich weit vom Strand zurück, dann mußte man endlos laufen, um seine flachen Wellen zu erreichen, und überall fand man Muscheln, Algen und kleine Krebse. Oder aber die Flut schwemmte das Meer über den ganzen Strand hinweg bis zu den Klippen, und wo man zuvor noch hatte laufen können, gähnte nun unheimliche, grundlose Tiefe. Elizabeth liebte es hierzusein, ganz gleich, ob die Sonne schien oder graue Wolken tief über dem Wasser hingen. Sie fuhren meist mit der Kutsche nach Hunstanton, dem winzigen Küstenort, von dem aus sie an klaren Tagen über die Meeresbucht hinweg einen schmalen Streifen der Grafschaft Lincolnshire erkennen konnten. Wenn sie dann weiterliefen über die Klippen, machte der Weg einen Bogen nach Osten. Nachdem sie daran vorüber waren, befanden sie sich außerhalb der Bucht, und vor ihnen lag nun die weite Nordsee, der Wind blies heftiger, das Gras unter ihren Füßen wurde rauher und härter. An diesem Ort hätte Elizabeth viele Stunden bleiben können. Es war der Platz auf der Welt, von dem sie dachte, daß er schöner sei als Louisiana mit seinem Mississippi, den großen Bäumen und leuchtenden Blumen, den Negerhütten und weißen Herrenhäusern. Hier fühlte sie sich auch ganz stark mit Henry und Sarah verbunden, deren ursprüngliche Heimat in England lag.

Die Sheridys sollten so rasch nicht mehr Norfolk und Heron Hall verlassen. Harriet schien mit Georges Geburt ihre allerletzten Kräfte verbraucht zu haben. Ihre Schwäche wurde schlimmer, sie verbrachte ganze Tage nur auf dem Bett liegend, halb wachend, halb schlafend. Die Kinder merkten meist gar nicht, wenn es so schlimm stand, daß man um ihr Leben bangte. Cynthia nur wußte wohl mehr, aber sie verschloß ihre Angst in sich. Für sie brachte die Krankheit ihrer Mutter eine Düsternis in ihr Dasein, die den beiden jüngeren Mädchen verborgen blieb, für die das Leben in Heron Hall sein unveränderlich friedliches Gleichmaß bewahrte.

Das Ende der Kindheit

1793–1794

I

Es war der 28. Januar des Jahres 1793, ein unfreundlicher grauer Tag, eiskalt durch den scharfen Nordwind, der von der See her ins Land blies. In der vergangenen Nacht hatte es sogar geschneit, was in Norfolk selten geschah, und nun lag eine dünne weiße Schicht über dem Gras und auf den kahlen Baumästen. Ein paar Vögel hockten aufgeplustert in den Büschen, die Möwen segelten im Wind, kreischten matter als sonst. Auch sie fanden den Tag außerordentlich unfreundlich.

Joanna Sheridy erwachte früher als gewöhnlich. Sie warf einen Blick zum Fenster, sah nichts als graue Wolken, wollte sich schon seufzend auf die andere Seite drehen, aber da begann ihr müder Kopf plötzlich zu arbeiten, und ihr fiel ein, welches Ereignis heute stattfinden sollte. Der 28. Januar war der Hochzeitstag ihrer großen Schwester Cynthia!

Joanna sprang mit einem Satz aus dem Bett und tapste fröstelnd zum Fenster. Wirklich abscheuliches Wetter hatte die arme Cynthia für ihre Hochzeit erwischt, aber vielleicht bemerkte sie das in ihrer Verliebtheit gar nicht. Erstaunlicherweise liebte sie nämlich ihren höchst unsympathischen Bräutigam, dem niemand sonst im Haus sonderlich viel Zuneigung entgegenbrachte. Joanna fand ihn besonders schrecklich, denn ihr legte er immer seine dicke Hand auf den Kopf und nannte sie »mein Engel«. Eine Bezeichnung, die, wie Joanna jedesmal empört zu Elizabeth sagte, doch viel eher Cynthia gebührte als deren kleiner Schwester.

Elizabeth schlief an diesem Morgen noch. Joanna betrachtete

zärtlich die wirren schwarzen Haare, die als gewaltiges Büschel auf dem Kopfkissen lagen, verteilt um das entspannte Gesichtchen mit den geschlossenen Augen und leicht geöffneten Lippen. Elizabeth sah wie ein Engel aus, wenn sie schlief, rührend zart und sanft. Wachte sie hingegen auf, verwandelte sich ihr Gesicht wieder in den gewohnten, noch unfertigen Ausdruck eines zwölfjährigen Mädchens. Joanna fand das schade. Sie und Elizabeth sprachen in der letzten Zeit häufig über Schönheit und waren beide mit ihrem Äußeren wenig einverstanden. Sie versuchten sich zu erinnern, wie das früher gewesen war, was ja noch nicht lange zurücklag, aber es gelang ihnen nicht so recht. Entweder hatten sie weniger darauf geachtet, oder sie waren tatsächlich hübscher gewesen.

Sie wollte Elizabeth noch nicht wecken und schlich zur Tür. Sie hörte Stimmen von draußen, aufgeregtes Wispern und Tuscheln. Sicher schlief niemand mehr, denn es gab noch viel vorzubereiten. Das ganze Haus sollte mit Tannenzweigen und Kerzen geschmückt werden, überall sollten rote Läufer auf dem Boden liegen, und auf weißgedeckten Tafeln mußten verlockende Speisen und Weine aufgestellt werden. Für die Hochzeit seiner ältesten Tochter wollte Phillip Sheridy weder Kosten noch Mühen scheuen. Die halbe Grafschaft hatte er zu dem glanzvollen Fest geladen, keinen hochrangigen Namen ausgelassen. Voller Stolz präsentierte er sein prunkvolles Schloß, seine schöne Tochter und den beachtlichen Reichtum der Sheridys.

Joanna warf von oben nur einen kurzen Blick in die Halle, wo in höchster Aufregung die Dienstboten durcheinanderliefen. Dann huschte sie über einen Gang und klopfte an eine Zimmertüre.

»Cynthia«, rief sie leise, »bist du da?«

»Ja, komm nur herein!«

Joanna trat ein. Cynthia lag nicht mehr im Bett, sondern stand vor dem Spiegel und kämmte ihr Haar. Sie sah blaß aus und hatte Schatten unter den Augen.

»Oh, Joanna«, sagte sie mit einem schwachen Lächeln, »du bist schon wach?«

»Ja, ich konnte nicht mehr schlafen. Wie fühlst du dich?«
»Na ja!« Cynthia schnitt ihrem Spiegelbild eine Grimasse.
»Du mußt dich doch großartig fühlen«, meinte Joanna, »heute stehst du im Mittelpunkt. Und du siehst wunderschön aus!«
Sie betrachtete bewundernd die bauschigen Unterröcke aus reiner Seide, die Cynthia trug, und die enge goldene Kette, die um ihren schlanken Hals lag. Der Bräutigam, Lord Anthony Aylesham, hatte sie ihr am vorigen Abend während des Dinners überreicht, und Cynthia war beinahe in Ohnmacht gefallen vor Entsetzen, als Elizabeth eine Spur zu laut gesagt hatte:
»Das hätte ich ihm gar nicht zugetraut!«
Glücklicherweise bekam Lord Anthony selten etwas mit, da er am liebsten sich selber reden hörte und seiner Umwelt geringe Aufmerksamkeit schenkte. Er genoß seinen großen Auftritt, denn jeder konnte sehen, daß die Kette sehr teuer gewesen sein mußte, und bewunderte daher die Großzügigkeit des Schenkers.
»Sehe ich wirklich schön aus?« fragte Cynthia zweifelnd. Sie drehte sich ein wenig zur Seite. »Es gibt Tage«, sagte sie, »da fühle ich mich häßlich. Heute ist so ein Tag!«
Joanna seufzte. Cynthia besaß so schrecklich wenig Selbstbewußtsein. Aus dem verzogenen, reichlich anspruchsvollen Kind war in den vergangenen vier Jahren ein unsicheres, melancholisches Mädchen geworden, hübsch, aber zu unauffällig, mager, blaß und häufig seltsam gedankenabwesend. Sie schien für wenig Dinge Interesse zu haben, und nur einen einzigen Plan verfolgte sie voller Hartnäckigkeit: einen Mann zu finden, der sie heiraten würde.
Joanna und Elizabeth verfolgten kichernd und spottend, aber voller Spannung, wie die ersten Verehrer nach Heron Hall kamen, sie sprachen Cynthia vor jedem Rendezvous Mut zu und trösteten sie, wenn eine zaghafte Liebe wieder zusammenbrach. Lord Aylesham war der erste, den Cynthias deutlich sichtbare Entschlossenheit nicht abschrecken konnte. Anstatt wie die meisten seiner Vorgänger das Gefühl zu haben, direkt in eine Falle gegangen zu sein, erklärte er dem jungen Mädchen ohne Um-

schweife, er besitze ein reiches Gut, einen edlen Namen und ein sagenhaftes Vermögen.

»Doch was habe ich davon, solange ich alleine bin«, sagte er zu Cynthia, »ich brauche eine Familie, Kinder, Erben. Wollen Sie meine Frau werden, Miss Sheridy?«

Cynthia nickte, überwältigt von dieser Direktheit und von seinem ansehnlichen Äußeren. Er sah recht gut aus, etwas zu füllig, aber ohne Zweifel attraktiv. Nur Joanna und Elizabeth fanden ihn scheußlich, aber Harriet verbot ihnen, das laut zu sagen.

»Euer Geschmack ist überhaupt nicht gefragt«, meinte sie. »Cynthia muß alleine entscheiden!«

Die sechzehnjährige Cynthia tat, was man von einer zärtlichen Braut erwarten konnte. Sie schrieb Anthony Dutzende von Briefen, die sie zusammenrollte und mit roten Schleifen versah, sie blickte ihn bei jedem Dinner, an dem er teilnahm, schmachtend über den Tisch hinweg an, sie bebte, wenn er ihre Hand küßte.

An diesem Hochzeitsmorgen hatte Joanna das erstemal das Gefühl, daß Cynthia gar nicht so glücklich war, denn sie wirkte keineswegs heiter. Dabei lag auf ihrem Bett ausgebreitet das entzückendste Brautkleid, das es je gegeben hatte.

»O Cynthia, ich kann es mir kaum vorstellen«, sagte Joanna, »noch wenige Stunden, und du bist Lady Aylesham! Freust du dich?«

»O ja. Vor allen Dingen freue ich mich, endlich dieses Haus verlassen zu können«, erwiderte Cynthia heftig.

»Was?«

»Ach, vergiß, was ich gesagt habe. Oder vergiß es meinetwegen auch nicht. Ich möchte fort von hier, und das habe ich nun geschafft!«

»Aber warum denn?«

Cynthia bürstete ihre Haare immer wilder.

»Du bist zu jung, das zu verstehen«, sagte sie bitter, »vielleicht kannst du aber gar nicht wie ich empfinden, da du ständig mit deiner Elizabeth zusammen bist. Ich aber habe niemanden. Weißt du, andere Mädchen in meinem Alter fahren jedes Jahr für einige Monate nach London. Sie gehen auf Bälle und Empfänge und lernen die hübschesten jungen Männer kennen. Aber ich erlebe das nie! Ich bin auf die Feste in der Provinz angewiesen!«

»Aber auf einem dieser kindischen Feste hast du deinen Anthony kennengelernt!«

»O ja! Und mit ihm werde ich ein neues Leben beginnen. Er wird mir London zeigen und alle aufregenden Städte der Welt. Und endlich...«

»Ja?«

»Endlich werde ich Mutters leidendes Gesicht nicht mehr jeden Tag sehen«, vollendete Cynthia entschlossen ihren Satz. Gleich darauf tat es ihr leid.

»Das wollte ich nicht sagen!« rief sie. »Joanna, glaub mir, das wollte ich nicht!«

Joanna blickte sie verstört an.

»Haßt du Mutter?« fragte sie. Cynthia schüttelte heftig den Kopf.

»Nein, nein, nein! Natürlich nicht! Aber ich möchte so gerne einmal... ganz glücklich sein und unbeschwert! Ich kann es nicht, wenn ich ihre blassen Lippen sehe und ihren schmerzlichen Zug um den Mund! Ich liebe sie, und ich habe Angst, sie zu verlieren, aber wenn ich nicht bald von hier fortgehe, dann werde ich ganz und gar zu ihrer Pflegerin. Ich habe doch auch nur das eine Leben!«

Cynthia legte endlich ihre Bürste weg und griff nach ihrem zauberhaften Kleid.

»Du könntest so lieb sein und Agatha zu mir schicken«, sagte sie zu Joanna, »sie muß mir jetzt helfen, das Kleid anzuziehen!«

Joanna tat, was ihr aufgetragen worden war, dann suchte sie Elizabeth auf, die glücklicherweise inzwischen wach geworden war. Sie erzählte ihr von dem Gespräch mit Cynthia. Elizabeth war ganz erschrocken.

»O Joanna«, sagte sie, »meinst du, sie heiratet diesen Lord nur, damit sie von hier fort kann?«

Joanna starrte sie an.

»Daran habe ich noch gar nicht gedacht! Das wäre ja schrecklich!«

»Wie kann sie aber nur Heron Hall verlassen wollen? Es ist so schön hier!«

Beide blickten hinaus auf die mit zarten, weißen Kristallen besetzten Bäume im Park.

»Wir können ihr nicht helfen«, meinte Joanna schließlich, »vielleicht wird sie ja auch sehr glücklich mit ihm!«

Die Hochzeit selbst zumindest verlief so prunkvoll und feierlich, wie man es sich nicht schöner hätte wünschen können. Das Paar wurde in der Kirche von King's Lynn getraut, unter den Augen von zweihundert Gästen, die aus allen Teilen Englands angereist waren. Hochzeiten galten als beliebter Anlaß zu großen Familien- und Freundestreffen, denn bei keiner Gelegenheit sonst konnte man so schön über Zukunft und Vergangenheit sprechen und über so viele Leute gleichzeitig lästern wie dort. Das junge Paar erweckte überall Bewunderung. Lord Aylesham war allgemein als sehr reich bekannt, und Cynthia trug einen alten, vornehmen Namen und sah, entgegen ihren Befürchtungen vom frühen Morgen, sehr hübsch aus. Als sie vom Altar zurückkam, standen ihre Augen voller Tränen. Joanna und Elizabeth warfen sich vielsagende Blicke zu, Harriet seufzte gerührt. Jeder konnte ihr anmerken, welch ungeheure Anstrengung dieser Tag für sie bedeutete, doch um keinen Preis der Welt hätte sie darauf verzichtet, an den Feierlichkeiten teilzunehmen. Ihr schmales, spitzes Gesicht leuchtete vor Freude, als Cynthia in ihrem zauberhaften, schneeweißen Kleid an ihr vorüberschritt.

Daheim im Schloß begann das eigentliche Fest. Es war den Dienstboten schließlich doch noch gelungen, mit allem fertig zu werden, und von der Hektik des Morgens war nichts mehr zu spüren. Es gab Champagner, soviel jeder nur wollte, an langen Tafeln konnte man sich mit den herrlichsten Speisen versorgen, in einigen Räumen tanzen, in anderen sich unterhalten. Lord Aylesham schritt wie ein stolzer Gockel durch die Hallen und trank viel zuviel Sekt. Er bekam bereits ganz verschwommene Augen und lachte viel zu laut, wenn ihm irgend jemand etwas Komisches erzählte. Schließlich erblickte er Elizabeth und Joanna, die sich auf einer Treppenstufe niedergelassen hatten, von der aus sie bequem alle Leute beobachten und über sie lästern konnten. Aylesham lächelte ihnen jovial zu.

»Na, mein Engel«, sagte er zu Joanna, »hast du vielleicht Cynthia irgendwo gesehen?«

»Nein. Sie wird wohl durchgebrannt sein.«

Der Lord lachte dröhnend.

»Ganz schön freche Zunge, die Kleine. Du bist sanfter, Elizabeth, nicht wahr?«

Elizabeth sah ihn verachtungsvoll an. Anthony merkte die giftige Stimmung, die ihm entgegenschlug. Seine Miene verfinsterte sich.

»Wie gut, daß ich Cynthia geheiratet habe und nicht eine von euch«, sagte er. »Cynthia weiß, daß Sanftmut die wahre Schönheit einer Frau ausmacht!«

»Dann geben Sie nur acht, daß Sie nicht während Ihrer ganzen Ehe auf der Suche nach ihr sind«, entgegnete Joanna spitz. Anthony blicke sie zornig an und verschwand.

»Nun weiß er, daß wir immer hinter Cynthia stehen«, sagte Joanna zufrieden. Sie unterhielten sich noch eine Weile, dann entdeckte Elizabeth plötzlich John, der in der Tür zum Salon lehnte und, wie ihr schien, ein wenig spöttisch die Menge betrachtete. Seit sie ihn vor vier Jahren überraschend in London getroffen hatte, war sie ihm nur noch einmal begegnet, als er seinen Vater nach Heron Hall gebracht hatte, wo dieser einige Wochen als Phillips Gast lebte. Dem alten Lord Carmody ging es gesundheitlich recht schlecht, weswegen er die weite Reise nicht hatte allein antreten können. John hatte sich allerdings nicht lange aufgehalten, zwischen seinem Vater und ihm herrschte nicht gerade Harmonie und zwischen Phillip und ihm ohnehin nicht. Bevor er gegangen war, war er aber mit Elizabeth ausgeritten, und sie hatte noch tagelang in seliger Erinnerung an dieses Ereignis gelebt.

Nun sah sie ihn wieder, an einem Tag, an dem sie nicht damit gerechnet hatte. Hastig stand sie auf.

»Dort drüben ist John Carmody«, sagte sie, »ich sollte ihn begrüßen.« Inbrünstig hoffte sie, Joanna werde zurückbleiben. Sie hatte Glück. Im gleichen Moment, da sie aufstand, erschien oben an der Treppe Cynthia.

»Joanna, komm bitte einmal herauf!« rief sie. Joanna verschwand. Elizabeth durchquerte die Halle. Sie hoffte, daß sie hübsch aussah, und bedauerte, daß sie ein schrecklich kindliches gelbes Kleid trug. Wenigstens gelang es ihr noch, den Kranz aus kleinen, gelben Papierblumen, den sie auf Harriets Wunsch heute im Haar trug, abzunehmen und in eine Salatschüssel fallen zu lassen. Dann erst trat sie auf John zu.

»Sir Carmody«, sagte sie lebhaft, »ich wußte gar nicht, daß Sie hier sind!«

John schien erfreut, ein bekanntes Gesicht zu erblicken.

»Guten Tag, Elizabeth«, sagte er, »nett, dich zu sehen. Wie geht's?«

»Gut, und Ihnen?«

»Danke. Du weißt, ich passe schon auf, daß für mich immer das Beste abfällt!«

Er hatte noch die gleiche selbstironische Art zu sprechen wie früher, aber diesmal verriet sein Äußeres, daß er nicht die Wahrheit sprach. Er sah schlecht aus, blaß und angegriffen, seine Kleidung war abgetragen und fleckig. Das vermochte er auch dadurch nicht zu verbergen, daß er fast provozierend nachlässig an der Wand lehnte. Ganz ohne Zweifel fiel seit einiger Zeit schon nicht mehr das Beste für ihn ab.

»Ich finde es gut, daß Onkel Phillip Sie eingeladen hat«, meinte Elizabeth nach einer kurzen Pause, in der sie ihre Bestürzung hinunterkämpfen mußte. John grinste.

»Onkel Phillip hat mit Sicherheit geglaubt, ich würde nicht kommen«, erwiderte er, »aber ich war gerade in der Nähe, und ich sah dieses Fest als eine gute Gelegenheit, mich satt essen zu können!«

Sie starrte ihn an.

»Oh, ich ahnte nicht... Müssen... müssen Sie Hunger leiden?«

»Manchmal. Aber da ich einen großen Namen trage, werde ich häufig eingeladen. Und das nutze ich rücksichtslos aus!«

»Aber wovon leben Sie sonst?«

»Mal dies, mal das«, antwortete er ausweichend. »Mach keine so großen Augen, Elizabeth, ich bin noch nicht am Sterben. Aber du könntest mir einen großen Gefallen tun. Geh dort hinüber an den Tisch und bring mir ein paar belegte Brote. Ich habe mir jetzt schon so viele geholt, daß es mir langsam peinlich wird, wieder zu erscheinen. Tust du das für mich?«

Elizabeth nickte. Sie schleppte einen riesigen Stapel Brote heran, verfolgt von den schockierten Blicken einiger Leute.

»Reizend, daß du uns noch etwas übriggelassen hast«, bemerkte eine alte Dame spitz.

»Ja, nicht wahr?« erwiderte Elizabeth freundlich. Arme, alte dicke Lady, wieviel wunderbarer als sie war doch ein hungriger Herumtreiber mit nervösen, wachen Augen. Sie empfand eine warme Zärtlichkeit, als sie sein aufleuchtendes Gesicht sah.

»Wunderbar, du hast alles abgeräumt«, sagte er anerkennend, »komm, wir suchen uns einen ungestörten Platz zum Essen!«

Sie fanden ein kleines Hinterzimmer, in dem kein Feuer brannte und kein Mensch sich aufhielt. Dort setzten sie sich auf ein Sofa und verspeisten die Brote. Es war entsetzlich kalt in dem Zimmer, aber Elizabeth bemerkte es kaum. Sie genoß es, dicht neben John zu sitzen, ungestört von jeder anderen Menschenseele auf der Welt. Seltsam, daß sie nicht einmal Joanna etwas von ihren Gefühlen erzählt hatte und daß sie sicher wußte, daß sie es auch so schnell nicht tun würde. Es gab sonst gar nichts, was sie nicht mit der Freundin geteilt oder besprochen hätte, lebten sie doch in so inniger, untrennbarer Freundschaft. Aber John war schon früh in ihr ein Traum geworden, von dem sie ahnte, daß er zerstört würde, geriete er in das kichernde Gespräch zweier kleiner Mädchen. War sie mit ihm zusammen, dann glaubte sie sich älter, meinte einen Anflug dessen zu spüren, was Liebe zwischen Menschen bedeuten konnte. Wie hätte sie das Joanna erklären sollen, in deren Gegenwart sie wieder zwölf Jahre alt war und zum Kind wurde? Nein, hierüber mußte sie schweigen und für sich alleine träumen, von Nachmittagen wie diesem, wenn sie mit ihm in einem abgelegenen Salon saß und geklaute Brote verzehrte und er eine Flasche Wein im Schrank fand, von der sie auch einen Schluck bekam, so daß ihr schließlich doch noch ganz warm wurde.

Zur gleichen Zeit, als Elizabeth und John in ihrer Mahlzeit schon beim Wein angelangt waren, kam Joanna wieder die Treppe herunter. Cynthia hatte sie heraufgerufen, um sie zu bitten, für einige Zeit bei Harriet zu bleiben, die wieder auf ihrem Sofa lag. Cynthia hatte ihr schon die ganze Zeit Gesellschaft geleistet.

»Aber ich muß mich endlich wieder unten blicken lassen«, sagte sie zu Joanna, »die Braut kann nicht die ganze Zeit fort sein. Bleibst du?«

Joanna blieb. Sie setzte sich neben Harriet, versuchte, mit ihr zu plaudern, und fand die Situation schrecklich trist. Harriet sprach nur mit schwacher Stimme und hielt die Augen ständig halb geschlossen.

»Die Trauung heute früh hat mich ein bißchen angestrengt«, murmelte sie, »es wird mir aber gleich bessergehen. Ich bin froh, daß du hier bist, Joanna!«

»Schlaf ruhig, Mutter. Ich bleibe bei dir«, entgegnete Joanna sanft, aber es zuckte ihr in den Füßen, aufzuspringen und wieder hinunterzulaufen. Gedämpft drangen Stimmengemurmel, Gelächter und Gläserklirren in den halbdunklen Raum. Nein, daß sie hier sitzen mußte, fern vom Trubel dieses Tages! Gleich darauf befiel sie Scham wegen dieses Gedankens. Sie wollte doch nicht so reden wie Cynthia. Sie betrachtete das blasse Gesicht auf dem spitzenverzierten Kopfkissen, die bläuliche Aderverzweigung in den gesenkten Lidern, das sanfte Pochen hinter den Schläfen. Harriets Stirn war höher geworden in den letzten Jahren, die Augen lagen tiefer zurück. Ein krankes, gequältes Gesicht. Zum erstenmal kam Joanna der Gedanke, daß ihre Mutter sterben könnte, vielleicht im nächsten Jahr oder noch früher oder auch etwas später, aber in jedem Fall wäre sie vielleicht plötzlich nicht mehr da.

»Fühlst du dich sehr schlecht?« fragte sie leise. Harriet lächelte schwach.

»Wenn ich liege, geht es mir besser. Und wenn du bei mir bist!«

»Bist du traurig, daß Cynthia fortgeht?«

»Nicht, wenn sie glücklich wird. Und ich habe ja noch dich. Und Elizabeth.«

»Und George!«

»George gehört Phillip. Er ist so froh über ihn! Schon jetzt hat er ihm ein eigenes Pony geschenkt. Ach, wie gut, daß ich noch einen Sohn bekommen durfte!« Harriet schloß wieder die Augen.

Nach einer Weile kam es Joanna vor, als sei ihre Mutter eingeschlafen. Sie atmete ruhig, und ihr Gesicht hatte sich etwas entspannt. Joanna stand leise auf. Sie hatte kein gutes Gewissen dabei, aber es lockte sie so sehr, wieder hinunterzugehen. Sie verließ den düsteren Raum und schloß aufatmend die Tür hinter sich.

Unten wurde es inzwischen immer lebhafter. Die Stimmung lockerte sich von Minute zu Minute, der Champagner und die lebhafte Tanzmusik taten ihre Wirkung. Joanna sah, daß auch Cynthia tanzte. Zu ihrer Erleichterung schien die Schwester sehr glücklich zu sein. Elizabeth war nirgends zu entdecken, und so schlenderte Joanna einfach durch die Räume und lauschte hier und da auf Gespräche.

Fast alle anwesenden Männer waren inzwischen bei der Politik gelandet. Natürlich ging es hauptsächlich um Frankreich, von wo seit Monaten schon die schauerlichsten Schreckensmeldungen durch ganz Europa zogen. Das Unglaublichste jedoch hatte sich erst vor wenigen Tagen ereignet und schien jedem kaum faßbar. Am 21. Januar hatte das entfesselte Volk den eigenen König, Seine Majestät Ludwig XVI., auf die Guillotine geschleppt und öffentlich enthauptet. In allen Ländern löste dieses Ereignis Entsetzen aus. Man war auf vieles gefaßt gewesen, seit im August des vergangenen Jahres nach einem Aufruf des Jakobiners Marat die Tuilerien gestürmt worden waren, die Leibgarde in einer grausigen Blutorgie niedergemetzelt und die Königsfamilie verhaftet worden war, seit die Woche der entsetzlichen Gefängnismassaker, der Septembermorde, vorübergegangen war. Das Königtum wurde im September abgeschafft und Frankreich zur Republik erklärt. Zwei Monate später besetzten französische Truppen die österreichischen Niederlande, nachdem sie zuvor den Rhein überschritten und dessen linkes Ufer eingenommen hatten. Zum Schrecken Europas schien dieses unheilvolle Land plötzlich auch noch von hemmungslosen Expansionsgelüsten getrieben zu werden. Aber niemals hätte man geglaubt, daß sogar der König ein Opfer werden würde. Selbst Anhänger der Revolution, die in England noch vor kurzem deren Notwendigkeit gepriesen hatten, verstummten nun.

Joanna, die ziellos zwischen den einzelnen Gesprächsgruppen herumschlenderte, sah ihren Vater, der inmitten einer großen Gruppe älterer Herren stand und erregt auf die anderen einsprach. Seine grauen Haare schienen sich beinahe zu sträuben vor Wut.

»Von Anfang an habe ich das prophezeit«, sagte er gerade, »ich wußte, daß diese Revolution in einem Blutbad ohnegleichen enden würde. Es konnte gar nichts anderes geschehen!«

»Ich hätte nie geglaubt, daß sie den König hinrichten würden«, meinte ein anderer, »ich dachte, sie scheuten vor diesem Schritt zurück.«

»Vielleicht, wenn der König nicht versucht hätte zu fliehen...«

»Es wäre immer dasselbe gewesen. Sie mußten ihn vernichten, wenn sie das vollkommene Ziel dieser Revolution erreichen wollten.«

»Ja, aber«, fragte ein dritter, »was ist das vollkommene Ziel dieser Revolution?«

Phillip lächelte ironisch.

»Die Volkssouveränität«, erwiderte er, »nicht länger der Monarch, das Volk ist der einzige Souverän im Staat. Streng nach Rousseau. Sein Gesellschaftsvertrag ist die neue Bibel Frankreichs!«

»Haben Sie ihn gelesen, Phillip?«

»Ja. Konfuses Geschreibsel. Aber natürlich göttliche Offenbarung im Verständnis der Revolutionäre!«

»Nun, jedenfalls ist dort, soviel ich weiß, nicht die Rede von der Ermordung des Monarchen. Diese Konsequenz zieht Rousseau nicht!«

»Aber meine Herren!« ein dritter Mann lächelte etwas ironisch in die Runde. »Das, worüber Sie sich jetzt so erregen, ist schließlich auch schon einmal dagewesen! Und sogar im eigenen Land!«

»Sie sprechen von Charles I.?«

»Ja. Es war auch ein Januartag, da stieg er in London aufs Schafott, verurteilt als Tyrann und Verräter am englischen Volk – die Anklageschrift unterscheidet sich kaum von dem, was man König Ludwig vorwarf!«

»Das ist doch nicht zu vergleichen!« rief Phillip heftig. »Damals gab es einen Krieg, einen Bürgerkrieg, der, wie auch immer man die eine oder andere Seite beurteilen will, nach offiziellen Kriegsbedingungen geführt wurde. Die Sieger ließen ihren größten Gegner hinrichten – ich verurteile das natürlich –, aber die ganze Sache hatte einen rechtmäßigeren Charakter als der Blutrausch, dem das Proletariat in Frankreich augenblicklich erliegt!«

»Phillip hat recht. Ich würde Oliver Cromwell wirklich nicht als einen Engel des Herrn bezeichnen, aber er kommt doch nicht an Robespierre heran, diesen Teufel in Menschengestalt!«

»Er ist schlimmer als Marat?«

»Ja. Robespierre ist eiskalt. In ihm brennt nicht das Feuer, das die Revolution trägt und die Menschen fast verglühen läßt. Er behält seinen klaren Kopf und berechnet jeden Schritt, den er tun wird.«

»Und vielleicht schwingt er sich eines Tages zum neuen Herrscher auf«, sagte Phillip nachdenklich. »Es gibt keine Revolution, aus der nicht ein Sieger hervorgeht – ein einziger, einzelner Sieger, der die Trümmer benutzt, daraus seinen eigenen neuen Palast zu errichten. Diesem bedauernswerten Irrtum fallen die Volksmassen wieder und wieder anheim. Sie glauben, den Tyrannen für immer vernichtet zu haben, und merken gar nicht, daß sie längst dem nächsten zujubeln.«

»Und das wird Robespierre sein?«

»Er oder ein anderer. Einen neuen Herrscher wird es geben. Das Volk ist so dumm, daß es die heißbegehrte Souveränität freudig an sich vorüberrauschen lassen wird!«

»Na, na!«

»Ich habe recht. Sie werden es alle sehen.«

Dann entdeckte Phillip Joanna und winkte ihr zu.

»Amüsierst du dich gut?« fragte er.

»Ja. Aber ich suche Elizabeth!«

»Dort hinten kommt sie ja gerade!« Phillip wies zu einer Tür, durch die Elizabeth in diesem Moment den Raum betrat. Ihr folgte John, was Phillip zu einem Stirnrunzeln veranlaßte.

»John Carmody ist also gekommen«, murmelte er, »das habe ich nicht erwartet. Nun ja, schließlich wurde er eingeladen!«

Die beiden Männer begrüßten einander kühl. Durch den französischen Königsmord hatte sich Phillips Verhältnis zu John verschlechtert, der das natürlich bemerkte. Er nutzte die Gelegenheit, sich gleich zu verabschieden. Er wolle am nächsten Morgen schon früh nach London aufbrechen, erklärte er, und es gebe vorher noch einiges zu tun. Elizabeth hingegen vermutete, daß er die Gesellschaft, in der er sich befand, nicht mochte. Sie hatte schon vorher die verachtungsvollen Blicke bemerkt, die er für glitzerschmuckbesetzte Damen und schneeweiß gekleidete Herren hatte.

Sie begleitete ihn bis zum Portal. Draußen war bereits die frühe winterliche Dämmerung hereingebrochen, und aus dem dunklen Park wehten ihnen Schneeflocken entgegen.

»Geh schnell wieder hinein, Elizabeth«, sagte John, »du erkältest dich sonst!«

»Werden Sie uns bald wieder besuchen?«

»So bald nicht. Ich reise demnächst nach Frankreich.«

»Nach... Frankreich?«

»Ja, ich möchte mir das alles mal aus der Nähe anschauen. Dabeisein, verstehst du? Aus der Ferne läßt sich dieses Ereignis so schwer in seiner wirklichen Bedeutung erkennen.«

»Aber... ist es nicht sehr gefährlich dort?«

»Nicht, wenn man es versteht, auf sich aufzupassen«, entgegnete John lässig. In den wenigen Augenblicken, die sie hier draußen standen, hatten sich seine dunklen Haare schon silberweiß gefärbt von den darauffallenden Schneeflocken. Elizabeth lächelte schwach.

»Ich wünsche Ihnen alles Glück«, sagte sie. John lief die steinernen Treppen hinab, aus dem Licht der Schloßlaterne hinaus. Er wurde zum Schatten, dessen Schritte kein Geräusch machten im weichen Schnee.

»Wiedersehen!« rief er, dann verschwand er schon. Elizabeth aber hatte das Gefühl, viel lieber mit ihm in diese eisige Nacht laufen zu wollen, als in das warme Haus zurückzukehren, aus dem ihr heller Lichtschein und fröhliche Musik entgegendrangen.

2

Heron Hall kam Joanna und Elizabeth seltsam leer vor, seit Cynthias Zimmer unbewohnt war und das Gesicht der älteren Schwester bei allen Mahlzeiten und bei jedem Zusammensein der Familie fehlte. Sie fanden es merkwürdig, sie sich als verheiratete Frau vorzustellen, als Lady Aylesham, die mit ihrem Mann durch England reiste, um Orte kennenzulernen, die sie nie zuvor gesehen hatte. Vier Wochen wollten sie unterwegs sein, um dann in London, mitten in der Stadt, zu wohnen. Als das Dienstmädchen Samantha das erfuhr, ruhte sie nicht, bis sie es durchsetzte, von Cynthia als Kammerzofe mitgenommen zu werden. Cynthia zögerte zunächst, denn sie hatte bemerkt, daß ihr frisch angetrauter Gemahl gerade der sinnlichen Samantha besonders häufig Blicke nachsandte. Aber da ihr kein geeigneter Grund einfiel und sie die Wahrheit natürlich nicht sagen konnte, gab sie nach. Samantha jubelte. Das Landleben hänge ihr zum Hals heraus, erklärte sie Joanna heimlich, sie sterbe fast vor Sehnsucht nach Luke. Vielleicht werde sie überhaupt nicht mehr lange als Dienstbote arbeiten, sondern ganz zu ihrem Freund umsiedeln.

»Wenn du einmal nach London kommst«, sagte sie zum Abschied, »dann besuche mich doch. Und du auch, Elizabeth. Ihr seid uns immer willkommen!«

Schließlich verschwanden sie alle, der Lord lebhaft winkend, Cynthia blaß aus ihrem schwarzen Pelzmantel hervorblickend und Samantha die blitzenden Augen abenteuerlustig in die Ferne gerichtet.

Dann wurde es still im Haus. Der Winter verging mit zäher Langsamkeit. In Heron Hall merkten sie kaum etwas von der düsteren Stimmung, die sich in ganz England ausbreitete. Die Revolution in Frankreich wurde nun auch hier spürbar. In allen größeren Städten zitterten die Menschen täglich vor Ausschreitungen revolutionärer Kräfte. Es kam immer wieder vor, daß sich an irgendwelchen Straßenecken der Pöbel zusammenrottete und loszog, um Geschäfte zu plündern, Scheiben einzuschlagen oder arglose Bürger anzugreifen. Außerdem rechnete man täglich mit Krieg, und am ersten Februar war es dann auch soweit. Frankreich erklärte Holland und England den Krieg, und sofort wurde eine englische Flotte ausgerüstet, die gegen die Franzosen kämpfen sollte. Die Leute in Norfolk sprachen stolz davon, daß eines der Schiffe, die mit 64 Kanonen ausgestattete »Agamemnon«, von einem Kapitän befehligt werden sollte, der aus ihrer Grafschaft stammte, von Horatio Nelson, Pfarrerssohn aus Burnham Thorpe, der bereits im amerikanischen Unabhängigkeitskrieg die Aufmerksamkeit der britischen Admiralität auf sich gezogen hatte.

Von all diesen Aufregungen drang nur wenig bis nach Heron Hall. Hier verlief das Leben in seinen gewohnten Bahnen, bis im Juni des Jahres 1793 Harriet einen Entschluß faßte, der von den Kindern mit Entsetzen aufgenommen wurde. Sie sah sich überhaupt nicht mehr in der Lage, sich selber um die beiden Mädchen zu kümmern, und hielt auch die sanfte Agatha nicht länger für die geeignete Erzieherin. Voller Schrecken glaubte sie, beginnende

Verwilderung an den Kindern zu erkennen. Sie kamen zuwenig mit Bildung und Kultur in Berührung. Welch entsetzliche Vorstellung war es, sie würden deshalb vielleicht nie standesgemäß heiraten können! An einem warmen Sommertag teilte sie ihnen deshalb mit, schon vier Wochen später sollten sie in eine Schule übersiedeln, wo sie die nächsten drei Jahre in all den Dingen unterrichtet werden würden, die zu lernen für junge Mädchen wünschenswert war.

»Was?« fragten Joanna und Elizabeth gleichzeitig, nach einem kurzen Moment des Erstarrens.

»Kinder, tut nicht so, als wollte man euch töten«, entgegnete Harriet, »ihr solltet euch freuen. Ich habe eine sehr schöne Schule ausgewählt, die nicht einmal weit von hier liegt. Ganz nahe bei Cambridge!«

»Woher wollen Sie wissen, daß sie schön ist?«

»Viola hat das herausgefunden. Sie schickt übrigens Belinda auch dorthin!«

»O nein«, stöhnte Joanna, »auch das noch! Mutter, das ist ja ein furchtbarer Plan! Wir möchten das nicht!«

»Nun, ausnahmsweise werdet ihr tun, was ich möchte.«

»Aber wir wollen in Heron Hall bleiben«, sagte Elizabeth, »es ist so schön hier! Warum sollen wir es verlassen?«

»Ihr habt hier nicht die gleichen Möglichkeiten wie andere Mädchen. Beispielsweise kommt ihr nie nach London, weil die Reise für mich zu anstrengend ist. Ihr wollt doch nicht zu Bauernmädchen werden, die nur zwischen Wiesen und Meer aufwachsen!«

»Wir könnten doch alleine nach London fahren, jedes Jahr für einige Monate, und dann bei Cynthia wohnen!«

Harriet wurde ganz blaß bei dieser Vorstellung. Sie konnte sich genau vorstellen, wie Lord Aylesham seinen Schwägerinnen das Londoner Leben zeigen würde, und das konnte derzeit in nichts anderem als im tiefsten Sumpf der Sünde enden. Nein, um keinen Preis der Welt durfte sie die unerfahrenen, aber zweifellos neugierigen Kinder in die gefährliche Halbwelt der englischen Hauptstadt lassen.

»Das kommt gar nicht in Frage«, erwiderte sie daher auf Elizabeths Vorschlag. »Cynthia ist jetzt jung verheiratet und wird schon allein mit genügend Schwierigkeiten zu kämpfen haben. Nein, ihr geht in die Schule, die Viola und ich ausgewählt haben. Miss Florence Brande, die Leiterin, soll eine zuverlässige, gebildete Dame sein!«

Joanna und Elizabeth blickten einander an. Zuverlässig und gebildet! Das waren Eigenschaften, die im England dieser Tage nicht gerade ihre Blüte hatten. Es war nicht die Zeit der Pensionate, der strengen Erziehung. Nur vereinzelt konnte man dies finden. Selten hatten sich Unmoral und Laster durch so viele Kreise eines Volkes gezogen, selten aber auch wurden sie so angestrengt kultiviert und aufrechterhalten. Selbst Kinder begriffen früh diesen Geist der Zeit, in der sie lebten.

»Mutter, wir werden dort unglücklich sein«, versuchte es Joanna noch einmal, aber Harriet, bereits wieder erschöpft, winkte ab.

»Es ist entschieden und beschlossen und nicht zu ändern. Ihr werdet euch dort sehr schnell eingewöhnen, und es wird euch gefallen!«

Harriet ließ sich auch in den nächsten Tagen nicht umstimmen. Miss Florence Brande und ihr Pensionat begannen eine düstere Wirklichkeit anzunehmen.

»Vorbei dies alles hier«, murmelte Joanna, als sie an einem Sommerabend trübsinnig auf einem Mäuerchen im Park saßen. »Keine Wiesen mehr und keine Ponys und keine Spiele!«

»Nein, natürlich nicht«, antwortete Elizabeth. »Wir müssen nur langweilige Dinge tun und dürfen immer erst sprechen, wenn wir etwas gefragt werden.«

»Und Belinda haben wir Tag und Nacht um uns!«

Belinda war übrigens ganz entzückt von der Vorstellung, in einer Schule zu leben. Sie hatte Unmengen neuer Kleider bekommen, mit denen sie fortwährend prahlte. Joanna und Elizabeth, die sie einmal besuchen mußten, kehrten ganz erschöpft zurück, weil sie stundenlang nur vor dem gewaltigen Kleiderschrank ihrer Gastgeberin gestanden und aufwendige Gewänder angesehen hatten – ohne einen Einwand zu wagen, da sich auch Viola im Zimmer aufhielt und aufpaßte, daß ihrem Kind genügend Bewunderung gezollt wurde.

Die Wochen, die noch bis zur Abreise blieben, verrannen schnell. Die Stunden eines jeden Tages schienen immer kürzer zu werden, jeder Abend rascher auf den Morgen zu folgen. Agatha war nur noch damit beschäftigt, Sachen zu packen, während Joanna und Elizabeth einen langen, traurigen Abschied nahmen. Diesmal ging er ihnen so viel stärker zu Herzen als in jenem Jahr, in dem sie Heron Hall verließen, um für einige Monate nach London überzusiedeln. Damals hatten sie gewußt, daß es nicht für lange war, und außerdem bedeutete London eine neue reizvolle Verlockung. Miss Brande hingegen besaß überhaupt keine Anziehungskraft. Bei ihr konnte das Leben nur scheußlich sein, davon waren sie fest überzeugt.

Schließlich, im Juli, kam der Abreisetag heran. Phillip hatte eine bequeme Kutsche gemietet, die die Kinder bis Cambridge und von dort weiter zu Miss Brandes Haus bringen sollte. Agatha würde sie begleiten, dazu noch Viola und Belinda, die, munter und fröhlich, bereits am frühen Morgen erschienen. Joanna und Elizabeth hatten die ganze Nacht nicht geschlafen und begrüßten sie mit mürrischen, blassen Gesichtern.

»Na, wie seht ihr denn aus«, sagte Viola. »Miss Brande erschrickt ja, wenn sie euch sieht!«

»Soll sie doch«, murmelte Joanna, »uns ist es sowieso gleich, was sie von uns denkt.«

»Mein Gott, Kind! Soll ich das deiner Mutter erzählen?«

Joanna fand diese Frage höchst albern. Sie zuckte mit den Schultern und wandte sich ab.

»Unhöfliches Mädchen«, meinte Viola entrüstet. »Belinda, du suchst dir dort wohl besser andere Freunde!«

»Natürlich, Mutter.«

Joanna zeigte sich davon nicht getroffen. Sie umarmte kurz Harriet, dann Phillip und stieg in die Kutsche. Ihre Eltern sollten ruhig merken, daß sie ihnen ihre Entscheidung sehr übelnahmen.

Elizabeths Abschied dauerte länger. Sie wollte ebenfalls Zorn zeigen, doch der brach völlig zusammen, als sie ihr Gesicht an das von Harriet drückte und diese sie zärtlich in die Arme schloß.

Vielleicht ist sie einfach zu krank, um uns noch länger hierhaben zu können, schoß es ihr durch den Kopf. Sie fühlte eine ganz seltsame Angst bei dem Gedanken an die Zukunft. Bisher war ihr Dasein von einer Sicherheit umgeben gewesen, die sie nun erst begriff. In Louisiana, auf der Überfahrt und hier in England war sie behütet gewesen von Menschen, die sie liebten und von denen sie immer wußte, daß sie es gut mit ihr meinten. Es schien ihr aber, als beginne nun plötzlich eine Zeit der ersten Selbständigkeit und Verantwortung. Niemand, der sie auffing und schützte! Wenn Miss Brande sie nun nicht leiden mochte, dann half ihr nur, die Zähne zusammenzubeißen und tapfer zu bleiben.

Doch dann schüttelte sie den Kopf. Wie albern, warum sollte diese Miss sie nicht leiden können? Nur weil das Heimweh jetzt schon in ihr hochkroch, malte sie sich die schauerlichsten Bilder aus.

Endlich setzte sich die Kutsche in Bewegung. Beide Mädchen sahen nicht mehr hinaus, denn sie wollten sich den bedrückenden Anblick des verschwindenden Heron Hall ersparen. Joanna lagerte mit weit ausgestreckten Beinen und mürrischer Miene in ihrem Sitz. Elizabeth saß sehr aufrecht da und starrte angestrengt auf ihre Hände. Sie wollte nicht weinen, denn darauf warteten Viola und Belinda bloß. Aber ihr schossen dennoch beinahe die Tränen in die Augen, als sie daran dachte, wie sie vier Jahre zuvor genau die gleiche Strecke gefahren waren und sie und Joanna abwechselnd vor John auf seinem Pferd hatten reiten dürfen. Sie schluckte krampfhaft, was Belinda sofort bemerkte.

»Mutter, ich glaube, Elizabeth weint«, sagte sie glücklich.

Viola musterte Elizabeth scharf. »Tatsächlich«, stellte sie fest, »Kind, stell dich nicht so an!«

Das reichte natürlich, um Elizabeths letzte Beherrschung zusammenbrechen zu lassen. Laut schluchzend fiel sie in Agathas Arme und verbrachte dort, am ganzen Körper zuckend und bebend, fast die ganze nächste Stunde. Draußen rauschten sonnendurchschienene Wälder, malerische Dörfer und blühende Sommerwiesen vorbei, aber sie sah nichts davon. Als sie sich endlich wieder aufrichtete, mit weißem, fleckigem Gesicht und geröteten Augen, hatten sie sich schon weit von King's Lynn entfernt.

Sie kamen schnell voran und erreichten bereits am frühen Abend Cambridge. Ein bißchen vergaßen die Kinder ihren Schmerz, als sie durch die engen Gassen rumpelten und die prachtvollen Universitätsbauten bestaunten, zwischen denen zahllose Studenten herumliefen, verwegene Hüte auf den Köpfen und weit schwingende schwarze Mäntel über den Schultern. Manche unterhielten sich in einer sehr schön klingenden, aber völlig unverständlichen Sprache, von der Viola sagte, daß es Latein sei. Elizabeth meinte, nie etwas so Klangvolles, Elegantes gehört zu haben.

»Werden wir auch Latein lernen?« fragte sie hoffnungsvoll. Das wäre das einzige, weswegen sich der Aufenthalt bei Miss Brande vielleicht ein ganz kleines bißchen lohnen würde. Aber Viola schüttelte den Kopf.

»Mädchen lernen kein Latein«, erklärte sie, »ihr lernt Französisch.«

Sie verließen Cambridge wieder und fuhren über schmale Feldwege quer durch von Abenddämmerung überschattetes Wiesenland. Hin und wieder sahen sie einen Bauernhof, häufig starrten barfüßige, magere Kinder hinter den Reisenden her. Schließlich rollten sie einen Hügel hinauf, und auf der anderen Seite, in einem idyllischen Tal, sahen sie ein großes, sehr einfaches, aber dennoch heimelig wirkendes Gebäude. Es wurde umgeben von einem weiten Park, in dem alte Bäume standen und viele Blumen blühten. Jeder mußte zugeben, daß es sich hier um ein ausgesprochen hübsches Anwesen handelte, beinahe so schön wie Heron Hall, wenn auch kleiner. Der Staub des Weges wirbelte hoch, als die Pferde, das nahe Ziel witternd, rascher den Berg hinabtrabten.

»Ist es nicht zauberhaft?« fragte Viola. »In diesem herrlichen Haus werdet ihr leben!«

Joanna und Elizabeth, die sich ein düsteres Gefängnis vorgestellt hatten, schwiegen.

Aber ich werde hier unglücklich sein, trotz allem, dachte Elizabeth ahnungsvoll, ich weiß es!

Sie rollten durch das breite Eisentor, über einen kiesbestreuten Weg bis zum Eingangsportal. Der Kutscher öffnete die Türen und half ihnen nacheinander beim Aussteigen. Etwas unsicher standen sie alle herum, dann öffnete sich plötzlich die Haustür. Hochaufgerichtet schritt eine Dame auf sie zu.

Miss Florence Brande war beinahe fünfzig Jahre alt, eine endlos lange, magere Erscheinung, mit knochigen Armen und Beinen und leicht nach vorne gebeugtem Rücken. Sie trug ein enges, dunkelgraues Seidenkleid, zeit- und alterslos, mit vielen Spitzen verziert und am Hals mit einer bedrohlich spitzen, riesigen Rubinbrosche geschlossen. An den Handgelenken klimperten mehrere silberne Armreifen, und an den dünnen Fingern saßen wuchtige, in bräunlichen und grünlichen Farben schillernde Ringe. Dies alles wirkte furchteinflößend. Am unheimlichsten aber war das Gesicht, das dort über dem grauen Kleid schwebte. Scharf und mager wie alles an dieser Frau, beherrscht von einer mächtigen, langen, hart gebogenen Nase, deren Spitze beinahe den schmallippigen Mund berührte. Die Augen lagen ein wenig zurück, sie blickten undurchdringlich dunkel aus ihren Höhlen hervor. Darüber erhob sich eine hohe, stark gewölbte Stirn, die schließlich von einem dunkelbraunen Haaransatz begrenzt wurde, der wiederum in einem kleinen, runden Knoten am Hinterkopf verlief. Eine Frau von fast atemberaubender Häßlichkeit, doch daneben grenzenlos selbstsicher und teuflisch! In ihrem Lächeln lag die grausame Kälte einer Hexe.

Vom allerersten Moment ihrer Begegnung an haßte Miss Brande Elizabeth. Niemand hätte zu erklären gewußt, woran das deutlich wurde, aber jeder begriff es in dem Augenblick, in dem sie sich zu dem kleinen Mädchen hinabneigte und ihm die Hand reichte. Sie lächelte in derselben Weise wie zuvor bei Belinda und Joanna, und dennoch schien eine Welle von Abneigung plötzlich über sie hinwegzufließen. Elizabeth merkte es sofort, und auch Joanna neben ihr spürte es. Sie erstarrte beinahe vor Verwunderung. Elizabeth sah so süß aus, so klein und blaß, scheu und zart, die riesigen Augen kullerten ihr beinahe aus dem Gesicht vor Angst. Unmerklich wich sie einen Schritt zurück, als das hagere Gesicht mit der dolchartigen Nase auf sie zukam.

»Guten Tag«, murmelte sie ängstlich. Miss Brande sah ihr direkt in die Augen.

»Guten Tag, mein Herzchen«, sagte sie. Elizabeth war die einzige, die sie mit dieser Anrede begrüßte, und aus ihrem Mund klang das wie eine Kriegserklärung.

Den Kindern und Viola wurde nun das ganze Haus gezeigt. Die Inneneinrichtung erwies sich als ebenso geschmackvoll wie das Äußere des Anwesens. Es gab einige gemütliche Salons, ein großes Eßzimmer, zwei Schlafsäle und das luxuriöse Boudoir von Miss Brande, in dem es überraschend wohnlich und behaglich aussah. Ein Diener schleppte das Gepäck der Mädchen hinauf in den größeren Schlafsaal.

»Das sind eure Betten«, sagte Miss Brande. »Hier am Fenster schläft Elizabeth Landale, daneben Belinda Fitheridge und am anderen Ende des Raumes Joanna Sheridy.«

Elizabeth und Joanna blickten einander an.

»Bitte, Miss Brande«, sagte Joanna, »dürfte ich mit Belinda tauschen? Elizabeth und ich würden gerne nebeneinander schlafen!«

Miss Brande musterte sie scharf.

»Warum denn das?« fragte sie.

»Wir sind das so gewöhnt!«

»Nun, Joanna«, Miss Brande hob ihre Stimme ein wenig, »was ihr von zu Hause gewöhnt seid, spielt hier überhaupt keine Rolle. Hier bestimme ich, was geschieht. In diesem Fall möchte ich mich jedoch nicht kleinlich zeigen. Du darfst mit Belinda tauschen – aber das wird sofort rückgängig gemacht, wenn ihr die Nächte dazu benutzt, zu tuscheln und zu albern! Hast du das verstanden?«

»Ja. Vielen Dank, Miss Brande.«

Miss Brande schritt hoheitsvoll zur Tür.

»Ich werde euch jetzt eure neuen Freundinnen vorstellen«, sagte sie, »kommt bitte mit!«

Sie folgten ihr eine Treppe hinunter bis zu einer breiten Eichenholztür, hinter der wirres Stimmengemurmel zu hören war.

»Hier ist euer Wohnzimmer«, erläuterte Miss Brande. Mit einem Ruck öffnete sie und trat ein. Sofort verstummten die Stimmen. Zwei Dutzend Mädchen erhoben sich und starrten den Ankommenden entgegen.

»O mein Gott«, flüsterte Joanna Elizabeth zu, »so viele!«

»Kinder, das sind Belinda, Joanna und Elizabeth«, stellte Miss Brande vor, »umgekehrt werde ich die Namen wohl nicht nennen, denn ihr könnt sie so rasch kaum behalten. Ihr werdet einander bald kennenlernen.«

Neugierige Augen musterten die drei Neuen. Elizabeth fühlte, wie ihr Hals eng wurde. Wie schrecklich, hier zu stehen und so angeblickt zu werden von dieser Horde von Fremden, mit der man sie hier zusammensperren wollte und die ihr gefahrvoller erschien als eine Bande bärtiger Banditen. Ohnehin dazu neigend, alles, was geschah, auf sich zu beziehen, glaubte sie schon jetzt Gehässigkeit und Angriffslust im Raum zu wittern, und ohne Zweifel richtete sich das gegen sie. Nervös preßte sie ihre Hände gegeneinander und beneidete Joanna, die kühl und gelassen die Blicke erwiderte. Auch Belinda wirkte viel sicherer, aber natürlich war das gar kein Wunder bei ihr, denn in ihrer selbstgefälligen Dickfelligkeit merkte sie ja überhaupt nie, welche Stimmung irgendwo herrschte. Joanna besaß echten Mut, Belinda nur die Angstlosigkeit der Dummen, davon war Elizabeth schon lange überzeugt. Nur ich, dachte sie, habe keines von beiden.

»Ihr werdet von der langen Fahrt müde sein«, meinte Miss Brande, »das Dienstmädchen wird euch euer Abendessen hinaufbringen, und dann könnt ihr gleich schlafen. Ihr müßt morgen schon früh aufstehen!«

Sie verabschiedeten sich von Viola, die in Cambridge ein Zimmer nehmen und am nächsten Tag nach Hause reisen wollte. »Ich kann Harriet wohl sagen, daß ihr euch wohl fühlt?« fragte sie. Miss Brande zog die Augenbrauen hoch.

»So schnell kann ich das ja noch gar nicht beurteilen«, entgegnete Joanna.

»Wie diplomatisch«, meinte Miss Brande honigsüß.

»Ja, nicht wahr?« Viola lächelte herablassend. »Eine Schmeichlerin ist Joanna wirklich nicht!«

Als sie endlich abgefahren war, begaben sich die Mädchen hinauf in den Schlafsaal. Das Essen für sie stand dort schon bereit. Elizabeth hatte keinen Hunger und schenkte ihren Teil Belinda, die mit gutem Appetit aß.

»Ich bin sicher«, sagte sie kauend, »daß ich hier sehr glücklich sein werde!«

»Schön für dich«, entgegnete Joanna, »vielleicht wirst du Miss Brandes Liebling!«

»Ich finde sie nett!«

»Ich finde sie grausig«, warf Elizabeth ein. Sie stand am Fenster und sah hinaus in den Juliabend, dessen westlicher Himmel noch schwach vom Licht der untergehenden Sonne erhellt wurde. Das Heimweh überfiel sie erneut mit schmerzender Heftigkeit. Schon einmal war es so gewesen, damals, als sie Louisiana verlassen mußte. Warum nur schon wieder? Sie biß sich auf die Lippen und wandte sich um zu Joanna. Diese lächelte ihr sanft zu. Ihr Gesicht war im matten Kerzenschein nur schwach zu erkennen, aber Elizabeth vermochte die Zärtlichkeit darin zu erblicken, die Joanna nur ihr entgegenbrachte. Das Heimweh konnte das nicht verbannen, aber sie wußte, daß sie, wie schon Jahre zuvor, heute und immer Trost in Joanna finden würde. Solange sie bei ihr war, konnte sie sich niemals ganz verloren fühlen.

3

Elizabeths fester Wille, Zuversicht und Tapferkeit zu bewahren, wurde auf eine harte Probe gestellt. Was sie vom ersten Augenblick an geahnt hatte, erwies sich als Tatsache. Sie konnte in diesem Haus nicht glücklich sein, denn zwischen ihr und Miss Brande herrschte eine Spannung voller Feindseligkeit und Angst. Elizabeth begriff niemals, weshalb Miss Brande sie, ohne ihr irgendeine Chance zu geben, haßte und verfolgte. Jahre später meinte sie, einen Grund vielleicht darin sehen zu können, daß die alternde Miss ihre Mädchen mit glühendem Neid betrachtete und kaum fertig wurde mit der Tatsache, daß ihnen noch eine Hoffnung auf Glück und Schönheit und Liebe winkte, Kostbarkeiten, die sie selbst nie besessen, die zu ersehnen sie bereits aufgegeben hatte. Sie konnte ihre Eifersucht kaum an allen austoben, darum ließ sie Milde walten gegenüber Mädchen wie Belinda, die angstvoll um sie warben, ihre Gunst zu gewinnen suchten und sich selber noch einredeten, die Lehrerin zutiefst zu bewundern. Dann wich sie zurück vor solchen wie Joanna, die keinen Hehl daraus machten, daß sie weder Angst noch Sympathie empfanden, und ihr keck und unverfroren Widerstand leisteten. Sie begegnete ihnen mit Strenge, wußte aber, daß sie in ihnen nichts berührte, und verzichtete auf sorgfältig ausgedachte Quälereien. Dafür blieben ihr die Elizabeths, die kleinste und schwächste Gruppe. Hier stieß sie auf heftigste Furcht, zugleich aber auch auf die verzweifelte Entschlossenheit, ihr keine Bewunderung, keine Freundschaft und keine Verehrung zu gewähren. In den Augen einer Elizabeth erblickte Miss Brande flackernde Angst, daneben in fast noch größerem Maße unnachgiebigen Haß, der nie geäußert wurde, in seiner Wortlosigkeit aber aufreizender wirkte als jede schnippische Antwort Joannas.

Miss Brandes Folterungen waren von höchst subtiler Art. Sie hätte niemals zu sichtbar brutalen Waffen gegriffen. Seit Bestehen ihrer angesehenen Schule war es kein einziges Mal vorgekommen, daß sie eine Schülerin in den dunklen Keller gesperrt oder zu Wasser und Brot verdammt hätte. Ihre Vornehmheit hinderte sie sogar daran, jemals ihre Stimme zu einem Schreien zu erheben. Die Atmosphäre ihres Hauses fiel auf durch Ruhe, Sauberkeit und Frieden.

Doch unter dem Deckmantel der Harmonie quälte sie unbarmherzig. Es gab eine bestimmte Gruppe von Mädchen, die sie zu ihren Opfern erkoren hatte, und Elizabeth gehörte sofort dazu. Auf sie konzentrierten sich Miss Brandes Angriffe der nächsten Wochen. Die anderen hatte sie bereits in den Staub getreten, so konnte ihnen eine kurze Zeit der Erholung gegönnt werden. Aber Elizabeth war neu – ein ergiebiges, weites Feld.

Miss Brandes Methode lag in der geistigen und seelischen Zerrüttung, herbeigeführt durch ein steigendes Gefühl der Wertlosigkeit und vollkommenen geistigen Minderbemitteltheit, das sie in ihren Opfern hervorrief. Die Unterrichtsstunden eigneten sich hierfür hervorragend.

Gleich in der ersten Woche mußten alle Mädchen eine Geschichte schreiben, über die »blühende Welt des Sommers«, wie Miss Brande es nannte. Joanna und Elizabeth suchten sich einen einsamen Platz auf einer sonnigen Wiese, wo sie sich hinsetzten und zu schreiben begannen. Elizabeth vertiefte sich rasch vollkommen in die Stimmung, die sie auf dem Papier ausbreiten wollte. Mit glühenden Wangen und zerfurchter Stirn kritzelte sie Seite um Seite, kaute am Stift und an den Fingernägeln und fuhr sich immer wieder mit den Händen in die Haare, bis sie völlig wirr um den Kopf herumstanden.

»Du hast aber schon viel«, meinte Joanna nach einer Weile bewundernd, »mir fällt gar nichts ein!«

»Wie?«

»Ach, schon gut. Darf ich mal lesen?«

Elizabeth nickte, und Joanna begann mühsam die kritzelige Schrift ihrer Freundin zu entziffern.

»O Gott«, sagte sie schließlich, »Elizabeth, das ist ja großartig! Es ist ganz wundervoll! Miss Brande wird begeistert sein!«

»Meinst du wirklich?«

»Ganz sicher. Sicher liest sie das allen vor!«

Mit vereinten Kräften stellten sie Joannas Geschichte fertig. Es klang ein bißchen trocken, aber Joanna erklärte, das sei ihr ganz gleichgültig.

»Ob es Miss Brande gefällt oder nicht, spielt gar keine Rolle«, sagte sie, »ich werde mich für die alte Krähe bestimmt nie sonderlich anstrengen!«

»Ich tu' das auch nicht für sie. Aber für mich... ich würde mich so freuen, wenn es eine schöne Geschichte wäre!«

»Wenn Miss Brande auch nur ein bißchen Verstand hat, dann ist sie ganz entzückt!« behauptete Joanna.

Verstand hat sie, dachte Elizabeth, sie ist bestimmt nicht dumm. Sonst könnte man wohl leichter mit ihr auskommen. Sie fühlte sich glücklicher als sonst, als sie zum Haus zurückgingen. In einem der Salons trafen sie Maureen, ein sehr freundliches Mädchen, mit dem sie Freundschaft geschlossen hatten. Maureen hatte besonders unter Miss Brande zu leiden und sah immer sehr blaß aus. Häufig erwachte sie morgens mit roten Augen und übermüdetem Gesicht.

»Maureen, du mußt Elizabeths Geschichte lesen«, rief Joanna sofort, »sie ist großartig!«

Gleich darauf schob Belinda ihren Kopf durch eine Seitentür. »Schrei nicht so«, fuhr sie Joanna an, »wir arbeiten nebenan!«

»Verschwinde!« erwiderte Joanna grob. Sie fand, daß Belinda hier erst richtig unausstehlich wurde. Sie hatte vier Freundinnen gefunden, mit denen sie ununterbrochen zusammengluckte, Miss Brande anhimmelte und hinter vorgehaltener Hand über andere tuschelte. Sie schlief zu gut und aß zu viel und wurde immer dicker und rosiger.

Beleidigt zog sie sich nun zurück, wahrscheinlich, um nebenan mit ihren Kameradinnen über die schrecklich vulgäre Joanna Sheridy herzuziehen. Die regte sich darüber nicht auf. Sie wandte sich Maureen zu, die eifrig las.

»Und?« fragte sie.

»Wunderschön.«

Elizabeth strahlte.

»Dann bringe ich es gleich zu Miss Brande«, sagte sie. »Ich finde sie zwar unausstehlich, aber wenn sie meine Geschichte mag, dann käme ich vielleicht etwas besser mit ihr aus!« Sie verschwand. Joanna blickte ihr nach.

»Wenn sie sich bloß nicht alles so sehr zu Herzen nähme«, sagte sie. »Sie leidet unter der Feindschaft anderer Menschen, sogar unter der einer so widerlichen Person wie Miss Brande. Keine Bemerkung von ihr dürfte sie treffen!«

»Aber es trifft«, erwiderte Maureen, »nicht jeder ist so selbstsicher wie du, Joanna!«

Elizabeth war es später ganz rätselhaft, wie sie auch nur eine Sekunde hatte glauben können, ihre Geschichte werde Miss Brande gefallen.

Drei Tage später schritt die Lehrerin morgens steif und erhaben in das Zimmer, in dem sie ihre Schülerinnen unterrichtete. Unter dem Arm trug sie einen Stapel Papier.

»Ich glaube, heute kriegen wir unsere Geschichten zurück«, flüsterte Joanna Elizabeth zu. »Ich bin gespannt, was sie sagt!«

Miss Brande ließ sich Zeit. Sie sprach zunächst überhaupt nicht über die Arbeiten, sondern fragte nach dem Gedicht, das die Mädchen für diesen Tag hatten lernen sollen. Elizabeth duckte sich etwas tiefer. Sie lernte gern Gedichte, viele sogar nur für sich selbst und freiwillig, aber sie haßte es, sie vortragen zu müssen. Miss Brandes Gegenwart verunsicherte sie so maßlos, daß sie unweigerlich ins Stottern geriet und irgendwann abbrechen mußte. Das war ihr nun schon zweimal so gegangen, und jedesmal hatte die Lehrerin mit schmerzlichem Gesicht resigniert abgewinkt. Mit ihrer Miene allein vermochte sie es einem Menschen klarzumachen, daß sie ihn für klein und unbedeutend hielt.

Heute hatte Elizabeth Glück. Miss Brande beachtete sie überhaupt nicht, sondern nahm zuerst Maureen dran, die, abwechselnd rot und blaß werdend, aufstand und die Verse nervös herunterleierte. Miss Brande hörte mit angewidertem Gesicht zu.

»Maureen, das war erbärmlich, aber das weißt du wohl

selbst«, sagte sie dann. »Würdest du vielleicht noch einmal von vorn anfangen und dabei versuchen, wenigstens einen Anflug von Betonung auf die einzelnen Worte zu verwenden?«

Maureen verkrampfte die Hände in den Falten ihres Kleides. Sie begann erneut, aber schon nach vier Zeilen winkte Miss Brande ab.

»Verstehst du eigentlich, was du da vorträgst?« fragte sie. Maureen nickte.

»Dann sollte das auch zum Ausdruck kommen. Vorläufig klingt es so, als bewegtest du dich in einer fremden Sprache, von der du kein Wort kennst. Bitte noch einmal.«

Maureen befeuchtete ihre Lippen. Sie fing wieder an, aber kam auch diesmal nicht weit. Miss Brande schlug mit der flachen Hand hart auf den Tisch. Sie blickte Maureen nachdenklich an.

»Kind«, sagte sie verhalten, »unsere Sprache ist dir aber doch geläufig?«

»Ja, Miss Brande.«

»Wie bitte? Ich habe nicht verstanden.«

»Ja, Miss Brande«, wiederholte Maureen lauter. Ihre Stimme schwankte schon bedenklich. Elizabeth hätte weinen mögen vor Mitleid. Diese widerliche, gehässige Ziege! Wie grausam ihre dunklen Augen leuchteten und welch ein hämisches Lächeln ihren Mund umspielte. Ganz ohne Zweifel würde sie jetzt nicht eher ruhen, als bis Maureen in Tränen ausbrach.

»Wenn dir die Sprache keine Schwierigkeiten bereitet«, fuhr sie fort, »dann bist du dir vielleicht nicht über die inhaltliche Aussage des Gedichts im klaren?«

»Doch«, murmelte Maureen. Miss Brande lächelte.

»Schön. Dann erzähle mir bitte davon.«

Es war ausgesprochen schwierig, den Inhalt in ein paar präzisen Sätzen wiederzugeben. Es ging um den Sommer, um Stimmungen, ohne jeden tiefen Sinn, und die Reime bestanden nur aus einfachen Worten. Eine tiefschürfende Auslegung war kaum möglich.

»Der Sommer«, begann Maureen schließlich, »der Dichter beschreibt den Sommer...«

»Oh, wie scharfsinnig«, bemerkte Miss Brande. »Bist du darauf von ganz alleine gekommen?«

Maureens Mund zuckte.

»Die Stimmung gibt... gibt... Wärme wieder... und...«

Miss Brande legte ihre Hand an ihr Ohr.

»Ich kann wirklich nichts verstehen«, sagte sie. »Was ist mit Wärme?«

»In dem Gedicht«, Maureen hauchte ihre Worte nur noch, »das Gedicht handelt von der Wärme... im Sommer...«

»Wärme im Sommer?«

Maureen schwieg. Miss Brande winkte ihr zu.

»Komm bitte nach vorne«, befahl sie, »es ist unmöglich zu verstehen, was du an geistreichen Ausführungen von dir gibst. Nun komm schon!«

Auf wackeligen Beinen stolperte Maureen nach vorne. Alle anderen hielten den Atem an. Fast jeder hatte dasselbe schon mehrfach selbst erlebt.

Miss Brande neigte Maureen ihr Ohr zu.

»Nun sage es noch einmal. Wärme im Sommer?«

»Ja, der Dichter beschreibt die... Wärme des Sommers...«

Miss Brande starrte das Mädchen mit offenem Mund an. »Der Dichter beschreibt die Wärme des Sommers«, wiederholte sie. »Ist es das, was du aus diesem Gedicht heraushörst?«

Maureen biß sich auf die Lippen. Miss Brande rückte noch etwas näher an sie heran.

»Ist es das?« und als Maureen mit letzter Kraft nickte, sagte sie langsam: »Bemerkenswert. Wirklich bemerkenswert!«

Damit war das Ziel erreicht. Maureen begann heftig zu schluchzen und schlich weinend an ihren Platz zurück. Miss Brande kümmerte sich nicht darum. Sie ließ ihren Blick durch den Raum gleiten und rief schließlich Belinda auf, die das Gedicht noch einmal aufsagen sollte. Belinda schnellte in die Höhe. Sie stand ungeheuer gerade und aufrecht, während sie sprach, sie strahlte die Lehrerin die ganze Zeit an und tat so, als habe sie seit Wochen nur auf diesen Augenblick hingelebt. Elizabeth fand, daß sie viel schlechter als Maureen vortrug, übermäßig betonend und gräßlich bieder, aber Miss Brande schien nicht derselben Ansicht zu sein. Sie lächelte milde.

»Das hast du aber sehr gut gelernt, Belinda«, lobte sie, »ich habe nichts daran auszusetzen!«

»Danke schön, Miss Brande!« Belinda, von Glückseligkeit überwältigt, sank geradezu auf ihren Stuhl zurück. Joanna warf ihr einen verachtungsvollen Blick zu, den Belinda mit selbstgefälliger Überlegenheit zurückgab. Ihr Tag war gerettet, das machte sie unanfällig gegen jede Schmähung.

Endlich schien sich Miss Brande der Schriftstücke, die vor ihr lagen, zu entsinnen. Sie nahm sie in die Hand und stand auf.

»Ich gebe euch jetzt eure Geschichten zurück«, sagte sie, »die meisten haben mir recht gut gefallen. Ich habe darunter geschrieben, was ich davon halte.«

Sie schritt umher und gab die Blätter zurück. Von Belinda war sofort ein Jubelschrei zu hören.

»Hier steht: ›Eine schöne, klare, einfühlsame Arbeit!‹« schrie sie. »Habt ihr gehört, hier steht...«

»Nicht so laut, Belinda«, mahnte Miss Brande. Belinda kicherte verschämt und tat so, als wisse sie gar nicht, wohin mit ihrer unbändigen Freude. Sie umarmte die beiden Mädchen, die neben ihr saßen, und wackelte wie wild auf ihrem Platz herum, sie preßte beide Hände gegen den Mund und wimmerte entzückt. Sie befand sich augenscheinlich derzeit in einer besonders albernen Phase ihres Lebens.

Auch Joanna hatte ihre Arbeit zurückerhalten. Elizabeth lehnte sich hinüber und las, was darunter stand:

›Sehr einfache Darstellung. Wie bei dir schon gewohnt, oberflächlich und eilig angefertigt. Dennoch nicht ganz schlecht!‹

»Dennoch nicht ganz schlecht!« wiederholte Joanna. »Lieber Himmel, wie stimmt mich das glücklich! Miss Brande hält mich noch nicht für den allerschmutzigsten Dreck!«

Dann bemerkte sie, daß Elizabeth noch nichts vor sich liegen hatte.

»Wo ist deine Arbeit?« fragte sie erstaunt.

»Ich weiß nicht. Ich glaube, Miss Brande hat sie noch!«

Tatsächlich hielt Miss Brande noch einige engbeschriebene Blätter in der Hand. Mit ihnen stellte sie sich vor die Mädchen.

»Kinder, ich habe euch noch etwas vorzulesen«, sagte sie, »die Arbeit einer eurer Kameradinnen. Die unseres Schätzchens Elizabeth Landale.«

Elizabeth knetete nervös ihre Hände ineinander. Könnte es sein...? Wollte Miss Brande ihren Aufsatz lobend hervorheben, fand sie ihn so gelungen, daß alle ihn zu hören bekommen sollten? Ihr Herz ging auf einmal sehr schnell und hart. Doch ganz naiv war sie nicht mehr. Sie blieb auf der Hut und blickte angespannt in die tiefdunklen Augen ihrer Feindin. Sie konnte einfach nicht glauben, daß von ihr etwas Gutes kommen sollte.

»Nun, das Werk ist es wert, vorgelesen zu werden«, fuhr diese fort, »denn ihr könnt alle daran sehen...«, sie machte eine quälend lange Pause, »ihr könnt alle daran sehen, wie ein einziger Mensch es auf drei Seiten fertigbringt, die englische Sprache vollständig zu mißbrauchen und lächerlich zu machen!«

Für die letzten Worte hatte sie ihre Stimme etwas erhoben. Alle saßen wie versteinert. Elizabeth starrte atemlos nach vorne, schluckte krampfhaft und fühlte, wie ihre Lippen trocken wurden. Am ganzen Körper brach ihr der Schweiß aus. Sie wollte den Mund öffnen und etwas sagen, die Hexe bitten, ruhig zu sein und nichts vorzulesen, denn wenn es wirklich so furchtbar war, was sie geschrieben hatte, dann brauchte sie sie doch nicht der Schmach auszusetzen, das hier vor allen anderen anhören zu müssen. Aber sie brachte kein Wort heraus und hörte immer lauter das Blut in ihren Ohren rauschen.

Miss Brande kannte natürlich keine Gnade, sie nahm das Geschriebene gnadenlos auseinander, und wäre es von Shakespeare gewesen, es hätte vor ihrem Hohn nicht bestehen können. Sie las voll Übertriebenheit, legte eine lächerliche Betonung auf einzelne Wörter, hauchte einzelne Sätze nur oder legte mit schmerzlicher Gebärde eine Hand auf ihr Herz. Der ganze Bericht triefte plötzlich von sentimentaler Überschwenglichkeit, und es war den anderen Mädchen beinahe nicht übelzunehmen, daß sie lachen mußten. Elizabeth selbst durchlebte die Hölle. Dunkelrot vor Scham, erstarrt vor Entsetzen, lauschte sie auf Miss Brandes Stimme und fühlte zwei Dutzend Augenpaare, in denen Mitleid stand oder Spott glitzerte, durchdringend auf sich gerichtet.

Das ist das Schlimmste, dachte sie wirr, nie wieder werde ich etwas so Schlimmes... o Gott, nie wieder... Heiße Panik befiel sie, sie klammerte sich an ihren Tisch, während die Stimme unbarmherzig weiter auf sie niederhämmerte. Jahre später noch wunderte sie sich, wie sie diesen Minuten so fürchterlich viel Bedeutung hatte zumessen, wie sie in Furcht und Angst hatte fallen können, anstatt die giftige Person, die da las, überlegen zu bemitleiden. Statt dessen wand sie sich in Qualen und konnte sich nicht rühren vor Schreck. Erst als Miss Brande endete und in die Stille das Gelesene noch nachklingen ließ, schnellte sie in die Höhe, auf wackeligen, zitternden Beinen.

»Nun, Schätzchen?« fragte Miss Brande.

»Ich... mir ist nicht gut!« Zu einer längeren Auskunft fühlte sich Elizabeth nicht mehr fähig. Bevor ihre Beine gänzlich den Dienst versagen konnten, stürzte sie aus dem Raum und schlug die Tür heftig hinter sich zu. So schnell sie konnte, lief sie die Treppe hinauf in den Schlafsaal, und damit nur niemand ihr folgen konnte, verriegelte sie mit bebenden Fingern die Tür. Schwer atmend lehnte sie sich an die Wand und fuhr sich mit der Hand über die feuchte Stirn. Sie fühlte sich zerschlagen, zertrampelt, gedemütigt, lächerlich gemacht, für alle Zeiten dem Spott der anderen preisgegeben. Wie konnte sie ihnen nur jemals wieder unter die Augen treten? Ach, und sie schämte sich ja auch vor sich, in Grund und Boden schämte sie sich. Natürlich, Miss Brande hatte recht. Was sie geschrieben hatte, war nur dummes Zeug gewesen, der übertriebene Gefühlsüberschwang einer Zwölfjährigen, ungefiltertes Zeug, von der Stimmung eines Augenblicks getragen, ohne noch einmal überdacht worden zu sein. Aber warum mußte sie ihr das auf diese Weise klarmachen? Wieso mußte die Lehrerin sie so tief in den Schmutz treten?

»O Miss Brande, ich hasse Sie«, jammerte sie leise, »ich hasse

Sie so sehr, ich hasse Sie so furchtbar!« Sie drehte sich um und schlug mit der Faust hart gegen die Wand. Es gab einen dumpfen Laut, dann herrschte wieder vollkommene Stille. Wie sie diese Stille haßte, wie sehr dieses Zimmer mit seinen säuberlich aufgereihten Eisenbetten, wie sehr den heißen Augusttag draußen mit seinen sonnenbeschienenen grünen Blättern und goldfarbenen Kornfeldern. Und sich selbst, sich selbst auch! Sie trat zur Seite und sah in den Spiegel, der über dem Waschtisch hing. Ein blasses Gesicht, aber keineswegs von hübscher, vornehmer Blässe, sondern eher gelblich-fahl und ungesund. Fettige schwarze Haare, dabei hatte sie sie gestern erst gewaschen, doch das nützte in der letzten Zeit überhaupt nichts mehr. Gerötete Augen ohne jeden Glanz, ein komischer Mund. Sie hatte, wenn sie früher schöne Frauen beobachtete, meist dem Mund die größte Aufmerksamkeit geschenkt, denn in ihm konnte eine ungemein fesselnde Ausdruckskraft liegen. Sie fand, daß der Mund stärker noch als die Augen das Innenleben der Besitzerin offenbarte. Es gab spöttische Münder, überlegene, kluge, empfindsame, weiche, kalte, sanfte und dumme. Es gab Frauen, deren ganze sinnliche Ausstrahlung nur von einer bestimmten Schwingung der Lippen ausging, und solche wie Harriet, deren ganzes körperliches Leid sich in einem Schmerz offenbarte, der auf dem Mund lag. Nur sie selbst, das wurde Elizabeth klar, hatte im Grunde überhaupt keinen Mund, sondern nur ein Gebilde, das einfach gar nichts aussagte und dem ganzen Gesicht einen noch verschwommeneren Ausdruck verlieh, als es schon hatte.

»Ich bin häßlich«, sagte sie leise zu ihrem Bild, »wirklich häßlich. Und dumm. Verdammte Miss Brande!«

Sie fühlte sich sterbenselend. Das Leben war eine einzige Scheußlichkeit, bestehend aus dem Tod geliebter Menschen, dem Verlust alles Vertrauten, gehässigen Lehrerinnen, Versagen und einem Körper, den man als widerlichen Ballast herumschleppte. Ja, widerlich fand sie ihn, seit einigen Monaten schon konnte sie ihren Körper nicht mehr ausstehen. Er wurde schwammig und formlos und entbehrte jeglicher Proportion. Vielleicht griff Miss Brande sie an, weil sie sie auch so häßlich fand und einfach nicht ausstehen konnte. Es wäre eigentlich gar nicht verwunderlich.

Elizabeth blieb den ganzen Tag im Schlafsaal eingeschlossen und kam nicht heraus, als die Köchin zum Mittagessen rief. Natürlich trug ihr das einen scharfen Verweis von Miss Brande ein, aber er perlte an ihr ab. Sie konnte es ertragen, von einer Lehrerin heftig angefahren zu werden, aber sie würde es nie aushalten, sich vor einer Schar fremder Menschen demütigen lassen zu müssen. Ihre Angst vor jedem neuen Tag wuchs. Manchmal konnte sie abends stundenlang nicht einschlafen, weil sie sich in den glühendsten Farben die Schrecknisse des nächsten Morgens ausmalte. Miss Brande geisterte als Gespenst durch ihre Träume, und ihr Selbstbewußtsein versank in allertiefste Abgründe. Ihr Gefühl, immer und ewig zu versagen, wurde stärker. Das Wissen um die eigene Unzulänglichkeit wurde von dieser Zeit an für viele Jahre zum quälendsten Begleiter ihres Lebens. Es dauerte lange, bis sie den Alpdruck jenes Lebensabschnittes wieder abschütteln konnte: die Quälereien der alten Hexe, mit denen sie leben mußte, die nie völlig aus der Luft gegriffen waren und die sich verstärkten durch die wachsende Unsicherheit, die so typisch ist für das Alter, in dem sie gerade war.

4

Das erste Jahr in der neuen Umgebung ging langsam vorüber, getrübt von vielen Ärgernissen, aber auch unterbrochen von erfreulichen Ereignissen. Miss Brandes Terror tobte unvermindert weiter, aber dafür verstärkte sich die Freundschaft zwischen Elizabeth und Joanna. Sie hielten bedingungslos zusammen, obwohl jede ihre eigenen Schwierigkeiten hatte. Joanna wurde täglich schnippischer, Elizabeth reagierte aggressiv auf jeden schiefen Blick, den man ihr zuwarf. Sie kämpfte ständig mit ihrer Figur, die zu ihrem Entsetzen in diesem Winter ungehemmt auseinanderging. Alle ihre Kleider mußten weiter gemacht werden, weil sie ihren Körper sonst nicht einmal halbwegs hätte hineinzwängen können. Sie war ein ungewöhnlich mageres, feingliedriges Mädchen gewesen, aber davon konnte bald niemand mehr etwas merken. Sie hatte einen beständigen Heißhunger, und sooft sie sich auch vornahm, nicht nachzugeben, sie brachte es doch an keinem Tag fertig. Was immer man Miss Brande nachsagen konnte, niemand hätte behaupten können, daß sie ihre Schülerinnen hungern ließ. Jede bekam soviel sie nur wollte, und Elizabeth nutzte dies gegen ihren Willen bis zum äußersten aus. Nicht einmal die eigenen Tränen, wenn sie sich im Spiegel sah, konnten daran etwas ändern.

Der Winter ging vorüber, mit ihm das Frieren beim morgendlichen Aufstehen, die frühe Dunkelheit, die behaglichen Stunden am Kamin. Im Oktober war die französische Königin Marie Antoinette ihrem Mann auf das Schafott gefolgt, die Massaker in vielen französischen Städten erreichten einen neuen Höhepunkt. Elizabeth dachte an John, der sich in Frankreich aufhielt. Sie war erleichtert, als sie im Februar einen Brief von Harriet erhielt, in dem sie berichtete, John sei nach Blackhill zurückgekehrt, um seinen überraschend verstorbenen Vater zu beerdigen.

Der Frühling machte sich sogar in Miss Brandes Haus bemerkbar. Belinda schleppte ganze Berge von Blumen herbei, die sie der Lehrerin schenkte. Joanna regte sich darüber immer mehr auf.

»Wie kannst du dieser Person Blumen schenken?« empörte sie sich. »Was willst du denn erreichen?«

»Ich will nichts erreichen. Ich mag sie eben gern!«

»Ha, das ist ja lächerlich! Du redest dir ein, sie zu mögen, weil du sie so recht gut erträgst!«

Belinda lächelte mitleidig, dann eilte sie weiter, um Miss Brande ein dickes Büschel frischgepflückter Schneeglöckchen zu überreichen.

Eines Tages im Sommer bekam Joanna eine heftige Grippe und mußte im Bett bleiben. Niemand durfte sie besuchen, und Elizabeth, die sich nun ganz schutzlos fühlte, wurde beinahe schwermütig. Als sie wieder einmal in der Nacht heimwehgeplagt wach im Bett lag, kam ihr plötzlich ein Gedanke, so kühn, daß sie ihn im ersten Moment sofort wieder verdrängte. Nein, nein, so etwas durfte sie nicht einmal in Erwägung ziehen, und überhaupt würde ihr der Mut zu einem so waghalsigen Unternehmen ja doch fehlen. Aber als sie am nächsten Morgen wieder vor Miss Brande saß und fünfzigmal dasselbe französische Wort sagen mußte, dessen Aussprache ihr immer schlechter gelang, und als später draußen im Gang Belinda an ihr vorüberlief, sie mitleidig anblickte und sagte: »Mein Gott, hast du dich aber heute angestellt!«, da kam ihr der Einfall der Nacht nicht mehr ganz so verrückt und unrealistisch vor. Wenn sie nun einfach wegliefe, ohne jemandem etwas zu sagen, plötzlich fort wäre – hätte sie dann nicht das einzige getan, was man in ihrer Lage tun konnte? Sich ganz und gar Miss Brandes Zugriff entziehen, vom Erdboden verschluckt und unauffindbar sein, welch köstliche, belebende Vorstellung! Der Gedanke fing an, von Elizabeth mehr und mehr Besitz zu ergreifen. Bis zum Abend schien er ihr als letzter Ausweg, der ihr noch blieb, und hielt so die bei Einbruch der Dunkelheit sonst gewohnten Tränen zurück. Sie lag im Bett und dachte nach. Joannas Grippe wurde immer schlimmer und würde sie noch mindestens zwei Wochen lang trennen, zwei Wochen, die sich hier zur höllischen Unendlichkeit ausdehnen konnten. Elizabeth konnte das nicht aushalten. Ganz gleich, was später werden würde, sie mußte erst einmal fort, ohne Gedanken an eine mögliche Rückkehr.

Ich darf einfach nicht daran denken, daß ich vielleicht wiederkomme, befahl sie sich, und vor allem nicht daran, wie Miss Brande dann reagiert. Ich gehe fort, und alles andere wird mir gleichgültig sein! Natürlich gab es für sie keinen Zweifel über das Ziel ihrer Reise. Es gab nur einen einzigen Ort, der ihr Schutz gewährte, und nur einen einzigen Menschen, nach dem es sie verlangte. Sie wollte zu John nach Blackhill.

Schließlich wußte sie seit dem Winter, daß er zurück war aus Frankreich und auf dem Landsitz seines Vaters lebte, und sie weigerte sich daran zu denken, er könne inzwischen wieder fort sein. In ihren Träumen stand er zwischen den uralten Linden auf der Auffahrt zu Blackhill und wartete mit der gleichen Sehnsucht auf sie, mit der es sie selbst zu ihm zog. Für sie verkörperte er die Welt, die jenseits des Lebens lag, das zu führen sie jetzt gezwungen war, er war das Gegenteil von Demütigung, Angst und Einsamkeit. Ein wohliger Schauder überkam sie allein bei der Vorstellung, wie Miss Brande und ihre ganze Wichtigtuerei durch einen einzigen lachenden Blick aus seinen Augen zu einem kläglichen Nichts zerschmelzen würden. Er konnte Elizabeths Dasein die verzweifelte Unwirklichkeit nehmen, und wenn sie zurückgehen mußte, so würde sie es gestärkt tun.

Am nächsten Tag war aus Elizabeths Plan ein fester Entschluß geworden, und sie zögerte nun nicht mehr, ihn in die Wirklichkeit umzusetzen. In den Mittagsstunden, als alle anderen im Garten herumspazierten oder faul im Gras lagen, eilte sie selbst hinauf in den Schlafsaal, packte ein schönes blaues Kleid in eine Tasche, suchte alles Geld zusammen, das sie besaß, zog feste Schuhe an, stülpte einen riesigen Strohhut, mit Rosen verziert, auf den Kopf und war bereits reisefertig. Sie konnte keine Vorräte mitnehmen, denn in der Küche hielt sich immer jemand auf und hätte sicher unangenehme Fragen gestellt. Länger als vier Tage, so dachte sie, würde die Reise ohnehin nicht dauern, und sie könnte sich hin und wieder etwas zu essen kaufen. Es schadete sowieso nichts, wenn sie ein bißchen schlanker bei John eintraf.

Die Sonne brannte heiß vom wolkenlosen Himmel, als Elizabeth aufbrach. Niemand hatte ihr Fortgehen bemerkt, aber um ganz sicher zu sein, nahm sie nicht den direkten Weg nach Cambridge, sondern marschierte querfeldein an einem Bach entlang, von dem sie wußte, daß er kurz vor den Stadttoren in die Cam mündete. Hier standen viele Bäume, so daß sie zumindest im Schatten gehen konnte, und ab und zu nahm sie einen großen Schluck Wasser aus dem Bach. Es war fürchterlich heiß an diesem Augusttag, schon bald klebten die Kleider am Körper, die

Schuhe drückten, die Stirn wurde naß vor Schweiß. Elizabeth, die sich noch wenige Stunden zuvor über das günstige Wetter für ihre Reise gefreut hatte, sehnte sich nun nach einem kühlen Herbsttag. Doch sie biß die Zähne zusammen und verbot sich das Jammern. Es war nicht mehr weit bis Cambridge, dort konnte sie dann eine Kutsche nehmen, und alles würde bequemer sein. Wie gut, daß sie Geld besaß.

In Cambridge war gerade Markt. Entlang den Gassen waren die Stände aufgebaut, hinter denen die Besitzer laut schreiend ihre Waren anpriesen. Dazwischen drängelten sich Scharen von Leuten, hungrige Studenten mit bleichen Gesichtern, dicke Bauern und keifende Frauen, die sich um die verlockendsten Angebote stritten. Elizabeth kämpfte sich durch die Menge, stolperte über Hühnerkäfige, Blumenkörbe und Kisten mit buntem Obst und widerstand tapfer dem verführerischen Duft von Backwaren, geräuchertem Schinken und gebratenen Würstchen rechts und links ihres Weges. Sie durfte nicht trödeln, sondern mußte den Platz finden, von dem die Postkutschen in die verschiedenen Richtungen losfuhren, und dann versuchen, eine Fahrt nach London zu bekommen. In wenigen Tagen konnte sie die Hauptstadt erreicht haben, dann wollte sie weitersehen. Sie fragte schließlich eine ältere Frau, die ihr freundlich und eifrig den Weg beschrieb. Elizabeth gelangte so tatsächlich zu dem alten Wirtshaus am Stadtrand, dem Sammelplatz der Kutschen. Hier ging es ebenso lebhaft zu wie in den Straßen, überall standen Kutschen herum, einfache, ungefederte Wagen oder elegante Gefährte mit gepolsterten Sitzen. Manche Pferde tänzelten nervös, weil das Geschrei und die vielen Menschen sie erschreckten. Die Kutscher thronten auf den Kutschböcken und schrien mit sich überschlagenden Stimmen die Zielorte ihrer Wagen in die Menge, andere schwenkten Holzschilder, auf die sie mit Kreide »Ely« oder »York« geschrieben hatten. Reisende mit großen Taschen hasteten über den Platz, und jeder von ihnen schien genau zu wissen, wohin er mußte, nur Elizabeth hatte keine Ahnung. Sie fühlte sich immer verlorener, und plötzlich kam ihr diese Flucht wieder ganz absurd vor. Bis jetzt war es ein Abenteuer ohne Konsequenzen gewesen, noch immer könnte sie leicht umkehren, zurücklaufen und behaupten, sie habe nur einen Spaziergang gemacht. Hier, auf dem staubigen Platz, in der heißen Mittagssonne, zwischen den vielen wirren Stimmen, zuckte es sie schon in den Füßen, sofort zurückzulaufen und diesem unsinnigen Unternehmen den Rücken zu kehren. Doch genau in diesem Augenblick ertönte die brüllende Stimme eines Kutschers: »Herbei, Leute, kommt, ich habe noch zwei Plätze nach London!«

Vielleicht war das ein Wink des Himmels, auf jeden Fall blieb keine Zeit mehr für Überlegungen. Elizabeth wußte genau, hätte sie auch nur noch einige Minuten auf einen Wagen warten müssen, sie wäre fortgelaufen. Aber so stürzte sie zu der Stelle, von der die Stimme gekommen war, und eilte auf eine Kutsche zu, in der vier Leute saßen und ungeduldig nach draußen blickten.

»Bitte«, sagte sie atemlos, »ist dies die Kutsche nach London?«
Der Kutscher grinste sie an.
»Ganz alleine unterwegs, junges Fräulein?«
»Ja.«
»Kannst du denn zahlen?«
»Wieviel kostet es?«
»Zwei Pfund.«
Elizabeth wühlte in ihrer Tasche und zerrte zwei Pfundnoten hervor, die sie dem Kutscher in die Hand drückte.

»Gut, steig ein«, sagte er. Elizabeth kletterte in den Wagen und sank auf einen der harten Sitze. Sie wußte kaum, wo sie hinschauen sollte, denn die übrigen Reisenden musterten sie mit unverhohlener Neugierde. Es waren noch zwei alte Bauern, die mitfuhren, ein jüngerer Mann und eine verhärmte Frau, die einen Korb mit Hühnern auf dem Schoß hielt. Im letzten Moment eilte noch eine weitere Frau herbei und nahm gegenüber von Elizabeth Platz. Der Kutscher schloß die Türen, kletterte auf seinen Kutschbock, und schon zogen die Pferde an. Durch Elizabeths Bauch lief ein nervöses Kribbeln.

Ich bin verrückt, völlig verrückt, dachte sie, wie kann ich denn bloß so etwas tun? Aber sie saß wie gelähmt, schrie nicht: »Anhalten!«, sondern starrte gebannt zum Fenster hinaus, wo die letzten Häuser von Cambridge vorüberzogen, die Stadtmauer und dann Wiesen und Wälder und kleine Bauernhäuser. Miss Brande blieb zurück, und ihr Gehabe verblaßte bereits jetzt. Das Leben hielt ganz andere, ungeahnte Erlebnisse bereit, und für Elizabeth hatte eines begonnen.

5

Wenige Tage später langte die Kutsche in nächtlicher Dunkelheit in London an. Elizabeth kauerte vollkommen übermüdet in ihrer Ecke, ihre Augen brannten, ihr Körper schmerzte von dem endlosen Gerüttel, und ihr Mund war ganz trocken. Sie hatte fast ununterbrochen reden müssen, denn ihr letztes Gegenüber erwies sich als äußerst redselige Dame, die Elizabeth rasch zum Opfer ihrer Tratschsucht auserkoren und in lange Unterhaltungen verwickelt hatte. Sie kam aus einer recht einfachen, aber durchaus wohlhabenden Bürgerfamilie in Ely und wollte ihre Schwester in London besuchen. Von den Tugenden dieser Schwester schwärmte sie in den höchsten Tönen und schob nur hin und wieder ein paar neugierige Fragen ein:

»Und wo möchtest du hin, Herzchen? Wie alt bist du denn? Wirklich sechzehn?«

Elizabeth log schamlos, setzte ihr Alter herauf und behauptete, zu einer alten Dame zu wollen, bei der sie einige Zeit leben würde.

»Um zu lernen, einen Haushalt zu führen«, erklärte sie treuherzig.

»Ach ja? Sie heiraten wohl bald?«

»Ja.«

»Wie schön! Sicher sind Sie sehr glücklich!«

»Natürlich!« Es fiel Elizabeth nicht schwer, freudig zu strahlen, sie brauchte sich nur einen Moment lang vorzustellen, wie es wäre, jetzt unterwegs zu sein, um von John geheiratet zu werden! Sie bedauerte selbst zutiefst, daß ihre Geschichte nicht stimmte, und beschloß, lieber vorsichtig zu sein und nicht noch mehr zu erzählen, um sich nicht in Widersprüchen zu verheddern. Leider ließ die fremde Frau nicht zu, daß sie einfach einschlief. Sie redete und fragte ohne Unterlaß und hörte erst in dem Augenblick auf, als die Kutsche irgendwo im nächtlichen London hielt und der Kutscher seinen Reisenden mit barscher Stimme befahl, auszusteigen. Ganz steif und ungelenk stieg Elizabeth aus dem Wagen. Sie fröstelte ein wenig, denn wenn es auch nicht kalt wurde in dieser Augustnacht, so war es doch nicht mehr so warm wie am Tag, und hinzu kam die Müdigkeit. Elizabeth fühlte sich plötzlich schrecklich verloren und war zum ersten Mal auf dieser Reise für die Gegenwart der geschwätzigen Frau dankbar, die ihren Arm ergriff und sie besorgt anblickte.

»Wo wollen Sie denn jetzt hin, Kind?« fragte sie. »Haben Sie Verwandte in London?«

»Nein...« Natürlich gab es Cynthia, aber Gott wußte, wo sie in dieser riesigen Stadt lebte.

»Ich hoffte, daß ich noch eine Möglichkeit finden würde, heute nacht weiterzufahren«, setzte sie scheu hinzu. Die Frau verzog das Gesicht.

»Das wird schwierig sein«, meinte sie. »Lieber Himmel, ich muß wirklich sagen, meine Tochter dürfte nicht so alleine durch die Welt reisen wie Sie. Auf so junge Mädchen lauern doch schreckliche Gefahren überall!«

Dann sah sie wieder in das blasse, müde Gesicht und beruhigte sich.

»Ich frage mal den Kutscher«, versprach sie. Tatsächlich stellte sich heraus, daß am selben Platz etwas später eine Kutsche eintreffen würde, die nach Devon fuhr. Elizabeth weinte fast vor Erleichterung. Sie verabschiedete sich von ihrer Begleiterin, setzte sich in einen Hauseingang auf eine Treppenstufe, die Beine eng an den Körper gezogen, und wartete. Zum Glück herrschte hier Ruhe, der Platz war nur von dunklen, schweigenden Häusern umstellt, und nirgends rührte sich etwas.

Wenn irgend jemand kommt und mich anspricht, dann schreie ich so laut, daß sämtliche Bewohner ringsum aus den Betten fallen, nahm sich Elizabeth vor. Sie lauschte ängstlich auf jedes Geräusch, konnte aber nichts hören. Sie sehnte sich zutiefst nach Heron Hall, nach ihrem gemütlichen Bett, nach der Sicherheit, die ihr Phillip und Harriet gegeben hatten. Und nach Joanna! Wenn doch wenigstens sie hier wäre! Ihr Gesicht tauchte vor Elizabeths halbgeschlossenen Augen auf. Mit einem Ruck zwang sie sich zur Aufmerksamkeit. Eben wäre sie beinahe eingeschlafen.

Im Osten zeigte sich schon das erste Licht des Morgens, als endlich die angekündigte Kutsche eintraf. Sie brachte ein paar Bauersleute, die früh in die Stadt wollten, um Milch und Eier zu verkaufen, und die fast alle ausstiegen. Nur ein Mann in eleganter Kleidung blieb sitzen. Elizabeth zahlte das geforderte Fahrgeld, kuschelte sich in eine Ecke und schlief noch im selben Moment tief und fest ein. Weder das Schaukeln des Gefährts noch die immer heißer werdende Sonne, noch das Hinzusteigen anderer Fahrgäste konnte sie wecken. Sie wachte erst auf, als jemand sie an den Schultern rüttelte. Mühevoll setzte sie sich auf.

»Was ist?« fragte sie. Der elegante Mann stand vor ihr.

»Sie haben den ganzen Tag geschlafen«, erklärte er, »inzwischen ist es Abend. Wir fahren erst morgen weiter.«

»Ja, um Gottes willen, wo sind wir denn?«

»Schon ein ganzes Stück westlich von London. An einem Wirtshaus mitten in der Wildnis!«

»Heißt das, ich muß hier übernachten?«

»Es bleibt Ihnen nichts anderes übrig!«

Elizabeth seufzte. Bisher waren an jedem Abend die Pferde gewechselt worden, oder ein anderer Kutscher hatte den Wagen übernommen. In den hellen Sommernächten war es möglich, nachts zu fahren. Aber jetzt – allein in einem Wirtshaus übernachten! Harriet fiele in Ohnmacht, wenn sie das erführe, und Miss Brande wäre einfach sprachlos. Dieser letzte Gedanke heiterte Elizabeth etwas auf, sie nahm allen Mut zusammen und betrat die wenig einladende Herberge. Der Wirt musterte sie neugierig. Erst als sie bezahlt hatte, wurde er beflissener und führte sie sogar selbst zu ihrem Zimmer hinauf. Elizabeth verbarg mühsam ihren Schrecken, als sie den winzigen, verwahrlosten Raum erblickte, in dem sich außer einem schiefen Eisenbett, einem mottenzerfressenen Teppich und einer schmutzigen Waschschüssel keine Einrichtung befand. Sie hätte gerne mindestens die Hälfte ihres Geldes zurückverlangt, aber natürlich fehlte ihr dazu der Mut.

»Vielen Dank«, sagte sie zu dem Wirt, der sie sofort fragte, ob sie noch herunter kommen und etwas essen wolle.

»Wir können Ihnen natürlich auch etwas hinaufbringen«, meinte er.

»Nein, ich möchte schlafen, ich bin sehr müde. Gute Nacht!«

Als er gegangen war, verriegelte Elizabeth als erstes die Tür, öffnete dann das Fenster, um die warme Nachtluft einzulassen, und besah sich in dem trüben, zerkratzten Spiegel über der Waschschüssel. Das Bild machte sie wütend. Wie ein kleines Mädchen sah sie aus, blaß, großäugig, staubbedeckt und zerdrückt. Und wenn sie doch bloß nicht so dick wäre! Als John sie vor zwei Jahren zuletzt gesehen hatte, war sie noch das zarte Kind gewesen. Unglaublich, wie rasch ein Mensch sich verändern konnte! Vielleicht würde John sie so gar nicht wiedererkennen.

Elizabeth schlief nur schlecht in dieser Nacht. Sie hatte große Angst, die Abfahrt der Kutsche am nächsten Morgen zu versäumen, und schreckte daher beim kleinsten Geräusch, das sie hörte, auf. Sie hörte immer wieder Mäuse über den Fußboden huschen, und einmal krabbelte eine Spinne dicht an ihrem Kopf vorbei. Sie atmete erleichtert auf, als es draußen endlich hell wurde und sie aufstehen konnte. Sie wusch sich gründlich, zog ihr blaues Kleid an, das so eng war, daß sie kaum atmen konnte, und entwirrte ihre struppigen Haare. Sie betrachtete sich mit allem nur denkbaren Wohlwollen und kam zu dem Ergebnis, selten unvorteilhafter ausgesehen zu haben. Müde tappte sie die Treppe hinunter und bekam von dem unausgeschlafenen Wirt ein lieblos zubereitetes Frühstück vorgesetzt. Noch während sie aß, fühlte sie sich so trostlos und verlassen, daß ihr die Tränen in die Augen stiegen und sie eine größere Blamage nur dadurch verhindern konnte, daß sie blitzschnell den Becher an den Mund setzte und in großen Zügen den ganzen Tee austrank. Danach ging es ihr ein klein bißchen besser. Sie begab sich hinaus, wo der Kutscher gerade die Pferde anspannte und die Reisenden zusammenrief.

Sie kamen gut voran und überquerten zwei Tage später an einem frühen Abend die Grenze nach Devon. Elizabeth wurde sehr aufgeregt. Jeden Augenblick konnten sie Taunton erreichen, und dort mußte sie dann die Kutsche verlassen und sich zu Fuß weiter durchschlagen. Sie hatte nur noch eine ganz schwache Vorstellung davon, wo Blackhill lag, aber vielleicht traf sie unterwegs Leute, die sie nach dem Weg fragen konnte. Ihre Ungeduld wurde immer heftiger, gleichzeitig stieg auch ihre Angst davor, daß John gar nicht dasein könnte. Er war so viel auf Reisen, es konnte leicht sein, daß er sich in London herumtrieb. Als endlich die ersten Häuser von Taunton vor ihren Augen auftauchten, seufzte sie erleichtert. Nicht mehr lange, und sie hatte Gewißheit.

Auf dem Marktplatz von Taunton verabschiedete sich Elizabeth von den übrigen Mitreisenden. Sie kam sich mit einem Mal sehr erwachsen vor, wie sie hier stand, viele Meilen von zu Hause entfernt. Mutig sprach sie sogleich eine vorübergehende Bauersfrau an.

»Ach, entschuldigen Sie, können Sie mir bitte sagen, wie ich nach Blackhill komme? Dem Gut von Lord Carmody?«

Die Bäuerin sah sie etwas mißtrauisch an.

»Ja, ja, das wird Ihnen hier jeder sagen können«, meinte sie, »Blackhill ist bekannt. Und Lord Carmody auch.«

»Wirklich?«

»Sollte Sie wohl nicht so überraschen, oder?«

»Ich verstehe nicht...«

»Liebe Güte, Sie sind doch noch fast ein Kind! Wollen Sie wirklich in diese Lasterhöhle?«

»Ich will zu John Carmody.«

»Na, das ist Ihre Sache. Gut, also passen Sie auf!«

Die Frau beschrieb mit wenigen Worten den Weg, Elizabeth dankte und entfernte sich rasch. Sie spürte genau, daß die Blicke der Alten ihr folgten, aber sie kümmerte sich nicht darum. Sie wußte längst, daß John selten Vertrauen und Sympathie der soliden Bürger genoß. Immerhin schien er sich mit einiger Sicherheit in der Gegend aufzuhalten.

Es dauerte nicht lange, und Elizabeth erkannte den Weg von selbst wieder. Hier überall war sie mit Joanna tagelang herumgestreift. Diesen Bach mußte sie überqueren, dort über die Wiese und dann in den Wald hinein, dem Weg folgend, der sich steil nach oben wand. Hier war es schön schattig und kühl, anders als in der prallen Sonne, die zwar schon recht schräg stand, aber immer noch heiß brannte. Elizabeth legte nur eine einzige kurze Rast ein, so lange, bis sich ihr keuchender Atem ein wenig beruhigt hatte. Dann lief sie weiter, von wachsender Freude vorangetrieben. Endlich erreichte sie die letzte Biegung, und vor ihr, auf dem Gipfel des Hügels, rötlich angeleuchtet von der untergehenden Sonne, lag Blackhill, heruntergekommen, verwittert, von Wildnis überwuchert, aber ruhig wie eine Insel, schön wie ein Palast und zärtlich in seiner verwahrlosten Unvollkommenheit. Das Gras stand so hoch wie eh und je, die Disteln wuchsen ungehemmt an den Mauern entlang, und die breiten Kronen der Bäume schlangen sich ineinander. Vom Dachgiebel erhoben sich kreischend Vögel, sie flatterten davon in den blaugrauen Himmel hinein, den Frieden verstärkend, der über dem ganzen Anwesen lag. Elizabeth blieb einen Moment lang ganz still stehen, zum ersten Mal auf ihrer Reise ohne das geringste Gefühl des Zweifels darüber, daß sie genau das Richtige getan hatte. Sie mußte hierherkommen, und sie wußte, sie würde gestärkt fortgehen, allein schon deshalb, weil sie diesen urwüchsigen Wald wiedergesehen hatte, den sie mit Joanna erlebt hatte.

Noch während sie so stand, vernahm sie lautes Gebell und sah plötzlich Benny, den alten schwarzen Hund, auf sie zustürmen. Er hatte sie tatsächlich wiedererkannt, denn er sprang freudig an ihr hoch und leckte ihr mit der Zunge quer über das Gesicht.

»Benny, du Schatz, gibt es dich noch?« Sie kniete neben ihm nieder und schlang beide Arme um seinen Hals. Dann hörte sie Schritte. Langsam blickte sie auf.

John kam durch den Garten auf sie zu. Er ging nicht sehr schnell, eher gelassen, aber ohne zu zögern. Er hielt den Kopf ganz leicht zur Seite geneigt, seine schwarzen Haare glänzten im letzten Sonnenlicht, sie waren ein wenig feucht, so als habe er gerade ein Bad genommen. Er lächelte, so spöttisch und freundlich und so voller Herzlichkeit, wie sie es in Erinnerung hatte. Als er dicht vor Elizabeth stand, bemerkte sie, daß er noch schmaler geworden war und inzwischen in unsagbar abgerissenen Fetzen herumlief. Trotzdem, und hier wurde sie stark an seinen Vater erinnert, konnte dies alles die Selbstsicherheit seines Auftretens nicht im geringsten mindern.

»Guten Tag, Elizabeth!« Er reichte ihr die Hand, und sie stand auf. Sie verwünschte das Zittern in ihren Knien und den leichten Schwindel, der sie jetzt überfiel. Er lächelte zu freundlich, als daß sie hätte ganz ruhig bleiben können.

»Guten Tag, Lord Carmody«, murmelte sie schwach. John strich sich mit einer Hand über die nassen Haare.

»Ich bin etwas überrascht, dich hier zu sehen«, meinte er. »Wo sind denn die anderen?«

»Wer?«

»Na, dein Onkel, deine Tante oder mit wem du auch gekommen bist. Und dein Schatten, Joanna.«

»Es ist niemand hier. Ich...« Elizabeth stockte etwas, als sie sah, wie der strahlende Ausdruck von Johns Gesicht in leise Verwunderung überging.

»Ich bin alleine gekommen«, vollendete sie leise.

»Alleine?«

»Ja. Ich bin... weggelaufen...«

John starrte sie an.

»Du bist aus Heron Hall weggelaufen?«

»Nein, nicht von dort. Joanna und ich leben seit einem Jahr in einer Schule in der Nähe von Cambridge. Es ist schrecklich dort, ganz furchtbar. Joanna wurde krank, und ich – ich habe es einfach nicht mehr ausgehalten!«

Elizabeths Stimme schwankte, und trotz ihrer heftigen Bemühungen, nicht zu weinen, liefen, wie immer so schnell in der letzten Zeit, schon wieder die Tränen. Sie blickte hoch und bemerkte, daß John nie entsetzter ausgesehen hatte als jetzt.

»Sag mal, Elizabeth, das ist doch nicht wahr?« fragte er eindringlich. »Du bist doch nicht einfach durchgebrannt?«

»Doch!« Wenn sie nur nicht so schluchzen und schniefen müßte, sie sah sicher aus wie ein verheultes molliges Baby. John öffnete den Mund, schloß ihn dann aber wieder.

»Mein Gott«, sagte er schließlich. Von seinem Lächeln war überhaupt nichts übriggeblieben. Seine Verwirrung ging auch auf Elizabeth über, plötzlich kam ihr völlig zu Bewußtsein, was sie getan hatte, und vor Schreck versiegten ihr sogar die Tränen. Weggelaufen war sie, du lieber Gott, sie mußte von Sinnen gewesen sein, völlig von ihrem Verstand verlassen. Daß sie jetzt hier, zahllose Meilen von Cambridge entfernt, irgendwo auf einem heruntergekommenen Gut in Devon stand, das erschien ihr jetzt bloß noch als Unglück.

»O mein Gott«, wiederholte sie mit blassen Lippen unwissentlich Johns Worte.

»Wie hast du es denn bloß geschafft, bis hierher zu kommen?« fragte John etwas gefaßter.

»Ich hatte Geld. Ich bin mit Postkutschen gefahren. Eine Nacht verbrachte ich in einer Herberge und eine in irgendeiner Londoner Straße. Ich... habe kaum nachgedacht... ich mußte nur einfach ganz weit weg...« Sie streichelte hastig Benny, der noch immer ganz unschuldig und glücklich mit dem Schwanz wedelte.

»Ich nehme an, niemand weiß, wo du bist?«

»Kein Mensch. Nicht einmal Joanna. Ich durfte schon lange nicht mehr zu ihr.«

»Sie werden sich alle große Sorgen machen!«

»Phillip und Harriet wissen es noch gar nicht. Und Miss Brande geschieht es nur recht, wenn sie sich aufregt!«

»Wer ist Miss Brande?«

»Die scheußliche alte Lehrerin, bei der wir leben. O Lord Carmody, Sie können sich gar nicht vorstellen, wie widerlich sie ist!«

»Du mußt mir von ihr erzählen. Aber laß uns ins Haus gehen.«

Elizabeth ergriff ihre Tasche und ging neben John die mit Unkraut überwucherten Wege entlang.

»Miss Brande hat eine lange, spitze, gebogene Nase«, berichtete sie, »sie ist ganz mager und knochig, am ganzen Körper, und hat riesige, dünne Hände. Ihre Stirn ist unendlich hoch, und ihre Augen liegen in tiefen, roten Höhlen...«

»Na, na«, meinte John lächelnd. Er hatte seine Ruhe wiedergefunden und betrachtete Elizabeth amüsiert.

»Das klingt ja schauerlich. Und wie ist sie sonst?«

»Sie hat mich gequält. Mich besonders, mehr als alle anderen. Sie wollte mir beweisen, daß ich dumm bin und unfähig, irgend etwas gut zu machen. Sie hat mich gedemütigt, jeden Tag neu. Ich habe ihr nie etwas getan, aber sie haßt mich und zeigt es mir mit jedem Wort und jedem Blick!« Elizabeths aufgeregte Stimme war ernster geworden, ihr Gesicht sah sehr verletzlich aus. John ergriff ihre Hand.

»Arme kleine Elizabeth«, sagte er weich. Ihr Herzklopfen steigerte sich wieder. Sie sah ihn verzückt an, denn, wirklich, nun geschah alles wie in ihrem Traum. John stand vor ihr, und alle Schrecken zerrannen, und die Welt bestand nur noch aus Sommerabend, Blackhill, Brennesseln und einem schwarzen Hund, der über die Wiesen tobte.

»Warum«, fragte John, »bist du gerade zu mir gekommen?«

»Weil...« Sie schnappte ein paarmal nach Luft, weil sie einige Augenblicke brauchte, um zu entscheiden, ob sie wirklich so wahnsinnig sein würde, zu sagen, was ihr plötzlich durch den Kopf schoß. Aber es war die einzige und wunderbarste Gelegenheit, hier in diesem Garten, im Schatten, der die scharfen Konturen des Tageslichts verwischte. Johns Gesicht war dicht vor dem ihren, er sah sie an mit der ganzen Liebenswürdigkeit, die er besaß. Elizabeth hörte die Bienen summen, fast dröhnend laut, sie gab sich einen Ruck, und ehe sie sich's versah, hatte sie es gesagt:

»Ich liebe Sie!«

Gleich darauf überfiel sie heißer Schrecken. Wie konnte sie denn nur so etwas aussprechen! Auch wenn es der Wahrheit entsprach, so durfte sie das doch niemals sagen! Ihr wurde ganz schwindelig vor Entsetzen über sich selbst, und sie hätte alles dafür gegeben, diese letzten Augenblicke ungeschehen zu machen. Nur mühsam zwang sie sich schließlich, John anzusehen. Sie hatte weggeschaut, während sie dieses alberne Geständnis ablegte, und wußte daher nicht, was in diesem Moment in seinem Gesicht vorgegangen war. Jetzt jedenfalls hatte er es völlig unter Kontrolle. Er lächelte leicht.

»Aber Elizabeth«, sagte er, »das ist ja ein reizendes Kompliment für mich. Ich weiß gar nicht, was ich darauf erwidern soll!«

Elizabeth begriff sofort, daß er sie nicht ernst nahm. Sie hatte ihn weder erschüttert noch verwirrt, sondern nur belustigt. Verzweiflung überkam sie. Er sah sie als Kind, als unreifes kleines Mädchen, das in einer augenblicklichen Schwärmerei für einen erwachsenen Mann entbrannt war. Sie kämpfte die Tränen herunter, die sich schon wieder ankündigten.

»John...«, begann sie, aber er unterbrach sie:

»Wir sollten jetzt wirklich erst einmal ins Haus gehen. Ich bin nämlich nicht alleine hier. Laura ist da, und wir sollten sie nicht so lange warten lassen.«

»Wer ist Laura?«

»Laura Northstead aus London. Zur Zeit lebe ich mit ihr!«

Ich hätte es wissen müssen, dachte Elizabeth, das hätte ich wirklich wissen müssen. John ist doch kein Heiliger, der hier einsam lebt und nur darauf wartet, daß ich komme und ihm eine Liebeserklärung mache.

Sie stand in einem der Salons, verloren mitten auf dem verschlissenen Teppich, und sah Laura Northstead zu, die den Tisch deckte. John war in der Küche verschwunden, und sie hatte nicht gewagt, ihm zu folgen. Nun fühlte sie sich sehr unwohl. Laura war ihr auf den ersten Blick unsympathisch gewesen, und die wiederum hatte sich keinerlei Mühe gemacht, ihre Verachtung für die Fremde zu verbergen. Sie war ihnen auf dem Gang entgegengekommen, bekleidet mit nichts weiter als einem hauchdünnen Mantel aus Seide, der sich bei jeder ihrer geschickten Bewegungen verschob und viel Nacktheit enthüllte. Ihre dunkelblonden Haare fielen ihr offen bis zur Taille hinab und waren ebenfalls naß. Elizabeth fragte sich schockiert, warum die beiden um diese Zeit badeten und warum sich diese Frau nicht wieder richtig anziehen konnte. Sie hatte ein mageres Gesicht, das sehr hungrig wirkte und einen Zug von Wissen und Zynismus trug, der es unmöglich machte, ihr Alter einzuschätzen. Es erstaunte Elizabeth später sehr, als sie erfuhr, daß Laura erst zweiundzwanzig Jahre alt war.

John hatte die Situation gut im Griff.

»Laura, das ist eine Freundin von mir, Elizabeth Landale«, stellte er vor, »Elizabeth, das ist Laura Northstead.«

Laura zog die Augenbrauen hoch.

»Ist sie nicht sogar für deine Verhältnisse ein bißchen sehr jung, John?« fragte sie anzüglich.

»Ich sagte Freundin, liebe Laura, nicht Geliebte«, erwiderte John.

»Ah. Und wo kommt sie so plötzlich her?«

»Aus irgendeiner Schule bei Cambridge. Sie ist weggelaufen.«

»Ach du lieber Gott, und ausgerechnet in deine starken Arme wollte sie sich flüchten!« John warf Laura einen Blick zu, der sie offenbar ein wenig einschüchterte. Sie zuckte mit den Schultern.

»Mir kann es gleich sein«, meinte sie. Aber es war ihr keineswegs gleich. Sie zeigte keine Eifersucht, denn auf Anhieb hatte sie erkannt, daß Elizabeth keine auch nur andeutungsweise gefährliche Rivalin war, aber ein störender Eindringling war sie dennoch. Kam einfach hierher, drang in diese paradiesische Idylle ein und zerstörte die kostbare Zweisamkeit. Ein Kind mit Kulleraugen und blassem Gesicht, das durchgebrannt war und jetzt Hilfe erhoffte.

Wütend deckte sie den Tisch, zunächst ohne ein Wort zu sagen. Schließlich meinte sie:

»Jetzt setz dich schon. Hast du Hunger?« Elizabeth nickte und nahm Platz.

»John und ich haben heute früh Brot gebacken«, fuhr Laura fort, »hoffentlich schmeckt es.« Übergangslos setzte sie hinzu:

»Was denkst du dir eigentlich, wie du zurück nach Cambridge kommst?«

»Ich weiß nicht. Ich habe nie darüber nachgedacht.«

»Du scheinst wenig zu denken. Hast du geglaubt, bei John leben zu können? Wie hätte er dagestanden, wenn das herausgekommen wäre! Du hast Glück, daß ich da bin, sonst hättest du euch beide schon in eine ziemlich anstößige Situation gebracht!«

»John wird einen Ausweg finden«, murmelte Elizabeth.

»Das hoffe ich. Er wird dich auf dem schnellsten Weg dorthin zurückbringen, von wo du hergekommen bist. Hast du wenigstens noch Geld? John ist ein verdammt armer Schlucker, und er kann nicht...« Sie brach ab, denn schon betrat John den Raum. Er brachte das Brot, das am Morgen gebacken worden war, und sie setzten sich um den Tisch herum und begannen zu essen. Zu Anfang herrschte eine etwas ungemütliche Atmosphäre, weil niemand wußte, was er sagen sollte. Schließlich aber bat John Elizabeth, noch ein wenig von der grausigen Miss Brande zu erzählen, ein Vorschlag, der sich als hervorragender Einfall erwies. Elizabeth begann etwas befangen zu reden, wurde aber immer lockerer und sah plötzlich selbst in vielen Episoden die Komik, die sich darin verbarg. Sie mußte selbst lachen, und John lachte auch, und schließlich stimmte sogar Laura ein. Sie sah jünger aus, wenn sie lachte, aber auch zum Verzweifeln hübsch. John schleppte schließlich noch eine Flasche Wein herbei, die sie zu dritt leertranken. Elizabeth begann sich zuversichtlicher zu fühlen.

»Wie war es in Frankreich?« erkundigte sie sich. Johns Gesicht wurde etwas düster.

»Ich denke nicht so gern daran«, erwiderte er. »Ich habe wohl den blutigsten Teil der Revolution dort miterlebt. Was sich in Paris im letzten Jahr abspielte, war ein einziges Schlachtfest. Die Wagen, die durch die Straßen rollten, mit den zusammengepferchten Menschen darauf, die überfüllten Gefängnisse, in denen die Gefangenen auf die Guillotine warteten... ein abstoßendes, grausiges Schauspiel. Ich möchte nicht wissen, wie viele Unschuldige ihr Leben lassen mußten.«

»Kein Adliger ist unschuldig«, warf Laura ein.
»Ich bin ein Lord, Laura«, entgegnete John lächelnd.
»Ein Lumpenlord.«
»Und das macht es besser?«
»Zweifellos ja. Du beutest nicht aus, sondern wirst selber ausgebeutet. Von deinen Gläubigern, die dich in regelmäßigen Abständen so höflich aufsuchen!«

John schnitt eine Grimasse. »Wie auch immer«, sagte er, »die Massen dort, die täglich den Schrecken zusahen, schienen politisches Interesse längst verloren zu haben. Sie wollten nur Blut sehen und möglichst jeden Tag mehr, und sie tobten primitive Gelüste aus, indem sie sich völlig dem Grauen hingaben. Es war widerlich.«

»Was hattest du erwartet?« fragte Laura spöttisch. »Brot und Spiele, mehr wollte der Plebejer aller Länder und aller Zeiten nie. Und wenn kein Brot da ist, dann müssen die Spiele eben ein bißchen ausgefallener sein!«

»Das sagst ausgerechnet du?«

»Weil ich tiefstes Proletariat verkörpere? John, ich bin nicht so gebildet wie du, ich kann ja nicht mal lesen und schreiben, aber eines habe ich wenigstens vor dir begriffen: Jede Revolution dieser verdammten Welt, die das Volk befreien soll, wird von euch großen Idealisten gemacht und nie vom Volk selbst, weil das nämlich gar keine Zeit dazu hat, und immer werdet ihr hinterher dastehen und vor Staunen den Mund nicht mehr zubekommen, weil es euch wieder einmal nicht gelungen ist, in diese Schwachköpfe politisches Bewußtsein zu pflanzen, und weil das befreite Volk nichts will als ein großes, schauerliches, bluttriefendes Freudenfest!«

»Wie klug du daherredest, Laura. Ich bleibe jedenfalls bei der Überzeugung, daß diese Revolution ganz Europa verändern wird. Ich bin sicher...« John unterbrach sich, da sein Blick auf Elizabeth fiel, die vor ihrem Wein saß und offensichtlich mit dessen Wirkung kämpfte. In ihre Augen war ein leicht verschwommener und angestrengter Ausdruck getreten. Sie hatte erst zweimal in ihrem Leben Alkohol getrunken, das erste Mal, als sie nach Ellens Hinrichtung ohnmächtig wurde, und dann wieder bei Cynthias Hochzeit in dem kleinen Hinterzimmer mit John. Ihr Körper reagierte daher schnell auf den ungewohnten Genuß. John stand auf.

»Ich glaube, Elizabeth sollte schlafen gehen«, meinte er, »sie muß ja völlig erschöpft sein. Und der Wein war wohl ein bißchen viel für sie.«

Auch Laura erhob sich.

»Gut, ich werde sie in eines der Schlafzimmer bringen«, sagte sie, »komm mit, Elizabeth!«

Elizabeth tappte hinter Laura her die Treppe hinauf. Sie wurde zu demselben Raum gebracht, in dem sie auch geschlafen hatte, als sie Blackhill das erste Mal besuchte. Todmüde ließ sie sich auf das Bett fallen. Laura betrachtete sie kühl.

»Wie alt bist du eigentlich?« fragte sie.

Da es keinen Sinn hatte zu schwindeln, sagte Elizabeth die Wahrheit.

»Vierzehn. Aber ich werde im Dezember fünfzehn.«

»Vierzehn, aha. In dem Alter war ich schon ein bißchen weiter. Aber meine Jugend war auch etwas härter. Nun ja, schlaf gut!«

»Gute Nacht.«

Laura verschwand und schloß die Tür hinter sich. Elizabeth legte sich ins Bett, aber statt bleischwerer Müdigkeit senkte sich nur ein Wirbel unruhiger Gedanken über sie. Durch das geöffnete Fenster hörte sie Benny bellen, der noch einmal durch den Garten lief. Aus einem anderen Stockwerk drangen undeutlich die Stimmen Johns und Lauras an ihr Ohr. Sosehr sie sich auch bemühte, etwas zu verstehen, konnte sie doch kein einziges Wort aufschnappen. Die beiden schienen jedenfalls ziemlich erregt, wahrscheinlich stritten sie, und ebenso wahrscheinlich war Elizabeth der Gegenstand ihres Streites. Das verletzte sie nicht so sehr wie die Tatsache, daß Laura diese Nacht mit John in einem Zimmer verbringen durfte – eine unerträgliche, quälende Vorstellung.

6

Elizabeth wachte am nächsten Morgen davon auf, daß jemand leise an ihre Zimmertür klopfte. Da sie schlecht geschlafen hatte, war sie sofort hellwach und richtete sich auf.

»Herein«, rief sie mit gedämpfter Stimme. Gleich darauf trat John ein. Er legte sofort beschwörend den Finger auf den Mund.

»Laura schläft noch«, flüsterte er, »und solange sie das tut, können wir ungestört sprechen. Also sei leise!«

Elizabeth nickte. John setzte sich neben sie und nahm ihre beiden Hände.

»Elizabeth«, sagte er behutsam, »du weißt, daß du zurück mußt, nicht?«

»Ja.«

»Ich kann gut verstehen, daß du weggelaufen bist, und wärest du nur ein bißchen älter, dann würde ich dir raten, diese Miss Brande zum Teufel gehen zu lassen und zu beginnen, dein eigenes Leben zu führen. Aber du bist erst dreizehn, und du hast Lord und Lady Sheridy, die dich sehr lieben, und Joanna... Himmel«, John lachte, »so vernünftig habe ich in meinem ganzen Leben noch nicht gesprochen. Aber ich fürchte, ich habe recht.«

»Ja.«

»Du bist so ergeben. Bist du mir böse?«

»Nein. Ihnen nie!«

»Du hast vielleicht etwas anderes von mir erwartet, und ich enttäusche dich jetzt...« Er sah sie prüfend an und bemerkte ein Glitzern in ihren Augen und einen angespannten Zug um den Mund.

»Du hast mehr Hilfe erhofft, als ich dir gebe?« fragte er.

»Ich habe Ihnen gestern gesagt, weshalb ich gekommen bin«, erwiderte Elizabeth. John schwieg einen Moment. Draußen zwitscherte laut trillernd ein Vogel. Elizabeth erkannte aus den Augenwinkeln ein kleines Stück blauen Himmel und rötliches

Licht. Es würde an diesem Tag ebenso heiß werden wie am vorigen.

»Meintest du ernst, was du sagtest?« fragte John schließlich. Elizabeth sah wieder zu ihm hin.

»Natürlich. Natürlich hab' ich es ernst gemeint. Glauben Sie, es würde mir Spaß machen, so etwas einfach nur so zu sagen?«

»Aber du bist dreizehn. Und ich fast dreißig.«

»Ja und?«

»Du bist doch noch ein Kind!«

»Ein Kind?« Elizabeths Augen wurden ganz dunkel vor Zorn. »Ein Kind? Ach verdammt, ich bin es so leid, daß jeder auf dieser Welt das zu glauben scheint und daher meint, mich nicht ernst nehmen zu müssen! Wonach beurteilen Sie denn meine Reife? Nach meinem Äußeren? Sagen Sie's doch! Ich bin ein kleines, unscheinbares, unansehnliches Mädchen, nicht wahr?«

»Elizabeth, vor allen Dingen sei jetzt mal nicht so laut! Du bist ein sehr hübsches Mädchen, und nie habe ich etwas anderes gedacht oder gesagt. Aber ein Kind bist du trotzdem! Das ist doch auch dein Recht. Warum hast du es denn so eilig?«

»Weil...« Elizabeth biß sich auf die Lippen. »Das habe ich Ihnen gestern doch gesagt«, fuhr sie dann fort, »und deshalb will ich endlich erwachsen sein! Und schön. Anziehend und begehrenswert. Wie... wie Laura!«

»Ausgerechnet Laura. Schön würde ich sie nicht nennen...«

»Immerhin schön genug, daß Sie mit ihr...«

»Was denn?«

»Sie leben mit ihr«, fauchte Elizabeth, »und ich habe genau gehört, daß Sie heute nacht in ihrem Zimmer waren!«

John mußte über die Entrüstung lächeln, die für einige Momente den Schmerz aus ihrem Gesicht verdrängte.

»Laura ändert nichts an unserer Freundschaft«, sagte er, »bestimmt nicht!«

»Aber Sie haben gesagt, daß ich es sein werde, mit der Sie sich verabreden und der Sie London zeigen...«

»Wann?«

»Als wir einander in London trafen. Sie fuhren in einer Kutsche, und ich kam die Straße entlang... Sie erinnern sich nicht einmal!«

»Es tut mir leid, nein«, gestand John. »Elizabeth, du kannst dir doch nicht jedes Wort gemerkt haben, das ich jemals sagte?«

»Doch. Jedes.«

»Du bist rührend«, meinte er hilflos, »liebe Elizabeth, ich...«

»Ach nein, seien Sie still! Gehen Sie lieber zu Miss Northstead zurück, vielleicht vermißt sie Sie schon!«

John erhob sich.

»Laura spielt keine große Rolle in meinem Leben«, sagte er, »und ich nicht in ihrem. Sie trinkt so viel, daß sie wahrscheinlich ohnehin in ein paar Jahren stirbt. Du solltest nicht haßerfüllt über sie sprechen.«

»Sie besitzt mehr, als Sie beide wissen«, entgegnete Elizabeth bitter, »Schönheit, Mut, Erfahrung und die Entschlossenheit, dem Leben etwas Gutes abzugewinnen!«

John trat zur Tür und öffnete sie.

»Ich werde dich selbst nach Cambridge zurückbringen«, sagte er, »wir brechen noch heute auf.«

Als er gegangen war, warf sich Elizabeth in ihre Kissen zurück, schluchzte und schlug mit der Faust gegen die Bettkante. Gemeiner John, gemeiner, gemeiner Kerl, der es ablehnte, ihr die Zuflucht zu bieten, die sie bei ihm gesucht hatte. »Diese verdammte Laura«, murmelte sie verzweifelt.

Sie stand schließlich auf und zog sich an. Am Fenster stehend wartete sie, bis eine unausgeschlafene, mißgelaunte Laura kam und sie zum Frühstück holte. Sie trug diesmal ein verwahrlostes braunes Bauernkleid, in dem sie fast noch reizvoller aussah als am Abend zuvor.

»Ich begleite euch nach Cambridge«, verkündete sie, »ich habe es John schon gesagt.« Sie beobachtete Elizabeth lauernd. Diese sah sie erschrocken an.

»Warum?«

»Tu nicht so!« Lauras Blick wurde kalt. Sie bewegte sich auf vertrautem Boden. Sie war seit ihrem zwölften Lebensjahr daran gewöhnt, sich mit anderen Mädchen um Männer zu schlagen.

»Ich weiß doch längst, weshalb du hergekommen bist! Ich brauche ja nur die Blicke zu sehen, mit denen du John beobachtest. Du bist ganz verrückt nach ihm!«

»Wie können Sie so etwas sagen!«

»Glaub mir, ich kenne mich aus. Nicht, daß du auch nur die geringste Chance hättest, Elizabeth. Aber John ist manchmal so verdammt gutmütig. Und deshalb begleite ich euch besser!«

Elizabeth starrte sie sprachlos an. Dann eilte sie an ihr vorüber aus dem Zimmer, ohne sich noch einmal umzudrehen. Später entwickelte sich zwischen John und Laura eine hitzige Diskussion darum, wovon man die Reise bezahlen könnte. Es gelang John, nachdem er das ganze Haus durchsucht hatte, ein paar Pfundnoten aufzutreiben, die zusammen mit Elizabeths restlichem Geld ausreichten, daß sie alle bis Cambridge gelangen konnten.

»Ja, und wie kommen wir beide zurück?« fragte Laura.

»Ich weiß nicht. Wenn du verzichten würdest...«

»Nein. Ich verzichte nicht!«

»Schön, dann müssen wir uns eben in Cambridge irgendwie Geld beschaffen.«

Laura bekam einen unangenehmen Gesichtsausdruck.

»Sollte uns beiden nicht zu schwer fallen«, meinte sie lächelnd, ging in die Küche und nahm einen großen Schluck aus einer Schnapsflasche.

Am Mittag brachen sie auf. Da sie kein großes Gepäck hatten, kamen sie schnell zu Fuß nach Taunton, wo sie auf dem Marktplatz auf eine Kutsche warteten. Laura stöhnte über die Hitze, aber John beachtete das nicht. Er unterhielt sich leise mit Benny, der hechelnd auf den Pflastersteinen lag und nur hin und wieder mühsam ein Auge öffnete. Als endlich eine Kutsche kam, die nach London fuhr, neigte sich die Sonne bereits dem Untergehen zu, und Elizabeth weinte fast in der Erinnerung an den Abend zuvor, denn genau diese Zeit war es gewesen, als sie hoffnungsvoll den Berg zu Blackhill hinaufgeklettert war.

Im Wagen saßen außer ihnen nur noch zwei ältliche Ladies, die sich ständig empörte Blicke zuwarfen, weil Benny sich quer über ihre Füße gelegt hatte. Außerdem musterten sie John voller Verachtung, Laura mit unverhohlenem Abscheu und Elizabeth zutiefst verwundert. Es gefiel Laura, die beiden zu schockieren, indem sie immer wieder zu laut lachte, sich aufreizend in ihrem Sitz herumräkelte und obszöne Worte benutzte. John schien dieses Benehmen gleichgültig zu sein. Elizabeth hatte das Gefühl, sie werde ihn nie ganz begreifen. Es mußte sein Haß gegen die eigene Gesellschaftsklasse sein, der ihn gegenüber jeder vulgären Strömung so offen sein ließ. Und ohne selber die Tragweite dieses Gedankens zu begreifen, überlegte sie, daß John dann vielleicht auch eines Tages sich selber hassen und sich am Ende noch selber zerstören würde.

Sie kamen gut voran und erreichten schon nach wenigen Tagen Cambridge. Elizabeth fühlte sich gar nicht gut. Sie konnte am letzten Tag vor Aufregung überhaupt nichts mehr essen. Als die Kutsche hielt, seufzte sie laut. John sah sie aufmunternd an.

»Du wirst es überstehen«, sagte er, »die alte Hexe ist es nicht wert, sich auch nur eine Sekunde ihretwegen aufzuregen!«

Es war beschlossen worden, daß Laura in einem Wirtshaus in der Stadt warten sollte, während John zwei Pferde lieh und mit Elizabeth zu Miss Brandes Haus ritt. Er selbst wollte sich dort nicht blicken lassen, sondern an der Parkmauer umkehren. Miss Brande brauchte von seiner Existenz nichts zu wissen. Statt dessen sollte Elizabeth behaupten, bei Cynthia in London gewesen und allein zurückgereist zu sein.

Sie trabten die staubigen Feldwege entlang, zwischen den blühenden Wiesen hindurch, und die ganze Zeit stieg der Schmerz darüber in Elizabeth an, daß sich ihre Träume nicht erfüllt hatten, daß sie zurückkehren mußte und daß sie für alle Zeiten vor John blamiert war. Als Miss Brandes Haus in Sicht kam und sie die Pferde anhielten, sah sie für einen Moment zur Seite, bis sie ihre Tränen zurückgedrängt hatte. Dann sprang sie hinab und warf John die Zügel zu.

»Leben Sie wohl, Lord Carmody«, sagte sie, »ich danke Ihnen für alles.«

John neigte sich zu ihr.

»Auf Wiedersehen, Elizabeth. Bitte sei tapfer und halte die nächsten Jahre noch aus. Sie gehen viel schneller vorüber, als du glaubst.«

Er sprach keine Einladung aus, er sagte nichts davon, daß sie einmal wieder nach Blackhill kommen solle. Sie nickte schwach, dann wandte sie sich um und lief den Hügel hinunter, mit hochgereckter Nase, ihre Tasche in der einen, ihren Hut in der anderen Hand. John blickte ihr nach. Er war in diesem Augenblick davon überzeugt, das Mädchen nie wiederzusehen. Aber ihre Tapferkeit rührte ihn, und er dachte schaudernd, wie dankbar er sein konnte, nicht in ihrer Lage zu sein. Dann wendete er die Pferde und ritt in schnellem Galopp nach Cambridge zurück.

Miss Brande verfügte über die Gabe, sich ausgezeichnet beherrschen zu können. Sie mußte in der vergangenen Woche durch eine wahre Hölle der Angst, Aufregung und Panik gegangen sein, wie ihr noch ausgemergelteres Gesicht verriet, aber es gelang ihr, Elizabeth in eisiger, kalter Ruhe zu empfangen.

»Ich wußte, daß du wiederkommen würdest«, sagte sie, »du bist nicht das Mädchen, das den Aufstand durchhält. Ich habe daher noch keine Nachricht an Lord und Lady Sheridy gesandt.«

Weil dir das viel zuviel geschadet hätte, hätte Elizabeth gerne spöttisch erwidert, aber sie fühlte sich zu müde. Apathisch stand sie vor ihrer Gegnerin, wissend, daß diese subtile Rache plante, aber viel zu niedergeschlagen, um sich zu fürchten. Irgend etwas hatte sich geändert. Sie hatte plötzlich keine Angst mehr vor dieser Feindin.

»Du wirst von nun an ganz allein in einem Zimmer wohnen«, fuhr Miss Brande fort, »ich möchte, daß du so wenig wie möglich mit den anderen Mädchen zusammen bist...« Sie gewahrte ein erstes lebendiges Funkeln in Elizabeths Augen.

»Ja, ich spreche auch von Joanna«, sagte sie. Ihr Blick wurde lauernd, aber sie bekam auch jetzt keine Antwort.

»Geh«, befahl sie schließlich, »und sei sicher, daß ich dich immer und ständig scharf beobachte!«

Elizabeth bekam eine kleine Kammer unweit von Miss Brandes eigenem Zimmer zugewiesen. In ihrer Betäubung begriff sie noch nicht ganz die Härte dieser Maßnahme. Man wollte sie allein lassen mit ihrer Unruhe und ihrem Heimweh, Abend für Abend. Langsam packte sie ihre Sachen aus. Draußen kroch die Dämmerung heran. Im Osten türmten sich blauschwarze Wolken am Himmel auf und verdunkelten früher als gewöhnlich die Erde. Es mußte ein furchtbares Gewitter geben in der Nacht, denn der Tag war schwül und drückend gewesen. Elizabeth legte sich sofort in ihr Bett und hüllte sich fröstelnd in ihre Decke. Sie hätte nie gedacht, an diesem Abend einschlafen zu können, aber es mußte wohl doch geschehen sein, denn sie schreckte später aus einem wirren, tiefen Traum auf, geweckt von einem Donner, der krachend über den Himmel tobte. Vielleicht war es aber auch nur das schleifende Geräusch der sich öffnenden Tür gewesen, das in ihr Unterbewußtsein gedrungen war. Der Blitz, der dem Donner getreulich folgte, erhellte mit schwefelgelbem Licht das Zimmer, und Elizabeth sah Joanna, die in der Tür stand.

»Bist du wach, Elizabeth?« fragte sie flüsternd.
»Ja. Komm herein.«
Joanna schlich durch die Dunkelheit auf sie zu. Wieder flammte ein Blitz auf. Elizabeth sah das schneeweiße Gesicht dicht über sich gebeugt. Sie hob beide Arme und schlang sie um Joannas Hals.
»Verzeih mir«, bat sie leise, »ich wollte dich nicht verlassen.«
»Du hast mir kein Wort gesagt, daß du fortgehst.«
»Ich konnte ja nicht zu dir. Auch deshalb bin ich fortgelaufen. Ich wußte nicht mehr, was ich tun sollte.«
»Wo warst du?«
»Ich war bei John. In Blackhill.«
Joanna wich zurück. Sie sagte etwas, aber der erneut einsetzende Donner übertönte ihre Worte. Elizabeth richtete sich auf.
»Was hast du gesagt, Joanna?«
»Ich habe dich nach John gefragt. Warum bist du zu ihm gegangen?«
Elizabeth schwieg. Erneut durchflutete zuckende Helligkeit die Kammer. Elizabeth bemerkte, wie elend Joanna aussah.

»Bist du krank?« fragte sie erschrocken. Joanna atmete schwer.

»Ja«, entgegnete sie, »krank vor Sorge. Vor Angst. Ich hatte so schreckliche Angst um dich! Ich hatte Angst, daß dir etwas zustoßen könnte. Und ich hatte so fürchterliche Angst, daß du nicht wiederkommst. O Gott, Elizabeth, wenn du nicht gekommen wärest...«

»Ich bin doch wieder da.«

»Du wolltest zu John Carmody. Was, um alles in der Welt, bedeutet er dir denn bloß? Du liebst ihn? Du weißt doch noch gar nicht, was Liebe ist!«

»Nein! Du kannst alles sagen, aber das nicht. Ich weiß es, ich weiß es wirklich.«

»Ja, vielleicht hast du recht«, sagte Joanna sanft. Mit fliegenden Händen zündete sie die Kerze an, die neben Elizabeths Bett stand.

»Ich will dich nicht immer nur dann sehen, wenn zufällig ein Blitz leuchtet«, sagte sie. »John wollte dich wohl nicht?«

»Nein, überhaupt nicht.«

Übergangslos fuhr Joanna fort:

»Welch ein Gewitter! Du hattest, solange ich dich kenne, Angst vor Gewittern, Elizabeth. Aber heute nacht scheinst du es nicht einmal zu bemerken.«

»Nein, tatsächlich nicht. Alles kommt mir ganz unwirklich vor. Im Moment habe ich das Gefühl, daß ich nie wieder vor etwas Angst haben werde.«

»John bewirkt offenbar Wunder!«

»Das hat mit ihm gar nicht so viel zu tun. Aber diese ganze überstürzte blödsinnige Flucht hat mir gezeigt, daß man aus Angst so leicht Dinge tut, die man hinterher nur bereut. Ich hätte Miss Brande entgegentreten sollen, anstatt vor ihr wegzulaufen. So wie du.«

»Was habe ich schon Großartiges getan?«

»Du hast jedenfalls nie Angst gezeigt«, sagte Elizabeth. »Ich denke manchmal, du kennst so etwas überhaupt nicht!«

Joanna lachte, aber es klang verkrampft.

»Wie wenig du mich kennst«, rief sie. »Ich habe keine Angst, meinst du? Vielleicht habe ich nur vor anderen Dingen Angst als du. Du hast recht, vor einer Miss Brande fürchte ich mich nicht. Ich kann auch zusehen, wenn jemand aufgehängt wird, ohne gleich wie du in Ohnmacht zu fallen. Aber ich habe trotzdem Angst. Ich habe eine höllische, furchtbare Angst, verlassen zu werden. Ich habe Angst, Menschen zu verlieren, die ich liebe. Du wirst sagen, daß jeder davor Angst hat, aber nicht jeder denkt Tag und Nacht darüber nach. Und als du jetzt fortgegangen bist...« Sie begann plötzlich zu weinen. Ihr ganzer Körper zitterte vor Schluchzen, aber sie versuchte gar nicht, sich zu beruhigen.

»Was glaubst du denn«, schrie sie plötzlich, »wie ich eine Mutter wie Harriet überstehen soll ohne dich! Sie ist so düster, daß ich an ihr sterben könnte. Ich hasse sie! Ich hasse sie genauso, wie Cynthia sie gehaßt hat!«

»Aber Joanna!« Elizabeth rüttelte sie an den Schultern. »Joanna, du weißt gar nicht, was du sagst. Was hat Harriet dir denn getan? Sie ist nur etwas...«

»Sie macht nur die Menschen ihrer Umgebung krank, sonst gar nichts. Sie ist eine tyrannische, bösartige, machtgierige Person. Sie ist tausendmal schlimmer als Miss Brande! Miss Brande ist nur ein armes Scheusal, das jeder leicht durchschauen kann und das viel zu unbedeutend ist, um gehaßt zu werden.«

Elizabeth zuckte zurück vor Entsetzen über diese Angriffe. Aber schon beruhigte sich Joanna wieder. Sie sah auf und lächelte.

»Entschuldige«, sagte sie, »ich habe dich erschreckt. Es tut mir leid. Ich bin etwas überdreht im Moment.«

»Natürlich.«

»Versprich mir nur eines«, bat Joanna, »versprich mir, daß du nie wieder fortgehst. Nicht zu John und zu niemandem sonst.«

Elizabeth fand, daß Joanna viel verlangte, aber in ihrem Schrecken über den Ausbruch fand sie sich bereit, dieses Versprechen zu geben.

»Aber ja, Joanna«, sagte sie freundlich. »John will mich ohnehin nicht und wird wahrscheinlich schon hysterisch, wenn er mich das nächste Mal sieht. Da kann ich auch bei dir bleiben. Ich verspreche es dir.«

Joanna stand auf.

»Du meinst kein Wort von dem, was du sagst, ernst«, sagte sie, »und du hast gar nichts begriffen. Gute Nacht, Elizabeth. Schlaf gut.« Sie verließ das Zimmer. Elizabeth, verwirrt und erschrokken, blieb die ganze Nacht wach.

Als der Morgen graute, düster, wolkig und kühl, und feuchte Regenluft ins Zimmer drang, hatten sich ihre Sinne beruhigt. Zwei Dinge waren geschehen, vor denen sie ihre Augen nicht verschließen durfte: Sie hatte John gesagt, was sie für ihn empfand, und er hatte das nicht ernst genommen, und doch entschloß sie sich an diesem Morgen, ihn nicht aufzugeben. »Und wenn ich mit dem Satan selbst ein Bündnis schließen müßte«, murmelte sie, »ich werde eines Tages schön sein, so schön wie Laura und tausendmal schöner!« Mit einem heftigen Schwung stieg sie aus dem Bett.

Die zweite Erkenntnis betraf Joanna. Ihr wilder Ausbruch in der vergangenen Nacht hatte in Elizabeths Lebensvorstellung etwas verändert. Joanna war nicht so stark, wie sie immer geglaubt hatte. In ihr schlummerten Gefühle, Ängste und Schmerzen, von denen niemand etwas ahnen konnte, der ihr ruhiges, fröhliches Gesicht sah. Mit dem Wissen um Joannas Verletzlichkeit mußte sie leben, aber es würde ihr jetzt leichter fallen als jemals zuvor, ihre eigenen Zweifel und Nöte zu ertragen. Das Jahr der Angst und ihre verzweifelte Flucht hatten eine neue Stärke in ihr wachsen lassen, die sie härter werden ließ.

Sie ging hinunter zum Frühstück, wo sich die anderen Mädchen schon aufgeregt unterhielten. Sie verstummten, als sie Elizabeth erblickten, deren Verschwinden in den letzten Tagen für wilde Vermutungen und haarsträubende Gerüchte gesorgt hatte. Belinda sah aus, als wollte sie sofort neugierige Fragen stellen, aber Elizabeth, die das bemerkte, warf ihr einen so kalten Blick zu, daß es ihr die Sprache verschlug.

»Ach Elizabeth, hast du schon gehört, was geschehen ist?«

fragte Maureen schnell, um die gespannte Stimmung zu lockern. »Die Köchin hat es heute früh von dem Milchmädchen erfahren. In Cambridge ist gestern ein Kaufmann von einem unbekannten Mann und einer Frau überfallen worden, am hellichten Tag in seinem Zimmer in einem Wirtshaus! Kannst du dir das vorstellen? Sie haben ihn niedergeschlagen und gefesselt und ihm sein ganzes Geld weggenommen!«

»Ach, wirklich?« sagte Elizabeth schwach, und Maureen nickte.

»Elendes Pack«, meinte die Köchin, die gerade hinzutrat, »an den Galgen gehören sie allesamt!«

»Man hat die beiden aber doch nicht festnehmen können, oder?«

»Nein, die waren so schnell weg, wie niemand bis drei zählen könnte. Raffiniert sind sie ja alle. Ich sage immer...«

»Schon gut, gehen Sie nur in die Küche«, unterbrach Miss Brande, die die weltanschaulichen Monologe der Köchin kannte und fürchtete, »Sie haben ja völlig recht. An den Galgen gehört dieses Gesindel!« Sie saß aufrecht und streng am Kopfende des Tisches, und die Morgensonne fiel auf ihr hageres Gesicht. Sie war wie immer sehr sauber gekämmt, keine Falte ihres grauen Kleides in Unordnung, ihre Hände lagen ruhig neben ihrem Teller. Was immer sie in den letzten Tagen durchgemacht hatte, es hatte ihr nichts von der Unantastbarkeit einer unumschränkten Herrscherin genommen.

»Warum gehören sie denn an den Galgen?« hörte sich Elizabeth plötzlich sagen. Ihre Stimme klang hell und scharf durch die Stille, und alle fuhren zusammen. Miss Brande hob den Kopf.

»Wie bitte?« fragte sie. Sie schien in diesem Moment weniger bedrohlich als tief verwundert, da sie, wie die Mädchen auch, angenommen hatte, Elizabeth werde sich in der nächsten Zeit so still wie möglich verhalten und alles tun, um nicht aufzufallen.

»Bitte?« wiederholte sie.

Elizabeth spürte, daß sich alle Augen auf sie richteten, und sie hörte Maureen erschrocken atmen.

»Ich fragte, warum sie an den Galgen gehören«, sagte sie mit etwas unsicherer, aber deutlicher Stimme, »ich verstehe nicht, wie Sie das so einfach sagen können. Keiner von uns weiß doch, warum diese Leute den Kaufmann überfallen haben. Vielleicht haben sie ganz dringend Geld gebraucht!«

Niemand erwiderte etwas, nur Belinda kicherte nervös, verstummte aber gleich wieder.

»Wenn ich dich jetzt richtig verstanden habe, Elizabeth«, sagte Miss Brande mit einer gefährlichen Ruhe, »dann vertrittst du die höchst eigenartige Ansicht, daß jeder, der Geld braucht, berechtigt ist, andere Menschen zu überfallen und sich deren Geld anzueignen?«

»Nein, so einfach ist das nicht. Was ich meine, ist, daß wir nicht wissen, ob die Leute den Kaufmann aus Habgier überfielen oder ob sie in so großer Not waren, daß ihnen gar nichts anderes übrigblieb. Es gibt Menschen, die sind so arm, daß sie verhungern würden, wenn sie nicht stehlen würden!«

»Das ist interessant, Elizabeth, wirklich. Wer aus Armut stiehlt, begeht also kein Unrecht!«

»Jedenfalls muß man sich fragen, auf welcher Seite da das Unrecht liegt. Auf der Seite derer, die verzweifelt versuchen, ihr Leben zu erhalten, oder auf der Seite von denen, die sich immer und immer nur weiter bereichern und alle ausbeuten und niedertrampeln, die ihnen dabei in den Weg kommen!«

Es schien, als atme niemand mehr im Raum. Alle sahen zu Miss Brande hin, denn noch nie hatte es Derartiges hier gegeben, und jeder erwartete einen schrecklichen Ausbruch. Die Lehrerin selber hatte deutlich eine gewisse Mühe, ihre übliche überlegene Gleichmütigkeit zu bewahren.

»Wo hast du denn so etwas her?« fragte sie schließlich. »Hier in meinem Haus kannst du mit solchen Ideen nicht in Berührung gekommen sein!«

»Nein, hier ganz bestimmt nicht«, erwiderte Elizabeth ironisch. Ihr Blick glitt über den sauber gedeckten Tisch, die Teppiche auf dem Boden, die Bilder an den Wänden und über das adrette Kleid der alten Lehrerin. Sie sah plötzlich die abgezehrten Gestalten der betrunkenen Arbeiter vor sich, die sie und die

Sheridys einst in einem einsamen Wirtshaus überfallen hatten, und die armseligen, verschmutzten engen Gassen mit den brüchigen Häusern zu beiden Seiten in dem Londoner Viertel, in dem Samanthas Freund Luke lebte. Und die Erinnerung an John und an Blackhill wurde ganz stark in diesem Moment, sie sah das verfallene Schloß vor sich, den verwilderten Park, den mageren Hund, Laura mit ihrer Schnapsflasche in der Hand und John, der überall nach Geld suchte, um die Reise nach Cambridge bezahlen zu können. Auf einmal fühlte sie einen solchen Zorn, daß alle Angst daneben verblaßte.

»Was wissen Sie denn schon?« rief sie. »Was wissen Sie denn vom Elend der Menschen und von ihrer Verzweiflung und Angst? Davon, wie sie kämpfen müssen jeden Tag und wie trostlos ihr Leben und ihre Zukunft sind? Sie sitzen hier in Ihrem gepflegten, schönen, sauberen Haus und denken gar nicht darüber nach, daß die Welt auch ganz anders sein kann und daß, während Ihre Gedanken um die so tödlich wichtigen Probleme von Ordnung, Pflichtbewußtsein und Gelehrsamkeit kreisen, anderswo Menschen leiden und sterben!«

Bebend vor Aufregung hielt sie inne. Miss Brande hatte sich erhoben, und zum erstenmal, seit die Mädchen sie kannten, hatte sie ihre Unnahbarkeit verloren. Auf ihrem Gesicht malten sich Fassungslosigkeit und hilflose Wut. Nicht einmal ihre frechsten Schülerinnen hatten je so zu ihr gesprochen, überhaupt noch niemand auf der Welt hatte es gewagt.

»Was... erlaubst du dir?« brachte sie schließlich hervor und bemerkte, daß Elizabeth sie ohne Angst ansah. »Elizabeth Landale, das ist die größte Unverschämtheit, die ich... Du wirst auf der Stelle in dein Zimmer gehen und dich heute hier unten nicht mehr blicken lassen. Ich werde überlegen, welche Strafe dein... Benehmen nach sich ziehen wird!«

Elizabeth stand auf und lächelte verächtlich. So einfach war es also, Miss Brande aus der Fassung zu bringen. Ein paar Gedanken, die sie nie gedacht hatte und nie wagen würde zu denken, und schon blieb ihr nichts anderes, als ihre Überlegenheit nur noch dadurch zu beweisen, daß sie ihre Gegner aus dem Zimmer schickte, weil ihr sonst nichts mehr einfiel. Und vor dieser Frau hatte sie sich fast zu Tode gefürchtet, war bereitwillig ihrer schleichend suggestiven Kraft erlegen, mit der sie ihre Schule und alles, was in ihr geschah, zum Mittelpunkt der Erde machte. Fast hätte sie dabei selbst vergessen, daß jenseits dieser Mauern die Welt auch ohne Miss Brande existierte. Aber ihr war genügend Klugheit geblieben, um zu wissen, daß John sie retten konnte, und genügend Tapferkeit, um seine Hilfe zu suchen. Während sie die Treppe zu ihrem Zimmer hinaufstieg, wußte sie, daß sie die kommenden Jahre überstehen und eines Tages dorthin zurückkehren würde, wo Frauen wie dieser alten Hexe keinerlei Bedeutung mehr beigemessen wurde.

Butchery Alley

1798

I

Im Stadthaus der Sheridys in London drängten sich die Menschen. Eine unübersehbare Schar schwarzgekleideter Leute bevölkerte alle Zimmer und Salons, Gläser balancierend und leise redend. Kein lautes Lachen war zu hören, kein Schmuck zu sehen, kein aufdringliches Parfüm zu riechen. Jeder benahm sich so, wie es der traurige Anlaß, der sie hier zusammengeführt hatte, gebot: am Vormittag hatten sie Lord Phillip Sheridy beerdigt und waren nun gekommen, um etwas Kühles zu trinken und gemeinsam des Toten zu gedenken.

Lord Sheridys Tod hatte jeden, der davon erfuhr, erschüttert. Kein alter, kranker Mann war hier gestorben, dessen Ende man hätte ahnen und voraussehen können, sondern ein Mann in der Mitte seines Lebens, gesund, lebhaft und tatkräftig. Sein Tod war sinnlos gewesen und schmählich dazu, denn nicht vor dem Feind war er gefallen, wie es das Herz eines jeden Engländers begehrte, sondern eine Schiffsfahrt auf der Themse hatte ihn das Leben gekostet. Während einer Feier auf dem Boot eines Freundes war er aus unerklärlichen Gründen plötzlich über Bord gestürzt und während der ungeschickten Rettungsbemühungen der anderen unter das Schiff geraten, so daß er, obwohl er schwimmen konnte, elend ertrank.

Harriet, der es in der letzten Zeit so weit besserging, daß sie ihren Mann nach London hatte begleiten können, brach bei der Nachricht von seinem Tod völlig zusammen. Ein Arzt mußte gerufen werden, weil ihre Tochter Joanna Angst hatte, sie werde den Schock nicht überleben. Ihr gesundheitlicher Zustand verschlechterte sich in wenigen Tagen bedenklich. Dennoch wollte sie zunächst darauf bestehen, Phillips Leiche nach Norfolk zu bringen und ihn auf dem Familienfriedhof von Heron Hall beizusetzen. Es gelang Joanna nur mühsam, ihr diesen Plan auszureden. Sie machte ihr klar, daß der tote Körper in der glühenden Augusthitze völlig verwesen würde, ehe sie King's Lynn erreicht hätten, und daß außerdem Harriet selbst den Strapazen nicht gewachsen wäre. Harriet, schwach, elend und halb wahnsinnig in ihrer Verzweiflung, gab schließlich nach. Es brach ihr fast ein zweites Mal das Herz, Phillip in fremder Erde bestatten zu lassen, wußte sie doch, daß ihn das beinahe mehr gekränkt hätte als der Tod selber. Weiß wie eine Wand und abgemagert stand sie die Beerdigung durch, auf Joanna und Cynthia gestützt, während Elizabeth daneben stand und den inzwischen achtjährigen George an der Hand hielt. Sie schaffte es danach kaum bis zum Haus zurück, wo sie im schwarzverhängten Wohnzimmer auf ein Sofa sank und dort mit starrem Gesicht die Beileidsbezeugungen über sich ergehen ließ, die ihr von den Trauergästen entgegengebracht wurden. Ihre Freundin Viola saß neben ihr und wischte ihr hin und wieder mit einem Spitzentaschentuch über die Stirn. Hinter ihr stand Edna, die Zofe, bereit, jeden Gast rücksichtslos aus dem Haus zu weisen, wenn die Schwäche ihrer Herrin zunehmen sollte.

Mehr noch aber als Harriet setzte die Hitze dieses Tages Joanna zu. Sie war in der letzten Woche ständig auf den Beinen gewesen, um diese Feier vorzubereiten. Die Anspannung ließ jetzt nach, und Müdigkeit überfiel sie. Da nirgendwo mehr ein freier Stuhl zu finden war, ihre Füße sich aber weigerten, sie noch länger zu tragen, hatte sie sich einfach auf die oberste Treppenstufe gesetzt. Sie konnte von dort aus die ganze Halle überblicken, in der ein reges Kommen und Gehen herrschte. Sie entdeckte Cynthia, die neben ihrem Mann stand und mit einigen anderen Herren plauderte. Cynthia war, entgegen allen Erwartungen, ihre Ehe glänzend bekommen. Anthony Aylesham betrog seine Frau schamlos, aber die kümmerte sich nicht darum, sondern nutzte seine Schuldgefühle, sein Geld mit vollen Händen auszugeben und ein Leben in überwältigendem Luxus zu führen. Innerhalb dieser stillschweigenden Übereinkunft der Großzügigkeit verstanden sich die beiden wunderbar und lebten in schönstem Frieden.

Cynthia wirkte sehr elegant in einem Kleid aus schwarzem Taft, einen kleinen Hut aus Samt auf dem blonden Haar und einen hauchdünnen Spitzenschleier vor dem Gesicht. Anthony, ebenfalls in Schwarz, das graugesträhnte Haar zurückgekämmt und mit einer Schleife gehalten, vollendete das schöne Bild, das die beiden abgaben. Er gehörte zu den letzten der Londoner Gesellschaft, die sich das Haar noch puderten, während die meisten darauf verzichteten, seit die Regierung auch den Puder mit Steuern belegt hatte. Aylesham demonstrierte damit, daß er sich ein so extravagantes Vergnügen immer noch leisten konnte.

Joannas Blick glitt weiter und fiel auf den kleinen George, der die Tragik des Tages nicht ganz begriff. Er war ein außergewöhnlich hübsches Kind und zudem der neue Lord Sheridy, und er wurde von jedem Menschen im Haus verzogen. Alle glaubten, es mit dem freundlichsten Kind der Welt zu tun zu haben, aber Joanna und Elizabeth, die ihn hin und wieder ohne Maske erlebten, wußten, daß er ein ebenso charmantes wie launisches Geschöpf war.

Joanna bemerkte, daß Elizabeth eben an Harriet herantrat und ihr ein Glas Wasser reichte. Phillips Tod hatte die Freundin sehr angegriffen; daher sah sie blaß aus, aber dennoch war sie heute die reizvollste Erscheinung im Raum. Joanna, die immer mit ihr zusammenlebte, hatte die Entwicklung von dem Kind zu einem jungen Mädchen nicht richtig mitbekommen, aber Leute, die sie lange nicht gesehen hatten, tuschelten schon den ganzen Tag über sie.

»Das ist Elizabeth Landale? Du lieber Gott, ich hätte sie nie wiedererkannt. Sie haben hübsche Mädchen dort in Amerika...«

»Wenn man bedenkt, daß sie mitten aus der Wildnis kam! Von einer Baumwollplantage in Louisiana!«

Manche Dame hatte auch Elizabeths Vater gekannt und verdrehte schwärmerisch die Augen beim Anblick seiner Tochter.

»Sieht sie nicht ganz aus wie der selige Henry? Welch eine ungeheure Ähnlichkeit!«

Mit siebzehn Jahren hatte sich Elizabeth in ein zerbrechlich schmales Geschöpf verwandelt, so dünn, daß manche fanden, sie sehe fast ein bißchen krank aus. Die kohlschwarzen Haare trug sie jetzt zu modischen Locken aufgetürmt, darunter sah ein zartes Gesicht mit reinblauen Augen hervor, dessen Augenbrauen und Mund sich ein wenig zu arrogant bogen. Die meisten Leute rätselten, ob sie dieses Mädchen als lieblich bezeichnen sollten oder nicht, denn es bestand eine verwirrende Spannung zwischen ihrem sanften Lächeln und den überwachen, scharf und kühl beobachtenden Augen. Nur Joanna wußte, wieviel Weichheit sich in Elizabeth verbarg und wie entschlossen sie die geheimhielt. Seit der Zeit bei Miss Brande hatte ein neues Mißtrauen von Elizabeth Besitz ergriffen, das sie allen Menschen gegenüber sehr vorsichtig sein ließ.

Joanna selbst wirkte gleichmäßiger und viel weniger verändert. Ihr blondes Haar hatte denselben Seidenglanz wie früher, ihr Gesicht die gleiche humorvolle Ruhe. Sie war nicht halb so schön wie Elizabeth, dafür viel weniger knochig, aber sie hatte auch nicht monatelang so eisern gehungert wie seinerzeit Elizabeth. Über Joanna dachten die Menschen nicht sehr viel nach, aber sie schätzten sie, weil sie der Freundlichkeit ihres Gesichtes trauten und sie für einen völlig verläßlichen Menschen hielten.

Während Joanna noch auf ihrer Treppe saß, stapfte Belinda zu ihr hinauf und nahm unaufgefordert neben ihr Platz.

»Rate, wen ich dort unten gesehen habe«, sagte sie kichernd.

Joanna sah sie verächtlich an.

»Das weiß ich doch nicht.«

»Dabei könntest du es leicht raten. Es war Elizabeths Verehrer, Andrew Courtenay.«

»Na und? Der ist doch oft hier.«

»Ja, aber ich frage mich doch, was ihn an Elizabeth so reizt. Schließlich wird er einmal einen Grafentitel erben, und Elizabeth... nun, sie ist Amerikanerin...«

»O Belinda, zeig deinen Neid doch nicht so deutlich«, sagte

Joanna lachend, »du bedauerst ja bloß, daß Andrew Courtenay überhaupt keine Notiz von dir nimmt!«

Andrew Courtenay stammte aus Devon und war der Sohn des Earl Locksley, der als reich und angesehen galt, weshalb Andrew als der Heiratsfavorit der Saison betrachtet wurde. Er hatte Elizabeth wenige Wochen zuvor bei einem Ball kennengelernt und besuchte sie seither häufig. Elizabeth mochte ihn gern, aber mehr schien er von ihr nicht erwarten zu dürfen, was die Londoner Gesellschaft in maßlose Verwunderung versetzte. Insgeheim argwöhnte man, daß Elizabeth sich bloß so kühl gab, um sie alle eine Weile an der Nase herumführen zu können und hinterher einen besonders glanzvollen Triumph zu feiern.

»Wo ist eigentlich Edward Gallimore?« erkundigte sich Belinda. »Es sollte mich doch wundern, wenn er heute nicht da wäre!«

Joanna verzog das Gesicht.

»Bitte, Belinda«, sagte sie, »erinnere mich nicht an Edward! Ich hoffe, er ist nicht hier. Wahrscheinlich geht er im Hyde Park spazieren und denkt über sein Schicksal nach.«

Sie hatte Edward Gallimore auf demselben Ball getroffen, auf dem Elizabeth Andrew kennenlernte, nur konnte sie sich mit ihrer Eroberung kaum brüsten. Über Edward, der zu allem Überfluß aus Norfolk stammte, keinen Vater mehr, aber ein ansehnliches Vermögen hatte, tuschelte ganz London. Er galt als verrückt, weil er immer mit sorgenvollem Gesicht herumlief, ständig in schwermütige Gedanken versunken dastand und außerdem angeblich einmal versucht haben sollte, sich das Leben zu nehmen. Joanna war fast sicher, daß dieses Gerücht stimmte, denn sie hatte an den Innenseiten seiner Handgelenke zwei tiefe rote Narben entdeckt, von denen sie sich nicht erklären konnte, woher sie sonst kommen sollten. Sie kam sich selber gemein vor, weil sie oft mit den anderen über ihn lachte, denn insgeheim dachte sie, daß sie ihn in seiner unverständlichen Traurigkeit trösten sollte. Aber dann wieder ärgerte es sie, daß er ausgerechnet zu ihr kam. Irgend etwas in ihrer Ausstrahlung mußte Menschen anziehen, die Schutz suchten, dabei fühlte sie sich weder verpflichtet, noch war sie bereit, anderen Schutz zu geben. Sie hatte es mit ihrem eigenen Leben schon schwer genug. »Also, wenn Elizabeth Andrew nicht will«, sagte Belinda, »dann soll sie doch…« Sie wurde unterbrochen von einem Mann, der aufgeregt ins Haus stürmte und laut schreiend um Ruhe bat.

»Still!« rief er. »Eine Neuigkeit! Ich bringe eine große Neuigkeit!«

Joanna und Belinda erhoben sich und traten näher an das Treppengeländer heran. Das Stimmengemurmel ebbte ab. Deutlich war Harriet zu vernehmen, die sich zittrig an Elizabeth wandte:

»Wer ist der Herr, der es wagt, die Ruhe dieser Trauerfeier zu stören?«

»Beruhigen Sie sich, Tante Harriet. Ein Bote, der uns eine Nachricht bringt.«

Der Mann verneigte sich vor Harriet.

»Es tut mir leid, Mylady, daß ich hier einfach eindrang. Ich bin ein Diener der Lady Fitheridge.«

»Ja Robert, was gibt es?« fragte Viola.

»In allen Straßen wird es verkündet, Mylady. Am ersten August hat Admiral Nelson in Abukir die französische Flotte vernichtend geschlagen!«

Stille folgte seinen Worten. Alle blickten den Sprecher an. Dieser fuhr aufgeregt fort:

»Sie haben drei französische Linienschiffe in Brand gesteckt, sechs Linienschiffe gekapert. Admiral Villeneuve war der einzige, der fliehen konnte. Verstehen Sie, was dieser Sieg bedeutet? England hat die Herrschaft über das Mittelmeer, und Bonaparte ist die Eroberung des Ostens verwehrt. Mein Gott, man erzählt draußen, daß der Erste Seelord in der Admiralität ohnmächtig zu Boden sank, als er die Nachricht hörte!«

Viola stand auf.

»Wie dankbar dürfen wir sein«, sagte sie bewegt, »Admiral Nelson hat die Franzosen endlich in ihre Schranken gewiesen!«

»Mit Verlaub, Lady Fitheridge!« Ein weißhaariger Herr sprang auf, ein leidenschaftlicher Patriot auf den ersten Blick.

»Lady Fitheridge, nicht nur für Admiral Nelson ist dies ein großer Tag. Nein, es ist vor allem ein Sieg und ein Triumph für das Land, dessen treuen Diener er sich nennen darf. Ein Sieg für alle Briten, für Seine Majestät den König und für das glorreiche England!«

Von Ergriffenheit überwältigt, erhoben sich alle Anwesenden und begannen wie auf ein geheimes Zeichen hin »Rule Britannia« zu singen, wobei sich jeder Mann im Raum so heldenhaft wie ein Admiral auszusehen bemühte. Harriet, die sich den ganzen Tag kaum auf den Beinen hatte halten können, stand nun recht fest, die zarte Gestalt zu voller Größe gereckt. Joanna hatte das Gefühl, daß ihr in diesem Augenblick zum ersten Mal seit Phillips Tod wirklicher Trost zuteil wurde. Die vielen Beileidsbekundungen dieses Tages waren nichts als sinnlose, vorgeprägte Sätze für sie gewesen, jetzt erfüllte sie wieder ein Anflug von Kraft. Phillip war tot, aber England gab es noch, es bestand, wie es seit Ewigkeiten bestanden hatte und wie es das für alle Zeiten tun würde, und sie, Harriet, mußte sich nie einsam und verloren fühlen in dieser Geborgenheit, bestehend aus Zuversicht, Kraft, Patriotismus und heldenhaften Männern, die eher ihr Leben gaben, als daß auch nur ein Hauch von Englands Ehre abhanden kam. Und wenn dieser verrückte französische General Napoleon Bonaparte, der plötzlich aus dem Nichts aufgetaucht war, nach Ägypten zog, um von dort aus die britische Vorherrschaft in Indien zu bedrohen, dann konnte man ja jetzt sehen, was ihn erwartete. Für jeden Briten bedeutete eine Schlacht wie die von Abukir die erneute Bestätigung der eigenen Unverletzlichkeit.

Wie gut für Mutter, daß sie ihren Patriotismus hat, dachte Joanna, Frauen wie sie leben vom Stolz, vom Geld und vom guten Namen.

Sie beobachtete Elizabeth, die mitsang, aber dabei in den Mundwinkeln ein leises, zynisches Lächeln trug. Elizabeth ließ sich nicht leicht von der allgemeinen Rührung anstecken, nicht nur in einem Fall wie diesem, in dem sie mit englischem Nationalstolz überschwemmt wurde und diesen als Amerikanerin zweifellos nicht ohne weiteres nachvollziehen konnte. Momente der Euphorie forderten unweigerlich ihren Spott heraus, wenn sie sich diesen auch niemals anmerken ließ. Ihre Augen schweiften durch die Halle, trafen die von Joanna und begannen spöttisch zu glitzern. Dann trat sie einen Schritt vor, hob den Kopf und sang die letzte Strophe des Liedes so laut sie nur konnte mit.

Harriet haßte die laute Buntheit Londons, und besonders jetzt, nach dem schrecklichen Verlust, der sie getroffen hatte, wäre sie am liebsten sofort nach Heron Hall gereist, um sich fern von aller Welt in das Schloß zu verkriechen und niemanden mehr zu sehen. Doch sie fühlte sich zu elend, um auch nur einen Schritt zu tun, außerdem verbot ihr Edna, sich solchen Strapazen auszusetzen. So mußte sie in der ungeliebten sittenlosen Stadt bleiben, in der mit großem Trubel der Sieg von Abukir gefeiert wurde und gleichzeitig eine Fieberepidemie durch die Häuser zog und Hunderte hinwegraffte. Harriet kam sich schwach und hilflos vor und wurde immer freudloser. Sie hatte stets gerne gejammert, und diese Neigung verstärkte sich noch. Sie wurde ausgesprochen quengelig. In den ersten beiden Wochen nach dem Begräbnis nahm jeder Rücksicht darauf. Sogar der kleine George schlich nur auf Zehenspitzen herum, die Köchin kochte alle Lieblingsgerichte ihrer Herrin, und Elizabeth und Joanna hielten sich ständig bei Harriet auf, um ihr Trost zu spenden. Insgeheim fühlten sich alle erschöpft. Harriet übte eine nervenzerrüttende Herrschaft aus, so sehr, daß hinter der Müdigkeit sogar die Trauer verblaßte. Die beiden Mädchen sehnten sich nach etwas Abwechslung, danach, einmal wenigstens über etwas anderes sprechen zu können als über den toten Phillip und aus dem düsteren Haus hinaus in die Augustsonne zu entkommen.

An einem besonders heißen Tag beschlossen sie, zum St.-James-Park zu fahren und dort spazierenzugehen. Sie hatten für ihren Aufbruch die Mittagszeit gewählt, weil sie beide, ohne darüber zu sprechen, wußten, daß Harriet dann gewöhnlich schlief. Aber als sie leise plaudernd in ihren bunten Sommerkleidern und mit großen Federhüten die Treppe herunterkamen, ertönte schon aus einem Salon die weinerliche Stimme.

»Joanna? Joanna, bist du das?«

Joanna blieb stehen und verdrehte die Augen.

»Es darf nicht wahr sein«, murmelte sie, »sie ist wach!«

»Joanna! Elizabeth!«

»Ich fürchte, wir müssen ihr antworten«, meinte Elizabeth. Mit erhobener Stimme rief sie:

»Lassen Sie sich nicht stören, Tante Harriet!«

»Kommt her. Ich möchte, daß ihr herkommt!«

Joanna schwenkte wütend ihren Sonnenschirm. Elizabeth hob resigniert die Schultern, nahm den Arm der Freundin und zog sie mit in den kleinen Salon, aus dem der Ruf zu ihnen gedrungen war. Trotz des herrlichen Wetters brannte hier ein Feuer im Kamin. In eine weiße Decke gehüllt lag Harriet auf einem Sofa, faltig und blaß hob sich ihr Gesicht aus dem Schwarz ihres Kleides, ruhelos spielten die mageren Hände mit den viel zu weiten Brillantringen daran an der Decke herum.

»Wir haben Sie hoffentlich nicht geweckt«, sagte Joanna.

»Nein. Ich kann schon lange nicht mehr schlafen. Aber...«, sie richtete sich halb auf, »wie seht ihr denn aus?«

»Warum?«

»Ihr habt keine schwarzen Kleider mehr an!«

»Ja, es ist so heiß draußen. Und daher dachten wir... ich glaube auch nicht, daß Vater etwas dagegen...«

»Eure Arme sind nicht bedeckt! Und ein bißchen tief ausgeschnitten sind die Kleider auch!«

»Doch nur wegen der Hitze. Und tief ausgeschnitten sind die Kleider gar nicht. Die Mode ist jetzt sowieso freier, und die meisten Mädchen tragen...«

»Ich denke nicht, daß es die Mode Töchtern vorschreibt, drei Wochen nach dem Tod des Vaters ihre schwarzen Kleider abzulegen!«

»Tante Harriet, Sie wissen, wie sehr wir trauern«, mischte sich Elizabeth ein, »aber es wäre doch unvernünftig, deswegen einen Hitzschlag zu bekommen. Wenn Sie gerne möchten, können wir ja ein Stück schwarze Spitze um die Taille tragen.«

Harriet starrte sie mit herabgezogenen Mundwinkeln an.

»Wenn ich es möchte«, wiederholte sie. »Als ob ich nicht verlangen könnte, daß eure eigene Moral euch ein angemessenes Benehmen vorschreibt!«

»Aber Mutter...«

»Warum wollt ihr überhaupt das Haus verlassen?«

»Wir wollen im St.-James-Park spazierengehen.«

»Ihr wollt alleine dort spazierengehen?«

»Nein.« Elizabeths Stimme bekam einen gereizten Unterton. »Wir sind verabredet. Andrew Courtenay und Edward Gallimore treffen sich dort mit uns.«

»Ah. Nun, dann habt ihr ja einen schönen Tag vor euch!« Harriets Ton war so böse, daß es die Mädchen einfach nicht überhören konnten. Joanna legte beschwichtigend die Hand auf Elizabeths Arm, denn sie merkte, daß diese zunehmend ärgerlich wurde.

»Mutter, was stört Sie denn so sehr?« fragte sie. »Glauben Sie, das sei ein Zeichen unserer nachlassenden Trauer?«

»Ich sage ja nichts mehr!« Harriet sank in ihre Kissen zurück. »Laßt mich nur allein«, murmelte sie. Elizabeth preßte die Lippen aufeinander.

»Mutter, zwei Stunden«, sagte Joanna, »nur zwei Stunden! Zum Dinner sind wir zurück!«

»Ja, geht nur. Ich glaube, jede Mutter muß sich daran gewöhnen, von ihren erwachsenen Kindern im Stich gelassen zu werden.«

Joannas Augen wurden ganz schmal.

»Gut«, erwiderte sie ruhig, »ich bleibe.«

»Joanna!« rief Elizabeth schockiert.

»Ich bleibe. Mutter soll nie sagen können, daß ich sie im Stich gelassen habe. Ich bringe nur meinen Hut und meinen Schirm nach oben!« Sie stürmte aus dem Zimmer. Elizabeth blickte einen Moment lang sprachlos auf Harriet, die mit geschlossenen Augen auf ihrem Sofa lag. Dann lief sie hinter Joanna her und erreichte sie auf der Treppe.

»Bist du verrückt?« zischte sie. »Wie kannst du ihrem Gejammere nachgeben?«

»Ich kann ihre Leidensmiene nicht ertragen. Und die würde ich bis zum Jüngsten Gericht vor mir sehen, wenn ich jetzt fortginge. So beschäme ich sie wenigstens.«

»Nein, überhaupt nicht. Sie glaubt sich im Recht.«

Joanna nahm ihren Hut vom Kopf und ordnete sich die Haare.

»Ich bleibe hier«, erklärte sie, »aber du mußt gehen, sonst warten Edward und Andrew umsonst.«

»Ich gehe auch«, erwiderte Elizabeth wütend. »Du weißt, daß ich Tante Harriet liebe, aber das geht zu weit. Auf Wiedersehen!«

»Auf Wiedersehen. Viel Spaß.« Joanna blickte der energisch davonschreitenden Gestalt nach. Mit langsamen Schritten begab sie sich in den Salon. Harriet sah ihr matt entgegen.

»Setz dich zu mir«, bat sie, »erzähle mir etwas!«

Joanna setzte sich. Sie berichtete von irgendeinem Fest, das sie ein paar Monate zuvor besucht hatte. Sie beobachtete dabei das wächserne Gesicht zwischen den weißen Spitzendecken. Eine Erinnerung stieg in ihr auf, an einen Tag, der lange zurücklag, einen weißverschneiten Januartag, und das Kind Joanna saß an Harriets Bett, und aus dem Saal drangen Musik und Menschenstimmen herauf, genauso lockend wie das Sonnenlicht, das durch den feinen Stoff der Fenstervorhänge fiel. Vor ihr dasselbe elende Gesicht mit den leise pochenden Schläfen, als sei es immer so gewesen und werde für alle Zeiten so sein. Sie vernahm Cynthia am Morgen ihrer Hochzeit, als sie zitternd, aber entschlossen sagte:

»Ich liebe Mutter, aber wenn ich nicht bald von ihr fortgehe, werde ich noch ganz zu ihrer Pflegerin!«

»Was starrst du so?« fragte Harriet in die Stille. Joanna zuckte zusammen. Sie lächelte entschuldigend.

»Ich habe nachgedacht«, erklärte sie.

»Worüber?«

»Ich weiß nicht genau. Vielleicht über Elizabeth. Ich würde gern wissen, wie ihr Leben verlaufen wird!«

»Ich glaube, auf ganz gewöhnliche Weise. Sie heiratet Andrew Courtenay, bekommt Kinder und lebt in einem schönen Schloß!«

»Ich bin nicht sicher, daß sie heiratet.«

»Aber um Gottes willen, was denn sonst?« rief Harriet entsetzt.

»Ich weiß nicht.«

Harriet blickte sie scharf an.

»Bei dir bleibt sie nicht«, sagte sie leise, »glaub mir, sie verläßt dich!«

Joanna antwortete nicht. Sie stand auf, trat ans Fenster und blickte hinaus in den blauen Himmel und auf die blühenden Rosen im Hof.

Unterdessen war Elizabeth im St.-James-Park angelangt. Die Fahrt in der Kutsche hatte sie noch nicht ganz zu beruhigen vermocht, und als sie ausstieg, funkelten ihre Augen noch, und ihr Gesicht trug einen zornigen Ausdruck. Wie konnte Joanna nur nachgeben!

Sie blickte sich suchend um, aber in diesem Moment trat Andrew schon auf sie zu. Wie jedesmal, wenn sie ihn sah, schoß ihr der Gedanke durch den Kopf, daß sie wahnsinnig war, seine Gefühle nicht zu erwidern. Wenn sie es sich richtig überlegte, dann war er wirklich einer der nettesten und hübschesten Männer, die sie je getroffen hatte. Er hatte schöne hellblonde Haare, sehr dunkle Augen und ein schmales Gesicht, seine Gestalt war schlank, und er trug modische Kleidung, ohne dabei aufgeputzt zu wirken. Als er jetzt herankam, lächelte er so freundlich, daß sogar eine wildfremde Frau im Vorübergehen dieses Lächeln unwillkürlich erwiderte.

»Elizabeth«, sagte er, »wie schön, Sie zu sehen!« Er küßte ihre Hand und blickte sich dann um.

»Aber wo ist denn Joanna?«

»Lady Sheridy fühlte sich nicht wohl, daher mußte Joanna bei ihr bleiben. Aber wo ist Edward?«

»Nun, er hat sich auch nicht wohl gefühlt und blieb daheim.« Andrew lachte. »Welch ein ausgesprochen schöner Zufall«, meinte er.

»Ja, wirklich. Wollen wir ein wenig durch den Park gehen?«

Andrew nickte. Elizabeth spannte ihren seidenen Sonnenschirm auf und schritt neben ihrem Begleiter die Wege entlang. Fast alle Leute, die ihnen entgegenkamen, unterhielten sich über Abukir und vor allen Dingen über die aufregende Neuigkeit, die man an diesem Tag in der Times hatte lesen können: daß die Frau eines Offiziers auf Nelsons Schiff, die ihren Mann in den Krieg begleitet hatte, mitten im heftigsten Feuergefecht mit den Franzosen ein Kind geboren hatte, ohne dabei den geringsten Schaden zu nehmen.

Elizabeth hörte diesmal nicht genau auf die Gesprächsfetzen um sie herum. Ihre Stimmung hob sich nur langsam. Der grüne Park, die warme Luft, die vielen Kutschen und Pferde besänftigten sie, aber trotzdem ärgerte sie sich über Joannas Verhalten. Gleich darauf fragte sie sich, ob sie sich nicht vielleicht wirklich unmöglich benahm und Tante Harriet eigentlich recht hatte. Womöglich durfte sie tatsächlich nicht so kurz nach Phillips Tod in einem bunten Kleid durch einen Park spazieren. Aber eine solche Lebendigkeit erfüllte sie in der letzten Zeit, daß Trauer dagegen kaum ankommen konnte. Sie schämte sich dessen und gelobte im stillen, noch am Abend ein langes Gebet für Phillips Seele zu sprechen.

Andrew betrachtete sie forschend von der Seite. Sie war so ernst und still heute, aber sie sah entzückend aus in ihrem weißen Kleid, das mit Rosen bestickt war, und mit dem breiten Hut, unter dem ihr schwarzes, lockiges Haar wippte. Sie hatte schöne lange Wimpern und weiche Lippen. Aber gleichzeitig war sie die erste Frau, die er traf, die sich merkwürdigerweise völlig unempfänglich gegen ihn zeigte. Entweder sie liebt einen anderen, dachte er, oder sie verbirgt sehr geschickt ihre Gefühle. Und das muß ich jetzt endlich herausfinden!

Entschlossen lenkte er seine Schritte in etwas abgelegenere Teile des Parkes. Elizabeth, in eigene Gedanken versunken, merkte das zunächst nicht. Erst als sie an einem kleinen Ententeich anlangten, sah sie auf.

»Wo sind wir denn?« fragte sie. »Wollen Sie Enten füttern?«
»Nein. Aber ich möchte mit Ihnen sprechen.«

»Und warum tun Sie das nicht schon die ganze Zeit?«

»Ich glaube, Sie hätten mir nicht zugehört. Sie waren so in Gedanken.«

»Ja, verzeihen Sie. Ich bin heute nicht sehr unterhaltsam. Ich denke über etwas nach.«

Andrew lächelte, und sie lachte plötzlich auch.

»Wie albern«, sagte sie, »ich sollte mir den schönen Tag nicht verderben lassen! Was ist, Andrew? Worüber wollen Sie sprechen?«

»Über Sie und mich. Sie weichen mir nämlich immer aus, Elizabeth. Vom ersten Augenblick an, als ich sie kannte, war es nie möglich, ernsthaft mit Ihnen zu reden. Immer mußten Sie so tun, als sei alles nur furchtbar lustig und albern!«

»Ach Gott! Erst beschweren Sie sich, daß ich so in mich gekehrt bin, aber dann wollen Sie mich fröhlich auch nicht haben! Was wollen Sie eigentlich?«

Andrew ließ sich ins Gras fallen, lehnte sich an einen Baum und sah zu ihr auf.

»Was ich will«, wiederholte er. »Ich fürchte, das kann ich so einfach nicht sagen. Ich würde gerne etwas wissen.«

Elizabeth blickte ihn abwartend an. Sie lächelte leicht, was Andrew plötzlich zornig machte.

»Immerzu ziehen Sie nur mit Joanna herum«, sagte er heftig, »es ist ganz unmöglich, mit Ihnen allein zu sein. Und niemals kommen Sie einem Menschen auch nur einen Schritt entgegen!«

»Aha. Können Sie mir einen Grund sagen, warum ich Ihnen entgegenkommen sollte? Und was meinen Sie damit überhaupt?«

»Bitte, Elizabeth.« Andrew schaute sie so eindringlich an, daß sie seinen dunklen Augen einfach nicht ausweichen konnte. »Hören Sie mich an. Selbst Ihnen, mit Ihrer ganzen kindlichen Leichtigkeit, die ja durchaus ganz reizend, wenn auch etwas zermürbend ist, selbst Ihnen kann eigentlich nicht entgangen sein, daß ich sehr viel für Sie empfinde. Sie könnten sich ja gelegentlich einmal dazu äußern!«

»Falls Sie aufhören würden, mich zu beleidigen...«

»Ach, reden Sie nicht!« Andrew sprang auf und ergriff Elizabeths Arm. »Sagen Sie es doch geradeheraus: Was finden Sie an mir so unsympathisch? Wenn es mich überzeugt, dann, das verspreche ich Ihnen, hören Sie nie wieder von mir!«

Elizabeths Gesicht wurde ernst.

»Nein«, sagte sie leise, »ich finde gar nichts an Ihnen unsympathisch. Im Gegenteil, ich mag Sie sehr gern. Aber unglücklicherweise... habe ich mich bereits in jemand anderen verliebt.«

»Ja, aber in wen denn? Ich habe Sie nie mit einem Mann gesehen!«

»Ich glaube, jetzt wollen Sie zuviel wissen.«

»Verzeihen Sie, aber ich war so überrascht.«

»Lassen Sie uns jetzt zurückgehen. Ich glaube, wir streiten uns sonst heute noch.« Schweigend gingen sie nebeneinanderher. Elizabeth hatte das seltsame Gefühl, daß sie gerade einen Fehler beging. Unsicher blickte sie zu Andrew hinüber.

»Sind Sie mir böse?« fragte sie. Andrew schüttelte den Kopf.

»Nein, natürlich nicht. Ich hoffe nur... Seien Sie ein bißchen vorsichtig, Elizabeth. Sie sollten sich auf keinen Fall an jemanden verschwenden, der Ihrer vielleicht nicht würdig ist.«

Elizabeth lachte hell auf. Die bedrückende Stimmung verflog.

»Zweifellos ist jeder Mann außer Ihnen meiner nicht würdig«, sagte sie, »das ist mir natürlich ganz klar, Andrew!«

Auch Andrew lachte.

»Ja, das mußte ja so klingen. Aber im Ernst: Wenn Sie irgendwann einmal Hilfe brauchen, wenn Sie überhaupt nicht mehr weiter wissen, dann kommen Sie zu mir. Ich versichere Ihnen, daß ich dann für Sie dasein werde.«

»Ja, danke schön«, sagte Elizabeth, innerlich davon überzeugt, daß sie wohl kaum jemals in eine aussichtslose Notlage kommen würde. Aber es konnte nur gut sein, einen Earl als Freund zu haben.

Sie waren wieder im belebteren Teil des St.-James-Parks angekommen. Aus einem Seitenweg kam ihnen eine in rosarote Seide gehüllte Belinda entgegen, die noch genauso albern zu sein schien wie als Vierzehnjährige.

»Guten Tag, Elizabeth«, grüßte sie geziert, »oh, und Andrew!«

»Guten Tag, Belinda«, entgegnete Andrew zerstreut. Belinda zupfte ihn neckisch an den Haaren.

»Warum sehen Sie denn so ernst aus? Hat Elizabeth Sie gelangweilt?«

»So wird es sein«, warf Elizabeth ein, »aber, Belinda, dir mit deinem Charme wird es rasch gelingen, ihn wieder aufzumuntern. Auf Wiedersehen, ihr beiden!« Sie lief schnell davon. Andrew sah ihr gequält nach, aber Belinda zog ihn bereits mit sich fort.

»Kommen Sie, Andrew. Es wundert mich gar nicht, daß Elizabeth Ihnen die Laune verdorben hat. Schon früher...«

Eifrig schnatternd ging sie neben ihm her. Elizabeth winkte den beiden noch einmal zu, dann wandte sie sich um und ging mit entschlossenen Schritten zu ihrer Kutsche zurück.

2

An einem kühlen Oktobertag, fast genau zwei Monate nach Phillips tragischem Tod, ließ sich morgens Lady Cynthia Aylesham bei Harriet melden. Harriet kniete gerade, in einen seidenen Morgenrock gehüllt, malerisch vor dem Kamin und spielte mit einem jungen Kätzchen, das George herangeschleppt hatte. Der Junge selbst stand vor dem Fenster und sah sehnsüchtig hinaus.

»Warum darf ich nicht auf der Straße spielen?« fragte er gerade quengelig. Harriet seufzte.

»Ich möchte nicht, daß du immer mit den Bürgerkindern zusammen bist«, erklärte sie. »Suche dir Freunde unter deinesgleichen.«

»Da finde ich keine!«

»Sei nicht albern! Ach, guten Morgen, Cynthia!« Harriet

reichte ihrer ältesten Tochter die Hand und ließ sich von ihr die Wangen küssen.

»Guten Morgen, Mutter«, sagte Cynthia. »Wie geht es Ihnen?«

»Nun ja...«

»Haben Sie heute früh die Times gelesen?«

»Nein.«

»Admiral Nelson ist mit großem Prunk vom italienischen König in Neapel empfangen worden, als Auszeichnung für seine Verdienste bei Abukir. Unser Gesandter am italienischen Hof, Sir Hamilton, und seine Gattin waren auch da. Die Klatschmäuler in den Salons behaupten, zwischen Nelson und Lady Hamilton bahne sich eine amouröse Beziehung an.«

»Ach, die reden immer so viel!« Harriet betrachtete ihre Tochter mißbilligend.

»Also wirklich, Cynthia, ich könnte schwören, daß du...« Ihr Blick fiel auf George.

»Laß mich mit Cynthia allein, George«, bat sie. George verschwand.

»Ich könnte schwören«, fuhr Harriet fort, »daß du kein Korsett trägst!«

»Das stimmt, Mutter. Es gibt Leute, die behaupten, Korsetts seien ungesund.«

Harriet schüttelte den Kopf.

»Ich verstehe diese neue Zeit nicht mehr«, meinte sie, »alles verändert sich! Nun ja, ich lebe sowieso nicht mehr lange...«

»Aber reden Sie doch keinen Unsinn. Sie sind erst zweiundvierzig!«

»Ja, aber ohne meinen geliebten Phillip... doch«, Harriet riß sich zusammen, »du bist nicht gekommen, um mein Gejammere zu hören. Was führt dich her?«

Cynthia nahm auf einem Sessel Platz. Sie spielte nervös mit ihren Fingern und sah ihre Mutter nicht an.

»Mutter, ich möchte nicht, daß Sie erschrecken...«, begann sie vorsichtig. Natürlich wurde Harriet sofort blaß. Sie stand auf und trat an Cynthia heran.

»Ist irgend etwas geschehen?«

»Nein, eigentlich noch nicht. Es könnte nur sein, daß plötzlich etwas geschieht, das ... mir Ungelegenheiten bereiten könnte ...«

Harriet sank in einen Stuhl.

»Könntest du deutlicher werden?« rief sie aufgeregt.

»Ja, ich glaube, Sie müssen alles erfahren. Es handelt sich darum, daß Anthony sich in Schwierigkeiten gebracht hat – ohne mein Wissen, obwohl ich ahnte, daß etwas nicht stimmte.«

»Schwierigkeiten?«

»Sie wissen, Anthony ist kein schlechter Mensch«, Cynthia verkrampfte ihre Finger ineinander, »aber er ist oft etwas unbedacht und leichtlebig.«

»Oh, es hat etwas mit einer anderen Frau zu tun?«

»Nein, ausnahmsweise nicht. Das wäre wahrscheinlich weniger schlimm. Anthony hat sich, vermutlich ohne genau zu wissen, was er tat, an einer nicht ganz gesetzlichen Machenschaft beteiligt, finanziell beteiligt, und nun ...«

»O mein Gott!« Harriet griff entsetzt nach ihrem Fächer und wedelte sich hastig Luft zu. »Nicht gesetzlich? Willst du damit sagen, er hat mit Verbrechern gemeinsame Sache gemacht?«

»Mutter, er tat es aus einer Weinlaune heraus. Er war mit von der Partie, ehe er es richtig begreifen konnte!«

»Und was hat er getan?«

Cynthia starrte in die Flammen des Kamins.

»Wenn ich es richtig verstanden habe«, sagte sie, »handelt es sich um Diamanten.«

»Diamanten?«

»Diamanten aus Afrika, die illegal nach England gebracht werden.«

»Cynthia, ich glaube, ich sterbe!« Die arme Harriet verfärbte sich beinahe grün. »Bitte, sag, daß es nicht wahr ist!«

»Doch, es ist wahr. Und es nützt jetzt gar nichts mehr, sich darüber aufzuregen. Anthony hat nichts weiter getan, als einen Teil des Lohnes für die Schiffsmannschaft zu übernehmen, die das Schiff von Afrika hierhersegelt. Er sollte dafür etwas von dem Gewinn bekommen. Ah«, Cynthia warf zornig einen ihrer

Handschuhe in eine Ecke, »das alles war so unfertig und verschwommen, ich glaube, weder ich noch Anthony verstehen genau, was geschehen ist. Jedenfalls wurde uns vor zwei Tagen eine Warnung zugestellt, von einem scheußlich verwahrlosten Bettelkind, das nicht sprechen konnte und uns einen Zettel brachte, der kaum zu entziffern war. Offenbar hat es auf dem Schiff eine Meuterei gegeben, und dabei kam alles ans Tageslicht...«

»Dann wird Anthony von der Miliz gesucht?«

»Das wäre zumindest möglich. Und dann könnte es sein, daß wir von einem Moment zum nächsten England verlassen müssen – oh, Mutter, möchten Sie etwas Wasser?«

»Ja«, hauchte Harriet. Cynthia zog an einer Schnur neben dem Sofa, woraufhin gleich Edna erschien. Cynthia beauftragte sie, ein Glas Wasser zu holen. Edna kam diesem Wunsch nach, aber sie schüttelte den Kopf.

»Sie sehen sehr schlecht aus, Mylady«, meinte sie. »Lady Ayleshams Besuch scheint Sie anzustrengen!«

»Nun geh schon, Edna!« befahl Cynthia ungeduldig. Sie war für gewöhnlich viel liebenswürdiger, doch heute hatte sie eine steile Falte auf der Stirn, und ihre Lippen waren fest aufeinandergepreßt.

Edna ging hinaus, ihr schwante Böses.

Drinnen fuhr Cynthia fort: »Falls wir bei Nacht und Nebel nach Frankreich verschwinden müssen, brauchen wir sofort eine große Summe Geld. Ich wollte Sie bitten, Mutter, daß Sie das Geld beschaffen und hier im Haus bereithalten.«

Harriet blickte sie an.

»Ich soll Anthony helfen?« fragte sie. »Dem Mann, der unsere Familie in den Schmutz zieht und mein Kind unglücklich macht?«

»Sie sollen mir helfen«, erwiderte Cynthia, »denn ich gehe mit Anthony. Wenn Sie ihm nichts geben wollen, so denken Sie daran, daß dann auch ich im Elend lebe!«

»Was ist mit seinem eigenen Geld?«

»O Gott, ich dachte mir, daß Sie diese Frage stellen würden!« Cynthia lachte kalt und ironisch. »Demütigend ist das alles für mich! Von seinem Geld ist fast nichts mehr vorhanden. Wir haben ein wenig über unsere Verhältnisse gelebt in den letzten Jahren.«

»Ihr habt überhaupt kein Geld mehr?«

»Kein Bargeld. Wir haben unsere Häuser und Ländereien, aber die können wir ja nicht mitnehmen. Und der größte Teil meines Schmuckes ist bereits im Pfandhaus.«

»Zum erstenmal«, sagte Harriet langsam, »bin ich heute froh, daß dein Vater unter der Erde ruht. Daß er das nicht erleben muß. Du bist eine Sheridy, und du wirst wie eine Verbrecherin über die Grenzen fliehen. O nein, es ist so entsetzlich! Cynthia, wie konntest du denn nur...«

»Was? Anthony heiraten?«

»Er hat dich immer nur betrogen. Er hat sein Geld an den Alkohol, die Karten und die... Bordelle verschleudert. Und nun noch Diamantenschmuggel!«

»So weise haben Sie aber nicht gesprochen, als ich als unerfahrene Sechzehnjährige Anthony heiratete«, entgegnete Cynthia böse. »Im übrigen habe ich sehr gut mit ihm gelebt. Es stimmt, er hat mich betrogen, angefangen bei meinem Dienstmädchen Samantha bis hin zu deiner Freundin Viola Fitheridge...«

»Cynthia!«

»Es ist wahr, Mutter. Nicht alle Frauen sind so ehrbar wie Sie. Aber wissen Sie«, sie lächelte plötzlich sanft, »auch wenn Sie jetzt glauben, ich sei verrückt geworden: ich glaube fast, daß die Ereignisse, die jetzt geschehen sind, uns beide, Anthony und mich, wieder zusammenbringen werden. Zum erstenmal seit unserer Hochzeit braucht er mich. Und wenn er nach Frankreich gehen muß, dann gehe ich mit!«

Harriet wischte sich mit ihrem Taschentuch den Schweiß von der Stirn.

»Es ist wohl zu spät, sich aufzuregen«, sagte sie kraftlos, »obwohl ich nahe daran bin, ohnmächtig zu werden. Aber könntet ihr nicht wenigstens gleich das Land verlassen? Sonst werdet ihr plötzlich verhaftet, und, bei Gott, ich sterbe eher, als daß ich es ertrage, dich im Gefängnis zu wissen!«

Aber Cynthia schüttelte den Kopf.

»Wir lassen nicht alles, was wir haben, zurück, ohne sicher zu sein, daß es notwendig ist. Aber seien Sie ohne Sorge – Anthony ist sehr geschickt. Er wird rechtzeitig wissen, wann wir gehen müssen.«

»Wenn du meinst...«

»Aber das Geld, Mutter!«

»Wieviel braucht ihr?«

»Anthony meint, ungefähr tausend Pfund.«

»Tausend?«

»Ja, weniger wird nicht reichen.«

»Nun gut. Ehe ihr drüben im Schuldgefängnis landet. Ich werde das Geld besorgen.«

»Und hier hinterlegen?«

»Ja.«

Cynthia legte beide Arme um Harriet und küßte sie.

»Ich danke Ihnen, Mutter«, sagte sie erleichtert, »ich werde Ihnen das nie vergessen!«

»Und ich«, entgegnete Harriet mit einem Anflug von Energie, die ihr Kraft zur Wut gab, »ich werde Anthony nie vergessen und nie vergeben, was er getan hat. Das kannst du ihm ausrichten!«

»Auf Wiedersehen, Mutter!« Cynthia verließ den Raum. Harriet preßte die Hände gegen ihr stark pochendes Herz.

»Ach, Phillip«, seufzte sie leise, »ich weiß nicht, was werden soll! Dieser Anthony... hätte ich das doch nur vorausgesehen...«

Sie zog schwach an der Klingelschnur, und als Edna erschien, sagte sie: »Edna, veranlasse, daß man mir Mr. Elmwood schickt. Er soll so schnell wie möglich zu mir kommen!«

Mr. Elmwood, der Londoner Vermögensverwalter der Sheridys, erschien erst abends, als die Familie beim Dinner saß. Joanna und Elizabeth fanden es höchst erstaunlich, daß Harriet sofort aufstand und zu dem Gast in den Empfangssalon ging, anstatt in aller Ruhe fertigzuessen, wie sie das gewöhnlich tat.

»Irgend etwas stimmt nicht«, flüsterte Elizabeth, »sie war schon den ganzen Tag so nervös.«

»Edna sagt, Cynthia sei heute dagewesen«, erwiderte Joanna, »und der Besuch habe sie schrecklich aufgeregt!«

Sie aßen allein weiter und glaubten bei jedem neuen Gang, Harriet werde sich wieder zu ihnen gesellen, aber nichts geschah. Erst viel später, als die beiden Mädchen hinauf in ihr Zimmer gegangen waren und dort zusammensaßen, hörten sie die vertrauten, schleppenden Schritte die Treppe heraufkommen. Elizabeth, die gerade von Andrew sprach, hielt inne.

»Tante Harriet!« rief sie. »Wir sind noch wach! Kommen Sie bitte zu uns!«

Die Tür öffnete sich langsam, Harriets magere Gestalt erschien auf der Schwelle. Sie blinzelte in das Kerzenlicht im Zimmer.

»Ach Kinder«, sagte sie müde, »wie gut, daß ich euch habe.«

»Ist etwas geschehen?« fragte Joanna entsetzt.

»Ja, es ist, als ginge die Welt unter!« Harriet kam herein und setzte sich in einen Sessel. Der schwarze Stoff ihres Kleides schien viel zu dunkel und üppig für sie, er floß um sie herum und erdrückte sie beinahe. Ihr Gesicht unter dem schwarzen Samthäubchen sah sehr alt aus.

»Erzählen Sie uns alles«, bat Elizabeth. Harriet nickte. Mit leiser, monotoner Stimme berichtete sie von Cynthias Besuch am Vormittag und davon, was sie ihr anvertraut hatte. Joanna und Elizabeth bekamen immer größere Augen, während sie fassungslos lauschten.

»Das ist nicht zu glauben«, murmelte Joanna schließlich. »Wer hätte gedacht, daß Anthony... daß eine Sheridy einmal bei Nacht England verlassen muß, um ihrer Verhaftung zu entgehen...«

»Joanna!« Elizabeth stieß sie warnend an, denn Harriets Gesicht wurde noch um eine Schattierung blasser. Mühsam fuhr sie fort:

»Ihr habt bemerkt, daß Mr. Elmwood heute hier war. Ich habe ihn rufen lassen, um die tausend Pfund für Cynthia zu erhalten.

Er hätte mich jedoch in den nächsten Tagen ohnehin aufgesucht.«

»Weshalb?«

»Um mit mir über Vaters Hinterlassenschaft zu sprechen. Ihr wißt, ich habe mich um diese Dinge nie gekümmert, aber nun bin ich das Familienoberhaupt. Mr. Elmwood hat mir sehr vorsichtig mitgeteilt, daß unsere Familie nicht so reich ist, wie ich glaubte.« Sie machte eine Pause. Joanna neigte sich vor.

»Was wollen Sie damit sagen?«

Harriet wich ihrem Blick aus.

»Vater war, wie Mr. Elmwood andeutete, kein sehr geschickter Geschäftsmann. Übervorsichtig und gewissenhaft. Er hat keine Schulden gemacht, aber er hat seinen Besitz auch nicht vermehrt. Dennoch haben wir üppig gelebt.«

Elizabeth stützte den Kopf in die Hände. Sie sah sich im Zimmer um, betrachtete die samtenen Bettdecken, die goldbeschlagenen Stühle und einen Stapel nachlässig übereinandergetürmter Seidenkleider. Es ist wahr, dachte sie, wir haben sehr üppig gelebt. Und keiner von uns hat je darüber nachgedacht, woher das Geld dafür kam.

»Wir können«, fuhr Harriet fort, »auf keinen Fall so weiterleben wie bisher. Wir sind nicht am Ende, aber wir haben keine Sicherheiten mehr.«

»O Gott«, murmelte Joanna. Alle drei schwiegen, nichts war zu hören als das Gelächter eines Betrunkenen auf der Straße. Im Kerzenschein warfen alle Gegenstände im Zimmer groteske Schatten an die Wände, höhlten Harriets Gesicht seltsam aus, so daß ihre Augen zurückliegend und ihre Wangen eingefallen schienen. Joanna betrachtete die vertrauten Züge und kämpfte mit dem plötzlichen Wunsch, aufzustehen und ihre Mutter in den Arm zu nehmen, aber merkwürdigerweise scheute sie in Elizabeths Gegenwart davor zurück. Sie hatte noch nie vorher das Gefühl gehabt, daß sie und Harriet eine Einheit bildeten, die Elizabeth ausschloß. Heute befiel sie dieser Gedanke, als seien sie und ihre Mutter durch den toten Phillip im Augenblick von dessen Niederlage verbunden. Und sie dachte: Neben dem Verlust von Geld und Ansehen ist es Vaters Schwäche, die Mutter quält. Er hat sich nicht als der Held erwiesen, der er für sie immer gewesen ist. Er stirbt, und wir bleiben nahezu mittellos zurück, wie eine beliebige Bürgersfamilie!

»Was werden wir nun tun?« fragte sie. Harriets Schultern strafften sich ein wenig.

»Mr. Elmwood wird für uns dieses Haus verkaufen«, sagte sie, »und wir gehen nach Norfolk zurück.« Ihre Augen bekamen neuen Glanz. »Nach Heron Hall. Wir gehen endlich dorthin, wohin wir gehören. Ich habe London gehaßt von dem Moment an, als Phillip hier starb.«

Joanna nahm ihre Hand.

»Ich freue mich«, sagte sie weich, »wir werden glücklich sein in Heron Hall. Das findest du doch auch, Elizabeth?«

»Ja«, erwiderte Elizabeth gepreßt, »wann brechen wir denn auf?«

»Es muß hier so vieles in Ordnung gebracht werden. In zwei Monaten vielleicht.«

»Wir werden dann überhaupt keinen Wohnsitz in London mehr haben«, meinte Elizabeth betrübt.

»Doch. Cynthia...« Joanna brach erschrocken ab, aber Harriet hatte sie noch gehört.

»Cynthia auch nicht mehr«, murmelte sie. »Ach, es ist immer so im Leben, auch wenn man es vorher nie für möglich hält: wenn der Untergang kommen soll, dann geschehen alle Schrecknisse auf einmal. Glück und Unglück teilen sich nie gleichmäßig auf!«

»Aber Mutter, wir sind nicht am Untergehen!«

»Ich glaube doch«, entgegnete Harriet.

Später, als sie gegangen war, trat Joanna vorsichtig zu Elizabeth, die am Fenster lehnte und hinaus in die Dunkelheit starrte. Ihr Gesicht trug einen finsteren Ausdruck. Sie zuckte zusammen, als Joanna ihr Haar berührte.

»Was ist?« fragte sie unwillig.

»Du bist traurig, Elizabeth. Wegen des Geldes?«

»Nein, Unsinn! Ich bin traurig, weil wir fortgehen von London, und das auch noch für immer. Du weißt, daß ich Heron Hall liebe, aber im Moment würde ich so gern mein Leben genießen!«

»Das kannst du in Norfolk auch!«

»Ja, das Meer, das Land, ich weiß! Aber ich will etwas anderes. Ich will viele Menschen kennenlernen!«

»Menschen? Männer!«

»Ja, gut, Männer«, gab Elizabeth heftig zu, »Männer auch. Aber vor allen Dingen will ich da sein, wo die Dinge ihren Ursprung haben und etwas geschieht. Wo die Leute zusammenkommen, wo Arme und Reiche, Bürger und Arbeiter und Adelige durcheinanderlaufen. Und das gibt es nur in London!«

»Da hast du recht.«

»Und außerdem hoffe ich immer noch, John eines Tages hier wiederzutreffen. Ich weiß sogar, daß ich ihn hier wiedersehen werde. Es gibt keinen Ort sonst auf der Welt, von dem ich so sicher sein kann, daß John dort immer wieder auftauchen wird.«

Joanna lächelte.

»Aber Elizabeth! Du hast ihn vor vier Jahren zuletzt gesehen. Du weißt doch gar nicht, ob du noch dasselbe empfindest!«

»Gerade das«, sagte Elizabeth, »möchte ich herausfinden. Wenn ich ihn noch genauso liebe wie früher, dann könnte ich vielleicht den albernen Schwur einlösen, den ich mir einmal gab: eines Tages schön zu sein und ihn zu gewinnen! Und wenn nicht, ach, dann wäre es trotzdem schön, in London zu sein und einfach in den Tag hineinzuleben!«

»In Heron Hall bist du aber mit mir zusammen.«

»Ja, aber es wäre noch schöner, mit dir in London zusammenzusein...«

Joanna sah in das lebhafte, lachende Gesicht vor ihr und dachte: Es ist ihr gleichgültig. Ob mit mir oder ohne mich, sie will London. Und wenn sie diesen John wiedersieht, vergißt sie mich ganz.

»Aber denke nur«, sagte sie lustig, »was wir alles tun könnten! Im Park spazierengehen oder nach Hunstanton fahren und das Meer ansehen...«

»Ja, das wäre hübsch. Aber dennoch – London ist einfach zu schön!« Elizabeth sah schon wieder zum Fenster hinaus und lächelte gleich darauf, denn auf der Straße schlenderte ein fremder Mann vorüber, sah zu ihr hinauf, zog seinen hohen Zylinder und verneigte sich tief.

»Wirklich«, wiederholte Elizabeth, »London ist zu schön!«

3

Es war seit vielen Jahren üblich, daß Lord und Lady Aylesham jeden Oktober einen großen Empfang in ihrem Londoner Haus gaben, gleichsam als Auftakt und Einstimmung der Wintersaison. Die halbe Stadt fieberte immer schon Wochen vorher dem glanzvollen Ereignis entgegen, denn es galt als besondere Ehre, dort eingeladen zu werden, gleichzeitig auch als sicheres Zeichen schwindenden Ansehens, wenn keine Einladung erfolgte. Die Gästeliste reichte von den skrupellosesten Geschäftemachern bis zu den beliebtesten Mätressen, von Wucherern über die wildesten Protze bis hin zu frisch entlassenen Gefängnisinsassen. Dazwischen tummelten sich die ehrbaren Leute, für die es eine Frage des Prestiges war, möglichst viele Mitglieder der Londoner Halbwelt persönlich zu kennen.

In der Familie Sheridy hatte jeder angenommen, daß der Empfang wegen Anthonys augenblicklicher Lage nicht stattfinden würde, aber zur größten Überraschung aller erhielten Joanna und Elizabeth eines Tages eine Einladung. Cynthia hatte sie selbst unterschrieben und hinzugefügt: »Solange nichts geschieht, tun wir so, als sei alles in Ordnung. Ich würde mich freuen, wenn ihr kämt!«

Harriet war nicht begeistert, als sie davon erfuhr.

»Ihr trefft dort keine anständigen Menschen«, meinte sie, »nur solche wie Anthony Aylesham.«

»Aber Ihre Freundin Lady Viola geht auch hin!«

Harriet hielt seit Cynthias letztem Besuch nicht mehr viel von Lady Viola, aber davon mochte sie nicht sprechen. Sie gab schließlich ihre Erlaubnis, weil Joanna sie überzeugen konnte, daß es Cynthia helfen würde, wenn sich die Familie in der Öffentlichkeit so normal wie möglich benahm.

In höchster Eile mußten Ballkleider geschneidert werden, wobei es zum erstenmal nicht zu einer Auseinandersetzung zwischen Harriet und den Mädchen über die Frage kam, ob sie Reifröcke tragen sollten oder nicht. Niemand in England trug mehr ein solches Ungetüm, aber bei Hofe, wo noch strenge Bekleidungsvorschriften herrschten, waren nur Reifröcke erlaubt. Harriet hielt alles, was vom St.-James-Palast kam, für ein Gottesgebot, weswegen sie sich den Palastgesetzen auch im Alltag unterwarf. Angesichts der schwierigen finanziellen Lage ihrer Familie gab sie aber diesmal nach. Es leuchtete auch ihr ein, daß natürlich fallende Kleider längst nicht so viel Stoff benötigten und daher wesentlich billiger waren.

Am Abend des Festes war Joanna entgegen ihrer sonstigen Art viel nervöser als Elizabeth. Sie konnte beinahe nicht stillhalten, während Edna ihre Haare zu langen Locken kämmte.

»Ich verstehe nicht, wie du so ruhig sein kannst, Elizabeth«, jammerte sie. »Denk nur an die vielen Leute, die kommen! Und wir kennen niemanden!«

»Wir kennen aber doch Cynthia und Anthony und Lady Viola. Und es werden nicht nur Halunken dasein, so viele gibt es gar nicht.«

»Nein, da hast du wohl recht. Aber mir ist ganz schlecht vor Aufregung.«

Beide verzichteten auf ihr Abendessen und drängten darauf, endlich loszufahren. Harriet gab ihnen tausend Ermahnungen mit auf den Weg, wobei sie aussah, als bereue sie es zutiefst, ihre Zustimmung zu diesem Abenteuer gegeben zu haben. Elizabeth atmete erleichtert auf, als sie in der Kutsche saßen, denn bis zuletzt hatte sie gefürchtet, Harriet werde sich alles anders überlegen.

Die Kutsche ratterte mit hoher Geschwindigkeit durch die nächtlichen Straßen. Alles schien ausgestorben und menschenleer, doch als sie schließlich in die Straße einbogen, in der Cynthias Haus stand, wimmelte es plötzlich überall von Kutschen, Menschen und Pferden. Das Fluchen der Kutscher hallte von den Häusern wider, dazwischen erklangen Gelächter und Rufe, Schmuck klirrte, im Licht der Laternen schimmerten Seidenkleider und Pelze. Die reichsten Leute Englands trafen sich hier, und niemand scheute sich, seinen Reichtum so protzig wie möglich zur Schau zu stellen. Zudem versuchte jeder, gleich aus der ersten Begrüßung einen großen Auftritt zu machen und durch Lautstärke und Unverschämtheit weithin aufzufallen.

»Bei Gott, Sir Frederic Addenbrooke!« schrie eine bleiche Dame mit grellrot geschminkten Lippen. »Sie sind natürlich nur gekommen, um mir mein armes Herz zu brechen! Warum sehen Sie nur so teuflisch schön aus!«

Der Angeredete trat mit charmantem Lächeln auf sie zu, überreichte ihr eine Rose und küßte sie auf beide Wangen. Von einer anderen Ecke her war schrilles Gelächter zu hören.

»Seht euch nur Judith Chambers an! Sie hat plötzlich feuerrote Haare! Puh, ob sie glaubt, damit noch ein bißchen Jugend zurückzuholen?«

»Leise, sie kann Sie ja hören!«

»Das ist mir doch ganz gleichgültig!«

Die rothaarige Judith fuhr wütend herum.

»Paß auf, was du sagst, Anne Carstairs!« schrie sie. »Du hast es nötig zu lästern! Wo die ganze Stadt weiß, daß du keinen Liebhaber länger als zwei Tage halten kannst!«

»Ha, und du findest nicht einmal einen Liebhaber, selbst wenn du dich an jeder Straßenecke anbietest!«

Das wütende Keifen wurde übertönt von lauter Musik, die aus Cynthias Haus drang. In den Fenstern spiegelte sich der Schein von tausend Kerzen und flutete als warmes, goldenes Licht über die dunklen Pflastersteine der Gasse hinweg. Elizabeths Herz pochte immer heftiger. Kaum hatte sich ihre Kutsche nach vielen Aufenthalten zum Hauptportal vorgearbeitet, da öffnete sie bereits die Tür und stieg vorsichtig aus. Sie wandte sich zu Joanna um.

»Komm schnell«, drängte sie, »ich traue mich nur hineinzugehen, wenn wir zusammen sind!«

Joanna kletterte auf die Straße und versuchte, ihrem Gesicht einen selbstbewußten Ausdruck zu geben.

»Laß uns hineingehen«, sagte sie, »ich hoffe, daß wir irgendwo Cynthia finden.«

Von der Menschenmenge geschoben, betraten sie die festlich geschmückte Eingangshalle. Auf dem Fußboden lagen rote, weiche Teppiche, an den Wänden rankten sich verschwenderische Blumengirlanden, von funkelnden Kronleuchtern blitzten helle Lichter herab. Dies alles, und dazu die vielen Menschen, Juwelen und Weingläser, spiegelte sich in hohen gläsernen Spiegeln an den Wänden und in den schimmernden Mosaiksteinen an Boden und Decke. Aus allen Zimmern tönte das Spiel der Orchester.

Dieser ganze Glanz inszeniert von einem Mann, der bankrott ist, dachte Joanna, dieser gänzlich skrupellose Anthony wird sich längst in Frankreich befinden, wenn die ersten mißtrauisch gewordenen Händler vor seiner Tür erscheinen.

Willenlos vorangetrieben, schritten sie und Elizabeth durch die funkelnden Säle. Irgend jemand nahm ihnen ihre Mäntel ab, ein anderer drückte ihnen kristallene Gläser mit dunkelrotem Wein in die Hände. Schließlich entdeckten sie Lady Viola, die in einem schneeweißen Spitzenkleid an eine Säule gelehnt im Gang stand. Sie flirtete mit drei Herren, wobei sie nicht zu bemerken schien, daß ihr Gehabe diese mehr amüsierte als beeindruckte. Sie sah ziemlich alt aus an diesem Abend, der Hals über den knochigen Schultern zeigte Falten, und um ihre Augen lagen Schatten, Zeichen zu vieler durchwachter Nächte und zu lebhaften Alkoholgenusses. Sie erspähte die beiden Mädchen und winkte ihnen zu.

»Ihr seid ja auch da!« rief sie. »Der Ball der Jugend, fürchte ich. Eine alte Frau wie ich paßt gar nicht hierher!« Sie kicherte, während die drei Männer höflich das Gegenteil beteuerten.

»Ihr müßt mal nach Belinda suchen, Kinder«, meinte sie, »sie ist leider meiner Sicht entschwunden. Zusammen mit ihrem neuen Verehrer Edward Gallimore.« Sie sah Joanna zufrieden an. Offenbar hatte Belinda ihr erzählt, sie habe Edward der armen Joanna ausgespannt, die nun tieftraurig über diesen Verlust hinwegzukommen versuche.

Die beiden Mädchen machten sich rasch wieder aus dem Staub, da sie nicht die geringste Lust verspürten, den Abend mit Viola zu verbringen. Nachdem sie eine Weile vergeblich gesucht hatten, fanden sie endlich Cynthia. Sie stand oben auf der Galerie neben Anthony und begrüßte ihre Gäste. Anthony hatte offenbar ziemlich viel getrunken, denn er lachte immer wieder viel zu laut auf, schüttelte den Leuten fast die Hände aus den Gelenken und schwankte sogar einmal leicht. Wer wußte, was hinter ihm lag, dem wurde klar, daß er damit seine Furcht zu verdecken suchte. Cynthia beherrschte sich viel besser. Sie küßte Joanna und Elizabeth, umarmte sie und schob sie dann in einen angrenzenden Salon, wo auf einem Sofa nebeneinander Edward und Belinda saßen und sich gegenseitig anödeten.

»Zwei Freunde von euch«, sagte Cynthia munter, »dann fühlt ihr euch nicht so verloren. Übrigens ist noch jemand da, den ihr kennt: John Carmody. Ich habe ihn vorhin irgendwo gesehen!«

Elizabeth zuckte zusammen, aber ehe sie etwas sagen konnte, war Cynthia schon wieder verschwunden. Edward sprang auf und eilte auf Joanna zu.

»Joanna, wie schön, daß Sie gekommen sind«, rief er, »ich hätte das nie zu hoffen gewagt!« Er sah blaß aus, müde und abgespannt, aber er schien sich aufrichtig zu freuen, Joanna zu sehen. Diese lächelte etwas mühsam und amüsierte sich nur über die eifersüchtigen Blicke, mit denen Belinda die Begrüßung beobachtete. Belinda trug ein auffallend schönes dunkelgrünes Kleid mit fließender Schleppe und hatte offenbar den ganzen Tag vor dem Spiegel verbracht, denn sie hatte sich unglaublich aufgetakelt. Elizabeth, die sie genauer anschaute, mußte mit widerwilliger Bewunderung feststellen, daß Belinda zwar einen unerträglichen Charakter besaß, aber zweifellos sehr hübsch war.

Edward, der Dummkopf, sollte sie zu halten versuchen, dachte sie, etwas Besseres findet er nie wieder.

Edward bemühte sich jedoch nur um Joanna. Empfindsam und intelligent, raubte ihm Belindas kichernde Dummheit die Nerven. Joanna Sheridy hatte kein schönes, aber ein kluges und waches Gesicht, und wenn sie sprach, konnte man zuhören, ohne in Ohnmacht zu fallen.

»Wollen wir in den Tanzsaal gehen?« fragte er eifrig. »Ich würde sehr gern mit Ihnen tanzen, Joanna.«

Joanna fiel keine glaubhafte Ausrede ein, zudem genoß sie es ein wenig, Belinda zu ärgern.

»Gern, Edward«, erwiderte sie daher, »lassen Sie uns gleich gehen!«

Kaum waren die beiden zur Tür hinaus, da beschloß Elizabeth, so schnell wie möglich John Carmody zu suchen.

»Ich bin mit einer Verwandten verabredet«, sagte sie zu Belinda, »entschuldige mich bitte.« Zu ihrer Erleichterung verfehlte die unhöflich vorgebrachte Verabschiedung ihre Wirkung nicht. Belinda verzichtete darauf, Elizabeth zu begleiten, und sandte ihr nur zornige Blicke nach. Elizabeth tauchte, so rasch sie konnte, im Gewühl unter. Das Schicksal hatte ihr die wunderbare Gelegenheit gegeben, ganz allein auf die Suche nach John zu gehen. Joanna würde für den Rest der Nacht bei Edward festhängen, was sicher unangenehm für sie war, sich aber schließlich überstehen lassen würde.

Ziellos, aber mit wach umherschweifenden Augen streifte sie durch die Salons. Sie kam wegen der vielen Menschen nur sehr langsam voran. Immer wieder trat jemand auf den Saum ihres Kleides, rempelte sie an oder schüttete beinahe Rotwein über sie. Sie wurde gegen Säulen gedrückt, wich Blumenvasen aus und mußte sich manchmal sogar mit beiden Armen einen Weg bahnen. In einem ganz und gar mit roter Seide ausgeschlagenen, leicht rötlich beleuchteten Zimmer blieb sie stehen. Erschöpft strich sie sich über die Stirn. Es war einfach zu warm und zu eng hier.

Und wenn ich ihn nun gar nicht erkenne, dachte sie voller Unruhe, aber er kann sich doch nicht so verändert haben!

Und genau in diesem Augenblick sah sie ihn. Er stand gar

nicht weit von ihr, so daß sie sich wunderte, ihn nicht sofort entdeckt zu haben, den Rücken ihr zugewandt, inmitten einer Gruppe von Menschen, mit denen er eifrig sprach. Elizabeth sah nicht viel mehr von ihm als seine dunklen Haare und die ausschweifende Gestik seiner Arme, mit der er seine Reden unterstrich. Sie lachte beinahe darüber, daß sie noch wenige Sekunden zuvor gefürchtet hatte, ihn nicht zu erkennen. In ihrer Freude wollte sie schon auf ihn zueilen, ohne zu überlegen, was sie ihm sagen wollte, da sprach sie ein Mann an, der neben ihr stand und den sie bislang nicht bemerkt hatte.

»Madame, Sie sehen etwas verstört aus«, sagte er. »Ist Ihnen nicht gut?«

Elizabeth wandte ihm ihr strahlendes Gesicht zu.

»Wie bitte?« fragte sie.

»Sie sehen angegriffen aus.« Er blickte sie ruhig an. Elizabeth fand die Art, wie er sie in ein Gespräch zu ziehen versuchte, nicht gerade intelligent. Sein Gesicht wirkte ruhig und glatt und warb um Vertrauen.

»Ich war selten auf einem Fest mit so vielen Gästen«, erwiderte sie. Er nickte.

»Es ist unmöglich, die Menschen zu überblicken«, meinte er, »ich habe bisher nicht einmal unsere Gastgeber entdeckt.«

Elizabeth, John sorgfältig im Auge behaltend, wies auf eine Tür.

»Dort hinaus und dann zur Galerie«, erklärte sie, »dort standen sie jedenfalls vorhin noch.«

»Aha. Lord Aylesham hat wohl keine Kosten für diesen Empfang gescheut.«

»Nein.« Elizabeth fand die Unterhaltung merkwürdig. Der Fremde sah sie scharf an.

»Wissen Sie«, er senkte etwas die Stimme, »wissen Sie vielleicht etwas von einer geplanten Reise Seiner Lordschaft?«

Aber ehe Elizabeth diese Frage begreifen, ihren Sinn erkennen oder eine Gefahr darin wittern konnte, drehte sich John plötzlich um und kam auf sie zu. Er stand unmittelbar vor ihr und lächelte, als sei er keine Sekunde lang überrascht, sie wiederzusehen. Er streckte ihr seine Hand hin, und sie ergriff sie, ebenso verwirrt wie beglückt. Stimmen, Menschen und Lichter traten ganz weit zurück, als sei auf einmal niemand sonst in diesem Haus als sie beide.

Ach Gott, dachte Elizabeth, ich liebe ihn ja noch mehr, als ich dachte!

»Das ist doch Elizabeth Landale«, sagte John, »ich hätte Sie beinahe nicht wiedererkannt. Wie schön, Sie zu sehen!«

»Ich freue mich auch sehr«, entgegnete Elizabeth mit etwas schwacher Stimme. Sie versuchte, in seinem Gesicht irgend etwas zu entdecken, Überraschung wegen ihres veränderten Aussehens oder sogar Bewunderung, doch sie sah nur seine ewige, unveränderliche Freundlichkeit.

»Geht es Ihnen gut?« erkundigte er sich.

»Ja.« Sie überlegte krampfhaft, was sie sagen könnte.

»Leben Sie zur Zeit in London?« fragte sie schließlich.

»Ja, seit einigen Monaten schon. Merkwürdig, daß wir einander nie begegnet sind. Aber wir scheinen uns immer nur auf Festen zu treffen.«

»Ja, wirklich!« Elizabeth nahm dankbar zur Kenntnis, daß er mit keinem Wort auf ihre Reise nach Devon vier Jahre zuvor anspielte.

»Wissen Sie«, sagte John, »ich hätte Sie hier nie erwartet. In meiner Vorstellung waren Sie immer noch dreizehn Jahre alt, obwohl ich mir ja hätte denken können, daß Sie älter geworden sind. Sicher sind Sie längst verlobt?«

Ach, wenn nur diese Frage einen tieferen Sinn hätte, dachte Elizabeth, aber es ist natürlich nur höfliche Konversation.

»Nein«, erwiderte sie, »ich bin nicht verlobt. Nicht einmal verliebt!«

»Nicht zu glauben! Bei dieser reichen Auswahl!« Er blickte sich im Raum um und lachte. Auch Elizabeth lächelte.

»Wirklich großartig«, meinte sie, »vielleicht fällt mir einfach die Entscheidung zu schwer!«

»Oder Sie sind zu anspruchsvoll!«

»Na ja, wenn ich mir das leisten kann...«

»Sie sind viel selbstbewußter als früher. Als ich Sie zuletzt sah, wirkten Sie so verschüchtert. Aber da befanden Sie sich auch noch in den Klauen dieser Miss, wie auch immer sie hieß.«

»Miss Brande hieß sie!« Er erinnerte sich jedenfalls noch.

»Sie haben sie offenbar unbeschädigt überstanden.«

»Nein, bestimmt nicht. Aber ich habe jetzt gelernt, so zu tun, als ginge es mir ganz großartig.«

»Das ist gut. Damit haben Sie schon sehr viel gelernt. Kommen Sie, wir holen uns etwas zu trinken.« Er bahnte sich einen Weg durch die Menge. Elizabeth folgte ihm. Langsam löste sich die Starre der ersten Minuten. Noch ein Glas Rotwein, und sie würde schweben! Um alles in der Welt jetzt nur keinem Bekannten begegnen, betete sie im stillen.

Von einem vorübereilenden Diener bekamen sie zwei Gläser mit Wein. Sie stießen miteinander an, und John sagte:

»Auf Ihre Zukunft, Miss Landale! Möge sie so schön sein wie der heutige Abend!«

Er trank hastig, und sie wollte ihm nicht nachstehen. Sie schüttete den Alkohol in sich hinein, ohne darauf zu achten, daß ihr fast schlecht davon wurde. Ein Mann, der gerade vorüberging, stieß John an.

»Zum Teufel, John«, rief er, »das ist mit Sicherheit das vierte Glas Wein, das du heute trinkst!«

»Das fünfte«, berichtigte John, »ich muß das Wiedersehen mit einer alten Bekannten feiern.«

»Ah. Na, alt aber wirklich nicht!« Der Mann schüttete sich aus vor Lachen. Elizabeth verzog das Gesicht. Warum mußte John nur immer diese Menschen mit leicht ordinärem Einschlag kennen? Andere Freunde schien er gar nicht zu haben. Außerdem erschreckte sie die Bemerkung des Fremden. Offenbar trank John ziemlich viel. Gesund sah er jedenfalls nicht aus, er war blaß, und unter seinen Augen zeichneten sich tiefe Ringe ab. Damals in Blackhill hatte er kräftiger gewirkt.

»Laß dich nicht stören«, meinte der Fremde nun, »ich schlepp' dich auch morgen früh nach Hause, wenn du völlig besoffen hier rumliegst.«

John bedankte sich ernsthaft, während Elizabeth etwas mühsam lächelte. Da sich ein unangenehmes Schweigen zwischen ihnen ausbreitete, fragte sie, obwohl sie das unter allen Umständen hatte vermeiden wollen, nach Laura Northstead.

»Wie geht es ihr denn? Ist sie immer noch so hübsch?«
»Kaum. Sie ist im vergangenen Jahr gestorben.«
»Oh... das tut mir leid.«
»Ich hatte sie lange nicht mehr gesehen.« John hielt einen der zahllosen Diener an und griff nach einem frischen Weinglas.

»Möchten Sie auch noch?« fragte er. Elizabeth schüttelte den Kopf. Sie versuchte, voller Gelassenheit zu beobachten, wie John das Getränk in sich hineinschüttete.

»Wir gehen übrigens in wenigen Wochen nach Norfolk zurück«, eröffnete sie ihm. »Lady Sheridy hat es beschlossen. Sie wissen, daß Lord Sheridy...?«

»Ja, ich hörte davon. Ein schreckliches Unglück. Aber sagen Sie«, er musterte sie lächelnd, »ich denke schon die ganze Zeit, daß Sie mir so seltsam unvollständig vorkommen. Wo ist denn Miss Joanna?«

»Sie tanzt. Möchten Sie vielleicht auch...?«
»Ach nein, ich fürchte, mir liegt das nicht sehr«, sagte John schnell. »Aber was hielten Sie davon, wenn wir für einen Moment auf den Hof gingen? Mir ist ein bißchen komisch vom Wein.«

Kein Wunder bei sechs Gläsern, schoß es Elizabeth gerade noch durch den Kopf, ehe Johns verlockender Vorschlag ihr beinahe die Fassung raubte.

»Gut, gehen wir«, sagte sie bemüht ruhig. Sie stellte ihr Glas auf einem Tisch ab, und gerade als sie sich wieder zu John umdrehte, vernahm sie über all der Musik und den vielen Stimmen ein lautes, dröhnendes Pochen von der Eingangstür her. Es setzte für einige Sekunden aus und wiederholte sich dann verstärkt.

Das Gemurmel ringsum ebbte langsam ab, die Menschen hielten in ihren Bewegungen inne, wandten sich langsam und erstaunt um. Irgendwo spielte noch ein einsames Instrument, dessen Töne schließlich auch unsicher wurden und verklangen. Eine beklemmende Stille legte sich über das riesige Haus. Ein paar Gläser klirrten noch und Kleider raschelten. Durch das Schweigen dröhnten von draußen rauhe Männerstimmen.

»Öffnet sofort die Tür! Wir verlangen, auf der Stelle eingelassen zu werden!«

Nun erhob sich wieder rauschendes Gemurmel.

»Wer kann denn das sein?« rief eine Frau schrill. »Besonders unhöfliche Gäste?«

»Jemand will wohl einen großen Auftritt inszenieren!«

»Das ist doch wirklich unglaublich!«

»Jemand sollte nachsehen. Wo sind denn Lord und Lady Aylesham?«

Ein polterndes Krachen war zu vernehmen, gleich darauf Schreie.

»Was erlauben Sie sich eigentlich?«

»Hier dringen fremde Leute ein!«

In allen Sälen und Salons begann ein wildes Gedrängel, weil jeder in die Halle wollte, um den Ereignissen nicht nur als Hörer beizuwohnen. Elizabeth mußte sich an einer Säule festhalten, um nicht mitgerissen zu werden.

»Was geschieht denn bloß?« fragte sie angstvoll. »Lord Carmody, wissen Sie vielleicht...?«

»Ich fürchte, das bedeutet nichts Gutes«, erwiderte John. »Kommen Sie, wir sehen nach.«

Im Sturm der Menge wurden sie hinaus in die Halle getrieben. John hatte Elizabeths Hand ergriffen, weil sie einander sonst unweigerlich verloren hätten, aber in dieser Situation konnte sie die Geste kaum würdigen. Eine unbestimmte Furcht ergriff sie, zugleich ein Gefühl der Panik, weil das Haus nun wirklich von Menschen überzuquellen schien und von einer hysterischen Stimmung erfüllt wurde. Sie war plötzlich ganz sicher, daß die Fremden, die dort so barsch Einlaß begehrten, wegen Anthony kamen und daß er sich, wie auch Cynthia, in höchster Gefahr befand.

4

Als John und Elizabeth die Halle erreicht und sich in die vorderen Reihen vorgekämpft hatten, erblickten sie die weitgeöffnete Haustür, in der sich etwa ein Dutzend bewaffnete Männer drängten. Sie blickten grimmig und entschlossen und ganz und gar unnachgiebig drein.

Unwillkürlich wichen alle Gäste ein wenig zurück, so daß sich von der Tür bis zur gegenüberliegenden Treppe eine breite Gasse bildete, seltsam anzusehen mit den zerdrückten Blumen und Schleifen, die dort auf dem Boden herumlagen, den glitzernden Lachen verschütteten Weines und einem einsamen, verlorenen schwarzen Handschuh.

In die Gasse hinein trat nun einer der fremden Männer und sah sich herrisch um.

»Hauptmann Willoughby«, stellte er sich mit lauter Stimme vor, »ich verlange Lord Anthony Aylesham zu sprechen!«

Ein leises Raunen erhob sich. Alle wandten sich um und hoben ihre Augen zur Galerie, wo Anthony noch vor wenigen Stunden seine Gäste begrüßt hatte. Es standen viele Leute dort oben, hielten sich am Geländer fest und starrten hinunter, doch weder Anthony noch Cynthia befanden sich unter ihnen.

»Ruhe!« verlangte Willoughby. »Ich möchte keinen Laut hören! Niemand bewegt sich von der Stelle, und niemand verläßt das Haus!«

»Ich finde das einfach unerhört!« empörte sich eine Frau.

Elizabeth gewahrte Lady Viola, die mit unsicheren Schritten vortrat. Der wilde Abend hatte bereits seinen Tribut gefordert, sie blickte aus völlig glasigen Augen in die Gegend, trug nur noch einen ihrer Ohrringe, und von einem ihrer Augenlider waren die falschen Wimpern herabgefallen, was ihrem Gesicht einen grotesken Ausdruck verlieh.

»Was denken Sie sich, das schöne Fest zu stören?« fragte sie aggressiv. »Wer hat Sie eingeladen?«

»Ich muß Sie bitten, diese Fragen zu unterlassen, Madam«, wies Willoughby sie scharf zurecht.

»Was erlauben...« Irgend jemand erbarmte sich ihrer und zog sie in die schützende Masse zurück. Willoughby sah sich um.

»Wo ist Sir Brisbane?« fragte er. Der Mann, der Elizabeth angesprochen hatte, während sie John suchte, drängte sich nach vorn.

»Sir, ich hatte Aylesham bereits gefunden«, berichtete er, »es gelang mir nicht, ihn im Auge zu behalten. Er müßte sich jedoch noch im ersten Stock des Hauses befinden.«

Elizabeth seufzte erschrocken.

»Der Kerl ist ein Spion«, flüsterte sie, »er hat mich ausgefragt. Ach du lieber Himmel, warum habe ich das denn nicht gleich gemerkt!«

John, der vor ihr stand, drehte sich zu ihr um.

»Was haben Sie gesagt?«

»Anthony und Cynthia sind in Gefahr. Sie sollen verhaftet werden.«

»Woher wissen Sie das?«

»Ich weiß es seit einigen Wochen. Lord Aylesham hat...« Elizabeth sah sich vorsichtig um, aber niemand schien ihrer wispernden Stimme zu lauschen. Alle Aufmerksamkeit richtete sich auf Willoughby. So schnell sie konnte, berichtete sie, was geschehen war.

»Was sollen wir bloß tun?« fragte sie dann verzweifelt.

John stellte keine weiteren Fragen, sondern wich vorsichtig zurück, wobei er Elizabeth mitzog.

»Glauben Sie, die beiden sind noch im Haus?« fragte er leise.

»Ich habe keine Ahnung. Ich nehme es an.«

Hauptmann Willoughby stellte offenbar ähnliche Überlegungen an wie John.

»Smythe«, wandte er sich an einen Mann, »Sie umstellen mit zwölf Leuten das Haus. Aylesham darf nicht entkommen!«

Wieder ging ein Raunen durch den Saal. Die Gäste waren verwirrt und entsetzt, aber niemand wagte zu fragen. Willoughby schritt den Gang entlang und begann langsam die Treppe hinaufzusteigen. Belinda, die auf dem mittleren Absatz stand, raffte ihr Kleid und preßte sich mit gekünstelter Scheu an das Geländer. Ihre Augen glühten vor Sensationsgier. Wahrscheinlich wäre sie dem Hauptmann auf seiner Suche am liebsten gefolgt, doch soviel Unverfrorenheit besaß nicht einmal sie. Schweigend wie alle anderen sah sie ihm nach.

John und Elizabeth hatten sich bei ihrem unauffälligen, stillen Rückzugsmanöver inzwischen bis zu einer Seitentür geschoben und nutzten den Augenblick, in dem Smythe Befehle brüllend mit seinen Männern das Haus verließ, um selber rasch um die Ecke in einen angrenzenden Salon zu verschwinden. Elizabeth lehnte sich für einen Moment zitternd an die Wand. John sah sie aufmerksam an.

»Gibt es irgendwo noch eine Treppe nach oben?« fragte er.
Elizabeth nickte.
»Ja, aber ich weiß nicht genau, wo!«
»Wir suchen sie.«

Elizabeth rannte ihm nach. Er ging so schnell, daß sie ihm in dem Kleid mit der störenden Schleppe kaum folgen konnte. Sie sagte jedoch nichts, denn die Angst trieb sie vorwärts. Cynthia durfte nichts geschehen! Entsetzlich, sich vorzustellen, wie sie und Anthony durch die Reihen der Gäste von den Soldaten abgeführt wurden, um dann in einem der grauenhaften, überfüllten, verwahrlosten Londoner Gefängnisse zu landen! Nein, John mußte das unter allen Umständen verhindern. Wie unheimlich war es, durch die ausgestorbenen, buntgeschmückten Säle zu eilen, in denen sich noch vor wenigen Minuten die Menschen gedrängt hatten. Nichts war mehr zu hören als ihrer beider Schritte und das schleifende Geräusch von Elizabeths Kleid.

Sie hätte später nicht zu sagen gewußt, wie viele Räume sie durchquert hatten, als sie endlich an einer mit roten Läufern belegten Treppe ankamen, die John ohne zu zögern hinauflief. Elizabeth hatte große Angst, Willoughby oder einer seiner Leute würde sie oben erwarten, aber vor ihnen lag nur ein langer, menschenleerer Gang.

»Jetzt müssen wir in allen Zimmern nachsehen«, meinte John.

»Vielleicht, wenn wir uns trennen...«

»Nein!«

»Nun gut. Aber überlegen Sie. Gibt es hier oben einen Raum, der, durch eine weitere Treppe möglicherweise, eine Verbindung nach draußen hat?«

»Ich weiß nicht... ich bin so durcheinander...«

»Nehmen Sie sich zusammen. Und denken Sie nach!« Johns Augen waren klar und konzentriert. Elizabeth wurde etwas ruhiger.

»Mir fällt etwas ein«, sagte sie. »Von Cynthias Schlafzimmer aus gibt es eine Verbindungstür in das Zimmer ihrer Zofe, und von dort könnte es wiederum eine Treppe zu den Räumen der übrigen Dienstboten im Keller geben!«

»Wo ist das Zimmer?«

»Hier entlang!« Elizabeth lief vor ihm her über den Flur. Sie war nicht oft in diesem Haus gewesen, und nur einmal hatte Cynthia sie durch die verwirrende Vielzahl aller Räume geführt. Es war nicht gerade leicht, sich in der Eile und unter dem Druck der Angst zurechtzufinden. Aber endlich, ganz am Ende des Ostflügels, langten sie vor der richtigen Tür an. Ohne eine einzige Sekunde zu zögern, stürzte Elizabeth in das Zimmer und schrie gleich darauf voller Entsetzen, als sie die Mündung einer Pistole auf sich gerichtet sah.

John, der direkt hinter ihr kam, zerrte sie im letzten Augenblick zur Seite, bevor sich der Schuß löste und die Kugel in der gegenüberliegenden Wand einschlug. Hinter grauem Rauch sah Elizabeth Anthonys bleiches Gesicht.

»O Gott, Anthony, bist du verrückt geworden!« Cynthia packte ihn am Arm und schüttelte ihn. »Das ist Elizabeth, auf die du gerade geschossen hast!«

Die Waffe glitt aus Anthonys Händen und fiel mit lautem Krachen auf den Boden.

»Elizabeth«, stammelte er, »das wollte ich nicht! Als die Tür plötzlich aufgerissen wurde, verlor ich einfach die Nerven!«

»Gott sei Dank ist ja nichts geschehen«, meinte John, »aber Sie sollten jetzt schnell hier weg, Sir.«

»Wo sind die Soldaten?« erkundigte sich Cynthia. Ihre Stimme klang rauh und fremd. Über ihrem schönen Abendkleid trug sie einen langen, schwarzen Mantel, dessen Kapuze sie über die Haare tief in die Stirn gezogen hatte. In der rechten Hand hielt sie eine Tasche.

»Sie durchsuchen das Haus«, entgegnete John auf ihre Frage.

Cynthia wurde energisch: »Wir müssen uns beeilen. Sicher haben sie den Schuß gehört. Bist du fertig, Anthony?«

Anthony legte sich seinen Mantel um die Schultern. Er glich in diesen Sekunden kaum mehr dem eleganten, gewandten Lebemann, den er immer so gern dargestellt hatte. Er zitterte, und an den Schläfen waren seine grau gepuderten Haare feucht geworden.

»Lord Aylesham«, sagte John, »ich weiß nicht, wie Sie von hier fortkommen wollen. Das Haus ist umstellt.«

»Was?«

»Aber es gibt keine andere Möglichkeit, als zu versuchen, an den Wachen vorbeizugelangen. Wenn Sie möchten, komme ich mit.«

»O bitte, Lord Carmody, tun Sie das!« rief Cynthia.

»Ich komme auch mit«, sagte Elizabeth.

»Nein, ausgeschlossen«, wehrte John ab, »Sie bleiben hier. Sie suchen sich Ihren Weg zurück in die Halle...«

»Nie im Leben werde ich das tun! Ich verlaufe mich und begegne diesem schrecklichen Hauptmann Willoughby. Ihr könnt mich nicht daran hindern, euch zu begleiten!«

»Gut, dann komm mit«, sagte Cynthia hastig. »Von dem Zimmer meiner Zofe geht eine Treppe hinunter in den Keller. Die können wir nehmen!«

Ohne ein weiteres Wort zu sprechen, liefen sie ins Nebenzimmer und von dort die hinter einer Tür verborgene Wendeltreppe hinab. Auf einigen Mauervorsprüngen standen brennende Kerzen, die ihnen den Weg erleuchteten und unheimliche flackernde Schatten auf die ausgetretenen Steinstufen warfen. Den Anfang der Schar machte Anthony, ihm folgte Cynthia, dann Elizabeth, und den Schluß bildete John, der Anthonys Pistole trug.

»Wie ein Geheimgang«, murmelte Elizabeth einmal schaudernd.

»Ja«, antwortete Cynthia, »das war er ursprünglich auch. Im Bürgerkrieg wurde diese Treppe gebaut, damit sich verfolgte katholische Priester hier verstecken konnten.«

»Vielleicht sind die Soldaten längst im Keller«, meinte Anthony angstvoll. »O zum Teufel, Cynthia, ich will nicht ins Gefängnis!«

»Dahin kommst du auch nicht. Wir überstehen das hier, und dann fangen wir in Frankreich oder sonst irgendwo neu an!«

Wenn ihr das hier übersteht, dachte Elizabeth insgeheim, dann bestimmt nur wegen John. Anthony weiß vor Angst ja nicht mehr, wo oben und unten ist!

Die Treppe endete schließlich an einer schmalen Holztür, durch die sie in eine große Küche kamen. Hier sah es unglaublich unordentlich aus, wie immer bei großen Festen. Teller, Gläser und Schüsseln mit angeklebten, fast schon vertrockneten Speiseresten standen herum, aus dem Ofen drang Qualm. Aber es hielt sich erstaunlicherweise kein Mensch hier auf. Offenbar waren auch sämtliche Küchenmädchen hinaufgeeilt, um an der eigentlichen Sensation des Abends teilzunehmen.

John, der als letzter kam, verriegelte sorgfältig die Tür hinter sich.

»Und nun«, wandte er sich an Anthony, »wo ist hier ein Ausgang ins Freie?«

»Hier!« Anthony wies auf eine weitere Tür. »Sie führt nach draußen. Aber wenn dort Soldaten sind...«

»Das müssen wir riskieren. Hier unten sitzen wir völlig in der Falle!« Er übernahm die Führung, und die anderen schlichen atemlos hinterher. Draußen herrschten vollkommene Stille und Dunkelheit. Klare, kalte Luft schlug ihnen entgegen, hoch oben wölbte sich ein tiefschwarzer Himmel, auf dem jeder einzelne Stern zu erkennen war. Ein sanfter Wind ließ Büsche und Bäume unheimlich rascheln. John gab seinen Begleitern ein Zeichen, sich zu ducken, und betrachtete selbst angestrengt die Gegend.

Das Haus der Ayleshams besaß keinen sehr großen, dafür aber

recht unübersichtlichen Hof, als ob ein Gärtner wahllos ein paar Bäume und Hecken gepflanzt hätte. Das Grundstück wurde von einer Mauer umgeben, hinter der das Nachbarhaus aus dunklen Fenstern herüberblickte. Nach zwei Seiten hin gab es Tore, die auf die vordere und auf die hintere Straße führten, aber John beschloß schnell, daß durch sie keine Flucht möglich war. Vermutlich richteten sich jetzt gerade auf diese Tore ein Dutzend feindliche Augenpaare.

»Wir haben nur eine einzige Möglichkeit«, flüsterte er Anthony zu, »wir müssen von hier aus über die Mauer hinweg in den Hof nebenan gelangen. Und von dort erst auf die Straße.«

»Wie sollen wir denn über die Mauer kommen?«

»Sie ist nicht allzu hoch. Wir könnten es schaffen. Aber es muß schnell gehen.«

»Sie haben recht«, mischte sich Cynthia ein, »wir tun alles, was Sie sagen, Lord Carmody!«

Er ist verrückt, dachte Elizabeth, wir kommen nie über diese Mauer. Und ich fürchte, er weiß das auch.

Ihre Knie schlotterten, und ihr Herz raste. Sie erkannte deutlich, daß sowohl Cynthia als auch Anthony in ihrer Verzweiflung John längst die Rolle des tapferen Helden zugeschoben hatten und sich an den Glauben klammerten, er werde sich dieses Vertrauens unbedingt würdig erweisen. Elizabeth aber wußte, daß John viel zuviel getrunken hatte und daß er aus seiner zynischen Haltung dem Leben gegenüber möglicherweise zu einer durch nichts gerechtfertigten Tollkühnheit neigte. Aber dennoch, es mußte an dem Wein liegen, den sie getrunken hatte, oder an der Sternennacht oder einfach an Johns Nähe, sie verspürte bei aller Angst ein keineswegs unschönes Gefühl von Aufregung und Spannung. Doch bevor sie weiter darüber nachdenken konnte, schlich John bereits geduckt zwischen den Büschen hindurch, gefolgt von Anthony und Cynthia. Elizabeth schluckte noch einmal, dann lief auch sie hinterher. Sie erwartete, jeden Moment einen Schrei zu hören, eine Stimme, die sie zum Stehenbleiben aufforderte, oder sogar einen Schuß. Doch alles blieb still. Sie erreichten unbehelligt die Mauer, und zwar genau an der Stelle, die John für die Überquerung vorgesehen hatte. Hier stand ein großer Ahorn mit ausladender Krone, deren Schatten alles schützend verdunkelte, was im Umkreis von zehn Schritten geschah. Wenn es überhaupt ein Entkommen für sie gab, dann nur hier.

Anthony mußte aus seinen Händen einen Steigbügel bilden, und John schwang sich auf die Mauer. Er blieb oben sitzen und neigte sich hinab.

»Zuerst Lady Aylesham«, befahl er leise, »dann Elizabeth, und dann Sie, Sir.«

Es bereitete Cynthia und Elizabeth einige Schwierigkeiten, in ihren stoffreichen Abendroben mit den langen Schleppen die Mauer zu erklimmen. Oben angekommen, warteten sie keinen Moment, sondern rutschten sofort auf der anderen Seite wieder hinunter, wo sie mit Herzklopfen stehenblieben, um auf Anthony zu warten. Elizabeth merkte, daß sie erbärmlich fror. Von allen Flüchtenden war sie am leichtesten angezogen, denn ihr zartes Kleid ließ Arme und Schultern frei, und ihren Mantel hatte sie natürlich nicht mitgenommen. Bestimmt würde sie eine Erkältung bekommen.

Aber darüber brauche ich mir jetzt wirklich keine Sorgen zu machen, dachte sie flüchtig.

Endlich gelang es auch Anthony, auf die Mauer zu steigen. Im letzten Moment ließen er und John sich zu den beiden Frauen hinabfallen. Schon flammten Lichter im Hof auf, und Laternen bewegten sich schaukelnd zwischen den Bäumen hin und her. Aus einem der Fenster hörten sie Hauptmann Willoughbys Stimme.

»Habt ihr draußen etwas bemerkt?« rief er.

»Ich dachte, ich hätte eben etwas gehört«, antwortete jemand, »aber im Hof ist niemand. Und die Tore werden scharf bewacht!«

»Ich brauche noch Leute, um das Haus zu durchsuchen. Schickt mir drei Männer herein. Diesen Aylesham will ich unbedingt haben!«

»Glück gehabt«, murmelte John. Vorsichtig liefen sie zum

Tor. Glücklicherweise ließ sich der Riegel leicht öffnen, so daß sie wenige Sekunden später auf der stillen, schmalen Straße standen, die auf der Rückseite von Anthonys Haus entlangführte.

»Jetzt müssen wir auf dem schnellsten Weg zu meiner Mutter«, erklärte Cynthia, »sie hält Geld für unsere Flucht bereit.«

»Ich sehe, Sie haben alles genau geplant«, meinte John anerkennend. »Gut, ich kenne einen Weg, der uns rasch zu Lady Sheridy führen wird.«

Ohne ein weiteres Wort setzte sich die kleine Gruppe eilig in Bewegung. Cynthia hielt Elizabeths Hand ganz fest in der ihren. Es kam ihr nun wohl erst richtig zu Bewußtsein, daß jetzt Wirklichkeit wurde, wovon sie in den vergangenen Wochen ohne allerletzte Überzeugung gesprochen hatte. Mitten in der Nacht ließen sie und Anthony alles zurück, was bislang zu ihrem Leben gehört hatte, kletterten über Mauern, rannten durch dunkle Straßen, flohen als Verbrecher, nichts weiter mit sich tragend als eine Tasche mit den allernotwendigsten Gegenständen. Die erste unmittelbare Gefahr war gebannt, aber nun begann die Angst vor einer ungewissen Zukunft.

Als sie vor dem Haus der Sheridys ankamen, bemerkten sie, daß in einem der oberen Fenster noch eine Kerze brannte.

»Mutter ist sicher noch wach«, sagte Cynthia. Sie wollte bereits an die Tür hämmern, aber John hielt sie gerade noch davon ab.

»Es wäre besser, wenn nicht alle Dienstboten aufwachen, Lady Aylesham. Niemand braucht später zu wissen, daß Sie hier waren.«

»Wir werfen Steine an das Fenster«, schlug Elizabeth vor. John lächelte.

»Die älteste und bewährteste Methode!« Er hob ein paar Steine auf und schleuderte sie gegen die Fensterscheibe. Vier Augenpaare starrten angstvoll hinauf.

»Bitte, Mutter, machen Sie auf!« bettelte Cynthia leise.

Gleich darauf erschien ein Schatten hinter dem Fenster, verhielt dort einen Moment, dann wurde geöffnet. Schwach war Harriet zu erkennen, die sich hinauslehnte.

»Wer ist da?« rief sie mit gehetzter Stimme. »Elizabeth, Joanna, seid ihr es?«

»Elizabeth ist da, Mutter«, antwortete Cynthia, »und ich – Cynthia. Und Anthony und Lord Carmody.«

»Cynthia? Was um Himmels willen...«

»Bitte, lassen Sie uns schnell ein! Aber leise!«

Harriet verschwand. Es dauerte nicht lange, da öffnete sich die Haustür, und die vier Flüchtlinge konnten eintreten. Harriet hielt eine Kerze in der Hand, deren Flamme beinahe erlosch, so sehr zitterten ihr die Hände. Cynthia hingegen zeigte mit einiger Mühe Selbstbeherrschung.

»Wir haben keinen Augenblick Zeit«, sagte sie. »Soldaten sind in unser Haus eingedrungen, und wir konnten im letzten Moment entkommen. Lord Carmody hat uns gerettet. Aber es ist möglich, daß man uns bald auch hier suchen wird. Haben Sie das Geld?«

»Kind, ich...«

»Das Geld!« Cynthias Stimme vibrierte vor Ungeduld.

»Ja, ich habe es.« Harriet öffnete das oberste Fach eines Schrankes und holte einen schwarzen Beutel hervor. Sie reichte ihn ihrer Tochter.

»Tausend Pfund in Gold, wie du es wolltest.«

»Danke. Ich werde Ihnen das nie vergessen.«

»Schreibst du mir, wenn ihr in Frankreich angekommen seid?«

»Natürlich. Wir schaffen es schon.« Cynthia umarmte Harriet, drückte Elizabeth kurz an sich und gab John die Hand.

»Auf Wiedersehen, Lord Carmody. Und danke für alles!«

»Ich wünsche Ihnen eine gute Reise. Werden Sie eine Kutsche mieten?«

»Wir versuchen, außerhalb von London eine zu bekommen, und dann müssen wir so schnell wie möglich an die Küste«, erklärte Anthony. Er trat auf Harriet zu, um sich zu verabschieden, aber sie wandte sich stumm ab und sah an ihm vorbei. So nickte er nur Elizabeth und John kurz zu, bevor er hinaustrat.

»Grüßt meine Joanna und George von mir«, murmelte Cynthia noch, dann folgte sie Anthony. Wie zwei unkenntliche Schatten verschwanden die beiden schwarzverhüllten Gestalten in der Nacht.

Harriet setzte sich auf die unterste Treppenstufe, barg das Gesicht in den Händen und begann leise zu weinen. Elizabeth strich ihr sanft über die Haare und warf John einen hilfesuchenden Blick zu. Er gab ihn bekümmert zurück.

»Beruhigen Sie sich doch«, sagte er. »Lady Aylesham hat das Schlimmste überstanden. Sie ist bald in Sicherheit.«

Seine Stimme rüttelte Harriet auf.

»Verzeihen Sie, daß ich mich so habe gehenlassen«, bat sie. Ihr Blick fiel auf Elizabeth.

»Du gehst jetzt schlafen«, befahl sie, »du bist ganz weiß vor Müdigkeit!«

»Mylady, ich fürchte, Miss Landale kann nicht hierbleiben«, mischte sich John ein. »Sie müssen leider damit rechnen, daß in den nächsten Stunden ein Trupp Miliz hier auftaucht, um das Haus zu durchsuchen. Wenn sie merken, daß Lord und Lady Aylesham entkommen sind, werden sie überlegen, wohin sie geflohen sein können. Dabei wird ihnen Ihr Haus einfallen.«

Harriet sah ihn erschrocken an.

»Sie dürfen von nichts auch nur die leiseste Ahnung haben«, fuhr John eindringlich fort, »denn Sie könnten sonst der Beihilfe zur Flucht angeklagt werden. Verstehen Sie das?«

»Ich werde das nicht durchhalten. Ich zittere ja jetzt schon...«

»Zittern dürfen Sie. Wenn mitten in der Nacht Miliz in Ihr Haus eindringt und Sie nach Ihrer Tochter fragt, ist es ganz natürlich, daß Sie mit Schrecken und Furcht reagieren.«

»Und warum kann Elizabeth nicht wenigstens bei mir bleiben?«

»Weil sie eigentlich gar nicht hiersein dürfte, sondern noch bei dem Ball sein müßte. Wenigstens einem der Soldaten ist sie aufgefallen, denn er hat versucht, sie auszufragen. Falls er sie wiedererkennt, kann er kaum anders, als ihren Aufenthalt hier in diesem Haus mit der Flucht von Lord und Lady Aylesham in Verbindung zu bringen. Denn sie hätte das Fest nie auf gradem

Weg verlassen können, da der ganze Hof von Truppen umstellt war.«

»Aber dann ist sie ja auch in Gefahr! Auch wegen... wegen...«

»Beihilfe.«

»Beihilfe, ja. Aber, Lord Carmody, warum haben Sie sie denn bloß mitgenommen?«

»Es war meine Schuld«, antwortete Elizabeth schnell an Johns Stelle, »ich ließ mich nicht abschütteln.«

Sie fühlte sich elender, als sie zugeben wollte. Kälte, Müdigkeit und die durchlebten Schrecken ließen nun ihre Kräfte zusammenfallen. Nicht einmal Johns Gegenwart vermochte daran noch etwas zu ändern.

»Wohin soll sie denn aber?« fragte Harriet.

»Zu mir«, erwiderte John ohne Zögern. Die beiden anderen blickten ihn überrascht an.

»Zu Ihnen?« Harriets Stimme klang schockiert.

»Es gibt kaum eine andere Möglichkeit. Draußen ist es ja wohl ein bißchen zu kalt, um sich zu verstecken.«

»Sie haben recht«, meinte Elizabeth, »aber ist es weit bis zu Ihrer Wohnung?«

»Ein ganzes Stück.«

Elizabeth seufzte. Harriets Gesicht war anzusehen, daß sie über das schier unlösbare Problem nachdachte, was schlimmer war: wenn Elizabeth im Gefängnis landete oder wenn sie die Unschicklichkeit beging, mit John Carmody nachts allein in dessen Wohnung zu verweilen. Sie entschied schließlich, daß sie letzteres ein wenig leichter ertragen konnte.

»Morgen früh kommt sie aber zurück?« vergewisserte sie sich.

»Natürlich. Vielleicht sogar noch im Lauf der Nacht.«

»Nun gut. Und ich...«

»Sie tun genau das, was Sie auch tun würden, wenn gar nichts geschehen wäre. Ich nehme an, das bedeutet, Sie setzen sich vor den Kamin und warten auf Joannas und Elizabeths Rückkehr.«

»Ja, das würde ich wohl tun.«

Elizabeth griff nach einem Mantel, der Joanna gehörte und

schlampig hingeknäult auf einem Sessel lag. Sie küßte Harriet zum Abschied, und gleich darauf verließen John und sie das Haus – geheimnisvoll huschende Gestalten wie kurz zuvor Anthony und Cynthia.

5

Es war schon fast ein Uhr in der Nacht, als die Soldaten den Gästen im Haus der Ayleshams die Erlaubnis gaben, den so unglücklich verlaufenen Empfang zu verlassen. Jedes Zimmer war durchwühlt worden, Schränke aufgebrochen, Schubladen ausgeleert, Betten auseinandergezerrt und Vorhänge herabgerissen. Wutentbrannt mußte Hauptmann Willoughby schließlich die schmachvolle Wahrheit hinnehmen, daß ihm die Gesuchten direkt vor seiner Nase entwischt waren.

»Aylesham ist nicht nur ein Schmuggler und Glücksspieler«, fauchte er einen seiner Leute an, »er hinterläßt auch noch Schulden. Wie soll ich seine Flucht verantworten?«

»Ich weiß es nicht, Sir.«

»Stehen Sie nicht herum. Wir reiten sofort zum Haus von Lady Sheridy, Lady Ayleshams Mutter. Vielleicht verstecken sie sich dort!« Willoughby verließ den Raum und trat hinaus auf die Galerie. Die Gäste, die noch immer dicht gedrängt in der Halle standen, starrten zu ihm hinauf.

»Sie können jetzt gehen!« rief er ihnen zu. Lautes Stimmengemurmel hob an, vereinzelt wurden wütend Erklärungen für dieses Vorkommnis gefordert, aber Willoughby zog sich sogleich wieder zurück. Joanna, die seit über einer Stunde bewegungslos und halb krank vor Angst neben Edward vor der Treppe gestanden hatte, rührte sich endlich.

»Edward, wir müssen unbedingt Elizabeth finden«, rief sie, »und dann will ich sofort nach Hause!«

»Was ist denn nur eigentlich los?« fragte Edward. »Ich verstehe gar nichts mehr!«

»Niemand versteht das. Kommen Sie jetzt!«

Jedoch, sosehr sie auch suchten, sie konnten Elizabeth nicht finden. Sie trafen schließlich Belinda, die sich mit unverhüllter Sensationslust auf Joanna stürzte.

»Joanna, was haben deine Schwester und ihr Mann getan?« schrie sie. »Warum werden sie gesucht?«

»Ich weiß es nicht«, erwiderte Joanna gequält, denn viele Leute drehten sich um und starrten sie an, »ich weiß es genausowenig wie du. Aber hast du vielleicht Elizabeth gesehen?«

»Nein. Hast du meine Mutter gesehen?«

Edward rächte sofort die Taktlosigkeit, die Belinda Joanna zugefügt hatte.

»Ihre Mutter liegt nebenan auf einem Sofa und schläft ihren Rausch aus«, erklärte er zufrieden und nicht gerade leise.

Belinda wandte sich ab und verschwand.

»Vielleicht ist Elizabeth längst fort«, meinte Edward. »Ich bringe Sie jetzt nach Hause, Joanna. Elizabeth wird bestimmt nicht verlorengehen!«

»Ach ja, was soll ich auch anderes tun!« Joanna kämpfte bereits mit den Tränen. Wie furchtbar war das alles! Wo hielten sich nur Cynthia und Anthony versteckt, und wo war Elizabeth? Der Gedanke, ohne die Freundin nach Hause zu gehen, kam ihr ganz unerträglich vor, und doch gab es keinen anderen Ausweg. So folgte sie Edward hinaus zu dessen Kutsche. Ihrem eigenen Kutscher gab sie den Auftrag zu warten, falls Miss Landale plötzlich auftauchen sollte. Fröstelnd vor Furcht und Kälte saß sie schließlich neben Edward im ratternden Wagen. Sie starrte hinaus auf die dunklen Gassen und auf die verschwommenen Lichtflecken, die die Hauslaternen auf das Pflaster malten. Sie zuckte zusammen, als Edward auf einmal nach ihrer Hand griff.

»Was ist denn?« fragte sie unwillig. Edward sah sie an.

»Sie haben mir vorhin erzählt, daß Sie bald nach Norfolk zurückgehen«, sagte er. »Würde es Sie sehr stören, wenn ich auch dorthin käme?«

»Sie können doch tun, was Sie möchten! Norfolk ist Ihre Heimat!«

»Ja – und Foamcrest Manor ist ganz nah bei Heron Hall!«

»Das macht doch nichts. Aber es ist sehr ungewöhnlich, im Herbst aufs Land zu gehen. Für gewöhnlich...«

»Ach, glauben Sie, mir liegt etwas an der Wintersaison in London?« fragte Edward heftig. »Ich hasse diese verkommene Stadt! Sie macht mich wahnsinnig. Hier ist alles noch schlimmer zu ertragen als anderswo!«

»Was ist schlimmer zu ertragen?«

»Ich denke nicht, daß Sie das verstehen...« Er schwieg. Im Schein einer Laterne konnte Joanna sein gequältes Gesicht erkennen. Plötzlich von Mitleid ergriffen, berührte sie mit ihren Fingern sanft seine Handgelenke.

»Was haben Sie da gemacht?«

Edward starrte auf die tiefen Narben in seiner Haut.

»Was erzählt man sich denn?«

»Nun – man sagt, Sie hätten... Ihrem Leben ein Ende setzen...«

»Glauben Sie das?«

»Es ist eine schreckliche Sünde, das zu tun!« rief Joanna schockiert. »Edward, ich hoffe, daß Sie so etwas nie getan haben und nie tun werden!«

Edward lachte bitter.

»Sünde!« wiederholte er. »Mein Gott, ihr geht immer alle so leicht mit diesem Wort um! Ich finde, es ist eine Sünde, Menschen in die Welt zu setzen und sie der Tragödie auszuliefern, leben zu müssen. Sich davon zu befreien ist keine Sünde!«

»Edward, seien Sie sofort still. Ich kann das nicht hören!«

»Ich habe ja gleich gesagt, daß Sie mich nicht verstehen können. Sie kennen das nicht, stimmt es? Sie kennen nicht die Sehnsucht nach dem Tod, nach der Erlösung von dieser ganzen verfluchten Qual, durch die man sich fünfzig oder sechzig oder siebzig Jahre schleppen muß!«

Joanna sah ihn an, von Grauen und Zorn erfüllt.

»Nein«, sagte sie, »ich kenne das nicht. Und ich will es nicht kennen. Ich habe wirklich andere Sorgen, Edward. Bitte hören Sie auf, bei mir Hilfe zu suchen. Ich kann sie Ihnen nicht geben. Aus irgendeinem Grund entwickeln alle Menschen, sobald sie mich sehen, den Hang, Lebensbeichten abzulegen und mich zu ihrer Beschützerin zu machen!«

»Und das wollen Sie unter keinen Umständen sein?«

»Nein – nein, nicht für Leute wie Sie! Die solchen Unsinn reden, der mir Angst macht!«

Zu Joannas Erleichterung hielt in diesem Moment die Kutsche vor dem hellerleuchteten Haus ihrer Mutter. Auf der Straße standen einige Pferde, in der Tür lehnte ein Soldat. Joanna wurde blaß vor Schreck. Sie wartete nicht, bis ihr der Kutscher den Schlag öffnete, sondern kletterte so schnell sie konnte hinaus. Ohne sich noch einmal umzudrehen, wollte sie ins Haus laufen, doch sie fühlte sich am Arm gepackt und zurückgehalten. Es war Edward, der ihr nachgeeilt war.

»Ich begleite Sie nach Norfolk, Joanna. Ich kann Sie nicht verlieren. Es tut mir leid, wenn ich Sie dadurch verärgere, aber...«

»O Gott, jetzt lassen Sie mich bloß in Ruhe!« zischte Joanna. »Ich muß jetzt zu meiner Mutter!« Sie machte sich hastig los. Der Soldat, der in der Haustür lehnte, ließ sie ungehindert passieren. Harriet kam ihr sofort entgegengeeilt.

»Da bist du ja!« rief sie. »Endlich! Diese Leute suchen Cynthia und Anthony. Sie haben das ganze Haus durchwühlt. Wo ist denn Elizabeth?«

»Ich weiß es nicht«, erwiderte Joanna aufrichtig ahnungslos, »sie muß noch in Cynthias Haus sein.«

Hauptmann Willoughby schritt mit finsterer Miene die Treppe hinunter.

»Hier ist niemand zu finden«, sagte er. »Aber Sie wissen, Mylady, daß Sie sich strafbar machen, wenn Sie mir etwas verheimlichen?«

»Natürlich, Sir. Aber ich weiß ja selber nicht, was eigentlich geschehen ist. Ich mache mir große Sorgen um meine Tochter Cynthia. Und um Elizabeth, die auch bei dem Fest war, aber immer noch nicht zurückgekehrt ist.«

»Sie wird bald kommen«, meinte Willoughby beruhigend. »Nun, wir gehen jetzt. Entschuldigen Sie unseren Überfall!« Er und die anderen Soldaten begaben sich hinaus und stiegen auf ihre Pferde. Harriet schlug die Tür hinter ihnen zu.

»Ach, Joanna!« Sie klammerte sich an ihr fest. »Joanna, wie gut, daß du bei mir bist! Cynthia und Anthony waren hier, sie konnten aus ihrem Haus entkommen. John Carmody und Elizabeth haben ihnen geholfen.«

»Was?«

»Sie haben sie hinausgeschafft und hierhergebracht. Ich glaube, sie wären sonst verloren gewesen.«

»Und wo ist Elizabeth jetzt?«

»Sie...« Harriet sah Joanna nicht an, »sie ist... es ging nicht anders, weil wir doch damit rechnen mußten, daß die Soldaten hierherkommen...«

»Wo ist sie denn nun?«

»Bei John Carmody.«

»Doch nicht in seiner Wohnung?«

Harriet nickte langsam. »Ich konnte nicht anders«, verteidigte sie sich. Joanna stieg die erste Treppenstufe hinauf.

»Niemand wird je davon erfahren«, fuhr Harriet fort, »ihrem Ruf wird es nicht schaden!«

»Ihr Ruf! Wenn es doch nur das wäre!«

»Was denn sonst?«

Joanna sah hinab in das blasse, übermüdete Gesicht, dem jedes Verständnis für komplizierte Zusammenhänge so gänzlich fehlte.

»Ach, ich rede nur so«, sagte sie, »wir sollten schlafen gehen. Heute nacht können wir sonst nichts mehr tun.«

Was hätte es für einen Sinn, ausgerechnet mit Harriet über die Angst zu sprechen, die jäh über sie hereinbrach? Zum Teufel mit Elizabeths Tugend, doch wie, wenn diese Nacht ihren Bruch mit dem bisherigen Leben bedeuten würde, wenn ihre Gefühle für John sie überwältigen und sie für immer der alten Zeit entreißen würden?

Joanna ließ sich auf ihr Bett sinken. Sie blickte in den matten Schein der Kerze neben sich, ohne ihn wirklich wahrzunehmen.

Ein Gefühl maßloser, schmerzhafter Eifersucht befiel sie, so heftig, daß ihr beinahe schwindelig wurde. Sie durfte nicht darüber nachdenken, aber sie wußte, daß sie es die ganze Nacht tun würde. Sie kannte Elizabeth. John brauchte nur mit dem kleinen Finger zu winken, und sie würde ihm zu Füßen fallen.

Das hätte nie passieren dürfen, dachte sie verzweifelt, niemals!

Sie stand auf, trat ans Fenster und sah hinaus in die kalte Oktobernacht, in der noch kein helleres Licht am Horizont den nächsten Tag ankündigte.

Es dauerte recht lange, bis John und Elizabeth Johns Wohnung erreichten. Zumindest schien es Elizabeth so, denn sie vermochte kaum noch zu laufen. Die zarten Schuhe, die sie an diesem Abend zum ersten Mal trug, drückten erbarmungslos, und wären die Straßen nicht voller Unrat und Schmutz gewesen, sie hätte sie ausgezogen. Die Gegend, in die sie kamen, wurde immer finsterer und verwahrloster, wenn sich auch kaum jemand in den Gassen herumtrieb, denn dazu war diese Nacht zu kalt. Aber aus mancher Kneipe drangen heisere Rufe und schrilles Gelächter nach draußen, und in einigen Hauseingängen hockten schlafende Gestalten, vom Alkohol überwältigt und in tiefe Träume fortgeführt. Es mußte sich ungefähr um den Teil Londons handeln, in den Samantha einst mit den Mädchen zu Ellen Lewis' Hinrichtung gegangen war, das schreckliche Armenviertel an den Docks. Seither war Elizabeth nie mehr hiergewesen, doch hatten die Jahre diesen Ort nicht verändert.

»Gehen Sie auch manchmal in diese Wirtshäuser?« erkundigte sie sich bei John, als sie an einer Kneipe vorüberkamen, aus der besonders wüstes Geschrei tönte.

»Manchmal«, antwortete John, »wenn ich Geld habe.« Dann schwiegen sie, bis sie in der Butchery Alley und vor einem alten, baufälligen Haus anlangten. John stieß die morsche Tür auf.

»Im ersten Stock wohne ich«, erklärte er, »aber seien Sie leise, sonst wacht die Wirtin auf.«

Hintereinander schlichen sie die Treppe hinauf. Auf dem obersten Absatz kam ihnen ein schwankender Mann entgegen.

»Guten T...tag, John«, murmelte er. »Oh, Verzeihung, L...lady, habe Sie ganz übersehen. Guten T...tag!«

Er schien angestrengt nachzudenken.

»Ich war in der Kneipe«, eröffnete er den beiden dann, »und ich will v...verdammt sein, wenn ich da jetzt nicht w...wieder hingehe! Komm mit mir, John!«

»Geh nur allein«, meinte John freundlich. »Du siehst, ich habe Besuch.«

Der Mann fixierte Elizabeth mit schwimmenden Augen.

»Dann nimm den Besuch doch mit«, schlug er vor.

»Ach nein«, sagte Elizabeth. Ihr graute vor dem lasterhaften Geschrei, das aus den Wirtshäusern drang. Der Fremde war ihr überhaupt nicht böse.

»Gut, dann k...kommt John morgen mit«, sagte er gutmütig, »morgen kriegst du aber wieder Besuch, John. K...keinen so schönen wie heute!«

»Die Wirtin?«

»Ja, sie war heute bei mir. Will ihr Geld, oder sie wirft uns raus. V...verdammte Schlampe!« Leise vor sich hin summend tappte er die Treppe hinunter und verschwand auf der Straße. John machte ein finsteres Gesicht.

»Die alte Vogelscheuche«, murmelte er, womit er zweifellos die Wirtin meinte, »seit Tagen entwische ich ihr immer nur mit letzter Not. Ich schulde ihr zwei Monatsmieten!« Er schloß die Tür zu seiner Wohnung auf, und sie betraten den dunklen Raum. Elizabeth sah zunächst gar nichts, aber dann flammte ein Licht auf. John zündete eine Kerze an, die das Zimmer in trübes Dämmerlicht tauchte. In einer Ecke lag der schwarze Hund Benny. Er sprang sofort auf und tobte um Johns und Elizabeths Beine herum.

»Ich glaube, er kennt mich noch«, sagte Elizabeth glücklich. Sie streichelte ihn eine Weile, dann richtete sie sich auf und sah sich um. Die Wohnung schien aus diesem einen Zimmer zu bestehen, jedenfalls gab es keine weitere Tür. In der Mitte standen ein Tisch und zwei Stühle, in der hinteren Ecke gab es ein Bett, daneben lehnte ein baufälliger Schrank. Dann war da noch ein kleiner aus Ziegelsteinen gebauter Kamin, in dem jedoch kein Feuer brannte. Es war ungemütlich kalt im Raum, und das Frösteln wurde noch verstärkt durch den Eindruck der weißgekalkten, kahlen Wände und des Bretterfußbodens, auf dem kein Teppich lag. Elizabeth fand es völlig unverständlich, wie jemand die Wärme eines Landsitzes wie Blackhill gegen eine solche Kammer eintauschen konnte. Sie trat, um ihr Erschrecken zu verbergen, rasch ans Fenster und blickte auf die schmutzige Gasse hinab. Im Licht der Hauslaterne sah sie den Nachbarn von John, der hilflos von einer Hauswand zur anderen taumelte. Der Mann tat ihr leid. Sie wandte sich wieder um und entdeckte, daß John bereits eine Schnapsflasche hervorgeholt hatte und sich einen Becher vollschenkte. Sie ging ebenfalls zum Tisch, setzte sich auf einen der Stühle und stützte den Kopf in die Hände.

»Welch eine Nacht«, murmelte sie. »Wissen Sie, wie spät es ist?«

»Ich nehme an, etwas nach zwei Uhr«, antwortete John. »Hier, nehmen Sie auch einen Schluck!« Er schob ihr seinen Becher hin. »Ich habe leider nur den einen«, meinte er entschuldigend, »aber wir können beide daraus trinken.«

Sie schüttelte den Kopf. Mit ausdrucksloser Miene beobachtete sie, wie John den Inhalt allein hinunterkippte, den Becher noch einmal füllte und wieder in einem Zug leerte. Am liebsten hätte sie geschrien vor Wut. Warum nur, warum ließ er sich in diese Verkommenheit treiben? Wie konnte es sein, daß er, Lord John Carmody, Abkömmling eines alten Adelsgeschlechts, Herr über Blackhill, vornehm erzogen und gebildet, daß er in diesem Drecklöch lebte, zwei Monatsmieten im Rückstand, und nicht einmal über einen zweiten Becher verfügte? Seine Kleidung sah sauber aus, war aber mindestens hundertmal geflickt worden, seine Stiefel waren so abgetragen, daß sie jeden Augenblick auseinanderfallen konnten.

Und warum, um alles in der Welt, mußte er denn so viel trinken? Er griff schon wieder nach der Flasche. Dies zu sehen, zerriß ihr beinahe das Herz. Den ganzen Abend über, in all der Aufregung, war es ihr gar nicht so sehr zu Bewußtsein gekommen, aber hier, an diesem trostlosen Tisch in dem noch trostloseren Zimmer, im Schein der matten Kerze, da überfiel sie ein ganz warmes Gefühl der Liebe, durchsetzt von einem quälenden Schmerz zärtlichen Mitleids. Der verhangene Ausdruck seiner Augen, das Zittern seiner Hände rührte sie. Ohne zu wissen, woher sie plötzlich den Mut dazu nahm, griff sie über den Tisch hinweg nach der Hand, die gerade wieder das Glas zum Mund führen wollte.

»Können Sie nicht damit aufhören?« fragte sie leise. John blickte sie überrascht an.

»Womit? Mit dem Trinken?«

»Ja. Meinen Sie nicht, daß Sie für heute genug hatten?«

»Aber Miss Landale«, meinte John lächelnd, »jetzt reden Sie wirklich, als seien Sie mit mir verheiratet!«

»Das tut mir leid.« Sie sah weg, um ihre Verlegenheit zu verbergen. Sie mußte furchtbar plump gewirkt haben, wie sie so dasaß, ihn mit ihren Blicken verfolgte, nach seiner Hand griff und ihn bat, nicht mehr zu trinken. Er schien nicht zu merken, wie sehr sein Verhalten sie quälte und daß nur ihre Verliebtheit sie bewog, sich um ihn zu sorgen.

Verdammter Anthony, dachte sie zornig, ohne seine Machenschaften wäre heute abend nicht die Miliz ins Haus eingedrungen, und zwar genau im falschen Moment, und John und ich wären hinaus in den Hof gegangen... alles hätte anders kommen können!

Sie konnte nicht ewig am Tisch vorbei auf den Boden starren. Mühsam sah sie hoch. Zu ihrem Erstaunen hatte sich John nicht wieder gleichmütig seinem Schnaps zugewandt, sondern blickte sie an. Sein Gesichtsausdruck hatte sich verändert. Er wirkte mit einemmal angespannt und konzentriert und war ganz auf sein Gegenüber gerichtet. Elizabeth verstand nicht, warum ihr Herz plötzlich schneller und härter klopfte und ein ängstliches Gefühl von ihr Besitz ergriff. Irgendeine Veränderung war mit John vorgegangen. Sie hatte den Eindruck, daß er sie zum erstenmal an diesem Abend wirklich wahrnahm, als habe er bisher nur durch sie hindurchgeblickt und erkenne erst jetzt, wer ihm gegenübersaß. Natürlich war er betrunken, und obwohl sie kaum Erfahrung in diesen Dingen hatte, meinte sie, in seinen Augen ein Glitzern zu sehen, das er vorher niemals gehabt hatte.

Nimm dich zusammen, befahl sie sich im stillen und preßte ihre Hände fest ineinander, damit sie nur ja nicht zitterten. Wenn du jetzt etwas falsch machst, ist alles verdorben.

Sie rührte sich nicht, als John aufstand, an sie herantrat und sie von ihrem Stuhl hochzog. Sie dachte nur etwas verschwommen, daß sie ihn sehr liebte und daß sie viel zu stark zitterte und daß sie höllisch aufpassen mußte, nicht die kleinste Bewegung der Abwehr zu machen. Sie hatte das Gefühl völliger Unwirklichkeit, die über ihnen beiden lag, gleichzeitig war ihr Verstand so wach und klar wie selten.

»Sie haben sicher bemerkt«, sagte John dicht neben ihr, »daß ich etwas langsam bin. Ich war eine halbe Nacht lang mit Ihnen zusammen, ohne Sie wirklich zu sehen. Aber eben, als Sie nach meiner Hand griffen und mich anschauten, da hatte ich das Gefühl, einer ganz neuen Elizabeth gegenüberzustehen, einer erwachsenen Frau und keinem Kind.«

Also mußte sie sich durch ihren Blick genauso verraten haben wie er sich durch seinen. Sie hob ihr Gesicht, und John küßte sie, und es war genauso, wie sie es sich in tausend Träumen vorher ausgemalt hatte. Sie versuchte, den störenden Alkoholgeruch zu ignorieren. Blitzschnell glitten Gedanken über sie hinweg. Welch unvorhergesehenes Schicksal! Jahrelang lief sie John nach, setzte Himmel und Hölle in Bewegung, um ihm nahe zu sein, verzweifelte fast an seiner gleichgültigen Freundlichkeit, und dann erfüllte sich ihre Sehnsucht irgendwo in einem Londoner Elendsviertel, in einer ganz verworrenen Nacht. Sie fühlte sich müde, spürte ein Kratzen im Hals und kam sich häßlich vor, weil ihr Haar ganz durcheinander sein mußte und sich bestimmt die Schminke in ihrem Gesicht verwischt hatte. Aber es spielte keine Rolle, nichts mehr von diesen Dingen.

»Ich glaube, ich liebe dich«, flüsterte John. »Weiß der Teufel, warum ich das erst jetzt begreife. Du hast dich so sehr verändert.«

»Ich liebe dich auch«, erwiderte sie leise, »und du weißt, daß ich das immer getan habe.« Es war nun gar nicht schwierig, davon zu sprechen. Es beglückte sie zu sehen, wie rasch sich alltägliche Beschwernisse vor der Liebe auflösten. Ehemals quälende Gefühle verloren ihre Bedeutung.

Der mitreißende Wirbel schöner Empfindungen, in den sich Elizabeth gerade gleiten lassen wollte, wurde unsanft unterbrochen, als Johns Hände, die bislang um ihre Taille gelegen hatten, über ihren Körper hinauf zu ihrem Hals glitten und begannen, ihr Kleid langsam von den Schultern zu streifen. Seine Direktheit erschreckte sie maßlos, und es gelang ihr nur mit Mühe, ihr Entsetzen zu verbergen. Muß das denn sein, dachte sie unglücklich. Mit starren Augen sah sie an ihm vorbei hinüber zur Wand. Jetzt wieder ernüchtert und ganz und gar in die Wirklichkeit zurückgekehrt, nahm sie jeden Riß, jeden Wasserfleck, den bröselnden Kalk überdeutlich wahr. In ihren Träumen waren sie und John einander in die Arme gesunken und hatten Stunden damit verbracht, engumschlungen dazustehen. Aber jetzt, in der Wirklichkeit, war John ungeheuer zielstrebig. Sie fühlte seine Hände auf einmal überall, wurde von ihm zurückgedrängt, bis sie beide auf seinem Bett lagen, das, wie sie flüchtig registrierte, äußerst morsch und unbequem war.

Ich habe es nicht anders gewollt, schoß es ihr durch den Kopf, während sie eine Spinne beobachtete, die über ihr an der Decke entlangkrabbelte, es geschieht nur, was ich immer wollte. Und wenn ich jetzt etwas sage, dann gibt es diese Gelegenheit vielleicht nie wieder.

Johns Gesicht war dicht über ihrem, und sie erkannte in seinen Augen eine Zärtlichkeit, die sie nie zuvor bei einem Menschen gesehen hatte, nicht einmal bei Joanna.

Er liebt mich wirklich, dachte sie, was auch vorher war oder später sein wird, in diesem Moment liebt er mich!

Sie legte beide Arme um seinen Hals und zog ihn näher zu sich heran. Seine Lippen berührten ihre, als er flüsterte: »Elizabeth, ich liebe dich so sehr. Ich habe es dir wirklich nie bewiesen, aber du mußt es mir jetzt glauben.«

»Aber ich glaube es dir ja«, erwiderte sie. Mit einem leichten Anflug von Zynismus, zu dem sie in gefühlsbetonten Augenblicken neigte, überlegte sie, wie viele Frauen es gegeben haben mochte, die vor ihr solchen Worten von ihm hingerissen gelauscht hatten. Aber seltsamerweise verletzte sie dieser Gedanke nicht. Laura und alle anderen gehörten der Vergangenheit an. Sie hatte ihn jetzt, und worauf auch immer das hier hinauslief, sie spürte darin die Möglichkeit, ihn für immer zu behalten. Jahrelang hatte sie ihm ihre Liebe geboten, und er hatte sie verschmäht, aber heute wollte er sie, und diese erste Schwäche würde sie sich zunutze machen, wie sehr es sie auch Anstrengung kostete, ihm weder ihre Furcht noch ihre Unsicherheit zu zeigen. Sie vernahm seine sanfte Stimme, ohne genau zu verstehen, was er sagte, sie erinnerte sich später nur noch an unwesentliche Dinge, an den starken Geruch nach Schnaps und Wein, an das Gegröle, das aus den Kneipen heraus nach oben drang, und daran, daß ihr ganz kurz Joanna in den Sinn kam, wie eine Gestalt aus einem früheren Leben. John war das einzige, was existierte, seine Augen, sein Atem und sein Körper, und Elizabeth merkte, wie sie all die kühlen, ironischen Überlegungen verließen, mit denen sie sich gern gegen die schwindelerregende Unwirklichkeit dieser Nacht verteidigt hätte. Sie ließ jeden weiteren Gedanken von sich abgleiten, hielt aber die Augen weit offen, weil sie keine Sekunde lang den Ausdruck von Johns Gesicht verlieren wollte, der ihr auf einmal ebenso zart und verletzlich wie fremd und schön erschien.

Das Geschrei aus den Wirtshäusern war nicht verstummt und der Alkohol nicht verflogen, als alles vorüber war. Die Nacht war wie vorher, und doch kam es Elizabeth vor, als sei nichts mehr wie früher. Ein ruhevolles Glück strömte über sie hinweg und schien überzugehen in die Dunkelheit ringsum. Sie lag in Johns Armen, ihre Finger strichen über seinen Mund, der weich und entspannt war, und sie schmiegte ihren Kopf an seine Schulter.

»Als ich dich das erste Mal sah«, sagte sie leise, »habe ich dich von einem Moment zum anderen geliebt. Die ganzen Jahre habe ich von heute nacht geträumt, und ich glaube, ich habe immer gewußt, daß alles so kommen würde.«

»Aber du kannst es dir nicht so vorgestellt haben«, erwiderte John, »nicht so wunderbar schön. Ach Elizabeth«, er richtete sich auf und betrachtete die schattenhaften Umrisse ihres Gesichtes, um das herum ihre wirren, schwarzen Haare lagen, »du hast wirklich nie jemand anderen geliebt?«

»Niemanden. Gott sei Dank, denn sonst wäre ich vielleicht nicht hiergewesen und hätte dir gezeigt, was ich...« Sie brach ab, und John lächelte.

»Ich würde gern wissen«, sagte er, »wer von uns eigentlich die Geschehnisse dieser Nacht gesteuert hat. Du oder ich?«

Auch Elizabeth lachte.

»Du jedenfalls weniger, als du denkst«, entgegnete sie, »aber vielleicht wir beide nicht. Es ist einfach alles so geschehen, wie es geschehen mußte.« Sie schwieg und küßte ihn, ehe sie nachdenklich fortfuhr:

»Aber weißt du, was traurig ist? Daß es irgendwann wieder Tag wird und wir aufstehen müssen und unter Menschen gehen und Entscheidungen treffen... anstatt für den Rest unseres Lebens hier liegenzubleiben. Es ist so friedlich.«

»Die Nacht dauert ja noch ein paar Stunden.«

»Ja, aber... vielleicht haben wir diesen Frieden nie wieder. O John, weißt du, daß ich mich noch nie so geborgen gefühlt habe? Nicht einmal als Kind in Louisiana!«

»Was bemerkenswert ist, wenn du bedenkst, daß wir in einem Bett und in einem Zimmer liegen, wofür keine Miete bezahlt ist. Wir lieben uns hier völlig illegal!« In Johns Stimme klang diesmal nichts von der Bitterkeit, mit der er sonst oft über seine Armut sprach, sondern nur die gleiche tiefe, sanfte Heiterkeit, die auch Elizabeth empfand.

»Wir sind überhaupt ziemlich sittenlos, John. Wir haben nicht einmal geheiratet!«

»Ja, das haben wir in der Eile ganz vergessen. Elizabeth«, er zog sie noch dichter an sich heran und war plötzlich wieder ganz ernst, »ging dir das wirklich nicht alles viel zu schnell?«

»Ich hätte es dir doch gesagt. Es ging alles so, wie ich es wollte«, antwortete Elizabeth, ein wenig amüsiert darüber, daß John immer noch glaubte, er hätte die Nacht inszeniert, »und ich bin so glücklich, daß ich morgen sogar Tante Harriet gegenübertreten kann – ohne die Spur eines schlechten Gewissens.«

»O Gott, ja, Tante Harriet. An die habe ich gar nicht mehr gedacht«, bekannte John, »aber du hast recht, wir müssen wohl zu ihr gehen. Glaubst du, sie merkt etwas?«

»Nein. Tante Harriet merkt nie etwas. Und außerdem sind wir beide zusammen, und solange wir zusammen sind, überstehen wir Tante Harriet, deine widerliche Wirtin, Hunger, Durst und jeden Menschen, der etwas gegen uns hat. Glaubst du das nicht auch?«

»Doch.« John verbiß es sich zu sagen, daß er aus Erfahrung wußte, daß es nicht so war. Elizabeth würde es selber merken, davor konnte er sie nicht schützen. Aber er hatte in dieser Nacht begriffen, daß sie weder ein Kind war noch ein traumverlorenes Wesen jenseits aller Wirklichkeit. Wenn sie tatsächlich bei ihm bliebe, würde sie alles ertragen können, was auf sie zukam.

6

Der November neigte sich bereits seinem Ende zu, als Harriet, Joanna und George nach Norfolk aufbrachen, begleitet von Edna und Agatha sowie zwei weiteren Dienern, gefolgt von den Kutschen mit den unüberschaubaren Mengen ihres Gepäcks. Das Londoner Haus war versteigert worden und hatte eine ganze Menge Geld eingebracht. Die Familie hätte die Stadt schon längst verlassen können, wenn nicht Joanna einen wochenlangen, zermürbenden und verzweifelten Kampf um Elizabeth geführt hätte, der schon verloren war, ehe er begonnen hatte.

Als sie ihr an jenem Morgen nach der ereignisreichen Nacht

gegenüberstand, ihr und John, da wußte sie auf den ersten Blick, was geschehen war. Die beiden erschienen erst am späten Vormittag im Haus der Sheridys, John unrasiert und ungekämmt, Elizabeth noch immer im Ballkleid und heftig erkältet. Joanna kam im Morgenmantel die Treppe herunter. Sie hatte nicht geschlafen und zitterte vor Erschöpfung. Auf der untersten Stufe blieb sie stehen und starrte ihre Freunde an, als seien es Fremde. John war eine Spur verkatert und machte ein Gesicht, als habe er Kopfschmerzen, Elizabeth blickte ernst, aber sie hatte ein ganz fremdes Leuchten in den Augen. Alle drei schwiegen, weil jede Erklärung überflüssig schien. Erst als Harriet aus einem Nebenzimmer kam, löste sich die Starre der bedrückenden Szene. »Tante Harriet, ich hoffe, Sie haben sich nicht gesorgt«, krächzte Elizabeth. Harriet sah sie aus umschatteten Augen an.

»Ihr kommt spät«, meinte sie. Sie sah so arglos aus dabei, daß Joanna beinahe gelacht hätte. Wie schwerfällig war ihre Mutter, wie lebensfremd! Jeder Blick, jede Bewegung Elizabeths verrieten doch, was sie getan hatte. Konnte Harriet nie begreifen, was ihr nicht ausdrücklich gesagt wurde?

In beinahe zynischer Verzweiflung machte sich Joanna zum stummen Beobachter des Geschehens, warf kein einziges Wort ein, ignorierte Elizabeths hilfesuchende Blicke, sah kalt zu, wie die Freundin langsam und stockend bekennen mußte, daß sie John Carmody liebte und daß sie mit ihm zusammenbleiben wollte, weil er sie auch liebte. John sah hilflos und unbehaglich drein. Joanna mußte gegen ihren Willen immer wieder zu ihm hinblicken. Sie haßte ihn so sehr, daß ihr davon fast schlecht wurde. Wie hatte er das tun, wie hatte Elizabeth das zulassen können?

»Du willst mir mitteilen«, sagte Harriet, »daß Lord Carmody dich heiraten möchte?« Ihr Erschrecken darüber vermochte sie kaum zu verbergen. Joanna las förmlich die Gedanken, die jetzt hinter ihrer Stirn dahinjagten. John Carmody, wie entsetzlich! Phillip hatte ihn nicht ausstehen können. Ein junger Mann mit revolutionären Gedanken, ein leidenschaftlicher Anhänger der Französischen Revolution, der unteren

Klassen, völlig verarmt und verwahrlost, in Halbweltkreisen zu Hause. Aber, und das war das schrecklichste, er durfte Dankbarkeit von den Sheridys erwarten, denn er hatte Cynthia und Anthony zur Flucht verholfen. Hochmut durften sie sich ihm gegenüber nicht erlauben.

Warte nur, Mutter, dachte Joanna, das Schlimmste kommt noch. Ich würde meinen aristokratischen Kopf dafür verwetten, daß John Carmody nicht daran denkt zu heiraten, weder Elizabeth noch sonst jemanden!

»Wir wollen eigentlich nicht heiraten«, sagte Elizabeth gequält. In Harriets Augen trat ein hysterisches Flattern.

»Wie meinst du das, Elizabeth?«

»Ich komme nicht mit nach Norfolk. Ich bleibe hier. Vielleicht gehen wir auch nach Blackhill. Aber wir möchten... im Moment noch nicht heiraten!«

Ohne ein weiteres Wort zu sagen, verschwand Harriet in ihrem Schlafzimmer. Sie war am Ende ihrer seelischen Kräfte angelangt und wollte nichts mehr hören und sehen.

Die nächsten Wochen wurden für alle Beteiligten zur Hölle. Harriet war nach all den Schrecken wegen Cynthia und wegen der Trauer um Phillip nicht mehr in der Lage, Widerstand zu leisten. Voller Panik bedrängte sie Mr. Elmwood, das Haus zu versteigern, und Joanna, so schnell wie möglich alles für ihre Abreise vorzubereiten. Sie fühlte sich zu schwach, um gegen die Schande zu kämpfen, die Elizabeth über die Familie brachte. Ihr blieb nur, vor der Schmach in die Idylle und vollkommene Abgeschiedenheit von Heron Hall zu fliehen.

Joanna gab nicht so rasch auf. Sie fiel beinahe auf die Knie vor Elizabeth, bettelte, flehte, drohte, weinte, schrie, ohne dabei jemals das Gefühl zu haben, ihre Freundin im Innersten zu berühren. Elizabeth war durch ihre Liebe nicht nur stark, sondern auch für alle anderen unerreichbar. Es war, als verstehe sie kaum, was Joanna eigentlich von ihr wollte. Für sie existierte nichts außer John, sie schlief mit dem Gedanken an ihn ein und wachte mit dem Gedanken an ihn auf.

Unterdessen zerriß sich London das Maul über die Sheridys.

Einen so herrlichen, köstlichen, wunderbaren Skandal hatte es seit Ewigkeiten nicht mehr gegeben. Obwohl die Stadt im Laster erstickte, bereitete es ein wonnevolles Vergnügen, über die hochmoralische Familie Sheridy herzufallen, die bisher dem Treiben um sie herum angewidert und mit tiefster Verachtung zugesehen hatte. Makellos hatten sie sich stets gebärdet, und nun legten sie gleich zweimal hintereinander das stolze Haupt in den Schmutz. Aus den Kreisen der Miliz war längst durchgesickert, warum man in jener Nacht Lord und Lady Aylesham hatte verhaften wollen, so daß jeder nun wußte, daß es der elegante Anthony zu nichts weiter als Schulden gebracht hatte und nun auch noch von Schmugglern benutzt worden war. Alle, die bei dem Fest gewesen waren, wurden heftig beneidet, und sie nutzten das sofort dazu aus, die wildesten Gerüchte auszustreuen. Die Geschichte einer abenteuerlichen Verfolgungsjagd kursierte in der Stadt, Anthony und Cynthia auf zwei galoppierenden Pferden voran, die Soldaten hinterher, kreuz und quer durch alle Gassen. Cynthia sollte sich mehrmals umgedreht und Schüsse aus einer Pistole auf ihre Verfolger abgegeben haben. London lauschte genießerisch, bis auf jene nun verlachten Kaufleute, die Anthonys gewandtem Auftreten vertraut, ihm großzügigen Kredit gewährt hatten und sich nun schrecklich betrogen sahen. Doch das war ja noch längst nicht alles! An allen Straßenecken erzählte man sich die zweite schockierende Neuigkeit.

»Haben Sie schon gehört, meine Liebe, Lady Sheridys Pflegekind, diese Amerikanerin Elizabeth Landale, will mit John Carmody in der Butchery Alley zusammenleben – ohne ihn zu heiraten!«

»Die ärmste Harriet, wie muß das ihre puritanische Seele quälen! Schrecklich! Elizabeth ist ihr doch wie eine Tochter.«

Tratsch und Spott blühten ungehindert. Wenn Joanna durch die Stadt fuhr, blieben die Dienstmädchen stehen, sahen ihr nach und kicherten. Straßenjungen riefen Unverschämtheiten, die Lords und Ladies lächelten anzüglich. Längst wußte man ja auch, daß nach Phillips Tod finanzielle Sorgen über die Familie hereingebrochen waren. Wirklich, ein Untergang konnte sich kaum rauschender ankündigen. Mitleidlos sahen Adel und Bürgertum Londons zu, wie eine der ältesten und vornehmsten Familien des Landes ihrem Niedergang entgegenzugehen schien.

Harriet verschanzte sich vor diesem Sturm hinter den Wänden ihres Hauses und trat kein einziges Mal heraus. Sie empfing keinen Besuch, ließ sogar Lady Viola abweisen, die, eine hämische Belinda im Schlepptau, sofort herbeigeeilt kam, um die allerneuesten Neuigkeiten zu erfahren, später auszuschmücken und in Umlauf zu bringen. Doch an Harriet war nicht heranzukommen. Sie hätte genausogut tot sein können.

Joanna hingegen schien das alles nicht zur Kenntnis zu nehmen. Sie hatte so viel größere Sorgen als eine gehässige Feindesschar, daß sie sich nicht im geringsten um die Angriffe scherte. Ihr war, als müsse sie zerbrechen vor Kummer um den Verlust Elizabeths, als müsse sie sterben vor Haß auf John Carmody – was sollte sie sich da noch um anderes kümmern? Sie bemerkte nicht einmal, daß sie in all dem Elend tatsächlich einen einzigen Freund zurückbehalten hatte. Edward besuchte sie beinahe jeden Tag, saß bei ihr, auch wenn sie kein Wort sprach, begleitete sie auf ihren Wegen zu Mr. Elmwood oder auf ihren kurzen Spaziergängen im novemberkahlen Hyde Park. Er selbst setzte sich damit ebenfalls Hohn und Spott aus, aber das kümmerte ihn nicht. Seine Liebe zu Joanna wuchs von Tag zu Tag, und es schien ihm unmöglich, sie je wieder zu verlassen.

Als sie schließlich mit ihrer Mutter und ihrem Bruder nach Norfolk aufbrach, versprach er ihr, sobald er nur konnte zu folgen. Er stand im Nieselregen neben der Kutsche und fragte sich, ob Joanna ihn überhaupt verstanden hatte, so starr sah sie an ihm vorbei.

In den ersten Dezembertagen kamen Joanna, Harriet und George in Heron Hall an. Das alte Schloß mit seinen vielen Fenstern, mit den abgeblätterten Wänden, der hügelige Park empfingen sie mit ihrer ganzen gelassenen, freundlichen Ruhe. Die Kutschen rollten über die vertrauten Kieswege, unter kahlen, schwarzen Bäumen hindurch, um deren Äste graue Nebelschwaden hingen. Etwas von dieser Vertrautheit ging auf Joanna über, vermochte den Schmerz nicht zu bannen, legte sich aber besänftigend darüber. Sie wußte, daß gerade hier noch schlimme Stunden auf sie warteten, daß all die Jahre mit Elizabeth wiederauferstehen würden, doch im Augenblick war in ihr nichts als die Erleichterung, nach einer langen Reise daheim anzukommen. Sie führte die von Strapazen und Kummer geschwächte Harriet in ihr Zimmer, sie sorgte dafür, daß George etwas zu essen bekam, daß die Dienstboten die Wagen abluden und alles im Haus verstauten. Erst dann begab sie sich selbst in ihr Zimmer, jenes, das sie seit dem Jahre 1789 mit Elizabeth geteilt hatte. Im Kamin brannte ein Feuer, von draußen sprühte kalter Nieselregen gegen das Fenster. Joanna ließ sich dicht vor dem Ofen auf dem Teppich nieder und streckte ihre frierenden Füße gegen die Flammen. In Gedanken war sie weit fort, über die vielen Meilen zurück in London. Mit ausdrucksloser Miene, ohne sich zu bewegen, dachte sie an Elizabeth.

Für Elizabeth verlief der Dezember äußerst ungemütlich und kalt. Sie war nun ganz in Johns Zimmer in der Butchery Alley umgesiedelt, aber von dem Geld und dem Schmuck, den sie mitbrachte, hatte John die überfälligen Mieten bezahlt und drei im voraus sowie einen Berg anderer Schulden beglichen. Am ersten Dezember besaßen sie schon kein halbes Pfund mehr. Elizabeth geriet ganz außer sich.

»Aber wie kann das denn möglich sein?« rief sie. »Ich kam als wohlhabendes Mädchen zu dir, und es hat keine drei Wochen gedauert, bis du jeden einzelnen Farthing ausgegeben hast!«

»Es tut mir wirklich leid«, meinte John zerknirscht, »aber ich hatte dich doch gefragt, ob ich meine Schulden davon bezahlen könne. Wir wären sonst in eine ziemlich verzweifelte Lage gekommen und am Ende im Schuldgefängnis von Newgate gelandet!«

»Natürlich wollte ich, daß du mein Geld dafür verwendest. Aber wie hast du es denn bloß geschafft, *so viele* Schulden zu machen?«

»Das hat sich über die Jahre angesammelt. Ich mußte ja von irgendwas leben, und dann gab es auch immer wieder einmal Freunde, denen es schlechtging...«

Elizabeth schwieg, um keinen Preis sollte es zu einem Streit kommen, und sie mochte auch nicht wie ein Inquisitor vor ihm stehen und ihn befragen. Aber wovon sollten sie jetzt leben? Es machte sie rasend, daß John über diese Frage gar nicht nachzudenken schien. Er wirkte ganz glücklich und sah sich jeder Sorge enthoben, nur weil bis Ende Februar die Miete bezahlt war und sie sicher sein konnten, den Winter lang ein Dach über dem Kopf zu haben. Es kümmerte ihn nicht, daß im Schrank kein einziges Stück Brot mehr lag und im Ofen kein Feuer brannte. Eines Morgens, als Elizabeth aufwachte und sich in dem eiskalten Zimmer umsah, vor dessen Fenster Schneeflocken herumwirbelten, brach sie in Tränen aus und schluchzte so lange, bis auch John sich verschlafen aufrichtete.

»Was ist denn?« fragte er müde. »Warum weinst du?«

Elizabeth kam sich völlig albern vor, doch sie antwortete: »Mir ist so kalt!«

»Hier im Bett?«

»Nein – aber sonst ist alles kalt!«

»Ja«, meinte John bedauernd, »wir können kein Holz kaufen. Aber wir können heute wieder in die Wirtshäuser gehen, dort ist es immer schön warm.«

Sie hatten die ganze vergangene Woche in Wirtshäusern verbracht, und Elizabeth empfand ein schon fast hysterisches Grauen vor all dem Geschrei und Gequalme, den vielen Betrunkenen und den aufgetakelten Huren.

»Nein, ich habe es satt«, jammerte sie, »ich will nicht!«

»Dann bleiben wir eben liegen.«

»Den ganzen Tag? Das ist ja schrecklich! Ich finde es trostlos, tagsüber zu schlafen!« Sie stand schließlich auf, zog zwei Kleider übereinander an und legte eine Decke um ihre Schultern. Wie gut, daß sie wenigstens noch ihre hübschen, warmen Kleider besaß! Die fehlende Nahrung hingegen wurde zu einem immer drängenderen Problem. Elizabeth wollte sich in der allererster Zeit selber nicht eingestehen, wie häufig sie darüber nachdachte, denn es kam ihr ganz unpassend vor, von ihrer herrlichen Verliebtheit immer wieder zu einem so überaus irdischen Kümmernis zurückzukehren, aber es half nichts. Fasziniert beobachtete sie, mit wie wenig Essen am Tag John auskam. Ein Teller Suppe im Gasthaus oder ein Stück Brot von seinem freundlichen, ewig betrunkenen Nachbarn reichte ihm völlig. Elizabeth fühlte sich bereits jeden Mittag so schwach, daß ihr ganz schlecht wurde. Sie kam sich abstoßend gefräßig vor, aber sie griff nach jedem Bissen, den sie nur kriegen konnte. Ich werde an Johns Seite verhungern, dachte sie panisch. Gott mag wissen, wie er das aushält, aber ich kann es nicht! An einem Sonntag im Dezember, als sie frierend im trüben Licht ihres Zimmers vor einer Wassersuppe saßen, sprang Elizabeth plötzlich auf und warf mit wütendem Schwung ihren Teller um, so daß er auf den Boden fiel und die Suppe an die Wände spritzte.

»Verdammt, John!« schrie sie. »Ich habe Hunger! Ich habe schrecklichen, grauenhaften, maßlosen Hunger! Ich habe solchen Hunger, daß ich schon fast meine Liebe zu dir vergesse, weil meine Gedanken um nichts anderes mehr kreisen als um eine Mahlzeit! Ich könnte eine ganze Ratte verspeisen, mit Haut und Haaren und langem, dünnem Schwanz!«

John sah sie erschüttert an.

»Ja, schau mich nur an, als sei ich verrückt geworden«, fauchte Elizabeth, »dann fällt dir vielleicht auf, wie ich aussehe! Ich habe eingefallene Wangen und so hohle Augen wie Miss Brande, und meine Kleider schlabbern wie Mehlsäcke an mir herum!«

»Aber Elizabeth, warum hast du denn nie etwas gesagt? Ich habe nicht daran gedacht, daß du das alles nicht gewöhnt bist. Natürlich leidest du, denn…«, sein Gesicht bekam unwillkürlich einen spottenden Ausdruck, wie immer, wenn er über den reichen Adel Englands sprach, »denn du bist ja die in Adelskreisen üblichen abendlichen dreistündigen Dinners gewöhnt!«

»Hör auf, mir ständig meine Vergangenheit vorzuhalten! Ich kann nichts dafür, und außerdem bin ich viel weniger adlig als du. Ich bin Amerikanerin, und du bist ein englischer Lord! Und nur, weil du dich in den Schmutz fallen läßt…«

»Ach!«

»Jawohl! Als ich dich das erste Mal in Heron Hall sah, da warst du noch stolz und schön und rittest auf einem weißen Pferd und...«

»Deine Träume verwirren sich etwas. Ich besaß nie ein weißes Pferd!«

»Dann war es eben kein weißes Pferd! Aber ganz gleich, ob es schwarz war oder braun oder beides, ich habe jedenfalls Hunger! Und ich will keinen Hunger haben!« Sie stampfte mit dem Fuß auf und fing, wie so oft in der letzten Zeit, zu weinen an.

»John, ich liebe dich so«, schluchzte sie, »aber ich kann mich nicht so schnell an das neue Leben gewöhnen. Es hat sich alles so plötzlich verändert. Ich kann nur noch mit dir zusammenleben, aber ich brauche trotzdem etwas zu essen!« Sie bot einen mitleiderregenden Anblick mit ihrem bleichen, verweinten Gesicht. John begriff endlich den Ernst der Situation, ging zu ihr und nahm sie in die Arme. »Mein Liebling«, sagte er zärtlich, »ich fürchte, ich war schrecklich rücksichtslos. Ich habe viel zuwenig darüber nachgedacht, wie mein Leben auf dich wirken muß. Aber ich verspreche dir: Du wirst heute soviel essen, wie du nur willst!«

Elizabeth konnte sich nicht vorstellen, wie das möglich sein sollte, aber sie beschloß, daran zu glauben. Gemeinsam wischten sie den Boden auf und mußten schließlich sogar lachen. Als es Mittag wurde, hängte John Elizabeth ihren Mantel um die Schultern und ergriff ihre Hand.

»Komm mit«, sagte er, »wir gehen fort.« Während des ganzen Weges hüllte er sich in geheimnisvolles Schweigen. Sie liefen durch ein Gewirr von engen Gassen, an deren Rändern gelblichbrauner Schnee lag, und manchmal holperten Karren an ihnen vorüber und bespritzten sie mit Schmutz. Hinter den dreckigen Fenstern schiefer, alter Häuser sahen verhärmte Gesichter hervor. Überall wimmelte es von Kindern mit viel zu kleinen, abgemagerten Gesichtern, von dünnen Fetzen unzureichend gegen die Kälte geschützt. Aus ihren überalterten, großen Augen sprachen Hunger, Fieber und Schwindsucht.

Vor einem der brüchigsten Gemäuer, das Elizabeth je gesehen hatte, blieben sie endlich stehen.

»Wir sind da«, sagte John.

»Was ist hier?«

»In diesem Haus wohnen gute Freunde von mir. Eine große Familie und, wie du wohl siehst, keineswegs reich, aber der Mann hat im Augenblick Arbeit, daher haben sie auch Essen, und ich bin sicher, sie laden uns ein.« Er stieß die Tür auf, und sie kamen in ein finsteres, hölzernes Treppenhaus, in dem es nach dem abgestandenen Essen von Wochen roch. Über ausgetretene Stufen folgte Elizabeth John nach oben, schon jetzt mit Übelkeit kämpfend. Wie widerlich dreckig war alles hier! Wenn sie John damit nicht enttäuscht hätte, sie wäre auf der Stelle umgekehrt.

Doch da standen sie schon in einem engen, dunklen Zimmer, das vor Kindern förmlich überzuquellen schien. Ein riesengroßer Mann stieß einen Freudenschrei aus, stürmte auf John zu und umarmte ihn.

»John!« schrie er. »John, daß du dich endlich auch einmal wieder sehen läßt!«

John drehte sich zu Elizabeth um.

»Das ist mein Freund Patrick Stewart«, stellte er vor. »Patrick, dies ist Elizabeth Landale aus Louisiana.«

»Wie schön, Sie kennenzulernen«, sagte Patrick herzlich und schüttelte Elizabeth die Hand, »seien Sie uns willkommen!«

»Danke schön«, murmelte Elizabeth scheu. Sie hatte das Gefühl, von tausend Kinderaugen angestarrt zu werden. Die Stewarts mußten eine ungezählte Nachkommenschaft besitzen. Später stellte Elizabeth fest, daß dreizehn Kinder in dieser winzigen Wohnung lebten.

Sie lernte Mrs. Sally Stewart kennen, eine kleine, zarte Frau, die schon wieder ein Kind erwartete. Als sie ihren dicken Bauch sah, mußte Elizabeth unwillkürlich an manchen Gesprächsfetzen denken, den sie früher von Phillip aufgeschnappt hatte.

»Das Volk ist an seinem Elend selbst schuld«, hatte er behauptet, »so wie sie sich verhalten, können sie gar nicht anders, als frühzeitig zu sterben!«

Warum müssen sie denn aber auch so viele Kinder kriegen, dachte Elizabeth, eine reiche Familie kann sich das leisten, eine so arme aber nicht!

Das größte Entsetzen sollte noch kommen. Als sie alle um den Tisch saßen oder zum Teil auch standen, mit Mr. und Mrs. Stewart, der Großmutter, John und Elizabeth insgesamt achtzehn Personen, bekam jeder von ihnen einen Löffel in die Hand gedrückt, aber keinen Teller vorgesetzt. Elizabeths Augen wurden groß vor ungläubigem Staunen, als Sally eine riesige Schüssel, gefüllt mit einem Gematsche aus Gemüse, in die Mitte des Tisches stellte und die ganze Familie, ohne das geringste Aufheben davon zu machen, gleichzeitig daraus zu essen begann. Sally nickte Elizabeth freundlich zu.

»Essen Sie, Miss Landale«, sagte sie, »es ist genug da.«

Elizabeth erwiderte das Lächeln und nahm sich einen Löffel aus der Schüssel. Ihr schreiender Hunger war wie verflogen. Aber sie konnte doch nicht so unhöflich sein und gar nichts essen! Widerwillig schob sie das Essen in den Mund. Es schmeckte herrlich, Sally mußte eine wunderbare Köchin sein. Ihr Magen, der bereits in wildem Aufruhr gewesen war, besänftigte sich etwas. Gerade wollte sie abermals zugreifen, da fiel ihr Blick auf die Großmutter, die soeben einen Bissen in den Mund geschoben hatte. Die Alte wackelte nachdenklich mit ihrem kahlen Kopf.

»Heiß«, murmelte sie. Sie öffnete ihren zahnlosen Mund und ließ weißliche, halbzerkleinerte Kartoffeln in die Schüssel zurückfließen. Eines ihrer Enkelkinder griff den Brei ungerührt auf und aß ihn. Elizabeth stieß ihren Stuhl zurück.

»Entschuldigung«, sagte sie hastig. Mit wenigen Schritten stürmte sie aus dem Raum und setzte sich draußen mit wackeligen Knien auf die Treppe. Auf ihrem Gesicht stand der Schweiß, der ganze Mund war in Sekundenschnelle trocken. Zitternd strich sie sich die Haare aus der Stirn. Lieber Himmel, wie schlecht wurde ihr, so schlecht wie nie zuvor im Leben! Das Bild der alten Frau ließ sie nicht los, dazu fiel nun der Gestank des alten Hauses mit aller Macht über sie her, und alle Wände begannen sich zu drehen. Aber sie wurde nicht ohnmächtig, obwohl sie sicher kurz davor gestanden hatte. John war plötzlich neben ihr, und sie konnte sich an ihn lehnen.

»Elizabeth, du bist ganz weiß«, hörte sie ihn sagen, »und deine Lippen sind grau. Bist du krank?«

Sie schüttelte schwach den Kopf. Sie sah Sally, die sich mit besorgter Miene zu ihr hinabneigte.

»Sie müssen sich hinlegen, Miss Landale«, bestimmte sie sanft, »Sie sehen sehr schlecht aus.« Sie und John führten die schwankende Elizabeth wieder hinein, durch das Zimmer, in dem alle noch beim Essen saßen, in eine kleine Kammer. Hier stand ein Sofa, auf dem sich Elizabeth dankbar ausstreckte. Sally blieb bei ihr zurück.

»Wie konnte das geschehen?« fragte sie. Elizabeth seufzte.

»Ich weiß nicht. Ich glaube, ich habe zu lange nichts mehr gegessen. Auf einmal war mir schrecklich schwach.«

Sally sah sie mitleidig an.

»Sie stammen wohl aus einer reichen Familie?«

»Ja. Uns ging es immer sehr gut.«

»Ihre Kleider verraten es. Sie können noch nicht lange am Tower wohnen.«

»Seit sieben Wochen.«

»Armes Kind. Diese Zeit muß sehr hart gewesen sein.«

»Ja, ein bißchen. Ich hatte mir das nicht so vorgestellt. Ich bin in diese Liebe mit John so schnell hineingestolpert, noch jetzt erscheint es mir unwirklich, so rasch ging alles. Ich habe mich von einem Tag auf den anderen in einer Welt wiedergefunden, von der ich zwar wußte, die mich bislang aber kaum berührt hat und die ich schon gar nicht kannte.«

»Und was wollen Sie jetzt tun?«

»Ich will unter allen Umständen bleiben. Wenn ich nicht verhungere, bleibe ich. Und ich will sogar noch mehr. Ich will alles loswerden, was mich mit meinem früheren Leben verbindet.«

»Ich weiß nicht, ob das gut wäre.«

»Es muß aber sein. John verachtet die Art, wie ich gelebt habe. Manchmal denke ich, er verachtet mich, nur wegen meiner Vergangenheit. Ich muß ganz in seine Welt gehören...«

»Selbstaufgabe ist aber nicht gut«, unterbrach Sally. »John neigt dazu, das von Menschen zu fordern, aber Sie sollten sich das nicht gefallen lassen!«

»Aber ich liebe ihn so sehr. Dabei denke ich manchmal...« Elizabeth stockte, aber sie sah Sallys kluge Augen voller Verständnis auf sich gerichtet.

»Ich durchschaue ihn jeden Tag weniger«, sagte sie leise. »Oft habe ich Angst, daß ich ihm nicht mehr bedeute als Essen und Trinken. Etwas, das er vom Leben mitnimmt, ohne daß es ihm wirklich wichtig ist. Es sind ganz andere Dinge, die ihn bewegen, die ihn träumen, hoffen und leben lassen.«

»Es ist ganz natürlich, daß Sie das befürchten. Sie sind sehr jung, und ich glaube – John ist Ihre erste Liebe? In Ihrem Alter glauben viele, die Liebe sei das einzige und das Höchste, was das Leben zu bieten hat, und die meisten werden enttäuscht, weil die Liebe diesem Anspruch nicht gerecht werden kann. Und was John selber betrifft...«

»Sprechen Sie weiter!«

Sally lächelte.

»Überschätzen Sie ihn nicht«, sagte sie. »Sie sind sehr viel jünger als er, aber ich glaube, auch sehr viel stärker. John erscheint mir manchmal krank. Er ist jemand, der mit dem Leben nicht fertig wird.«

»Meinen Sie das wirklich?«

»Ich bin sicher.«

Elizabeth stand vorsichtig auf. Erleichtert stellte sie fest, daß ihre Beine sie wieder trugen.

»Ich danke Ihnen, Mrs. Stewart«, sagte sie und wußte, daß sie in dieser Frau eine Freundin für ihr ganzes Leben gefunden hatte, »Sie haben mir sehr geholfen.«

Sie traten wieder in das Nebenzimmer, wo das Essen gerade beendet wurde. John kam auf Elizabeth zu.

»Geht es dir besser?« fragte er. Elizabeth sah ihn an, blickte in seine Augen, die ihr so vertraut waren, als habe sie ihr Leben lang nichts anderes gesehen.

Ich werde bei dir bleiben, dachte sie, wer du auch bist, was immer du getan hast und tun wirst, mich wirst du niemals wieder los. Und wenn wir zusammen untergehen!

Sie verabschiedeten sich von Patrick und Sally und verließen das Haus. Draußen schneite es wieder, und der saubere, glitzernde Schnee verschönte die uralten Gassen und schiefen Häuser. Hand in Hand liefen sie zurück, Elizabeth immer noch hungrig, aber gar nicht weiter darauf achtend. Sie meinte, älter geworden zu sein in der letzten Stunde und erfahrener. Sie begann, ihre Kindheit abzustreifen und in ein anderes Leben einzutauchen. In den blühenden Gärten von Heron Hall, in den Ballsälen Londons, in jeder unbeschwerten Stunde mit Joanna hatte sie geahnt, daß leben mehr sein mußte als gleichförmige Unbeschwertheit. Sie hatte sich nach jener ebenso schönen wie bitteren Unvollkommenheit gesehnt, die sie nun in John fand und von der sie wußte, daß sie ihr weiteres Schicksal bestimmen würde.

Verbotene Wege
1803

I

In allen Straßen von King's Lynn wurde ein lärmendes, buntes Voksfest gefeiert, lagen Blumen auf den Steinen, schmückten britische Fahnen die Häuser, tanzten die Menschen zu fröhlicher Blasmusik. Die lustigste Stimmung herrschte im Hafen. Hier hatten sich unüberschaubare Mengen versammelt, die sich bis dicht an die Hafenmauer drängten, jubelten und lachten. Ein zu strahlender Schönheit aufgeputztes Schiff lag hier vor Anker, weiß glänzend in der hellen Frühlingssonne, so sauber und freundlich, als wolle es Menschen ihre Reise in andere Länder so heiter, wie es nur sein konnte, gestalten. Doch wer schärfer hinsah, erkannte hinter den bunten Bändern und gebauschten Segeln schwarze, schweigende Kanonen, bedrohlich in ihrer stummen Unbeweglichkeit. Dieses Schiff würde die Meere befahren, um Krieg zu führen, es würde schießen und beschossen werden und, ob siegreich oder nicht, es konnte in jeden Hafen immer nur einkehren mit zerfetzten Segeln, geknickten Masten, mit Blut und Leid und Schmerzen an Bord.

Doch so weit dachte an diesem Tag niemand. Voll Stolz und Glück betrachteten die Menschen die vielen jungen Soldaten, die in ihren schönen neuen Uniformen an der Reling standen und zum Land herüberwinkten, lächelnd und zuversichtlich, angesteckt von der großen Begeisterung, die ihnen entgegenschlug, und von der Hoffnung, jeder einzelne von ihnen werde sein Leben für die Verteidigung Englands einsetzen und nach hartem Kampf siegreich zurückkehren.

Der Patriotismus versetzte an diesem Tag beinahe jeden auf

der Insel in einen Glücksrausch. Denn gestern, am 18. Mai des Jahres 1803, hatte England Napoleon Bonaparte den Krieg erklärt, und in den Häfen des Landes machte sich die Flotte bereit, um auf das Kommando der Admiralität hin auszulaufen. Die Bevölkerung jubelte, sollte doch endlich die britische Flagge wieder hoch über allen Meeren flattern und damit dem prahlerischen Auftreten dieses verrückten Franzosen Bonaparte ein Ende gesetzt werden, der ein Jahr zuvor vom Volk zum Konsul auf Lebenszeit gewählt worden war und einen deutlichen Hang zu aggressiver Expansionspolitik zeigte. Der englische Premier Addington hatte zwar erst vor einem Jahr Frieden mit den Franzosen geschlossen, doch heute, fast auf den Tag genau zwölf Monate später, ließ sich dieser Frieden nicht länger bewahren. Jeder halbwegs vorausdenkende Politiker konnte erkennen, daß Bonaparte zu einer Bedrohung für Europa wurde, und es schien besser, seinem Angriff zuvorzukommen. Lord Nelson, der sich 1798 bei der Schlacht von Abukir so groß hervorgetan hatte, wurde beauftragt, eine starke Flotte zusammenzustellen, mit ihr auszufahren und die französischen Kriegsschiffe auf den Meeresgrund zu versenken. Diese Entscheidung des Premiers fiel zum richtigen Zeitpunkt, um die Massen hinter sich zu bringen. Gerade erst hatte man das neue Jahrhundert glanzvoll und freudig begrüßt und fühlte sich ausgerüstet mit aller Hoffnung für ein neues Zeitalter. Das 19. Jahrhundert war noch jung, und warum sollte nicht gleich zu Beginn der Siegeszug Englands eingeläutet werden? Ein für allemal würde Britannien seine Vorherrschaft zur See sichern.

Unter den vielen Menschen am Hafen stand auch Joanna Sheridy. Sie trug ein neues, hellgrünes Kleid, einen Strohhut mit langer, grüner Feder, und ihr hellblondes Haar glänzte in der Sonne. Sie war inzwischen zweiundzwanzig Jahre alt, wirkte aber älter, verschlossen und strenger als früher. Auf den ersten Blick zeichnete sie sich als Tochter hohen britischen Adels aus, schaute jemand schärfer hin, so konnte er zumindest erkennen, daß dieses Mädchen nicht im sattesten Reichtum lebte. Ein Schneider hätte gesehen, daß ihr nach neuester Mode gearbeitetes Kleid aus einem aufgetrennten alten gearbeitet war, eine Unmöglichkeit, die jede Dame von Stand weit von sich wies, zwangen nicht die Umstände sie dazu. Ein Finger ihres rechten Handschuhs war gestopft, doch sie hielt ihre Hand so geschickt, daß niemand diese Peinlichkeit erspähen konnte. Zweifellos besaß sie schon eine gewisse Gewandtheit im Überspielen solcher Mängel, doch mußte sie heute besonders achtsam sein, denn dicht an ihrer Seite hielt sich Belinda, und selten entgingen dieser Fehler an anderen Mädchen. Belinda war in den vergangenen Jahren noch hübscher geworden. Wie durch ein Wunder wirkten ihre einst vorstehenden Vorderzähne regelmäßiger, und sie schminkte ihre Augen so geschickt, daß sie sehr groß und sehr blau aussahen. Ihr ebenso einfältiges wie schnippisches Gesicht hatte jedoch, seitdem sie fünfzehn Jahre alt gewesen war, keine Wandlung erfahren.

Rechts von Joanna Sheridy stand Edward Gallimore, der von den Freunden der Sheridys in Norfolk schon spöttisch als der stete Schatten der jungen Miss Sheridy bezeichnet wurde, denn er folgte dem Mädchen auf Schritt und Tritt. Zur Feier des Tages trug er heute seinen schönsten Zweispitzhut, dazu ein Hemd mit wogender Spitzenfülle und vor Sauberkeit schimmernde Schnallenschuhe, und so sah er denn reichlich geckenhaft aus. Mehr noch als früher neigte er zur Fülligkeit, besonders im Gesicht, aber dadurch verstärkte sich noch der Ausdruck von Gemütlichkeit, den er immer ausstrahlte. Mit gerunzelten Augenbrauen sah er zum Schiff hinüber.

»Mir gefällt die fröhliche Musik nicht«, bemerkte er, »ich finde, ein Krieg ist kein Grund zum Feiern.«

»O Edward, warum haben Sie sich dann so hübsch aufgeputzt für einen solchen Anlaß?« fragte Belinda kichernd.

»Weil ich ihn mit Joanna verbringe«, antwortete Edward tapfer.

Belinda stieß Joanna an.

»Man könnte dich um diesen treuen Verehrer beneiden«, sagte sie spöttisch, »er ist zwar der einzige, aber das ist ja besser als gar keiner!«

Joanna sah sie kalt an.

»Das war nur Spaß«, murmelte Belinda verlegen. Joannas unverhohlene Verachtung blieb zu ihrem Ärger nie ohne Eindruck auf sie. Sie schwenkte die bauschigen Röcke ihres Kleides und zupfte die Spitzen zurecht, um sich wieder zu sammeln. Dann sah sie Edward unschuldsvoll an.

»Edward, was muß ich da hören«, sagte sie, »das klingt doch sehr unmännlich! Was kann es für einen Mann Schöneres geben, als sein Vaterland zu verteidigen und glorreich zu siegen?«

»Glorreich zu sterben«, murmelte Edward.

»Aber Edward! Das ist natürlich die Kunst dabei. Seine Großartigkeit beweist ein Mann erst dann, wenn er nicht getötet wird!«

»Sei bitte still«, sagte Joanna, »je länger deine Reden, desto geistloser ihr Inhalt!«

»Belinda denkt eben anders als wir«, meinte Edward. Joanna wandte sich ihm zu und gewahrte zum erstenmal bewußt die sanfte Friedfertigkeit in seinen Augen. Sie fragte sich plötzlich, ob seine Unfähigkeit, ein Gespür für alltägliche Begebenheiten zu entwickeln, ob seine Naivität von einer Versunkenheit in ganz andere Gedanken herrührten. Sie wußte, daß er viel las, Bentham, William Blake, Wordsworth und Coleridge. Er hatte ihr einmal gesagt, daß er schwermütige Gedichte liebe, und sie erinnerte sich, wie sie damals ein wenig herablassend gedacht hatte: Als ob du etwas von Schwermut wüßtest!

Wahrscheinlich wußte er mehr, als jeder ahnte. Ernsthafter, als sie sonst mit ihm sprach, sagte sie:

»Belinda denkt wie die meisten Menschen in diesem Land. Vielleicht muß es ja auch sein. Vielleicht müssen wir einen Wahnsinnigen wie Bonaparte bekämpfen. Aber man sollte nicht so tun, als sei das etwas Schönes. Krieg ist so scheußlich und widerwärtig, und jeder müßte das wissen! Ich möchte nie eine Schlacht aus der Nähe miterleben müssen, niemals!«

»Ich habe eine Ausbildung bei der Navy hinter mir«, sagte Edward, »aber ich nahm meinen Abschied. Ich kann das einfach nicht, andere Menschen erschießen oder mit einem Säbel durchbohren. Ich kann ja nicht einmal eine Fliege totschlagen!«

Joanna lächelte ihn an.

»Das«, sagte sie sanft, »ist es, was ich am meisten an Ihnen mag, Edward.«

»Ja, aber natürlich habe ich ein schlechtes Gewissen. Bonaparte muß zurückgewiesen werden. Wir können nicht zulassen, daß die ganze Welt unter ihm leidet. Und ich halte mir die Hände sauber.«

Joanna schwieg nachdenklich. Vom Schiff her klang plötzlich ein vielstimmiger Jubelruf. Alle Segel waren gehißt, und gerade wurde der Anker gelichtet. So langsam, daß man es zuerst gar nicht wahrnahm, setzte sich das große Schiff in Bewegung.

»Eure Unterhaltung ist zwar sehr tiefsinnig, aber nicht interessant«, bemerkte Belinda, »ich werde fortgehen und sehen, ob ich Arthur irgendwo finde. Er müßte hiersein.« Lord Arthur Darking war ein junger, reicher Adliger, der sich vor zwei Jahren mit Belinda verlobt hatte, die Heirat jedoch beharrlich hinauszögerte. Jeder in der Grafschaft lachte bereits über seine fadenscheinigen Ausflüchte, ohne Belindas satte Selbstzufriedenheit auch nur im mindesten berühren zu können.

»Wir sehen uns heute abend bei Edwards Frühlingsfest«, rief Belinda noch, ehe sie unter ihrem kokett wippenden Sonnenschirmchen davonspazierte.

»Ich gehe auch nach Hause«, sagte Joanna, »bis heute abend, Edward.«

»Sie kommen doch wirklich?«

»Ja, natürlich.« Sie lächelte ihm zu und begann, sich einen Weg zu ihrer Kutsche zu bahnen. Der Kutscher erwachte bei ihrem Kommen aus dem kurzen Schlaf, den er gehalten hatte, half ihr in den Wagen und lenkte das Gefährt aus der Stadt hinaus. Wie immer begann Joanna freier zu atmen, sobald sie die weiten, grünen Wiesen sah und den salzigen Meeresgeruch spürte. Sie lehnte den Kopf zum Fenster hinaus, um sich den warmen, duftenden Frühlingswind um die Nase wehen zu lassen und die vielen Gänseblümchen zwischen hellem Gras zu sehen. Als sie das Eisentor zu Heron Hall passierten, seufzte sie tief. Nichts konnte sie so sehr lieben wie diese Heimat.

Vor dem alten Haus auf dem Rasen lag Harriet in viele Decken gehüllt auf einem Stuhl, das Gesicht im Schatten eines riesigen Hutes. Ihre dünnen, zittrigen Finger hielten einen weißen, zusammengefalteten Brief, eng mit schwarzer Tinte beschrieben. Der matte Ausdruck ihrer Augen veränderte sich kaum, als ihre Tochter auf sie zukam.

»Guten Tag, Mutter«, grüßte Joanna. Sie ließ sich neben dem Stuhl in das weiche Gras gleiten. »Wie geht es Ihnen?« fragte sie gewohnheitsmäßig.

»Nicht gut, wie immer«, entgegnete Harriet mit schwacher Stimme.

»Das tut mir leid. Sie haben einen Brief bekommen?«

»Aus Italien. Von Cynthia.«

»Geht es ihr gut?«

»Jaja. Sie machen sich ein feines Leben dort!«

Cynthia und Anthony waren nach ihrer Flucht nicht lange in Frankreich geblieben, sondern bald nach Italien gegangen, wo sie sich in Rom niedergelassen und es nach einiger Zeit tatsächlich wieder zu Wohlstand gebracht hatten. Cynthia schrieb ihrer Familie regelmäßig und berichtete von glanzvollen Festen, an denen sie teilnahmen, und von Begegnungen mit reichen, berühmten Leuten. Weder Harriet noch Joanna wagten jemals, genauer nachzufragen, wie Anthony es erreicht hatte, abermals ein luxuriöses Leben aufzubauen, denn es erschien ihnen nur zu wahrscheinlich, daß er sich schon wieder jenseits aller Gesetze bewegte.

»Cynthia wird im August endlich ihr erstes Kind bekommen«, fuhr Harriet fort.

»Wie schön. Sicher sind Anthony und sie sehr glücklich!«

Harriet antwortete darauf nicht. Sie schloß nur müde die Augen.

»Ist heute abend nicht das Fest bei Edward Gallimore?« erkundigte sie sich.

»Ja, und ich werde hingehen«, sagte Joanna rasch.

»Natürlich, geh nur, Kind. Ich werde schon früh schlafen. Du mußt dich nicht um mich kümmern. Niemand muß sich um mich kümmern. Ich bin nur eine arme, alte Frau, die allen zur Last fällt!«

»Unsinn, Mutter!« Joanna erhob sich. »Ich schicke Ihnen Edna, damit sie Sie ins Haus bringt«, sagte sie, »es wird kühler.«

Sie verschwand, ohne eine weitere Erklärung Harriets abzuwarten. Es gab Tage, an denen sie das ewige Gejammere nicht ertragen mochte, und sie wollte sich auch heute unter keinen Umständen dazu bewegen lassen, zu Hause zu bleiben und nicht zum Ball zu gehen. Es war ihr klar, daß Harriet genau das erreichen wollte und daß sie nun Stunde um Stunde größeren Druck ausüben würde.

An der Tür stieß Joanna beinahe mit ihrem dreizehnjährigen Bruder George zusammen, der in Reitkleidung an ihr vorüberstürmte.

»Sei leise, Mutter geht es nicht gut«, mahnte sie, »und reite nicht so wild!«

»Paß auf dich selber auf«, gab George zurück und jagte um die nächste Ecke. Joanna seufzte verärgert. George wurde unerträglich frech in der letzten Zeit. Immer mußte sie sich mit ihm streiten, weil Harriet sich zu schwach dazu fühlte.

Oben in ihrem Zimmer holte Joanna das Kleid aus dem Schrank, das sie heute abend tragen wollte. Sie und ihr einstiges Kindermädchen Agatha hatten es aus einem uralten Ballkleid gearbeitet, das Harriet in ihrer Jugend besessen hatte, und Joanna hoffte nur, es werde niemand dasein, der sich dessen erinnerte. Aber was auch geschah, der Ehrenplatz auf diesem Fest war ihr sicher, denn beim Dinner würde sie am Kopfende des Tisches neben Edward sitzen und später mit ihm den Ball eröffnen, als sei sie seine Verlobte.

Seit Jahren könnte ich Lady Gallimore sein, dachte sie.

Sie zog sich ohne fremde Hilfe an, kämmte sich nur flüchtig die Haare und legte, ohne lange auszuwählen, ihren Schmuck an. Manchmal staunte sie über ihr eigenes zwiespältiges Verhalten. Sie freute sich wochenlang auf einen Ball, nähte mit allem Eifer ein schönes Kleid, und wenige Stunden bevor er stattfinden sollte, befiel sie diese seltsame, schmerzhafte Gleichgültigkeit, der sie sich immer wieder ausgeliefert sah. Mit heftigem Schwung warf sie ihre Bürste in eine Ecke und zog ihre Ballschuhe an. Sie mochte jetzt nicht nachdenken, sonst beschloß sie womöglich im letzten Moment, zu Hause zu bleiben. Ehe sie länger grübeln konnte, zog sie an der seidenen Schnur, mit der sie Agatha herbeiläutete. Sie sollte den Kutscher beauftragen, die Pferde einzuspannen und am Portal vorzufahren. Heute abend würde sie tanzen und Champagner trinken und jedem ins Gesicht lachen, der hinter vorgehaltenem Fächer über den schwindenden Reichtum der Sheridys und die seltsamen Krankheiten der Lady Harriet lästerte.

Die unzähligen Gäste, die im Park der Familie Gallimore die lampionbeleuchteten Kieswege entlangschlenderten, in blühenden Lauben saßen oder in den Sälen des Hauses an Marmorsäulen lehnten, redeten an diesem Abend vergleichsweise wenig über die Schwächen ihrer Mitmenschen, denn das Fest hatte seinen eigenen kleinen Skandal gleich zu Beginn bereits gehabt. Die Musikkapelle war so wagemutig gewesen, zur Eröffnung des Balls einen Walzer zu spielen, jenen neuen, modernen Tanz, über den man in England hitzig diskutierte. In konservativen Kreisen galt er als zutiefst kompromittierend, denn die Paare hielten sich dabei eng umschlungen, und während sie herumwirbelten, berührten sich ihre Körper ständig. Eine Gruppe älterer Damen verließ hocherhobenen Hauptes den Saal und das Fest, als die ersten Töne erklangen, was Lady Gallimore in tiefsten Kummer stürzte und sie zwang, sich vorzeitig mit Kopfschmerzen in ihr Zimmer zurückzuziehen. Andere hingegen, wie Lady Viola, mochten gar nichts anderes mehr tanzen und bestachen die Musiker, nach jedem altgewohnten Tanz den neuen Walzer zu spielen.

Joanna, die zuerst über die Prüderie der sittsamen Ladies gelacht hatte, fand es schließlich doch unangenehm, nahezu ständig Edwards Arm um ihre Taille spüren zu müssen und gegen seinen dicklichen Bauch gepreßt zu werden. Als sich eine günstige Gelegenheit ergab, entwischte sie aus dem Saal und lief hinaus in den Park. Die Mainacht war noch kühl, von der See her wehte ein leichter Wind, aber Joanna fröstelte nicht. Sie spazierte zwischen den Leuten umher, überlegte erleichtert, daß es schön sei, nicht ständig plaudern zu müssen, und dachte amüsiert an Edward, der ihr vor wenigen Minuten zum hundertsten Mal einen Heiratsantrag gemacht hatte und von ihr mit den ewig gleichen, freundlichen Worten zurückgewiesen worden war. Sie bog um eine Ecke, in der ihr ein leicht torkelndes Paar entgegenkam, Lady Viola mit einem fremden, großen Mann.

»Ach, Sie haben den Ball verlassen?« fragte Joanna erstaunt.

»Nun ja, ich fühlte mich ein bißchen schwindelig«, entgegnete Lady Viola, »der Wein schmeckte gar zu köstlich!«

»Welch ein hübsches Kleid du trägst, Joanna«, fuhr sie fort. »Ich habe es schon an Harriet immer so gern gesehen. Das muß schon... na, bestimmt fünfundzwanzig Jahre her sein!« Der Herr neben ihr lächelte, Joanna blieb unbeeindruckt. »Wie gut übrigens, daß wir dich hier getroffen haben«, schnatterte Viola, »denn denke dir nur, Lord Salingham«, sie wies mit großer Geste auf ihren Begleiter, »Lord Salingham kommt gerade aus London. Und rate, von wem er interessante Neuigkeiten bringt!«

Joannas Herz schlug schneller, und ehe sie es verhindern konnte, wurden ihre Augen ganz groß.

»Von Elizabeth?« fragte sie ganz atemlos.

»Von John Carmody. Diesem verarmten Lord, mit dem deine Freundin Elizabeth zusammenlebt... oder hat er sie inzwischen geheiratet?«

»Ich... ich weiß es nicht. Ich glaube nicht.«

»Lord Salingham wird dir alle Neuigkeiten erzählen. Ich lasse euch allein, Kinder. Ich muß mich wieder ein wenig diesem herrlichen Tanz widmen!«

Eilig lief sie davon. Joanna wandte sich sofort an den Lord.

»Haben Sie Lord Carmody und Miss Landale gesehen?«

Salingham rieb sich über die gepflegten, grauen Haare. »Nein, gesehen habe ich sie nicht«, antwortete er, »aber man spricht viel von ihnen. Lord Carmody ist auf dem besten Weg, in ernsthafte Schwierigkeiten zu geraten.«

»Was für Schwierigkeiten?«

»Er hat sich führend am Verfassen und an der Verbreitung von gewissen Flugblättern beteiligt...«

»Und was stand auf diesen Flugblättern?«

»Carmody wettert gegen die herrschenden Stände in England, gegen den Adel und dessen alle Institutionen überziehenden Einfluß. Er spricht von der Ausbeutung und Unterdrückung der Arbeiter in den Städten und ruft sie zum Widerstand auf!«

Joanna war blaß geworden.

»Ja«, meinte Salingham, »seine Wortwahl dabei ist nicht gerade zartfühlend. Er führt sogar bestimmte Personen auf, nicht mit Namen, aber doch so, daß jeder weiß, um wen es geht. Die betreffenden Herren sind darüber sehr ungehalten.«

»Wird man gegen ihn vorgehen?«

»Wenn er so weitermacht, dann bestimmt. Es gibt auch nichts, was ihn schützen würde. Er hat überhaupt kein Geld, nur verschuldeten Besitz, seine Freunde entstammen den untersten Schichten. Außerdem ist längst überall bekannt, daß er trinkt.«

»Stimmt das auch wirklich? Er trinkt?«

»Man sagt es.« Salingham sah sie mitleidig an. »Sie sorgen sich um Ihre Freundin?«

»Wissen Sie etwas von ihr?«

»Nein. Ich hörte nur, daß er mit einer sehr jungen Frau zusammenlebt. Sie sollten ihr raten, sich von ihm zu trennen.«

»Es würde nichts nützen. Ich habe ihr einige Male geschrieben, aber sie hat nur sehr nichtssagend geantwortet. Nun habe ich schon sehr lange nichts mehr von ihr gehört.« Joanna schwieg, und Salingham gab einen uninteressierten Laut des Bedauerns von sich. Nach einer Weile meinte er:

»Es ist kühl, finden Sie nicht auch? Wir sollten hineingehen.«

Joanna schrak zusammen. Sie hatte kaum noch daran gedacht, wo sie sich befand.

»Entschuldigen Sie, ich war ganz in Gedanken«, sagte sie, »ich glaube, ich werde nach Hause fahren.«

»Soll ich Sie zu Ihrer Kutsche bringen? Sie sehen gar nicht wohl aus.«

»Nein, vielen Dank. Es geht mir ganz gut. Ich bin nur etwas durcheinander. Es... es tut mir leid.«

»Auf Wiedersehen.« Salingham verneigte sich und verschwand erleichtert. Joanna aber lief in den dunklen Park hinaus, weit fort von den vielen fröhlichen Gästen, bis sie keine Musik mehr vernahm und keine Stimmen, sondern nur noch das leise Rauschen der Bäume und das Tappen der eigenen Füße auf den weichen Frühlingswiesen.

2

An einem verregneten Junimorgen, als zwischen allen Pflastersteinen auf den Straßen Pfützen standen und sich nur selten ein vereinzelter Sonnenstrahl in den nassen Hausdächern spiegelte, eilte Elizabeth durch verschwiegene, enge Gassen zu ihrer Wohnung in der Butchery Alley zurück. Sie hatte ein großes Tuch um den Kopf geschlungen, das halb ihr Gesicht bedeckte, denn sie wollte möglichst nicht erkannt werden. Die letzten vier Tage hatte sie bei der im ganzen Viertel bekannten Mrs. Hall verbracht, die ihr nun schon zum zweiten Mal geholfen hatte, ein ungeborenes Kind loszuwerden. Elizabeth haßte die rothaarige Hexe, die jeder Besucherin mit unverhohlener Gier und falscher Freundlichkeit entgegenkam. Sie empfand Furcht vor dem kalkweißen Gesicht und den langen, dünnen Fingern mit den krallenartigen Fingernägeln, doch was hätte sie in einer derartigen Notlage anderes tun sollen, als sich an sie zu wenden. Beim ersten Mal vor sechzehn Monaten wäre sie hinterher beinahe gestorben und hatte wochenlang mit hohem Fieber und furchtbaren Schmerzen im Bett gelegen. Sie dachte an diese Zeit mit einer Mischung aus Grauen und Sehnsucht zurück, denn wenn sie auch mit dem Tod gekämpft hatte, so war sie doch mit John verbunden gewesen wie niemals zuvor oder danach. Durch den schweren Fieberschleier hindurch sah sie immer nur ihn, Tag und Nacht blieb er bei ihr, unrasiert und blaß, mit vor Müdigkeit und Sorge rotgeränderten Augen. Er hielt ihre heißen Hände, und er rührte in all den Wochen keinen Tropfen Alkohol an. Zum ersten Mal, seit sie mit ihm lebte, zeigte er seine ganze Liebe für sie, frei von jedem Vorbehalt. In der Angst um sie vergaß er alles andere. Diesmal beschwor er sie natürlich, das Kind zu behalten, er stritt mit ihr, bettelte und fluchte, aber Elizabeth blieb hart.

»Das ist allein meine Sache«, sagte sie, »in eine solche Entscheidung darf sich nie ein Mann einmischen!«

»Der Vater des Kindes auch nicht?«

»Nein.«

Sie setzte ihren Willen durch, aber diesmal stellte sie es geschickter an und blieb bei Mrs. Hall, bis sie das Gefühl hatte, kräftiger zu sein. Als sie nun nach Hause ging, empfand sie Zuversicht und Erleichterung. John würde staunen, daß sie schon so bald kam, er würde glücklich sein, weil sie sich so überraschend wohl fühlte. Vielleicht gab es in der Wohnung sogar etwas zu essen, denn John arbeitete jetzt manchmal, wenn in irgendeiner Fabrik jemand gebraucht wurde, und so besaßen sie von Zeit zu Zeit etwas Geld.

Als Elizabeth jedoch das kleine Zimmer betrat, war niemand dort. Etwas bitter dachte sie, daß sie das eigentlich hätte voraussehen müssen. Neben der Waschschüssel stand schmutziges Geschirr, auf allen Möbeln lag eine Staubschicht, gegen das Fenster surrte unaufhörlich eine Fliege. Elizabeth räumte notdürftig auf, aber sie merkte, daß sie noch schnell außer Atem geriet, und legte sich auf das Bett. Natürlich hatte John nicht wissen können, daß sie heute kommen würde, aber gegen alle Vernunft überfiel sie eine steigende Weinerlichkeit, weil er fortgegangen war. Einige Male ging sie zum Fenster, um nach ihm Ausschau zu halten, aber sie sah auf den Gassen nur ein paar schwarzgekleidete Männer mit großen Hüten, die in den Kellern anderer Häuser verschwanden. Es war beinahe unglaublich, wie viele Verbrecherbanden es in London gab, die nun schon bei Tage ihre geheimen

Schlupfwinkel aufsuchten. Es verging keine Woche, in der in London nicht mehrere Raubüberfälle verübt wurden.

Es wurde schon Abend und hörte endlich auf zu regnen, als Johns Nachbar, der ständig betrunkene alte Billy, erschien. Er stolperte einfach in die Wohnung, ohne anzuklopfen, und blieb erschrocken stehen, als sich Elizabeth in ihrem Bett aufrichtete, wo sie gerade eingeschlafen war. Überraschenderweise schien er nüchtern.

»Ach, Miss Landale«, sagte er, »ich hatte keine Ahnung... es tut mir leid... ist John denn nicht da?«

»Sie sind es, Billy? Nein, ich verstehe es auch nicht, aber John ist schon den ganzen Tag verschwunden. Ich weiß nicht, wo er steckt!«

»Das ist aber wirklich ärgerlich«, murmelte Billy. Er stand so unentschlossen herum, daß Elizabeth ihrem heftigen Wunsch, sich abermals in den Schlaf gleiten zu lassen, widerstand, sich erhob und fragte:

»Müssen Sie ihm denn etwas Wichtiges sagen?«

»Ja... nun, vielleicht ist es wichtig, vielleicht auch nicht, wer kann das sagen...«

»Billy, bitte, sagen Sie es mir!«

»Ich will Sie aber doch nicht erschrecken, Miss!«

»Ach, das haben Sie ja gerade schon getan! Also reden Sie jetzt!«

»Es ist ja vielleicht nur ein Gerücht, aber oft ist an Gerüchten was Wahres dran. In einer Kneipe haben sie erzählt, daß John auf der schwarzen Liste steht, so nennt man das wohl...«

Elizabeth leckte sich über die ausgetrockneten Lippen.

»Wer sprach davon?« fragte sie.

»Einige Leute aus unserer Gegend. John ist sehr bekannt.«

»Ja und was bedeutet das?«

»Na, manche meinen, er soll in den nächsten Tagen verhaftet werden. Während Sie... fort waren«, er blickte sie verlegen an, offenbar wußte er von Mrs. Hall, »da hat er wieder ein Flugblatt drucken lassen. Diesmal ging es um die Einziehung von Navysoldaten. Nun ja, jetzt, wo wir wieder Krieg haben...«

»Ach Gott«, seufzte Elizabeth leise und verzweifelt. Sie hatte John so sehr gebeten, wenigstens von diesem Thema seine Finger zu lassen, aber offenbar hatte er ihr Fernsein sofort genutzt, gegen ihren Willen zu handeln. Seit England Frankreich erneut den Krieg erklärt hatte, flammte die alte Sitte auf, arglose Bürger von der Straße weg gegen ihren Willen für die Navy zu verpflichten und auf der Stelle zum nächsten Schiff zu schleppen. England hatte kein stehendes Heer, weil dessen Unterhaltung zu teuer gewesen wäre, und wenn dann ein Krieg ausbrach, mußte blitzschnell eine Armee rekrutiert werden, wobei sich nie genügend Freiwillige meldeten. Das lag auch an den katastrophalen Bedingungen, unter denen die Soldaten lebten. Besonders auf den Schiffen wurde ausgebeutet und bestialisch gefoltert, so daß mancher, der den Krieg überlebte, an den Folgen dieser Behandlung starb. Die Zwangsverpflichtung konnte jeden Mann treffen, der nicht dem Adel angehörte oder der kein Geld besaß, sich durch Bestechung freizukaufen. Elizabeth kannte Johns Zorn darüber, doch sie hatte immer noch gehofft, ihn von einer ernsthaften Aktion abhalten zu können.

»Auf dem Flugblatt greift er die gesamte Adm... Admiralität an«, erläuterte Billy, »und das kann böse Folgen haben!«

Sein zerknittertes, krankes Gesicht sah sorgenvoll drein. Elizabeth mußte sich mit einer Hand am Tisch festhalten. »Wenn er kommt, werde ich ihm das sagen«, sagte sie mühsam, »ich danke Ihnen, Billy, daß Sie zu mir gekommen sind.«

»Natürlich, John ist doch mein einziger Freund auf dieser verfluchten Welt. Wiedersehen, Miss Landale. Ich muß jetzt was trinken!« Er schlurfte hinaus, die Tür fiel hinter ihm zu. Elizabeth mußte sich setzen, so sehr zitterten ihr die Knie. Ach, wie rasch war ihr Glücksgefühl vom frühen Morgen verflogen, über den einsamen Tag hinweg von Stunde zu Stunde und nun vollends, seit Billy erschienen war. Verdammter, verdammter John! Er ließ ihr keine Ruhe, keinen Frieden, er dachte überhaupt niemals daran, sich nach ihren Wünschen zu richten! Er lebte, wie es ihm in den Sinn kam, als sei niemand vorhanden, dessen Schicksal sich mit dem seinen verband. Wie nur hatte er das jetzt wieder tun können! Zwischen aufflammendem Ärger und abgrundtiefer Müdigkeit schwankend, starrte Elizabeth auf die fleckige Tischplatte vor sich, stützte schließlich den Kopf in die Hände, wollte weinen und konnte es nicht. Seltsam zu denken, daß sie früher in Tränen ausgebrochen war, wenn man sie nur schief anblickte. Heute war sie viel stärker, das Leben härtete doch ab.

Dieser Gedanke half ihr, sich aufzuraffen. Es war wirklich nicht sinnvoll, hier zu sitzen, in Traurigkeit zu versinken und zu warten, bis das Schicksal zum entscheidenden Schlag ausholte. Ihr blieb keine Zeit, ihrer Erschöpfung nachzugeben. Sie mußten London sofort verlassen, sobald John zurückkam.

Glücklicherweise gab es nicht viel zu packen. Elizabeth besaß nur noch wenige Kleider, die sie tragen konnte, und John hatte noch nie viel gehabt. Es dauerte nicht lange, und Elizabeth hatte eine Tasche gepackt, die nun mit ihrer beider ganzem Besitz gefüllt war. Sie räumte noch ein wenig auf, dann setzte sie sich und wartete, von gespannter Nervosität ebenso erfüllt wie von Erschöpfung.

Lange nachdem die Sonne untergegangen war und nachtschwarze Dunkelheit den kleinen Raum erfüllte, wurde endlich abermals die Tür geöffnet, und John trat ein, begleitet von Benny, der sogleich vor Freude bellte. John zündete eine Kerze an und schrak zusammen, als er bemerkte, daß er nicht allein war.

»Elizabeth? Du bist schon zurück?«

»Seit heute früh.«

»Oh.« Er schloß die Tür wieder und lehnte sich dagegen. Er sah aus, als habe er einige Nächte nicht geschlafen. »Geht es dir gut?« fragte er. »Ich habe mir solche Sorgen gemacht!«

»Ich fühle mich wohl, und das könnte vielleicht sogar so bleiben, wenn wir nicht noch heute nacht von London weg müßten.«

»Wie bitte?«

»Bist du wirklich ganz ahnungslos?«

»Offen gestanden, ja. Aber warum bist du so gereizt?«

»Du hast nicht zufällig ein Flugblatt verfaßt, während ich fort war?«

John antwortete nicht, sondern setzte sich langsam an den Tisch.

»Deshalb bist du mir böse«, sagte er schließlich. Elizabeth stand auf.

»Ja«, sagte sie, »ich bin wütend, weil du nie, nie tust, was ich möchte, und weil du dich außerdem in Gefahr gebracht hast. Billy kam vorhin zu mir. Man spricht davon, daß du verhaftet werden sollst!«

»Dann stimmt das also. Ich hab' gestern auch so was gehört.«

»Gestern? Und du sitzt hier, und es ist dir gleichgültig!« rief Elizabeth. »Ich verstehe dich einfach nicht. Möchtest du ins Gefängnis kommen?«

»Nein. Aber schrei mich nicht an, ich habe Kopfschmerzen.«

»Hast du getrunken?«

»Wenn ich getrunken hätte, hätte ich keine Kopfschmerzen.«

»Wir müssen jetzt fort. Wenn dir auch egal ist, was passiert, mir nicht!«

»Elizabeth, ich habe nicht soviel auf das Gerede gegeben!« John rieb sich die umschatteten Augen. »Ich hatte anderes im Kopf. Du warst noch bei dieser Mrs. Hall, und ich dachte, du müßtest sterben...«

Elizabeth kniete neben ihm nieder und nahm seine beiden Hände.

»Es tut mir leid«, sagte sie leise, »ich wollte nicht so gereizt mit dir sprechen. Aber ich habe Angst um dich. Bitte, laß uns fortgehen, ehe es zu spät ist.«

»Das geht jetzt nicht, du bist zu schwach.«

»Nein, es geht mir gut. Ich halte das schon aus, aber ich ertrage es nicht, wenn du im Gefängnis bist und von mir getrennt.«

»Mein Schatz«, John sah sie eindringlich an, »ich verspreche dir, fortzulaufen und mich nicht verhaften zu lassen. Aber du bleibst entweder hier, oder du gehst nach Norfolk zurück, zu deiner Tante Harriet.«

»Du möchtest mich loswerden?«

John antwortete nicht, und mit zitternder Stimme wiederholte Elizabeth ihre Frage. Endlich sprach John wieder.

»Du solltest dich von mir trennen«, sagte er, »solange du noch jung und so schön und nicht ganz von mir in Armut und Elend gezerrt worden bist. Ich werde untergehen, Elizabeth, aber du nicht mit mir. Du bist zu schade und zu gut dafür. Ich bin nie ein besonders anständiger Mensch gewesen, aber dich will ich nicht auf mein Gewissen laden!«

»Wovon redest du denn? Von Untergang? Nie, John, nie gehst du unter. Nicht du. Du...«

»Elizabeth, hör doch auf, dir etwas vorzumachen. Wie lange noch willst du in mir den Helden sehen? Diesen Glauben hältst du aufrecht seit dem Tag, als wir in dem Wirtshaus überfallen worden waren und beide hinter einem Stapel Kisten auf diesem finsteren Dachboden lagen. Mein Gott, wie einen Heiligen hast du mich angesehen, als du aus der Ohnmacht erwachtest!«

»Sprich nicht so bitter. Denn schließlich – du hast mir damals das Leben gerettet!«

»Aber das ist viele, viele Jahre her!« rief John. »Du hast es selbst einmal gesagt, daß ich seit damals immer tiefer gerutscht bin, und du hattest recht. Von Tag zu Tag geht es mit mir bergab. Ich weiß nicht einmal mehr, wofür oder wogegen ich kämpfe und ob ich überhaupt kämpfe und was ich tue. Es überfordert mich einfach zu leben, Elizabeth.«

Elizabeth preßte die Hand gegen den Mund, um die Worte zurückzudrängen, die herauswollten: Es ist das Trinken, John, glaub es mir, wenn du es mir nur glauben würdest, es ist der Alkohol, der dir jeden Tag mehr Kraft und mehr Hoffnung raubt, der dich zu dem gemacht hat, was du jetzt bist, der mir den Mann genommen hat, den ich in Heron Hall sah und der in Blackhill an einem Sommerabend durch den verwilderten Garten auf mich zukam...

»Blackhill«, sagte sie. Sie stand auf. Schon die Erwähnung des Namens gab ihr Kraft. »Wir gehen nach Blackhill, John. Über alles andere können wir später sprechen. Aber jetzt bleibt uns keine Zeit dazu.«

»Eine Flucht wie einst Cynthia und Anthony Aylesham. Aber so glücklich wird sie nicht verlaufen. Ich bin kein Lord Aylesham, der auch dann noch auf die Füße fällt, wenn er schon den Todesstoß erhalten hat!«

»Gut, das werden wir sehen. Nimm meine Hilfe zu deiner Flucht als Dank für Cynthias Rettung, wenn es nicht anders geht. An jenem Abend vor vier Jahren habe ich um sie gezittert, und sie hätte ihre Freiheit verloren, wärest du nicht gewesen.«

»Lord Carmody, der Held«, murmelte John, aber immerhin stand er endlich auf.

»Dann laß uns gehen«, sagte er. »Siehst du, das ist gut an der Armut. Wir müssen uns nicht von wertvollem Besitz trennen, sondern nur von einer Wohnung, deren Miete wir seit vier Monaten nicht bezahlt haben!«

Sie sprachen kein Wort mehr, als sie mit Benny aus dem Haus schlichen. Draußen regnete es schon wieder, doch dafür hielt sich auch niemand in den Gassen auf, vielleicht blieben auch die Diebe in ihren Schlupflöchern. Selbst für arme Leute war es nicht ungefährlich, zu dieser Stunde auf der Straße herumzulaufen.

Es gab keinen Fleck in London, den John nicht kannte. Schon nach kurzer Zeit hatten sie einen Stall gefunden, in dem Pferde oder Kutschen vermietet wurden. Der Besitzer, der schnarchend im Heu lag, fuhr erschrocken in die Höhe, als plötzlich zwei Fremde vor ihm standen und ihn wach rüttelten.

»Um Himmels willen, es ist mitten in der Nacht!« rief er. »Was wollen Sie?«

»Wir brauchen einen Wagen und ein Pferd«, sagte John, »und wir wollen beides kaufen.«

Der Mann musterte mißtrauisch seine zerlumpte Kleidung. »Haben Sie denn Geld?«

John griff wortlos in seine Tasche und holte ein Bündel Geldscheine hervor. Elizabeth hielt den Atem an vor Überraschung.

»Das wird wohl reichen!« meinte John. Der Mann nickte.

»Ja, o ja, Sir. Natürlich. Kommen Sie!«

Er führte die beiden zu den Pferden. John wählte sehr sorgfältig ein besonders kräftiges Tier aus und erstand dazu einen einfachen, offenen Holzwagen, wie ihn die Bauern für die Ernte benutzten. Der alte Besitzer ließ sich das verlangte Geld in die schmutzige Hand zählen und half dann diensteifrig, das Tier anzuspannen. John hob Elizabeth und Benny auf den Wagen, kletterte selbst hinterher, ergriff die Zügel, und schon ratterte das Gefährt über die unebenen Straßen durch die Dunkelheit davon. Elizabeth klammerte sich neben John an ihren schwankenden Sitz.

»Woher hattest du so viel Geld?« fragte sie.

»Ich konnte arbeiten in den letzten Tagen«, entgegnete John, »und ich habe alles gespart, weil ich dachte, du würdest vielleicht einen guten Doktor brauchen.«

Elizabeth war ganz bewegt.

»Seltsam, daran habe ich gar nicht gedacht. Aber was hätten wir tun sollen, wenn wir kein Geld gehabt hätten?«

»Wir hätten das Pferd und den Wagen stehlen müssen. Aber das wäre ziemlich schwierig gewesen.«

Sie kamen gut voran und verließen schon bald die Stadt. Elizabeth bemerkte, wie angegriffen und erschöpft sie noch war. Trotz der Aufregung, trotz Regen und Kälte fielen ihr fast die Augen zu, und schließlich kletterte sie in den hinteren Teil des Wagens, wo sie sich auf dem Holz ausstreckte, um zu schlafen. Die Stöße des unebenen Weges taten ihr überall im Körper weh, aber irgendwann tief in der Nacht schlief sie doch ein.

Am nächsten Morgen schien die Sonne. Ein klarer, warmer Frühsommertag stieg herauf, mit blauem Himmel und vielen summenden Bienen in den Wiesen. Das Pferd trottete noch immer gleichmütig über regenfeuchte Feldwege, aber John sagte, es müsse endlich einmal für kurze Zeit ausruhen. Sie ließen es auf der Wiese grasen, während sie selbst hungrig am Wegesrand saßen, Elizabeth einigermaßen munter und gestärkt, John so müde, daß er, als er einen Augenblick lang seinen Kopf gegen Elizabeths Schulter lehnte, einschlief. Sie weckte ihn nicht, sondern blieb unbeweglich. Merkwürdigerweise ließ der friedliche Morgen langsam steigende Unruhe und Furcht in ihr wach werden. Eine Ahnung von Gefahr, von lautlos sich näherndem Unheil. Zu leicht, zu schnell hatte sich die Flucht vollzogen, trotz Johns langer, verzögernder Unentschlossenheit. Wenn sie verfolgt wurden? Sie betrachtete sein im Schlaf entspanntes Gesicht und dachte, daß es ihm wirklich gleichgültig war, was geschah. Ihretwegen hatte er sich entschlossen zu fliehen, und so würde es bleiben, und zu jedem weiteren Schritt mußte sie ihn antreiben. Obwohl es ihr schwerfiel, stieß sie ihn an und weckte ihn auf.

»Wir müssen weiter«, sagte sie, »ich habe kein gutes Gefühl!«

Sie setzten ihren Weg fort. Hier und da begegneten ihnen Bauern, die in die Stadt wollten, um Waren zu verkaufen. Sie hielten John und Elizabeth für ihresgleichen und nickten ihnen freundlich zu. Elizabeths Angst löste sich ein wenig, aber dennoch bat sie John, Dörfer zu meiden und lieber über die Felder zu fahren.

An einem alten Bauernhof kauften sie etwas zu essen. Die Bäuerin musterte sie so mißtrauisch, daß Elizabeth beinahe jeder Bissen im Hals steckenblieb. John lachte später darüber.

»Was stellst du dir vor?« fragte er. »Meinst du, im ganzen Land kennen die Leute John Carmody und warten gierig darauf, ihn zu fangen und dem Richter auszuliefern?«

»Natürlich nicht. Aber ich denke immer, wir würden vielleicht verfolgt.«

»Du überschätzt das Interesse, das man an mir hat. Wahrscheinlich war sogar unsere ganze Flucht unnötig.«

»Du bist so leichtsinnig! Seit Jahren legst du unermüdlich deinen Finger auf die wundesten Stellen der englischen Gesellschaft und greifst einflußreiche Leute an. Es gibt manchen in London, dem du schon so zugesetzt hast, daß er geradezu darauf brennen müßte, dich endlich im Gefängnis zu wissen.«

John schwieg, und sie sprachen nicht weiter darüber. Am Abend gerieten sie abermals in Streit. John wollte in einer Herberge am Wegesrand einkehren, Elizabeth hielt das für zu gefährlich und versuchte ihn zu bewegen, irgendwo im Wald zu schlafen. Diesmal aber blieb John hart.

»Du mußt unter allen Umständen diese Nacht in einem richtigen Bett verbringen«, sagte er, »du siehst entsetzlich elend aus, und eigentlich ist es ein Verbrechen, daß du in diesem Zustand überhaupt unterwegs bist.«

Das Wirtshaus, das sie schließlich betraten, war äußerlich

recht heruntergekommen, wirkte von innen jedoch gemütlich. Nur wenige Reisende saßen unten in der Gaststube und sahen kaum auf, als die Fremden eintraten.

»Niemand kümmert sich um uns«, flüsterte John Elizabeth zu, »du hast gar keinen Grund, dich zu sorgen!«

Sie nahmen sich etwas zu essen mit in das kleine Zimmer, das der Wirt ihnen zeigte. Elizabeth mußte daran denken, wie sie vor vielen Jahren aus Miss Brandes Haus fortgelaufen war und den gleichen Weg genommen hatte. In einem ganz ähnlichen Zimmer hatte sie damals übernachtet, ohne im geringsten zu wissen, was später geschehen würde. Die Unsicherheit, die sie heute umgab, hätte sie nie vorausgesehen. Und doch, dachte sie, lieber ein gefahrvolles Leben mit John als Ruhe und Frieden als Countess Locksley an Andrews Seite.

In dieser Nacht träumte Elizabeth von Joanna. Seit endlosen Zeiten hatte sie das nicht mehr getan, selbst bei Tage ließen Aufregungen um John und die immerwährende Sorge um das fehlende Geld kaum einen Gedanken an die Freundin zu. Doch heute stand sie deutlich vor ihr, übergroß und nah, mit Augen voller Kummer und einem Ausdruck im Gesicht, als verurteile sie, was Elizabeth getan hatte. Ihre blonden Haare flatterten im Wind, als stehe sie am Meer, am Strand von Hunstanton. Als Elizabeth erwachte, verwirrt und traumumfangen, fiel ihr ein, daß Joanna sie an dem Morgen so angesehen hatte, als sie mit John in Tante Harriets Haus zurückkehrte und Joanna ihnen auf der Treppe entgegenkam. Was war nur in ihr vorgegangen? Aus Briefen wußte Elizabeth, daß sie noch immer unverheiratet bei Harriet lebte, umschwärmt von Edward, häufig belagert von Belinda. Ich müßte sie einmal wiedersehen, dachte sie, aber seltsam, ich habe Angst davor.

Sie stand auf, wusch sich und zog sich an. Sie öffnete weit die Fenster des Zimmers und lehnte sich hinaus. Gott sei Dank schien dies wieder ein schöner Tag zu werden. Mit halbgeschlossenen Augen sah sie einem Schmetterling zu, der vor ihr hin und her flatterte. Gerade wollte sie sich mit einem behaglichen Seufzer zurücklehnen, da vernahm sie lautes Hufgetrappel, und um die Ecke durch das Hoftor hindurch bog ein Trupp Männer auf abgehetzten Pferden. Sie blieben genau vor der Eingangstür stehen, die Reiter sprangen ab und klopften fordernd an.

Elizabeth verschwand sofort vom Fenster. Wie damals bei Cynthias Fest! Sie zweifelte keine Sekunde daran, daß diese Leute wegen John kamen. Sie mußten sofort weg, noch ehe der verschlafene Wirt den Fremden öffnen konnte.

Sie zerrte an John, schüttelte ihn, bis er endlich den Kopf hob und sie verwirrt anblickte.

»Was ist denn?« fragte er ungehalten.

»Steh sofort auf, John. Da unten sind Soldaten, die dich verhaften wollen. Wir müssen hier raus!«

Glücklicherweise begriff er sofort und war mit einem Schlag hellwach. Ohne noch ein weiteres Wort zu sprechen, schlüpften sie beide in ihre Kleider, griffen von ihren wenigen Habseligkeiten, was sie nur gerade greifen konnten, und liefen aus dem Zimmer. Benny tappte hinter ihnen her. Offenbar begriff er den Ernst der Lage, denn er gab nicht den leisesten Laut von sich. Sie sahen gerade noch den Wirt, der, mit weißer Zipfelmütze auf dem Kopf, laut gähnend die Treppe hinunterschlurfte.

»Wir schleichen hinter ihm her«, flüsterte John, »und während er vorn aufmacht, verschwinden wir durch die Hintertür.«

Der Wirt war noch im Halbschlaf, so daß er gar nicht merkte, was hinter seinem Rücken vorging. Während er in der Gaststube verschwand und leise vor sich hin murmelnd am Riegel der Tür herumschob, eilten John und Elizabeth in die Küche und von dort hinaus in den Garten. Erst als sie das taunasse Gras unter ihren Füßen spürten, bemerkten sie, daß sie nicht einmal Schuhe angezogen hatten.

»Wohin jetzt?« fragte Elizabeth. »Sie werden uns gleich entdecken!«

»Zu unserem Pferd kommen wir nicht mehr. Schnell, da hinüber in das Gebüsch!«

Zu ihrer Rechten lag ein tiefer Graben, der von Gestrüpp und Bäumen überwuchert wurde. Es gab nur eine winzige Chance für sie, ihn zu erreichen, denn sie mußten ein umzäuntes Stück

Wiese überqueren. Sie kletterten über den Zaun, traten in weiche Maulwurfhügel und rannten gehetzt vorwärts. Elizabeth warf einen Blick zurück zum Haus und schrie auf vor Entsetzen, als sie im geöffneten Fenster ihres Zimmers fremde, bärtige Gesichter sah, die zu ihnen hinschauten.

»John Carmody!« brüllte eine Stimme. »Bleiben Sie sofort stehen oder wir schießen!«

Weder John noch Elizabeth dachten daran, diesem Befehl Folge zu leisten. Die Panik verdrängte in ihnen das Bewußtsein, welch wunderbares Ziel sie in diesem Moment ihren Verfolgern boten. Merkwürdig fern, unwirklicher als das laute Vogelgezwitscher um sie herum, klang der erste Schuß in Elizabeths Ohren. Sie selber spürte keinen Schmerz und dachte:

Gott sei Dank, sie haben mich nicht getroffen!

Sie hörte ein Winseln neben sich und blieb entsetzt stehen. Benny war im Gras zusammengebrochen. Die Kugel hatte ihn in die Brust getroffen, offenbar dicht am Herzen. Er hob nur noch einmal kurz den Kopf, dann sank er tot zur Seite.

Elizabeth schrie auf.

»Oh, John, sieh nur! Sie haben Benny erschossen!«

John blieb stehen und neigte sich zu dem Hund. In diesem Moment fiel ein zweiter Schuß.

John krümmte sich zusammen, stolperte leicht, hielt sich aber noch auf den Füßen. Seine linke Hand preßte er gegen die rechte Schulter.

»O Gott!« Elizabeth griff nach seinem Arm. »Du bist verletzt!«

»Es geht schon. Wir müssen es bis zu den Büschen schaffen!«

Auf Johns Stirn bildeten sich feine Schweißperlen. Unter seinen Fingern quoll Blut hervor. Elizabeth stützte ihn, so gut sie es vermochte, und schleppte ihn vorwärts. Sie hätte später nicht mehr zu erklären gewußt, wie sie es geschafft hatten, den zweiten Zaun zu überwinden, aber plötzlich tat sich vor ihnen wuchernde, schützende, grüne Wildnis auf, umfing sie mit einem Gewirr aus Zweigen, Gräsern und Blättern.

3

Es war ein Wunder, daß man sie nicht gefaßt hatte, ein so unglaubliches Wunder, daß sich Elizabeth noch tagelang benommen fragte, womit sie eine solche Gnade des Himmels verdient hatten.

Kaum hatten die Soldaten geschossen, da schwärmten sie auch schon aus, ihre Opfer endgültig zu fassen, und natürlich wußten sie genau, welches Versteck die beiden Gejagten wählen würden.

Nach wenigen Minuten schon wateten sie kreuz und quer durch den Graben, rissen Dornengestrüpp auseinander, wühlten sich durch Büsche hindurch und traten unsinnig mit ihren Stiefeln gegen Baumstämme. Elizabeth und John, die irgendwo inmitten eines halberblühten Jasminstrauchs saßen, kam es beinahe dumm vor, sich zitternd tiefer zu ducken und keinen Laut von sich zu geben, denn es war nur eine Frage der Zeit, bis man sie entdecken würde. Elizabeth bebte so sehr, daß sie meinte, die Erde unter ihr müsse anfangen zu schwanken. Sie sah schwarze Stiefel näher kommen, langsam und schwer, sie sah einen blitzenden Degen, der im Farn herumstocherte, und dann war die fremde Gestalt ganz dicht vor ihnen, plumpe Hände rissen die zarten Jasminblüten auseinander. Ohne die geringste Deckung sahen sich John und Elizabeth plötzlich einem Soldaten gegenüber.

Was dann geschah, konnte sich Elizabeth niemals erklären. Sie starrte zu dem Fremden hinauf, nicht wissend, daß ihr Gesicht schneeweiß geworden war und eine wilde, dunkle Angst in ihren Augen stand. Sie hielt noch immer einen Arm um John gelegt, und ihre Finger waren jetzt auch schon voller Blut. Es kam ihr endlos vor, und doch waren es nur wenige Sekunden, in denen sie und der Soldat einander ansahen. Sie erwartete einen Schrei von ihm oder sogar einen Angriff, aber nichts geschah. Er blickte ihr direkt in die Augen, dann ließ er die Äste, die er beiseite gezogen hatte, wieder wie einen Vorhang fallen. Die schwarzen Stiefel entfernten sich.

»Hier hinten sind sie auch nicht«, ertönte seine Stimme. »Sie müssen weiter gekommen sein, als wir dachten.«

»Ich verstehe das nicht. Ich bin ganz sicher, daß ich Carmody getroffen habe.«

Der Trupp trampelte in die entgegengesetzte Richtung von Johns und Elizabeths Versteck davon.

»Das kann nicht wahr sein«, hauchte Elizabeth, »das kann einfach nicht wahr sein. Warum hat er das getan?«

»Entweder waren es deine blauen Augen oder eine innere Stimme Gottes«, murmelte John, »aber jetzt müssen wir ganz schnell von hier fort. Irgendwann kommen sie zurück, und zweimal haben wir nicht soviel Glück.«

Sie half ihm aufzustehen, und sie versuchten, sich so leise und unauffällig wie möglich aus dem Staub zu machen. Es fiel ihnen nicht leicht, knackende Äste und raschelndes Laub zu vermeiden, denn John war kaum noch in der Lage, sich vorwärts zu bewegen. Nach dem ersten Schock verstärkten sich nun die Schmerzen, wie Elizabeth an seinem verzerrten Mund und den immer wieder für einen kurzen Augenblick sich schließenden Augen merkte. Nicht einmal stöhnen durfte er, keinen Moment lang ausruhen. Weil er so schlecht aussah, zog Elizabeth kurz in Erwägung, doch noch das Risiko einzugehen und Pferd und Wagen aus dem Stall des Wirtshauses zu holen. Aber John wehrte sofort ab. »Das kostet zuviel Zeit«, sagte er mühsam, »wir müssen es so schaffen.«

Über ein kurzes Stück Feld erreichten sie den nahen Wald. Hier konnten sie sich bereits recht sicher fühlen, aber sie blieben dennoch nicht stehen, sondern kämpften sich verbissen weiter voran. John stützte sich inzwischen so schwer auf Elizabeth, daß sie ins Wanken geriet, außerdem stach der unebene Waldboden fast unerträglich in ihre nackten Füße. John muß Schlimmeres aushalten, also stell dich nicht an, befahl sie sich, aber hätte ich doch bloß Schuhe angezogen, verdammt noch mal!

Sie hasteten vorwärts, Stunde um Stunde, bis es Mittag wurde.

Elizabeth hatte beinahe keinen Atem mehr, und Johns Gesicht war ganz grau geworden, seine Lippen sahen erschreckend blutleer aus. Er hielt einen Fetzen Stoff, den Elizabeth aus ihrem Kleid gerissen hatte, gegen die Wunde, aber das Blut sickerte auch durch diesen Notverband. Taumelnd vor Schwäche lehnte er sich schließlich gegen einen Baum.

»Ich kann nicht mehr«, sagte er mit heiserer Stimme, »ich muß mich ausruhen, und wir müssen den Arm abbinden, sonst verliere ich zuviel Blut.«

Er ließ sich auf den Boden fallen und blieb regungslos mit geschlossenen Augen sitzen. Elizabeth kniete neben ihm nieder, riß sich ein weiteres Stück Stoff aus dem Kleid und band den Arm oberhalb der Wunde ab. Sie arbeitete sehr schnell, äußerlich ruhig, innerlich nahe daran zu weinen. Ihre Nerven waren zum Zerreißen gespannt, nun, da die erste unwirkliche Überwältigung der Ereignisse vom frühen Morgen nachließ und zitternde Erschöpfung über sie hereinbrach. »Ach John, wenn du nur durchhältst«, flüsterte sie, »wir müssen irgendwie nach London zurückkommen, wo es Leute gibt, die uns verstecken und einen Arzt für dich besorgen.«

»Wer sollte uns verstecken? Außerdem schaffen wir es nicht bis nach London. Mein Arm tut so verflucht weh!«

»Du darfst jetzt nicht aufgeben, John. Du bist stark genug und wirst es schaffen.«

John lächelte ironisch.

»Natürlich bin ich stark genug«, sagte er, »natürlich! Aber du wärst wirklich besser nach Norfolk gegangen.«

»Rede jetzt bitte keinen Unsinn mehr. Schlaf lieber, dann fühlst du dich nachher besser.«

Tatsächlich schlief John nach einer Weile ein, doch nicht aus einer gesunden Müdigkeit heraus wie bei ihrer Rast einen Tag zuvor, sondern in einem Zustand tiefster Schwäche. Elizabeth dämmerte ein wenig vor sich hin, roch den feuchten Duft der Walderde, grub ihre Hände in samtiges Moos. Die ungeheure Wandlung ihres ganzen Lebens kam ihr in dieser Stunde so deutlich zu Bewußtsein wie selten. Elizabeth Landale, das Mädchen aus Louisiana, das Mädchen aus dem alten Schloß in Norfolk, Joannas Gefährtin und Miss Brandes Opfer, sie lag hier im Wald auf dem Boden, in einem halbzerrissenen alten Kleid, neben einem angeschossenen Mann, und ihr Dasein war Flucht, Angst, Armut, Unsicherheit, aufgewogen durch nichts anderes als eine Liebe, die mit jedem Tag stärker und größer wurde, deretwegen sie keine Last als Opfer empfinden konnte.

Am Nachmittag brachen sie wieder auf. Elizabeth hätte keine Ahnung gehabt, in welche Richtung sie gehen mußten, aber John behauptete, er wisse den ungefähren Weg. Am Abend bekam er Fieber, seine Augen glänzten unnatürlich, die Wangen röteten sich.

»Du müßtest irgendwas essen«, sagte Elizabeth verzweifelt, »sonst brichst du ganz zusammen. Seit gestern abend haben wir nichts mehr gehabt.«

»Ja, schon, aber wir können wohl kaum die nächste Wiese abgrasen!«

»Du bleibst am besten hier, und ich suche in der Gegend nach einem Bauernhof. Es gibt bestimmt Menschen in der Nähe.«

»Unglücklicherweise haben wir unser ganzes Geld in diesem Wirtshaus liegenlassen. Du müßtest entweder stehlen oder betteln.«

»Ich werde es erst mit Betteln versuchen.«

Elizabeth strich sich mit beiden Händen über die Haare, um sie ein wenig zu ordnen. Sie mußte wie eine Zigeunerin aussehen, schwarzlockig, barfuß und mager. Hoffentlich ließ man sie überhaupt erst zu Wort kommen, ehe man sie fortjagte.

In die einfallende Dämmerung hinein ging sie davon, viel aufrechter und entschlossener, als ihr eigentlich zumute war. Henrys und Sarahs Tochter, die als Bettlerin zu den Leuten ging! Sie fand es fast ein bißchen erheiternd, aber der kurze Anflug von Mut verging wieder, als sie aus dem Wald auf eine Wiese trat und vor sich ein stattliches Gehöft liegen sah. Ein paar Hühner liefen gackernd noch herum, aus den Ställen drang das behagliche Muhen von Kühen und das Schnauben von Pferden. Die sanfte Ruhe eines Sommerabends lag über dem Anwesen. Elizabeth straffte ihre Schultern und holte tief Luft. Hocherhobenen Hauptes ging sie auf die Tür des Hauses zu und klopfte ohne zu zögern an. Es dauerte eine Weile, dann wurde geöffnet, und eine junge, völlig verhärmte Frau stand Elizabeth gegenüber. Der kalte, illusionslose Ausdruck ihrer Augen erinnerte an Laura Northstead, auch ihre harte Stimme.

»Was wollen Sie hier?«

»Ich möchte um etwas zu essen bitten«, erwiderte Elizabeth. Sie wußte, daß ihre Sprache vornehm klang, daß ihre Haltung Bildung und gute Herkunft verriet, aber offenbar reichte das nicht, ihre äußere Verwahrlosung aufzuwiegen. Die andere musterte sie mit unverhohlenem Abscheu.

»Verschwinde«, sagte sie rauh, »wir dulden hier keine Landstreicher und Zigeuner!«

»Ich bin weder eine Landstreicherin noch eine Zigeunerin. Ich lebe in London, und durch ein Mißgeschick...«

»Du sollst endlich verschwinden! Ich hetze gleich die Hunde los!«

Elizabeth hatte das Gefühl, daß es ihr Ernst war, und wich einige Schritte zurück.

»Ich wünsche Ihnen, daß Sie auch einmal in meine Lage kommen«, sagte sie heftig, »und daß Sie dann ebenso freundlich behandelt werden wie ich jetzt!«

»Hau ab!« schrie die Frau. Ihr Gesicht war voller Haß und Zorn. An ihr vorbei aus dem Haus drang der Geruch von irgend etwas Gekochtem, so daß es Elizabeth fast schwarz vor den Augen wurde.

»Bitte«, versuchte sie es ein letztes Mal, denn ihre Gedanken gingen zu John hin, der so entsetzlich schwach und elend im Wald lag, »bitte, nur ein kleines Stück Brot!«

Die Stimme der Bäuerin wurde leise und zischend.

»Verdammte Bettlerin«, sagte sie, »mach, daß du fortkommst, ehe du Unheil über uns bringst!«

Sie schlug die Tür zu. Elizabeth schrak zusammen, dann wandte sie sich um und ging davon, so ruhig und gleichmäßig wie möglich, denn sie war sicher, daß die Frau ihr nachsah. Sie fühlte sich gedemütigt und plötzlich kraftlos. An einem Weidezaun hielt sie sich fest, schloß für einen Moment die Augen und spürte die letzten rötlichen Sonnenstrahlen auf ihrem Gesicht. Sie dachte an Heron Hall, an das gepflegte Eßzimmer, an schimmerndes Zinngeschirr, honigduftende Kerzen, an Harriets gütiges und Phillips freundliches Gesicht, an sanfte, einhüllende Sicherheit.

Du hast gewählt, sagte eine Stimme in ihr, frei und unabhängig gewählt, und du hast gegen Ruhe und Sicherheit entschieden. Unbewußt war dir klar, daß es nicht deine Bestimmung sein konnte, ein ganz gewöhnliches Leben zu führen. Dies war dir ohnehin nicht gegeben. Eine so harte Jugend durchlebt nicht, wer nachher in unerschütterliches Gleichmaß fallen soll.

Sie öffnete die Augen wieder und warf die Haare zurück. Sollte doch der Teufel diese widerliche Person holen. Sie würde sich jetzt nicht unterkriegen lassen, nicht von einer solchen Frau und nicht von eigenen wehmütigen Gedanken. Der Ernst des Augenblicks forderte entschlossenes Handeln von ihr.

Im Schutz einiger Bäume schlich Elizabeth vorsichtig zum Hof zurück, diesmal aber in einem großen Bogen von der anderen Seite kommend. Sie betete, daß nicht irgendein Hund anfangen würde zu bellen, doch alles blieb ruhig. Wahrscheinlich wurden um diese Zeit auch die Tiere gefüttert, und die Hunde waren wohl mit ihren Knochen beschäftigt.

Das langgezogene Stallgebäude lag seitlich neben dem Wohnhaus und konnte durch eine kleine Nebentür betreten werden. Warmer Kuhgeruch umfing Elizabeth, als sie leise hineinhuschte. Ihre Augen gewöhnten sich rasch an das Dämmerlicht, und schnell erspähte sie die vielen Kannen, die in einer Ecke standen, gefüllt mit frischgemolkener, sahniger Milch. Wenn sie schon nichts Eßbares auftreiben konnte, dann würde wenigstens die Milch John ein bißchen Kraft geben. Sie ergriff zwei Kannen und lief so eilig und geräuschlos, wie sie gekommen war, wieder davon. Statt wie kurz zuvor Demütigung zu empfinden, erfüllte sie jetzt Triumph. Gut, wenn die Umstände sie zwangen, dann stahl sie eben.

Und wenn es sein müßte, dachte sie, für John würde ich einen Mord begehen.

John saß noch genauso da, wie sie ihn verlassen hatte. Er winkte ihr lässig zu, aber er lächelte etwas verzerrt dabei, und sie konnte sehen, daß ihm keine Bewegung leichtfiel.

»Haben deine Augen jetzt etwa einen Bauern erweicht, daß er dir Milch geschenkt hat?« fragte er. Elizabeth stellte keuchend die schweren Kannen neben ihm ab.

»Es gab leider nur eine Bäuerin, und sie konnte ich nicht erweichen«, erklärte sie, »ich habe die Milch gestohlen!« John sah sie voller Anerkennung an.

Elizabeth reichte ihm eine der beiden Kannen.

»Trink«, bat sie, »sie ist sogar noch warm!«

Johns Gesicht verzog sich angewidert, doch sein Hunger war zu stark, und er trank, ohne einmal abzusetzen, die halbe Kanne leer. Danach schlief er fast augenblicklich ein. Elizabeth nahm selbst einige Schlucke, bevor sie sich neben ihm auf der Erde ausstreckte. Ihr war klar, daß sie spätestens übermorgen London erreichen mußten, damit John eine Unterkunft und einen Arzt fand. Wenn nur sein Fieber nicht stieg bis dahin! Vor lauter Sorge tat sie fast die ganze Nacht kein Auge zu. Sie erlebte das Heraufdämmern des nächsten Morgens mit, beobachtete Johns langsames Erwachen aus tiefen Fieberträumen und erschrak vor dem glänzenden, verschwommenen Blick seiner Augen. Sein Arm hatte sich um die Einschußstelle bläulich gefärbt und war angeschwollen, aber John jammerte nicht über Schmerzen, sondern klagte nur über brennenden Durst und zunehmende Schwäche. Sie gab ihm noch etwas von der Milch, aber das vermochte ihm kaum zu helfen. Als sie weitergingen, lehnte er sich mit seinem ganzen Gewicht auf sie, so daß sie bald meinte, jeden Moment zusammenzubrechen. Sie machten nahezu jede Viertelstunde eine Pause. Elizabeth war den Tränen nahe, weil sie kaum noch wußte, was sie tun sollte. Am späten Nachmittag erreichten sie einen Meilenstein mit der Aufschrift »London«, und gerade an dieser Stelle brach John mitten auf dem Feldweg zusammen und stützte seinen unverletzten Arm in den Staub.

»Ich kann nicht mehr«, flüsterte er. »Elizabeth, ich kann nicht mehr!« Zu ihrem Entsetzen erkannte Elizabeth Tränen in seinen Augen.

Wenn John weint, halte ich es nicht aus, dachte sie panisch, ich kann es nicht ertragen!

»Ruh dich aus, Liebling«, sagte sie beherrscht, »so lange du möchtest. Wir haben Zeit. Guck mal, es ist gar nicht mehr weit bis London!«

»Ich schaffe es nicht. Ich habe kein Gefühl mehr in meinem Arm, und das Fieber bringt mich um. Ich bin zu schwach...« Seine Worte verloren sich. Mit aller Kraft zog Elizabeth ihn hoch.

»Wir gehen weiter, John, komm doch«, bettelte sie, »es dauert nicht mehr lange!«

Sie zog ihn mehr vorwärts, als daß er ging. Sie fühlte den Schweiß am ganzen Körper, die Haare hingen in feuchten, wirren Strähnen ins Gesicht, an den Füßen hatten sich schmerzende Blasen gebildet. Ihr verschmutztes Kleid klebte an ihr, vor lauter Seitenstechen tat ihr jeder einzelne Atemzug weh. Niemals hätte sie später zu sagen gewußt, woher sie die Kraft nahm, sich und den halb bewußtlosen John über die restlichen Meilen bis London vorwärts zu schleppen. Als sie glaubte, umzusinken vor Müdigkeit, erreichten sie die Stadt, in tiefster, schützend dunkler Nacht. Erst hier, in den engen Gassen, in denen sie sich von einem Hauseingang zum nächsten bewegten, damit John, zusammengekrümmt auf den Steinstufen sitzend, Luft holen konnte, fiel ihr siedendheiß ein, daß sie gar nicht wußte, wohin sie gehen sollten. Ihre frühere Wohnung schien ihr zu gefährlich, auch hatten sie sie zwei Tage zuvor heimlich bei Nacht und mit hohen Mietschulden verlassen, und die Wirtin würde sich wie eine Furie auf sie stürzen, wenn sie ihrer ansichtig würde. Alle Freunde, die John hatte, lebten in winzigen Zimmern und hatten Scharen von Kindern, so daß niemand bei ihnen versteckt werden konnte.

»Was machen wir bloß«, murmelte sie. »John, fällt dir jemand ein, der uns aufnehmen würde?«

John gab eine unverständliche, schwache Antwort. Er glühte vor Fieber und schlief bei jeder Rast ein. Elizabeth stützte schwer den Kopf in die Hände, mit letzter Energie gegen die aufsteigenden Tränen ankämpfend. Sie starrte auf die Treppenstufen unter sich, und plötzlich kam ihr ein Gedanke.

»Samantha!« rief sie. »Ach, fänden wir nur Samantha, sie könnte uns helfen!«

Sie dachte angestrengt nach. Samantha, die zuletzt ja in Cynthias Diensten gestanden hatte, war mit einiger Wahrscheinlichkeit nach der Flucht zu ihrem Freund Luke übergesiedelt. Wenn Luke noch in seiner alten Wohnung lebte, dann müßten die beiden dort zu finden sein. Wenn sie sich nur erinnerte! Es lag so viele, viele Jahre zurück, seit man sie bewußtlos auf den Tisch in Lukes Zimmer gelegt hatte und sie später, vom Schnaps wild hustend, nach Hause gewankt war. Aber sie lebte nun schon einige Zeit in diesem Londoner Viertel und kannte sich einigermaßen aus. Mühsam erhob sie sich.

»Komm, John, jetzt dauert es nicht mehr lange«, flüsterte sie, »wir gehen zu Samantha!«

Es dauerte noch die halbe Nacht, bis sie vor ein Haus kamen, in dem nach Elizabeths Erinnerung die Wohnung von Luke zu finden war. Der schwache Schein einer Laterne beleuchtete die brüchige Eingangstür und die Pflastersteine davor, zwischen denen Löwenzahn wuchs. Trübe schwarze Fenster starrten aus altem Gemäuer auf die Straße.

Elizabeth ließ John zur Erde gleiten, wo er an die Hauswand gelehnt sitzen blieb. Sie nahm allen Mut zusammen – mochte Gott geben, daß sie hier richtig war – und schlug mit der Faust an die Tür. Der Schlag hallte dumpf durch die Nacht, aber weder in diesem Haus noch in einem anderen regte sich etwas. Immer entnervter hämmerte Elizabeth weiter, ohne zu merken, daß sie bereits weinte und am ganzen Körper zitterte. Endlich, als sie fast schon aufgab, wurde oben ruckartig ein Fenster aufgerissen, und ein großer, dunkler Schatten lehnte sich hinaus.

»Wer, zum Teufel, ist da?« ertönte eine tiefe Männerstimme. Es war Luke.

Erleichtert trat Elizabeth einen Schritt zurück.

»Ich bin es«, antwortete sie. »Ich bin es, Elizabeth Landale!«

»Wer?«

»Elizabeth Landale. Sind Sie Luke?«

»Ich will verdammt sein, wenn ich nicht Luke heiße. Aber ich kenne keine Elizabeth... wie?«

»Landale. Wir haben uns vor vielen Jahren kennengelernt. Bitte... Sie müssen sich erinnern!«

»Wenn ich mich an jede Frau erinnern wollte, die ich einmal gekannt habe, könnte ich nicht mehr ruhig schlafen!«

»Aber Samantha weiß, wer ich bin! Ist Samantha bei Ihnen?«

Luke fluchte.

»Samantha schläft... genau wie ich bis eben!«

»Bitte wecken Sie sie, bitte!«

Luke verschwand vom Fenster. Es dauerte eine ganze Weile, bis eine magere Gestalt am Fenster erschien.

»Wer ist da?« rief sie verschlafen und etwas heiser.

»Oh, Gott sei Dank, Samantha!« antwortete Elizabeth. »Ich bin es, Elizabeth Landale!«

»Elizabeth? Das kleine Mädchen von Lord Sheridy?«

»Ja.«

»Luke, zum Teufel, hast du denn dein kleines bißchen Verstand ganz verloren? Da unten steht meine liebe Elizabeth, und du läßt sie warten! Einen Moment«, schrie sie wieder nach unten, »ich komme gleich!«

Diesmal dauerte es gar nicht lange, bis die Tür geöffnet wurde und Samantha heraustrat. Mit einem Ausruf des Entzückens wollte sie Elizabeth umarmen, doch sie hielt sich erschrocken zurück.

»Ach Gott, das ist ja eine erwachsene Frau«, rief sie. »Himmel, ich hätte Sie nie wiedererkannt!« Dann fiel ihr Blick auf John, und sie stieß einen Schrei aus.

»Wer ist das?«

»Leise«, mahnte Elizabeth, die langsam fürchtete, daß bald die ganze Straße aufwachte, »er ist schwer verletzt, er wurde angeschossen. Samantha, dürfen wir bei Ihnen bleiben?«

»Natürlich, natürlich, Mrs....«
»Immer noch Miss Landale.«
»Und der da?«
»John Carmody. Ich lebe mit ihm zusammen.«
»Ha, wer hätte das gedacht! Luke, hilf uns mal!«

Luke, so groß und breit wie einst, erschien, schüttelte Elizabeth herzlich die Hand und hob John ohne die geringste Anstrengung auf seine Arme.

»Wir sind auf der Flucht«, erklärte Elizabeth leise, »John wird wegen der Verbreitung bestimmter Flugblätter gesucht.« Samanthas Sensationsgier war sofort erregt.

»Wie aufregend«, murmelte sie ehrfürchtig, »und das geschieht einer Miss Landale!«

John wurde in denselben Raum gebracht, in dem einst Elizabeth ohnmächtig gelegen hatte. Sie erinnerte sich, daß er ihr damals größer erschienen war als jetzt und daß er armselig eingerichtet gewesen war. Jetzt merkte man, daß Samantha hier lebte. Ihre ganze Prunksucht hatte sie über das Zimmer ausgeschüttet, ihre unbändige Lust an leuchtenden Farben und auffallendem Glitzer. Zerschlissene Samtkleider türmten sich in den Ecken, seidene Tücher hingen an den Wänden, wahllos verteilten sich ganze Berge billigen, funkelnden Schmucks. Dazwischen lagen Schuhe mit hohen Absätzen, Parfümflaschen, spitzenbesetzte Unterwäsche und endlos lange Haarschleifen herum. Zweifellos war wenigstens die Hälfte davon gestohlen, aber ebenso deutlich war zu erkennen, daß Samantha ihre ganze Lebenskraft aus diesen Besitztümern zog. Voller Genuß fegte sie ein paar klirrende Armreifen vom Sofa.

»Leg Mr. Carmody hierher, Luke«, befahl sie, »ich werde ihm eine Medizin machen, die das Fieber senkt.«

Geschäftig entfachte sie ein Feuer im Herd, setzte Wasser auf und kramte mehrere Gläser mit Kräutern aus einem Schrank. Elizabeth, die neben John auf dem Sofa saß und seine Hand hielt, sah ihr zu. Trotz Angst und Mitleid dachte sie darüber nach, wie alt Samantha in den vergangenen zehn Jahren geworden war. Nahezu jede Frau, die im Londoner Osten lebte, bekam früh dieses verhärmte Gesicht mit den eingefallenen Wangen und hohlen Augen, diesen verachtungsvollen, bitteren, fast brutalen Zug um den Mund. Ich werde auch bald so aussehen, dachte sie teilnahmslos, und zusammenhanglos fiel ihr ein: Ich möchte Samantha nicht zur Feindin haben.

Samantha schwenkte ihre langen Locken.

»Morgen holen wir einen Doktor«, verkündete sie, »aber erst wird meine Medizin helfen!«

Sie trat zu John, in der Hand eine Schüssel mit einem abscheulich riechenden Gebräu.

»Das Rezept habe ich noch von meiner Urgroßmutter«, erkärte sie, »damit hat sie ihre vierzehn Kinder durch alle Krankheiten gebracht. Keins ist gestorben!« Sie flößte John langsam die ganze Flüssigkeit ein. Wie durch ein Wunder wurde sein Atem nach einiger Zeit tatsächlich ruhiger, das Flattern seiner Augenlider ließ nach. Samantha sah es mit Zufriedenheit. »Jetzt müssen Sie aber schlafen, Miss Landale«, bestimmte sie, »Sie sehen zum Gotterbarmen aus! Reichen Ihnen ein paar Decken auf dem Boden?«

»Natürlich. Danke, Samantha!«

Doch später, als alles wieder dunkel war und Luke und Samantha sich in die Kammer nebenan zurückgezogen hatten, konnte sie nicht schlafen. Sie wälzte sich eine Weile ruhelos auf ihrem Lager hin und her, dann stand sie auf. Vorsichtig tastete sie sich den Weg zum Sofa hin. Sie ließ sich daneben nieder und ergriff Johns Hand. Halb vor sich hin dämmernd und halb wachend ließ sie die Nacht vorübergehen, hörte auf das stündliche Schlagen der Kirchturmuhren, das ihr vertraut im Ohr klang, beobachtete durch das Fenster, wie der Himmel heller wurde und das erste sanfte Tageslicht auf Johns Gesicht glitt. Erst dann schlief sie ein.

4

Die Sommerwochen in Samanthas Wohnung gruben sich für immer in Elizabeths Gedächtnis. Johns Gesundheit erwies sich nicht als das größte Problem, obwohl es nicht gut um ihn stand. Ein Doktor, den Luke kannte, schnitt die Kugel aus dem Arm, aber er stellte eine Blutvergiftung fest, die John zwang, noch lange im Bett zu liegen, immer wieder mit Schmerzen und Fieber kämpfend. Es bestand keine Lebensgefahr, doch war an ein Verlassen der Stadt gar nicht zu denken. Innerhalb Londons eine andere Bleibe zu suchen hätte zu gefährlich werden können, daher blieben sie, wo sie waren. Zwischen Elizabeth und Samantha entwickelte sich eine steigende Spannung, die sich Elizabeth zunächst gar nicht erklären konnte. Schließlich fand sie heraus, daß Samantha unsagbar unberechenbar war und Gefühlsüberschwang und Angriffslust bei ihr jäh wechselten. Sie fragte sich, ob das früher anders gewesen war oder ob sie es einfach nicht bemerkt hatte.

In ihrer oberflächlichen Erinnerung an die Kindheit sah sie Samantha als lebenslustige Freundin, doch wenn sie schärfer zurückdachte, dann fielen ihr auch andere Episoden ein: Samanthas tiefe Befriedigung an einem Ereignis wie der Hinrichtung von Ellen Lewis, ihr feiges Verhalten, als sie die Kinder in einer unangenehmen Situation alleine ließ, die Rücksichtslosigkeit, mit der sie den Mann der jungverheirateten Cynthia umwarb. Ihre Lebensweise richtete sich auf eine rasche und unmittelbare Erfüllung von Augenblickslaunen, und wurde ihr diese nicht gewährt, so reagierte sie mit unvorhergesehener Raserei. Sie stritt häufig mit Luke, und es konnte sein, daß sie hinterher schluchzend Trost in Elizabeths Armen suchte, ihr vertrauensvoll ihre ganze Lebensgeschichte erzählte und sie ihre einzige Freundin nannte. Ebenso war es möglich, daß sie ihre wütende Laune ganz an Elizabeth austobte.

»Verdammt, wo ist mein Satinkleid?« schrie sie, kurz nachdem Luke sie eine ›dumme, alte, frigide Krähe‹ genannt hatte. »Ich zieh' es an, und dann geh' ich los und suche mir einen Kerl, der jünger ist als dieser alte Verbrecher!« Unbeherrscht durchwühlte sie sämtliche Schubladen, wobei sie quer durch das Zimmer schmiß, was ihr gerade in die Finger kam. Dann sah sie Elizabeth, die neben dem schlafenden John saß und in einem Buch las.

»Du hast es doch nicht gestohlen, hm?« fragte sie leise und drohend.

Elizabeth sah auf.

»Natürlich nicht.«

»Aber wo ist es denn?«

»Ich weiß es nicht. Vermutlich hast du es selber weggeworfen, weil es kaputt war!«

»Ach... woher weißt du denn so genau, daß es kaputt war?« fragte Samantha lauernd, und ihre Augen machten Elizabeth angst. Sie legte das Buch zur Seite.

»Rede keinen Unsinn, Samantha«, sagte sie ruhig, »du hast mir erzählt, es sei kaputt und du wolltest es wegwerfen. Das ist alles. Ich habe nie in meinem Leben gestohlen!« Die Milch war eine Notlage, die nicht zählt, dachte sie. Samantha warf wutentbrannt einen Schuh gegen die Wand.

»Gut, gut! Dann ziehe ich das Kleid eben nicht an! Macht ihr nur alle, was ihr wollt. Ich werde von jedem nur hintergangen und betrogen und ausgenutzt!«

John richtete sich auf.

»Was ist denn?« fragte er.

»Samantha findet ein bestimmtes Kleid nicht«, erklärte Elizabeth, »deshalb ist sie ärgerlich.«

»Ha, dann ziehe ich das Blaue an. Der Ausschnitt geht bis zum Bauch, und wenn ich damit überfallen werde, seid ihr schuld!« Samantha verschwand im Nebenzimmer.

John seufzte.

»Sie macht dir das Leben schwer«, meinte er.

»Sie ist nicht gerade ein feiner Mensch«, sagte Elizabeth, »aber immerhin läßt sie uns hier wohnen.«

»Wenn ich nur endlich gesund wäre! Wir sollten fort von London.«

»Bald, John. Aber erst, wenn du wirklich kein Fieber mehr hast. Dann gehen wir nach Blackhill.«

»Und diesmal wird es uns gelingen. Ich glaube nicht, daß man jetzt noch nach mir sucht.« Er zog plötzlich die Augenbrauen hoch.

»Du lieber Himmel«, murmelte er.

Samantha war wieder eingetreten, in einem Kleid, das sie fast nackt ließ, die Haare zu einem wahren Lockenturm aufgebaut, rote Farbe vielfach über die Wangen verteilt und falsche Wimpern angeklebt, unter deren Gewicht sie die Augen fast nicht mehr öffnen konnte.

»Ich gehe jetzt«, verkündete sie. »Wenn ihr Luke seht, könnt ihr ihm sagen, daß er ein verdammter Dummkopf ist!«

Sie warf schwungvoll die Tür hinter sich zu. Nicht lange nachdem ihre klappernden Schritte verklungen waren, kam Luke zurück, der nach dem Streit die Wohnung verlassen hatte, leicht betrunken, schwankend und äußerst aggressiv.

»Wenn mir das Luder zwischen die Finger kommt, zerquetsche ich sie wie eine Fliege«, drohte er. »Sie soll sich nur vorsehen, zum Teufel, jawohl, das soll sie!«

Er nahm einen tiefen Schluck aus der Schnapsflasche und reichte sie dann an John weiter.

»Wir müssen zusammenhalten«, sagte er in vertraulichem Ton, »sonst sind wir bald verloren. Die Weiber wollen uns zerstören. Sie wollen uns in den Staub treten und auf uns herumtrampeln!«

John und er tranken eine Weile zusammen, wobei Luke undeutlich haßerfüllte Selbstgespräche führte, auf die er keine Entgegnung zu erwarten schien. Elizabeth zog sich mit ihrem Buch in eine Ecke zurück, aber sie konnte sich nicht konzentrieren. Obwohl sie nun schon zwei Jahre fern von der behüteten Sicherheit ihrer Kindheit lebte, schien ihr alles, was sie hier sah, fremd und beängstigend. Samanthas Art zu leben und zu lieben entzog sich gänzlich ihrem Verständnis. Sie war, was ihr selten geschah, nicht in der Lage, die Gedankengänge dieser Frau nachzuvollziehen. Lieber heute als morgen hätte sie die unheimliche Stätte verlassen.

Spät in der Nacht endlich hörten sie abermals das Klappern von Samanthas Schuhen auf der Treppe. Luke warf die leere Schnapsflasche auf den Boden, wo sie klirrend zerbrach, und stand langsam auf.

»So«, murmelte er, »in ein paar Minuten hat sie nicht mehr so ein hübsches Gesicht wie früher!«

»Laß das«, befahl John, »es ist ja gar nichts geschehen, was du ihr vorwerfen könntest. Ihr werdet euch schnell wieder vertragen.«

Die Tür wurde aufgerissen, und Samantha erschien auf der Schwelle, wesentlich ramponierter als am Mittag, aber äußerst siegessicher.

»Ach, wie reizend, dich zu sehen, Luke«, sagte sie lächelnd, »nur schade, daß ich dich heute abend nicht mehr brauche. Ich habe großartigen Ersatz für dich gefunden!«

Sie machte einen Schritt zur Seite und ließ einen schmächtigen, ärmlich gekleideten Mann eintreten, der unsicher in das helle Kerzenlicht blinzelte.

»Das ist Angus«, stellte sie den Mann vor, »ich habe ihn in einem netten Wirtshaus kennengelernt und dort mit ihm einige aufregende Stunden in seinem Zimmer verbracht. Es war wundervoll.«

Luke stieß einen Wutschrei aus, der Elizabeth bewog, zu Johns Sofa zu laufen und sich dort niederzukauern. Der arme Angus verfärbte sich.

»Aber... du hast mir nicht gesagt, daß du verheiratet bist«, stammelte er.

»Ich bin auch nicht verheiratet, Schätzchen«, erwiderte Samantha. Sie griff nach einem Tiegel mit roter Farbe, trat vor einen Spiegel und frischte in aller Ruhe den Himbeerschimmer ihrer Lippen auf.

»Luke ist nur ein alter Freund«, fügte sie hinzu. Angus wich ein paar Schritte zurück. Luke trat auf ihn zu und brachte ihn mit zwei Faustschlägen zu Boden. Elizabeth gab einen Laut des Entsetzens von sich, doch niemand achtete darauf. Angus, dem das Blut aus der Nase floß, wimmerte leise. Er richtete sich halb auf, da bekam er von Luke einen Tritt gegen die Stirn, daß sein Kopf an die Wand schlug. John erhob sich schwerfällig.

»Hör auf«, sagte er, »sofort. Du bringst ihn ja um.«

Angus versuchte krabbelnd die Tür zu erreichen. Luke ließ ihn fast hinausgelangen, ehe er ihn zurückholte, hochzerrte und mit aller Kraft gegen den Schrank schmetterte. Ehe er sich aber erneut auf den regungslos Daliegenden stürzen konnte, hielt John ihn mit seinem gesunden Arm zurück.

»Willst du wegen Mord vor Gericht?« fragte er. Luke wandte ihm ein schneeweißes Gesicht mit glühenden Augen zu. Er atmete heftig.

»Ich möchte dem elenden Halunken jeden Knochen brechen«, keuchte er.

»Du hast ihn ja schon ganz schön zugerichtet. Laß ihn jetzt gehen.«

Angus rappelte sich mit verschwommenem Blick hoch. Sein ganzes Gesicht war blutverschmiert, und er hatte zwei Vorderzähne eingebüßt.

Schwankend hielt er sich an einem Stuhl fest. Ihm schien noch gar nicht klarzusein, was geschehen war. Er wollte etwas sagen, brachte aber keinen Ton heraus, sondern spuckte nur Blut. John brachte ihn zur Tür.

»Verschwinden Sie jetzt«, sagte er, »und kommen Sie nie wieder her!«

Vor lauter Eile, dieser Forderung nachzukommen, fiel Angus beinahe noch die Treppe hinunter. John ging in die Wohnung zurück. Sowohl er als auch Elizabeth hatten angenommen, sie würden nun Samantha vor dem rachedurstigen Luke schützen müssen, doch zu ihrem Erstaunen war das keineswegs der Fall. Samantha mit ihren zerdrückten Locken und dem feuerrot geschminkten Mund hatte glänzende Augen bekommen.

»Du bist so stark, Luke«, sagte sie mit erregter Stimme. Luke trat gegen einen von Angus' Zähnen, so daß er leise klimpernd unter den Tisch rollte. Mit zwei Schritten war er neben Samantha und schloß sie so fest in die Arme, daß sie leise aufschrie.

»Mein Kätzchen darf mich nie wieder verlassen«, jammerte er, »nie, nie wieder!«

»Luke, ich liebe dich«, schluchzte Samantha, »du bist der einzige Mann, den ich liebe!« Sie küßten einander mit einer Wildheit, daß Elizabeth gar nicht mehr wußte, wohin sie blicken sollte. Sie atmete auf, als die beiden endlich in ihr Schlafzimmer verschwanden.

»Verstehst du das?« fragte sie. John nickte.

»Es ist oft so. Ich habe es schon hundertmal beobachtet.« Er schien diese Menschen zu begreifen, aber Elizabeth gelang das nicht. Sie forschte nicht weiter, sondern räumte stumm die zerbrochene Flasche zur Seite.

Am nächsten Tag redete niemand mehr von dem Ereignis. Luke, der gerade einmal Arbeit hatte, verließ schon frühmorgens das Haus, Samantha zog sich gar nicht erst an, sondern tänzelte, in weiße, bestickte Unterwäsche gekleidet, fröhlich vor sich hin summend im Zimmer herum. Sie versuchte, die gute Stimmung auch in Elizabeth zu wecken, was ihr nicht gelang und sie daher ärgerte.

»Warum hältst du bloß heute deine Nase so besonders hoch?« fragte sie aufsässig. »Stört dich vielleicht etwas an meinem gestrigen Benehmen?«

»Nein. Das ist doch allein deine Sache.«

»Ah. Aber insgeheim denkst du, was diese Samantha doch für ein schlechtes Mädchen ist!«

»Das stimmt nicht«, erwiderte Elizabeth müde. »Du kannst tun und lassen, was du willst, und ich werde mich nicht zum Richter darüber aufschwingen. Ich fand es nur nicht besonders schön, wie du diesen armen Angus in die Falle hast laufen lassen!«

»Ach Gott, der Arme«, spottete Samantha. »Nun«, mit aufreizendem Hüftschwung spazierte sie zum Sessel, ließ sich hineinfallen und reckte sich wollüstig, »immerhin bist du nicht zu fein dafür, bei der bösen Samantha zu wohnen. Aber wie auch? Die

Zeiten im hochherrschaftlichen Haus des Lord Sheridy sind vorbei! Und Elizabeth Landale lebt mit einem gejagten Londoner Verbrecher zusammen!«

»Hör doch auf.«

Samantha schwieg und warf nur John noch ein verführerisches Lächeln zu, von dem Elizabeth hoffte, es werde ihn nicht beeindrucken. Am Mittag bereits ließ die gereizte Stimmung nach. Samantha behandelte alle sehr freundlich und erzählte unverfängliche Geschichten aus ihrer Jugend. Aber Elizabeth wurde immer vorsichtiger. Häufig, wenn sie durch das Zimmer ging, glaubte sie sich von Blicken verfolgt, und wenn sie sich dann rasch umwandte, ruhten Samanthas Augen kalt und unergründlich auf ihr. Elizabeth glaubte nicht einmal, daß diese Frau irgendeinen bösen Plan gegen sie verfolgte, aber sie traute ihr zu, daß sie in einem Augenblick der Bosheit etwas Schreckliches tun könnte. Und sie sollte sich damit nicht geirrt haben.

An einem sehr heißen Julitag saß sie mit John und Luke in der Wohnung, trank Tee und wartete auf Samantha, die fortgegangen war, um für das Abendessen einzukaufen. Sie alle hatten großen Hunger und litten unter der Sonne, die unbarmherzig auf das Hausdach herunterbrannte und den kleinen Raum in einen Ofen verwandelte. Elizabeth hatte ihre nackten Füße in eine Holzwanne mit kaltem Wasser gestellt und fächelte sich mit einem von Samanthas farbenprächtigen Seidenfächern kühlere Luft zu. Die beiden Männer starrten trübe vor sich hin, ohne die geringste Lust auf eine Unterhaltung zu verspüren. Nur eine lichthungrige Biene summte vor dem Fenster, bemüht, in den leuchtend blauen Himmel zu entkommen.

»Ich möchte wissen, wo Samantha bleibt«, unterbrach Elizabeth die lastende Stille, gerade in dem Augenblick, als Samanthas unverkennbare Schritte von der Straße heraufklangen.

»Wir sind da«, ertönte ihre Stimme. Die anderen oben sahen sich erstaunt an.

»Sie wird doch nicht schon wieder...«, sagte John entnervt. Luke war aufgesprungen.

»Diesmal töte ich ihn«, flüsterte er. Mit wenigen Schritten war er am Fenster und lehnte sich hinaus. Elizabeth, die sein Gesicht von der Seite beobachten konnte, bemerkte, wie der Ausdruck von Wut in Ungläubigkeit wechselte.

»Was ist denn?« fragte sie.

»Das gibt's doch nicht«, stieß Luke hervor. »Miliz! Sie hat die Miliz mitgebracht!«

»Was?« John und Elizabeth sprangen gleichzeitig auf. Elizabeth stieß in der Eile die Wanne um, und das Wasser ergoß sich über den Fußboden, durchweichte herumliegende Kleider und Schals.

»Um Gottes willen«, sie kreischte fast vor Angst, »was bedeutet das? Wir müssen fort, John, gleich müssen wir fliehen, so schnell wir nur können!« In panischer Eile wollte sie zur Tür. John hielt sie fest.

»Du kommst doch da nicht runter. Es gibt nur einen Weg, und der ist abgeschnitten.«

»Wir können nicht hier warten!«

»Du läufst nicht fort. Vielleicht schießen sie sonst auf dich, und ich will nicht, daß du verletzt wirst.«

Sie starrte ihn mit tränenüberströmtem Gesicht an.

»Willst du warten?« fragte sie flüsternd. John nickte.

»Es ist aus«, sagte er, »uns bleibt nichts mehr zu tun.«

»O Gott, John!« Sie klammerte sich an ihn. Ihre Nerven, angespannt ohnehin in den letzten Wochen, ließen sie nun völlig im Stich. Sie schluchzte und zitterte und erlebte wie einen bösen Traum, daß schwere Stiefel die knarrende Treppe heraufstampften, die Tür aufgerissen wurde und mehrere bewaffnete Männer in das enge Zimmer drangen. Ein halbes Dutzend Pistolen richteten sich auf John.

»John Carmody«, sagte eine rauhe Stimme, »Sie sind verhaftet!«

Samantha schob sich zwischen den Männern hindurch.

»Habe ich es nicht gesagt?« meinte sie triumphierend. »Sie wollten mir ja nicht glauben, daß er hier ist! Jaja, so ein Straßenmädchen wie Samantha lügt natürlich! Und wer steht nun hier in ganzer Lebensgröße? John Carmody!«

Luke blickte fassungslos drein.

»Warum hast du das getan?« fragte er. Samantha zog einen Schmollmund.

»Die böse Elizabeth hat mich geärgert«, maulte sie, »immerzu hat sie die feine Dame gespielt und getan, als sei sie was Besseres. Schon früher bei Lord Sheridy war das so!«

»Du weißt, daß das nicht stimmt«, entgegnete Elizabeth, »aber du hast es nur nie verwunden, einmal als Hausmädchen gearbeitet zu haben.« Ihre Tränen versiegten, voller Trostlosigkeit sah sie ihr Gegenüber an. »Was bist du nur für eine verkommene Person, Samantha!«

»Hach, hört sie euch nur an! Was sie nicht alles redet! Ihr müßt sie auch gleich verhaften!«

»Nein, wir sollen nur Lord Carmody festnehmen«, sagte einer der Männer. »Kommen Sie freiwillig mit?«

»Ich fürchte, ich kann ohnehin nicht viel Widerstand leisten«, entgegnete John mit einem Blick auf seinen immer noch angeschwollenen Arm, »ich komme mit Ihnen. Wird man mich vor ein Gericht stellen?«

»Natürlich.«

»Und wie lautet die Anklage?«

»Das wird Ihnen der Richter sagen.«

»John, ich will mitkommen«, bat Elizabeth flehend, »auch ins Gefängnis. Bitte!«

»Das würde ich Ihnen nicht raten, Miss«, meinte ein anderer, »so ein Gefängnis ist eine verdammt unangenehme Sache. Man würde Ihnen ein Leben lang ansehen, daß Sie drin gewesen sind!«

»Er hat recht«, sagte John, »sei vernünftig, Liebste. Du kannst mich besuchen, und du kommst zu meiner Verhandlung. Spätestens da komme ich sowieso frei.«

Daran glaubt er selbst nicht, dachte Elizabeth, doch sie sagte nichts.

Gelähmt vor Entsetzen sah sie zu, wie die fremden Männer John in ihre Mitte nahmen und zur Tür hinausdrängten.

»In welches Gefängnis bringen Sie ihn?« fragte sie noch.

»Fleet Prison.«

John wandte sich zu ihr um.

»Geh zu Sally und Patrick«, rief er ihr zu, »sie werden dich aufnehmen.«

Die Schritte der Gruppe verhallten. Brütendheiß lag der Sommernachmittag wieder über den Häusern. Es dauerte lange, ehe Elizabeth fähig war, sich zu rühren. Mit schwerfälligen Bewegungen hob sie etwas Wäsche und einen Schal vom Boden auf, die ihr gehörten, band ihr schweres Haar zurück.

»Ich gehe jetzt«, sagte sie mit fremd klingender Stimme, »ich danke dir, Luke, für alle Hilfe!«

»Es tut mir so leid«, entgegnete Luke hilflos. Samantha sah zur Seite, als habe sie nichts gehört.

Sie ist schlecht, dachte Elizabeth, haltlos und verdorben. Ich hätte es viel früher erkennen müssen.

Sie fand es seltsam, daß kein Haß in ihr tobte. In ihr war nichts als Leere, aber sie wußte, daß der Haß kommen würde, heute nacht oder morgen früh. Und die Verzweiflung, sobald die Betäubung nachließ.

Sehr langsam ging sie zur Tür hinaus und die Treppe hinunter. Unten sah eine alte Frau aus ihrer Wohnung.

»Was ist denn passiert?« fragte sie neugierig. Elizabeth antwortete nicht. Sie trat in die Sonne hinaus. Kinder spielten auf der Gasse, Katzen strichen herum, abgearbeitete Frauen saßen in den Hauseingängen, tratschten, keiften und lachten. Nur wenige beachteten Elizabeth, die meisten schauten sie gar nicht an. Sie lief über das Kopfsteinpflaster mit langsamen, schleppenden Schritten, taub und leer. John verhaftet – sie vermochte diese Wahrheit noch nicht zu begreifen. Er dieser Demütigung ausgesetzt, zwischen Soldaten als deren Gefangener durch die Straßen geführt! Ach, sie konnte sich die sensationslüsternen Blicke all dieser Klatschweiber richtig vorstellen! Und dann das Gefängnis, welch furchtbare Schauergeschichten hatte sie schon über die Londoner Gefängnisse gehört! Nur wer Geld besaß, hatte eine Chance zu überleben, denn er konnte die Aufseher bestechen und so besseres Essen und sauberes Trinkwasser bekommen. Alle anderen versanken in Dreck, Krankheit und Brutalität.

Elizabeth blieb stehen, um sich zu orientieren. Ja, dort mußte sie entlang, dieser Weg führte zu Patricks Wohnung. Wie gut, daß es ihn und Sally wenigstens gab. Sie brauchte jetzt unbedingt Menschen, die sie in die Arme nahmen und trösteten. Nur, helfen konnten sie ihr auch nicht. Sie hatten überhaupt kein Geld und noch weniger Einfluß.

Ich habe niemanden, der mir helfen könnte, dachte sie trüb, sie sind alle genauso arm und unbedeutend wie ich.

Wie fern war doch die Zeit, da sie Schutz und Sicherheit im Leben allein dadurch fand, daß sie Elizabeth Landale hieß, im Haus des Phillip Sheridy lebte und in hübschen Kleidern durch die Parks spazierte, hofiert von jungen Herren, höflich gegrüßt von jeder bedeutenden Persönlichkeit der Stadt. Heute winkten ihr nur noch die Gauner zu, und gierige alte Frauen ließen sich dafür bezahlen, daß sie ihr die Kinder wegmachten. Und sie konnte schreien und fluchen und betteln, kein Richter der Welt würde sich darum scheren und John auf ihr Drängen hin freigeben.

Endlich stand sie vor Patricks Haus, lief die Treppe hinauf und klopfte an. Sie war im Frühling das letzte Mal hiergewesen. Sicher hatte sich Sally schon Sorgen gemacht, denn sie waren sonst recht regelmäßig zu Besuch gekommen.

»Ja, Gott sei Dank, endlich!« sagte Sally, als sie öffnete. »Ich dachte schon, du seist verschollen!« Gleich darauf schlang Elizabeth beide Arme um sie und brach in heftiges Weinen aus. All ihr Kummer der letzten Stunde, aber auch die wochenlange Nervenanspannung brach jetzt aus ihr heraus, als sie Sallys warme, gütige Augen sah.

»Aber beruhige dich doch«, sagte Sally sanft, »was ist denn nur geschehen?«

»Ach Sally, es ist so schrecklich, wie du es dir gar nicht denken kannst«, schluchzte Elizabeth. »John wurde gerade verhaftet! Wegen seiner ewigen Flugblätter! Sie haben ihn zum Fleet Prison gebracht und wollen ihn vor ein Gericht stellen, aber das

Urteil steht doch schon fest, weil er ja sowieso auch noch Schulden hat und in schlechten Kreisen verkehrt! O Gott, Sally, was soll ich nur tun?«

Sally blickte sie voller Bestürzung an.

»Das ist freilich schlimm«, meinte sie, »aber nichts ist hoffnungslos. Jetzt setz dich erst mal hin und erzähle mir alles, was passiert ist.«

Nachdem Elizabeth sich so weit gefaßt hatte, daß sie sprechen konnte, berichtete sie von allen Geschehnissen, von Billys Warnung, von ihrer Flucht, die in dem Gasthof südlich von London ein so jähes Ende gefunden hatte, von Johns Verletzung, dem fremden Soldaten, der ihnen die Freiheit schenkte, der mühevollen, quälenden Rückkehr nach London, den langen Wochen mit Samantha und schließlich von dem heimtückischen Verrat.

»Du hast Schreckliches erlebt«, sagte Sally mitleidig, »wärt ihr nur zu uns gekommen!«

»Wir hatten Angst wegen der Kinder...«

»Sie hätten euch wohl weniger verraten als diese Samantha.«

Sally seufzte. Sie wollte es nicht zu deutlich zeigen, aber insgeheim fürchtete sie, daß Johns Lage aussichtslos war. Er hatte sich in der Vergangenheit als unbequemer Kritiker erwiesen und konnte kaum Gnade erwarten. Der Richter würde ihn einfach in irgendeines der überfüllten Gefängnisse stecken, wissend, daß ihn dies erst seelisch zerbrechen und über kurz oder lang auch körperlich vernichten würde. John Carmody würde in Vergessenheit geraten und zu den Unzähligen gehören, die niemals existiert hatten. Es gab nirgendwo eine Persönlichkeit, die sich für ihn einsetzen würde.

»Du mußt erst einmal zur Ruhe kommen«, sagte sie, »wir werden einen Weg finden.«

5

Schon früh am nächsten Morgen machten sich Elizabeth und Sally auf den Weg zum Fleet Prison. Elizabeth war dankbar, daß die Freundin sie begleitete, denn es grauste sie, das schreckliche Gefängnis betreten zu müssen. Schon früher war sie manchmal an dem gewaltigen, alten Steinbau vorübergegangen und hatte schaudernd auf das Geschrei und Gegröle von innen gelauscht und voller Entsetzen an die vielen Gefangenen gedacht, die tief im Keller in dunklen Verliesen schmachteten. Auch heute bot das Gemäuer trotz des blauen Himmels und der strahlenden Sonne den gleichen trostlosen Anblick. Durch ein Gitter konnten sie in den Hof sehen, auf dem viele Gefangene herumliefen, mit einem Ball spielten oder auf den warmen Steinen in der Sonne lagen. Viele von ihnen waren recht gut gekleidet und machten eher den Eindruck, sich in einem eleganten Etablissement aufzuhalten als in einem Kerker. Doch jeder Londoner wußte, daß dieses Bild trog. Die Gefängniswärter ließen sich für alles, was sie taten, bezahlen, und wer Geld besaß, konnte sich so ungeheure Vergünstigungen erkaufen, daß ein Aufenthalt an dieser Stätte einem einzigen lustigen Abenteuer glich. Tagsüber durfte er sich auf dem Hof amüsieren, abends bei gutem Essen und Wein in der verqualmten Gefängniskneipe stundenlang mit seinen Kumpanen zusammensitzen und sich des Nachts sogar der Liebe hingeben, denn Frauen boten sich hier in Scharen an. Aber die meisten Inhaftierten waren Leute, die keinen einzigen Farthing besaßen und Willkür und Gleichgültigkeit der Wärter wehrlos hinnehmen mußten. Sie wurden in fensterlose Zellen gesperrt, zu Dutzenden oft, so daß sie sich kaum bewegen konnten. Wenn sie Glück hatten, bekamen sie einen Ballen Stroh nachgeworfen, von dem die Stärksten den Hauptteil nahmen, der Schwächste gar nichts übrigbehielt und auf dem nackten Fußboden kampieren mußte. Manchmal wurde ihnen über Tage hinweg kein Wasser zum Waschen zugeteilt, so daß es in all dem

Schmutz immer wieder Infektionskrankheiten gab, die viele hinwegrafften. Am schlimmsten jedoch war der Hunger. Wer nichts kaufen konnte, bekam nur selten, je nach Laune der Wärter, den beinahe ungenießbaren Fraß aus der Küche vorgesetzt. Scharen von Häftlingen verhungerten. Es geschah oft, daß einzelne, besonders wenn man sie in die untersten Kellergewölbe gesperrt hatte, einfach vergessen wurden. Ihre Schreie drangen nicht durch die dicken Mauern nach oben und verstummten irgendwann, dann fand man sie Wochen später schon halb verwest in irgendeiner Ecke liegen.

Unter denen, die sich durch Bestechung Bewegungsfreiheit im Haus erkauft hatten, waren Raubüberfälle, Messerstechereien und Morde an der Tagesordnung; was einst draußen begonnen hatte, wurde drinnen ungehemmt fortgesetzt, denn Überleben verlangte Bereicherung um jeden Preis. Es gab Leute, die durch Geschicklichkeit und gänzliche Skrupellosigkeit im Gefängnis ein Vermögen erwarben, das schließlich sogar ausreichte, sich freizukaufen und ein herrliches Leben in Luxus zu beginnen. Körperliche Schwäche oder Sanftmut hingegen bedeuteten unweigerlich ein jämmerliches Ende.

Ein verwahrloster Aufseher mit dem brutalen Gesicht eines Metzgers öffnete das eisenvergitterte Eingangstor, als Elizabeth und Sally erschienen. Da beide keine vornehme Kleidung trugen, sah er sie mit unverschämter Herablassung an.

»Na, was wollt ihr?« fragte er.

Elizabeth zuckte vor seiner harten Stimme zurück, aber Sally bewies mehr Mut.

»Gestern ist John Carmody hierhergebracht worden«, sagte sie, »und wir möchten ihn sehen.«

»Warum?«

»Dies«, sie wies auf Elizabeth, »ist Lady Carmody!«

Der Wärter grinste.

»Eine Lady, hä?« fragte er. »Schöne Lady! Stell' mir eine Lady immer ein bißchen anders vor, mein hübsches Mädchen!« Elizabeth warf ihm einen Blick der Verachtung zu.

Wäre ich doch die Elizabeth von früher, dachte sie zornig,

dann würdest du diese Bemerkung teuer bezahlen, verlaß dich drauf!

»Nun gut, ich habe ein verdammt weiches Herz«, sagte der Wärter, »ihr dürft euren John sehen. Aber...«

»Wieviel?« fragte Sally kalt.

»Ich muß auch für meine Frau und meine Kinder sorgen, und die Zeiten sind schlecht. Jeder kümmert sich nur um sich selbst...«

»Wieviel?«

»Zehn Pence.«

»Zehn Pence? Du bist wahnsinnig!«

»Dann acht.«

»Fünf«, sagte Sally mit Bestimmtheit.

Trotz ihres Elends erfüllte es Elizabeth mit Bewunderung, wie gut die sanfte Sally mit der rauhen Wirklichkeit zurechtkam. Sie selbst hätte vermutlich widerspruchslos jeden verlangten Betrag gezahlt.

Der Aufseher bedeutete ihnen, ihm zu folgen. Über einen dunklen, feuchten Gang gelangten sie in ein Steingewölbe, fensterlos, von Rauchschwaden vernebelt, versinkend in Gegröle, Gelächter und wüstem Geschrei. An langen Holztischen saßen unzählige Menschen, Männer und Frauen, sie lagerten aber auch quer über den Tischen, auf dem Fußboden, saßen ineinander verschlungen und schienen ein einziges riesiges Freudenfest zu feiern. Spärlich bekleidete Frauen, in ihrer Aufmachung stark an Samantha erinnernd, schenkten billigen Schnaps aus, ließen sich bereitwillig anfassen und küssen, verströmten aufdringliche Parfüms und kreischten vor Entzücken über jedes dreiste Kompliment. Sally und Elizabeth hatten den finsteren Saal kaum betreten, als fremde Hände schon nach ihnen griffen und Gläser mit Alkohol vor ihre Nasen gehalten wurden.

»Komm zu mir, meine Süße«, rief ein bärtiger Mann und zerrte an Elizabeths Hand, »du siehst aus, als könntest du ein bißchen Aufmunterung vertragen!«

Elizabeth riß sich angewidert los.

»Wo sind wir hier?« flüsterte sie Sally erschreckt zu.

»Die Kneipe«, erwiderte Sally, »der schönste Aufenthaltsort für die privilegierten Gefangenen.«

»Wartet hier«, befahl der Wärter, »ich hole Carmody.« Er verschwand. Sally und Elizabeth blieben inmitten des Gewühls stehen und wurden sofort von einer mageren, ältlichen Frau mit dünnen, graublonden Haaren angepöbelt.

»Zwei so hübsche Mäuschen«, sagte sie lauernd. »Was tut ihr denn hier, hm?«

»Verschwinde«, entgegnete Sally grob, »laß uns in Ruhe!«

»Na, na, Schätzchen, ich tu' euch doch nichts. Ihr solltet nett zu einer so alten, erfahrenen Frau sein. Ich kann noch viel für euch tun.«

»Wir brauchen deine Hilfe nicht. Ich weiß genau, wer du bist, du alte, raffgierige Kupplerin!«

Die Alte spuckte wütend auf den Boden.

»Vielleicht ist das Täubchen zahmer«, wandte sie sich samtig an Elizabeth, »und viel schöner bist du, Kind. Viel schöner!« Sie griff eine der langen, dunklen Haarlocken und ließ sie bewundernd durch ihre Finger gleiten. Elizabeth warf ihr Haar ärgerlich zurück. Die Alte zuckte mit den Schultern. Sie wandte sich ab.

»Siehst du, wie schnell das hier geht?« fragte Sally. Elizabeth sah sich aus verwirrten Augen um.

»Wer war die Frau?«

»Eine Kupplerin. Sie verdient hier ihr Geld, indem sie Mädchen an die Gefangenen vermittelt. Einmal in ihren Krallen, und du kommst nicht mehr heraus.«

»Scheußlich«, murmelte Elizabeth. Sie war voll Angst und Abscheu. Gräßlich war es hier, schlimmer, als sie es sich je vorgestellt hätte. Ihr schossen beinahe die Tränen in die Augen, so sehr widerte es sie an, hier stehen zu müssen. Neben ihrem Fuß krabbelte ein Käfer entlang, er wich gerade noch einer Lache von Schnaps aus, die sich über den Boden ergoß. Zwei grölende Männer fanden es unglaublich komisch, mit gefüllten Gläsern um sich zu werfen, und amüsierten sich über das Geschrei derer, die davon getroffen wurden. Aber mitten durch all dieses Gewühl und Kreischen kam John auf Elizabeth zu. Sein Arm wirkte noch ein wenig steif, doch ansonsten sah er einigermaßen gesund aus, dreckig und unrasiert zwar, aber nicht allzu elend.

»Lady Carmody wartet da vorne«, sagte der Wärter, der neben ihm ging. John lächelte.

»Guten Tag, Lady Carmody«, sagte er amüsiert und zog sie an sich. Elizabeth begann sofort zu weinen, obwohl sie das unbedingt hatte vermeiden wollen. Es ging damit viel zu schnell in der letzten Zeit.

»Wein doch nicht«, bat John, »noch werde ich nicht zum Galgen geschleift!«

»Aber daß du hiersein mußt, ist fast noch schlimmer. Schau dich nur um! Ach John, es ist so schrecklich. Ich werde sterben, wenn du hier nicht ganz schnell herauskommst!«

»Aber Elizabeth, du redest ja Unsinn. Warte doch das Urteil ab!« John erblickte Sally und reichte ihr die Hand. »Guten Tag, Sally«, sagte er, »du kümmerst dich in der nächsten Zeit um Elizabeth, nicht wahr?«

»Ich kümmere mich um sie, wann immer sie mich braucht«, erwiderte Sally. Über Elizabeths Kopf hinweg blickten sie und John sich an, ernst und ohne die geringste Illusion in den Augen. Schweigend stimmten sie einander zu, daß keiner von ihnen an eine Rettung Johns glaubte, zugleich kamen sie darin überein, Elizabeth diese Wahrheit noch nicht zu sagen. »Elizabeth, mein Schatz, kannst du mir zuhören?« fragte John eindringlich. Elizabeth nickte. Mit dem Ärmel ihres Kleides wischte sie die Tränen ab.

»Meine Verhandlung wird in der nächsten Woche sein«, fuhr John fort, »den genauen Tag teilt man mir leider nicht mit, aber vielleicht kannst du ihn herausfinden und zum Gericht kommen. Und bis dahin darfst du mich nicht mehr besuchen. Du regst dich unnötig auf, und das möchte ich nicht.«

»Aber wer wird sich um dich kümmern?«

»Du kannst doch sowieso nichts für mich tun, wenn du hier bist. Aber vielleicht hast du etwas Geld...?«

»Ich habe Geld«, mischte sich Sally ein, »und du wirst es auch annehmen, John. Du kannst es mir ja irgendwann zurückzahlen.«

»Irgendwann«, wiederholte John, »ich danke dir, Sally.« Er ergriff die Münzen, die sie ihm reichte, küßte Elizabeth und trat einen Schritt zurück.

»Auf Wiedersehen«, sagte er, »bis nächste Woche.«

»Auf Wiedersehen«, entgegnete Elizabeth leise, »und... kauf dir etwas zu essen, keinen Schnaps!«

»Was zu essen und Schnaps«, meinte John, »dann wird es ein gemütlicher Abend!«

Seine bemühte Heiterkeit schnitt ihr ins Herz.

Wenn du doch jammern wolltest, dachte sie, ich würde dich trösten.

Sally mußte sie mitziehen, sonst wäre sie noch eine Ewigkeit auf demselben Fleck stehengeblieben und hätte John nachgestarrt, der von dem Wärter wieder abgeführt wurde. Sie atmete freier, als sie endlich draußen auf der Straße waren. Ihre Gedanken aber blieben drinnen in dem steinernen Raum und bei John, und nicht einmal Sallys fröhliches Geplauder und die warme Sonne vermochten sie abzulenken.

Kaum hatte die nächste Woche begonnen, da lief Elizabeth jeden Morgen schon früh zum Gerichtsgebäude, um auf dem an die Tür geschlagenen Papier zu lesen, gegen welche Personen an diesem Tag verhandelt wurde. Es waren immer recht viele, die vor den Richter geführt wurden, so daß sie sich vorstellen konnte, wie wenig Zeit er an jeden einzelnen verwandte.

Erst am Donnerstag aber hatte sie Glück und fand unter den krakelig geschriebenen Namen auch den von John. Um elf Uhr, so stand dort, sollte er an die Reihe kommen. Elizabeth rannte wieder nach Hause, wo Sally und Patrick gespannt warteten.

»Heute«, sagte sie, »heute um elf!«

Sie wußten kaum, wie sie die Zeit herumbringen sollten, und machten sich sehr zeitig auf den Weg. Sie mußten die drei jüngsten Kinder mitnehmen, weil sich niemand gefunden hatte, der auf sie aufpaßte. Elizabeth hoffte, daß sie nicht zu sehr quengeln würden.

Sie kamen viel zu früh an, wurden von einem brummigen Türsteher auf eine harte Holzbank am hinteren Ende des Gerichtssaales gescheucht und erlebten noch den Rest der gerade laufenden Verhandlung mit. Eine unglaublich verwahrloste Frau mit scharfen Gesichtszügen unter schmutzig-blonden Haaren stand unter Anklage, offenbar wegen mehrfachen Diebstahls. Der Richter, ein alter grauhaariger Mann, blickte sie mürrisch und desinteressiert an.

»Ich habe dich jetzt schon dreimal hier stehen sehen«, sagte er gelangweilt, »und immer hast du gestohlen. Du willst dich gar nicht bessern.«

»Doch, Euer Ehren«, beteuerte die Frau, »aber wovon soll ich leben?«

»Das ist nicht mein Problem. Ich habe dafür zu sorgen, daß Ordnung in London herrscht. Und mir reicht es jetzt mit dir. Ich verurteile dich zu lebenslanger Zwangsarbeit in Australien.« Unter den Zuschauern entstand Geraune. Es kam nicht allzu häufig vor, daß diese härteste Strafe verhängt wurde. Die Angeklagte wankte.

»O nein, Euer Ehren, nur das nicht«, flüsterte sie entsetzt, »bitte nur das nicht. Ich schwöre bei Gott, daß ich nie wieder stehlen werde, und müßte ich sterben vor Hunger. Aber lassen Sie mich hier, haben Sie Erbarmen, ich bitte Sie!«

Der Richter schüttelte den Kopf und machte dem Gerichtsdiener ein Zeichen, die Frau abzuführen. Elizabeth, der ihre Stimme die ganze Zeit schon bekannt vorgekommen war, hielt den Atem an, als sie die Fremde jetzt aus der Nähe sah. Es war Claire, Samanthas Freundin, die sie damals als Kind bei Ellens Hinrichtung kennengelernt hatte. Sie war über die Maßen gealtert, trug kein schönes Kleid, war nicht geschminkt, und auch die klirrenden Ohrringe fehlten, doch es handelte sich eindeutig um die einst hübsche, aufgeputzte Claire. Natürlich erkannte sie Elizabeth nicht, sondern sah starr aus tränenfeuchten Augen durch sie hindurch. Trotz ihres eigenen Kummers und obwohl sie Claire fast überhaupt nicht gekannt hatte, empfand Elizabeth Mitleid. Arme Claire, dieses Schicksal konnte nur ihr Ende bedeuten. Viele überlebten nicht einmal die Fahrt hinüber zu dem anderen Kontinent, zusammengepfercht auf viel zu kleinen Schiffen, wo unter den Passagieren schnell Krankheiten ausbrachen und sich rasend verbreiteten. Drüben angelangt, erging es ihnen kaum besser als Sklaven, denn sie wurden Familien als Dienstboten zugeteilt, und niemand kümmerte sich weiter darum, was mit ihnen geschah. Eine so heruntergekommene Frau wie Claire würde nicht einmal das Glück haben, wenigstens persönliche Zofe einer Offiziersgattin zu werden, sondern hatte wahrscheinlich die harte Arbeit einer Stallmagd zu tun. Lange würde sie das kaum durchhalten.

Der gerade gefällte Urteilsspruch ließ eine neue entsetzliche Angst in Elizabeth wach werden. An diese Möglichkeit hatte sie überhaupt nicht gedacht, aber auf einmal kam sie ihr gar nicht mehr so abwegig vor.

Wenn sie John auch nach Australien verbannten... Sie stieß Sally an.

»Meinst du, daß John dasselbe Urteil bekommt?« fragte sie.

Sally schüttelte beruhigend den Kopf.

»Nein, nein«, meinte sie, »sicher nicht.«

Elizabeth aber sah Patricks bedenkliches Gesicht. Sie kam nicht mehr dazu, ihn darauf anzusprechen, denn jetzt führte der Türsteher John herein.

»Lord John Carmody, Euer Ehren«, verkündete er. John trat vor. Er trug völlig verdreckte und zerfetzte Kleidung, seine Haare waren struppig, und um das Kinn wuchs ihm ein Bart. Wie immer in heiklen Situationen wirkte er sehr gelassen.

»*Lord* John Carmody?« fragte der Richter.

»Ja. Adel aus Devon«, erwiderte John.

»Hm. Verarmter Adel.«

»Jawohl. Und am Aussterben. Ich bin der letzte meiner Familie.«

»Soso. Und daher glauben Sie wohl, sich nicht länger Ihres Namens würdig erweisen zu müssen!«

»Ich sah es nie als meine Aufgabe an, mich eines Namens würdig zu erweisen, sondern nur meiner selbst.«

Der Richter überging dies. Mit ausdruckslosem Gesicht blätterte er in seinen Unterlagen.

»Sie haben wiederholt Unruhe gestiftet«, sagte er, »Sie haben Reden geführt gegen die englische Justiz, gegen Mitglieder der Gesellschaft und gegen das britische Wirtschaftssystem. Sie haben außerdem Flugblätter drucken lassen, in denen Sie Hetzreden führen gegen die Navy. Stimmt das?«

»Nicht ganz, Euer Ehren. Es ist richtig, was Sie vortragen, doch gehetzt gegen die Navy habe ich nicht. Ich habe mich sachlich gegen die Art und Weise ausgesprochen, wie dort Rekruten angeworben werden.«

Der Richter trommelte ungeduldig mit seinen Fingern auf den Tisch.

»Eine schöne Umschreibung ändert nichts an Tatsachen«, sagte er grimmig, »unbegründete Hetze war es, sonst gar nichts.«

John schwieg. Elizabeth preßte fest die Lippen aufeinander. John hatte ruhig gesprochen, ohne Angriffslust, aber diesen Richter vermochte das gar nicht zu beeindrucken. Seine stumpfen Augen verrieten, daß ihm jeder Angeklagte gleichgültig war. Wahrscheinlich hatte er jedes einzelne Urteil, das er heute verkünden würde, schon frühmorgens festgesetzt. Ihm ging es nur darum, möglichst schnell mit jedem Fall fertig zu werden.

»Sie gestehen also?« fragte er.

»Mit der genannten Einschränkung – ja.«

Der Richter wandte sich an den Schreiber, der neben ihm saß. »Der Angeklagte John Carmody bekennt sich der gegen ihn erhobenen Vorwürfe in vollem Umfange für schuldig«, diktierte er, »das bedeutet, schuldig der fortwährenden unbegründeten Verunglimpfung des gesamten britischen Gesellschaftssystems. Er gesteht das Führen von Hetzreden gegen Adel und Navy sowie die schriftliche Verbreitung aufrührerischer Gedanken.« Er sah wieder zu John hin.

»Sie sollten sich schämen«, sagte er heftig, »gegen Ihr Vaterland zu Felde zu ziehen in einem Augenblick, da es seine ganze Kraft braucht, um gegen die französische Weltvorherrschaft unter Napoleon Bonaparte zu kämpfen. In einem Augenblick, da Männer wie Admiral Nelson ihr Leben einsetzen, die Freiheit eines jeden Briten zu wahren. Auch Ihre Freiheit, John Carmody!«

»Euer Ehren, ich sehe nicht den Zusammenhang zwischen Ihren Worten und den gegen mich gerichteten Beschuldigungen«, entgegnete John. »Der Krieg mit den Franzosen hat nichts zu tun mit den innenpolitischen Verhältnissen Englands. Es geht mir um die Ausbeutung und Unterdrückung des Volkes durch...«

»Hören Sie auf«, befahl der Richter, »sonst wird mir schlecht. Ich bin nicht dazu da, mir hirnlose Reden anzuhören, die ihren Ursprung in dieser unseligen Revolution Frankreichs haben. Ich muß nur das Urteil über Leute wie Sie sprechen, sonst nichts!«

»Wenn das so ist, dann mißverstehen Sie Ihre Aufgabe«, sagte John, nun ebenfalls erregt. »Soviel ich weiß, hat der Richter nicht nach eigenem Verständnis der Lage allein sein Urteil zu fällen, sondern ist verpflichtet, anzuhören, was ein Angeklagter zu seiner Verteidigung vorzubringen hat. Erst nach gründlicher Überprüfung beider Standpunkte...«

»Ruhe!« Der Richter schlug mit der Faust auf den Tisch. Sein Gesicht hatte sich vor Wut rot verfärbt.

»Es steht Ihnen nicht zu, mir meinen Beruf zu erklären«, herrschte er John an, »das ist eine Beleidigung meiner Person. Ich verbiete Ihnen ab sofort jedes weitere Wort in diesem Raum!«

Elizabeth, die mit angstvoll aufgerissenen Augen das Geschehen verfolgte, stöhnte leise und vergrub das Gesicht in den weichen Haaren von Sallys jüngster Tochter, die auf ihrem Schoß saß. O Gott, wie sollte das nur ausgehen?

Zu Beginn der Verhandlung war der Richter wenigstens noch gelangweilt gewesen, aber John hatte es geschafft, in wenigen Minuten seinen ganzen Zorn zu wecken. Auf Milde konnte er jetzt nicht mehr hoffen.

Lieber Gott, betete sie still und inbrünstig, nur nicht Australien. Bitte nicht Australien.

Sie fühlte eine Hand, die sich um die ihre schloß. Sally blickte sie an.

»Es wird gut werden«, flüsterte sie.

»Ich verkünde nun das Urteil«, sagte der Richter barsch, »durch Ihr Benehmen haben Sie es mir nicht schwer gemacht, die richtige Entscheidung zu finden.«

Elizabeth konnte John nur von hinten sehen, aber sie spürte förmlich, wie er jetzt ironisch lächelte.

Alle Anwesenden mußten sich erheben, der Richter entfaltete eine Pergamentrolle, auf die er zuvor ein paar Worte gekritzelt hatte.

»Im Namen Seiner Majestät«, rief er pathetisch. »John Carmody, auf Grund der gegen Sie erhobenen Beschuldigungen, die Sie in vollem Umfang gestanden haben, verurteile ich Sie zu zehnjähriger Gefängnisstrafe. Die Haft wird mit dem heutigen Tag angetreten.«

Er ließ den Hammer, den er in der Hand hielt, auf den Tisch niederfallen und setzte sich gleichzeitig.

»Den nächsten Fall«, befahl er. Ein Gerichtsdiener nahm John am Arm, um ihn hinauszuführen. Johns Gesicht war keine Regung anzusehen, als er den Gang zwischen den Bankreihen entlangkam. Elizabeth drängte sich aus ihrer Reihe, trat zwei neu hinzugekommenen Zuschauern unsanft auf die Füße und blieb vor John stehen.

»John!«

Er lächelte schwach.

»Ich bin besser weggekommen, als ich dachte«, meinte er, »in zehn Jahren kehre ich zu dir zurück, Liebling!«

»Hör auf damit, John«, ihre Stimme brach, sie begann zu schluchzen.

»Zehn Jahre. Das überlebst du nicht, John. Zehn Jahre in diesem Kerker hältst du nicht aus. Das weiß der Richter auch. Er hat dich angesehen und gewußt, daß zehn Jahre reichen, dich zu vernichten.« Sie krallte sich an ihn und weinte.

»Du mußt jetzt tapfer sein«, sagte John hilflos. Sie schüttelte den gesenkten Kopf.

»Aber ich sterbe daran«, flüsterte sie.

»Du stirbst nicht, Elizabeth. Du gehst nach Norfolk. Bitte, tu dies eine Mal, was ich dir sage. Du mußt zurück zu deiner Tante Harriet. Dort bist du sicher und behütet. Bleibe nicht in unserem Londoner Viertel, du gehörst nicht dorthin!«

»Ich gehöre dahin, wo du bist!«

»Du kannst nicht mit mir ins Gefängnis gehen. Sie nehmen dort nicht jeden, weißt du!«

Der Humor in seiner Stimme konnte sie nicht trösten.

»Wenn du nicht willst, daß ich in ständiger Sorge lebe«, fuhr John fort, »dann gehe nach Hause. Nach Norfolk. Du wirst dort auch Ruhe und Frieden finden.«

Sie starrte ihn an, aus Augen, in denen nichts stand als Trostlosigkeit und Qual.

»Du sollst dich nicht sorgen«, murmelte sie, »ich gehe nach Norfolk. Aber ich werde in Traurigkeit leben bis zu dem Tag, an dem ich dich wiedersehe. Und wenn du nie wiederkommst, dann sterbe ich.«

»Jetzt gehen Sie schon weiter«, drängte der Wärter ungeduldig.

John küßte flüchtig Elizabeths Mund, als fürchte er einen erneuten Gefühlsausbruch. Ihr Kummer stürzte ihn in heftiges Mitleid, aber es fiel ihm schwer, ihn nachzuvollziehen. Von Krankheit und einwöchiger Haft geschwächt, erschlagen von dem Urteil, das seinen sicheren Tod bedeutete, glitt er in eine Betäubung, die ihm die Kraft nahm, um den Verlust Elizabeths zu trauern. Es war ihm ernst, als er in diesem Augenblick hoffte, Elizabeth werde ihn schon nach wenigen Jahren vergessen haben und einen reichen, angesehenen Mann aus dem Adel Norfolks heiraten.

Nachdem John aus dem Saal geführt worden war, standen auch Patrick und Sally auf und drängten Elizabeth hinaus. Sally versuchte nicht, aufmunternde Worte zu finden, sondern schwieg, wofür alle dankbar waren. Als sie in der strahlenden

Sonne standen, lehnte sich Elizabeth in tiefster Erschöpfung gegen die schmutzigen Mauern des Gerichtsgebäudes.

»Geht ihr schon heim«, bat sie, »ich komme bald nach. Ich muß jetzt erst einmal allein sein.«

Trotz ihrer Besorgnis fügten sich Sally und Patrick diesem Wunsch. Als sie verschwanden, kauerte Elizabeth auf der Erde nieder und zog, in der Hitze fröstelnd, ihre Beine dicht an den Körper, schlang beide Arme darum und ließ den Kopf auf die Knie sinken. Ihr kamen keine Tränen mehr, aber ihre Gedanken kreisten auch nicht wie sonst in schwierigen Lagen um einen Ausweg.

Wäre sie gestorben in diesem Augenblick, sie hätte nicht eine halbe Sekunde lang aufbegehrt. Ihr Dasein war leer geworden, und das war schlimmer als der Tod.

Sie mußte lange Zeit so gesessen haben, denn die Häuser warfen bereits lange Schatten, als sie aufschreckte. Verwirrt hob sie den Kopf. Sie vermochte nicht sofort zu begreifen, was sie aufgeschreckt hatte, dann aber sah sie den Richter, der aus dem Gebäude trat und unwirsch vor sich hin brummend die Tür hinter sich schloß. Er beachtete die auf der Erde sitzende Frau neben sich nicht, die er für eine der zahllosen Bettlerinnen Londons halten mußte. Elizabeth richtete sich mühevoll auf. Sie hatte an diesem Tag noch nichts gegessen und zudem stundenlang mit tief gesenktem Kopf gekauert. Daher wurde ihr nun schwindelig, und sie mußte sich an der Mauer festhalten.

»Euer Ehren«, krächzte sie. Der Schwindel ebbte ab, das Bild des Mannes vor ihr nahm wieder Gestalt und Farbe an.

»Ja?« fragte er unfreundlich zurück.

»Mein Name ist Elizabeth Carmody«, schwindelte Elizabeth. Obwohl sie abgerissen und verwahrlost vor ihm stand, empfand sie weder Scham noch Ehrfurcht. Sie fühlte sich seiner Schicht zugehörig, ganz gleich, in welcher Welt sie heute lebte.

»Was wollen Sie von mir?«

»Ich bin Lady Carmody. Die Frau von John Carmody.« Sie hoffte, John habe in keinem Protokoll die Wahrheit über ihrer beider Beziehung angegeben. Angesichts der ehrbaren Miene ihres Gegenübers hielt sie es für besser zu schwindeln. »Sie haben meinen Mann zu zehn Jahren Gefängnis verurteilt«, sagte sie. In die Augen des Richters trat Bewegung.

»Sie sprechen von dem Aufrührer und Rebellen«, knurrte er, »ja, zehn Jahre hat er bekommen. Und daran ändere ich nichts mehr!« Er wollte weitergehen, doch Elizabeth trat ihm in den Weg.

»Sir, ich möchte wissen, ob es eine Möglichkeit gibt, ihm zu helfen. Könnten Sie ihn begnadigen, wenn er das Versprechen ablegte, England sofort zu verlassen?«

»Ich habe Ihnen bereits erklärt, daß ich mein Urteil nicht zurücknehme. Und nun lassen Sie mich endlich gehen!« Er schob sie grob zur Seite.

Elizabeth hielt sich gerade noch zurück, ihn am Ärmel zu packen und festzuhalten.

»Sir«, rief sie flehend, »Geld?«

Er wandte sich um.

»Was? Geld?«

»Es gibt Gefangene, die sich freikaufen.«

»Meine liebe Mrs.... äh, Carmody«, sein Blick glitt voller Verachtung über ihr ärmliches Kleid und ihre nackten Füße hinweg, »den Betrag, den John Carmody brauchte, um sich freizukaufen, könnten Sie niemals auftreiben.«

»Wieviel ist es?«

»Bei einem Mann, der wegen Staatsfeindlichkeit zu zehn Jahren verurteilt wurde, würden fünfhundert Pfund vielleicht gerade ausreichen! Guten Tag!« Er schritt eilig davon. Zu Hause wartete gutes Essen auf ihn, und er hatte keine Lust, seine Zeit mit hysterischen Frauen zu vertrödeln.

Elizabeth stand in der Sonne und blickte ihm nach, ohne ihn zu sehen. Fünfhundert Pfund! Das war beinahe schon wieder zum Lachen. Er hätte genausogut fünftausend sagen können, es wäre nicht weniger unmöglich gewesen.

»Fünfhundert Pfund«, murmelte sie. Eine vorübereilende Frau schaute sie neugierig an, doch sie bemerkte es nicht.

»Fünfhundert! Lieber Himmel, ist dieser Mann wahnsinnig

geworden? Woher, zum Teufel, soll ich denn so viel Geld nehmen!« Sie ging ziellos ein paar Schritte.

»Aber ich muß das Geld beschaffen. Es ist die einzige Möglichkeit, John zu helfen. Verdammt, es muß einen Weg geben!«

Mit einem Schlag war die Leere der letzten Stunden verschwunden. Die Lethargie wich einem Gedankenwirbel. Wo nur, wo lag die Rettung? Ein Mensch, der Geld besaß und der ihr das auch geben würde. Niemand von den Londoner Freunden, soviel war sicher, aber ein Mensch von früher... Joanna...

Sie blieb stehen und merkte, daß sie so schnell gelaufen war, daß ihr Atem heftiger ging. Joanna... Sie wußte, daß sie die ganze Zeit an Joanna gedacht hatte als einzige Rettung und daß sie sich zugleich diesen Gedanken verboten hatte. Von allen Menschen auf dieser Erde schreckte sie am meisten davor zurück, ausgerechnet zu Joanna zu gehen. Sie vermochte sich kaum zu erklären, warum sie ihre einst so enge Vertraute heute ängstlich mied, doch von Joanna war etwas ausgegangen, das ihr nun die Ahnung gab, ein Zusammentreffen könnte für sie beide einen tragischen Verlauf nehmen.

Ich habe nur ein schlechtes Gewissen, beruhigte sie sich, dabei muß ich das gar nicht. Sie hat mir sicher längst verziehen, daß ich sie damals verließ. Ich hatte doch ein Recht auf ein eigenes Leben!

Im übrigen besaßen vermutlich weder Joanna noch Harriet genügend bares Geld, doch immerhin gab es Heron Hall mit seinen Kostbarkeiten. Wenn sie sie bat, etwas davon zu verkaufen... Dieser Weg sollte mir nicht schwerfallen, dachte sie. Habe ich nicht einmal gesagt, daß ich für John stehlen und morden würde? Nun gut, so kann ich mich auch für ihn demütigen! Von neuer Kraft erfüllt, eilte sie nach Hause zu Sally und Patrick. Die beiden hatten sich schon Sorgen um sie gemacht und waren erstaunt, sie nun mit glänzenden Augen wiederzusehen.

Auch der alte Billy, Johns Nachbar, war bei ihnen. Er hatte sich nach dem Schicksal seines Freundes erkundigt und saß nun niedergeschlagen in einer Ecke. Elizabeth griff lebhaft nach seiner Hand.

»Ich weiß einen Ausweg, ihm zu helfen«, verkündete sie. Mit eifrigen Worten berichtete sie von ihrem Plan.

»Und du meinst, Joanna wird dir helfen?« fragte Patrick mißtrauisch. Auch Billy äußerte Bedenken. Nur Sally stand sofort auf Elizabeths Seite.

»Männer müssen sich immer erst gegen alles stellen«, rief sie, »dabei ist dies ein wundervoller Einfall, Elizabeth! So bald wie möglich wirst du nach Norfolk reisen!«

Den ganzen Abend über besprachen sie die Einzelheiten, bis schließlich auch Patrick und Billy voller Anerkennung waren. Patrick suchte sein ganzes Geld zusammen, damit Elizabeth die Fahrt bezahlen konnte.

Als letztes Problem blieb die Frage, was Elizabeth anziehen sollte. Sie besaß nichts als den alten braunen Fetzen, den sie nun schon seit Wochen trug.

»Es wäre schrecklich, Joanna so entgegentreten zu müssen«, meinte sie, »sie braucht nicht zu wissen, wie schlecht wir dran sind!«

Sie sahen einander ratlos an, bis Sally plötzlich aufsprang, ins Nebenzimmer lief und dort eine Weile herumwühlte. Als sie wiederkam, trug sie über dem Arm ein weißes Kleid. Vorsichtig entfaltete sie den alten Stoff und breitete ihn über den Tisch. Alle erhoben sich.

»Mein Brautkleid«, erklärte Sally, »es ist achtzehn Jahre alt, aber ich habe es nur ein einziges Mal getragen!«

»Ich erinnere mich«, murmelte Patrick ergriffen, »1785! Du hast wie ein Engel ausgesehen!«

Das Kleid war sehr einfach, denn Sally Stewart hatte nie gute Zeiten gekannt und auch als Braut sparen müssen. Es war aus billigem, derbem Stoff gearbeitet, weder heute noch damals der Mode entsprechend, mit einem enganliegenden Oberteil, rundem, stickereiverziertem Ausschnitt, schmalen Ärmeln und leicht gebauschtem Rock. Das Weiß hatte einen leicht gelblichen Schimmer angenommen, doch das konnte nur erkennen, wer genau hinsah. An keiner Stelle war es geflickt, und nirgendwo gab es einen Fleck.

»Ich hatte es in Papier verpackt all die Jahre im Schrank liegen«, sagte Sally, »und nun sollst du es anziehen. Es ist nichts Großartiges, aber es wird dir stehen.«

»Ach Sally, ich danke dir«, rief Elizabeth, »ich freue mich so. Hoffentlich paßt es!«

Sie probierte das Kleid gleich an.

Es saß gut, nur in der Taille war es zu weit. Doch Sally schnitt aus einem alten himmelblauen Handtuch eine breite Schärpe, die sie um Elizabeths Mitte schlang und zu einer großen Schleife band.

»So«, meinte sie zufrieden, »jetzt würde dich selbst der König empfangen!«

Elizabeth trat vor den halbblinden Spiegel hinter der Tür und drehte und wendete sich nach allen Seiten. Ihre Augen bekamen ein siegesgewisses Funkeln, als sie ihren schlanken Hals und das leicht gebräunte Gesicht über dem hellen Weiß sah.

»Nun, Joanna Sheridy«, murmelte sie, »ich trete dir würdig entgegen. Und wir werden ja sehen, ob du langwierige Einwände wagst. Elizabeth Landale werdet ihr alle niemals abschütteln können!«

6

In dem gemütlichen Eßzimmer von Heron Hall saßen Harriet, Joanna und George um den Frühstückstisch herum und stocherten ein wenig appetitlos in dem allmorgendlichen, klebrigen Haferflockenbrei herum. Die Türen zu den Terrassen standen weit offen, die noch kühle, etwas salzige Luft des klaren Augustmorgens wehte über taufeuchte Wiesen hinweg in den Raum, brachte den Geruch von Blumen und Meer. Durch die Vorhänge fielen helle Sonnenstrahlen auf den Teppich und auf den Tisch und ließen den Orangensaft in den hohen Gläsern glitzern. Das Kreischen der Möwen mischte sich mit übermütigem Pferdewiehern, doch selbst diese Idylle vermochte die Stimmung der Familie nicht zu heben. Harriet saß völlig kraftlos auf ihrem Stuhl. Sie hatte Joanna, George und sämtliche Dienstboten die halbe Nacht auf den Beinen gehalten, weil sie plötzlich von einem Schwindelgefühl aufgewacht war und um Hilfe geschrien hatte. Alle Kerzen in ihrem Zimmer mußten angezündet werden, Joanna durfte ihre Hand nicht mehr loslassen, Edna machte kalte Umschläge, George saß mit verschlafenem Gesicht in einer Ecke, und als er sich verdrücken wollte, rief Harriet ihn sofort mit scharfer Stimme zurück.

Sie hatte sich in der letzten Zeit in den festen Glauben gesteigert, bald sterben zu müssen, weshalb sie auch die kleinste Unpäßlichkeit jedesmal als sicheres Zeichen ihrer letzten Stunde sah.

Das geschah so häufig, daß niemand mehr sie ernst nehmen konnte und jeder nur noch entnervt ihren regelmäßigen abschließenden Lebensbeichten lauschte. Sie klagte sich all ihrer Verfehlungen an, bezeichnete sich als Last für ihre gesunde Umwelt und richtete dann schließlich ihre Augen auf das große Gemälde von Phillip, das über dem Fußende ihres Bettes hing.

»Ich bin bald bei dir«, murmelte sie, ließ den Kopf zurücksinken und wartete auf den Tod, der aber nicht eintrat. Auch heute war sie frühmorgens zwischen den altvertrauten Möbeln ihres Zimmers aufgewacht, und Phillip blickte sie so gleichmütig wie immer aus dem vergoldeten Bilderrahmen an. Nach einigen Überlegungen entschied Harriet, trotz allen Ungemachs aufzustehen, hinunterzugehen und dort weiterzuleiden.

»George, du weißt genau, daß es mich ärgert, wenn du beim Trinken die Ellbogen aufstützt«, murmelte sie.

»Ich bin aber müde«, gab George patzig zurück.

»Ja, meinetwegen«, sagte Harriet, »meinetwegen konntest du heute nacht nicht schlafen!«

»Wenn Sie auch immer denken, jedes Husten sei das Ende...«

»George!« wies Joanna ihn zurecht. »Iß jetzt und rede nicht soviel.« Sie hatte ein angespanntes, übernächtigtes Gesicht und fühlte sich gar nicht wohl. Dabei mußte sie ausgerechnet heute mit Edward nach King's Lynn fahren. Dort fand in jeder Woche ein großer Markt statt, zu dem fahrende Händler kamen und die Leute der ganzen Umgebung zusammenströmten, um die nützlichsten und nutzlosesten Dinge zu kaufen. Edward drängte schon seit dem Frühjahr, Joanna müsse einmal mit ihm dorthin gehen, bis sie diesmal schließlich erschöpft nachgegeben hatte. Harriet betrachtete sie durchdringend.

»Konntest du kein schöneres Kleid anziehen«, fragte sie, »wenn Edward Gallimore schon mit dir ausgeht?«

»Ich kann mir kein schöneres Kleid leisten.«

»Ja, ich weiß, seit Vater tot ist, ruht die Verantwortung auf mir, und ich werde ihr nicht gerecht. Wir sind arm. Aber trotzdem, du hast schönere Kleider als dieses. Warum denn nicht das grüne?«

»Das grüne ist mir zu warm. Dieses ist leichter.«

»Meinst du denn, daß es heute so heiß wird wie gestern?«

»Sicher. Sehen Sie doch den Himmel an!«

»Ich glaube aber nicht, daß es heute heiß wird«, sagte Harriet quengelig, »und das grüne Kleid ist viel schöner!«

»Das grüne hat einen Fleck«, log Joanna, die bereits Kopfschmerzen bekam, wie stets, wenn sie mit ihrer Mutter sprach.

»Ach so. Warum sagst du das nicht gleich? Wenn es einen Fleck hat, warum sagst du dann, daß es dir zu warm ist?«

»Mutter, es ist mir zu warm, und es hat einen Fleck!«

»Ich weiß wirklich nicht, wie du darauf kommst, es könnte heute heiß werden«, fing Harriet erneut an, »ich glaube...«

Glücklicherweise wurde sie von Edna unterbrochen, die soeben eintrat.

»Lord Edward Gallimore ist gekommen«, meldete sie. Joanna erhob sich sofort.

»Ich komme«, sagte sie, »auf Wiedersehen, Mutter. Ich bin heute nachmittag zurück.«

Harriet wünschte ihr einen schönen Tag, wobei sie durchblicken ließ, daß es für sie selber keine schönen Tage mehr gab. Gegen diese Anwandlungen ihrer Mutter bereits mit einer gewissen

Unempfindlichkeit ausgestattet, verließ Joanna ohne längeres Zögern den Raum. Draußen stand Edward, wie üblich sehr sorgfältig zurechtgemacht, in einem schwarzen Frack und einem weißen Rüschenhemd aus Seide. In der Hand hielt er einen Hut aus dunklem Seidentaft.

»Ah, guten Morgen, Joanna!« rief er. »Ist heute nicht ein schöner Tag?«

»Gewiß. Lassen Sie uns gleich aufbrechen.«

Er musterte sie prüfend.

»Sie sehen müde aus.«

»Es geht schon.« Aber sie war müde und niedergeschlagen, wie meistens in den letzten Jahren. Für Edward strengte sie sich ohnehin nie besonders an, so daß die Fahrt in der Kutsche höchst eintönig verlief.

Erst kurz vor King's Lynn riß Edward sie aus ihren trüben Gedanken, als er sagte: »Wissen Sie schon, daß Belinda am Ende der Woche Lord Arthur Darking heiratet?«

»Nein! Wie hat sie denn das geschafft?«

»Ich glaube, Lady Viola hat auf geordnete Verhältnisse gedrängt. Sie sind nicht eingeladen?«

»Bisher nicht. Belinda überlegt wahrscheinlich noch, womit sie mich mehr straft: wenn sie mich übergeht oder wenn ich zusehen muß, wie sie einen reichen, gutaussehenden Mann heiratet.«

»Sie wird sich für letzteres entscheiden. Wollen wir zusammen hingehen?«

»Ja, gern.« Sie betrachtete ihn von der Seite, sein weiches Profil, die hellen Wimpern über den himmelblauen Augen. Von Zeit zu Zeit, wenn sie sanft gestimmt war, rührte sie seine Anhänglichkeit. Ohne daß ihr das so recht zu Bewußtsein gekommen wäre, hatte sie sich ein wenig daran gewöhnt, ihn als ständigen Begleiter zu haben. Er war immer da, wenn sie ihn brauchte, und er ließ sich fortschicken, wenn es sie schwermütig danach verlangte, allein zu sein. Er ist zu gut für mich, dachte sie reuevoll, ich habe soviel Treue nicht verdient.

Doch sie sagte nichts, und der Rest der Fahrt verlief schweigend. Als sie in King's Lynn ankamen, schien die Sonne schon heiß. Auf dem Marktplatz wimmelte es von Menschen, die sich zwischen den bunten Ständen halb zu Tode drückten, und von Kaufleuten, die laut schreiend ihre Waren anpriesen. Ein paar Zeitungsjungen rannten in der Menge herum, schwenkten Zeitungen und brüllten die Schlagzeilen des Tages: »Nelsons Flotte noch immer vor Toulon! Keine Ereignisse im englisch-französischen Krieg! Worauf wartet Latouche?«

Die französische Flotte hatte sich im Hafen von Toulon verbarrikadiert, und ihr Befehlshaber, Admiral Latouche-Tréville, dachte gar nicht daran, herauszukommen und sich der unablässig vor dem Hafen kreuzenden englischen Flotte zum Fraß vorzuwerfen.

In England waren manche unruhig, denn die Lage im Mittelmeer sah nicht günstig aus. Genua war in französischer Hand, Livorno in der Toskana wurde von den Franzosen belagert, der gesamte Peloponnes sollte von Franzosen durchsetzt sein. Es war vorauszusehen, daß Bonaparte zum zweitenmal den Versuch machen würde, in Ägypten Fuß zu fassen und von dort den Osten zu erobern.

Edward und Joanna stiegen aus ihrer Kutsche und schlenderten über den Platz, was Joanna nicht besonders vergnüglich fand, denn ständig trat ihr jemand auf die Füße oder schubste sie zur Seite. Edward entdeckte immer Neues, was er ihr schenken wollte. Er kaufte einen Schal aus weicher Kaschmirwolle, einen Strauß getrockneter Rosen, ein Fläschchen Lavendelparfüm und ein hellgraues Kaninchen, das verängstigt in einem kleinen Weidenkorb saß.

»Das ist alles für Sie«, sagte er glücklich.

»Sie sollten mir nicht so viel schenken«, meinte Joanna, »aber ich danke Ihnen.«

Sie aßen im »Rose and Crown Inn« zu Mittag, wobei Edward Joanna immer neue Speisen aufdrängte, da er sie zu dünn und zu blaß fand. Joanna konnte diese bevormundende Art nicht leiden und reagierte gereizt, so daß beinahe ein Streit ausgebrochen wäre. Doch gerade da betrat Belinda den Raum, gefolgt von ihrem mißgelaunt dreinblickenden Lord. Sie entdeckte Joanna und kam an ihren Tisch.

»O Joanna, wie schön, dich einmal wiederzusehen«, lächelte sie, »du bist lange nicht mehr bei einem Fest gewesen.«

»Nein, ich hatte keine Lust.«

»Glücklicherweise treffe ich dich jetzt. Du weißt es wohl noch nicht: Arthur Darking und ich werden am kommenden Samstag heiraten!«

Darking warf Edward einen Blick zu, als wolle er um Verständnis bitten. Edward nickte aufmunternd. Belinda entging die gespannte Stimmung völlig.

»Was sagst du dazu, Joanna?« fragte sie.

»Ich hörte bereits davon. Ich gratuliere dir, Belinda. Und Ihnen natürlich auch, Lord Darking.«

»Danke«, murmelte Darking, während Belinda eifrig schnatternd fortfuhr: »Ich werde ein Kleid aus Atlas tragen, das ist so schön, daß kein englisches Mädchen je etwas Feineres besessen hat, sagt Mutter. Für den Schleier wurden viele, viele Meter echte Spitze verarbeitet. Mein Vater hat versprochen, daß es die größte Feier wird, die diese Grafschaft seit hundert Jahren erlebt hat. Soll ich dir ganz genau mein Kleid beschreiben? Paß auf, es ist...«

»Danke, Belinda, ich kann es mir vollkommen vorstellen«, unterbrach Joanna. Sie fand Belindas ständige Selbstzufriedenheit unerträglich. Sie haßte dieses kleine Gesichtchen, das in steter Bewunderung der eigenen Schönheit ohne Unterlaß strahlte, sie haßte die dunkelblonden Locken, von denen es keine je wagte, nicht am richtigen Platz zu sitzen, das Ebenmaß der elfenbeinfarbenen Schultern und die Eleganz ihres bauschigen, spitzengeschmückten Sommerkleides mit der hochgerafften Taille und dem farblich passenden Sonnenschirm. Abrupt stand sie auf.

»Wollen wir gehen, Edward?« fragte sie. Edward war einverstanden, doch leider wurden sie dadurch Belinda nicht los. Darking, dem seine Braut offenbar entsetzlich auf die Nerven ging, klammerte sich an Edward, nur um nicht mit ihr allein sein zu müssen. Belinda hakte sich bei Joanna ein und erzählte ihr nun doch ausführlich von jeder Einzelheit ihres atemberaubenden Hochzeitsgewandes. Joanna versuchte, nicht hinzuhören, sondern starrte mit scheinbarem Interesse in die Verkaufsbuden rechts und links ihres Weges.

Als sie an die Stelle kamen, wo die Kutschen standen, machte sie sich von ihrer Nachbarin frei.

»Ich möchte jetzt nach Hause«, sagte sie. »Belinda, du entschuldigst bitte...« Sie brach ab, ihre Augen weiteten sich, alle Farbe wich aus ihren Lippen. Ungläubigkeit und Schrecken, fast Entsetzen lag auf ihrem Gesicht.

»Nein, das ist doch nicht möglich«, murmelte sie tonlos.

»Was?« fragten Edward und Belinda gleichzeitig, und dann gaben auch sie einen Laut des Erstaunens von sich. Joanna bemerkte es gar nicht. Es war ihr, als löse sich ringsum jeder Gegenstand und jede Gestalt auf, verlöre Farbe, Form und Dasein. Stimmen und Geräusche, Bilder und Gesichter traten immer weiter zurück, bis es ihr schien, sie stehe ganz allein auf diesem sonnenüberfluteten Platz und niemand sei hier außer ihr. Und über den menschenleeren Platz kam Elizabeth auf sie zu. Sie war aus einer Kutsche gestiegen, hatte sich einen Moment lang verwirrt umgesehen und war dann beinahe sofort Joannas Augen begegnet. Nun ging sie zu ihr, so langsam, als versuche sie, den Augenblick des endgültigen Gegenüberstehens noch ein wenig hinauszuzögern. Sie trug ein weißes Kleid, und es kam Joanna vor, als sei sie niemals schöner gewesen als in diesen Minuten. Auf einmal stieg jenes lange verloren geglaubte, tief in ihr begrabene Gefühl von Zärtlichkeit in ihr auf, das lebhafte Temperament der jungen Joanna, und es kehrte so heftig zurück, daß ihr die Tränen kamen. Mit Elizabeth hatte sie damals den einzigen Halt verloren, der sie das Leben ertragen ließ. Sie hatte in ihr die Lebendigkeit geweckt, die Harriets Düsternis so unbarmherzig untergrub. Und es war wie seinerzeit vierzehn Jahre zuvor, als die kleine Elizabeth nach monatelanger Reise über das Meer in England angekommen und auf Joanna zugegangen war. Vieles erinnerte sie heute an das einstige Kind. Elizabeth war so mager wie ein dünner Ast, ihre Augen wirkten übergroß, dem Gesicht waren Müdigkeit und Entschlossenheit anzusehen. Für eine vornehme Dame hatte ihre Haut eine zu dunkle Tönung und besaßen die langen schwarzen Locken zuwenig Halt.

Ich hatte sie gar nicht so verletzlich in Erinnerung, dachte Joanna, als Elizabeth direkt vor ihr stand. Sie sah ihr in die Augen, aber die Benommenheit blieb nur noch für diese einzige Sekunde. Schon nahm ringsum alles wieder seine laute Regsamkeit an. Scharf drang Belindas Stimme an ihr Ohr.

»Sieh an, unsere Elizabeth! Ja, wo kommst du denn her?«

»Elizabeth«, murmelte Joanna. Elizabeth lächelte sie unsicher an.

»Ach, Joanna, ich wollte dich in Heron Hall überraschen«, sagte sie fast ein wenig leichthin, »und nun treffe ich dich hier...«

»Wir waren auf dem Markt, Edward und ich. Du erinnerst dich an Edward?«

»Ja.« Die beiden sahen einander an, doch Edward blickte rasch wieder fort. Es war deutlich, wie er über sie urteilte und ihr mißtraute.

»Du kennst Lord Darking noch nicht«, sagte Joanna hastig, »er wird noch diese Woche Belinda heiraten. Lord Darking, das ist meine Freundin Elizabeth Landale aus London.«

»Es freut mich«, sagte Darking, ziemlich verwirrt, denn er begriff nicht, warum alle plötzlich so seltsam versteinert wirkten.

»Äh, daß ich es bloß nicht vergesse«, mischte sich Belinda ein, »ich wollte Joanna ja noch zu meiner Hochzeit einladen.« Sie hatte das natürlich nicht vorgehabt, denn sie wollte dieses Mädchen, das sie oft so unhöflich behandelte, einfach übergehen. Aber unter diesen unvorhergesehenen Umständen änderte sie ihr Vorhaben sofort. Ihre Mutter würde entzückt sein, wenn Joanna und Elizabeth auf dem Fest erschienen, der Skandal lag dann bereits in der Luft, und es gab für alle Gäste den herrlichsten Stoff zum Tratsch.

»Elizabeth mußt du natürlich mitbringen«, fuhr sie daher fort, »jeder in der Grafschaft wird wissen wollen, was sie inzwischen erlebt hat.«

»Joanna, ich fahre Sie jetzt nach Hause«, warf Edward in hartem Ton ein. Sein Gesicht sah so finster und eifersüchtig aus, daß Joanna das schon beinahe lächerlich fand. Sie wandte sich an Elizabeth.

»Du kommst doch mit nach Heron Hall?«

»Wenn du meinst, daß Tante Harriet es erlaubt...«

»Wohin solltest du sonst?« Sie verabschiedeten sich von Belinda und Lord Darking und stiegen in die Kutsche. Edward nahm ihnen gegenüber Platz, doch er vermied es, sie anzusehen, sondern starrte zum Fenster hinaus. Draußen frischte inzwischen ein kühlerer Wind auf, bog das Gras auf den Wiesen und jagte blauschwarze Wolken vom Meer über das Land. Das Gewitter braute sich in einer für diesen Landstrich typischen Eile zusammen, schon konnte man in der Ferne leisen Donner hören.

»Wie geht es Tante Harriet?« unterbrach Elizabeth die lastende Stille in der gleichmäßig dahinschaukelnden Kutsche.

»Nicht besonders gut. Sie fühlt sich meistens krank.«

»Das tut mir leid.«

Sie sprachen so höflich, als seien sie zwei sich nicht besonders nahestehende Bekannte, die sich zufällig nach einigen Jahren trafen, doch einander nicht viel zu sagen hatten. Es lag nicht an Edward, sie wären in tiefster Einsamkeit ebenso stumm geblieben. Zwischen ihnen lagen Erschrecken, Angst, Mißtrauen und eine neue Scheuheit.

Sie ist so schön, dachte Joanna, nicht ahnend, daß Edward zur gleichen Zeit fand, Elizabeth habe viel von ihrer früheren Lieblichkeit verloren und sei keineswegs mehr begehrenswert. Sie hatte einen gehetzten Ausdruck in den Augen, und eine fremde Härte machte ihre Züge scharf. Er hatte sehr wohl die Veränderung in Joanna während der letzten Minuten bemerkt und wünschte plötzlich, Elizabeth möge ebenso schnell verschwinden, wie sie aufgetaucht war.

Als sie durch das breite Parktor von Heron Hall fuhren, regnete es bereits in Strömen, Blitze zuckten über den Himmel, spiegelten sich drohend in den dunklen Fensterscheiben des Schlosses. So schnell sie konnten, sprangen die beiden Frauen aus der Kutsche und rannten zur Eingangstür. Edward winkte ihnen nach, bevor die Pferde wieder davontrabten.

»Ich hole Sie zu Belindas Hochzeit ab!« rief er noch, ohne zu wissen, ob sie ihn durch den Donner hindurch verstanden hatten.

Edna, Harriets Zofe, war minutenlang sprachlos, als sie die Tür öffnete und Elizabeth vor sich stehen sah. Dann begann sie zu schreien.

»Lady Sheridy! Lady Sheridy!«

»Mutter soll nicht erschrecken«, warnte Joanna, doch Harriet erschien bereits auf der Treppe. Sie wich zurück, als habe sie ein Gespenst erblickt.

»Elizabeth!« stieß sie hervor.

Elizabeth strich sich mit einer unsicheren Geste die Haare zurück. In der düsteren Eingangshalle, durch deren gewölbtes Fenster wegen des Unwetters kein Sonnenlicht fiel, war ihr Gesicht nur schattenhaft zu erkennen.

»Tante Harriet, darf ich für einige Zeit hierbleiben?« fragte sie. Ihre Stimme klang verändert in dem hohen Raum, kindlicher und klarer. Harriet klammerte sich am Geländer fest.

»Ich weiß nicht... was ich sagen soll«, meinte sie schwach. »Kind, Elizabeth, natürlich darfst du bleiben. Aber... ich bin krank. Ich kann mich nicht aufregen.« Sie schlurfte langsam in ihr Zimmer zurück.

Als die Tür hinter ihr zugefallen war, sagte Elizabeth erschrocken: »Sie ist alt geworden! Sie sieht so schlecht aus. Dabei sind erst vier Jahre vergangen, seit ich...«

»Seit was?« fragte Joanna kalt.

»Seit ich zu John ging.«

»Oh, vier Jahre sind eine lange Zeit für eine Frau, die sich fast zu Tode grämt!«

»Grämt? Meinetwegen?«

Joanna biß sich auf die Lippen. Sie vermochte nicht zu schwindeln, nicht Elizabeth gegenüber.

»Nein, nicht deinetwegen«, erwiderte sie ehrlich, »du weißt, es war der Tod meines Vaters, der ihr jede Lebenskraft genommen hat. Dazu unser langsamer finanzieller Verfall. Ich glaube, an deine... Taten denkt sie kaum mehr.«

Elizabeth nickte. Edna betrachtete sie mitleidig.

»Miss Elizabeth muß schlafen«, bestimmte sie, »und vorher noch etwas essen. So dünn und so müde, wie sie ist!«

»Ich habe keinen Hunger, danke. Aber ich würde gern schlafen.«

»Das alte Zimmer?«

»Nein«, warf Joanna rasch ein, »eines der Gästezimmer!«

Sie blickte Elizabeth nach, wie sie hinter Edna die Treppe hinaufstieg. Ein greller Blitz tauchte für einen Augenblick die Halle in schwefelgelbes Licht. Joanna ließ sich in einen Sessel sinken. Sie konnte nicht begreifen, was mit ihr geschah, nicht den jagenden Wechsel von Glück und Zorn in ihrem Inneren verstehen. Warum kehrte Elizabeth heim? Was war geschehen, was alles hatte sie erlebt in den Jahren der Trennung? Sie war so fremd geworden. Vielleicht wollte sie für immer in Heron Hall bleiben, auch wenn sie das nicht gleich gesagt hatte. Sie mußte es heute noch erfahren, sie hielt es sonst nicht aus.

Entschlossen sprang sie auf und lief die Treppe hinauf. Oben blieb sie einige Minuten stehen, nahm allen Mut zusammen und klopfte. Sie wartete nicht auf eine Antwort, sondern trat sofort ein.

Elizabeth stand am Fenster und beobachtete das tosende Unwetter, die Bäume, die sich unter der Wucht des Sturmes bogen, und das Gras im Park, das flachgedrückt auf der Erde lag. Sie drehte sich um, als sie Joanna bemerkte.

»Joanna«, sagte sie, »ich hoffte, du würdest kommen!«

Joanna schloß die Tür hinter sich und lehnte sich mit dem Rücken dagegen.

»Warum bist du zurückgekehrt?« fragte sie.

Elizabeth zuckte. »Ich... du bist böse auf mich, nicht?«

»Wenn ja – würde es dich wundern?«

»Ich weiß eigentlich nicht, welches Verbrechen ich begangen habe!«

»Verbrechen! Bist du wenigstens glücklich geworden mit

John? Weißt du, du hättest mir ruhig öfter schreiben können!«

»Das wollte ich. Aber... mein Leben war in den letzten Jahren nicht ganz leicht.«

Beide schwiegen. Schließlich sagte Joanna: »Ich glaube es dir. Du siehst elend aus. Aber sage mir doch, bist du glücklich gewesen mit ihm?«

»Gewesen?« wiederholte Elizabeth. »Ich habe ihn geliebt, und ich liebe ihn jetzt.«

»Ach ja?«

»Ich glaube nicht, daß ich vollkommen glücklich war. John ist unruhig, nervös, launisch, oft schwach, fern von mir und ständig einsam, auf eine Art, die mich krank machen kann. Aber ich liebe ihn eben!«

»Mir drängt sich da eine Frage auf«, sagte Joanna. »Du sprichst soviel von deiner Liebe zu ihm... wie ist es, liebt er dich eigentlich auch?«

Elizabeth starrte sie an.

»Ich bin ihm nachgelaufen, seit ich ihn das erste Mal gesehen habe«, erwiderte sie heftig, »und ich werde ihm mein ganzes Leben lang nachlaufen müssen. Und doch, ich weiß, er liebt mich.«

»Er scheint es ziemlich gut zu verbergen!«

»Was weißt du denn davon!«

»Ich sehe dein Gesicht, und es erscheint mir nicht ausgesprochen strahlend. Außerdem – du bist von ihm fortgegangen.«

»Nein. Ich komme nur zu dir in einer verzweifelten Lage. Ich brauche deine Hilfe, Joanna. Ich weiß sonst niemanden, an den ich mich wenden könnte.«

Ein Regenschauer schlug laut prasselnd gegen das Fenster. Beide Frauen erschraken. Joannas Augen glühten in ihrem blassen Gesicht.

»Jedesmal«, sagte sie, »wenn wir von John sprechen, haben wir draußen ein Gewitter. Weißt du noch, damals, als du von deiner Flucht zurückkehrtest zu Miss Brande?«

Elizabeth schauderte.

»Ja«, flüsterte sie, »ich weiß es noch. Aber es ist sehr lange her. Inzwischen ist alles anders.«

»Meinst du? Jetzt siehst du so ängstlich aus. Was denkst du von mir?«

»Du... hast mich sehr gern...«

Joanna lachte.

»Ich weiß nicht«, sagte sie, »ob ich dich sehr gern habe oder nicht. Aber auf jeden Fall brauche ich dich, Elizabeth. Ich verstehe es selbst nicht, aber ich lebe gar nicht mehr, seit du weg bist. Ich bin so allein!«

»Ja, aber...«

»Was? Edward? Belinda? Das gesellige Leben Norfolks? Nein, diese Art von Einsamkeit meine ich nicht. Ich habe immer Menschen um mich, mehr als ich eigentlich will. Aber ich bin trotzdem allein. Ich zweifele an meinem Dasein und an meiner Zukunft. Ich kann nicht daran glauben, daß noch irgend etwas Schönes in meinem Leben geschieht.«

»Nur weil ich fortging?«

»Ich weiß nicht. Jedenfalls konnte ich besser leben, solange du da warst. Aber jetzt ist alles nur noch trostlos.«

»Wegen Harriet?«

»Vielleicht auch ihretwegen. Ich habe nicht aufgepaßt. Cynthia prophezeite mir vor vielen Jahren, am Tag ihrer Hochzeit, welchen Weg ich gehen würde, doch ich glaubte ihr nicht. Sie sagte, Harriet würde ihre Kinder erbarmungslos an sich fesseln und mit ihren Krankheiten erpressen. Deshalb hat sie Anthony Aylesham geheiratet, den sie zu dieser Zeit nicht einmal besonders liebte. Ich verstand nicht völlig, was sie meinte, denn damals ließ Mutter mich noch in Ruhe. Und ich hatte dich. Mit dir zusammen würde ich sogar meine Mutter überstehen, dessen war ich gewiß. Es hätte alles so schön weitergehen können, wie es war...« Joannas Stimme schwankte.

»Ich werde krank vor Langeweile«, fuhr sie fort, »ein Tag ist wie der andere, eintönig und grau. Ich gehe im Park spazieren, Stunde um Stunde, über Wege, die ich schon tausendmal lief, unter Bäumen entlang, an denen kein Ast mir fremd ist, vom Schloß zum Parktor und an der Mauer entlang bis zu den Ställen, von dort an den Weiden vorüber und wieder zum Schloß. Und dann alles noch einmal und noch einmal... und dann trinke ich Tee mit Mutter, sie schweigt mit schmerzvoller Miene oder berichtet mir von ihrer letzten schlaflosen Nacht oder von ihrer Hoffnung, bald wieder mit meinem Vater vereint zu sein. Ach, verdammt«, sie ließ den Kopf zurückfallen, daß er gegen die Tür schlug, »kannst du nicht verstehen, daß ich es nicht länger aushalte?«

»Ich verstehe es«, erwiderte Elizabeth. Mit einer gleichgültigen Geste strich sie über ihr weißes Kleid. »Das Brautkleid meiner Freundin Sally. Ich mußte es mir ausleihen für diese Reise. Weißt du, Joanna, mein Leben ist auch nicht ohne Schwierigkeiten. Wir sind bettelarm, wir wissen keinen Tag, wovon wir am nächsten leben sollen. Manchmal zermürbt mich der Hunger, dann wieder die Wirtin, die ihre Miete bezahlt haben will...«

»Und das ist nicht alles, oder? Man sagt, daß John trinkt.«

»Ach, das hat sich herumgesprochen? Ja, er trinkt. Und er stürzt sich immerzu in schreckliche Gefahren. Jetzt sind es Flugblätter gegen die Rekrutierungsmethoden der Navy, für die er sich verantworten muß.«

»Und du läßt ihn allein?«

»Ich sagte, ich kam, weil ich deine Hilfe brauche. Johns Lage ist noch schlimmer, als du denkst. Er ist im Gefängnis.«

»Nein!«

»Doch. Wegen seiner politischen Aktivitäten wurde er zu zehn Jahren Haft verurteilt. Was seinen Tod bedeutet, wie du vielleicht weißt oder wie du es jedenfalls wüßtest, wenn du wie ich einmal ein solches Gefängnis von innen gesehen hättest.«

»Aber wie kann man ihm helfen?«

»Fünfhundert Pfund«, sagte Elizabeth, »ich brauche fünfhundert Pfund, um ihn freizukaufen. Doch ich habe das Geld nicht. Ich besitze nicht einen einzigen Farthing.«

Joanna sah sie an, dann lachte sie schrill und laut auf.

»Das hätte ich mir denken können!« rief sie. »Geld! Deshalb kommst du zu mir! Nichts anderes konnte dich zu mir treiben als das verzweifelte Verlangen nach Geld. O Elizabeth, ich hätte dich im Leben nicht wiedergesehen, wenn du nicht meine Hilfe gebraucht hättest!«

Elizabeth antwortete nicht darauf. Draußen ließ der Regen nach, der Donner wurde leiser. Zwischen dunklen Wolken brachen schwache Sonnenstrahlen hindurch und ließen die nassen Wiesen glitzern.

»Vielleicht verstehe ich deine Bitterkeit«, sagte Elizabeth, »aber ich wußte keinen anderen Ausweg. Bei allem, was ich falsch gemacht und euch angetan habe, denke ich doch, daß hier immer noch mein Zuhause ist und daß ihr mir helfen werdet.«

»Du vergißt etwas. Wir sind nicht mehr reich. Wir haben doch auch keine fünfhundert Pfund.«

Elizabeth sah sich in dem Zimmer um.

»Aber...«

»Verkaufen? Ich weiß nicht, ob Mutter das tun wird. Obwohl wir so dringend Geld brauchen, trennt sie sich immer nur nach endlosen Überlegungen von einem Gegenstand. Sie möchte Vaters Erbe erhalten, die Erinnerung an ihn.«

Elizabeth machte eine hilflose Bewegung mit den Händen.

»Ich brauche aber das Geld«, sagte sie.

»Ich werde mit Mutter sprechen. Aber es wird nicht so schnell gehen, wie du denkst. Sie wird sich kaum verpflichtet fühlen, etwas für John Carmody zu tun.«

»Sie würde es ja für mich tun.«

»Wir werden sehen. Du bleibst natürlich so lange bei uns. Kommst du mit zu Belindas Hochzeit?«

»Möchtest du das?«

»Ja. Es wäre wie früher. Und ich müßte mich nicht die ganze Zeit mit Edward beschäftigen.«

»Gut, dann komme ich mit«, entschied Elizabeth, »aber, Joanna, es ist mir ernst, ich habe nicht viel Zeit. Wenn ich das Geld von dir nicht bekomme, dann muß ich mir etwas anderes ausdenken. Ich kann nicht hier sitzen und ein Jahr warten!«

»Nun gut«, entgegnete Joanna, »ich verspreche dir, Elizabeth: so schnell wie möglich!«

7

Dank Belindas bewundernswertem Geschick, sich überall in den Mittelpunkt zu stellen, wurde ihre Hochzeit tatsächlich zu einem außergewöhnlich glanzvollen Ereignis. Die Kapelle des Familienschlosses nahe am Meer war über und über mit Blumen geschmückt, Gäste aus allen Teilen Englands drängten sich in den Sitzreihen, ein großes Orchester spielte für das Brautpaar. Lady Viola thronte in einem leuchtendgrünen Kleid auf der Empore, vor Begeisterung glühend und vollkommen unfähig, ihren Stolz zu verbergen. Ihre Belinda – und der schöne, reiche Lord Darking heiratete sie, es war wie ein Wunder! Darking sah sehr gut aus an diesem Tag, doch schien ihn all der Trubel ein wenig benommen zu machen. Er kümmerte sich wenig um Belinda, doch die beherrschte das Fest so sehr, daß es ihr kaum auffiel. Sie trug tatsächlich ein zauberhaft schönes Kleid, zerrte eine eindrucksvolle Schleppe hinter sich her und hatte weiße Rosenknospen im aufgetürmten Haar. An der rechten Hand trug sie einen funkelnden Diamantring, den sie allen unter die Nase hielt und kichernd sagte: »Ist Arthur nicht schlimm? Er gibt viel zuviel Geld aus für mich!«

Arthur Darking lächelte gequält und nahm ohne Begeisterung die vielen Komplimente für seine schöne Frau entgegen. Er verzog sich schließlich ganz zu seinen Freunden, trank Wein und kämpfte bald mit dem Schlaf.

Es herrschte ein herrliches Sommerwetter an diesem Tag, so daß alle Gäste im Park herumschlenderten und sogar am Strand spazierengingen. Das Meer floß in kleinen blauen Wellen über den hellen Sand, und am Himmel zeigte sich keine Wolke. Die Felsen von Hunstanton leuchteten in warmen rotbraunen Farben.

»Sehen Sie nur«, sagte Lady Viola, die mit einer Gruppe ältlicher Damen am Rand der Klippen stand, »dort unten geht Elizabeth Landale!«

Sie wies mit der Spitze ihres Sonnenschirms auf eine einsame Gestalt, die weit unter ihnen dicht am Wasser entlanglief. Sie trug weder Hut noch Schirm, und der Wind, der direkt an der See immer heftig ging, zerrte an ihren Haaren.

»Das ist Elizabeth«, meinte eine Dame. »Schade, ich kann sie von hier kaum erkennen!«

»Schamlos!« sagte eine andere empört. »Welch eine Dreistigkeit, herzukommen und sich unter anständige Leute zu mischen! Jeder hier weiß doch, daß sie mit einem vollkommen verarmten Lord im übelsten Londoner Viertel haust!«

»Mehr konnte sie eben nicht bekommen«, warf Viola ein, »ich bin sehr froh, daß meine Belinda einen so geraden und erfolgreichen Weg geht. Hat sie nicht wirklich eine gute Partie gemacht?«

Die anderen murmelten beifällig.

»Selbst die kleine Joanna Sheridy stellt es wohl etwas geschickter an«, fuhr Viola fort. »Natürlich ist Edward Gallimore eine jämmerliche Figur, doch er besitzt zweifellos Geld und hat einen guten Namen. Die beiden werden sicher heiraten. Wenn ich nur wüßte«, sie machte eine nachdenkliche Pause, »wenn ich nur wüßte, warum Elizabeth nach vier Jahren wieder nach Heron Hall gekommen ist!«

»Ich habe da ein interessantes Gerücht gehört«, sagte eine Dame. »Man erzählt sich, John Carmody sei wegen der Verbreitung lügenhafter Flugblätter zu zehnjähriger Haft verurteilt worden. Er soll im Fleet Prison sitzen!«

»Nicht möglich!«

»O doch. Das ist doch genau das, was man von ihm erwarten mußte. Schon seit Jahren hat er die bedeutendsten Leute Englands in unflätiger Weise durch den Schmutz gezogen, und jeder haßt ihn.«

»Und Elizabeth flieht nun in die alte Geborgenheit zurück?«

»Das glaube ich nicht«, sagte Viola mit einem plötzlich sehr wachen Ausdruck in den Augen. »Es ist doch ganz klar, weshalb sie in Harriets Arme eilt! Sie wird Geld brauchen, um ihren Liebsten freizukaufen!«

»Und Sie meinen, sie wagt es tatsächlich, ausgerechnet bei der armen Lady Sheridy zu betteln? Nach allem, was sie ihr angetan hat?«

»Das ist ihr ganz gleich. Diese Person ist skrupellos. Belinda, die mit ihr bei der hervorragenden Miss Brande unterrichtet wurde, hat mir schlimme Geschichten erzählt. Elizabeth soll einmal für mehrere Tage weggelaufen sein, und niemand weiß genau, wo sie sich herumgetrieben hat. Damals war sie erst dreizehn!«

Sämtliche Damen kniffen die Augen noch fester zusammen, um das skandalträchtige Geschöpf dort unten besser sehen zu können.

»Lady Sheridy muß am Leben verzweifeln«, murmelte eine genußvoll. »Erst wäre Cynthia beinahe im Gefängnis gelandet, weil sie diesen Taugenichts geheiratet hat, und nun diese Tragödie um Elizabeth. Hoffentlich hat sie wenigstens Freude an Joanna und George!«

Niemand hoffte das, aber jeder pflichtete ihr bei. Eifrig mit ihren Fächern wedelnd, schlenderten sie weiter, und Viola erzählte von der rührenden Liebe, mit der Arthur Darking seine schöne Belinda umgab.

Elizabeth stand am Wasser und betrachtete das helle Sonnenlicht, das auf dem Meer glitzerte. Sie hatte die Biegung der Küste hinter sich gelassen, der dunkle Streifen von Lincolnshire am Horizont war weggetaucht, und Himmel und Wellen berührten einander in der Ferne. Der Blick dorthin ließ die ganze übrige Landschaft unwirklich werden. Elizabeth hatte das Gefühl, es existiere einzig sie allein auf einem Fußbreit Sand mit dem unüberschaubaren Meer vor ihr. Sie spürte den salzigen Wind und die warme Sonne auf ihrem Gesicht und war davon so gefesselt, daß sie sich nicht losreißen und zu den übrigen Gästen zurückkehren konnte. Schon am Morgen, während der Trauung, hatte sie sich im Hintergrund gehalten, denn es entging ihr natürlich nicht, daß ihr Erscheinen Aufmerksamkeit hervorrief und viele über sie tuschelten. Die meisten der großen Familien aus der

Grafschaft, die Fitheridges, die Gallimores und viele andere, die sich heute zu Belindas Hochzeit versammelt hatten, kannten Elizabeth seit ihrer Kindheit in Heron Hall und hatten vier Jahre zuvor voller Entsetzen von ihrer unseligen Verbindung mit John Carmody gehört. Nun wollte jeder wissen, wie ein Mädchen aussah, das sich so schamlos benahm. Leider entsprach Elizabeth nicht den allgemeinen Vorstellungen. Sie wirkte überhaupt nicht verrucht, sondern eher traurig, verhielt sich zurückhaltend und fiel dadurch auf, daß sie wenig sprach und kaum lächelte. In der Kirche saß sie in der letzten Reihe, neben Joanna und Edward. Später, während des Gedränges bei dem Gartenfest, wurde sie von ihren Begleitern getrennt, und sie nutzte diese Gelegenheit, sich gleich ganz zurückzuziehen. Sie lief über die Dünen zum Meer hinunter, zum einsamen Strand. Es waren nicht nur Geflüster, Blicke und anzügliche Bemerkungen, die sie quälten, sie spürte vielmehr, daß diese Welt des adeligen Englands mit seinen Feiern und Empfängen, mit Musik und Seidenkleidern schon lange nicht mehr zu ihr gehörte. Eine Empfindung von tiefer Verlassenheit bemächtigte sich ihrer inmitten der vielen fröhlichen Menschen, aber sie wußte gleichzeitig auch, daß die verwahrloste Londoner Armut, in der sich John zu Hause fühlte, für sie noch immer nicht zur Heimat geworden war.

Eigentlich weiß ich gar nicht, wohin ich gehöre, dachte sie, aber hier am Meer bin ich wenigstens glücklich.

Sie setzte sich auf einen flachen Felsen, hielt ihr Gesicht gegen die Sonne und schloß die Augen. Eine endlose Zeit blieb sie so, ohne sich zu bewegen, und als sie dann wieder zu sich kam, stand die Sonne schon tief im Westen, und das Wasser schimmerte rot. Sie richtete sich müde auf und sah zurück über den dunklen Strand bis zu den schattigen Dünen. Als sie eine schmale Gestalt bemerkte, die langsam auf sie zukam, wußte sie sofort, daß es Joanna war.

»Endlich finde ich dich«, sagte sie. »Wo warst du denn die ganze Zeit?«

»Hier.«

»Warum? Das Fest war schön!«

»Ich wollte aber ans Meer. Es ist sehr lange her, daß ich so am Wasser saß. Außerdem kann ein Fest bei Belinda nie wirklich schön sein.«

»Da hast du recht«, gab Joanna zu, »sie tanzen jetzt im Schloß. Lord Darking ist betrunken, und Belinda albert wie in ihren schlimmsten Zeiten.«

»Warum hast du dich zurückgezogen?«

»Ich wollte dir etwas sagen. Heute früh hat Mutter meinen Bitten nachgegeben. Sie beschafft das Geld, das du brauchst, um John freizukaufen.«

»Was?« Elizabeth sprang auf ihre Füße. Die dumpfe Ergebenheit, die den ganzen Tag auf ihr gelastet hatte, war verschwunden. »Warum erzählst du mir das erst jetzt, Joanna? Du weißt doch, daß ich Tag und Nacht über nichts anderes nachdenke! Bis wann kann ich das Geld haben?«

»Ich weiß nicht«, Joanna sah an ihr vorbei in den Sand, »morgen vielleicht.«

»Dann muß ich auf der Stelle zurück. Jeder Tag ist jetzt wichtig. Aber wirklich, Joanna, warum hast du mir das nicht schon heute morgen gesagt?«

Joanna blickte auf und sah Elizabeth an. Das Gesicht vor ihr war voller fragender Unbefangenheit, aber Elizabeths Gedanken jagten bereits nach London und gingen im Geist den Weg zu jenem Richter, der John verurteilt hatte. Es hielt sie nichts mehr hier, und sie würde, sobald sie die Geldscheine in den Händen hatte, keinen Moment mehr zögern und nach London abreisen.

»Ich wollte es dir nicht sofort sagen«, antwortete Joanna, »ich hatte Angst davor.«

»Warum denn?«

Oh, weißt du das denn wirklich nicht, hätte Joanna am liebsten geschrien, wie dumm und einfältig bist du eigentlich? Existiert in deiner verdammten Welt denn gar kein anderer Mensch mehr als John? Gibt es außer ihm nichts, überhaupt nichts, was dich noch zu bewegen vermag?

»Warum schaust du mich denn so an?« fragte Elizabeth. Sie tat einen Schritt nach vorn, denn die Wellen erreichten schon beinahe ihre Füße. Das stärker werdende Rauschen kündigte die Flut an. Joanna griff nach ihrer Hand.

»Ich hätte unser Gespräch am liebsten noch Woche um Woche hinausgeschoben«, sagte sie hastig, »aber wenigstens diesen einen Tag wollte ich retten. Ich dachte, er könnte schön werden, aber ich habe mich getäuscht. Du irrst völlig ruhelos umher und denkst an nichts als an John. Ob ich bei dir bin oder nicht, ist dir ganz gleichgültig. Manchmal denke ich, du würdest es nicht einmal merken, wenn ich plötzlich tot wäre!«

»Aber was redest du denn?« fragte Elizabeth verwirrt. »Was versuchst du mir zu sagen? Ich habe schreckliche Sorgen, weil John in einem grauenhaften Verlies gefangengehalten wird und jeder Tag dort der letzte seines Lebens sein kann. Du kannst dir dieses Gefängnis nicht vorstellen! Krankheiten herrschen da und Hunger, und die Gefangenen sind auf Gnade und Ungnade den brutalen Wärtern ausgeliefert, die mit ihnen machen können, was sie wollen, und...«

»Du verstehst mich überhaupt nicht«, unterbrach Joanna. »Ich weiß schon, daß John in einer scheußlichen Lage ist, aber das interessiert mich im Augenblick gar nicht. Ich denke jetzt nur an mich!«

»Ich verstehe dich wohl wirklich nicht. Was hat denn das alles mit John zu tun?«

»O Gott«, murmelte Joanna, »ich glaube, es ist ganz sinnlos, dir irgend etwas erklären zu wollen. Vielleicht sollte ich es gar nicht versuchen. Es geht, verdammt noch mal, nicht um John! Vergiß ihn doch für einen einzigen Moment. Sieh einmal nur uns beide. Bedeutet dir unsere Freundschaft gar nichts mehr?«

»Jetzt fängst du schon wieder damit an. Ich habe dir bereits gesagt, daß es mir leid tut, damals so überstürzt fortgegangen zu sein, aber...«

»Damals! Heute willst du fortgehen. Und dabei brauche ich dich, Elizabeth, ich brauche dich mehr als irgendeinen Menschen auf der Welt!« Joanna begann plötzlich zu weinen, was Elizabeth zutiefst erschreckte. Sie wollte nach Joannas Arm greifen, doch diese riß sich los.

»Für dich bin ich nichts als eine Episode in deinem Leben!« rief sie. »Wir lebten zehn Jahre zusammen, doch das vergißt du nun. John ist jetzt das einzige, worum deine Gedanken kreisen, um nichts sonst!«

»Bist du etwa eifersüchtig auf ihn?«

Joanna schwieg kurz, dann schrie sie: »Ja! Ja, ich bin eifersüchtig auf diesen schrecklichen, hergelaufenen Mann. Er ist in unser Leben eingedrungen in einem Augenblick, wo ich dich am meisten gebraucht habe. Vater war gerade gestorben, Mutter drohte darüber nahezu den Verstand zu verlieren, Cynthia mußte auf den Kontinent fliehen, wir hatten plötzlich nicht mehr genug Geld, alle fielen über uns her, und ich stand mit alldem allein, aber das ließ dich ganz kalt. Ich habe dich angefleht, bei uns zu bleiben, aber du hast mir nicht einmal zugehört!«

»Joanna, ich...«

»Ich habe Angst, Elizabeth, daß ich dich zu sehr liebe, viel mehr, als für mich gut ist, und viel mehr, als richtig ist. Ich kann es mir nicht erklären, aber ich kann nicht leben ohne dich, und ich weiß, daß das nicht sein kann und nicht sein darf, aber ich wollte es dir ein einziges Mal sagen, weil ich manchmal denke, daran sterben zu müssen!«

Joanna hielt inne, denn der Ausdruck ungläubigen Schreckens in Elizabeths Augen ernüchterte sie.

»Seltsam«, fuhr sie leise fort, »so muß dich John angesehen haben, als du ihm vor vielen, vielen Jahren im Garten von Blackhill deine Gefühle gestandest. Du siehst, das Leben gleicht jede Stunde wieder aus. Heute hast du den Triumph, die Stärkere zu sein und zurückweisen zu können!«

»Ich empfinde keinen Triumph. Ich habe das alles nicht gewußt. Joanna, ich bin fest davon überzeugt, daß du dir deine... Gefühle einbildest. Ich meine, Liebe ist doch nur möglich... jedenfalls nicht zwischen Frauen!«

Ihre eigenen Worte kosteten sie eine ungeheure Überwindung, die Peinlichkeit erstickte sie fast. Zugleich war ihre Stimme überaus drängend, als wolle sie Joanna unter allen Umständen von deren Fehlvorstellung überzeugen und zu einem Widerruf bewegen. Joanna selbst schwankte zwischen Mitleid und Zorn. Ihr Ärger wuchs, als sie die uneinnehmbare Grenze begriff, an die sie gestoßen war. Elizabeths Vorstellungskraft endete hier, und sie würde gar nicht versuchen zu verstehen, was Joanna meinte.

Sie kann meine Gedanken nicht nachvollziehen, dachte Joanna verzweifelt, sie begreift gar nicht, wovon ich spreche. Sie versteht nicht dieses grauenhafte Gefühl, von der Existenz eines Menschen abhängig zu sein – und dabei sollte gerade sie es wissen wie niemand sonst!

»Du kommst mit deinem Leben nicht zurecht, das ist es«, fuhr Elizabeth eindringlich fort, »und du mußt auch etwas ändern. Du mußt weg von Harriet!«

»Und wohin?«

»Ich weiß nicht... irgendwohin...«

»Jedenfalls nicht zu dir, oder?«

Elizabeth antwortete nicht. Joanna warf den Kopf zurück.

»Wir vergessen dieses Gespräch am besten«, sagte sie, »ich hoffe, daß es dich nicht weiter belasten wird. Aber du hast ja ohnehin genug vor, was dich ablenkt. Du mußt John aus dem Gefängnis holen – und ironischerweise bekommst du von mir auch noch das Geld dazu!«

»Das ist ja alles hochinteressant«, ließ sich plötzlich eine andere Stimme vernehmen.

Joanna und Elizabeth fuhren herum und gewahrten im schattenhaften Abendlicht Belinda, die mit einer ihrer zahlreichen Freundinnen an der Seite ein kleines Stück hinter ihnen stand. Ihr Gesicht trug einen boshaften Ausdruck.

»Wo kommst du her, Belinda?« fragte Joanna entsetzt. »Wie lange stehst du schon hier?«

»Lange genug. Judith«, sie wies auf das Mädchen neben sich, »Judith und ich haben ein paar schöne Neuigkeiten erfahren. Joanna, was hast du geredet? Elizabeth scheint dir nicht ganz gleichgültig zu sein! Ich muß sagen, daß ich das alles etwas befremdlich finde!«

»Wo kommst du her?« wiederholte Joanna leise.

Belinda lachte. »Ich habe euch gesucht«, erwiderte sie, »mir fiel auf, daß ich euch heute kaum gesehen hatte. Irgend jemand sagte, Elizabeth sei zum Strand gegangen, und so machten Judith und ich uns auf den Weg.«

»Ihr widerlichen, bösartigen Klatschtanten«, sagte Elizabeth langsam, »den ganzen Tag seid ihr um mich herumgeschlichen, in der Hoffnung, auf irgendeine Sensation zu stoßen. Glaubst du, ich wüßte nicht, weshalb du mich eingeladen hast, Belinda? Weißt du jetzt wenigstens, was du wissen wolltest? John Carmody ist im Gefängnis, und Lady Sheridy wird das Geld beschaffen, mit dem ich ihn freikaufen kann – geh doch los und erzähle es allen!«

»Daß John im Gefängnis ist, weiß jeder«, meinte Belinda, »aber es gibt ja noch ein bißchen mehr Wissenswertes, nicht?« Ihr Blick glitt wieder zu Joanna hinüber.

»Ich glaube nicht, daß Joanna es gern hätte, wenn ich jedem erzählte, was ich heute gehört habe.«

»Was hast du denn schon gehört?« fragte Joanna verächtlich. Langsam gewann sie ihre übliche Überlegenheit zurück. Aber Belinda ließ sich nicht einschüchtern.

»Jeder in Norfolk wundert sich seit langem, warum du nicht heiratest, Joanna Sheridy! Die Lösung dieses Rätsels kann ich nun vielleicht überbringen. Komm, Judith«, sie zog ihre Freundin mit sich fort, »wir müssen zurück. Schließlich ist das meine Hochzeit, da muß ich mich auch sehen lassen!« Wie zwei Schatten verschwanden die beiden in der Dämmerung, ebenso lautlos, wie sie gekommen waren.

»Ich habe es nicht geahnt«, flüsterte Joanna, »ich habe wirklich nicht damit gerechnet, daß jemand in der Nähe sein könnte. Elizabeth, was soll ich denn jetzt tun? Sie werden alles erzählen, und...«

»Sie werden keinen neuen Stoff für ihre Geschichte bekommen«, sagte Elizabeth ein wenig verstört. »Vielleicht habe ich schon morgen das Geld, und dann verschwinde ich sofort nach London!«

»Aber das nützt nichts! Belinda hat genug gehört. Sie kann mich zerstören, wenn sie will. Ich kann nie wieder...«

»Jetzt beruhige dich doch. Was soll Belinda denn gehört haben? Du wolltest mich nicht gehen lassen, weil ich für dich wie eine Schwester bin, weil du mich deshalb liebst und weil du mich jetzt brauchst. Es ist völlig harmlos!«

»Sei doch nicht so naiv, Elizabeth! Belinda braucht nur ein bißchen auszuschmücken, und schon hat sie eine atemberaubende Geschichte, die ihr jeder glauben wird. Unsere Familie ist schon lange nichts mehr wert, und deshalb wird niemand Skrupel haben. Du giltst seit langer Zeit als äußerst zwielichtige Person, jeder lauert darauf, dir noch mehr anhängen zu können. Und dazu ich, verarmender Adel, meine Mutter insgeheim schon häufig der leichten Verrücktheit verdächtigt, mein Vater unter mysteriösen Umständen gestorben, meine Schwester um Haaresbreite der Justiz entkommen, nachdem sie sich in die Machenschaften ihres diamantenschmuggelnden Ehemannes hat verwickeln lassen – es ist den Leuten ja kaum übelzunehmen, wenn sie alles glauben, was sie von uns hören!«

»Trotzdem...« Elizabeth zögerte, sprach dann aber entschlossen weiter: »Ich reise so bald wie möglich nach London. Ich denke, daß dies allein schon das Schlimmste verhindert.«

»Du ziehst wieder einmal deinen Kopf aus der Schlinge!«

Elizabeth sah sie zornig an.

»Manchmal denke ich, daß du mich eigentlich haßt«, sagte sie heftig. Joanna wandte sich ab und ging über den Strand hinweg zurück zum Schloß. Elizabeth überlegte einen Moment, dann folgte sie ihr. Beide hatten insgeheim nur den Wunsch, das Fest so schnell wie möglich zu verlassen, aber sie wußten, daß sie das möglicherweise in noch größere Schwierigkeiten gestürzt hätte. Sie mischten sich wieder unter die Gäste, doch Joanna fühlte sich kaum noch in der Lage, mit irgend jemandem eine vernünftige Unterhaltung zu führen. Viele Leute, die sie gewöhnlich als sehr gescheite Plauderin kannten, sahen sie verwundert an, und jeder forschende Blick, der sich auf sie richtete, stürzte Joanna in eine schreckliche Angst.

Belinda kann noch kein Gift verstreut haben, versuchte sie sich zu beruhigen, aber ihr heftiges Herzklopfen vermochte nicht abzuebben, denn wenn auch heute nichts herauskam, dann doch morgen oder übermorgen. Elizabeth konnte es ja gleich sein.

Joanna beobachtete die Freundin, die sich mit einem älteren Herrn unterhielt. Sie sah keineswegs glücklich und heiter aus, aber ganz sicher verdunkelte Johns und nicht Joannas Schicksal ihr Gemüt. Von ihr waren keine Hilfe und kein Halt zu erwarten. Joanna meinte plötzlich, es keinen einzigen Moment länger mit ihr in einem Raum aushalten zu können. Sie stellte ihr Sektglas auf einer Fensterbank ab und drängte sich durch die Menschen zum Ausgang. In der Tür stieß sie auf Edward.

»Nanu, wohin wollen Sie denn?« fragte er verwundert.

»Ich... mir ist nicht gut. Ich will nach Hause, ich will sofort nach Hause!« Sie fing an zu weinen. Edward führte sie schnell hinaus in die Dunkelheit.

»Beruhigen Sie sich«, bat er. »Ist irgend etwas geschehen?«

»Nein, ach, es ist auch ganz gleichgültig. Aber ich will nach Hause!«

»Und... Elizabeth?«

»Sie ist mir auch gleichgültig! Ich will nur weg!«

Edward forschte nicht weiter, sondern zog Joanna mit zu seiner Kutsche. Sie tappte willenlos und schluchzend hinter ihm her, zutiefst verstört, wie ihm schien.

»Ich bringe Sie mit meiner Kutsche nach Hause«, sagte er, »dann hat Elizabeth noch Ihre zur Verfügung. Genau wie damals – wissen Sie noch? In London, bei Lord Ayleshams Fest!«

Joanna gab kein Zeichen von sich, daß sie seine Worte gehört hatte. Sie stieg ein, lehnte sich tief in den Sitz zurück und versuchte mit einem Taschentuch die Tränen zu trocknen. Edward wagte nicht mehr, sie anzusprechen, aber er fühlte sich als Beschützer. Immer war er da, wenn sie Kummer hatte! Irgendwann mußte sie sich dessen doch bewußt werden. Er überlegte, was ihre Stimmung so getrübt haben könnte, und kam zu dem Schluß, daß es mit Elizabeth zusammenhing. Natürlich, sie hatte ja weinend hervorgestoßen: »Elizabeth ist mir ganz gleichgültig!« Die beiden hatten sich gestritten, und zwar offenbar heftig. Edwards eigene Laune hob sich. Ohne etwas Genaues zu wissen, hatte er immer geahnt, daß Elizabeth zwischen ihm und Joanna stand. Er hatte die Empfindung einer unguten Abhängigkeit, in der sich Joanna von Elizabeth befand, und er hatte das immer mit Sorge beobachtet.

»Ich möchte mich nicht aufdrängen«, sagte er schließlich, als der Wagen vor Heron Hall hielt, »aber wenn Sie mit jemandem über Ihren Schmerz reden möchten, dann kommen Sie zu mir, ja?«

Joanna nickte, kletterte aus der Kutsche und lief gleich davon. Etwas zu spät fiel ihr ein, daß sie vergessen hatte, sich für Edwards Begleitung zu bedanken. Aber was spielte das noch für eine Rolle? Sie lief in ihr Zimmer, schloß die Tür, lehnte sich kraftlos an die Wand und empfand es als einzige Gnade des Schicksals, daß Harriet schlief und sie nicht ausfragen konnte.

»Belinda bringt mich um«, murmelte sie, »und Elizabeth genauso!«

Sie wußte, daß niemand von Belinda Rücksicht erwarten durfte, und sie selbst schon gar nicht. Sie hatte das Mädchen immer mit Verachtung und Herablassung behandelt, bereits früher, in ihrer Kindheit. Und ohnehin galt die Tochter von Viola Fitheridge als ein ebenso schlimmes Klatschmaul wie ihre Mutter. Was soll ich nur tun, dachte sie verzweifelt, ich muß irgend etwas tun, um es ihnen allen zu zeigen. Belinda und der verdammten Elizabeth!

Ihr Blick glitt durch das ganze Zimmer und blieb an einem großen Strauß dunkelroter Rosen hängen, der in einer Vase auf dem Tisch stand. Edward hatte ihn ihr wenige Tage zuvor geschenkt. Edward...

»Wenn Sie mit jemandem über Ihren Schmerz reden möchten, dann kommen Sie zu mir!«

»Aber ihm kann ich es auch nicht sagen«, jammerte sie leise.

Edward würde sie nicht verstehen. Wem sollte sie ihre Gefühle auch begreiflich machen, wenn sie ihr doch selber fremd blieben? Am Ende würde sie ihn völlig erschüttern, und bestimmt würde er ihr nie wieder einen Heiratsantrag machen. Von diesem Problem wäre sie befreit. Aber plötzlich zuckte ein Gedanke in ihr auf. Sie blieb mitten im Zimmer stehen und starrte hinaus in die Nacht. Das war ja der einzige Ausweg, der ihr blieb, heiraten mußte sie, und zwar so schnell wie möglich! Warum fiel ihr das jetzt erst ein, wo es doch die Rettung für sie bedeutete! Niemand konnte Belindas Geschichten dann noch glauben, ohne sich lächerlich zu machen, aber wahrscheinlich wagte das Mädchen es unter diesen Umständen gar nicht, davon zu sprechen. Und was das schönste war... auch Elizabeth konnte sie damit treffen. Sie sollte sich bloß nichts einbilden, diese treulose, bösartige Person, die sie im Stich ließ, wann immer es in ihre Pläne paßte. Sie sollte nur sehen, daß Joanna sich selbst helfen konnte und daß sie keine Minute Kummer an ihre Freundin verschwendete. Sie konnte sich ihren künftigen Ehemann nicht aussuchen, denn neben Edward hatte nie jemand ernste Absichten bekundet. Joanna Sheridy hatte längst den Ruf, kühl und abweisend zu sein, und oft schüchterte sie Männer durch scharfzüngige Reden ein, so daß sie sich bald zurückzogen. Aber Edward hatte immer ausgehalten, jede Laune und jeden bösen Blick ertragen. Natürlich war er nie der Mann ihrer Träume gewesen, aber welcher Mann war das schon?

Es wäre bei jedem dasselbe, dachte sie, weiß der Teufel, wie andere Frauen das machen, aber ich könnte mich nie in einen Mann verlieben!

Immerhin war bei Edward von Vorteil, daß sie mit ihm machen konnte, was sie wollte. Seine seelische Labilität machte ihn so schwach, daß Joanna ihm gegenüber sehr stark sein konnte. Sie mußte sich jedoch klar darüber sein, daß ihr Weg mit Peinlichkeiten verbunden sein würde. Es war kaum anzunehmen, daß Edward ausgerechnet am nächsten Tag seine Bitte, sie möge doch seine Frau werden, wiederholen würde, doch andererseits konnte Joanna nicht lange warten.

»Das bedeutet, ich muß morgen zu ihm gehen«, sagte sie halblaut, »ich muß ihm zu verstehen geben, daß ich nun bereit bin, seinen Antrag anzunehmen. Wie scheußlich unangenehm – aber es ist ja nur Edward, und sich ihm gegenüber zu demütigen ist noch erträglich. Alles andere, was mir passieren könnte, wäre viel schlimmer.«

Glücklicherweise blieb ihr die ganze Nacht Zeit, sich die richtigen Worte zu überlegen.

Hellwach, mit weit geöffneten Augen lag sie in ihrem Bett, und erst als rosiges Morgenlicht am Horizont heraufdämmerte, schlief sie ein.

8

Es war fast Mittag und die Sonne stand hoch am Himmel, als Joanna erwachte. Sie blinzelte unwillig in das helle Sonnenlicht, das in ihr Zimmer flutete und ihr zeigte, daß der heutige Tag so schön, heiß und wolkenlos war wie die vorangegangenen. Ihr Kopf tat weh, und ihr war schlecht. Außerdem ärgerte sie sich, daß sie so lange geschlafen hatte. Kostbare Stunden hatte sie verloren, aber sie war in dieser Zeit keineswegs klüger geworden. Sie wußte noch immer nicht, was sie zu Edward sagen sollte, und konnte nur hoffen, daß ihr später die richtigen Worte einfielen. Sie stand auf, wusch sich sorgfältig an ihrer Waschschüssel und entdeckte dann erst den weißen Zettel, der direkt an ihrer Zimmertür lag. Jemand mußte ihn durch den Spalt geschoben haben. Als sie ihn aufhob, erkannte sie sogleich Elizabeths Schrift.

»Liebe Joanna«, stand dort, »wenn Du diese Zeilen liest, bin ich schon weg. Es ist noch ganz früh am Morgen. Ich lasse mich jetzt von Eurem Kutscher nach King's Lynn bringen und versuche von dort einen Wagen nach London zu bekommen. Tante

Harriet hat mir fünfhundert Pfund gegeben. Ich bete zu Gott, daß ich John damit wirklich befreien kann.

Joanna, alles, was geschehen ist, tut mir sehr leid. Ich kann manches, was Du mir sagtest, nicht begreifen, aber ich verachte Dich nicht, und ich ziehe mich auch nicht von Dir zurück. Du bist die beste Freundin, die ich habe. Ich wünsche so, daß Du glücklich bist, doch es scheint, ich mache Dich immer nur unglücklich. Bitte fürchte Dich nicht vor Belinda, sie hat nichts gegen Dich in der Hand. Und bitte verstehe, daß ich zu John gehen muß, und verzeih es mir. In Liebe, Deine Elizabeth.«

»Ich verstehe es, aber ich verzeihe es trotzdem nicht«, murmelte Joanna, »immer läßt du mich in den schwierigsten Stunden meines Lebens allein. Nun«, kampfeslustig zerknäulte sie das Papier und warf es in eine Ecke, »ich werde schon allein fertig, verlaß dich darauf!«

Sie zog ihr schönstes Kleid aus dunkelblauem Samt an, das zwar unmodisch und schon etwas abgetragen war, aber ihren Haaren eine schöne goldene Farbe verlieh. Sie kämmte sich lange, schlang einen Spitzenschal, den Edward ihr einmal geschenkt hatte, um die Schultern, übte vor dem Spiegel noch ein gewinnendes Lächeln, das etwas kläglich geriet, und verließ dann das Zimmer.

Draußen begegnete sie George.

»Wie siehst du denn aus?« fragte er. »Hast du etwas Bestimmtes vor?«

»Das geht dich nichts an«, gab Joanna unfreundlich zurück. »Ist Mutter unten?«

»Das sag' ich dir nicht.« George fand seine Schwester äußerst unliebenswürdig, und er nahm es ihr besonders übel, daß sie ständig an ihm herumerzog. Er fand es höchst albern, daß sie sich so zickig anstellte, anstatt Edward Gallimore zu heiraten und eine reiche Lady zu werden.

Joanna zuckte mit den Schultern, dann begab sie sich nach unten, wo Harriet im Eßzimmer vor ihrem unberührten Frühstück saß.

»Guten Morgen«, grüßte sie, und ehe Harriet anfangen

konnte, von ihren neuesten Leiden zu berichten, fuhr sie fort: »Elizabeth hat uns bereits verlassen?«

»Ja, in aller Frühe schon gab ich ihr das Geld«, entgegnete Harriet. »Ich konnte nicht schlafen, und so stand ich in erster Morgendämmerung auf. Elizabeth saß auf der Treppe. Ich glaube, sie war heute nacht gar nicht in ihrem Bett.«

Joanna sah in das von Krankheit und Lebensüberdruß erschöpfte Gesicht vor sich, und für einen kurzen Moment kam ihr der Gedanke, daß sie sich von allen Dingen auf der Welt vielleicht am meisten eine starke Mutter wünschte.

Sie verachtete Harriet für ihre Menschenangst und ihr scheues Zurückweichen vor jedem Kampf, aber gerade diese Eigenschaften drohten bereits auf sie abzufärben und sie zu ersticken. Und nie konnte sie von dieser Mutter Hilfe erwarten. Gerade jetzt drängte es sie, zu ihr zu gehen, sich von ihr in die Arme nehmen zu lassen und ihr von allem Kummer zu berichten. Sie wünschte sehnlich, Harriet würde ihr sanft über die Haare streichen und dabei mit fester Stimme verkünden, sie werde für ihr Kind schon alles in Ordnung bringen und es solle sich nur keine Sorgen machen.

Eine nur etwas energischere Frau, dachte Joanna bitter, hätte schon damals in London Elizabeth gar nicht erst von uns gehen lassen. Sie hätte ihr lachend erklärt, diese Liebe zu John sei nichts weiter als die leere, übersteigerte Einbildung eines jungen Mädchens, und je eher sie davon geheilt sei, desto besser. John wäre von ihr aus dem Haus gewiesen worden, und er hätte sich, da er nie so verrückt nach Elizabeth war wie sie nach ihm, auch nicht mehr blicken lassen. Wir alle wären nach Heron Hall gegangen und glücklich und zufrieden geworden.

»Warum starrst du schweigend vor dich hin?« erkundigte sich Harriet, »willst du nichts essen?«

»Nein, ich möchte gleich fort zu Edward.«

»Seid ihr verabredet?«

»Ja. Sagen Sie mir bloß noch vorher, woher Sie so rasch fünfhundert Pfund für Elizabeth hatten.«

Es stellte sich heraus, daß Harriet, während die Mädchen bei der Hochzeit waren, ihre Zofe zu Lord Marchand geschickt hatte, dessen Besitz unmittelbar an den Park von Heron Hall anschloß. Sie ließ ihn bitten, sie unverzüglich aufzusuchen, was er auch sofort tat, da er ein Geschäft witterte. Lord Marchand, als Nachbar besonders gut über die finanziellen Schwierigkeiten der Sheridys unterrichtet, hatte schon häufig angeboten, Wertgegenstände aus Harriets Besitz zu kaufen. Er wußte, daß sich außerordentliche Kostbarkeiten in dem alten Schloß befanden, und brannte darauf, wenigstens einige davon in sein Eigentum zu überführen. Meist hatte sich Harriet recht abweisend verhalten, diesmal bat sie von sich aus, hoheitsvoll zwar, aber durchaus dringlich.

Marchand eilte herbei und kehrte am Abend stolz mit zwei alten Vasen und einem Gemälde nach Hause zurück, wofür er Lady Harriet fünfhundert Pfund bar auf die Hand gelegt hatte. Weshalb die Dame das Geld brauchte, interessierte ihn nicht, und so hatte er keine Ahnung davon, daß die Scheine jetzt zuunterst in einer Reisetasche lagen und in einer ratternden Kutsche nach London unterwegs waren.

Joanna verabschiedete sich eilig von Harriet, denn die Zeit drängte. Sie ließ sich von niemandem begleiten, sattelte selbst ein Pferd und trabte bald darauf zum Parktor hinaus. Sie schlug die bereits vertrauten sandigen Wege zwischen struppigen Kiefernbäumen ein, die mit vielen Biegungen nach Foamcrest Manor, dem Schloß der Gallimores, führten. Es war ein wunderschöner Tag, um zu reiten, sonnig und wolkenlos, dabei nicht so drückend heiß wie die Wochen davor, weil ein sanfter Wind wehte. Im Kiefernwald roch es sommerlich nach Harz und Moos, und von irgendwoher klang das Hämmern eines Spechtes. Joanna ließ ihr Pferd nicht zu schnell laufen, um keinesfalls abgehetzt bei den Gallimores anzukommen. Sie versuchte, nicht an das zu denken, was ihr nun bevorstand, sondern sich auf die Dinge zu konzentrieren, die unmittelbar um sie herum waren, auf Vögel, die aus dem Gebüsch aufflatterten, auf die vielen winzigen Blumen, die im Unterholz blühten, auf eine silbrigglänzende Blindschleiche. Joanna fand, daß etwas Tröstliches von dieser Sommernatur ausging, ein beruhigendes Gleichmaß, das sie ihr eigenes Schicksal ein wenig gelassener betrachten ließ.

Foamcrest Manor lag nahe dem Meer, unmittelbar angrenzend an das Grundstück der Fitheridges, doch zwischen den beiden Schlössern erstreckte sich ein breites Waldstück. Als Joanna durch das gastlich weit geöffnete Parktor ritt, durchlief sie beim Anblick der gepflegten Rasenflächen, der Bäume und Blumen ein Gefühl von Geborgenheit. Die hellgelben Steine des Schlosses leuchteten warm durch grünes Blättergewirr zu ihr herüber. Das ganze Anwesen gab ihr den Eindruck, als sei es bereit, sie voller Freundlichkeit aufzunehmen. Und doch schauderte es sie gleich darauf bei dem Gedanken, über diese Wege Arm in Arm mit Edward zu gehen.

Vor dem Portal eilte sogleich ein Diener herbei, um Joanna beim Absteigen zu helfen und das Pferd in Empfang zu nehmen. Joanna galt als seltener, aber überaus gerngesehener Gast, so daß ihr bis hinunter zum letzten Küchenmädchen ein jeder freundlich entgegenkam.

Sie strich sich über die Haare, zupfte ihr Kleid zurecht, holte tief Luft und betrat die marmorgetäfelte Eingangshalle, in der soeben Edward die letzten Stufen der Treppe heruntersprang. Sein Gesicht strahlte.

»Ich habe vom Fenster aus gesehen, daß Sie kamen«, rief er. »Wie schön, daß Sie sich wieder einmal hier blicken lassen!«

Joanna erwiderte sein Lächeln, wenn auch etwas verkrampft. »Es ist ein so schöner Sommertag«, sagte sie, »ich hatte Lust zu reiten. Und natürlich... wollte ich auch gern zu Ihnen.« Dies letzte kam nur mit leiser Stimme, denn noch während sie sprach, schien es Joanna ein wenig übertrieben. So hatte sie noch nie mit Edward geredet, und vielleicht sollte sie nicht gleich ganz so verändert wirken.

Aber Edward wurde nicht mißtrauisch. Er hörte zum erstenmal, was er immer hatte hören wollen, und er hätte sich in seinem Glück keinen einzigen Zweifel erlaubt.

»Das freut mich«, erwiderte er, während seine Augen die von Joanna suchten, »wirklich, ich bin glücklich, daß Sie das sagen.«

Sie standen einander etwas verlegen gegenüber, bis aus einem Nebenzimmer die Stimme der alten Lady Gallimore ertönte.

»Haben wir Besuch?« fragte sie. Edward schrak zusammen.

»Joanna Sheridy ist gekommen«, antwortete er. Sie betraten nebeneinander den Salon, in dem Lady Gallimore gerade einen Strauß Rosen in eine Vase stellte. Sie war seit zwölf Jahren Witwe, eine liebenswürdige, weißhaarige Frau mit festgefügten Moralvorstellungen und ohne die geringste Falschheit. Sie mochte Joanna.

»Wie geht es Ihrer Mutter?« erkundigte sie sich gleich.

»Im Sommer geht es ihr recht gut«, erwiderte Joanna, »aber sie fürchtet sich vor dem Herbst.«

»Ach, das ist bei mir auch so. Diese Feuchtigkeit läßt einen jeden Knochen im Leib spüren!« Sie lächelte dabei und fügte dann herzlich hinzu: »Doch die liebe Lady Sheridy kann sehr glücklich sein über eine so verständige und reizende Tochter. Das muß doch vieles leichter für sie machen. Und ich freue mich auch, daß Sie heute zu uns gekommen sind.«

Sie tauschten noch ein paar höfliche Bemerkungen, dann fing Lady Gallimore die beschwörenden Blicke ihres Sohnes auf. Sie lächelte verständnisvoll.

»Ich werde jetzt mit der Köchin das Dinner besprechen«, sagte sie. »Sie bleiben doch zum Essen, nicht wahr, Miss Sheridy?«

»Vielen Dank, gern.«

Lady Gallimore verließ den Raum und schloß diskret die Tür hinter sich.

Joanna wurde sofort nervös, wie stets, wenn sie mit Edward allein war. Mühsam zwang sie sich zur Ruhe.

»Setzen Sie sich doch«, sagte Edward. Joanna nahm auf der äußersten Kante eines Sessels Platz. Sie schloß ihre beiden Hände fest ineinander, was Edward nicht entging. Er beobachtete sie fasziniert, denn so wie heute hatte er sie nie erlebt. Ihre Augen glänzten, um ihren Mund lag ein angespannter Zug, und sie schien sich in unmittelbarer Fluchtbereitschaft zu befinden. Irgend etwas mußte geschehen sein, vermutlich schon am vorigen

Abend, als sie vollkommen verstört das Hochzeitsfest verlassen hatte. Unter allen Umständen wollte Edward die Wahrheit herausfinden.

»Ich hoffe, Sie haben sich ein wenig beruhigt«, begann er vorsichtig. Joanna, dankbar, daß er die Stille unterbrach, reagierte sofort.

»Ich fürchte, ich habe mich ziemlich unmöglich benommen gestern«, sagte sie entschuldigend, »es tut mir leid.«

»Aber das muß Ihnen doch nicht leid tun. Wer weiß denn, was Ihnen Schreckliches widerfahren ist...« Er sah sie abwartend an.

»Nun... um ehrlich zu sein, es hing mit Elizabeth zusammen... Ich hatte Streit mit ihr, weil – na ja, Sie wissen vielleicht, daß ich ihr Zusammenleben mit John Carmody nie gebilligt habe.«

»Ich auch nicht«, stimmte Edward zu, »ich konnte nie verstehen, warum sie sich zu diesem Taugenichts hingezogen fühlt!«

»Nun ja«, sagte Joanna, »vielleicht besitzt er einige gute Eigenschaften, die wir nicht kennen, aber dennoch machte ich mir in der letzten Zeit große Sorgen um Elizabeth. Ich führte deshalb gestern ein langes Gespräch mit ihr, aber ohne Erfolg. Sie ist heute früh zurück zu ihm nach London gefahren.«

»Das tut mir leid für sie.«

»Ja, und in diesem aufgeregten Zustand wußte ich gar nicht mehr genau, was ich tat. Ich wollte nur nach Hause.«

»Ich verstehe Sie, Joanna. Ich habe Sie immer, in jeder Regung, verstanden.«

Joanna rutschte hin und her.

»Könnten wir vielleicht ein Fenster öffnen?« bat sie. »Es ist so warm hier!«

»Natürlich.« Edward sprang auf und öffnete das große Flügelfenster zum Park. Sonnenwarme Seeluft flutete in den Raum. Joanna atmete etwas leichter.

»Es stimmt, Sie haben mich immer verstanden«, fuhr sie fort, »und ich glaube, ich habe es Ihnen wenig gedankt.«

Edward lächelte.

»In Ihrer Nähe sein zu dürfen war fast schon mehr, als ich verdiene.« Er lächelte, und Joanna überlegte, ob ihre Abneigung gegen ihn vielleicht mit seiner unerträglichen Unterwürfigkeit zusammenhing.

»Edward, seien Sie nicht so bescheiden!«
»Sie haben mich bescheiden gemacht.«
»Sie waren es immer!«
»Woher wollen Sie das wissen? Aber in meiner Freundschaft zu Ihnen blieb mir nichts anderes übrig, als geduldig zu sein. Wie sonst... hätte ich diese Jahre ertragen sollen?«
»Wie meinen Sie das?«
»Sie sagten es bereits, Ihre Zuneigungsbekundungen fielen sparsam aus.«

Joanna wußte nichts darauf zu erwidern, und eine Weile schwiegen sie beide.

Edward schien seine Worte bereits wieder zu bereuen, er hatte mehr gesagt, als er jemals sagen wollte. Zudem befand er sich in einem Zustand steigender Verwirrung. Wie er schon heute beim ersten Blick auf Joanna festgestellt hatte, war über Nacht eine Veränderung mit ihr vorgegangen, die er sich nicht erklären konnte. Was bedeutete der Streit mit Elizabeth wirklich für sie? Und warum war sie zu ihm gekommen, welche Absicht verfolgte sie mit ihrem Besuch? Edward sah aus den Augenwinkeln zu ihr hinüber. Sie leckte sich gerade zum hundertsten Mal mit der Zunge über die trockenen Lippen. Er fand, daß sie so reizend aussah wie nie, mit ihren vom Wind zerzausten hellblonden Haaren, den großen, unruhigen Augen und dem übernächtigten Gesicht. Wenn sie nur ahnen könnte, wie sehr er sie liebte. Daß er sich danach sehnte, sein ganzes Leben mit ihr zu verbringen, daß er sich vorstellen konnte, für den Rest seines Daseins jeden Morgen ihr so gegenüberzusitzen und sie anzusehen wie heute. Mehr, als jede sinnliche Schönheit es vermocht hätte, faszinierten ihn Klarheit und Intelligenz ihres Ausdrucks. Er sah in ihr einen Menschen, der es wert war, mit allen Fehlern geliebt, verehrt und anerkannt zu werden.

Die Stille zwischen ihnen wurde bedrückend. Joanna gab sich einen Ruck. Wenn sie nicht bis zum Abend hier sitzen wollte, mußte sie nun ihr Anliegen vorbringen. Deutlich bemerkte sie den anbetenden Blick in Edwards Augen. Die Gelegenheit war günstig.

»Es ist wahr«, sagte sie leise, »ich habe mich oft nicht sehr freundlich Ihnen gegenüber gezeigt. Das lag daran, daß ich mir über meine Gefühle... nicht im klaren war.« Sie sah zu Boden. Edward sah sie unruhig an.

»Ihre Gefühle«, sagte er, »hat sich daran etwas geändert?«

»Ja.«

»Sie wissen jetzt, was Sie für mich empfinden?«

»Ja...«

»Und, eh, möchten Sie darüber sprechen?«

Das tu' ich doch schon die ganze Zeit, dachte Joanna aufgebracht, nun versteh doch endlich, was ich sagen will! Wenn es geht, dann erspare mir doch bitte, daß ich dir einen Heiratsantrag mache!

Doch Edward stand noch voller Ungläubigkeit vor der unerwarteten Entwicklung und wagte nicht, das Schicksal in seine Hand zu nehmen.

»Möchten Sie mir etwas über Ihre Gefühle sagen?« wiederholte er drängend.

Joanna sah angestrengt zum Fenster hinaus. »Edward«, sagte sie langsam und deutlich, »Sie haben mir in den vergangenen Jahren häufig die Ehre zuteil werden lassen, um meine Hand anzuhalten. Es schmerzte mich jedesmal sehr, Ihren Antrag zurückzuweisen, doch wußte ich lange Zeit selber nicht, was ich wollte, und wurde zudem meist gedanklich sehr in Anspruch genommen von meinen Grübeleien um Elizabeths Schicksal. Dies ist nun vorüber...«

Edward hing gebannt an ihren Lippen. Es war hoffnungslos, zu erwarten, er werde etwas sagen. Joanna seufzte.

»Heute«, fuhr sie fort, »wäre ich bereit...«

Edward starrte sie an.

»Was?«

»Nun ja... Sie verstehen mich doch, oder?«

»Wenn ich Sie richtig verstehe, dann...« Er brach schon wieder ab. Joanna vibrierte vor Ungeduld. Wie konnte jemand so langweilig sein!

»Wenn ich Sie richtig verstehe, dann haben Sie soeben eingewilligt, meine Frau zu werden?«

Na, Gott sei Dank, endlich! hätte Joanna beinahe gerufen, doch sie verbiß es sich im letzten Moment und nickte statt dessen nur. Edward war mit zwei Schritten neben ihr und griff nach ihrer Hand.

»Ich hätte Sie nicht noch einmal darum gebeten«, flüsterte er, »und dabei brauche ich Sie, Joanna.« Für einen Augenblick verspürte Joanna Schuldgefühle, als sie die aufrichtige Wärme und Freude Edwards wahrnahm. Von allen Menschen der Welt liebte dieser hier sie am meisten, und sie benutzte ihn für ihre Zwecke. Sie verbot sich rasch, darüber nachzudenken. Edward hätte gern noch etwas mehr darüber gewußt, wie diese plötzliche Entscheidung Joannas zustande gekommen war, aber er dachte sich, daß er noch viel Zeit haben würde, mit ihr darüber zu sprechen. Dieser Moment war ganz und gar mit seinem Glück ausgefüllt und durfte nicht von Fragen zerstört werden. Alle Träume erfüllten sich; was brauchte er noch darüber nachzudenken, was ihre Erfüllung bewirkt hatte!

Mit einer beinahe temperamentvollen Bewegung zog Edward Joannas beide Hände an seine Lippen.

»Ich danke Ihnen«, sagte er sanft, »und ich werde Sie lieben, solange ich lebe.«

Joanna lächelte. Eine Welle von Erleichterung durchlief sie. Sie hatte gesagt, was sie sagen wollte. Vielleicht, so dachte sie, würde sich durch diesen Schritt gar nicht viel in ihrem Leben ändern.

Sie fühlte einen gewissen Stolz. Belinda war zum Schweigen gebracht, und Elizabeth... Joanna verzog den Mund, traurig und böse, Elizabeth würde die Welt nicht mehr verstehen.

»Ich möchte es gleich meiner Mutter sagen«, rief Edward, »ich weiß, daß sie sich sehr freuen wird.«

Lady Gallimore, die gerade einen Spaziergang durch den Park beginnen wollte, zeigte sich auf das äußerste überrascht. Mit einer langsamen, nachdenklichen Bewegung streifte sie sorgfältig ihre seidenen Handschuhe über die Finger, ehe sie den Blick hob und ihren Sohn ansah, der mit strahlenden Augen vor ihr stand. Niemals zuvor hatte sie ihn so glücklich erlebt, doch nie war er ihr auch so verletzbar erschienen. Ihre Augen wanderten zu Joanna. Das Mädchen blieb stumm, doch es wich nicht aus. Aus dem Gesicht waren weder Glück und Zufriedenheit, noch Falschheit und Verlegenheit zu lesen. Es besaß seine übliche gelassene Ruhe. Lady Gallimore war eine gute Menschenkennerin, aber diesmal vermochte sie nicht herauszufinden, welche Geheimnisse diese sicheren, blauen Augen verbargen. Ein seltsames, unerklärliches Mißtrauen beschlich sie und stürzte sie in Verwirrung. Sie rettete sich in ihre immer bereite Höflichkeit.

»Meine liebe Joanna«, sagte sie freundlich, »verzeihen Sie mein erstauntes Schweigen. Dies alles kommt recht unerwartet für mich. Aber ich möchte Ihnen versichern, wie glücklich ich über Edwards Wahl bin. Seien Sie mir von ganzem Herzen in Foamcrest Manor willkommen!«

»Ich danke Ihnen«, erwiderte Joanna ruhig, »ich bin sicher, daß ich hier sehr glücklich sein werde.«

Während des Dinners wußte keiner von ihnen so recht, was er sagen sollte. Lady Gallimore kam schließlich auf Belindas Hochzeit zu sprechen und bat Edward und Joanna, ihr davon zu erzählen, da sie selber nicht dort gewesen war. Edward, in übersprudelnder Hochstimmung schwebend, berichtete heiter und ausführlich über sämtliche Gäste, über Lady Violas Geprotze, Belindas Selbstgefälligkeit und Lord Darkings Verzweiflung. Joanna lauschte ihm nervös. Wie weit schien diese Hochzeitsfeier zurückzuliegen, und doch waren nur wenige Stunden seit der furchtbaren Szene am Strand vergangen. Eine ganze Welt hatte sich seitdem verändert, ein ganzes Leben war umgestürzt. Sie konnte ihr Essen kaum anrühren, trank aber viel von dem Wein, den Lady Gallimore zur Feier des Tages hatte bringen lassen. Ihr wurde ein klein wenig schwindelig und noch elender davon.

»Joanna, Sie sehen mitgenommen aus«, meinte Lady Gallimore schließlich mitleidig. »Fühlen Sie sich wohl?«

»Nicht besonders«, gestand Joanna schwach, »ich glaube, dieser Tag hat mich etwas aufgeregt.«

»Sie müssen nach Hause gehen und sich ausruhen. Gestern der lange Tag und nun auch noch dies... Was sagt eigentlich Lady Sheridy zu der Verlobung?«

»Sie weiß noch nichts davon.«

»Na dann muß sie es gleich erfahren. Edward, du begleitest Joanna nach Hause und erbittest dort ein Gespräch mit Lady Sheridy. Du wirst sie sehr höflich fragen, ob...«

»Ich weiß schon, was ich zu tun habe«, unterbrach Edward, dem es peinlich war, daß seine Mutter vor Joanna so zu ihm sprach. Er stand auf und ergriff Joannas Hand.

»Kommen Sie«, bat er, »Sie sehen wirklich müde aus. Ich begleite Sie nach Hause.«

Joanna hätte dies gern abgelehnt, doch sie sah ein, daß Edward noch mit Harriet sprechen mußte. Lady Gallimore küßte sie zum Abschied auf die Stirn. Dann traten sie hinaus, wo ein Diener zwei gesattelte Pferde herbeiführte. Langsam ritten sie über den knirschenden Kies zum Parktor. Als sie an einem Beet mit dunkelroten Rosen vorbeikamen, neigte sich Edward zur Seite, brach eine Blüte ab und reichte sie Joanna.

»Für Sie, Joanna«, sagte er und beobachtete voll Bewunderung, wie sie die Blüte in ihrem Haar befestigte.

»Wir werden so glücklich sein«, schwärmte er. »Die Sommer verbringen wir in Foamcrest Manor, wir gehen am Meer spazieren, reiten durch den Park, besuchen Gartenfeste und Dinners. Und im Herbst reisen wir nach London und tun alles, was schön ist, und gehen in jede Oper und in jedes Theater! Nicht wahr?«

»Ja.«

Sie passierten das Tor und kamen auf den Waldweg, auf dem helle Lichtmuster der durch die Blätter einfallenden Sonnenstrahlen spielten. Joanna ließ ihr Pferd langsam gehen, denn es gab noch etwas Wichtiges mit Edward zu besprechen, nur fand sie die richtigen Worte nicht. Das Thema war ihr fast noch peinlicher als alles, was sie heute schon gesagt hatte.

»Sind Sie glücklich?« fragte Edward dicht neben ihr. Sie

zuckte zusammen. Es half nichts, sie mußte es jetzt sagen, oder sie hätte nie wieder Gelegenheit dazu.

»Natürlich bin ich glücklich«, erwiderte sie, »nur, es gibt noch zwei Dinge, die wir klären müssen, bevor wir heiraten.«

»Welche Dinge?«

»Das erste ist meine Mutter. Sie wissen vielleicht, daß sie seit dem frühen Tod meines Vaters sehr an mir hängt. Sie hat sonst niemanden, denn Cynthia lebt in Rom, Elizabeth in London, und George ist noch ziemlich unreif.«

»Ja?«

»Eine Trennung von mir wäre im Augenblick sehr schmerzlich für sie. Ich möchte Sie daher bitten, Edward, mir zu erlauben, meine Mutter und meinen Bruder nach Foamcrest Manor mitzunehmen und sie dort wohnen zu lassen.«

Edward stieß einen Seufzer der Erleichterung aus.

»Sie machten ein Gesicht, daß ich schon dachte, Sie hätten eine schreckliche Eröffnung zu machen«, rief er. »Selbstverständlich sollen Lady Sheridy und George bei uns wohnen! Meine Mutter wird sich auch sehr darüber freuen.«

»Das ist sehr nett von Ihnen.«

»Und was möchten Sie noch? Sie sprachen von zwei Dingen!«

Edward machte eine etwas gönnerhafte Miene. Er fand es niedlich, daß Joanna nun ihre reizenden, bescheidenen Wünsche äußerte, die er ihr großmütig erfüllen konnte. Sicher fragte sie gleich, ob sie auch ihre liebsten Tiere mitbringen durfte.

Joanna zögerte etwas. Schließlich hielt sie ihr Pferd an.

»Ich weiß nicht, wie ich beginnen soll«, meinte sie, »es fällt mir sehr schwer...« Sie ließ sich aus dem Sattel gleiten und ging, das Tier am Zügel führend, ein paar Schritte weiter. Edward betrachtete sie verwundert, sprang dann ebenfalls ab und folgte ihr.

»Was ist denn?« wollte er wissen. Joanna spielte nervös an der Rinde eines Baumes.

»Edward«, sagte sie stockend, »ich halte es für meine Pflicht, Ihnen etwas zu gestehen, ehe Sie mich heiraten. Und wenn Sie unter diesen Umständen unsere Verlobung wieder lösen möchten, dann könnte ich Ihnen keinen Vorwurf...«

»Worauf, um Himmels willen, wollen Sie hinaus?«
Joanna wandte sich ihm zu.
»Es ist sicher ein wenig ungewöhnlich«, sagte sie leise, »aber, Edward, ich muß es Ihnen sagen: Ich möchte niemals, weder jetzt noch später, Kinder haben.«
Edward reagierte auf diese Eröffnung mit minutenlanger Fassungslosigkeit. Er sah so entsetzt drein, daß Joanna schon fürchtete, er werde sich tatsächlich alles anders überlegen. Schnell fügte sie hinzu: »Es mag für Sie überraschend klingen, aber dieser Wunsch wird bestimmt von mehr Frauen geteilt, als Sie glauben. Ich...«
»Ich habe noch nie von einer Frau gehört, die sich nicht Kinder gewünscht hätte«, unterbrach Edward. Joanna lächelte.
»Ich fürchte, Sie haben überhaupt noch nicht viel von Frauen gehört«, meinte sie. »Tatsächlich sind es meistens die Männer, die sich eine zahlreiche Nachkommenschaft wünschen. Wissen Sie, viele Frauen finden, daß es vergnüglichere Dinge gibt, als ein schreiendes Kind nach dem anderen in die Welt zu setzen!«
Edward guckte, als sei seine ganze Lebensvorstellung ins Wanken geraten. Joanna begriff, daß sie einlenken mußte, wollte sie ihn nicht völlig vertreiben. Schließlich, das war das Verzweifelte an ihrer Lage, brauchte sie ihn ja.
»Ich habe ein wenig übertrieben«, meinte sie, »natürlich ist das bei jeder Frau anders. Ich nehme an, daß Sie sich einen Sohn wünschen, und daher mußte ich vor der Hochzeit darüber sprechen. Ich würde es verstehen, wenn Sie von der Verlobung zurücktreten möchten!« Sie bemühte sich, so ruhig wie möglich auszusehen. Edward brauchte nicht zu merken, wie gespannt sie auf seine Antwort wartete. In seinen Augen erkannte sie aufflakkerndes Mißtrauen, zugleich eine heftige Angst.
»Ich würde gern etwas wissen«, sagte er. »Es ist vielleicht heutzutage nicht mehr in Mode, diese Frage zu stellen, aber lieben Sie mich überhaupt?«
»Was hat denn das jetzt damit zu tun? Ich will einfach...«
»Unabhängig von allem, was Sie mir eben gesagt haben«, sagte Edward scharf, »ich möchte darauf eine Antwort haben.«

Nur die jahrelang geübte Selbstbeherrschung, bewirkt durch das Zusammenleben mit Harriet, befähigte Joanna, Edward gerade anzusehen und mit klarer Stimme zu sagen: »Aber ja, Edward. Ich liebe Sie.«

Er sah sie an, noch voller Zweifel, dann neigte er sich vor und murmelte leise: »Seien Sie vorsichtig, Joanna. Ich brauche Sie hundertmal mehr, als Sie glauben. Wenn Sie mich irgendeines fernen Tages betrügen, verraten oder verlassen, könnte ich daran sterben. Ich schwöre Ihnen, daß es für uns beide sehr schlimm werden kann. Wenn Sie jetzt nicht aufrichtig sind, dann laden Sie vielleicht etwas auf sich, wovon Sie sich nie wieder befreien können!«

Joanna spürte einen leisen Schauer, aber sie bemühte sich sofort um ihre übliche Sachlichkeit.

»Edward, Sie bauschen jetzt etwas auf«, sagte sie. »Dieses Gespräch hat ganz harmlos begonnen, und ich bitte Sie, mir zu glauben, daß mein Wunsch, keine Kinder zu haben, nichts mit meiner Liebe zu Ihnen zu tun hat.«

Sie beobachtete ihn genau und merkte, wie die Angst den Zweifel aus seinen Zügen verbannte. Sie atmete leichter. Sie begriff, daß er sich betrügen wollte und ihr gegen jedes innere Gefühl und Wissen Glauben schenken würde.

»Gut«, erwiderte er, »dann möchte ich trotz allem, daß wir heiraten. So bald wie möglich.«

Joanna hätte die Augen schließen mögen vor Erleichterung. Wenn Edward geahnt hätte, wie kritisch diese letzten Minuten gewesen waren! Sie ging rasch zu ihrem Pferd zurück und saß auf. Edward folgte ihr, und beide setzten ihren Weg fort, als sei nichts geschehen. Aber Joanna war sehr niedergeschlagen, was ihr seltsam vorkam, da sie eigentlich hätte erleichtert sein müssen. Sie fand plötzlich, daß sie im Grunde nichts erreicht und nichts verändert hatte. Was sie getan hatte, war nichts gewesen als eine Reaktion auf das Verhalten anderer, auf Belindas Gehässigkeit und auf Elizabeths Fortgehen. Sich selber und ihre eigenen Wünsche hatte sie wieder einmal überhaupt nicht bedacht. Ohne es richtig zu wollen, hatte sie schon wieder Harriet einen

Platz in ihrem Leben eingeräumt, und somit konnte gar nichts besser werden. Zu allem Überfluß würde sie nun auch noch Edward bis an das Ende ihrer Tage an sich hängen haben. Sie konnte nur deshalb einen Hauch von Heiterkeit in sich spüren, weil sie sich Belindas dummes Gesicht vorstellte, wenn sie spätestens morgen von der baldigen Vermählung Joanna Sheridys mit Edward Gallimore erfahren würde.

9

Am zehnten September des Jahres 1803 konnte John Carmody als freier Mann das Fleet Prison verlassen, begnadigt auf die Zahlung von fünfhundert Pfund hin und auf das Versprechen, London unverzüglich den Rücken zu kehren. Er trat hinaus vor die Pforten des feuchten Steingemäuers, blinzelte in die Sonne des hellen Septembertages und verspürte keinen anderen Wunsch, als sich in einen versteckten, fernen Winkel zu verkriechen und dort Stunde um Stunde zu schlafen. Eine schwere Müdigkeit lastete auf ihm und umfing ihn mit solcher Benommenheit, daß dahinter sogar das Glück über seine Befreiung zurücktrat. Zwei Monate Kerkerhaft hatten ausgereicht, ihn völlig zu zermürben. Seine anfängliche Zuversicht war einer tiefen Gleichgültigkeit gewichen, die beinahe schon einer Lebensunlust gleichkam. Die Richter wußten, weshalb sie Menschen, die verschwinden sollten, noch einfacher ins Gefängnis als an den Galgen schickten. Ihr Tod kam mit der gleichen Sicherheit, verlief aber weniger spektakulär und machte sie nicht zu Märtyrern. John hätte kein Jahr überlebt. Hunger, Kälte, Einsamkeit und seine nie richtig ausgeheilte Verwundung hatten bereits jetzt einen kranken Mann aus ihm gemacht. Es verging kein Tag, an dem er nicht Schmerzen und Stiche in der Brust spürte und von einem reißenden Husten gequält wurde, an dem er manchmal zu ersticken glaubte. Stärker als jedes körperliche Leid aber drückte ihn der Gedanke, am Ende seines Lebens angekommen zu sein. Ohne noch irgendeinen Sinn in seinem Dasein zu erkennen, sah er sich nur als schwerkranken Mann, den endlose Jahre in der Verbannung erwarteten.

Elizabeth, die stundenlang vor dem Gefängnis ausgeharrt hatte, um dazusein, wenn John herauskam, verbarg nur mühsam ihr Entsetzen über seinen Anblick. So hatte er ja in seinen schlimmsten Zeiten nicht ausgesehen! Sein Körper glich einem Skelett, so mager war er geworden. Unter den entzündeten Augen verliefen tiefe, dunkle Ringe, seine Lippen besaßen kaum Farbe. Er hustete schwer, wobei es ihr vorkam, als schlügen tief in seiner Brust rauhe Steine aufeinander. Ihr wurde sofort klar, daß seine Befreiung im letzten Moment gekommen war. Sie umarmte ihn und klammerte sich an ihn, als seien Jahre seit ihrer Trennung vergangen.

»Da bist du ja endlich«, rief sie. »Ach John, ich habe schon bald nicht mehr geglaubt, daß sie dich wirklich rauslassen!«

»Du hast fünfhundert Pfund dafür bezahlt, nicht wahr?«

»Ja. Tante Harriet gab sie mir. Ich bin zu ihr nach Norfolk gereist.«

»Deine Tante Harriet ist äußerst großzügig. Obwohl sie mich doch bestimmt nicht sehr mag!«

»Ich fürchte, sie denkt kaum noch darüber nach, ob sie jemanden mag oder nicht. Sie scheint ziemlich krank zu sein. Ihre Gedanken kreisen nur noch um den eigenen Tod.« Elizabeth griff nach Johns Arm.

»Aber jetzt komm mit!« sagte sie. »Wir können heute nacht bei Sally und Patrick bleiben. Erst wenn du dich erholt hast, verlassen wir London.«

»Du warst beim Richter?«

»Ja, natürlich.«

»Und er hat dir gesagt, daß...«

»Daß du fort mußt aus London, ja. Und die fünfhundert Pfund mußte ich ihm geben.«

»Bis auf den letzten Farthing, nehme ich an.«

»Es ist nichts mehr übrig, wir stehen völlig ohne Geld da!«

Einen Augenblick lang sah Elizabeth sehr besorgt drein.

»Sally war ganz böse auf mich. Sie meint, ich hätte dem Richter nur vierhundertfünfzig Pfund anbieten sollen und er hätte dich dafür auch freigelassen. Die Regierung braucht dringend Geld, weil die Franzosen sich anschicken, über den Kanal hinweg England anzugreifen, und unsere Kriegsflotte ausgerüstet werden muß. Aber ich habe daran gar nicht gedacht. Meine einzige Sorge war, das Geld würde nicht reichen.«

»Es ist auch gleichgültig. Wir waren schon oft in dieser Lage.«

Elizabeth hatte das Gefühl, daß es John wirklich gleichgültig war. Alles schien ihm gleichgültig, selbst seine Befreiung. Er ist krank, sagte sie sich, so wie er aussieht, kann er wohl an nichts anderes denken als an Schlaf und Ruhe.

»Du wirst dich bald erholt haben«, sagte sie, »und dann... weißt du, was wir dann tun?«

»Nein.«

»Wir gehen nach Blackhill! Wir wollten doch schon mal dorthin.«

John blieb stehen und wartete, bis ein erneuter Hustenanfall abgeklungen war.

»Wir mußten.«

»Ich wollte. Seit ich dich kenne, habe ich mir gewünscht, mit dir in Blackhill zu leben. Ich liebe dieses Schloß so sehr, wie du es dir gar nicht vorstellen kannst. Ach John, wir werden es schön dort haben!«

»Es ist sehr weit weg.«

»Von London, meinst du? Ja, aber was ist schon London! Schau dich doch um«, Elizabeth machte eine verachtungsvolle Handbewegung, »Dreck und Armut, nichts weiter. Qualmende Schornsteine, bleiche, abgekämpfte Menschen auf den Straßen. London macht mich krank, John. Ich dachte auch einmal, es sei der einzige Ort, an dem ich leben könnte...«

»Als du noch die reiche Elizabeth Landale im Hause der Sheridys warst«, sagte John lächelnd.

»Das ist lange her«, erwiderte Elizabeth heftig, »damals sah ich London als ein Paradies voller Vergnügungen. Aber das ist vorbei.«

»Bereust du es?«

»Rede keinen Unsinn. Ich bereue keine einzige Minute mit dir. Aber ich bin jetzt sehr müde. Ich hatte soviel Angst in den letzten Monaten, und es war mir manchmal, als gebe es nirgendwo auf Erden mehr Sicherheit oder Geborgenheit. Ich muß fort von hier. Ich muß nach Blackhill, John, ich...«

»Es ist ja gut. Ich will auch nicht hierbleiben. Die Frage ist nur, wovon wir dort leben.«

»Wir werden sehen. Es gibt immer irgendeinen Weg. Aber erst mußt du gesund werden.«

Sie gingen zur Wohnung von Sally und Patrick, wo sie schon sehnsüchtig erwartet wurden. Sally kümmerte sich sofort um John, wies auf ein Bett und legte ihm heiße Umschläge auf die Brust. Elizabeth fühlte einen Anflug von Traurigkeit. Die Szene erinnerte sie so stark an die gleiche Situation vor nur wenigen Monaten, als sie nach ihrer Flucht zu Samantha kamen und sich das einstige Dienstmädchen in der gleichen Besorgnis über den verwundeten John geneigt hatte. Immer, so kam es ihr vor, war er krank, von Mal zu Mal geschwächter, stiller und ergebener.

»Er hat einen schlimmen Husten«, sagte Sally, nachdem John eingeschlafen war, »es ist schade, daß es Herbst wird. Im Sommer könnte er sich besser erholen.« Sie bemerkte Elizabeths angespanntes Gesicht und strich ihr tröstend über den Arm.

»Hab keine Angst! Es wird wieder gut. Er ist kräftiger, als er aussieht. Und ich finde es richtig, daß ihr nach Devon geht. London im Herbst bringt selbst mich noch einmal um!«

Wie zur Bestätigung ihrer Worte schlug schon am nächsten Tag das Wetter um. Als Elizabeth frühmorgens aufwachte, fröstelte sie unter der Decke, und als sie zum Fenster sah, bemerkte sie feinen Regen, der gegen die Scheibe sprühte. Schwerer, grauer Nebel hing über der Stadt. Die Wohnungen der Menschen im Londoner Armenviertel waren gegen keine Witterung wirklich zu schützen, so daß schon gegen Mittag die Feuchtigkeit durch alle Ritzen in die Zimmer drang und alsbald in jeden Winkel kroch. Elizabeth hatte diese Tücken über dem ungetrübt heißen Sommer fast vergessen, aber sie wurden ihr nun nachdrücklich wieder ins Gedächtnis gerufen. Nichts, gar nichts blieb trocken. Der Nebel durchfeuchtete Kleider, Haare, Bettwäsche, Teppiche und ließ das Holz auf dem Fußboden fleckig werden. Man hätte sich den ganzen Tag dicht am Feuer halten müssen, um den klammen, kalten Körper aufzuwärmen, aber das konnte sich niemand leisten. Elizabeth half Sally beim Putzen, Waschen und Kochen, fühlte sich elend und verfroren, und wenn sie am Spiegel vorüberkam, bemerkte sie, daß sie zu alldem noch schlecht aussah. Ihr Gesicht war so bleich wie ein Wintermorgen, und ihre Nase wirkte zwischen den eingefallenen Wangen immer spitzer. Natürlich spielte das jetzt keine Rolle. Gleichmütig dachte sie, daß sie wieder schön sein würde, wenn der Sommer kam und sie Ruhe fand.

Als einziger durfte John in einem Lehnstuhl dicht am Ofen sitzen. Meist lag sein Kopf zurück und er schlief, aber dann kam wieder ein heftiger Hustenanfall und riß ihn aus seinen Träumen. Elizabeth mußte sich abwenden, weil sie fürchtete, daß sie in Tränen ausbrach, wenn sie ihn so sah: Grau und eingefallen, unrasiert, mit blutleeren Lippen ließ er Anfall um Anfall über sich ergehen. Seine Hände zitterten stark, aber im Gegensatz zu früher gab er sich keine Mühe, das zu verbergen. Er starrte trübe in die Flammen, doch er lächelte wenigstens, als Elizabeth einmal zu ihm trat und ihm über die Haare strich.

»Wie geht es dir?«

»Ganz gut. Aber hör mal, Liebling, was meinst du, wie wir nach Devon kommen sollen? Wir haben weder eine Kutsche noch ein Pferd und schon gar kein Geld!«

»Wir werden einen Weg finden«, meinte Elizabeth leichthin, aber John schüttelte den Kopf.

»Ich glaube kaum, daß es leicht wird. Du besitzt keinen Farthing mehr?«

»Keinen einzigen.«

Sally, die neben ihnen über ein Waschfaß gebeugt dastand, richtete sich mit einem leisen Stöhnen auf.

»Mit dem Nebel fangen die Gliederschmerzen wieder an«, meinte sie. »Ach, hätte ich bloß ein Haus auf dem Land, ich wäre eher heute als morgen dort!«

»Wir haben kein Geld!«

»Und wir können auch nicht helfen. Unser Erspartes würde nicht reichen, außerdem brauchen die Kinder Schuhe für den Winter und warme Kleider. Nicht einmal dafür haben wir genug!«

Sally strich sich mit einer wütenden Bewegung die feuchten Haarsträhnen aus dem Gesicht.

»Gottverdammtes Leben hier unten im Dreck«, sagte sie.

»Ihr habt schon so viel für uns getan«, sagte John, »nein, diesmal muß es anders gehen!« Er tauschte mit Sally einen verständnisvollen Blick, den Blick zweier illusionsloser Menschen, die wußten, daß sie nichts zu verlieren hatten. Wie häufig in dieser Situation kam sich Elizabeth ausgeschlossen vor, wie ein Kind, von dem man die Wirklichkeit fernhalten wollte.

»Was ist los?« fragte sie ärgerlich. »Tut nicht so überlegen, sagt mir, was ihr vorhabt!«

»Reg dich nicht auf!« beruhigte Sally. »Wir sind selber noch nicht ganz sicher, ob...«

»Was? Was plant ihr? Warum erfahre ich nie etwas? Ich gehöre doch zu euch und in eure Welt!«

»Erst wenn du wenigstens einen Mord begangen hast, Liebste«, entgegnete John lächelnd, »gehörst du ganz hierher!«

Sally gab ihm einen Rippenstoß. »Rede keinen solchen Unsinn, John. Du erschreckst Elizabeth doch. Nein, Elizabeth, wir haben keine Geheimnisse vor dir, aber wir wollten es dir vorsichtig beibringen. Heute früh, als du noch schliefst, haben John und ich über eure Reise nach Devon gesprochen. John meint, daß ihr Pferd und Wagen dafür werdet stehlen müssen!«

»Was?«

»Ja was stellst du dir denn vor?« fragte John ungeduldig. »Ich habe kein Geld, du hast keines und Sally auch nicht, und du wirst nicht glauben, daß wir den weiten Weg zu Fuß zurücklegen können!«

»Aber ich möchte das nicht! Nicht schon wieder eine Tat, die uns vor den Richter bringen kann! Nicht schon wieder Tag und Nacht Angst haben. Ich halte das nicht mehr aus. Du glaubst nicht, wie schrecklich die letzten zwei Monate für mich waren. Ich fühle mich völlig am Ende und...«

»O bitte, jetzt stimme nicht eine deiner endlosen Klagen an. Ich verstehe dich, aber es gibt keinen Ausweg. Es ist für mich zu gefährlich, in London zu bleiben, daher müssen wir fort. Siehst du«, John lächelte nun etwas, »das meinte ich, als ich sagte, du gehörtest noch nicht ganz hierher. Du hast es noch nicht gelernt, harte Notwendigkeiten zu akzeptieren.«

Elizabeth schlug die Augen nieder.

»Auf diese Weise«, sagte sie, »wirst du nie aus dem Strudel hinausfinden, in den du geraten bist.«

»Zum Teufel, nein«, entgegnete John mit einem harten Lachen, »aber, mein Schatz, das wollen die anderen doch auch gar nicht. Indem sie uns zu Verbrechern machen, können sie uns am besten unter der Knute halten. Armut, Ausbeutung und Gefängnis, das gehört untrennbar zusammen. Es gibt keine Möglichkeit zu entkommen!«

Elizabeth strich sich mit einer müden Bewegung die Haare aus der Stirn.

»Doch«, meinte sie kalt, »schieb nicht alle Schuld ab, John! Du jedenfalls hättest andere Möglichkeiten gehabt. Verarmt, aber wenigstens adelig – du mußtest nicht scheitern. Du wolltest nicht zu den Reichen gehören, die von einem Spiel zum anderen taumeln. Du hast sie bekämpft, und du warst gut dabei. Du warst stark, trotz allem. Obwohl du kein Geld hattest und nie genug zu essen, schienst du so selbstsicher und mutig, daß du sie immer alle beschämt hast. Ach, ich erinnere mich, als sei es kaum einen Tag her, daß ich dich bei Cynthias Hochzeit in Heron Hall erblickte. Du lehntest in einer Tür, abgerissen und elend, doch mit einem Ausdruck von Spott auf dem Gesicht, der jeden im Saal sich betreten abwenden ließ!«

»Sei vorsichtig, Elizabeth. Ich habe dir das wohl noch nicht gesagt, aber ich habe schon immer nach einer bestimmten Regel gelebt: Die Beziehung zwischen zwei Menschen ist dann am Ende, wenn sie beginnen einander klarzumachen, wie großartig sie früher einmal waren und wie sehr sich das geändert hat!«

Elizabeths Augen wurden ganz dunkel.

»Wie meinst du das?«

Ehe John antworten konnte, mischte sich Sally ein.

»Hört auf damit! Dazu ist keine Zeit. Wenn ihr in Devon in eurem Schloß sitzt, könnt ihr euch immer noch beschimpfen!«

»Wir werden nie nach Devon kommen, da Elizabeth es ja ablehnt, mit einem gestohlenen Pferd dorthin zu reisen«, erklärte John bissig und hustete. Elizabeth funkelte ihn wütend an.

»So redest du nicht mit mir!« fauchte sie. »Meinetwegen schrei mich an, nenne mich eine dumme, feige Gans, aber laß diesen ironischen Ton!«

»Verzeih bitte, wenn meine Umgangsformen etwas mangelhaft sind. Du mußt wissen, meine Erziehung war nicht so vornehm wie deine. Wir konnten uns das gewissermaßen nicht leisten und...«

Elizabeth drehte sich einfach um, verließ die Wohnung und schlug die Tür hinter sich zu. Sie war außer sich vor Zorn. Wie konnte John es nur wagen, seine ganze schlechte Laune an ihr auszulassen? Nur weil sie ihm widersprochen hatte und er das einfach nicht vertrug. Sie lief durch die Gassen, unbekümmert darum, daß der Saum ihres Kleides in den Pfützen schleifte und kalter Regen ihr ins Gesicht schlug. Sie dachte nach. In einem Punkt hatte John recht: Wenn er nicht darauf warten wollte, hier in London erneut aufgegriffen und ins Gefängnis geworfen zu werden, mußte er so schnell wie möglich mit einem gestohlenen Pferd und einem gestohlenen Wagen nach Devon.

Sie kehrte in die Wohnung zurück, wo Sally über dem Waschfaß lehnte, als sei nichts geschehen.

»Ist alles in Ordnung?« fragte sie ruhig.

»Ja. Ich sehe jetzt ein, daß wir nur tun können, was ihr geplant habt. Wir müssen Pferd und Wagen stehlen!«

»Oh«, machte John verwundert. Elizabeth blickte ihn überlegen an und lächelte.

»Da du im Augenblick kaum in der Lage sein dürftest, irgendwas zu tun«, meinte sie, »sag mir doch bitte, wie man das macht. Ich hab' nämlich noch nie ein Pferd gestohlen!«
»Und das tust du jetzt auch nicht. Billy wird es erledigen. Du mußt nur zu ihm gehen und ihn darum bitten.«
»Gut, dann gehe ich gleich.«
John hielt ihren Arm fest.
»Bist du mir böse?«
»Ja. Irgendwann solltest du lernen, etwas sanfter mit mir umzugehen.« Sie ging, befriedigt, das noch gesagt zu haben.
Zwei Tage nachdem sie mit Billy gesprochen hatte, tauchte er am späten Abend in der Wohnung von Patrick und Sally auf und lächelte stolz.
»Vor dem südlichen Stadttor«, sagte er, »stehen ein Wagen und ein Pferd. In einer Scheune, die ihr gar nicht verfehlen könnt!«
»Du bist der treueste Freund, den ich habe«, entgegnete John erleichtert. »Elizabeth, wir brechen gleich auf.«
Sie hatten ihre wenigen Habseligkeiten schon gepackt und konnten tatsächlich sofort gehen. Obwohl Elizabeth dem Aufbruch förmlich entgegengefiebert hatte, fiel es ihr nun doch schwer, sich von Sally zu verabschieden. Auf einmal dachte sie, daß es gar nicht so einfach sein würde, es ganz allein mit John auszuhalten, niemanden zu haben, der ausglich, und niemanden, bei dem sie heimlich jammern konnte. Wenigstens gab es in Blackhill keinen Alkohol, das würde schon viel helfen.
Schweigend liefen sie nebeneinander durch die nächtlichen Straßen von London. Es war kalt, und es regnete, aber dafür begegneten sie auch niemandem. John begann wieder zu husten, rauher und reißender als je zuvor. Im nebelmatten Schein der wackligen Laternen vor den Häusern konnte Elizabeth sein graues Gesicht und die blassen Lippen erkennen. Er war krank und klagte dabei kein einziges Mal. Schon fühlte sie Schuld, ihrer eigenen angstvollen Gedanken wegen. Sich darüber zu grämen, was werden sollte, wenn sie erst in Devon waren! So wie er jetzt aussah, war die erste Schwierigkeit, dort überhaupt erst einmal hinzugelangen.

Es war nicht weit bis zum südlichen Stadttor, und sie konnten es ungehindert passieren, da die Wächter sie für harmlose Bettler hielten. Ein verschlammter Feldweg führte über eine Wiese und durch ein kurzes Waldstück hindurch zu einer weiteren Wiese, auf der tatsächlich eine verwahrloste, halbzerfallene Scheune stand, vom Mond immer wieder einmal gespenstisch beleuchtet, wenn er zwischen sturmzerfetzten Wolken für Augenblicke hervorsah. Durch den stärker werdenden Regen rannten Elizabeth und John auf das Gemäuer zu und tauchten aufatmend in die finstere, heuduftende Trockenheit ein. Aus einer Ecke erklang munteres Pferdewiehern. Beim Weitersuchen stießen sie gegen einen hölzernen Wagen.

»Gott sei Dank«, seufzte Elizabeth. John sank ins Heu, von einem so heftigen Hustenanfall geschüttelt, daß er kaum noch Luft bekam. Elizabeth kniete neben ihm und hielt seine Schultern umklammert.

»Bitte, halt durch«, flüsterte sie, »wir kommen nach Blackhill, und alles wird gut!«

John hatte sich beruhigt. Heftig atmend legte er sich zurück.

»Kannst du das Pferd einspannen?« fragte er keuchend. Elizabeth wich schockiert zurück.

»Heute nacht nicht mehr«, entgegnete sie, »auf keinen Fall!«

»Wir müssen fort! Das Pferd ist gestohlen!«

»Sie werden es nicht in einer solchen Nacht suchen!«

»Wir brauchen aber einen Vorsprung. Bitte, Elizabeth, mach nicht schon wieder Ärger!«

Sie kapitulierte vor seiner zu Tode erschöpften Stimme. Jede Aufregung schien ihn erneut in einen Hustenanfall zu treiben. Obwohl sie in der Dunkelheit nicht die eigene Hand vor den Augen erkennen konnte, machte sie sich daran, das Pferd vor den Wagen zu spannen. Jeden Handgriff mußte sie ertasten, daher dauerte es mehr als eine Stunde, bis sie fertig war. Sie führte das Tier hinaus und schauderte unter dem eisigen Regen, der ihr entgegenschlug. John war wahnsinnig, in dieser Nacht losfahren zu wollen.

Aus mitgebrachten Decken baute sie im hinteren Teil des Wagens ein Lager und überredete John, sich dorthin zu legen. Er weigerte sich erst, da er selber kutschieren wollte, doch sie blieb hart. Schließlich gab er nach. Elizabeth ergriff die Zügel und trieb das Pferd an. Billy hatte ein starkes, gutgenährtes Tier erwischt, das willig vorwärts trabte und sich mit flach zurückgelegten Ohren durch den Sturm kämpfte. Zweimal konnte es sogar die Kutsche aus tiefen Schlammlöchern zerren. Beim drittenmal mußte Elizabeth schließlich aussteigen und das Gefährt anschieben. Sie stemmte sich mit aller Kraft dagegen, fluchend und jammernd. John erwachte natürlich.

»Elizabeth, ich helfe dir«, murmelte er schwach, aber sie stieß ihn weg.

»Bleib um Gottes willen liegen«, fuhr sie ihn an, »es nützt uns beiden nichts, wenn du hinter dem Wagen tot umfällst!«

John, halb von Fieberträumen umfangen, sank zurück. Elizabeth versuchte es noch einmal mit äußerster Anstrengung, und diesmal hatte sie Erfolg. Die Kutsche rollte weiter, langsamer jetzt, denn das Pferd war inzwischen schaumbedeckt und hatte sich völlig verausgabt. Elizabeth lief nun neben ihm her, um es etwas zu schonen. Mit der einen Hand klammerte sie sich an seine Mähne, mit der anderen hielt sie ihre schweren, nassen Röcke gerafft.

Das Leben wäre verdammt viel leichter, wenn Frauen nicht so unsinnige Kleider tragen müßten, dachte sie erschöpft.

Die Nacht glich einem Alptraum, einem unaufhörlichen Schrecken aus Kälte, Nässe und Anstrengung. Immer und immer wieder mußte Elizabeth die Kutsche aus dem Schlamm schieben, dem Pferd gut zureden, John, der wild phantasierte, beruhigen, für die kurzen Momente der Rast trockene Plätze unter Bäumen oder Brücken suchen. Sie wrang das Wasser aus ihren Kleidern und aus Johns Decken und lehnte für Augenblicke ihren schmerzenden Kopf an den Rücken des Pferdes. Die Füße taten ihr weh, die Arme und Beine, der Hals brannte, tief in ihrer Brust spürte sie Stiche. In der kalten Luft vermochte sie ihre Finger kaum zu bewegen, doch unermüdlich richtete sie sich wieder auf, zerrte das Pferd vorwärts und schleppte sich durch die Dunkelheit. Immer noch konnte John die letzte Kraft in ihr wecken. Sie würde diese Nacht überstehen, koste es, was es wolle, sie würde alles aushalten, was auf sie zukam, denn wenigstens hatte sie ihn wieder.

Die Nacht verging, auch wenn Elizabeth beinahe nicht mehr daran geglaubt hatte. Als das erste blaßgraue Licht des Morgens herandämmerte, hörte der Regen auf, der Sturm legte sich. Schließlich brach sogar schwaches Sonnenlicht durch die Wolken. John, dessen Fieber gesunken war, warf einen aufmerksamen Blick in die nasse, aufgeweichte, nach feuchtem Laub und Pilzen duftende Herbstlandschaft.

»Heute bekommen wir einen sonnigen Tag«, prophezeite er, »und wenn wir Glück haben, hält das einige Zeit.«

Elizabeths Gebete, er möge recht haben, wurden erhört. Schon bald war der Himmel über ihnen leuchtend blau, und unter der Sonne wurde es ganz warm. Sie hatten in der Nacht ein großes Stück Weg zurückgelegt, so daß sie es sich leisten konnten, mittags eine ganze Stunde auf einer Wiese zu rasten. Die Sonne trocknete ihre Kleider und Haare und das Gras, auf dem sie lagen. Sie aßen von Vorräten, die Sally ihnen mitgegeben hatte, und John fühlte sich so wohl, daß er später den Wagen lenkte, während Elizabeth eine Weile schlief. Im Hinwegdämmern dachte sie noch, wie sanft doch das Schicksal mit ihr umging. In der letzten Nacht hatte sie geglaubt, das Leben sei nichts anderes als ein aussichtsloser Kampf, aber heute schon machte der Tag jede Qual der vergangenen Stunden wieder gut. Sie zweifelte nicht länger daran, daß sie beide Blackhill wohlbehalten erreichen würden.

10

Sie erreichten Blackhill nach mehr als einer Woche, nicht wohlbehalten, sondern völlig heruntergekommen und verwahrlost, aber sie kamen an. Beide waren abgemagert, erschöpft und dreckig wie streunende Katzen. John besaß beinahe keine Stimme mehr, und bei jedem Atemzug rasselte es in seiner Brust, Elizabeth hatte Blasen an den Füßen, und ihre Kleider waren völlig zerrissen. Dem Pferd ging es am besten, denn es hatte unterwegs soviel Gras fressen können, wie es nur wollte. John und Elizabeth dagegen hatten schon die letzten beiden Tage der Reise nichts mehr gegessen. Sallys Wegzehrung war völlig aufgebraucht, und an keinem Bauernhaus wollte ihnen jemand etwas umsonst geben. Sie stahlen ein paar überreife Äpfel, ohne davon satt zu werden. Und mit aller Macht sehnten sie sich nach einem Dach über dem Kopf, nach einem richtigen Bett, nach Blackhill.

Am späten Nachmittag kamen sie auf dem Hügel an, gerade als es wieder anfing zu regnen. Stürmische Schauer zerrten bunte Herbstblätter von den Bäumen, drückten graugrünes Gras zu Boden, ließen die Welt in trostloses Grau sinken. Elizabeth drängte vorwärts; sie und John waren ausgestiegen und stolperten neben dem Pferd her. Als der Weg schließlich endete, blieb Elizabeth stehen.

»Endlich«, sagte sie, »wir sind da!«

»Das sehe ich«, meinte John etwas unwirsch. »Du lieber Himmel, in dem Gestrüpp erkennt man das Haus ja beinahe nicht mehr!«

Tatsächlich war Blackhill so verwildert wie nie zuvor. Zu seinem Charme hatte die ungebändigte Wildnis immer gehört, aber stets hatte man wenigstens schwach das Vorhandensein menschlichen Lebens und menschlicher Ordnung darin erkennen können. Jetzt gab es keine Spur mehr davon. Acht Jahre lang mochte höchstens einmal ein Landstreicher sich seinen Weg durch den ehemaligen Garten gebahnt haben. Kein Pfad, keine Fußspur zeigte sich zwischen wuchernden Büschen, wahren Brennesselwäldern, undurchdringlichen, von allen Seiten herankriechenden Brombeerranken, die allein gereicht hätten, mit ihren Dornen jeden Zutritt zum Schloß zu verwehren. Die bröckeligen Mauern sahen nur vereinzelt hinter Bäumen und verschlungenen Pflanzen hervor, in ihrer verwunschenen Einsamkeit fast ein wenig abweisend und böse.

Als wären wir nicht willkommen, schoß es Elizabeth durch den Kopf, aber sie verjagte die kurze abergläubische Furcht gleich wieder. Es war immer noch ihr Blackhill!

»Es wird gar nicht leicht sein, den Eingang zu erreichen, fürchte ich«, meinte John.

Sie ließen schließlich den Wagen stehen, wo er war, und führten das nervös tänzelnde Pferd auf abenteuerlichen Umwegen zu dem verfallenen, einst säulenverzierten Stall, wo sie es an einem Balken anbanden.

»Du hättest Blackhill sehen sollen, wie es in meiner Kindheit war«, sagte John. »Nach Osten hin führte eine breite Allee den Berg hinauf, an deren Ende weithin sichtbar das prachtvolle Herrenhaus stand, weiß und strahlend, mit Rosenbeeten und Kieswegen davor. Daneben sahen aus dichtem Laub die Stallgebäude hervor. Sie galten schon allein deshalb als besonders wertvoll, weil sie im Bürgerkrieg vor nun bald 200 Jahren von Soldaten angezündet worden waren und nur durch den Einsatz aller Schloßbewohner in einer langen, dramatischen Nacht gerettet werden konnten.« John lachte plötzlich. »So erzählt man jedenfalls. Vielleicht brannten sie auch an einem gewöhnlichen Herbsttag!«

»Ich wünschte, ich hätte das erlebt.«

»Den Bürgerkrieg?«

»Nein, ich meine, Blackhills glanzvolle Zeiten.«

»Nun ja, es ist eben untergegangen wie alles andere auch. Sowieso hält doch kein Schloß, kein Ansehen, keine Familie ewig. Alles, worauf der stolze Engländer sein selbstbewußtes Leben gründet, ist von Anfang an dem Untergang geweiht, und es ginge der Generation, die das Ende erlebt, nie so miserabel, wenn nicht vorher über Jahrhunderte hinweg diese maßlose Überbewertung des Äußeren stattgefunden hätte.«

»Die Sheridys«, murmelte Elizabeth.

»Ja, die haben auch schon bessere Zeiten gesehen. Sie waren, wie England immer sein wollte – stolz, reich, tapfer und treu. Sie gehen nun mit ihrem ganzen majestätischen Schiff unter!«

»England geht nicht unter! Gerade jetzt nicht! Denke nur an Horatio Nelson, der den Kampf mit den Franzosen aufnimmt, der...«

»Jaja, ich weiß. England schwenkt seine Fahne mal wieder stolz über den Weltmeeren. Aber in sich kränkelt das Land. Das ist meist so, wenn eine Nation so großartig nach außen auftritt. Irgend jemand zahlt dafür. Jetzt, heute, ist das die Menge der Unterprivilegierten. Und so manch anderer. Aber«, John riß sich aus seinen Gedanken, »wir sollten endlich ins Haus gehen.«

Sie kämpften sich bis zur Eingangstür vor, die zerbrochen in ihren Angeln hing und vom Wind leicht hin und her bewegt wurde. Innen empfingen sie modriger, verstaubter Geruch und fahle Düsternis, denn durch die völlig verschmutzten Fensterscheiben fiel kaum Tageslicht in die Räume. Außer ein paar zerschlissenen Teppichen, wackeligen Tischen und kaputten Sesseln befanden sich kaum Möbel im Haus, da das meiste schon früher von John verkauft oder später dann gestohlen worden war. Auf jedem Gegenstand lag eine dicke Staubschicht, in den Wandspalten verschwanden raschelnd ein paar Mäuse, und überall krabbelten Spinnen herum. John ließ sich in den nächstbesten Sessel fallen.

»Wenigstens zwei Tage lang gehe ich jetzt keinen Schritt mehr«, seufzte er. Elizabeth dagegen konnte es kaum abwarten, das Haus zu erforschen. Alles, was sie sah, entzückte sie zutiefst. Natürlich, die Verwahrlosung hatte von jedem Raum Besitz ergriffen, aber es gab überall so hübsche kleine Zimmer mit einem bezaubernden Blick über die Wälder, wenn man nur die Fensterscheiben ein wenig freikratzte. In einem Wandschrank entdeckte sie einen ganzen Stapel alter Kleider, unmodisch zwar und von Motten angefressen, aber noch tragbar. Elizabeth, die wieder einmal seit Wochen in demselben schmutzigen Gewand herumlief, schlüpfte sofort in ein Kleid aus grünem Samt und betrachtete sich in einem halbblinden Spiegel. Sie lief eilig die Treppe hinunter in den Salon, wo John saß.

»Sieh mal, was ich gefunden habe!« rief sie. »Wie gefällt dir das?«

»Schön«, meinte John, »ich glaube, es gehörte...« Er brach ab, und Elizabeth lachte.

»Es gehörte einer deiner zahlreichen Bekanntschaften«, vollendete sie. »Laura?«

»Nein, Laura nicht.«

»Es ist mir gleich. Jetzt lebe ich hier. John, es wird alles ganz wundervoll werden. Wir bringen das Haus in Ordnung und suchen uns Arbeit. Vielleicht können wir auch Kühe kaufen und Hühner...«

»An welche Arbeit denkst du?«

»Nun... auf einem Hof in der Nähe vielleicht.«

»Elizabeth Landale als Stallmagd?«

»Nicht, daß ich davon immer geträumt hätte«, gab sie zu, »vielleicht könnte ich auch bei einer Adelsfamilie als Erzieherin für die Kinder angestellt werden!«

»Kaum«, meinte John, »als Frau, die mit einem verarmten Trinker zusammenlebt, der im Gefängnis war!«

»Du bist kein Trinker, John, und vom Gefängnis weiß niemand. Und im übrigen, was unser Zusammenleben angeht, vielleicht sollten wir...«

»Was? Heiraten? Ach, Elizabeth...«

Sie gab sofort nach und wechselte das Thema.

»Es wird sich ein Weg finden«, meinte sie fröhlich, »jetzt machen wir erst einmal Feuer. Irgendwo habe ich Holz gesehen!«

Bald schon brannte ein Feuer im Kamin, sie kauerten sich davor und genossen die gleichmäßige Wärme, die sich um sie herum ausbreitete. John, der müder war, als er hatte zugeben wollen, schlief schließlich ein. Im Schlaf hustete er hin und wieder und atmete schwer. Elizabeth betrachtete sein krankes, abgekämpftes Gesicht. Er war schwer krank seit dem Gefängnis, das mußte sie sich immer wieder klarmachen, auch wenn er es abstritt. Er durfte keine Lungenentzündung bekommen und mußte sich unbedingt schonen.

Ich muß allein für uns sorgen, dachte sie. Wenn wir diesen Winter überstehen wollen, brauche ich so schnell wie möglich Arbeit. Ich werde eine finden, und wenn ich tatsächlich als Stallmagd arbeiten muß!

Sie machte sich gleich am nächsten Morgen auf den Weg, in aller Frühe schon, als John noch schlief. Sie trug das grüne Samtkleid, das sie noch in der Nacht sorgfältig gebürstet und geflickt hatte. Darüber, damit nicht jeder gleich den unmodernen Schnitt erkennen konnte, einen schwarzen dünnen Mantel, dessen Kapuze sie über ihre etwas zerzausten Haare zog. Sie sah keineswegs reich aus, jedoch auch nicht so arm, wie sie tatsächlich war. Wenn niemand das laute Knurren ihres Magens hörte oder ihre völlig zerrissenen Schuhe unter dem Kleid erspähte, konnte sie halbwegs für eine ehrbare Bürgersfrau gehalten werden.

Es gab in der Umgebung von Taunton mehrere vornehme Herrensitze, alte Schlösser in weitläufigen Parks, in denen reiche Adelige lebten. Elizabeth hatte einige dieser Güter bereits auf ihrer allerersten Reise nach Blackhill von fern gesehen und konnte sich ungefähr erinnern, wo sie standen. Es war ein weiter Weg, aber wenigstens wehte ein sanfter, kühler Wind, und die Sonne schien. Unter Elizabeths Füßen raschelte welkes Laub, hin und wieder erspähte sie Pilze und beschloß, sie auf dem Heimweg zu pflücken. Sie wären die erste Mahlzeit seit Tagen.

Nachdem sie sich einige Male verlaufen hatte, erreichte sie endlich ein hochherrschaftliches Anwesen, östlich von Taunton gelegen. Schon an der Haustür wurde sie von einem hochnäsigen Diener mit barschen Worten zurückgewiesen. Sie konnte kaum ihre Frage, ob es hier Arbeit gebe, stellen, da fuhr er sie schon an, sie solle sich davonscheren und sich nie wieder blicken lassen. Elizabeth schnitt ihm eine beleidigende Grimasse, drehte sich um und ging. Innerlich sank ihr Mut. Noch konnte sie einfach etwas Unverschämtes murmeln und den anderen stehenlassen, bald aber würde ihre Lage so verzweifelt sein, daß sie bitten und betteln mußte.

Doch schon beim nächsten Schloß hatte sie mehr Glück. Das Haus erinnerte sie etwas an Heron Hall, und das gab ihr gleich ein bißchen Selbstvertrauen zurück. Sie lief unter gewaltigen Nußbäumen entlang dem Portal zu, reckte den Kopf und pochte kräftig an. Wer auch öffnete, sie mußte schnell und überzeugend reden.

Abermals kam ein Diener, um sie zu empfangen, aber er war wesentlich freundlicher als der erste. Elizabeth strahlte ihn so gewinnend an wie nur möglich.

»Guten Tag«, sagte sie und fügte ohne Unterbrechung hinzu: »Ich bin Elizabeth Landale. Ich komme, um nach Arbeit zu fragen. Ich würde gerne mit der Dame des Hauses sprechen.«

Ihr Gegenüber sah sie überrascht an.

»Arbeit?«

»Ja. Es wird doch sicher in diesem Haus etwas zu tun geben?« Während sie sprach, schob sie sich etwas vor, um direkt in der Tür zu stehen. Der Diener wich zurück.

»Ich nehme nicht an, daß Sie in der Küche arbeiten möchten?« fragte er. Elizabeth atmete erleichtert auf. Sie mußte überzeugend gewirkt haben. Er hielt sie für eine Frau, die nicht aus den untersten Schichten stammt.

»Nein, nicht in der Küche«, entgegnete sie, in einem Ton, als könne sie es sich leisten, Ansprüche zu stellen, »ich würde gern für Mylady arbeiten!«

Jetzt wurde der Diener etwas kühler.

»Sie meinen, für die Countess Wentlaine?«

Elizabeth biß sich auf die Lippen.

»Natürlich. Für die Countess.«

»Warten Sie. Ich werde fragen, ob die Countess Sie empfangen möchte.« Er verschwand und ließ Elizabeth alleine in der Eingangshalle stehen. Sie blickte sich um und unterdrückte mühsam ein nervöses Lachen. Das hatte sie gut gemacht, direkt in das Haus eines Grafen war sie hineinspaziert. Offenbar handelte es sich um eine reiche Familie, denn alles, was sie an Einrichtungsgegenständen erblickte, schien kostbar. Nun, dann konnten sie auch gut zahlen, wenn sie sie in ihre Dienste nehmen würden.

Mit leisen Schritten kehrte der Diener zurück.

»Die Countess läßt bitten«, sagte er förmlich. Elizabeth, die das fast nicht zu hoffen gewagt hätte, folgte ihm.

Jetzt mußte sie den besten Eindruck machen, nicht zu aufgeregt sein, aber auch nicht forsch wirken. Ein leichtes Lächeln auf dem Gesicht, trat sie in den Salon.

Die Countess Wentlaine saß vor einem zierlichen Schreibtisch am Fenster, von Kopf bis Fuß in ein Gewand aus reiner Spitze gehüllt. Schweres honigblondes Haar fiel über ihre Schultern bis zur Taille hinab, so dicht und leuchtend, daß Elizabeth zuerst glaubte, eine ganz junge Frau vor sich zu haben. Doch dann, als sie sich umdrehte, merkte sie, daß sie mindestens so alt sein mußte wie Tante Harriet. Sie sah Elizabeth aus klaren, strengen Augen an.

»Miss Landale?«

»Ja, Mylady. Miss Elizabeth Landale.«

Die Countess musterte sie prüfend von oben bis unten. Elizabeth hielt ihrem Blick nur mit Anstrengung stand. Sie spürte deutlich, daß sie diese erfahrene Frau weit weniger täuschen konnte als den unbedarften Diener. Rasch vergewisserte sie sich, daß wenigstens ihre zerrissenen Schuhe nicht unter dem Kleid hervorsahen. Mylady mußte längst erkannt haben, daß sie eine Frau vor sich hatte, die in Armut lebte.

»Welche Arbeit stellen Sie sich vor?« fragte sie, ohne ihre Miene zu verändern.

»Wenn Sie Kinder haben, Mylady«, antwortete Elizabeth, »könnte ich sie unterrichten. Ich spreche Französisch, ich kenne die großen Werke der europäischen Literatur, der Musik und der Kunst. Ich weiß viel über Geschichte und... und Politik!« Gesegnet sei John, dem sie ihre politische Bildung zu verdanken hatte. Und gewissermaßen sogar Miss Brande, die ihr alles übrige beigebracht hatte, auf eine Weise, daß sie es nie vergessen würde. Sie merkte, daß sie die Countess beeindruckte.

»Sie stammen aus einer guten Familie, Miss Landale?«

»Ich bin Amerikanerin, aber ich kam bereits mit acht Jahren nach England. Meine Eltern waren englische Aristokraten, die im letzten Jahrhundert nach Louisiana auswanderten, wo sie an einer Fieberepidemie starben. Ich wuchs bei einer befreundeten Familie auf, im Hause des Lord Sheridy...«

»Oh«, die Countess wies auf einen Sessel, »setzen Sie sich doch, Miss Landale. Ich kenne die Familie Sheridy. Ich habe sie manchmal während der Saison in London getroffen. Bis zu jenem tragischen Unfall vor sechs Jahren.«

»Ja, es war schrecklich. Tante Harriet... ich meine, Lady Sheridy lebt nun ganz zurückgezogen in Norfolk.«

»Ihre älteste Tochter hat das Land verlassen, hörte ich.«

Die Countess war taktvoll genug, auf die näheren Umstände nicht einzugehen. Ihre würdige Miene wirkte jetzt viel freundlicher.

»Wie alt sind Sie?« erkundigte sie sich.

»Zweiundzwanzig.«

»Und Sie leben hier in Devon?«

»Ja.«

»Nun... bitte nehmen Sie es mir nicht übel, aber ich habe den Eindruck, daß es Ihnen nicht sehr gut geht.«

»Ich... besitze wenig Geld...«

»Wieviel?«

»Keinen... einzigen Farthing, Mylady.«

Die Countess neigte sich vor, ihr Gesicht war plötzlich ganz weich.

»Wann haben Sie zuletzt etwas gegessen?«

Man sieht es mir doch an, dachte Elizabeth, und dann gab sie es völlig auf, noch länger etwas vorzuspielen, was gar nicht der Wirklichkeit entsprach. Sollte diese reiche Dame doch ihre kaputten Schuhe sehen, ihr fleckiges Kleid und ihre struppigen Haare! Es konnte nicht jeder am Vormittag in weiße Spitze gehüllt in einem gutgeheizten Salon herumsitzen.

»Vor drei Tagen«, murmelte sie schwach.

»Sie armes Kind! Ich werde Ihnen gleich ein Frühstück bringen lassen!« Die Countess läutete mit einem silbernen Glöckchen und gab einem herbeieilenden Mädchen den Auftrag, ein Frühstück für Miss Landale zu bringen. Als das Tablett mit heißem Kakao, mit Kuchen und Brot und Marmelade dann vor ihr stand, konnte sich Elizabeth kaum noch beherrschen. Sie hatte ihren Hunger bisher nur als leichtes Schwindelgefühl im Kopf wahrgenommen, nun, angesichts dieser Köstlichkeiten, begannen sich Wände und Möbel um sie zu drehen, und ihr Magen krampfte sich zusammen. Sie dachte nicht länger daran, wo sie war und was es zu gewinnen galt, sondern griff mit beiden Händen zu und schob gierig in den Mund, was dieser nur fassen konnte. Nie hatte ihr etwas so gut geschmeckt.

Die Countess beobachtete sie, zunächst ohne sie durch Fragen zu stören. Nach einer Weile erst sagte sie: »Miss Landale, ich habe tatsächlich einen Sohn, für den ich eine Erzieherin brauchen könnte. Stephen ist mein jüngstes Kind, er ist zwölf Jahre alt, sehr aufgeweckt und liebenswürdig. Sicher würden Sie ihn mögen!«

Elizabeth schluckte die letzten Bissen hinunter.

»Das wäre ja wundervoll«, meinte sie überwältigt. Die Countess nickte.

»Nur, verstehen Sie, wenn ich Ihnen mein Kind anvertraue, dann muß ich zuvor alles über Sie wissen. Leben Sie alleine in Taunton?«

»Nein.«

»Sie sind aber nicht verheiratet?«

»Nein... doch ich lebe schon seit vielen Jahren mit einem Mann zusammen.«

»Oh...«

»Ja, es hat sich einfach nicht so ergeben, daß wir heiraten konnten... aber im Grunde sind wir fast verheiratet...« Elizabeth merkte, daß sie mit ihrem Gestottere keinen guten Eindruck machte. Zornig dachte sie, daß es John wirklich nichts geschadet hätte, ihrer beider Beziehung zu legalisieren. Sie gab sich einen Ruck.

»Aber natürlich, es läßt sich nicht darum herumreden, wir sind nicht verheiratet«, vollendete sie mit fester Stimme.

»Wer ist dieser Mann?«

»Lord John Carmody von Blackhill.«

»Ach Gott, auch das noch!« Die Countess stand auf, so sehr hatte sie diese Auskunft erschreckt.

»Ich kenne die Carmodys, Blackhill ist ja nur zwei Meilen von uns entfernt. Sie waren wohl einmal eine gute Familie, aber das ist lange her. Der junge Lord soll eigenartige politische Ansichten vertreten, außerdem berichtet man, er trinkt...«

»Nein. Er trinkt nicht!«

»Früher hat er monatelang mit verschiedenen Damen oben im Schloß gelebt, wußten Sie das?«

»Es gibt nichts, was ich aus seinem Leben nicht weiß.«

»Ich verstehe nicht, wie eine Frau wie Sie...«

»Mylady, ich kann mir denken, daß Sie das alles beunruhigt. Doch ich will Ihnen gleich sagen, daß ich an meiner Lage nichts ändern werde. Ich bleibe mit John zusammen. Ich wäre dankbar, wenn ich dennoch für Sie arbeiten dürfte, wenn nicht, dann wird das nicht zu ändern sein.«

Die Countess warf ihre schönen langen Haare zurück und setzte eine etwas hochmütige Miene auf.

»Mir will doch scheinen«, sagte sie, »als ob Sie nicht gerade in der Lage wären, Ansprüche zu stellen!«

»Da haben Sie recht.«

»Eigentlich dachte ich, Stephens Erzieherin würde bei uns leben.«

»Das ist leider unmöglich. Aber Blackhill ist nah. Ich könnte früh am Morgen kommen und spät am Abend gehen!«

»Hören Sie mir gut zu, Miss Landale. Sie gefallen mir, und ich möchte es mit Ihnen versuchen. Aber ich entlasse Sie auf der Stelle, wenn meine Kinder von Ihrer Lebensweise erfahren oder wenn John Carmody es auch nur ein einziges Mal wagt, dieses Grundstück zu betreten. Haben Sie mich verstanden?«

»Ja, Mylady. Ich danke Ihnen.«

»Wären Sie mit zwanzig Pfund im Monat einverstanden?«

Elizabeth schrak zusammen. Zwanzig Pfund! Davon konnten sie und John gut leben.

»Zwanzig Pfund... Sie sind sehr großzügig«, entgegnete sie.
»Ich verlange dafür viel von Ihnen. Sie werden sehr früh kommen müssen und erst spät wieder gehen dürfen. Denken Sie daran, daß Sie oft in tiefster Nacht den einsamen Weg nach Blackhill wandern werden!«

»Ich werde das durchhalten...« Elizabeth zögerte, denn sie hatte noch eine wichtige Bitte. Die Countess erriet, was sie sagen wollte.

»Für den kommenden Monat werde ich Ihnen heute schon zehn Pfund geben«, bot sie an, »den Rest nach vier Wochen. Und achten Sie darauf...« Sie brach ab.

»Worauf?« fragte Elizabeth.

»Ich möchte Sie nicht kränken. Aber achten Sie darauf, daß Lord Carmody das Geld nicht benutzt, um sich dafür Alkohol zu kaufen!«

Elizabeth drängte mühsam eine scharfe Antwort zurück, sie fühlte, daß die Countess es gut mit ihr meinte, und außerdem durfte sie sie nicht ärgern. So nickte sie nur. Die Countess ging zur Tür. »Ich werde Sie meinen Kindern vorstellen«, sagte sie, »kommen Sie bitte mit.«

Elizabeth lernte die vier Kinder der Familie draußen im Park kennen und konnte sie alle sofort gut leiden. Die beiden großen Söhne, Denis und Charles, waren sogar älter als sie selbst, sehr groß, schlank und goldblond wie ihre Mutter. Auch die jüngere Schwester der beiden, die siebzehnjährige Mary, gefiel ihr, denn sie erinnerte sie im Aussehen ein wenig an Joanna. Mary war bereits seit einem Jahr verlobt und wollte in einigen Wochen heiraten. Sie wirkte freundlich und schien gewillt, sich mit Elizabeth gut zu verstehen.

Stephen, Elizabeths künftiger Schützling, erwies sich als reizendes Kind, zutraulich und ohne Scheu. Kaum hatte er erfahren, wer Elizabeth war, da plauderte er auch schon eifrig drauflos, schmiedete Pläne, was sie alles unternehmen könnten und wie schön sie den ganzen Winter über spielen würden.

»Stephen, Miss Landale ist nicht hier, um mit dir zu spielen«, sagte seine Mutter, »sondern um dich zu unterrichten!«

»Aber nicht den ganzen Tag! Ich muß mich auch ausruhen!«
»Wenn du dich ausruhst, beginnt das ganze Haus zu wakkeln«, sagte Mary, und alle stimmten ihr lachend bei. Elizabeth, die sie beobachtete, merkte, wie ein Gefühl wehmütiger Erinnerung sie überkam. Dieses Leben hatte sie einmal gekannt, so war ihre Kindheit gewesen, in einem alten Schloß, in der Geborgenheit einer zufriedenen Familie. Das alles hatte sie hingegeben. Wenn sie Andrew Courtenay geheiratet hätte oder einen anderen Mann, der sein Leben klar und sicher zu führen gedachte... Damals, im Besitz aller irdischen Güter, war es leicht gewesen, all diese Dinge mit Hochmut zu betrachten und mit leichter Hand fortzugeben. Heute mußte sie erkennen, daß sie ihren Sinn und ihr Gutes gehabt hatten. Jetzt mußte sie erleben, wie sehr Armut und Unsicherheit selbst eine Liebe, die jenseits aller irdischen Besitztümer stand, auf eine harte Probe stellen konnten. Sie fand es auf einmal sehr hart, mit welcher Offenheit das Schicksal ihr die Erkenntnis gab, daß Hunger und Kälte und tausend tägliche Nöte langsam und schleichend immer stärker in den Vordergrund treten konnten.

So leben wie die Countess, dachte sie, und Kinder haben! Hätte ich nur ein Kind wie Stephen!

Sie erhielt die versprochenen zehn Pfund und verabschiedete sich bis zum nächsten Tag. Beschwingt trat sie den Heimweg an. Auf soviel Glück hätte sie nicht zu hoffen gewagt, John würde staunen und sich freuen. In Taunton auf dem Marktplatz kaufte sie Gemüse, Brot und Eier und freute sich über das Getuschel der Leute, die alle rätselten, wer die fremde Frau wohl sei. Da sie unterwegs noch Pilze pflückte, wurde es Mittag, bis sie wieder Blackhill erreichte. Sie freute sich darauf, ein gutes Essen zu kochen und damit anzufangen, das Haus in Ordnung zu bringen. Hoffentlich hatte John schon etwas Holz gehackt und den Ofen in der Küche vom jahrelangen Staub und Dreck gereinigt.

Als sie jedoch das Haus betrat, mußte sie feststellen, daß John noch nicht einmal aufgestanden war. Er lag noch in derselben Haltung im Bett wie am frühen Morgen und hatte sich in der ganzen Zeit vermutlich überhaupt nicht bewegt. Elizabeth bezwang ihren ersten Impuls, der sie beinahe irgendeinen harten Gegenstand laut krachend gegen die Wand hätte schmettern lassen. Wahrscheinlich wäre er aber nicht einmal davon aufgewacht, er schlief ja wie ein Stein.

Elizabeth schlich leise wieder nach unten und machte sich allein an die Arbeit. Es dauerte Stunden, bis sie den Herd gereinigt und die Küche aufgeräumt hatte. Sie schleppte alle verkrusteten und verklebten Töpfe und Schüsseln hinaus, um sie im Brunnen zu spülen, sie schrubbte Fußböden, Wände und Tische, räumte einige der eingekauften Lebensmittel in den Schrank und begann aus den übrigen ein Essen zu kochen. Glücklicherweise fand sie noch etwas Holz, so daß sie Feuer im Ofen anzünden konnte. Endlich, als sie fertig war, erschien John verschlafen und nur halb angezogen in der Tür.

»Hier riecht es aber gut«, sagte er gähnend. »Warum kochst du schon so früh?«

Elizabeth, die verschwitzt und abgekämpft am Herd stand, sah ihn etwas ungehalten an.

»Es ist Nachmittag«, erwiderte sie, »und ich bin seit frühester Dämmerung auf den Beinen!«

»Ach... ja, ich sehe, du hast hier aufgeräumt!«

»Ich habe aufgeräumt und Essen gemacht, und was meinst du, woher ich das Essen habe?«

»Ich weiß es nicht.« John bemühte sich, ein weiteres Gähnen zu unterdrücken. Elizabeth schien ihm gereizt.

»Gekauft und bezahlt, John. Denn seit heute morgen besitze ich nicht nur zehn Pfund, sondern habe auch eine Arbeit, die mir zwanzig Pfund im Monat einbringt!«

»Das ist nicht dein Ernst!«

»Doch – die Countess Wentlaine hat mich als Erzieherin für ihren jüngsten Sohn eingestellt!«

John ließ sich auf einen Stuhl fallen.

»Wentlaine«, wiederholte er. »Du willst mir doch nicht erzählen, daß du zu dieser Familie gegangen bist und nach Arbeit gefragt hast?«

»Genau das habe ich getan!«

»Weiß die Countess, wer du bist?«

»Sie weiß alles über mich!«

»Dann weiß sie auch...?«

»Ja. Sie weiß von dir.«

»Das ist unglaublich!« John lachte laut auf. »Du hast es geschafft, die hochnäsigste Gräfin aller Zeiten zu gewinnen, obwohl du mit mir zusammenlebst! Das hätte nicht einmal ich dir zugetraut!«

»Du magst die Countess nicht?«

»Ich mag sämtliche Wentlaines nicht. Sie verkörpern einfach alles, was ich immer bekämpft habe. Mein Gott, diese Frau ist die arroganteste Person, die ich je gesehen habe!«

»Sie mag dich auch nicht.«

»Habe ich mir schon gedacht. Wirst du bei ihr im Schloß wohnen?«

»Natürlich nicht«, sagte Elizabeth empört, »ich werde nur zum Arbeiten hingehen.« Sie stellte einen Teller mit Essen vor John hin.

»Iß das«, sagte sie, »du mußt fast sterben vor Hunger!«

John blickte auf den Teller und dann auf sie. In seine Augen trat ein Ausdruck von Bewunderung.

»Bei allen Teufeln«, sagte er, »du bist doch die tapferste Frau, die ich kenne, Elizabeth Landale! Wann gehst du zur Countess?«

»Morgen«, erwiderte Elizabeth, »morgen fange ich an!«

11

Mary Wentlaines Hochzeit mit einem jungen Earl aus Somerset wurde prunkvoll und kostspielig gefeiert. Es waren viele Gäste eingeladen worden, und beinahe alle erschienen, und die Säle des Schlosses hallten wider von Gelächter, Gesprächen, Gläserklirren und Musik. Die meisten Menschen wirkten fröhlich an diesem Tag, aber zwischen all dem Glanz fielen auch häufig sorgenvolle Gesichter auf. Es war in der letzten Zeit allzu offensichtlich geworden, welch chaotische, ungeordnete Zustände in der Küstenverteidigung Englands herrschten. Niemand konnte mehr übersehen, daß die Franzosen verstärkte Vorbereitungen trafen, ganze Legionen von Schiffen zum Angriff auszurüsten und über den Kanal zu schicken. Zudem war im Oktober ein Freundschaftsvertrag zwischen Frankreich und Spanien unterzeichnet worden, der die Lage noch ernster werden ließ. Es hatte immer Stimmen gegeben, die verkündeten, niemals werde England, die Insel, tatsächlich angegriffen werden, inzwischen aber verstummten diese Stimmen mehr und mehr, und statt dessen wurden solche laut, die den sofortigen Rücktritt des Premiers Addington forderten, dem man die Schuld an der Misere gab. Admiral Nelson kreuzte mit seiner Flotte noch immer vor Toulon, während gleichzeitig in ganz Europa der Name Bonaparte an Schrecken gewann. Jeder begriff, daß dieser häßliche, unscheinbare Mann von rasenden, an Irrsinn grenzenden Expansionsgelüsten getrieben wurde, und das konnte für große Teile der Welt gefährlich werden. Nirgendwo in England fand mehr eine Zusammenkunft statt, bei der nicht über das Schreckgespenst Frankreich gesprochen wurde.

So wurde auch auf Marys Hochzeit politisiert, aber die Braut zeigte sich dennoch strahlender Laune. Da sie nicht alles, was sie an Kleidern und Schmuck besaß, mitnehmen konnte, führte sie im Laufe des Nachmittags Elizabeth in ihr Zimmer und legte ihr einen ganzen Stapel Kleider in die Arme.

»Ich schenke sie Ihnen«, sagte sie glücklich, »bitte lehnen Sie nicht ab. Ich kann sie ohnehin nicht mitnehmen!«

Elizabeth fühlte sich keineswegs beleidigt. Sie und Mary hatten sich in den vergangenen Wochen eng befreundet. Mary betete Elizabeth geradezu an, weil diese so viel erlebt und erfahren hatte, und Elizabeth, der lange schon niemand mehr Bewunderung gezollt hatte, genoß das. Sie kam mit allen im Haus gut zurecht, auch mit dem Earl Wentlaine, der sich so vornehm gab wie Onkel Phillip. Sie fand es schön, daß sie ganz selbstverständlich an der heutigen Hochzeitsfeier teilnehmen durfte und daß ihr die Countess dafür sogar ein altes Kleid von sich geschenkt hatte. Natürlich mußte sie auch während dieses Tages Stephen beaufsichtigen, aber dem war es bei all der Politik auf dem Fest zu langweilig geworden, weswegen er sich die Erlaubnis erbettelt hatte, zusammen mit Denis auszureiten und erst zum Dinner am Abend wiederzukommen. Elizabeth, die sich, nachdem Mary bereits wieder nach unten gegangen war, noch ein wenig ausruhte, blickte hinaus in den kahlen, herbstlichen Park, über den sich bereits neblige Dunkelheit breitete. In der Ferne trabten Stephen und Denis auf ihren Pferden davon, zum Wald hinüber, in dessen dichtester Finsternis Blackhill lag. Sie lächelte, als sie den kleinen Jungen beobachtete, und überlegte, wie gern sie ihn schon hatte, fast ein bißchen wie ein eigenes Kind. Sie fand es beruhigend, ein Kind zu lieben, denn ein kleines Kind, das wirklich geliebt wurde, konnte nicht enttäuschen, wie erwachsene Menschen das ständig taten. Unwillkürlich dachte sie an John. Nachts um zwölf wollte er draußen vor dem Tor sein, um sie abzuholen. Seit zwei Wochen tat er das, er brachte sie morgens her und erschien in der Nacht, damit er sie heimbegleiten konnte. Elizabeth hatte das nicht erwartet, und es rührte sie. Auch jetzt schon wieder glitt ein Gefühl tiefer Zärtlichkeit über sie hinweg. Schwungvoll drehte sie sich um, lief zur Tür und trat hinaus in den menschenleeren, langen Gang. Von unten drang lautes Stimmengewirr hinauf. Sie eilte zur Treppe, um hinunterzulaufen und sich wieder unter die anderen Menschen zu mischen, da zuckte sie erschrocken zurück und blieb wie erstarrt stehen. Ein Mann kam die Treppe herauf, und trotz des nur schwach flackernden Lichtes einiger Kerzen erkannte sie sofort, wer es war: Andrew Courtenay, ihr Jugendfreund aus London, den sie seit sechs Jahren nicht mehr gesehen hatte.

Er erkannte sie im gleichen Moment wie sie ihn, blieb ebenfalls überrascht stehen und sagte schließlich: »Gott im Himmel, es kann doch nicht möglich sein! Elizabeth Landale!«

»Andrew! Ich hätte Sie wirklich überall erwartet, aber nicht hier!«

»Aber Elizabeth, ich habe immer in Devon gelebt. Ich finde es wesentlich verwunderlicher, Sie hier zu treffen.« Er lachte und kam endlich die restlichen Stufen zu ihr hinauf. Als er dicht vor ihr stand, bemerkte sie, wie wenig er sich verändert hatte. Er war noch immer so gelassen und selbstsicher wie früher, hatte die gleiche Art, in jedes Lächeln eine verwirrende Zärtlichkeit zu legen, und er sah hinreißend aus. Er küßte Elizabeths Hand, dann trat er einen Schritt zurück und betrachtete sie eindringlich.

»Meine Elizabeth«, sagte er sanft, »wenn ich Sie heute ansehe, dann tut es mir fast noch mehr leid als damals, daß Sie mich einst verschmähten!«

»Wenn ich Sie ansehe, Andrew«, erwiderte Elizabeth lächelnd, »könnte mir das fast auch leid tun!« Ihre Augen funkelten und verrieten ihren Spaß an der Situation. Sie hatte so endlos lange nicht mehr einfach sorglos und heiter mit einem Menschen geplaudert. Merkwürdigerweise schien gerade ihre Lebhaftigkeit Andrew ernst werden zu lassen.

»Elizabeth«, sagte er eindringlich, »was tun Sie hier? Ich dachte, Sie seien noch in London, mit diesem John Carmody oder wie er hieß!«

»Ich bin mit ihm hier. Die Carmodys besitzen ein Gut in der Gegend. Dort leben wir.«

»John und Sie?«

»Ja.«

»Ich hätte damals dieser Beziehung kein halbes Jahr gegeben. Aber da habe ich mich offenbar getäuscht. Sagen Sie...«, er zögerte einen Moment, »weiß die Countess von John Carmody?«

»Ja, sie weiß das.«

»Und lädt Sie trotzdem ein?«

»Ich bin hier eigentlich nicht eingeladen«, bekannte Elizabeth leise, »ich arbeite hier.«

Andrew runzelte die Stirn.

»Das kann doch nicht sein«, meinte er, »im Ernst, Elizabeth, ist das wahr?«

»Nun ja«, sagte Elizabeth verärgert, »das ist ja wohl keine Schande, nicht? Ich bin die Gouvernante des jüngsten Kindes.«

»Nein, natürlich ist es keine Schande! Aber – ich hätte mir Ihr Leben anders vorgestellt. Was tut denn John, und wo ist er?«
»Er ist nicht hier. Er ist sehr krank, müssen Sie wissen. Ich weiß nicht, ob Sie davon gehört haben, er...«
»Er war in London im Gefängnis, ich weiß. Bei vielen offiziellen Anlässen hat man davon gesprochen. Aber, wie gesagt, ich dachte, Sie seien schon längst nicht mehr... nun, wie auch immer«, er griff nach ihrem Arm und zog sie an sich, »wir müssen nicht hier stehenbleiben. Ich wollte mich nur einen Moment aus dem Gewühl dort unten entfernen, aber ich denke, jetzt können wir dorthin zurückkehren. Sie tanzen doch sicher mit mir?«
»Ja, gern.« Elizabeth ließ sich von ihm fortziehen. Sie fühlte sich ein wenig durcheinander, verspürte aber nicht den Wunsch, dagegen anzukämpfen. Sie erinnerte sich daran, daß Andrew schon früher die Fähigkeit gehabt hatte, den Menschen, mit denen er gerade zusammen war, das Gefühl zu geben, sie seien für ihn das einzig Wichtige auf der Welt. Er wirkte völlig konzentriert und sehr fürsorglich, und Elizabeth merkte, wie sie das genoß. Sie war wenig verwöhnt, und Andrews Aufmerksamkeiten gaben ihr ein Gefühl der Geborgenheit.

Und er ist jemand von früher, dachte sie, er steht für die Zeit in meinem Leben, in der ich ohne Sorgen war.

Sie liefen hinunter in den blumengeschmückten Ballsaal, wo eine Musikkapelle spielte und die Gäste tanzten. Es erfüllte Elizabeth mit Verwunderung, wie gern sie Kerzenschein, Blumen, Parfümduft und Gelächter wahrnahm. Sie wurde dadurch an eine ganz weit zurückliegende Zeit in London erinnert, als sie, die achtzehnjährige Elizabeth, trotziges Aufbegehren empfand bei Tante Harriets Nachricht, sie müßten ihrer schlechten finanziellen Lage wegen London verlassen. Sie wußte noch genau, wie weh ihr dieser Gedanke getan hatte, denn sie wollte so gern die zahllosen Verlockungen auskosten, die diese Stadt bot. Dann hatte sich ihr Leben schlagartig verändert, und inmitten von Entbehrungen und Sorge meinte sie, die Zeit der Neugier und der Sorglosigkeit sei für immer vorüber. Zum erstenmal dämmerte ihr nun, daß die Lebenslust noch immer in ihr steckte.

Sie bemerkte natürlich, daß Andrews Gefühle für sie so lebendig waren wie eh und je und daß sie selber ein wenig zu stark darauf reagierte, aber sie schob das auch auf die Stimmung des Abends und auf den Alkohol. Zwischen den Tänzen tranken sie Champagner, und Andrew erzählte von London, wo er sich bis vor kurzem aufgehalten hatte.

»Es ist so bunt und lasterhaft wie immer«, berichtete er, »die Kutschen rollen durch die Gassen, von sechs Pferden gezogen, und die Straußenfedern in den Haaren der Damen wehen zu den Fenstern hinaus. An den Straßenrändern sitzen die Bettler und stecken jeden Vorübergehenden mit ihren Krankheiten an, und das Volk amüsiert sich im Theater, bei Hahnenkämpfen und bei Besäufnissen.« Er sah Elizabeth an. »Würden Sie nicht gern dorthin zurückkehren, Elizabeth?«

»Nie!« Elizabeth schüttelte heftig den Kopf. »Mit London bin ich fertig. Nur nie wieder dorthin!« Aber etwas in seiner Stimme hatte ihre Sehnsucht geweckt. Sein London war nicht das von John. Es war eine Welt der Ruhe und des Reichtums, und Elizabeth merkte, daß sie sich für einen kurzen Moment dem Gedanken hingab, sie hätte damals Andrew gewählt und nicht John und wäre in der anderen Welt zu Hause. Erschrocken versuchte sie, diese Vorstellung zu verdrängen.

»Ist es wahr, daß Premier Addington zurücktreten soll?« fragte sie sachlich. »Und meinen Sie, William Pitt kehrt dann zurück?«

Andrew lachte.

»Ihre Ablenkungsmanöver sind nicht sehr geschickt«, meinte er, »oder interessiert Sie jetzt wirklich die Politik?«

»Aber ja! Sonst würde ich nicht davon reden.«

»Ich glaube es Ihnen nicht. Und mich interessiert sie übrigens auch nicht im geringsten.« Er legte seine Hand auf Elizabeths Arm.

»Kann ich Sie morgen wiedersehen?«

»Ich bin jeden Tag hier. Allerdings, um zu arbeiten.«

»Das macht ja nichts. Wenn ich es möchte, wird die Countess Ihnen freigeben. Hören Sie, Elizabeth, was Sie hier tun... das paßt einfach nicht zu Ihnen.« Er neigte sich näher zu ihr. Sie konnte wahrnehmen, wie gut sein weiches, helles Haar roch und wie tiefbraun seine Augen glänzten. Sein Gesicht kam ihr mit einemmal so vertraut vor, als sei es keinen Tag her, daß sie sich zuletzt gesehen hatten. Sie bemerkte, daß die Situation gefährlich zu werden begann, und wich etwas zurück.

»Bitte...«, sagte sie leise, aber Andrew war schon ganz dicht vor ihr, schlang beide Arme um sie und küßte ihren Mund. Zu ihrem Schrecken verspürte Elizabeth plötzlich gar nicht mehr den Wunsch, Widerstand zu leisten. Sie fiel diesem Mann geradezu entgegen, aber sie fühlte dabei, daß nicht nur er selbst es war, an den sie sich klammerte. Vielmehr kam es ihr vor wie ein Abgleiten in eine lang vergessene, vergangene und vertraute Geborgenheit, als tue eine alte, einst verschmähte Welt sich auf, sie wieder in sich einzuschließen. Es war ihr, als sei sie zu Tode ermüdet und habe plötzlich einen Ort gefunden, an dem sie ausruhen konnte. Und ausgerechnet an den breiten Schultern eines Mannes, dachte sie resigniert, ich glaube immer, etwas so Dummes könnte nur Mädchen wie Belinda geschehen!

»Ich bin morgen wieder hier«, flüsterte Andrew, »und ich bin sicher, daß Sie das auch möchten, Elizabeth.«

Sie glaubte es nicht. Alles war zu schnell gegangen, es konnte für sie beide nicht mehr sein als der Reiz eines einzigen Augenblicks. Aber wie gut, daß es nicht mehr war, denn draußen in der kalten Novembernacht stand vielleicht schon John und wartete auf sie, frierend und naß. Die Erinnerung an ihn ließ sie ein Stück von Andrew abrücken, und dies keine Minute zu früh, denn gerade da tauchte die Countess neben ihnen auf.

»Ach, hier sind Sie, Miss Landale«, sagte sie ungehalten, »ich habe Sie bereits überall gesucht. Stephen ist zurückgekehrt und muß nun zu Bett gebracht werden. Ich dachte, Sie würden Ihre Pflichten kennen?«

»Es... tut mir leid«, stotterte Elizabeth, »ich werde mich selbstverständlich sofort um ihn kümmern.«

Die Countess sah zu Andrew hin, der vor ihr stand und sie charmant anlächelte. Ihre Miene wurde freundlicher.

»Ah«, machte sie anzüglich, »unter diesen Umständen ist Ihr Versäumnis natürlich verzeihlich, Miss Landale.« Sie sah von einem zum anderen, und verwundert erkannte Elizabeth, daß die Countess wohl gar nichts gegen eine Verbindung zwischen ihr und dem Sohn des Earl Locksley einzuwenden hatte. Aus irgendeinem Grund hielt sie sehr viel von Elizabeth, und nun, da Mary gut verheiratet war, konnte sie auch für die Erzieherin ihres Sohnes etwas Passendes suchen. Sie fand, daß eine schöne, junge, gebildete Amerikanerin von einer reichen Plantage, aus britischem Adel stammend, aufgewachsen im Haus des Lord Sheridy, einfach nicht an John Carmody hängenbleiben durfte, wenn es die überaus zielstrebige Countess Wentlaine verhindern konnte. »Sehen Sie nicht so schuldbewußt drein«, sagte sie versöhnlich. »Sie sind jung und wollen sich amüsieren! Das ist ganz verständlich. Aber nun kümmern Sie sich um Stephen.«

Elizabeth schlich davon, die Treppe hinauf in Stephens Zimmer, wo der Junge bereits mit glühenden Wangen darauf brannte, seine Erlebnisse vom Ausritt zu berichten. Sie hörte ihm ein wenig zerstreut zu.

»Sehen Sie nicht so schuldbewußt drein…« O Gott, das tat sie doch nicht, nur weil sie einmal ihre Pflichten vernachlässigt hatte. Ob Stephen ein paar Minuten früher oder später ins Bett kam, war doch wirklich ganz gleichgültig. Viel schlimmer war, daß sie sich von Andrew hatte küssen lassen! Er hatte so schön und gepflegt vor ihr gestanden, in der Wärme dieses feinen Hauses, umgeben von Lichterglanz und Musik, und sie ließ sich davon beeindrucken, als sei sie bestenfalls vierzehn Jahre alt statt zweiundzwanzig. Draußen wurde es immer nebliger, es regnete jetzt dazu, und ihr Herz krampfte sich zusammen vor Schreck über ihren Verrat. Es kam ihr vor, als habe sie John eine besondere Demütigung deshalb angetan, weil sie ihn in Kälte und Nässe stehen und frieren ließ, vor dem Parktor, ein völlig Ausgeschlossener und Ausgestoßener, dem es untersagt war, auch nur mit einem Schritt in das Leben der reichen Gesellschaft vorzudringen. Sie selbst aber hatte nichts Besseres zu tun, als mit diesen Leuten gemeinsame Sache zu machen.

»Ich verstehe gar nicht, wie das passieren konnte«, murmelte sie. Stephen sah sie fragend an.

»Was ist los, Miss Landale?«

»Nichts. Schlaf jetzt, Stephen.« Sie deckte ihn zu, blies die Kerze aus, wartete ein paar Minuten und verließ dann das Zimmer.

Sie mußte noch seine Spielsachen aufräumen und seine Bücher für den nächsten Tag zusammensuchen, und so wurde es tatsächlich Mitternacht, bis sie das Schloß verlassen konnte. Sie benutzte den Hinterausgang und hüllte sich in ihren langen schwarzen Mantel, weil sie unter keinen Umständen Andrew begegnen und von ihm erkannt werden wollte. So schnell sie konnte, eilte sie durch den finsteren Park bis zum Tor, wo sich von den Tannen eine schmale Gestalt löste. An seinem Husten erkannte sie gleich John.

»O John, wie schön, daß du da bist!« Sie fiel ihm so stürmisch um den Hals, als habe sie ihn seit Wochen nicht mehr gesehen. »Hast du schon lange hier gestanden? Du mußt ja ganz verfroren sein!«

»Es geht. Ich habe den Kerzenschein im Schloß gesehen und der Musik gelauscht, und das erwärmte mein Herz ganz ungemein!«

Elizabeth war froh, daß John offenbar gute Laune hatte, denn er sprach lustig und spöttisch und ohne Haß in der Stimme. Aber als sie sich bei ihm einhängte, merkte sie, woran das lag und was ihr vorhin bei der Begrüßung nicht sofort klargeworden war. Er roch nach Alkohol. Vor Entsetzen konnte sie ein paar Augenblicke lang kein Wort hervorbringen. Branntwein, ohne Zweifel. Woher konnte er ihn haben? Sie hatte nie welchen gekauft, natürlich nicht. Er mußte selbst etwas von ihrem Geld genommen haben, das offen im Haus herumlag, das ihm ebenso gehören sollte wie ihr, das sie aber dringend brauchten für Lebensmittel, für warme Kleider, für den Aufbau des verfallenen Blackhill. Mühsam zwang sie die aufsteigenden Tränen zurück. Sie durfte nicht weinen, das war es nicht wert. Nur weil John ein paar Schluck Branntwein getrunken hatte, wozu er jedes Recht besaß, wenn er den ganzen Tag halb krank und halb gesund in der Einsamkeit des Waldes verbrachte.

Um ihren Schrecken zu überwinden, begann sie betont heiter zu plaudern. Sie erzählte von den Gästen des Hochzeitsfestes, zog mit geübt scharfer Zunge über sie her und brachte John in eine immer bessere Stimmung. Als sie Blackhill erreichten, lachten sie beide so frei und gelöst wie seit Monaten nicht mehr. John wirkte keineswegs betrunken, sondern nur außerordentlich charmant. Elizabeth fand sich versucht, den Alkohol nicht mehr ganz so teuflisch zu finden. John hatte seit ewigen Zeiten nicht mehr so blitzende Augen gehabt. Jetzt, zu Hause, im Kerzenschein, fand sie, daß er jünger wirkte als sonst. Er legte den Arm um sie und zog sie dicht an sich, während sie die Treppe zu ihrem Schlafzimmer hinaufstiegen. Elizabeth merkte, wie seine erste Erregung auf sie überzugleiten begann, wie sie all die vertrauten, aber endlos lange schon entbehrten Gefühle überfielen.

Welch ein unglaublicher, verrückter Tag, dachte sie verwirrt, wahrscheinlich zuviel Wein und Musik...

Es schien ihr in der Nacht, als seien sie in die Zeit ihrer allerersten Liebe zurückgekehrt. Jedes Empfinden, jede Bewegung kamen ihr neu vor, nichts mehr war da von Gewohnheit und dem manchmal so unabänderlich scheinenden Ablauf eines ewig gleichen Geschehens. John war wirklich bei ihr, statt auf seine seltsame, unruhevolle Art abgewandt zu sein wie so oft in den letzten Jahren. Sie spürte es genau, und sie dachte, daß wohl nie eine Frau sich darüber täuschen konnte, ob sie in diesen Augenblicken wirklich geliebt wurde oder nicht.

Als sie schon früh am nächsten Morgen, in tiefster Dunkelheit noch, ihren Weg zum Schloß wieder antreten mußten, da konnten Erschöpfung und Übernächtigung ihr nichts von dem Glücksgefühl nehmen, das in ihr war. Die Nacht hatte ihr Mißtrauen beiseite geschoben, so einfach und leicht, daß es sich auflöste, als sei es nie dagewesen. Ob es nun am Branntwein lag oder an etwas anderem, sie mochte darüber nicht nachdenken. Sie liebte ihn, und er liebte sie, und mit einemmal war es das leichteste von der Welt, jene einst so heftig durchlittenen Momente zu vergessen, in denen er ihr so fremd vorgekommen war, daß sie es vor Kummer nicht auszuhalten glaubte.

Im Schloß fiel jedem ihre Ausgelassenheit auf. Mit Stephen arbeitete sie so stürmisch und lustig, daß er beinahe nicht mehr aufhören wollte. Schwungvoll half sie beim Aufräumen des Ballsaals und summte dabei leise vor sich hin.

»Sie sehen gut aus, Miss Landale«, bemerkte die Countess, »fast jünger und lebendiger als meine Mary gestern!« Sie lächelte vielsagend. Zweifellos glaubte sie, Elizabeths rote Wangen und leichte Bewegungen seien Andrew Courtenays Verdienst. Elizabeth sagte gar nichts dazu. Mittags erschien Andrew tatsächlich im Schloß, wie er es versprochen hatte.

»Wie nett, Sie wiederzusehen, Andrew«, sagte Elizabeth distanziert, »aber ich muß Sie leider gleich wieder stehenlassen. Ich habe zu tun.«

»Einen Augenblick.« Andrew hielt sie zurück. Er sah überraschend ernst aus.

»Haben Sie einen freien Tag in der Woche?«

»Ich glaube nicht.«

»Was heißt das? Sie müssen es doch wissen!«

»Nein, ich habe wohl keinen.«

Andrew begriff.

»Verzeihen Sie«, sagte er, »ich wollte Sie nicht belästigen.«

Er wandte sich von ihr ab. Für einen Moment hatte Elizabeth ein schlechtes Gewissen, aber sie verbannte es rasch. Er mußte doch gemerkt haben, daß der gestrige Abend nicht ernst zu nehmen war. Sie zuckte mit den Schultern. Darüber sollte er nun allein hinwegkommen.

Sie freute sich den ganzen Tag über auf John, sie konnte es beinahe nicht abwarten, zu ihm zurückzukehren. Als habe die Erfahrung ihres Lebens sie nie etwas anderes gelehrt, so sicher glaubte sie, daß ihrer beider Leben eine fortdauernde Wandlung erfahren hatte. Immer schon hatte sie es gewußt. Als sie Blackhill zum ersten Mal sah, als kleines Mädchen noch, war ihr klargeworden, daß sie dort einmal glücklich sein würde.

Als sie am Abend das Schloß verließ, erwartete sie, John wie gewöhnlich vor dem Tor zu finden. Sie blickte sich suchend um, aber nirgendwo trat die vertraute Schattengestalt aus den Büschen hervor. Elizabeth schluckte einen Anflug von Enttäuschung hinunter. Sie konnte ja verstehen, daß er heute im Haus blieb. Schon seit dem Morgen wurde es mit jeder Stunde kälter, ein stürmischer Ostwind kam auf, und vom Himmel fiel ein klirrend kalter Eisregen, warf weiße Kristalle über nackte Baumstämme und drang schneidend durch alle Kleider. Elizabeth hielt sich einen Schal vors Gesicht und kämpfte sich mit gesenktem Kopf und halbgeschlossenen Augen durch den Sturm nach Hause. Sie war im Nu völlig durchnäßt und, wie ihr schien, bis ins Innerste ihrer Knochen erfroren. Selten war ihr dieser Weg so weit erschienen, selten die Berge so steil und die Wälder so schweigend und finster. Sie schrak zusammen, wenn sich ein Schatten bewegte, um dann festzustellen, daß es sich nur um ein schwingendes Gebüsch handelte. Einmal schrie sie entsetzt auf, als sie tief im Unterholz zwei glühende Augen entdeckte, die sie anstarrten; dann erkannte sie einen schmalen, hungrigen Fuchs, der sich umdrehte und lautlos verschwand. Mit Herzklopfen hastete sie weiter. Endlich der Berg von Blackhill, schwer atmend stieg sie ihn hinauf. Ach, eigentlich hätte John wirklich kommen können. Aber vielleicht bereitete er irgend etwas vor, ein Essen, ein schönes, heißes Essen! Der Gedanke gab ihr neue Kraft. Schwungvoll stapfte sie vorwärts und erreichte endlich das verfallene Schloß.

John hatte noch immer keinen Weg durch das Gestrüpp gebahnt, so daß sich Elizabeth den schlammigen Berghang entlang zur Haustür vorschieben mußte. Im ganzen Untergeschoß schienen Kerzen zu brennen, denn aus allen Fenstern fiel Licht hinaus in die Nacht. Elizabeth wunderte sich etwas, da ihr dies verschwenderisch vorkam, aber es wirkte wundervoll warm und vertraut. Sie stieß die Tür auf und trat in den Gang. Aus einem der angrenzenden Räume vernahm sie lebhaftes Stimmengewirr. Erstaunt blieb sie stehen. Das waren Männerstimmen, mindestens sieben oder acht. John konnte doch wohl keinen Besuch haben! Unruhe befiel sie, und sie zögerte weiterzugehen. Während sie noch stand, hörte sie polternde Schritte auf der Treppe. Erschrocken fuhr sie herum und sah sich einem verwahrlosten bärtigen Mann gegenüber, der, nur halb angezogen, eine leere Flasche schwenkend, die Stufen herunterschlurfte. Im letzten Moment unterdrückte sie einen Schrei. Fassungslos starrte sie auf die seltsame Gestalt. Der Mann lachte sie freundlich an.

»Schönen g...guten Abend«, wünschte er mit schwankender Stimme, »ich sehe w... wohl nicht recht? Eine schöne Frau in dieser Höhle!«

»Wer sind Sie denn?« fragte Elizabeth pikiert. Er lachte fröhlich.

»Mein N... Name ist ein Geheimnis«, sagte er mit Verschwörermiene, »wir a... alle sind ein Geheimnis!« Er kam den Rest der Treppe herab.

»Vielleicht bin ich N... Napoleon Bonaparte!« Er schrie kreischend auf vor Lachen. Elizabeth wich zurück.

»John!« rief sie, und dann noch einmal lauter: »John! John! Ich bin wieder da!«

Die Stimmen hinter der Tür plätscherten weiter. Irgend jemand grölte den Anfang von »Rule Britannia«. Sie mußten betrunken sein dort drinnen, besoffen bis auf den letzten Mann. Auf einmal siegte in Elizabeth die Wut über Erstaunen und Furcht. Entschlossen schob sie den grinsenden Mann beiseite, riß mit kraftvollem Schwung die Tür auf und stürmte in den Salon.

»Was, zum Teufel, geht hier vor?« schrie sie, und ihre Stimme überschlug sich fast dabei. Das Gegröle verstummte. Ein Dutzend Augenpaare blickten sie überrascht an.

Der Raum war voller Männer. Sie lagerten auf den wenigen Sesseln, auf dem durchhängenden Sofa, auf der Fensterbank, auf dem Fußboden. Alle wirkten abgerissen, verdreckt und sehr betrunken. Zwischen ihnen standen etliche leere Branntweinflaschen. Inmitten der ganzen Gesellschaft, auf dem klapprigen Tisch thronend, saß John, sehr verwegen in seinen schwarzen Stiefeln, die wirren Haare mit einem Samtband zurückgebunden, aber aus glasigen Augen in die Welt blickend und mit zackigen Bewegungen seine Branntweinflasche schwenkend. Er wirkte überhaupt nicht schuldbewußt.

»Oh, Elizabeth«, sagte er, »wie schön, daß du schon da bist!«
»Schon? Es ist mitten in der Nacht!«
»Ja? Nun, setz dich zu uns und trink etwas!«
Elizabeth blieb stehen, bebend vor Zorn.
»Ich hatte dich gefragt, was hier vorgeht!« fuhr sie ihn an.
»Das sind Freunde von mir«, erwiderte John, noch immer nicht begreifend, wie böse Elizabeth war, »Freunde von früher. Manche lebten lange Zeit mit mir in London, und wir haben großartige Dinge dort getan. Frederic«, er wies auf den Mann neben sich, »Frederic hat unsere Flugblätter gedruckt. Samuel und ich haben...«
»Das ist mir alles ganz gleich. Im Augenblick tut ihr ja wohl nichts anderes, als euch zu besaufen.«
»Aber M... Madam«, protestierte Frederic, vom Schluckauf geschüttelt, »nicht solch ein Wort!«
»Sie haben mir nicht vorzuschreiben, wie ich sprechen soll«, fauchte Elizabeth, »und betrunken kann man euch schon nicht mehr nennen!«
»Ich glaube, John«, Frederic bekam ein sehr betrübtes Gesicht, »ich glaube, die Lady mag uns nicht leiden. Sie ist böse auf uns!«
John begriff das nun endlich auch. Er faßte sich an den Kopf, so als versuche er angestrengt, etwas Klarheit in seine Gedanken zu bringen.
»Elizabeth, mein Liebling«, murmelte er mühsam, »bist du wirklich böse?«
»Verdammt, John, ja!«
»Das tut mir leid. Wir haben wohl etwas zuviel getrunken. Und... du Ärmste bist sicher müde...«
»O ja, ich bin müde«, Elizabeth schossen bei diesen Worten vor Erschöpfung, Wut und Schrecken die Tränen in die Augen. Ihre halberfrorenen Finger tauten in der Wärme auf und riefen ihr schmerzhaft den langen, steilen Weg ins Gedächtnis, den sie sich ganz allein gegen den Sturm entlanggekämpft hatte.

»Ich bin ganz furchtbar müde«, fuhr sie mit schwankender Stimme fort, »ich habe den ganzen Tag gearbeitet, viele Stunden lang, seit dem frühesten Morgen, und in der letzten Nacht habe ich kaum geschlafen... mein Gott!« Die Erinnerung an die letzte Nacht gab ihr den Rest. Sie griff nach ihrem Taschentuch, denn die Tränen ließen sich nicht länger zurückhalten. Eine maßlose Enttäuschung bemächtigte sich ihrer, als sei sie verraten und hintergangen worden. Durch den Tränenschleier hindurch erkannte sie, daß die meisten Männer jetzt betroffen und deshalb etwas nüchterner waren.

»Ich schufte mich halbtot, damit wir Geld haben, um am Leben zu bleiben«, schluchzte sie, »und du tust nichts, gar nichts, überhaupt nie etwas, und dann gibst du alles aus für den verfluchten Branntwein, um hier wüste Gelage zu halten...« Sie weinte immer heftiger. Frederic, betrunken wie er war, begann ebenfalls laut zu weinen. John rutschte von seinem Tisch. Auf unsicheren Beinen näherte er sich Elizabeth.

»Liebste, es tut mir so leid«, sagte er, »so sollte das hier nicht enden. Diese Männer haben früher politisch mit mir gekämpft, und heute kamen wir zusammen, um zu beraten, was wir weiter...«

»Ach!« Elizabeth wurde ganz weiß, ihre Tränen versiegten.

»Das also«, schrie sie, »politischer Kampf, Revolution, Widerstand! Du lieber Himmel, versucht doch nicht, mir einzureden, ich sei hier in die hochpolitische Versammlung der heldenhaftesten Kämpfer Englands hineingeraten! Ihr solltet euch einmal sehen! Zum Lachen ist das! Ich wette, ihr wißt nicht einmal, wofür oder wogegen ihr eigentlich kämpft!«

»Doch«, sagte Frederic, eifrig bemüht, guten Willen zu zeigen, »doch, wir wollen...« Er verstummte angesichts Elizabeths kalter Miene.

»John«, verlangte sie mit harter Stimme, »wirf sie hinaus! Wirf sie alle miteinander auf der Stelle hinaus!«

»Aber Elizabeth, das ist doch nicht dein Ernst. Das sind Freunde aus London, die nur hierhergekommen sind, um...«

»Um sich von uns durchfüttern zu lassen vermutlich! Hier ist nicht London, hier ist Blackhill! Ich bin nicht hierhergekommen, um so weiterzuleben wie bisher. Ich will endlich Ruhe haben!«

»Ich kann niemanden fortschicken«, sagte John hilflos, »schau dir nur das Wetter draußen an!«

»Oh«, Elizabeths Zorn stieg schon wieder, »das Wetter! Um Gottes willen, deine Freunde könnten naß werden! Sieh mich an! Daß ich naß bin und verfroren und mich über eine Stunde durch dieses Wetter quälen mußte, kümmert dich überhaupt nicht!«

»Ich konnte es doch nicht ändern.«

»Aber diese Situation hier kannst du ändern. Du schickst sie fort, jetzt gleich!«

»Warum denn?«

»Du weißt es genau, du weißt es ganz genau!« schrie Elizabeth. »Du solltest endlich aufhören mit dem Trinken und der Politik! Das hat dich einmal ins Gefängnis gebracht. Ein zweites Mal überstehst du das nicht und ich auch nicht. Wenn du selbst dir gleichgültig bist, dann denke wenigstens an mich!«

»Ich habe wirklich noch nie eine Frau gekannt, die mich so tyrannisiert hat wie du«, erwiderte John, nun auch zornig.

Elizabeth lächelte höhnisch.

»Vor ein paar Wochen nanntest du mich tapfer«, sagte sie, »heute tyrannisch. Wie es dir gerade paßt, nicht? Wenn es dir richtig schlechtgeht und du mit der Nase im Dreck liegst, dann läßt du dich ganz gern von mir wiederaufrichten und findest das schön bequem. Und wenn du wieder oben bist, dann soll ich bloß verschwinden!«

»Ich habe nichts von verschwinden gesagt!«

»Nun, ich sage es. Und jetzt werde ich dich vor die Wahl stellen: Entweder diese Leute gehen – oder ich!«

»Sei nicht albern«, meinte John müde. Der Streit ernüchterte ihn, die Wirkung des Branntweins verflog. »Hier haben wir alle Platz.«

»Sie oder ich!«

»Komm, John, wir gehen«, mischte sich einer der Männer ein, »du hast sonst nichts als Ärger!« Er wollte aufstehen, rutschte aber zurück und blieb benommen sitzen. Elizabeth sah ihn zutiefst angewidert an.

»Du benimmst dich wie ein kleines Kind«, fuhr John sie an, »ich lasse mich von dir nicht erpressen!«

Elizabeth zitterte am ganzen Körper. Auf einmal war John ihr so fremd, als habe sie ihn nie wirklich gekannt. Ihr wurde schwindelig vor Kummer und Angst.

»Gut«, sagte sie mit frostiger Stimme, »dann gehe ich jetzt. Ich packe nur ein paar Sachen zusammen!« Sie verließ das Zimmer. Draußen auf der Treppe saß noch immer der Fremde und lächelte sanft.

»Wer hat so laut gesprochen?« erkundigte er sich.

»Lassen Sie mich vorbei!« schrie Elizabeth, »machen Sie Platz!«

Er rutschte erschrocken zur Seite. Sie stürmte hinauf in ihr Zimmer, wo sie sich eine Tasche griff und ihre wenigen Besitztümer hineinschleuderte. Sie haßte John, sie haßte ihn so sehr! Wie kalt seine Augen waren, wie hart sein Mund! Was hatte sie nur immer in ihm gesehen? Wieder stieg ein Schluchzen in ihr auf, sie würgte es krampfhaft zurück. Wenn sie jetzt anfing zu weinen, blieb sie. Aber sie mußte fort, solange ihr Zorn sie noch trug. Ihr wurde übel vor Widerwillen, wenn sie an den Geruch von Alkohol und Schweiß dachte, der unten das ganze Zimmer erfüllt hatte. Das abscheuliche Gegröle, das sie aus den Londoner Kneipen kannte, all das, was sie hatte hinter sich lassen und vergessen wollen. Solange sie mit John zusammenblieb, würde es sie überall einholen. Es gehörte zu ihm, aber sie hätte nie gedacht, daß es einmal alles besiegen könnte, was sie für ihn empfand.

»Ich gebe auf«, murmelte sie vor sich hin, »die Countess wird triumphieren, sie hatte ein leichtes und schnelles Spiel!«

Sie lief aus dem Zimmer. Unten an der Treppe stand John, hinter ihm drängten sich seine Freunde. Sie sahen unheimlich aus in dem alten, dunklen Treppenhaus, in dem nur wenige Kerzen müde flackerten. Sie ging die Treppe langsam hinunter, Stufe um Stufe, als sähe sie niemanden. John hielt ihren Arm fest.

»Wo willst du denn jetzt hin?«

»Zum Earl und der Countess Wentlaine!« Sie versuchte in seinem Gesicht eine Empfindung zu entdecken, aber er schien ihr einfach nicht zu glauben. Zudem machte er den Eindruck, als habe er immer noch nicht ganz verstanden, weshalb sie so wütend geworden war. Wieder floß der Zorn über sie hinweg. Nie, nie würde er es begreifen.

Sie machte sich los und ging zur Tür. Der Sturm blies sie fast zurück, als sie hinaustreten wollte. John versuchte nicht mehr, sie zum Bleiben zu bewegen. Aber er hatte sich maßlos getäuscht, wenn er sich etwa einbildete, daß sie alles vergäße und morgen wiederkäme. Glücklicherweise konnte er von hinten nicht sehen, daß sie weinte. Ohne sich noch einmal umzudrehen, stapfte sie durch den ersten Schnee davon.

Auf
Messers Schneide

1805–1806

I

Am späten Vormittag eines Septembertags im Jahre 1805 kehrte Joanna von einem Ausritt nach Foamcrest Manor zurück. Sie war müde, denn sie hatte sich stundenlang am Strand von Hunstanton herumgetrieben, dicht an der Brandung entlangtrabend oder, das Pferd am Zügel führend, durch die Dünen wandernd. Als sie in den Park des Schlosses ritt, sehnte sie sich nach erholsamem Schlaf unter einem schattigen Baum. Vor dem Portal aber sah sie einige Kutschen stehen und seufzte. Es war Sonntag, und da kamen häufig Gäste. Natürlich konnte sie sich unter diesen Umständen nicht einfach zurückziehen. Etwas verärgert betrat sie das Haus und ging in das Wohnzimmer, aus dem sie Stimmen hörte.

»Oh, Joanna, wie gut, daß Sie kommen!« rief Lady Cecily Gallimore, ihre Schwiegermutter, ihr entgegen. »Sie müssen Edward und Lord Darking zur Vernunft bringen!«

Joanna sah sich um. In dem Raum befanden sich ungefähr zehn Menschen, darunter Edward, Lord Darking und Belinda, außerdem einige Freunde Edwards aus der Nachbarschaft. Sie standen in der Mitte des Zimmers im Kreis und wirkten alle etwas betreten. »Ist etwas geschehen?« fragte Joanna ohne besonderes Interesse. Sie trat auf Edward zu und küßte ihn leicht auf die Wange. »Hast du Ärger?«

»Joanna, wir haben zwei Helden unter uns«, warf Belinda ein. Sie stand, wunderschön angezogen und herrlich frisiert, neben dem Fenster, durch welches das Sonnenlicht hell glänzend auf ihr Haar fiel. Seit drei Monaten war sie Mutter eines Sohnes, weshalb sie sich endgültig wie eine strahlende Siegerin benahm. Sie lachte hell und schwenkte ihre langen Locken.

»Kannst du dir Edward und Arthur als Soldaten vorstellen?« fragte sie. Joanna sah die beiden Männer erschrocken an.

»Warum Soldaten?«

»Admiral Nelson verlangt dringend nach ihnen«, spottete Belinda. »Seit Jahren jagt er nun schon hinter Villeneuve her, und nichts geschieht. Dazu fehlen ihm entschieden Arthur und Edward!«

»Oder Lady Hamilton lenkt ihn zu sehr ab«, meinte ein älterer Herr, doch Cecily sah ihn scharf an.

»Kein böses Wort über den Admiral«, befahl sie. »Wenn einer mit den Franzosen fertig werden kann, dann er!«

»Belinda, ich finde dich nicht sehr lustig«, bemerkte Arthur finster, »Lord Gallimore und mir ist es sehr ernst!«

Belinda kicherte.

»Ich nehme an, Joanna stimmt mir zu«, sagte sie. »Nicht wahr, du möchtest auch nicht, daß Arthur und Edward nach Portsmouth reisen und mit Nelson auf der Victory segeln?«

»Warum sollten sie das tun?«

»Wir sind Engländer«, sagte Edward, »es ist unsere Pflicht.«

Joanna musterte ihn. Er war früher schon recht rundlich gewesen, aber jetzt stand er geradezu behäbig im Zimmer, und es fiel schwer, ihn sich inmitten einer Seeschlacht vorzustellen. Er zählte dreißig Jahre, sah aus wie vierzig, und es schien weit mehr als zehn Jahre zurückzuliegen, daß er als junger Kadett zur See fuhr und es bis zum Leutnant gebracht hatte.

»Du hast deinen Abschied von der Navy genommen«, erinnerte sie ihn.

Edward schüttelte den Kopf.

»Heute möchte ich zurückkehren.«

»Das wird eine große Sache, Mylady«, warf ein Herr ein, »Villeneuve und Gravina sitzen in Cadiz und hungern. Früher oder später müssen sie heraus, dann braucht die britische Flotte nur bereitzustehen, um sie abzuschlachten!«

»Aber wenn sie nicht herauskommen?«

»Was sollten sie sonst tun? Lange kann ein Hafen wie Cadiz zwei Flotten nicht ernähren. Villeneuve muß sich stellen!«

Der französische Admiral Villeneuve, der Nachfolger des 1803 verstorbenen Admirals Latouche, hatte die englische Flotte unter Nelson seit Beginn dieses Jahres in Atem gehalten, indem er sie zu einer aufsehenerregenden Jagd über den Atlantik zwang, von Sardinien nach Toulon und dann Tausende von Seemeilen hinüber zu den Westindischen Inseln. Ohne eingeholt worden zu sein, erreichte Villeneuve Martinique, kehrte um und segelte zurück, kämpfte im Juli vor Finisterre eine Schlacht mit dem Engländer Sir Calden, die er verlor, ohne wirklich geschlagen zu sein, und zog sich in den Hafen von Cadiz im Mittelmeer zurück, wo sich seine Flotte mit der der Spanier unter Admiral Gravina vereinigte. In England, wo der vielgeliebte William Pitt den glücklosen Premier Addington in der Staatsführung abgelöst hatte, machte sich Krisenstimmung breit. Spanier und Franzosen in schönster Eintracht, dreißig gutgerüstete Linienschiffe bereitgestellt, das konnte nur mit einer Attacke auf England enden, und sie würde wütender und zielsicherer sein als je zuvor. Napoleon Bonaparte, seit dem Dezember des vergangenen Jahres zum Kaiser der Franzosen gekrönt, würde sich nicht mit einer Eroberung des Kontinents zufriedengeben. Er wollte die Weltherrschaft, und die hing einzig von der Macht über die Meere ab. England, der gefährlichste Gegenspieler, mußte endlich ausgeschaltet werden.

Aber England hatte Admiral Nelson, den Helden von Abukir, den stärksten Trumpf. Niemals in der Geschichte des Landes hatte ein Offizier sich größerer Beliebtheit bei der Bevölkerung erfreuen können. Seine Liebenswürdigkeit, sein Mut und seine Großherzigkeit verzauberten jeden Briten, vom untersten Matrosen über die Bauern und Bürger bis in den Adel hinein und zur Regierung. Man litt mit ihm, wenn von der schwindenden Sehkraft seiner Augen gesprochen wurde, und man nahm innigsten Anteil an seiner großen Liebe zu Lady Emma Hamilton, jener Frau, mit der ihn nun schon seit Jahren ein festes Verhältnis verband. Das Vertrauen des ganzen Landes ruhte auf ihm, und als nun beschlossen werden mußte, wer den entscheidenden Schlag gegen Franzosen und Spanier führen sollte, da zögerte Premierminister Pitt keinen Moment lang, Admiral Nelson zum Befehlshaber der Flotte zu ernennen.

»Nelson will Mitte September mit der Victory Portsmouth verlassen«, erklärte Arthur, »Edward und ich müßten daher in den nächsten Tagen aufbrechen.«

»Ich finde das alles etwas überstürzt«, meinte Lady Cecily unbehaglich, »ausgerechnet wenn es zur entscheidenden Schlacht kommt...«

»Ja gerade deshalb«, unterbrach Edward, »und wir sind nicht mehr davon abzubringen!« Er sah Joanna an, aber sie wich seinem Blick aus. Sie wußte, warum er ging, und sie wußte auch, weshalb Arthur es tat. So verschieden diese Männer waren, was sie zu Freunden machte und was sie in die Ferne trieb, waren ihrer beider unglückliche Ehen. Sie liefen ihren Frauen davon, Arthur der zänkischen Belinda, Edward der unnahbaren Joanna. Sie fühlten sich beide unglücklich, und der einzige Unterschied bestand darin, daß es von Arthur jeder wußte, wohingegen die Ehe der Gallimores als harmonisch galt. Natürlich sahen es die Leute als tragisch an, daß Joanna zwei Jahre nach der Hochzeit immer noch nicht in anderen Umständen war. Wo sie auch hinkam, wurde darüber geflüstert.

Am schlimmsten hatte Harriet täglich darum gejammert, bis Joanna einmal die Beherrschung verloren und sie angefahren hatte:

»Hören Sie endlich auf damit! Frauen, die es für ihr Ansehen nötig haben, sich wie die Kaninchen zu vermehren, sollen das tun, ich jedenfalls denke nicht daran!«

Die arme Harriet wurde totenblaß vor Schreck, verkroch sich für einige Tage in ihrem Zimmer und sprach zu ihrer Tochter nie wieder von Kindern.

Belinda zeigte sich weniger taktvoll. Es hatte sie maßlos geärgert, daß Joanna einen Mann heiratete, der etwas reicher war als der ihre, und den Trumpf, als erste ein Baby bekommen zu haben, spielte sie bis zum äußersten aus. Auch heute, während sich alle Männer zusammenscharten, um über den vergötterten Admiral Nelson zu sprechen, trat sie lächelnd zu Joanna.

»Du mußt mich bald wieder einmal besuchen kommen«, sagte sie, »mein kleiner Laurence verändert sich mit jedem Tag. In diesem Alter sind Kinder so besonders entzückend!«

Joanna hätte gern erwidert, sie könne sich mitsamt ihrem kleinen Laurence zum Teufel scheren, aber leider war sie nicht mehr fünfzehn Jahre alt, sondern eine erwachsene Frau, die höflich bleiben mußte. So meinte sie nur:

»Danke, Belinda. Wenn ich Zeit habe, komme ich einmal vorbei.«

Belinda schlug die Augen nieder und senkte die Stimme.

»Bei dir... immer noch nichts?«

»Nein.«

»Oh... es tut mir so leid für dich. Glaub mir, es würde mich aufrichtig freuen, wenn...«

»Entschuldige mich«, unterbrach Joanna, »ich glaube, Lady Cecily möchte mit mir reden!« Sie ließ Belinda einfach stehen und begab sich zu Lady Cecily, die natürlich nichts von ihr gewollt hatte, aber sie sogleich aufgeregt bat, Edward von diesem tollkühnen Unternehmen abzubringen. Joanna hörte zerstreut zu. Jedesmal, wenn sie sich mit Belinda unterhalten hatte, brauchte sie einige Zeit, um sich wieder zu beruhigen. Sie war in der letzten Zeit so nervös und bissig geworden, daß sanftere Personen als Belinda sie hätten zur Raserei bringen können. Sie wußte genau, daß das an Edward lag. Er reizte ihren Zorn jede Stunde mehr. Immer stärker schien er zu einem Schatten zu werden, nicht äußerlich, aber in seiner Art zu leben, zu reden und sich zu bewegen.

Es hatte damals nach der Hochzeit nicht allzu lange gedauert, bis er begriff, daß Joanna ihn aus allen möglichen Gründen geheiratet haben mochte, aber jedenfalls nicht deshalb, weil sie ihn liebte. Er reagierte darauf, indem er sich immer weiter von ihr zurückzog und sie oftmals nur lange schweigend und traurig ansah. Das ließ sie wiederum besonders wütend werden, und oft dachte sie, daß sie viel stärker für ihn empfinden würde, wenn er sie einmal anschrie oder einfach nur wutentbrannt das Haus verließe. Aber seine feuchten Augen machten sie nur ganz elend.

Am Abend, als alle Gäste gegangen waren und Joanna und Edward unter dem sanftblauen Abendhimmel durch den Park schlenderten, fragte sie ihn, ob er wirklich mit Nelson gegen die Franzosen und Spanier segeln wolle. Er nickte entschlossen.

»Unter allen Umständen«, sagte er, »übermorgen reisen Arthur und ich nach Portsmouth.«

»Ich finde es von Arthur verantwortungslos«, meinte Joanna, »nun, da Belinda gerade das kleine Kind hat.«

Edward sah sie spöttisch an.

»Seit wann bist du so besorgt um Belinda?«

»Das bin ich gar nicht. Im Grunde können sie und Arthur machen, was sie wollen.«

»Und ich kann das auch?«

Joanna blieb stehen.

»Frage mich doch geradeheraus, was du wissen möchtest«, verlangte sie, »rede nicht immer um alles herum!«

»Nun gut. Ich möchte wissen, warum du versuchst, mich von der Reise abzuhalten. Weil meine Mutter dich darum gebeten hat? Oder weil...«

»Weil ich selber es will? Natürlich mache ich mir Sorgen um dich. Und ich wundere mich. Du hast mir einmal erklärt, du seist völlig unfähig, einen Menschen zu töten, und nie würdest du in einen Krieg ziehen wollen! Aber jetzt willst du genau das tun!«

»Ja, ich habe mich etwas geändert. Meine Ansichten sind dieselben. Aber mich sehe ich anders. Es ist ein Abenteuer, nichts weiter. Und ich habe nichts dabei zu verlieren.«

»Nur dein Leben.«

»Soviel bedeutet mir das nicht.«

»Was erwartest du jetzt von mir? Manchmal erinnerst du mich viel zu sehr an meine Mutter. Vielleicht liegt es an mir, aber in meiner Gegenwart scheint jeder zum Märtyrer zu werden!«

Edwards Gesicht verzerrte sich, für einen Moment verlor es seine gewohnte Maske der Traurigkeit.

»Es liegt an dir«, sagte er heftig. »Du weist die Menschen zurück, als seien sie widerliche, zudringliche Kreaturen, deren du dich verzweifelt erwehren müßtest! Und dann gibt es einige wenige, an die klammerst du dich mit einer Unvernunft, daß ich es einfach nicht begreifen kann!«

Joanna blickte ihn entgeistert an. Er war zornig, und seine Augen funkelten, wie sie es noch nie an ihm gesehen hatte.

»Du hättest es verdient, einmal ganz ohne Menschen dazustehen, die dich lieben«, fuhr er fort, »damit du begreifen könntest, wie das ist! Irgend etwas oder irgend jemand müßte dich einmal deiner ganzen ewigen Selbstbemitleidung berauben!«

»Was weißt du denn schon?« gab Joanna erschüttert zurück. »Du kennst mich doch überhaupt nicht!«

»Vielleicht bist du aber auch gar nicht so geheimnisvoll, wie du immer denkst«, sagte Edward, aber damit ging der Streit bereits weit über seine nervlichen Kräfte, und er lief rasch ins Schloß zurück.

Zwei Tage später, als am frühen Morgen die Kutsche vorfuhr, die Edward nach Portsmouth bringen sollte, fühlte sich Joanna sehr elend.

Sie hielt Lady Cecilys Hand, die tapfer und ruhig blieb, und ignorierte Harriets Schluchzen aus dem Hintergrund. George, inzwischen fünfzehn Jahre alt und voller Unternehmungsgeist, glühte vor Neid.

»Bitte, Edward, nehmen Sie mich mit«, flehte er bereits zum hundertstenmal, woraufhin ihn Harriet anfuhr:

»Sei still! Es reicht, wenn Edward etwas so Scheußliches tut! Ich will nicht noch meinen einzigen Sohn verlieren!«

»Mich verliert ihr jedenfalls nicht«, sagte Edward mit heiterer Miene. »Wenn wir Villeneuve und Gravina in der Meerestiefe versenkt haben, kehren wir glorreich und gefeiert zurück!« Er legte seinen Arm um Joanna und küßte sie.

»Leb wohl«, murmelte er, »und mach dir keine Sorgen.«

»Sei vorsichtig«, entgegnete Joanna, »es lohnt sich nicht, ein Held zu sein.«

»Für England schon...« Er blickte sie aus ernsten, unergründlichen Augen an, und sie wußte, daß er es nicht so meinte. In manchem waren sie sich gleich. Weswegen auch er in den Krieg zog, für England tat er es nicht. Das Vaterland bedeutete ihnen nicht ihr Leben. England war schön, Norfolk war so schön, daß einen der Anblick eines Spätsommertages völlig verzaubern konnte, so wie heute, wenn der Morgen feucht und salzig hinter den Dünen aus dem Meer hervorstieg und jedes grüne Blatt, jede feuerfarbene Blume sich scharf gegen den dunkelblauen Himmel abhob, wenn die Möwen schreiend ihre Kreise zogen. Hierfür zu kämpfen, könnte einen hohen Preis vielleicht wert sein, aber warum sterben für ein Land, für einen König, für eine Politik, für das Ansehen Großbritanniens auf den Weltmeeren? Was tat denn das Land für sie? Wenn Edward nun fiel, was bekam schon seine Witwe dafür, oder seine Kinder, hätte er welche! Den Ruhm hätte sie, die Frau eines Mannes zu sein, der auf der Victory, neben Horatio Nelson kämpfend, gefallen war, aber was sollte sie mit einem Ruhm, den sie selber nicht als solchen empfand. Vielleicht war Elizabeth an dieser Haltung schuld, weil sie stets gespottet hatte über den englischen Patriotismus, aber es kam ihr wirklich lächerlich vor. So glanzvoll und großartig war dieses Land nicht, als daß es sich gelohnt hätte, sein Blut dafür zu vergießen.

Etwas verachtungsvoll sah Joanna zu Harriet hin, die bei Edwards letzten Worten sofort ein wenig getrösteter aussah. Natürlich, ihre Mutter war beeindruckt von solchen Sätzen. Solange es Frauen wie sie gab, konnte ein Land seine Männer mit Leichtigkeit in den Krieg jagen, und die Männer würden freudig davonziehen.

In den nächsten Tagen erschien beinahe jeden Nachmittag Belinda bei Joanna, um sich auszujammern. Sie fühlte sich einsam, denn sie war es überhaupt nicht gewohnt, allein zu sein. Ihre Mutter, Lady Viola, sowie alle ihre Freunde waren bereits für die Wintersaison nach London gereist, aber Belinda hatten sie nicht mitgenommen, weil sie es für unschicklich hielten, wenn sich eine Frau amüsierte, während ihr Mann im Krieg war. Nun saß sie, umgeben von ein paar Dienstboten und der Pracht ihres Schlosses, allein herum und beklagte ihr Schicksal. Sicher würde sie bald Witwe sein, und dann gab es nichts Schönes mehr für sie im Leben. Nicht einmal ihr kleiner vergötterter Laurence konnte ihr jetzt helfen. Foamcrest Manor wenigstens war voller Menschen, wenn auch Lady Harriet jedem auf die Nerven ging und Lady Cecily so furchteinflößend damenhaft sein konnte. Aber George benahm sich manchmal sehr lustig und brachte jeden zum Lachen. Belinda floh zu diesen letzten Freunden aus alter Zeit, bereit, dafür sogar Joannas Scharfzüngigkeit in Kauf zu nehmen.

Aber Joanna wurde sanfter. Sie hatte, trotz allem, große Angst um Edward und empfand daher Verständnis für Belindas Klagen. Sie konnte diese Frau nicht ausstehen, aber sie mußte sich selber widerwillig zugeben, daß eine jammervolle Belinda freundlichere Seiten zeigte als eine ausgelassene. So ertrug sie ihre Gegenwart, und manchmal konnten sie sich sogar ganz ausgeglichen unterhalten, während sie im Park herumliefen, über die Dünen von Hunstanton spazierten oder im Schloß vor dem Kaminfeuer saßen. Belinda war nach wie vor nicht besonders klug, aber nun, da sie zum erstenmal im Leben etwas bedrückte, wurden ihre Gefühle und Reden ein klein wenig empfindsamer.

Der September ging vorüber, niemand wußte, was dort im Hafen von Cadiz geschah, denn jede Nachricht brauchte Wochen, ehe sie London erreichte, und noch Tage mehr, bis sie in die Provinzen gedrungen war. Was man auch erfuhr, es war bereits veraltet. Sicher wußte jeder nur, daß die Victory mit Admiral Nelson an Bord am 15. September Portsmouth verlassen hatte, begleitet von der Euryales, von Ajax und Thunderer. Die besten Kriegsschiffe wurden aufgeboten, diesen letzten Kampf siegreich zu bestehen. Nun lagen sie vor Cadiz, aber vorläufig schien Villeneuve nicht daran zu denken, den Hafen zu verlassen.

Und wenn er es täte, wenn es zum Kampf käme, dachte Joanna oft, bis wir es wüßten, könnte so viel geschehen sein!

An einem kalten Oktoberabend kam Belinda bei Dunkelheit und strömendem Regen hinüber nach Foamcrest Manor geritten, verfroren und durchnäßt und in Tränen aufgelöst. Harriet, Cecily und Joanna kamen ganz aufgeregt jede aus einer anderen Ecke des Hauses herbeigestürzt, als ein Diener die Ankunft Lady Darkings meldete. Es sah Belinda überhaupt nicht ähnlich, sich um diese Zeit und bei solchem Wetter aus den trockenen Mauern ihres Schlosses hervorzuwagen.

Triefend naß und verweint stand sie in der Halle, sah verwirrt von einem zum anderen und flüchtete schließlich in Harriets Arme, da diese ihr am nächsten war. Natürlich vermuteten alle sofort das Schlimmste.

»Hast du Nachricht von der Victory?« rief Joanna schrill. »Um Himmels willen, hat der Kampf bereits stattgefunden?«

»Lord Darking ist doch nicht...?« fragte Lady Cecily angstvoll.

Belinda hob den Kopf.

»Wie? Nein, nichts mit der Victory. Es ist nur... ich halte es nicht mehr aus in diesem dunklen und einsamen Schloß! Ich will fort!« Sie weinte erneut. Joanna gab einen Laut des Ärgers von sich.

»Du bist wohl verrückt geworden«, sagte sie zornig, »uns alle deshalb so zu erschrecken!«

»Sprich nicht so«, jammerte Belinda, »du weißt ja nicht, was ich mitmache!«

»Ach nein, natürlich nicht! Edward ist genauso in Gefahr wie dein Arthur, falls du es vergessen haben solltest!«

»Aber du hast deine Familie!«

Ja, und ohne sie wäre ich besser dran, dachte Joanna erschöpft. Gott weiß, wie sie mir alle die Nerven rauben!

»Du hast Laurence«, meinte sie.

»Ein Kind, ein Baby, was soll ich damit? O Joanna, ich muß unbedingt fort von hier. Norfolk im Herbst macht mich krank! Kein Laub an den Bäumen, das Meer grau und kalt, Sturm den ganzen Tag...«

»Ich finde das schön.«

»Ich will nach London! Bitte, Joanna, nach London!«

Harriet sah sie entsetzt an.

»Kind! In diesen Zeiten!«

»Du brauchst dafür nicht meine Erlaubnis«, sagte Joanna.

»Aber ich will, daß du mitkommst. Ich kann das nicht alleine, Joanna, du mußt mitkommen! Ich muß nach London, und du mußt mit!« verlangte Belinda wild. Joanna lächelte verächtlich. Belinda schreckte vor gar nichts zurück. Nur weil sie niemanden sonst hatte, flehte sie ihre Gegnerin aus frühester Kindheit an, mit ihr fortzugehen. Natürlich lag das an ihrer Feigheit. Sie wußte, daß man sich überall den Mund zerreißen würde über sie, wenn sie sich trotz des ungewissen Schicksals ihres Mannes in die lärmende, bunte Wintersaison Londons stürzte. Um dies zu überstehen, brauchte sie dringend eine Gefährtin in derselben Lage.

»Das ist ganz ausgeschlossen«, sagte Lady Cecily, »in eurer jetzigen Lage könnt ihr beide nicht fort!«

»Das finde ich auch«, stimmte Harriet zu. Joanna sah von einer zur anderen. Wie sie dort standen, ältlich, faltig im Gesicht, jede ganz anders und doch gleich in ihrer Anspruchslosigkeit dem Leben gegenüber, machten sie sie plötzlich ganz wild und elend vor Überdruß.

Seit jenem verregneten Novembertag vor sieben Jahren, als sie London den Rücken gekehrt hatten, lebte sie gemeinsam mit Harriet, und sie wußte, daß sie oft gedacht hatte, es sei diese alte, arme Frau, die sie so krank machte.

»Joanna«, drängte Belinda, »denk doch nur, was jetzt alles los ist in London! Wir könnten in Arthurs Haus wohnen und...«

»Nein, nicht zusammen wohnen. Ich gehe in Edwards Haus!«

»Das kannst du nicht tun!« rief Harriet. »Du kannst nicht...«

»Ich kann alles«, unterbrach Joanna, »im übrigen gehe ich nicht nach London, um mich zu amüsieren. Aber ich muß einmal wieder unter andere Menschen kommen.«

Lady Cecily sah sie nachdenklich an, sagte aber nichts.

»Es hätte noch einen Vorteil«, meinte Joanna, »in London erfahren wir jede Nachricht aus Cadiz viel schneller als hier!«

»Ach Gott!« jammerte Harriet.

»Ja, das stimmt«, pflichtete Belinda gleichzeitig bei, den Sieg bereits witternd, »wir müssen nicht so lange im ungewissen bleiben wie hier!«

»Ich komme mit«, sagte Joanna entschlossen, »aber versuche nicht, mich von einem Fest zum anderen zu schleppen, Belinda. Das geht wirklich nicht!«

Genau das hatte Belinda zwar vor, aber davon sagte sie jetzt nichts. In London hätte sie genügend Zeit für ihre Überredungskünste.

Harriet versuchte noch den ganzen Abend, ihre Tochter von diesem unschicklichen Vorhaben abzubringen. Sie konnte einfach nicht begreifen, was in Joanna vorging. Sie war doch so glücklich mit Edward und liebte ihn aufrichtig, wie konnte sie dann solche Schande über seinen Namen bringen? Belinda bemühte sich gleichzeitig darum, die Sache so harmlos wie möglich darzustellen. Lady Cecily hielt sich aus dem Gespräch heraus, wofür Joanna ihr sehr dankbar war. Sie stand schließlich auf, ohne noch länger auf Harriet zu hören.

»Das Gerede der Leute wird mich nicht stören«, sagte sie, »und ohnehin ist es Edward bestimmt ganz gleich, ob ich hier auf ihn warte oder in London!« Sie trat auf die große bräunliche Weltkugel zu, die auf einem Tisch stand, und drehte sie.

»Hier ist Cadiz«, sagte sie, »vor dem Hafen warten sie jetzt!«

Belinda kam heran.

»Wenn Villeneuve den Hafen verläßt, wohin wird er sich wenden?« fragte sie. Joanna überlegte.

»Ich weiß es nicht genau. Ich nehme an, er wird versuchen, die Straße von Gibraltar zu erreichen, um aus dem Mittelmeer zu entkommen. Dort ist es eng. Auf dem Atlantik kann er Nelson besser abhängen.«

»Nelson muß ihn vorher aufhalten.«

»Das wird er tun. Villeneuve kann nicht weit kommen.« Joanna wies auf einige vorgelagerte Landzungen auf dem Globus. »Hier oder hier wird er ihn stellen. Oder hier. Das wäre doch günstig!«

»Wie heißt das?« Beide Frauen beugten sich dicht über die kleine, unleserliche Beschriftung.

»Ich kann es nicht entziffern«, sagte Joanna, »oder doch, ja. Ich glaube, es heißt Kap Trafalgar!«

2

Joanna saß am Fenster eines Salons in ihrem Stadthaus am Londoner Egerton Place und starrte durch die regennassen Scheiben hinaus auf die ebenso nasse Straße.

»Es war die dümmste Tat meines Lebens, jetzt nach London zu gehen«, sagte sie zu ihrer Zofe Agatha, die hinter ihr das Zimmer aufräumte, »etwas Trostloseres gibt es auf der ganzen Welt nicht!«

»Das liegt nur an Ihnen«, meinte Agatha. Sie hob ein zerknäult am Boden liegendes goldfarbenes Kleid aus schwerer Seide auf und schüttelte den Kopf.

»Vor Ihrer Ehe mit Seiner Lordschaft ging es uns so schlecht... aber jetzt! Herrliche Kleider haben Sie und soviel Geld, wie Sie nur wollen! Sie könnten sich das schönste Leben machen!«

»Ach, du weißt, daß das nicht geht. In den Augen der meisten Leute bin ich schon eine Witwe!«

Agatha stieß einen erschrockenen Laut aus.

»Nicht so etwas sagen!« rief sie voll abergläubischer Furcht. »Das bringt Unglück!«

»Unsinn, Agatha. Du glaubst viel zu sehr an Geister. Es ist einfach zu dumm...« Sie stand auf und trommelte mit den Fingern gegen die Scheibe. »Hier zu sitzen...«

»Lady Belinda Darking sitzt auch nicht herum. Im Gegenteil, sie besucht alte Freunde und schöne Feste!«

»Sie macht sich unmöglich damit.«

»Nein, gar nicht. Sie hat sich den Leuten als tieftraurige, zerquälte Soldatenfrau dargestellt, so daß die sie jetzt geradezu zwingen, sich abzulenken und das Londoner Leben zu genießen. Sie geht mit einem wehmütigen Lächeln zu den schönsten Bällen, und jeder sagt, welch eine tapfere Frau sie doch ist!«

»Manchmal ist sie raffinierter, als ich gedacht hätte«, sagte Joanna lachend, »sie hätte mich gar nicht gebraucht!«

»Lord und Lady Stanford geben nächste Woche einen Empfang«, berichtete Agatha, die über solche Dinge stets informiert war, »ich bin sicher, daß Lady Stanford eine Einladung an Sie schicken wird. Sie sollten annehmen!«

»Nun gut, ich werde es mir überlegen. Und jetzt schwatz nicht so viel, sondern mach dich an deine Arbeit!«

Zwei Tage später erhielt sie wirklich eine Einladung von Lady Stanford. Belinda war ganz begeistert, als sie davon erfuhr.

»Wir werden gemeinsam dorthin gehen«, schnatterte sie eifrig, »ich trage ein Kleid aus Satin, dunkelgrün, und es ist...«

Es folgte eine lange, ausführliche Beschreibung.

Joanna überlegte, daß sich Belinda wohl niemals ändern würde. Zu dumm, daß sie keine andere Begleitung hatte als diese einfältige Person. Sie hoffte, daß sie dort noch andere Bekannte treffen würde.

Wie sie es verabredet hatten, erschien Belinda am Abend des 6. November mit ihrer Kutsche am Egerton Place, um Joanna abzuholen. Sie hatte sich sehr aufgeputzt, mit Federn im Haar, Geschmeide an Hals, Ohren und Armen und einem riesigen silberfunkelnden Fächer, mit dem sie ständig kokett vor ihrem Gesicht herumwedelte.

»Dein Kleid ist aber hübsch«, meinte sie gönnerhaft zu Joanna, »etwas einfach, nicht? Immerhin werden Herzöge und Grafen kommen...«

»Na wenn schon«, sagte Joanna. Sie setzten sich in die Kutsche, in der es betäubend nach Belindas Parfüm duftete.

»Meine Mutter ist selbstverständlich auch da«, berichtete Belinda, »sie ist ja eine enge Freundin von Lady Stanford. Deine Mutter hat sich völlig zurückgezogen?«

Joanna antwortete nicht. Insgeheim bereute sie ihren Entschluß schon. Was hatte sie denn zu suchen unter den vielen fröhlichen Menschen?

In trüber Stimmung kam sie bei den Stanfords an. Schon von draußen erkannten sie, daß dies hier offenbar das größte Fest der Saison sein sollte, denn es war kein Aufwand gescheut worden.

Die Kutschen vor dem Haus, der helle Lichtschein, der Menschenstrom, die wunderbaren Kleider, all dies erinnerte Joanna stark an jenen unglückseligen Empfang im Haus ihrer Schwester, der von der Miliz so brutal gestört worden war. Immerhin schien es hier förmlicher zuzugehen. Damals, bei Anthony Ayleshams Empfang, hatten sich die Gäste wild durcheinander in die Säle des Hauses gestürzt, und niemand hatte gewußt, wer eingeladen war und wer nicht. Hier wurde jeder Ankommende von einem Türsteher gemeldet und mußte dann durch eine lange Reihe von Gästen hindurchgehen bis zum Ende des Empfangssaales, wo Lord und Lady Stanford standen und jeden Gast begrüßten.

Sie werden ja auch nicht von der Miliz gesucht, dachte Joanna, sie müssen sich nicht im dichtesten Menschengewühl verborgen halten.

Der Türsteher rief ihre Namen, und sie traten ein.

»Lady Belinda Darking und Lady Joanna Gallimore!«

Belinda machte ein stolzes und unnahbares Gesicht, sollte doch jeder wissen, daß sie trotz tiefer Angst und Sorge kam. Leider war ihr Äußeres nicht dazu angetan, diesen guten Eindruck aufrechtzuerhalten.

Einige Leute begannen recht laut zu tuscheln, denn sie fanden es empörend, wieviel Schmuck Belinda an sich gehängt hatte.

Lady Stanford begrüßte Joanna äußerst freundlich. Sie war eine schöne, intelligente Frau, die protzerisches Gehabe nicht leiden konnte und Frauen nur mochte, wenn sie selbständig und sachlich denken konnten. Sie fand Joanna sehr nett und Belinda entsetzlich.

»Ich hoffe, dieser Abend wird Sie ein wenig von Ihren Sorgen ablenken«, sagte sie, »wir haben interessante Gäste hier.«

»Ich glaube, es wird mir gefallen«, erwiderte Joanna. Sie hoffte nur, es werde ihr gelingen, Belinda loszuwerden, aber das erwies sich als unmöglich. Belinda hängte sich nach der Begrüßung gleich bei ihr ein und zog sie mit sich fort.

»Komm, wir sehen uns das Haus an«, schlug sie vor. »Oh, sieh nur, der Herr dort drüben, wie er mich anschaut! Das ist doch ziemlich dreist, nicht? Wenn Arthur das wüßte...« Sie kicherte und klapperte mit ihren Wimpern. Der fremde Mann war sofort bei ihnen. Er trug einen Frack aus schwarzem Samt, und seine blonden Haare waren an den Seiten zu sorgfältigen Rollen gelegt und hinten zusammengebunden.

»Meine Damen, darf ich mich vorstellen?« fragte er. »Sir Benjamin Wilkins!«

»Wie schön, Sie kennenzulernen, Sir Wilkins. Ich bin Lady Darking, und das ist meine liebste Freundin, Lady Gallimore!«

Joanna nickte dem Fremden kühl zu.

Dieser schob sich zwischen sie und Belinda und nahm jede der beiden Frauen am Arm.

»Wollen wir hinauf auf die Empore gehen und die Ankommenden begutachten?« fragte er.

»Nein, das wollen wir nicht«, entgegnete Joanna mißmutig, aber ihre Ablehnung wurde von Belindas jubelnder Zustimmung übertönt. So ließ sie sich mitführen, denn vielleicht konnte sie bekannte Gesichter entdecken.

Sir Wilkins erwies sich als charmanter Unterhalter. Er flirtete nach allen Seiten, lachte mit blitzenden Zähnen und strich sich immer wieder über sein dichtes blondes Haar. Er hatte es eindeutig auf Belinda abgesehen, wobei es ihm gleichgültig schien, daß sie als Lady Darking wohl irgendwo einen Ehemann haben mußte. So war London nun einmal, darüber mußte sich Joanna wieder einmal klarwerden, aber sie verabscheute das alles. Sie stand auf der Empore inmitten einer Schar drängelnder Menschen und starrte hinunter auf die glänzenden Marmorsteine des Fußbodens. Viele von den Namen, die aufgerufen wurden, kannte sie von früher, aber gelangweilt stellte sie fest, daß sich die meisten Leute in der Zwischenzeit kaum verändert hatten. Sie sahen aus wie immer, aufgeputzt, neidisch, übersättigt von Geld und Liebe und boshaft.

Sir Wilkins lästerte über jeden Eintretenden, was ihm die ganze Bewunderung Belindas einbrachte. Joanna fand seine Kommentare widerlich, besonders da sie sich in der Hauptsache um die Vorzüge und Nachteile der den Saal betretenden Frauen drehten.

»Sehen Sie nur Lady Winter«, meinte er. »Man sagt, sie habe den ganzen Sommer gehungert, um ihre wirklich bemerkenswert dicke Taille loszuwerden, aber alles, was sie erreicht hat, ist, daß sie so flach aussieht wie ein Brett und zwei Schulterknochen zum Aufspießen besitzt.«

»Sie haben aber eine scharfe Zunge«, gluckste Belinda, »du meine Güte!«

Der Türsteher schlug abermals auf den Gong, mit dem er um Aufmerksamkeit für die nächsten Gäste bat.

»Der Earl und die Countess Locksley!« rief er. Je höher der Adel, desto schneller verstummten die Stimmen. Alle sahen zur Tür.

Das Paar trat ein, der junge blonde Earl und seine dunkelhaarige Frau. Joanna neigte sich über die Brüstung nach vorn; sie war weiß geworden im Gesicht und schnappte nach Luft.

»Das... ist doch nicht möglich«, stammelte sie. Belinda krallte sich an ihrem Arm fest.

»Joanna«, hauchte sie, »siehst du, wer das ist?«

Die Gräfin ging aufrecht durch die schweigenden Reihen, ihre schwarzen Locken glänzten im Licht der Kerzen, und die Schleppe ihrer leuchtend blauen Seidenrobe glitt leise schleifend hinter ihr her. Sie trug nicht viel Schmuck, aber selbst auf die Entfernung vermochte jeder zu erkennen, daß es sich dabei um reines, schweres Gold handelte. Zweifellos hatten soeben der reichste Mann und die reichste Frau des Abends den Saal betreten.

»Elizabeth...«, murmelte Belinda fassungslos. Sir Wilkins,

der die plötzliche Unruhe seiner Begleiterinnen noch nicht begriffen hatte, bemerkte:

»Lady Elizabeth Courtenay Countess Locksley. Skandalöses Mädchen, müssen Sie wissen. Im Süden des Landes hat ihre Hochzeit mit dem Earl vor über einem Jahr beinahe zu einem Aufstand in der feinen Gesellschaft geführt. Sie ist nicht von schlechter Herkunft, obwohl Amerikanerin... nun ja... aber vor ihrer Ehe mit Locksley zog sie fünf Jahre mit einem heruntergekommenen Lord herum, der sogar im Gefängnis saß. Ich muß sagen, ich hätte eine so abgenutzte Person nicht zu meiner Frau gemacht!«

»Ich gehe hinunter zu ihr«, flüsterte Joanna, »mein Gott, ich kann es nicht glauben!«

»Andrew Courtenay!« Belinda wirkte völlig erschüttert. »Nun hat sie ihn doch geheiratet!«

»Ich verstehe das nicht...«

»Du wußtest auch nichts davon, Joanna?«

»Nein, ich habe schon lange nichts mehr von Elizabeth gehört.«

Joanna drängte sich vom Geländer fort. Sie mußte auf der Stelle hinunter zu Elizabeth. Belinda schloß sich ohne Zögern an.

Dieses unerwartete Ereignis raubte ihr beinahe die Sprache. Elizabeth eine Gräfin! Es konnte sich doch nur um einen Irrtum handeln!

Sir Wilkins eilte mit unglücklicher Miene hinter den beiden Frauen her, deren plötzlichen Aufbruch er nicht begriff.

»Habe ich etwas Falsches gesagt?« erkundigte er sich. Belinda wandte ihm ihr glühendes Gesicht zu.

»Nein, aber wir wollen zur Countess!«

Wilkins verstand das nicht, beschloß aber, seiner neuen Eroberung auf den Fersen zu bleiben. Er hatte sich vorgenommen, an diesem Abend Belinda nach Hause zu begleiten, und davon würde ihn nichts abbringen.

Es dauerte einige Zeit, bis sie unten ankamen, denn gerade jetzt drängte ein Strom von Menschen nach oben. Joanna schob sich mit ziemlicher Rücksichtslosigkeit vorwärts, tatkräftig von Belinda unterstützt. Sie standen neben Lord und Lady Stanford gerade in dem Moment, als der Earl und die Countess von ihnen begrüßt worden waren und sich zur Seite wandten. Elizabeth sah Joanna sofort und blieb ruckartig stehen. Es entstand ein Durcheinander, weil niemand an der kleinen Gruppe vorbeikam, weder Joanna noch Belinda oder Elizabeth sich aber bewegten, trotz der diskreten Hinweise des Earl, daß sie hier im Weg stünden. Lady Stanford begriff, daß sich hier Gäste begegnet waren, zwischen denen etwas in der Luft lag. Charmant lächelnd griff sie ein.

»Darf ich vorstellen?« fragte sie. »Lady Gallimore, Lady Darking, Sir Wilkins – die Countess und der Earl Locksley!«

»Joanna Sheridy!« rief Andrew. »Das ist aber eine Überraschung!«

Die drei Frauen starrten einander schweigend an.

»Lady Gallimore?« fragte Elizabeth schließlich.

»Ja«, erwiderte Joanna.

»Lord Gallimore ist auf der Victory«, sagte Lady Stanford, »und wir versuchen, Lady Gallimore ein bißchen auf andere Gedanken zu bringen.«

»Lady Gallimore kann stolz auf ihren Mann sein«, sagte Andrew bewundernd.

»Edward Gallimore?« fragte Elizabeth erneut. Joanna nickte. »Wann hast du…?«

»Edward geheiratet? Vor zwei Jahren schon.«

»Äh«, machte Belinda, »du bist eine Gräfin jetzt, ja?«

»Ach, Sie kennen einander?« erkundigte sich Wilkins erstaunt.

»O ja«, Belinda blickte sich stolz um, »Elizabeth und ich sind seit frühester Kindheit befreundet!«

»Andrew«, sagte Elizabeth. Sie war noch immer verwirrt, besann sich aber langsam wieder.

»Andrew, du erinnerst dich an Joanna und an Belinda Darking?«

»Natürlich. Ich bin sehr froh, sie wiederzusehen.«

Joanna löste ihre Augen von Elizabeth und blickte zu Andrew hin. Sie hatte ihn früher kaum gekannt, aber in ihrem Gedächtnis war er immer ein Mann von außergewöhnlich gutem Aussehen und bemerkenswerter Freundlichkeit gewesen, und sie merkte, daß sich daran nichts geändert hatte. Aber dennoch – weshalb hatte Elizabeth ihn geheiratet? Was nur mochte sie dazu bewogen haben, und, vor allen Dingen, was war mit John geschehen? Er konnte doch nicht tot sein? Aber sie hätte immer geschworen, daß eher die Welt in Flammen aufgehen und die Sterne vom Himmel fallen könnten, als daß sich Elizabeth von John trennte. Wie könnte sie es nur anstellen, inmitten dieser Menschenmengen danach zu fragen!

»Vielleicht sollten wir etwas trinken«, sagte Wilkins, »wir müssen doch nicht hier herumstehen!«

Es gelang dem Earl endlich, sie alle ein Stück zur Seite zu dirigieren und mit gefüllten Weingläsern zu versorgen.

»Ich trinke auf unser Zusammentreffen«, sagte Andrew, »ich freue mich, Lady Gallimore und Lady Darking wiederzusehen!«

Elizabeth und Joanna lächelten etwas starr, als sie mit ihren Gläsern anstießen.

»Das ist wirklich eine Überraschung«, meinte Belinda, die sich langsam von der ersten Erschütterung erholte, »jeder glaubte doch, du bliebest für alle Zeiten mit diesem John Carmody zusammen. Was ist aus ihm geworden?«

Andrew erstarrte, sein Gesicht wurde hart und weiß. Elizabeth zuckte zusammen, dann entglitt das Weinglas ihren zitternden Händen. Klirrend zersprang es auf dem Fußboden, und der rote Wein spritzte auf die Kleider der Umstehenden. Belinda schrie auf.

»Sei doch vorsichtig, Elizabeth!« rief sie. »Nein, wie peinlich!«

Ein paar Diener eilten herbei, um den Schaden unauffällig zu beseitigen.

»Ich muß die Flecken aus meinem Kleid waschen«, sagte Elizabeth, noch immer totenbleich, »ich gehe für einen Augenblick in die Garderobe.«

Joanna erkannte die Chance sofort.

»Ich komme mit«, sagte sie, »ich habe auch etwas abbekommen.«

Belinda sah ganz so aus, als wolle sie sich ebenfalls anschließen, aber glücklicherweise wurde Sir Wilkins, der sich zurückgesetzt fühlte, etwas energischer.

»Sie vernachlässigen mich«, maulte er, »ich werde sehr böse, wenn Sie nicht gleich mit mir zusammen einige Gäste auf diesem Fest begrüßen!«

»Nun gut«, stimmte Belinda geschmeichelt zu. »Elizabeth, wir sehen uns heute abend noch.« Die beiden verschwanden in der Menge.

»Ich warte hier«, murmelte Andrew. Elizabeth sah ihn mit einem Blick an, als wolle sie ihn um Verzeihung bitten, bevor sie hinter Joanna her zur Garderobe der Damen drängte.

Der halbdunkle Raum empfing sie kühl und leer. Niemand außer ihnen hielt sich dort auf. Elizabeth lehnte sich mit einer müden Bewegung an die Wand.

»Mein Gott«, sagte sie, »Belinda wird sich ewig gleich bleiben!«

»Ich glaube, diesmal hat sie es gar nicht böse gemeint. Sie ist einfach dumm.«

Elizabeth lächelte schwach.

»Wie immer«, meinte sie. Nach einer Pause setzte sie hinzu: »Andrew ist der beste Mensch, den ich kenne. Ich kann über alles mit ihm sprechen – nur nicht über John.«

»Warum hast du John verlassen und Andrew geheiratet?«

»Warum hast du Edward geheiratet? Ausgerechnet ihn?«

»Eine Notwendigkeit. Irgend jemanden mußte ich heiraten. Und Edward stand bereit und wartete.«

»Seltsam«, sagte Elizabeth, »so war es bei mir auch. Andrew stand bereit und wartete. Aber meine Hochzeit war keine Notwendigkeit. Ich liebe Andrew.«

»Und John?«

»Ach...«

»Wenn du nicht darüber sprechen möchtest...«

»Wir sollten die Flecken aus unseren Kleidern waschen.« Sie traten an eine Waschschüssel, und Elizabeth versuchte vorsichtig, den Wein aus ihrem kostbaren Kleid zu entfernen. Sie sah gequält aus.

»Ich habe John nicht verlassen«, sagte sie leise, »sondern er mich, schon vor sehr langer Zeit, vielleicht von Anfang an. Als er damals aus dem Gefängnis kam, da...« Sie verstummte, als eine ältere einfache Frau aus einer anderen Tür kam und auf sie zutrat.

»Kann ich den Damen behilflich sein?« erkundigte sie sich. Es war die Garderobenfrau. »O Schreck, Wein auf den schönen Kleidern!«

»Lassen Sie nur«, sagte Elizabeth nervös, »es ist nicht so schlimm. Wir möchten gern allein sein!«

Gekränkt zog sich die Alte zurück. Elizabeth fuhr mit gesenkter Stimme fort:

»Wir gingen nach Devon, und ich dachte, alles würde gut. Aber er begann wieder zu trinken, er traf alte Freunde, und es schien, als sei er eher bereit, auf mich zu verzichten als auf sie. Das war das Ende.«

»Und Andrew?«

»Ich war im Haus eines Grafen als Erzieherin. Dort traf ich ihn wieder.«

»Und bist du glücklich mit ihm?«

»Ich weiß nicht... ich habe jedenfalls seit Jahren nicht mehr so gut gelebt.«

»Und ihr wohnt in London?«

»Jetzt im Winter schon. Sonst in Devon. Ganz nah bei Blackhill.«

»Ist John noch dort?«

»Ich glaube nicht. Ich war einmal dort, und alles schien wie ausgestorben.« Elizabeth sah sich wieder an jenem blassen, verhangenen Januartag dieses Jahres, als sie bei einem einsamen Ausritt den Park von Blackhill streifte, selber hinterher nicht wissend, was sie bewogen hatte, ihr Pferd dorthin zu lenken. Aber nichts war zu sehen als krustiger Schnee über all dem Gestrüpp, kein Rauch stieg aus dem Schornstein, und zerbrochene Fensterscheiben ließen den kalten Winterwind ins Haus. Elizabeth war von ihrem Pferd gerutscht, in den Schnee gesunken, zusammengekrümmt dort liegengeblieben und hatte geweint wie niemals vorher, so lange und so heftig, bis keine Kraft mehr in ihr war und sie sich vor Erschöpfung kaum noch aufzurichten vermochte.

Elend, naß und kalt lag sie auf der Erde und dachte, daß dies nie hätte geschehen dürfen, daß sie John nie hätte verlassen dürfen. Ohnehin blieb alles, was sich seit jener Novembernacht ereignet hatte, wie ein gespenstischer Traum. Die Wochen im Schloß der Wentlaines, die Fürsorge der Gräfin, Andrew, der sie beinahe täglich besuchte. Sie erzählte ihm, was geschehen war, er hörte ihr zu und bat sie erst dann, von John nicht mehr zu sprechen. Aber wie hätte sie auch zu irgendeinem Menschen von John sprechen sollen? Da gab es nichts zu sagen, was andere verstanden hätten.

Im Juni des Jahres 1804 fragte Andrew sie, ob sie ihn heiraten wolle. Sein Vater war kurz zuvor gestorben, er war der neue Earl und frei zu tun, was er mochte.

Elizabeth vermutete, daß sich seine Familie sonst heftig gegen seine Wahl gesträubt hätte.

Sie mochte Andrew, er war ein Mensch, mit dem sie sich verstand, der ihr gleich war, der ihre Gedanken dachte und dessen Gedanken sie begreifen konnte. Sie hatte seine dunklen Augen gern und sein Lachen, obwohl gerade sein Lachen sie oft traurig machte, weil es sie an Johns Lächeln denken ließ, das sie am meisten an ihm geliebt hatte.

Natürlich kam auch ein wenig Berechnung dazu. Was sollte sie tun, wenn sie ihn nicht heiratete? Ewig konnte sie nicht im Haus der Countess leben, denn Stephen würde in drei oder vier Jahren nach Oxford gehen und brauchte sie nicht mehr. Ihr war klar, daß sie mit Andrew gut würde leben können. So nahm sie seinen Antrag an. Sie heirateten im Oktober 1804 in der Schloßkapelle seines Landsitzes, und aus der Amerikanerin Elizabeth Landale wurde die Countess Locksley, was ihr ein Gefühl des bitteren Triumphes gab, wenn sie an den Richter dachte, bei dem sie um Johns Freilassung gebettelt hatte, und an die Gefängniswärter im Fleet Prison, an die Miliz, vor der sie durch Wiesen und Wälder geflohen war, und an die Bauern, die sie von ihren Türen fortgejagt hatten.

Jetzt bin ich oben, dachte sie, aber vielleicht... Ihr Blick war über die juwelenbehängte Hochzeitsgesellschaft mit ihren feierlichen Mienen geglitten, vielleicht war es doch richtiger, auf der Flucht zu sein und an keinem Tag zu wissen, wie der nächste Morgen sein würde.

Sie riß sich aus ihren Gedanken und kehrte zurück in den Garderobenraum, wo Joanna ihr noch immer unbeweglich gegenübersaß.

»Entschuldige«, sagte sie, »ich war ganz weit weg. Es ist so viel geschehen... und im Grunde doch nichts. Mein Leben ist so ruhig.«

»Meines war das schon immer«, entgegnete Joanna. Elizabeth sah sie voll tiefer Verwunderung an.

»Ich kann einfach nicht begreifen«, sagte sie, »warum du Edward geheiratet hast!«

»Irgend jemanden mußte ich heiraten.«

»Bist du wenigstens glücklich mit ihm?«

Joanna lachte.

»Er ist sehr unglücklich mit mir«, sagte sie, aber ehe Elizabeth dazu etwas sagen konnte, stürmte Belinda in den Raum.

»Seid ihr immer noch hier?« rief sie. »Elizabeth, dein Earl ist schon ganz nervös! Ach, und Sir Wilkins ist so lustig! Kommt jetzt endlich!« Ihre Augen blieben dabei immer wieder an Elizabeth hängen. Ach, wie sehr die Neugier sie quälte! Hoffentlich blieb Elizabeth noch lange in London, damit sie sie in stilleren Stunden ausfragen konnte.

Der Abend bot niemandem mehr die Gelegenheit zu intimen Gesprächen. Der Earl Locksley war eine bekannte Persönlichkeit, so daß sich um ihn und seine Begleiter immer Scharen von Gästen drängten. Viele hatten auch von dem Skandal um die junge Countess gehört und wollten sie nun gern begutachten, andere kannten Edward Gallimore und unterhielten sich mit dessen Frau. Sir Wilkins und Belinda flirteten mit unverminderter Heftigkeit, im Hintergrund, fast übertönt von Gläserklirren und Gelächter, spielte das Orchester eine sanfte Musik. An Joanna glitt dies alles in einem Nebelschleier vorüber, gedämpft nahm sie Belindas Gealbere wahr, Lady Violas schrilles Gelächter, Lady Stanfords freundliches Plaudern. Klar und deutlich nur hörte sie Elizabeths weiche Stimme und den Gleichklang ihres und des Earls Lachen. Alles in ihr nahm eine lange nicht mehr gekannte Ruhe an, aber das mochte daher kommen, daß heute alles so war wie früher. Sie stand hier ohne Edward, als sei sie noch ein unverheiratetes Mädchen, Belinda lärmte herum wie in ihren besten Zeiten bei Miss Brande, und Elizabeth sah ausgeruht und schön aus wie nie in den Jahren, die sie mit John verbracht hatte.

Es könnte alles wieder gut werden, dachte sie, John, der Spuk, ist vorüber.

Sie hörte zerstreut Lady Stanford zu, die mit einigen Gästen über die Londoner Theater sprach und soeben verkündete, Shakespeare bald schon nicht mehr sehen zu können. Von irgendwoher erklang die dröhnende Stimme eines Mannes.

»Gleich ist Mitternacht!« schrie er. »Füllt eure Sektgläser! Mit dem Glockenschlag wollen wir auf das glorreiche England anstoßen!«

Eifrig liefen die Diener zwischen den Gästen umher und boten frischen Sekt an. Das lustige Stimmengewirr verklang, weil jeder auf die Kirchenglocken Londons wartete. Alle wußten, woran sie denken würden um zwölf Uhr: an die Schiffe, die vor Cadiz lagen und von denen allein es abhing, ob Frankreich und Napoleon weiter eine Gefahr für England sein sollten oder für alle Zeit zum Schweigen gebracht würden.

»Es dauert noch etwas«, sagte Lady Stanford, »aber ich...«

Sie wurde unterbrochen, denn in diesem Augenblick flog die große Flügeltür zum Saal auf, und ein Mann stürzte herein, gut gekleidet wie alle Gäste, aber völlig aufgelöst und außer Atem. Der Türsteher bemühte sich vergeblich, ihn zurückzuhalten.

»Ich muß Sie doch anmelden, Sir!« rief er. Der Mann machte sich von ihm frei.

»Ich bin Lord Fitheridge. Lassen Sie mich doch!«

Lady Viola schrie auf.

»James!« rief sie. »Ich dachte schon, du kommst überhaupt nicht mehr! Wie nett, daß du dich doch noch blicken läßt!«

»Lord Fitheridge, wie schön, Sie zu sehen«, sagte Lady Stanford.

Lord Fitheridge blieb in der Mitte des Saales stehen, seine gepuderte Perücke hing schief auf seinem Kopf, seine blütenweiße Krawatte hatte sich aufgelöst, und die Schnürsenkel seines rechten Schuhes schleiften hinterher, aber niemand lachte. Alle blickten ihn stumm an.

»James, bitte, was soll das?« fragte Viola verärgert.

»Ein Sprecher des Premierministers hat soeben eine Nachricht bekanntgegeben«, sagte Lord Fitheridge, ohne sich um seine Frau zu kümmern. Er atmete tief.

»Am 21. Oktober hat die britische Flotte unter dem Kommando von Admiral Nelson die Franzosen und Spanier vor Kap Trafalgar vernichtend geschlagen. Heute nacht hat die Nachricht London erreicht. Der... der Premier sprach von dem größten Sieg in der Geschichte Englands seit der Armada.«

Minutenlanges Schweigen folgte seinen Worten. Die Musiker hatten sich von ihren Plätzen erhoben und traten ein paar Schritte nach vorn. Niemand sonst bewegte sich, ein paar Gäste nur stellten mit zitternden Händen ihre Gläser ab. Kap Trafalgar... ein Sieg der Engländer, ein Sieg Englands nach jahrelangem Kampf... und während sie hier auf die Männer vor Cadiz trinken wollten, war es zwei Wochen zuvor bereits geschehen, hatte dort unten im Mittelmeer irgendwo zwischen dunklen Wellenbergen die Entscheidungsschlacht getobt, ein furchtbarer, langer Kampf um Englands Freiheit, um Englands Sieg über Napoleon Bonaparte. Und sie hatten gesiegt...

Die Starre löste sich von den Gesichtern. Noch wagte niemand an die Toten zu denken, die dieser Kampf gefordert haben mochte. Einigen Frauen liefen Tränen über die Wangen.

»England«, flüsterte Lady Stanford, »England wird immer überleben...«

Draußen schlugen die Turmuhren Mitternacht. Klar und ruhig wie stets klangen die Töne durch die Dunkelheit. Alle zuckten zusammen. Elizabeth bekam große Augen.

»Warum erst jetzt?« fragte sie. »Wo waren die Glocken, als der Sieg verkündet wurde? Wo sind die Freudenglocken, wo das Geschrei der Menschen, wo sind die Siegesfeiern? Es ist ja so still...«

Alle sahen wieder Lord Fitheridge an.

»Ja«, sagte Viola aufgeregt, »es ist völlig still. Was ist denn geschehen? Um Gottes willen, James, es muß doch irgend etwas Schreckliches geschehen sein!«

Lord Fitheridge sah plötzlich grau und eingefallen aus.

»Die Freudenglocken«, sagte er langsam, »es wird keine Freudenglocken geben. England hat gesiegt, aber um den höchsten Preis. Admiral Nelson«, er holte tief Atem, und auf den Gesichtern der Gäste malte sich schreckensvolles, langsames Begreifen.

»Admiral Nelson ist bei Kap Trafalgar gefallen«, sagte er leise.

3

»England erwartet, daß jeder Mann seine Pflicht tut.« Am Tag nachdem die Nachricht des Sieges London erreicht hatte, überschrieb die Times mit den Worten, die Admiral Nelson zu Beginn der Schlacht gesprochen hatte, ihren seitenlangen Bericht über den für England größten Sieg des Jahrhunderts. In allen Einzelheiten wurde der Kampf beschrieben, Nelsons ungewöhnliche Flottenaufstellung, die Ungeschicklichkeit der Feinde, darauf zu reagieren, die schwache Abwehr von Gravinas Leuten, deren Kampfmoral höhnisch als außerordentlich gering bezeichnet wurde. Nach den Meldungen hatte hier eine Truppe verwahrloster, undisziplinierter, ängstlicher Matrosen einer edlen, pflichtbewußten und tapferen Mannschaft hochachtenswerter Engländer gegenübergestanden, die viel anständiger und dennoch siegreich kämpften. Jeder einzelne von ihnen wurde zum Helden erklärt und für alle Zeiten der Dankbarkeit seines Vaterlandes versichert.

Natürlich gedachte das Vaterland auch des gefallenen Admirals. Nelson war mehr gewesen als der überlegene Kommandant einer Kriegsflotte. Die Legende des Jungen aus Burnham Thorpe wurde nicht allein von seinen Siegen genährt, sondern von der Ausstrahlung, die auf jeden Menschen seiner Umgebung wirkte, von seinem Charme, seinem Geist und seiner Warmherzigkeit. Die großen Männer der Admiralität liebten ihn ebenso wie die kleinsten Schiffsjungen seiner Victory. Sein Tod verdunkelte die Freude über den Sieg mehr, als es der Tod irgendeines anderen Feldherrn vermocht hätte.

Dennoch konnte Joanna ein bitteres Lächeln nicht unterdrücken, während sie die endlosen Berichte über Trafalgar in der Times las. Agatha hatte ihr schon am frühen Morgen die Zeitung besorgt und danach ausgesehen, als habe sie selbst in einer Schlacht gekämpft.

»Sie können sich das Gewühl um die Zeitungsverkäufer herum nicht vorstellen, Mylady«, hatte sie schnaufend, aber stolz erklärt, »als sei ganz London auf den Beinen, um nur schnell alles Wichtige zu erfahren!«

Joanna zog sich wieder in ihr warmes Bett zurück, müde noch von dem gestrigen Fest und fröstelnd vor dem unermüdlichen Regen, der draußen kalt und grau vom Himmel rauschte. Sie glaubte, was sie las – bestimmt war Admiral Nelson ein großartiger Mann gewesen –, aber wenn dort stand, sein Tod nehme dem Sieg den Glanz, dann mußte sie unwillkürlich denken, daß jeder Sieg zu allen Zeiten seine Opfer gefordert hatte, ohne daß irgend jemand außer den Hinterbliebenen den Glanz deshalb verloren sah. Fiel aber der Kommandant, so brach ein ganzes Volk in Tränen aus. Joanna fand, daß zwischen den Matrosen und dem Admiral auch nicht der allerkleinste Unterschied bestand, und kam, während sie so dalag und las, zu dem Schluß, daß kein Sieg, dem ein Krieg vorausgegangen war, jemals bejubelt werden durfte.

Daneben natürlich kamen ihr Gedanken von Furcht und Sorge um Edward. Sein Schicksal war ungewiß. Zwar veröffentlichten die Zeitungen erste Verlustlisten, die aber noch so unvollständig waren, daß niemand wirklich beruhigt war.

Joanna überflog in höchster Eile die Namen, die in alphabetischer Reihenfolge angeordnet waren. Gallimore stand nicht darunter. Doch als sie zum zweitenmal ihre Augen über die furchtbare Spalte gleiten ließ, stieß sie einen Laut des Erschreckens aus:

Daniels, Henry, stand dort, Daptrex, Percy; Darking, Arthur...

»O Gott«, murmelte sie, »Arthur Darking!«

Agatha, die den Schreckenslaut vernommen hatte, stürzte ins Zimmer.

»Mylady!« rief sie. »Seine Lordschaft ist doch nicht...?«

»Nein, nein, Edward ist hier nicht aufgeführt. Aber Lord Darking!«

»Himmel! Arme, arme Lady Darking. So jung, und ein ganz kleines Kind hat sie...«

Joanna sprang aus dem Bett.

»Gib mir meine Kleider, Agatha«, bat sie. »Belinda ist eine unausstehliche Person, aber ich glaube, jetzt muß ich zu ihr.«

Schon kurz darauf saß sie in ihrer Kutsche und rollte in die Fleet Street zu Belindas Haus. Aus vielen Fenstern entlang den Straßen hingen Fahnen, leuchtendes britisches Rot, Blau und Weiß, aber im stetig fallenden Regen konnten sie nicht flattern und hingen traurig herab.

Florence, die Zofe Belindas, zeigte sich tief erleichtert, als sie Joanna die Haustür öffnete.

»Ach, wie gut, daß Sie kommen, Mylady«, sagte sie. »Ich weiß schon gar nicht mehr, was ich machen soll! Mylady liegt auf dem Sofa und weint und weint, schon seit dem frühen Morgen, als sie die furchtbare Nachricht in der Zeitung las. Ist es nicht entsetzlich, Mylady?«

»Ja, unvorstellbar. Ich dachte mir, daß Lady Darking jetzt Hilfe braucht.«

»Sie hat ja sonst niemanden«, meinte Florence vertraulich, »natürlich haben wir gleich nach ihrer Mutter, nach Lady Fitheridge, schicken lassen. Aber nach solch einem Fest wie gestern ist sie ja immer...«

Joanna wollte mit Florence nicht über Viola sprechen, aber sie wußte, was das Mädchen meinte. Viola lag mit Sicherheit unter einem fürchterlichen Kater leidend daheim im Bett, und nicht einmal die Nachricht vom Tod ihres Schwiegersohnes vermochte in die Abgründe der Nachwirkungen ihres Rauschs zu dringen. Aber vielleicht war das sogar erträglicher, als wenn sie im Haus herumglucken würde.

Joanna wurde in Belindas elegantes Boudoir geführt, wo diese auf einem Sofa lag und vor Schluchzen zitterte und bebte. Sie richtete sich auf, als sie Joannas Schritte hörte, und blickte sie mit verweinten, verzweifelten Augen an.

»O Joanna«, schluchzte sie, »hast du es gelesen? Er ist tot, Arthur ist tot! O Gott, ich kann es nicht aushalten!«

Sie ließ sich von Joanna in die Arme nehmen und weinte an ihrer Schulter weiter. All ihr albernes Gehabe, ihre Angeberei waren in diesen Momenten von ihr abgeglitten, und zurück blieb nichts weiter als eine einsame, unglückliche Frau, die nach einem Menschen suchte, der ihr Trost geben konnte. Joanna hatte Belinda nie eines tieferen Gefühls für fähig gehalten, aber jetzt meinte sie zu erkennen, daß deren Kummer echt war.

Ob sie Arthur nun geliebt hatte oder nicht, sie stand erschüttert vor der unabwendbaren Tatsache, daß ein Mensch, mit dem sie ihr Leben geteilt hatte, nie wieder zu ihr zurückkehren würde.

»Ach, Joanna, ich war immer so gemein zu ihm«, jammerte sie, »immer wollte ich noch mehr und mehr haben, nie konnte er mir genug schenken, mit nichts gab ich mich zufrieden!«

»Du bist noch jung«, tröstete Joanna, »in deinem Alter denkt man oft noch etwas oberflächlich und möchte vieles haben und besitzen...«

»Aber gestern abend! Ich komme mir so schlecht vor! Dieser gräßliche Sir Wilkins! Wie aufdringlich er war, und dabei habe ich ihn noch ermutigt... und mein Arthur war da schon tot!« Ein neuer Schwall Tränen folgte, als Belinda daran dachte, welchen Verlauf die letzte Nacht hätte nehmen können, wäre Sir Wilkins nicht durch die Nachricht von Trafalgar in seinem energischen Vorgehen jäh unterbrochen worden. Wenn sie nur daran dachte, wurde ihr schlecht vor Entsetzen über sich selbst. Arthur lag irgendwo im Süden auf tiefstem Meeresgrund, von einer Kugel zerfetzt oder von einem Säbel durchbohrt, und sie hatte nichts anderes zu tun, als sich halbe Nächte hindurch mit fremden Männern zu amüsieren. Dabei liebte sie ihn doch! Ihr war es nie so bewußt geworden, wie sehr sie seine Sanftmut und Geduld und Liebenswürdigkeit geliebt hatte. Warum begriff sie das jetzt erst, nun, da er tot war?

»Ich war so schlecht«, fuhr sie weinend fort, »so schlecht und böse... ich verstehe nicht, warum Arthur in den Krieg zog! Es hätte alles so schön weitergehen können!«

Joanna verbiß es sich, zu sagen, daß die Ehe von Belinda und Arthur Darking keineswegs schön gewesen war und daß sie sehr gut wußte, warum es diesen Mann von England fortgezogen hatte. Doch weshalb sollte sie Belinda noch mehr Schmerz zufügen, als sie ohnehin schon empfand!

Zudem fand sie, daß sie selbst kaum das Recht hatte, die andere in diesem Punkt zu verurteilen. Edward hatte sie aus den gleichen Gründen verlassen, die Arthur zum Fortgehen bewogen hatten.

»Wenigstens ist er für England gestorben«, meinte Belinda schließlich.

»Ja«, stimmte Joanna ohne Überzeugung zu, »wenigstens das!«

Sie blieb bis zum Mittag, denn jedesmal, wenn sie sich anschickte zu gehen, bekam Belinda beinahe einen hysterischen Anfall.

»Du darfst mich nicht verlassen, Joanna!« rief sie. »Ich sterbe, wenn ich allein bleibe!«

Also hielt Joanna weiterhin ihre Hand und hörte sich geduldig ihre Selbstzerfleischungen an. Ihre sonstige Abneigung gegen Belinda, die sie an manchen Tagen unfähig gemacht hatte, mit dieser Frau überhaupt in einem Raum zu verweilen, trat zurück. Wahrscheinlich, überlegte sie, war sie einfach kein wirklich rachsüchtiger Mensch. Belinda war schuld, daß sie in diese unheilvolle Ehe mit Edward hineingeschlittert war, aber nun, da sie so schrecklich verzweifelt schien, konnte sie nicht einmal mehr daran denken. Es war ihr unmöglich, sie jetzt einfach hier allein sitzen zu lassen. Sie hatte das Gefühl, eine Verantwortung gegenüber Belinda zu haben, denn schließlich hatten sie viele Jahre gemeinsam verbracht.

Am frühen Nachmittag endlich kreuzte Lady Viola auf, deutlich von Kopfschmerzen und allen möglichen anderen Nebenwirkungen des Festes geplagt. Sie eilte sofort auf ihre Tochter zu.

»Belinda«, rief sie, »mein armes Mädchen, es tut mir so schrecklich leid, daß ich nicht eher kommen konnte, aber...«

»Aber was?« fragte Belinda aufsässig.

»Nun... eh...«

»Immer müssen Sie sich betrinken, Mutter! Nie sind Sie da, nicht einmal in einem solchen Moment! Dabei bin ich so unglücklich, zum Sterben unglücklich! Wäre Joanna nicht gewesen, dann hätte sich niemand um mich gekümmert!« Sie schluchzte laut auf.

Lady Viola warf Joanna einen unsicheren Blick zu.

»Joanna, ich bin Ihnen für Ihre Hilfe sehr dankbar«, murmelte sie. Joanna stand auf.

»Ich bin doch gern gekommen«, entgegnete sie, »es ist ein furchtbarer Schicksalsschlag, der Ihre Familie getroffen hat!«

»Ach ja! Haben Sie etwas von Lord Gallimore gehört?«

»Ich weiß gar nichts. Auf den heute veröffentlichten Verlustlisten steht sein Name nicht, aber das muß nicht viel bedeuten.«

»Ich hoffe das Beste für Sie. Äh«, Lady Violas rasende Neugier wurde nicht einmal von dem traurigen Ereignis gedämpft, »es kam ja für uns alle gestern etwas überraschend, die liebe, kleine Elizabeth als Gräfin wiederzusehen!«

»Ja, in der Tat, das war beinahe überraschender als die Nachricht von Trafalgar«, meinte Joanna spitz. Viola überhörte die Schärfe.

»Warum hat John Carmody sie denn verlassen?«

»Sie hat John verlassen. Warum, weiß ich nicht.«

»Nein? Ich dachte immer, Sie seien so innig befreundet! Belinda erzählte, zwischen Ihnen herrsche die tiefste Freundschaft, die sie jemals erlebt habe!«

Joanna sah sie prüfend an, doch Viola wirkte arglos. Offenbar hatte Belinda nicht mehr als das erzählt.

»Wir haben uns nun auch schon lange nicht mehr gesehen«, sagte sie. »Ich muß jetzt aber wirklich gehen. Auf Wiedersehen, Belinda. Ich komme morgen noch einmal.«

Sie verließ das Zimmer und lief eilig hinunter auf die Straße zu ihrer Kutsche. Als sie in dem schaukelnden Wagen saß, überlegte sie, ob sie wirklich gleich nach Hause wollte. Eigentlich könnte sie zu Elizabeth fahren und sie besuchen. Zwar wußte sie nicht, wo die Freundin wohnte, aber sie konnte bei Lady Stanford vorbeifahren und sie fragen. Kurz entschlossen schickte sie ihren Kutscher zum Hyde Park.

Es dauerte lange, bis sie sich von Lady Stanford wieder verabschieden konnte. Wie jeder andere Mensch in London und in den Provinzen, wo sich die Siegesnachricht schnell verbreitete, wollte auch sie über die Schlacht in aller Ausführlichkeit sprechen. Natürlich hatte sie bereits vom Tod Lord Darkings gehört.

»Arme Lady Darking«, sagte sie, und da sie nicht zu den Tratschweibern Londons gehörte, erlaubte sie sich kein weiteres Wort, aber ihre Blicke sagten, daß sie für eine Frau wie Belinda nicht das geringste Mitleid empfand.

Wie sich herausstellte, lag das Haus des Earl Locksley auf dem Weg. Joanna hatte es schnell erreicht und betrachtete staunend die prunkvolle Fassade mit den vielen Fenstern und großzügigen Verzierungen aus Sandstein. Sie klopfte an und wurde gleich darauf von einem Hausmädchen eingelassen.

»Lady Gallimore«, fragte sie, nachdem Joanna ihren Namen genannt hatte, »Sie möchten zur Gräfin?«

»Ja.«
»Es tut mir leid. Mylady ist ausgegangen.«
»Oh... wann kommt sie denn wieder?«
»Ich weiß es nicht.«

Joanna war schon versucht, wieder zu gehen, aber dann kam ihr ein Einfall.

»Ist Earl Locksley da?« fragte sie.

Das Mädchen nickte.

»Dann melde mich ihm.«

Das Mädchen verschwand und kehrte schnell wieder zurück.

»Der Graf läßt bitten.«

Joanna trat in die eichenholzgetäfelte Bibliothek, in deren Kamin ein warmes, knisterndes Feuer brannte. Am Fenster lehnte Andrew. Er kam ihr entgegen, als er sie sah.

»Lady Gallimore«, sagte er herzlich, »wie schön, daß Sie zu Besuch kommen. Wir hatten ja gestern kaum Zeit, uns richtig zu begrüßen, da der Abend einen so unerwarteten Verlauf nahm!«

»Ja, alles ging durcheinander.«

»Lady Courtenay hat sich heute früh gleich alle Verlustlisten bringen lassen, die es im Moment gibt. Wir waren sehr froh, den Namen von Lord Gallimore nicht darunter zu finden.« Er wies auf einen Sessel. »Setzen Sie sich doch bitte.«

Er nahm ihr gegenüber Platz und lächelte. Wie früher schon kam Joanna auch diesmal der Gedanke, daß Andrew Courtenay einer der freundlichsten Männer war, die sie je getroffen hatte. Dieser Eindruck war ihr immer von ihm geblieben, obwohl sie selten mit ihm zusammengewesen war. Sie betrachtete ihn genauer, als am Abend zuvor möglich gewesen war, aber das Tageslicht hatte nichts an ihm verändert. Der Mann, den Elizabeth geheiratet hatte. Sie erwartete, wieder das Gefühl zu empfinden, das sie unweigerlich befallen hatte, wenn sie von John auch nur den Namen hörte, aber nichts davon regte sich in ihr. Kein Haß, kein Zorn, nur ein leises Mitleid. Andrew hatte Elizabeth nicht in der Hand, das hatte sie vom ersten Augenblick an gespürt. Er war abhängig von ihr, nicht umgekehrt. Er besaß nicht jene rätselhafte Mischung aus Liebessehnsucht und grausamer Gleichgültigkeit, die Elizabeth an John geliebt und gehaßt und die sie nahezu um den Verstand gebracht hatte.

»Verzeihen Sie«, sagte sie, »ich sitze hier einfach und starre Sie an... aber es ist so lange her, seit wir einander zuletzt sahen.«

»Ja, das stimmt. Es wäre schön, wenn wir uns nun richtig kennenlernen würden. Elizabeth hat immer so viel von Ihnen gesprochen.«

»Ja?«

»Ja, über all die Jahre, die sie mit Ihnen verbrachte, bevor sie...« Er brach ab. Joanna schwieg verlegen, dabei war dies genau der Punkt, über den sie so gerne Klarheit gehabt hätte. Schließlich meinte sie zögernd:

»Ich glaube, es war sehr gut für Elizabeth, Sie wiedergetroffen zu haben.«

Er sah sie überrascht an.

»Meinen Sie?«

»Natürlich. Dieser Mann, mit dem sie vorher...«

»Ich spreche nicht gern über ihn«, unterbrach Andrew. Joanna nickte. Armer Andrew, im tiefsten Inneren wußte er, daß er Elizabeth niemals ganz an sich würde binden können. Sie hielt an John fest bis an das Ende ihrer Tage. Leise dämmerte ihr, daß es zwischen ihr und Elizabeth eine viel stärkere Gemeinsamkeit gab, als sie bisher vermutet hatte. Jene unselige Eigenschaft, sich wider alle Vernunft, entgegen Stolz, Wissen und Verantwortung an Menschen zu klammern, die sich um diese Liebe nie verdient gemacht hatten und nie verdient machen würden. Die Unfähigkeit, Abschied zu nehmen von einer Einbildung, und dadurch gezwungen zu sein, in einer Erstarrung zu verharren, die nur Kummer brachte. Elizabeth würde sich ein Leben lang an John binden und sie selbst sich ein Leben lang an Elizabeth, sie beide würden an einen Traum glauben und gleichzeitig über der Erkenntnis seiner Unerfüllbarkeit verzweifeln.

Andrew aber war anders. Sie betrachtete sein sensibles, weiches Gesicht. Er würde aufgeben irgendwann, einfach und ohne eine höhere Erkenntnis, die ihn über seine Gefühle hinaushob.

Sie stand ruckartig auf.

»Ich möchte nicht länger stören«, sagte sie, »eigentlich...«

Die Tür öffnete sich, und Elizabeth trat ein, in einen schwarzen Pelzmantel gehüllt, von dem die Regentropfen perlten. Sie sah erschöpft aus.

»Ach, Joanna«, sagte sie ohne große Überraschung, »wie nett, daß du gekommen bist!« Sie warf ihren Mantel ab und sank in einen Sessel.

»Ich bin müde. Oh, hast du etwas von Edward gehört?«

»Nein. Aber Arthur Darking...«

»Ich weiß. Arme Belinda.«

»Hast du die Leute gefunden, die du besuchen wolltest?« fragte Andrew. Sein Gesicht hatte einen gespannten Zug. Elizabeth nickte.

»Sie wohnen noch in demselben Haus wie früher. Da hat sich nichts geändert.«

»Wo warst du?« erkundigte sich Joanna.

»Bei Freunden, die mir und ... John einmal sehr geholfen haben. Sally und Patrick Stewart. Sie leben am Tower, und ich wollte sie einmal wiedersehen und ihnen meine Unterstützung anbieten.«

Joanna merkte deutlich, daß Andrew davon keineswegs begeistert war. Im Gegenteil, sie hatte das Gefühl, daß es ihn quälte.

»Ich muß jetzt wirklich gehen«, meinte sie, »Elizabeth, ich hoffe, wir sehen uns bald einmal wieder?«

»Ja, sicher. Ich werde dich besuchen.« Elizabeth erhob sich und begleitete Joanna bis zur Haustür.

»Wie geht es Tante Harriet?« fragte sie.

»Gut. Obwohl sie natürlich ständig jammert!«

»Natürlich!« Elizabeth lachte etwas, aber es wirkte mühsam. Der Besuch bei ihren Freunden schien sie mitgenommen zu haben, denn es waren Freunde von früher und Freunde von John.

»Ich hoffe, daß Edward bald wieder gesund bei dir ist«, sagte sie zum Abschied. Joanna nickte, dann trat sie hinaus in das fahnengeschmückte, regenverhangene London.

Im November kehrte Edward zurück, gesund zwar, aber abgemagert und zutiefst verstört. Joanna war ganz erstaunt, daß die Nachricht, sie erwarte ihn in London, ihn tatsächlich erreicht hatte. Sie hatte ein Schreiben an die Vertretung der Admiralität in Portsmouth gesandt mit der Bitte, es an Lord Edward Gallimore, Leutnant auf der Victory, weiterzuleiten, und tatsächlich war es zu ihm gelangt. So schickte er nur einen Brief nach Foamcrest Manor, um Lady Cecily mitzuteilen, er sei gesund heimgekehrt, und begab sich nach London.

Eines Morgens, ganz früh im ersten Licht des Tages, stand er vor der Tür, was die öffnende, verschlafene Agatha fast in Ohnmacht fallen ließ. Im ersten Augenblick erkannte sie die abgerissene, unrasierte Gestalt vor sich gar nicht, aber dann schrie sie laut auf.

»Gott im Himmel, Seine Lordschaft ist zurück! Nein, was wird Mylady da sagen! Mylady, schnell!«

Joanna kam müde aus ihrem Zimmer, rieb sich die Augen und erstarrte dann ebenfalls für einen Moment. Dieser magere, verdreckte, zu Tode erschöpfte Mann an der Haustür war Edward, ihr rundlicher, gepflegter, immer etwas zu sehr aufgeputzter Edward!

»Du bist zurück?« fragte sie ungläubig.

»Ja, endlich.« Seine Stimme klang rauh, und sie merkte, daß er sehr erkältet sein mußte.

Weil sie wußte, daß Agatha darauf wartete, ging sie auf ihn zu und schloß ihn in die Arme.

»Gott sei Dank, du hast es überlebt«, murmelte sie.

»Wir haben uns ja solche Sorgen gemacht«, plapperte Agatha, »Ihr Name stand zwar nicht auf den Verlustlisten, aber man weiß doch nie...«

»Ich hätte gern ein heißes Bad«, unterbrach Edward sie, »und dann muß ich eine Weile schlafen.«

Tatsächlich schlief Edward den ganzen Tag, die Nacht hindurch und bis weit in den nächsten Tag hinein. Joanna schlich auf Zehenspitzen umher, um ihn nicht aufzuwecken. Sie war von einer merkwürdigen Rührung ergriffen, seit sie Edward an dem grauen, nebligen Morgen das Haus hatte betreten sehen. Was ihm früher nie gelungen war, das hatte er jetzt erreicht. Er weckte ein klein wenig Zärtlichkeit in ihr.

Als er schließlich aufwachte und in eine Decke gehüllt in seinem Schlafzimmer vor dem Kamin saß, berichtete er in aller Ausführlichkeit von dem Kampf. Joanna verschwieg, daß er sie langweilte, denn seit Wochen schon sprach nirgendwo mehr jemand von etwas anderem, doch sie nahm an, daß Edward sich seine fürchterlichen Erlebnisse von der Seele reden mußte. In einem stundenlangen, harten, grausamen Kampf waren langsam all jene Werte und Ideale zu unsichtbaren Schatten geworden, an die er bislang geglaubt hatte. Was sein Leben und Fühlen ausmachte, die Worte der Dichter, die er gelesen hatte, Lieder, die er gehört, Bilder, die er geliebt hatte, hielt nicht stand vor Pulverrauch, Kanonenkugeln, Blut und Schreien, vor aufgewühlter See, berstenden Schiffen, brechenden Masten. In aller Grausamkeit wurde ihm deutlich, daß die Träume von Ruhe und Schönheit, mit denen er sich selbst immer hatte trösten wollen, nicht die Wirklichkeit der Welt bedeuteten. Trafalgar war die Wahrheit, alles andere nur ein Schein, und er wußte kaum, wie er mit diesem Wissen würde weiterleben können.

Von diesen Gedanken sprach er nicht zu Joanna. Zwar meinte er durchaus, daß gerade sie ihn verstehen würde, doch er fühlte sich ihr fremd. Das Leben mit Joanna und seine Liebe zu ihr waren ebenso ein Traum gewesen wie vieles sonst in seinem Leben, und er hatte gegen alles bessere Wissen daran festgehalten. Er spürte, wie seine Gefühle für sie zerbröckelten und wie er zu hoffen begann, sie verlassen zu können und an einem ferngelegenen Ort zu sterben.

Er schilderte seine Erlebnisse mit ausdrucksloser Miene. Er berichtete davon, wie Nelson seine Flotte zu zwei Stoßkeilen aufgeteilt hatte, die sich von der Seite her den Feinden näherten.

»Nelson führte eine Flotte an, Collingwood mit der *Royal Sovereign* die andere«, erzählte er. »Ich glaube, es hat Nelson noch sehr gekränkt, daß Collingwood vor ihm den Gegner erreichte und die *Sovereign* anstelle der *Victory* das Feuer eröffnete!«

»Ich hörte, daß Nelson mit seiner Kampfaufstellung zuerst auf großen Widerstand in der Admiralität gestoßen ist«, sagte Joanna, »denn sie ist doch völlig unüblich gewesen. Kein breiter Angriff, sondern immer nur zwei Schiffe an vorderster Stelle, die natürlich einem schrecklichen Beschuß ausgesetzt waren.«

»Ja, daher war auch mit großen anfänglichen Verlusten gerechnet worden, aber auf die Dauer setzte sich die Taktik durch. Denn immer wenn die Franzosen glaubten, mit einem Schiff fertig zu sein, kam unaufhaltsam das nächste und dann wieder eines und wieder... und alle ausgeruht, neu, unbeschädigt. Es gab kaum eine Chance gegen sie.« Er sagte das ohne Stolz in der Stimme, auch ohne Leidenschaft, nur müde. Ein Admiral plante eine Kampftaktik und bezog die Zahl der Toten gleich in seine Überlegungen mit ein. Eine gewisse Menge Gefallener, aber insgesamt für den Sieg lohnend. Vielleicht mußte so gedacht werden.

Und Nelson wenigstens hatte zu den Befehlshabern gehört, die im Kampfgetümmel aushielten und sich nicht in ihrer Kajüte verkrochen.

»Nelson wurde von einer Kugel getroffen, nicht wahr?« fragte Joanna.

»Ja, sie durchbohrte sein Rückgrat. Kaum jemand von uns merkte etwas davon. Er wurde hinuntergetragen, und sein Arzt blieb bei ihm, zeitweise auch Kapitän Hardy. Am späten Nachmittag starb er dann. Und es war seltsam: als müsse sein Tod durch irgend etwas angezeigt werden, explodierte gleich darauf ein Schiff unserer Gegner. Ich habe nie ein größeres Feuer gesehen, einen qualmenden, grellen, tosenden Funkenwirbel zwischen hohen, grauen Wellen.«

»Glaubst du, Bonaparte wird England aufgeben?«

»Er muß. Er hat keine kampffähige Flotte mehr, dafür eine heillose Angst vor den Engländern. Wenn er weiterhin Länder erobern will, muß er sich nach Osten wenden.«

»Er wird nicht so wahnsinnig sein und Rußland angreifen!«

»Möglich ist es. Aber das ist seine Sache und die der Russen.«

Edward schob sich fröstelnd noch näher ans Feuer.

»Warum bist du nach London gegangen?« fragte er. Joanna zuckte mit den Schultern.

»Belinda drängte. Und dann... du weißt, meine Mutter. Ich brauchte eine Trennung von ihr.«

»Vielleicht ist es gut. Im Augenblick könnte ich auch nicht in die Provinz zurück. Hier ist mehr Ablenkung. Sind interessante Leute in dieser Saison da?«

»Ja, du ahnst nicht, wen ich getroffen habe! Elizabeth. Aber nicht etwa als Elizabeth Landale, sondern als Countess Locksley. Sie hat Andrew Courtenay geheiratet.«

»So etwas war in der Tat nicht zu erwarten«, meinte Edward nachdenklich. »Nun, dann werdet ihr euch von nun an wohl öfter sehen!«

Joanna warf ihm einen raschen Blick von der Seite zu. Er wirkte so teilnahmslos. Früher war er bestrebt gewesen, sie von Elizabeth fernzuhalten, sogar von Gedanken an sie. Jetzt schien es ihm gleichgültig. Mit der ihr eigenen Vernunft unterdrückte sie ein Gefühl der Kränkung. Es kam ihr schmählich vor, von einem Mann, den sie überhaupt nicht liebte, Eifersucht zu erwarten, und sie hatte immer die Frauen verachtet, die damit ihre Eitelkeit zu befriedigen versuchten.

Im Grunde entsprach die neue Entwicklung der Dinge ihrer Vorstellung. Vielleicht konnten Edward und sie nicht anders zusammenleben, vielleicht sollten sie nichts anderes sein als zwei Menschen, die gleich dachten und gleich fühlten und sich aufeinander verlassen konnten, einander dabei aber nicht leidenschaftlich zugetan waren. Sie stimmten in so vielem überein, nur in der Liebe ganz gewiß nicht.

4

Am 8. Januar des Jahres 1806 wurde Admiral Nelson unter der mächtigen Kuppel von St. Paul's Cathedral beigesetzt. Man hatte seinen toten Körper in einem großen Faß Branntwein von Trafalgar nach London gebracht und damit die Verwesung verhindert.

Der Mann, der weit über sein Jahrhundert hinaus zum größten Nationalhelden seines Landes geworden war, kehrte tot zurück, aber als Lebender bei einem Triumphzug hätte er nicht größere Menschenmassen an die Straßenränder ziehen können, als dies seine sterblichen Überreste in einem blumengeschmückten Eichensarg vermochten. Vier Träger trugen ihn durch die Straßen Londons, daneben gingen junge Offiziere, die britische Fahnen über ihn hielten. Dahinter schloß sich der endlose Trauerzug an, geführt vom Prince of Wales, nach ihm Vertreter aus nahezu jeder Adelsfamilie des Landes, vom höchsten Adel bis zum niedersten hinab. Ihr Weg durch London wurde rechts und links gesäumt von unüberschaubaren Menschenmengen, als sei die ganze Stadt auf den Beinen und als sei auch aus den umliegenden Dörfern jeder gekommen, der sich nur bewegen konnte. Bürger, Bauern und Bettler standen im Gedränge, vereint in ihrem Kummer um den Toten, und jeder zog seinen Hut, wenn der Sarg an ihm vorübergetragen wurde. Nachdem am Tag zuvor ein furchtbarer Hagelsturm getobt hatte, wölbte sich heute ein blaßblauer, klarer Winterhimmel über der Stadt, von dem eine mattgelbe Sonne schien. Die Fahnen hingen auf halbmast, und die Glocken von St. Paul's läuteten.

Joanna und Elizabeth gingen im Zug des Adels mit, an der Seite ihrer Männer, aber direkt hintereinander. Edward Gallimore hatte ein graues, versteinertes Gesicht, so daß Joanna, die ihn ein paarmal besorgt gemustert hatte, schließlich in einer Geste des Mitleids seine Hand berührte.

»Trauerst du so sehr um den Admiral?« fragte sie leise.

»Um alle, die gefallen sind«, entgegnete Edward heftig, »ich werde diese Schlacht ein Leben lang nicht vergessen und verwinden können!«

Hinter ihnen warfen sich Andrew und Elizabeth verständnisinnige Blicke zu. Vor einigen Tagen bei einem Dinner hatte ihnen Joanna von ihren Sorgen um Edward erzählt, von der tiefen Schwermut, die ihn seit Trafalgar umfangen hielt. Er war kaum noch dazu zu bewegen, sein Haus zu verlassen, und saß stundenlang grübelnd in einer Ecke. Aber er war nicht der einzige, für den dieser Tag britischen Triumphes eine Wende in seinem Leben bedeutet hatte.

Ein Stück vor ihnen ging Belinda, gestützt von Lord und Lady Fitheridge. Sie trug einen schwarzen Schleier vor dem Gesicht, damit niemand ihre verweinten Augen sehen konnte. Es war ein neuer Schlag für sie, daß Arthurs Leiche nicht nach England hatte überführt werden können, aber sie war unauffindbar gewesen. Nun wühlte der Anblick des Sarges und der vielen schwarzgekleideten Menschen ihre Gefühle neu auf. Sie schluchzte und zitterte, sicher sich ihrer Wirkung bewußt, aber zweifellos auch in echter Trauer. Es mischten sich in ihr die Angst vor einem trostlosen Witwendasein und das Entsetzen über die so gänzlich unerwartete Grausamkeit des Schicksals mit wahrem Kummer um Arthur. Wie viele oberflächliche Menschen erkannte Belinda Werte erst dann, wenn man sie ihr entzogen hatte, und so begriff sie nun, was Arthur ihr gewesen war.

Nachdem die feierliche Beisetzung vorüber war, begann sich die Menge zu zerstreuen. Als Joanna, Elizabeth, Andrew und Edward aus St. Paul's hinaustraten, sah Joanna plötzlich eine Frau am Fuße der steinernen Stufen, die Elizabeth energisch zuwinkte. Sie sah sehr arm aus, schlampig angezogen und mager. Elizabeth erstarrte im gleichen Moment, da Andrew ein wenig zu heftig fragte:

»Wer ist diese Frau dort?«

»Das ist Sally Stewart. Ich... erzählte dir von ihr. Bitte entschuldigt mich einen Moment.« Sie lief eilig die Treppe hinab zu Sally, die aufgeregt auf sie einzureden begann.

»Mein Gott, ich kann sie nicht verstehen«, sagte Andrew, »ich habe sie so gebeten...«

»Soviel ich weiß, hat Sally immer viel für sie getan«, meinte Joanna etwas schwach.

»Zum Teufel, das ist überhaupt kein Grund! Ich habe ihr gesagt, daß sie ihr Geld geben kann, aber sie soll aufhören, mit diesen Leuten...« Er brach ab, als ihm bewußt wurde, daß er zu viel und zu laut redete.

Einige Leute drehten sich bereits nach ihm um. Von irgendwoher war die Stimme einer Frau zu vernehmen, die etwas pikiert meinte:

»Die Countess Locksley scheint einen eigenartigen Umgang zu pflegen. Seht nur, mit welch einem Marktweib sie sich dort so freundschaftlich unterhält!«

Andrew wandte sich ab und ging mit großen Schritten zu seiner Kutsche. Joanna trat auf Elizabeth und Sally zu.

»Elizabeth, Andrew möchte aufbrechen«, mahnte sie. Elizabeth seufzte.

»Ich besuche dich nächste Woche, Sally«, versprach sie, »es tut mir leid, daß ich jetzt gehen muß.«

»Das macht doch nichts«, erwiderte Sally. Joanna betrachtete die ältliche Frau in dem zerschlissenen grauen Kleid genauer. Sie sah klug aus, erfahren, unbestechlich und hellwach. Eine Frau, die das Leben kannte und ihm ohne die geringste Spur von gläubiger Einfalt gegenüberstand. Joanna erkannte sofort, daß es dies war, was Elizabeth zu ihr hinzog, und mit einem Anflug von Bedauern dachte sie, daß es ihr selbst nie gelungen war, in andere Lebenskreise als die ihr angestammten vorzudringen. Sie wandte sich ab und ging zu Edward zurück, der in eigene Gedanken versunken auf sie wartete.

Elizabeth hielt ihr Versprechen. Zwei Tage nach den Beisetzungsfeierlichkeiten für Admiral Nelson ließ sie sich in ihrer Kutsche in das altvertraute Viertel an den Docks fahren, um Sally zu besuchen. Es herrschte klirrender Frost draußen, Finger und Nasenspitze erfroren beinahe, sobald man sein warmes Haus verließ. Elizabeth hatte mit ihrem Aufbruch gewartet, bis Andrew sich zum Mittagessen von ihr verabschiedete, weil er mit einigen befreundeten Herren verabredet war. Sie wollte seiner stets unverhohlenen Mißbilligung entkommen. Wenn sie Glück hatte, war sie vor ihm wieder zurück.

Sie hatte Sally am Tag nach dem Ball bei Lady Stanford besucht, also fast unmittelbar nachdem sie und Andrew zum erstenmal seit ihrer Hochzeit nach London gekommen waren. Sie erinnerte sich noch gut an das erstaunte Gesicht der Freundin, an ihren Freudenausbruch und wie sie ihr stürmisch um den Hals gefallen war. Sie sah ihre immer größer werdenden Augen vor sich, als sie ihr erzählte, wer sie inzwischen war, die Countess Locksley, getrennt von John, und das schon seit zwei Jahren.

»Das hätte ich nie gedacht«, sagte sie ein ums andere Mal. Die Tatsache, daß Elizabeth John verlassen hatte, schien sie weit mehr zu erschüttern als der Name Locksley. Von reichen Grafen hielt sie nicht viel.

»Es ging nicht mehr«, sagte Elizabeth, »ich konnte nicht mehr. Ich war am Ende.«

Sally machte ihr keine Vorwürfe, aber Elizabeth verteidigte sich dennoch eine Weile, um schließlich mit dem bedrückenden Gefühl nach Hause zu schleichen, einen furchtbaren Fehler begangen zu haben.

Nun hatte Sally sie vor St. Paul's angesprochen und sie dringend um einen weiteren Besuch gebeten. Sie wirkte aufgeregt, als handele es sich um eine wichtige Sache, aber durch Joannas Hinzutreten kam sie nicht dazu, Näheres anzudeuten. Nun, bald würde sie erfahren, was los war. Natürlich regte sie sich schon wieder auf, ihr Herz und ihr Atem gingen schneller als gewöhnlich. Wie sehr konnte doch Angst als Naturzustand dem Menschen ins Blut gehen, ohne verbannt werden zu können. Seit der Zeit mit John, in der sie täglich auf Gefahren hatte gefaßt sein müssen, reagierte sie mit Schrecken auf alles, was das übliche Gleichmaß ihres Lebens unterbrach. Immer und ständig rechnete sie mit einer neuen Tragödie.

Als sie vor Sallys Haus ankam, befahl sie dem Kutscher zu

warten, bis sie zurückkehrte. Sie stieg aus und balancierte vorsichtig über die unratüberhäufte Straße und die ausgetretenen Steinstufen zur Haustür hinauf. Innen, im düsteren Flur, kamen ihr Scharen schreiender Kinder entgegen, die beim Anblick der vornehmen Dame im langen pelzbesetzten Mantel fassungslos verstummten. Elizabeth drängte sich mühsam an ihnen vorbei. Sie mochte Kinder nicht besonders, aber diese elenden Gestalten rührten sie. Nichts hatte sich hier verändert.

Sally hatte ihre Schritte auf der knarrenden Treppe bereits vernommen und öffnete ihr gleich die Tür.

»Gut, daß du jetzt kommst«, sagte sie aufgeregt, »die Kinder habe ich alle hinausgeschickt, und es sind gerade die Leute da, die mit dir sprechen möchten.«

»Welche Leute?« fragte Elizabeth nervös. »Sally, ich habe Angst, daß...«

»Du mußt nichts tun, was du nicht willst. Aber du bist unsere letzte Hoffnung. Komm mit!« Sally führte sie durch das Wohnzimmer hinüber in das winzige Nebenzimmer. Um einen wackligen Tisch herum saßen drei Männer.

Elizabeth hatte sie nie zuvor gesehen, erkannte aber sofort, daß sie ebenfalls aus dieser Gegend im Londoner Osten stammten. Sie sahen verwahrlost aus, mager, bleich und übernächtigt. Aus ihren Gesichtern sprachen zu viele schlaflose Nächte und zuviel Alkohol. Elizabeth kannte diese Gesichter aus der ersten Zeit mit John, als sie durch die Wirtsstuben gezogen waren, um sich aufzuwärmen. Ein Gefühl der Vertrautheit, gemischt mit Furcht, befiel sie.

»Das ist die Countess Locksley, von der ich euch erzählt habe«, stellte Sally vor. »Elizabeth, diese Männer sind Alex, Dan und Bruce. Ihre weiteren Namen sind bedeutungslos.«

Die Männer erhoben sich, in ihren Blicken dabei eine Mischung aus Ehrfurcht und Ablehnung. Zweifellos hatten sie nie einer Gräfin gegenübergestanden, was sie mit Scheu erfüllte, zugleich aber mißtrauten sie der fremden Frau.

»Setzt euch nur wieder«, sagte Sally, »und seht nicht so böse drein. Elizabeth hat jahrelang mit John Carmody zusammengelebt, sie gehört zu uns.« Sie schob Elizabeth einen Stuhl hin.

»Warum sollte ich kommen?« fragte sie. Sally sah sie sehr ernst an.

»Wir brauchen deine Hilfe«, sagte sie, »um genau zu sein...«

»Was denn?«

»Wir brauchen zweitausend Pfund«, sagte Dan. Elizabeth starrte ihn fassungslos an.

»Wie bitte?«

»Jetzt hast du sie erschreckt, Dan«, tadelte Sally, »sie weiß ja gar nicht wofür.«

»Ganz gleich, wofür«, sagte Elizabeth, »ich habe keine zweitausend Pfund!«

Alex lachte laut auf.

»Natürlich nicht«, meinte er, »eine Gräfin hat keine zweitausend Pfund!«

»Nein, wirklich nicht. Der Graf hat viel Geld, aber ich nicht!«

»Paßt er auf, wieviel du ausgibst?« erkundigte sich Sally.

Elizabeth schüttelte den Kopf.

»Gewöhnlich nicht. Aber, du lieber Gott, wenn von einem Tag zum anderen zweitausend Pfund fehlen, dann fällt ihm das schon auf!«

»Na so etwas«, meinte Alex, »von zweitausend Pfund an merkt sogar Earl Locksley langsam, daß in seinem Vermögen Bewegung herrscht!« Seine Stimme klang haßerfüllt. Elizabeth sah ihn an. Obwohl sie diesen Mann überhaupt nicht kannte, stimmte sein Haß sie traurig.

»Wofür braucht ihr das Geld?« fragte sie.

»Diese Männer gehören zu einer Bande, die...« begann Sally zu erklären.

»Bande!« wiederholte Alex grimmig. »Sally, wir holen uns, was uns auf dieser gottverdammten Welt zusteht!«

»Eine Bande seid ihr aber. Ihr bestehlt die Menschen auf den Straßen, überfallt Reisende in den Wäldern, brecht in fremde Häuser ein, und mit euren Degen seid ihr immer sehr schnell!«

»Vorsicht, Sally«, meinte Alex lächelnd, »die Countess wird schon wieder ganz blaß.«

»Haben Sie irgend etwas gegen mich?« fragte Elizabeth ruhig.
»Ich glaube, ich kann Ihr Geld nicht leiden«, erwiderte Alex.
»Immerhin möchten Sie es aber gern haben.«
»Das stimmt.«
»Nun«, meinte Elizabeth verärgert, »dann seien Sie etwas netter zu mir!«
»Jetzt hört auf«, mischte sich Sally ein, »es ist nicht die Zeit, um zu streiten. Elizabeth, ich will dir sagen, wozu wir das Geld brauchen. Diese Männer gehören einer Diebesbande an – so sieht man das jedenfalls bei der Obrigkeit dieser Stadt, wobei es im Augenblick nichts nutzt, sich darüber auseinanderzusetzen, ob Armut ein Recht zum Stehlen gibt oder nicht. Diese Bande zählt an die zwanzig Köpfe, mal sind es mehr, mal weniger. Vier der führenden Männer sind letzte Woche verhaftet worden. Wenn wir sie nicht freikaufen, werden sie aufgehängt.«
»Ah, ich verstehe. Der Richter will zweitausend Pfund?«
»Kein offizieller Freikauf. Aber fünfhundert für jeden Freispruch.«
»Ihr steht mit dem Richter in Verbindung?«
»Wir haben Leute, die seine Bestechlichkeit herausgefunden haben – ja.«
»Da du selber einmal in unserer Lage warst«, sagte Sally, »als John im Gefängnis saß, dachten wir, du würdest uns helfen.«
»Zweitausend Pfund, Sally, ich...«
»Vielleicht hat Countess Locksley die Seite inzwischen grundlegend gewechselt«, meinte Alex anzüglich.
»Ich stehe auf niemandes Seite«, entgegnete Elizabeth heftig, »nicht auf der einer Londoner Diebesbande und auch nicht auf der des Adels! Ich weiß doch auch nicht so genau, was gut ist und was schlecht. Ihr sagt, daß die schlecht sind, die Geld haben, aber ich habe viele gute und großherzige Menschen unter ihnen getroffen. Meine Tante Harriet zum Beispiel – sie war sehr reich, aber sie hätte nichts und niemandem je etwas zuleide getan!«
»Sicher hätte Ihre Tante Harriet das nie getan«, sagte Alex, »aber zweifellos gehört sie zu jenen feinen Ladies, die meinen,

jenseits von Prunk und Luxus gebe es nichts mehr von Bedeutung. Würde man sie plötzlich mitten in die Londoner Elendsviertel stellen, sie würde voll aufrichtiger Unschuld beteuern, von all diesem Dreck und Leid und Unglück nie etwas gewußt zu haben!«

»Eben – voll aufrichtiger Unschuld!«

»Nein, in Wahrheit nämlich nicht. Wer seine Augen verschließt vor dem Leid der Welt, ist eben nicht unschuldig, sondern im Gegenteil der schlimmste Handlanger derer, die skrupellos ausbeuten und vernichten!«

»Aber vorsätzlich tun sie das nicht!«

»Doch. Sie verschließen wissentlich und willentlich die Augen!«

»Es ist unglaublich«, sagte Sally energisch, »Alex und Elizabeth kennen einander noch keine zehn Minuten, und schon führen sie tiefsinnige philosophische Gespräche!«

»Ich wollte nur noch sagen, daß ich unter den armen Menschen auch solche getroffen habe, die abgrundtief schlecht sind«, sagte Elizabeth. »Die böseste und hinterhältigste Denunziantin, die mir je begegnet ist, stammt aus euren Kreisen!«

»Dann werden wir uns wohl darauf einigen müssen, daß die Menschen überall schlecht sind«, meinte Alex lächelnd. Elizabeth glaubte, einen Funken von Sympathie in seinen Augen zu entdecken. Sie lächelte zurück.

»Gut, einigen wir uns darauf.«

»Fein«, sagte Sally, »dann könnten wir ja zu dem eigentlichen Anlaß für Elizabeths Besuch zurückkehren. Du hast das Geld wirklich nicht?«

»Es tut mir leid – nein.«

»Du sagtest mir neulich, der Earl habe dir die Erlaubnis gegeben, mich oder deine alten Freunde soviel du willst mit Geld zu unterstützen!«

»Ja, aber nicht mit zweitausend Pfund. Das würde er sofort merken, und er würde fragen, wofür das gebraucht wird. Was soll ich denn dann antworten? Er käme mit Sicherheit darauf, daß es dabei um etwas Zwielichtiges geht.«

»Es wäre wahrscheinlich unmöglich, ihn einzuweihen?«
»Völlig unmöglich. Ich glaube, ich könnte alles von ihm verlangen, aber nicht, daß er mit seinem Geld zum Tode verurteilte Straßenräuber freikauft. Er ist in dieser Beziehung sehr streng. Alles, was sich jenseits des Gesetzes abspielt, wird von ihm gnadenlos verdammt.«
»Ich bezweifle, daß ich diesen Mann mögen würde«, brummte Alex. »Schade, dann können wir die Countess vergessen.«
»Es tut mir wirklich leid«, murmelte Elizabeth. »Gott weiß, wie gern ich euch helfen würde, denn ich war einmal in der gleichen Lage, als John...«
»John Carmody gehört übrigens auch zu uns«, bemerkte Bruce. Elizabeth starrte ihn an.
»Ist das wahr?«
»Es stimmt«, sagte Sally, »aber keine Angst, er ist nicht unter den Verhafteten.«
»Er ist in London?«
»Schon lange. Aber ich habe davon auch erst vor wenigen Tagen erfahren.«
»Ach!« Elizabeth brauchte eine ganze Weile, um mit dieser Neuigkeit fertig zu werden. »Weiß er, daß ihr mich...?«
»Um das Geld bittet? Nein. Ich glaube, er weiß nicht einmal, daß du hier bist.«
Und es würde ihn auch gar nicht interessieren, dachte Elizabeth. Sie stand auf.
»Ich muß jetzt gehen«, sagte sie, »ich hoffe, daß ihr noch irgendeinen Weg findet!«
Sie reichte den drei Männern nacheinander die Hand, ohne ihren starren Gesichtern dabei ein Lächeln entlocken zu können. Sie war ebenso wütend wie hilflos. Was sollte sie denn tun? Hier handelte es sich um Gesetzesbrecher, wie sehr man auch mit ihnen sympathisieren mochte. Sie sollten aufgehängt werden, was schließlich täglich in London geschah, und sie konnte ihnen nun einmal nicht helfen. Mit Andrew brauchte sie darüber gar nicht erst zu sprechen.
Sally begleitete sie hinunter zur Haustür.

»Sei nicht traurig«, bat sie zum Abschied, »es ist ja alles nicht deine Schuld!«

»Auf Wiedersehen, Sally. Du weißt, daß du dich immer an mich wenden kannst.« Elizabeth küßte ihre Freundin, bevor sie durch den grauen Schneematsch zurück zu ihrer Kutsche watete. Aufatmend lehnte sie sich in die weichen Polster zurück. John in London – und natürlich wieder in Schwierigkeiten. Wäre sie damals nicht von ihm weggegangen, dann steckte sie nun auch wieder in Schwierigkeiten. So gläubig, anzunehmen, sie hätte ihn davon abhalten können, war sie heute nicht mehr. Sie hatte auf ihn ebenso wenig Einfluß gehabt wie irgend jemand sonst. Resigniert blickte sie aus den Fenstern ihrer Kutsche auf die Wände der schiefen alten Häuser, an denen sie vorüberrollte.

Unglücklicherweise war Andrew bereits daheim, als Elizabeth ankam. Seine Verabredung hatte nicht lange gedauert, so war er gleich zurückgekommen und hatte Elizabeth zu seiner Verwunderung nicht angetroffen. Da sie nichts davon gesagt hatte, fortgehen zu wollen, machte er sich bald Sorgen und wurde zunehmend ärgerlich.

Als sie nun endlich in die Bibliothek trat, wo er vor dem Kamin saß und las, bemerkte sie sofort, daß er sich in äußerst schlechter Stimmung befand.

»Ah, du bist schon da«, sagte sie so unbefangen wie möglich, »ich dachte, es würde länger dauern.«

»Und das wäre dir wahrscheinlich auch lieber gewesen!«

»Nein, natürlich nicht. Aber wenn ich gewußt hätte, wie bald du kommst, hätte ich dir gesagt, daß ich weggehe.«

»Wie freundlich«, meinte Andrew aggressiv. Elizabeth sah ihn erstaunt an. Diesen Ton hatte er selten. Meist zeigte er sich so ausgeglichen und ruhig, wie sie es kaum an einem anderen Menschen erlebt hatte.

»Andrew«, begann sie, »ich...«

»Würdest du mich wenigstens nachträglich noch aufklären, wo du gewesen bist?«

»Bei Sally.«

»Verzeihung, das hätte ich mir auch so denken können. Wie dumm von mir.«

»Ich weiß ja, daß du Sally nicht leiden kannst, aber...«

»Ich kenne sie nicht.«

Elizabeth nahm ärgerlich ihren Schal vom Hals und warf ihn auf einen Sessel.

»Könntest du mich vielleicht auch einmal ausreden lassen?«

»Sicher. Entschuldige bitte.«

»Ich wollte sagen, daß Sally, auch wenn du sie nicht leiden kannst, zu meinen besten Freunden gehört. Sie stammt aus einer anderen Gesellschaftsschicht, aber in meiner Vergangenheit war ich nun einmal mit diesen Leuten zusammen, und sie haben mich ohne Vorbehalte aufgenommen. Jetzt geht es mir gut, und da soll ich sie vergessen?«

Andrew stand auf und legte endlich das Buch weg, in dem er gelesen hatte.

»Du sprichst von Vergangenheit«, sagte er, »aber das ist es, du schließt mit dieser Vergangenheit nicht ab. Du schleppst sie mit dir herum, und manchmal habe ich das Gefühl, daß du stärker an ihr hängst als an der Gegenwart.«

»Das bildest du dir ein. Ich verstehe bloß nicht, warum ich Menschen, die mir lieb sind, nicht mehr sehen soll, nur weil ich deine Frau geworden bin. Weshalb soll ich mich einem System unterordnen, das eine so unverrückbare Trennung von Arm und Reich verlangt? Ich sehe das einfach nicht ein. Es ist so unsinnig, sich nicht überall Freunde suchen zu dürfen...« Sie schwieg und sah ihn bittend an, in der Hoffnung, er würde sie verstehen. Er schüttelte den Kopf.

»Ich glaube, du weißt nicht, was ich meine«, sagte er. »Es geht mir nicht um die gesellschaftliche Zugehörigkeit. Ich habe mit diesen Menschen bisher nie etwas zu tun gehabt, aber ich glaube dir, was du von ihnen erzählst, und du bist ein freier Mensch und darfst tun, was du möchtest. Wovor ich Angst habe ist...« Er zögerte. Sein Gesicht hatte seine übliche Ruhe verloren. Zum ersten Mal, seit sie ihn kannte, gewahrte Elizabeth ein Flackern in seinen Augen, das ihr angstvoll und unsicher schien.

»Zum Teufel«, sagte er hart, »wir hätten nie nach London kommen dürfen. Ich bin ein Dummkopf, daß ich mich darauf eingelassen habe!«

»Wovor hast du Angst?« fragte Elizabeth weich.

»Kannst du dir das nicht denken? Vor John Carmody habe ich Angst – denn hier in London ist er plötzlich wieder lebendig. Hier begann deine Zeit mit ihm, und immer und ständig habe ich das Gefühl, daß du ihn hier wiedersehen wirst.«

»Aber Andrew...« Seltsamerweise konnte sie auf einmal seinem Blick nicht standhalten. Wie er dort an dem hohen Bücherregal lehnte, inmitten des Reichtums dieses Zimmers, im trüben Zwielicht des Januartages, erhellt vom Schein des Kaminfeuers, in dem sein Haar sanft rötlich glänzte, da kam er ihr mit dieser Mischung aus Traurigkeit und Eifersucht auf dem Gesicht so fremd vor, viel fremder als früher in ihrer Jugendzeit. Im Grunde war sie nie wirklich vertraut mit ihm geworden, obwohl sie zwei Jahre schon mit ihm lebte und ihn liebte. Diese zwei Jahre, ob es sie gab oder nicht, es hätte keinen Unterschied gemacht. Sie hatten nichts in ihr und nichts in ihrem Leben geändert, wenn es auch für jeden Außenstehenden wie eine bedeutsame Wandlung aussehen mußte. Sie empfand diese unerwartete Erkenntnis als traurig. Er hätte die Liebe ihres Lebens sein können, wenn es nicht John gäbe.

»Manchmal«, fuhr Andrew fort, als habe er ihren kurzen Einwurf nicht gehört, »manchmal, wenn du zu Sally gehst und aussiehst, als ziehe es dich mit aller Macht dorthin, dann denke ich, ob du wirklich nur Sally triffst oder ob du schon längst ein Wiedersehen mit John Carmody feierst!«

»Andrew, ich schwöre dir, daß ich John nie wiedergesehen habe«, sagte Elizabeth eindringlich, »ich habe ihn nicht mehr gesehen seit der Nacht, als ich Blackhill verließ, bis zum heutigen Tag. Und ich will ihn auch nicht sehen. Ich werde ihm nie verzeihen, wie er mich in dieser Nacht hat gehen lassen und wie gedemütigt ich mich gefühlt habe vor all diesen betrunkenen Tagedieben. Und es gibt noch vieles mehr, was ich ihm nicht verzeihe.«

»Das muß aber nicht ausschließen, daß du ihn noch liebst!«
»Warum sollte ich das noch?«

»Nun, dafür gibt es mehrere Gründe. Er war deine erste Liebe, du hast für ihn von einem Tag zum anderen deine bis dahin festgefügte Welt auf den Kopf gestellt, du warst viele Jahre mit ihm zusammen, und ihr hattet eine abenteuerliche Zeit. Ja, und vielleicht hast du das jetzt schon im Blut, das Abenteuer, die Ungewißheit, die Armut, den Kampf, dieses gemeinsame Bestehen vor den Härten des Schicksals. In dem Leben, wie du es geführt hast, liegt ein Reiz, der immer bleibt.«

»Ich bin doch von John weggegangen, weil kein Reiz mehr da war. Du hast es nicht erlebt, du kannst es nicht verstehen. Da war nur noch Müdigkeit und sonst gar nichts. Zum Sterben müde fühlte ich mich, und daneben gab es keine andere Empfindung!«

»Gar keine?« fragte Andrew. »Auch nicht Liebe zu mir?«
»Doch... dann. Nachdem ich John aufgegeben hatte.«

»Ich habe manchmal das Gefühl, daß ich für dich nichts bin als ein Ort zum Ausruhen. Eine behagliche Schlafstätte, wo du dich niederlegst und neue Kräfte sammelst, um dann...«

»Was?«

»Um dann dorthin zurückzukehren, wohin es dich zieht.«

»Wir drehen uns im Kreis«, sagte Elizabeth erschöpft, »wir kommen immer wieder dahin, daß du mir vorwirfst, ich wolle wieder zu John gehen, und ich das abstreite. Laß uns doch damit aufhören. In einem Punkt hast du nicht ganz unrecht: Als wir uns in Devon wiedertrafen, da sah ich in dir den Mann, der mir endlich Ruhe und Geborgenheit geben würde und Aufmerksamkeit, Schutz und Sicherheit. Aber Liebe ist doch nie frei von anderen Empfindungen, sie wird doch oft ausgelöst durch eine Sehnsucht, die nicht nur den Menschen selbst meint. Was zog dich denn zu mir hin? So schnell kann es nicht nur Liebe gewesen sein. Dich beeindruckte, was mich von den anderen Frauen, die du kanntest, unterschied. Gute Herkunft, aber in Armut geraten, tapfer ums Überleben kämpfend und dazu noch eine abenteuerliche Vergangenheit!«

»Deine abenteuerliche Vergangenheit hat mich bestimmt nie sonderlich entzückt«, murmelte Andrew. Er sah sehr elend aus. »Du hast recht, wir sollten damit aufhören«, meinte er, »ich wollte ohnehin nie von John Carmody sprechen. Komm mit, wir gehen im Hyde Park spazieren!«

»Bei der Kälte?«

»Ja, ich habe jetzt Lust, durch die Kälte zu laufen!«

Elizabeth zog ihren Mantel wieder an. Sie würde es nicht wagen, Andrew um zweitausend Pfund zu bitten, das war ihr klar. Und, zum Teufel, warum auch sollte sie das tun? Es war nicht ihre Sache, Londoner Richter zu bestechen, sie hatte genügend eigene Sorgen. Sie mußte endlich ihr Leben in Ordnung bringen, und das verlangte, daß sie entschied, wohin sie gehörte. Und ihre Welt war Andrew, war das London der Reichen, diese Bibliothek mit ihren kostbaren Büchern, den weichen Sesseln und dem knisternden Kaminfeuer, das alle Kälte draußen vor dem Fenster zu einem unwirklichen Hintergrund machte.

5

An einem verhangenen Januartag, eine Woche nach dem Begräbnis Admiral Nelsons, kam Belindas Dienstmädchen Florence schon frühmorgens in das Schlafzimmer ihrer Herrin, um eine Besucherin anzumelden.

»Eine junge Frau möchte Sie sprechen, Mylady«, sagte sie, »sie wartet unten in der Halle. Ziemlich einfaches Geschöpf. Sie behauptet, Zofe von Lady Stanford zu sein. Sie möchte Ihnen persönlich etwas geben, Mylady!«

Belinda machte ein mißmutiges Gesicht.

»So früh am Morgen? Nun gut. Sag ihr, ich komme.«

Sie stand auf, zog ihren seidenen Morgenmantel an und kämmte sich vor dem Spiegel ihre schönen blonden Haare. Ihr blasses Gesicht war schmaler geworden seit dem vergangenen November, und heute früh waren ihre Augen gerötet. Sie hatte nachts an Arthur gedacht und plötzlich angefangen, heftig zu weinen. Die Trostlosigkeit des Witwendaseins überfiel sie häufig in diesen langen, dunklen Winternächten, wenn sie ganz allein im Bett lag und aus dem Nebenzimmer das klägliche Schluchzen ihres kleinen Sohnes drang, der zu den unmöglichsten Zeiten etwas zu trinken haben wollte und erst verstummte, wenn seine dicke alte Kinderfrau mit ihrem weißen Nachthäubchen auf den aufgelösten grauen Haaren leise herbeihuschte und ihn beruhigend schaukelte. Ein toter Ehemann, ein winziges Kind, eine ausschweifend lebende Mutter und keine Freunde – Belinda fand ihre Lage verzweiflungsvoll. Immerhin gab es Joanna Sheridy, mit der sie sich in der letzten Zeit einigermaßen gut verstand, wenn sie auch ihr gegenüber ein etwas schlechtes Gewissen hatte. Als Kind war sie ziemlich scheußlich zu ihr gewesen, das mußte sie nachträglich zugeben. Durch die tragischen Ereignisse der letzten Monate war Belinda merklich reifer geworden. Mit einemmal bewunderte sie sich selbst nicht mehr ganz so wie früher.

Sie verließ ihr Zimmer und stieg, noch immer verschlafen, die breite geschwungene Treppe hinunter. Am untersten Absatz stand eine Frau, nicht mehr ganz jung, aber sehr attraktiv, mit langen roten Haaren und einem scharf geschnittenen, ein wenig lauernden Gesicht.

Sie trug die übliche einfache braune Kleidung der Londoner Dienstboten.

»Guten Morgen, Mylady«, grüßte sie, ehrerbietig knicksend, »es tut mir leid, daß ich zu so früher Stunde störe...«

»Es ist schon gut. Ich habe nicht mehr geschlafen. Was gibt es denn?«

»Sie erkennen mich nicht? Ich heiße Samantha, Mylady. Ich war Küchenmädchen im Hause des Lord Sheridy, vor vielen Jahren, als Sie, Mylady, noch ein Kind waren und immer hinüberkamen zu Miss Joanna und Miss Elizabeth!«

»Ah«, in Belindas Bewußtsein trat dunkel eine Erinnerung,

»ja, fällt mir ein... es gab da eine Samantha. Aber es tut mir leid, ich hätte dich nicht mehr erkannt. Es sind zu viele Jahre vergangen seitdem.«

»Wirklich nicht mehr erkannt?« In Samanthas Stimme schwang ein seltsames Erschrecken mit, fast so, als habe sie fest damit gerechnet, erkannt zu werden, und bereue unter diesen Umständen die Preisgabe ihrer Identität. Aber sie fing sich rasch wieder.

»Ich ging dann ja auch bald weg von den Sheridys«, sagte sie, »ich trat in Miss Cynthias... in Lady Ayleshams Dienste. Bis zu jenem traurigen Abend...« Sie schwieg taktvoll.

»O ja, es hat uns alle erschüttert«, sagte Belinda, die die Ereignisse damals überaus reizvoll gefunden hatte, »arme Lady Sheridy, es muß ihr das Herz gebrochen haben! Und dann Elizabeths Verhältnis mit diesem Taugenichts! Nun ja, offenbar konnte das den Earl Locksley auch nicht davon abhalten, sie zu heiraten! Ich muß sagen, daß ich das doch etwas...« Sie brach ab, denn ihr wurde bewußt, daß sie zu einem Dienstboten sprach, und selbst ihr war im Laufe ihres Lebens klargeworden, daß Tratsch gegenüber der Dienerschaft gefährlich werden und unübersehbare Intrigen nach sich ziehen konnte.

»Weshalb kommst du her?« fragte sie daher geschäftig.

»Ich arbeite inzwischen für Lady Stanford«, antwortete Samantha, »sie schickt mich, Ihnen etwas von ihr zu geben. Sie selbst ist schon auf dem Weg nach Northumberland, weil ihr London zu grau wurde.«

»Ja, jemand erzählte davon. Wie kann man nur die Saison auf dem Land verbringen wollen?«

»Nun ja, jedenfalls ist sie heute früh abgereist, Mylady. Ich bringe nur noch das Haus in Ordnung, dann reise ich nach. Aber Lady Stanford ist ein Mißgeschick unterlaufen. Sie dachte nicht an die geplante Reise und kaufte für den nächsten Freitag drei Karten für ›Macbeth‹ im Covent Garden Theatre – Sarah Kemble, Mylady, als Lady Macbeth...«

»Oh«, machte Belinda gedehnt. Sie hatte für Shakespeare nicht viel übrig, obwohl er in England mit einer Leidenschaft gespielt wurde, als gebe es keinen anderen Dichter auf der Welt. Aber das Land sprach auch von Sarah Kemble, der verheirateten Mrs. Siddons, jener blassen, unscheinbaren Frau, die als eine der größten Tragödinnen in der britischen Geschichte gefeiert wurde. Als Lady Macbeth sollte sie ihr Publikum in die Knie sinken lassen, weshalb Belinda schon manches Mal überlegt hatte, daß sie sie auch einmal sehen sollte, um nicht immer unwissend daneben zu stehen, wenn andere schwärmten.

»Drei Karten gleich?« fragte sie. »Das ist ziemlich teuer!«

»Ja, sie wollte so gern mit Seiner Lordschaft und noch einer Freundin dorthin gehen, aber nun ist das nicht möglich. Mylady hat schon hin und her überlegt, was sie tun solle, und heute früh rief sie mich zu sich und sagte: Samantha, wenn Seine Lordschaft und ich nicht gehen können, so ist das kein Grund, daß niemand geht. Gleich nachher bringst du die Karten zu meiner lieben Freundin Lady Darking und sagst ihr, sie soll sich einen schönen Abend in Covent Garden machen. Und sie soll den Earl und die Countess Locksley mitnehmen. Das hat sie zu mir gesagt, Mylady!«

»Das ist aber wirklich eine Überraschung!«

Belinda fühlte sich sehr geschmeichelt. Seltsam, sie hatte immer den Eindruck gehabt, Lady Stanford könne sie nicht besonders gut leiden, aber offenbar war das reine Einbildung gewesen.

»Das ist aber sehr reizend von Lady Stanford«, erklärte sie. »Sage ihr meinen aufrichtigen Dank, sobald du auch in Northumberland bist. Ich werde ihr noch einen Brief schreiben.«

»Das wird sie freuen. Hier, Mylady«, Samantha kramte in den schmutzigen Taschen ihres Kleides und reichte Belinda drei etwas zerknäulte Karten, »vergessen Sie nicht: am Freitag! Und der Earl und die Countess sollen mitkommen. Ich kann ihnen die Karten nun nicht mehr selbst bringen, weil ich gleich nach Northumberland aufbrechen muß.«

»Schon gut, ich werde sie ihnen geben. Das ist für dich!« Belinda drückte Samantha ein paar Farthings in die Hand, und die Zofe dankte ihr erfreut.

»Danke schön, Mylady, vielen Dank. Ich wünsche Ihnen einen schönen Abend!«

Sie verschwand durch die Haustür, die Florence ihr öffnete. Belinda lächelte.

»Wie nett Lady Stanford doch ist«, meinte sie. Florence nickte.

»Es ist gut für Sie, wieder einmal unter Menschen zu kommen, Mylady. Und vielleicht auch neue Männer kennenzulernen, meinen Sie nicht?«

»Das geht zu weit«, verwies Belinda sie kühl, »sei nicht so vorlaut, Florence. Ich bin seit drei Monaten Witwe! So, ich werde jetzt frühstücken. Bring mir das Essen hinauf in mein Schlafzimmer!«

Am Nachmittag begab sich Belinda in die Fleet Street zu Elizabeth. Sie fand es außerordentlich günstig, daß Lady Stanford auch den Earl und seine Frau eingeladen hatte, denn so ergab sich an dem Abend für sie vielleicht eine Gelegenheit, mehr über Elizabeths Vergangenheit in den letzten fünf Jahren herauszufinden.

Es gab da so manches, was sie brennend interessierte, was aus John geworden war natürlich, aber auch, wie sie es geschafft hatte, Andrew zu heiraten. Und der Abend am Strand, als sie Zeugin des Gespräches zwischen Elizabeth und Joanna geworden war – zwar meinte sie sicher, irgend etwas falsch verstanden zu haben, war doch nur zwei Tage später die Verlobung Edward Gallimores mit Joanna bekanntgegeben worden, aber man hätte doch zu gerne Gewißheit. Joanna zu fragen, würde sie nie wagen, aber vielleicht hätte sie bei Elizabeth den Mut.

Im Haus des Earl platzte sie mitten in eine lebhafte Unterhaltung zwischen Andrew, Elizabeth, Edward und Joanna hinein. Sie saßen in der Bibliothek vor dem Kamin und unterhielten sich über Bonaparte und seinen sensationellen Sieg in der Schlacht von Austerlitz über österreichisch-russische Truppen im Dezember. Die Preußen, die sich aus dem Kampf fast völlig herausgehalten hatten, sollten von Frankreich zu einem französisch-preußischen Bündnis gezwungen werden und dabei Hannover erhalten. In England wartete man gespannt auf die Unterzeichnung des Vertrages, denn wenn Preußen tatsächlich Hannover in Besitz nahm, wäre England gezwungen, militärisch gegen die Preußen vorzugehen, und es gab viele, die meinten, dies sei es genau, was Bonaparte habe erreichen wollen.

»Ah, ich kann diesen Namen einfach nicht mehr hören«, sagte Elizabeth, »dieser schreckliche Mann wird noch die ganze Welt durcheinanderbringen. Ich hasse ihn!«

»Lady Darking«, meldete das Hausmädchen, und eine in kostbare Pelze gehüllte Belinda betrat den Raum, eine Wolke von Kälte und Schneegeruch mit sich bringend.

»Ich störe wohl gerade?« fragte sie bescheiden.

»Aber nein, ganz im Gegenteil, Lady Darking«, versicherte Andrew liebenswürdig und nahm ihr den Mantel ab, »setzen Sie sich doch bitte zu uns.«

»Ein Dienstmädchen von Lady Stanford kam heute früh zu mir«, berichtete Belinda. »Lady Stanford ist zu ihrem Landsitz in Northumberland abgereist, aber sie hatte noch drei Karten für Macbeth in Covent Garden. Sie hat mir eine geschenkt, und die beiden anderen sind für dich, Elizabeth, und für Sie, Sir.«

Elizabeth und Andrew waren ebenso überrascht wie Belinda am Morgen.

»Wie freundlich von ihr«, sagte Andrew. »Möchtest du hingehen, Elizabeth?«

»Ja, gern. Möchtet ihr nicht auch mitkommen, Edward und Joanna?«

»Ich glaube, ich habe keine Lust«, murmelte Edward. Joanna blickte in sein schmales, eingefallenes Gesicht. Seit er von Trafalgar zurückgekehrt war, schien er an nichts im Leben mehr Freude zu finden. Sie machte sich große Sorgen um ihn.

»Bitte, Edward«, sagte sie. Er nickte teilnahmslos.

»Wenn du es willst.«

»Schön«, meinte Belinda, »es wird sicher ein herrlicher Abend. Ich freue mich, wieder einmal mit Menschen zusammenzusein!«

Es klang aufrichtig. Edward betrachtete sie mit einem neuen Verständnis.

»Dieses glorreiche Trafalgar hat manchen von uns fast noch mehr gekostet als das Leben«, sagte er. Joanna und Elizabeth warfen einander einen Blick zu, in dem sie schuldbewußt eingestanden, daß sie selbst viel zuviel nur an ihr eigenes Schicksal, fern des Weltgeschehens, dachten. Andrew, der bemerkte, wie eine niedergedrückte Stimmung sich ausbreiten wollte, wechselte geschickt das Thema und erzählte irgendeine lustige Geschichte, über die alle lachten. Elizabeth sah, daß Joanna und Belinda mit der gleichen Bewunderung und Faszination Andrew beobachteten, während er sprach. Sie waren sich dessen wohl nicht bewußt, aber er wirkte anziehend auf sie.

Er besaß eine wunderbare Ruhe und Selbstsicherheit und ebensoviel Charme wie Feinfühligkeit. In seiner Gegenwart konnten Menschen gelöst und ruhevoll werden, ohne dabei in Schläfrigkeit zu fallen.

Ich bin völlig verrückt, dachte Elizabeth, ich bin völlig verrückt, ihn nicht zu lieben.

Sie wußte nicht, weshalb es gerade jetzt geschah, aber sie gestand sich in diesem Moment zum ersten Mal bewußt ein, daß sie Andrew nicht liebte. Er hatte recht mit seiner untergründig schwelenden Furcht. Aber, auch das sagte sie sich jetzt, wenn sie es nur irgend vermochte, dann sollte er niemals Gewißheit darüber erlangen.

Als sich am Abend die Gäste verabschiedeten, herrschte überall gute Laune. Selbst Edward wirkte munterer als sonst und starrte nicht wie üblich nur geistesabwesend vor sich hin. Joanna, die sich, seit sie Elizabeth wiedergetroffen hatte, in einem überwachen Zustand befand und alles mit Schärfe und Klarheit beobachtete, dachte: Jetzt, gerade in dieser Zeit, könnte es uns allen gelingen, eine gute Zukunft aufzubauen. Edward und ich, Elizabeth und selbst Belinda, wir sind empfindsamer und vorsichtiger und anspruchsloser geworden. Wir haben die Gelegenheit, all den Unfrieden und die vielen übersteigerten Gefühle unserer Vergangenheit für immer zu verbannen. Wir könnten hier in London leben und uns in dieser schönen neuen Zeit nach Englands großem Sieg vergnügen, wir alle haben Geld und sind gesund und noch jung. Wie damals, bevor John kam. Sie küßte Elizabeth zum Abschied und merkte, wie kalt die Wangen der Freundin trotz des warmen Zimmers waren. Es bezauberte sie, wieder in ihrer Nähe zu sein. Auch mit Edward konnte jetzt alles besser werden. Zum ersten Mal in ihrem Leben hatte sie Belinda gegenüber ein dankbares Gefühl, weil die sie überredet hatte, Foamcrest Manor zu verlassen und nach London zu gehen.

Als alle Gäste fort waren, sagte Andrew:
»Ich freue mich sehr auf das Theater, auch weil Lord und Lady Gallimore mitkommen. Ich mag die beiden.«
»Ja, nicht wahr? Und Belinda wird auch immer erträglicher – seit ihr Arthur gefallen ist. Früher war sie unausstehlich.«
»Weißt du, ich würde auch gern einmal nach Norfolk reisen und Heron Hall sehen.«
»Das werden wir alles noch tun. Wir haben ja so viel Zeit, Andrew. Wenn es Frühling wird, dann reisen wir nach King's Lynn. Ich zeige dir den Hafen, in dem ich damals aus Amerika ankam, und unser Schloß, den Park, in dem Joanna und ich spielten, und den Strand von Hunstanton. Es ist der schönste Platz auf der Welt.«
»Gut«, sagte Andrew sanft, »ich glaube, Elizabeth, daß wir eine sehr gute Zeit vor uns haben. Wir werden wieder fortgehen von London. Wenn es Frühling wird.«

Am Freitagabend brachen Andrew und Elizabeth schon früh auf, weil sie noch Joanna und Edward, die tatsächlich Karten bekommen hatten, und Belinda abholen mußten. Elizabeth hatte sich sehr sorgfältig zurechtgemacht, denn sie hatte aus einem unbewußten Gefühl heraus den Eindruck, dieser Abend sei etwas Besonderes. Sie trug ein zartblaues Musselinkleid mit hochgeraffter Taille und einem tiefen, spitzenumsäumten Ausschnitt, der Hals und Schultern frei ließ. Ihre Haare hatte sie in vielen kleinen Locken hochgesteckt, und nur über die Ohren fielen lange, gekräuselte Strähnen herab. Um ihre Stirn schlang sich ein Reif aus Silber, wie sie es auf Bildern in Modejournalen oft gesehen hatte. Andrew hatte Hosen aus weißem Satin an, darüber einen schwarzen Frack und eine schneeweiße breite Spitzenkrawatte, die sich eng um seinen Hals schloß. Elizabeth fand, daß er heute besonders attraktiv aussah. Sein hellblondes Haar lag in weichen Wellen um seinen schmalen Kopf, zusammengebunden mit einer breiten Schleife, und seine Augen wirkten noch dunkler als sonst.

Sie holten Joanna und Edward mit ihrer Kutsche ab, und dann eine aufgeregte Belinda, die eine gewaltige Straußenfeder im Haar trug und Goldpuder um ihre Augen verteilt hatte, der so staubte, daß ihr immerzu die Tränen kamen. Das Opernhaus von Covent Garden ragte festlich erleuchtet in den schwarzen Winterhimmel, erfüllt von Stimmen, Gelächter und den sanften Tönen einzelner Musikinstrumente, die eingespielt wurden. Als sie auf das Portal zuschritten, begannen die Glocken der Londoner Kirchen zu läuten, dunkel und schwer, und Elizabeth bemerkte, wie ein Gefühl von Furcht und Einsamkeit sie ergriff. Es mußte an dem gewaltigen Bau vor ihr liegen und an den Glocken, daß es sie plötzlich mit aller Gewalt schauderte. Vielleicht war es einfach die Nacht. Solange sie lebte, schien es ihr, würde sie mit dieser kindischen, schrecklichen Angst vor der Dunkelheit nicht fertig werden, die sie bereits aus Louisiana mitgebracht hatte und die sie eine ganze Kindheit hindurch unfähig gemacht hatte, nachts allein in einem Zimmer zu schlafen. Seit sie mit Andrew lebte, war es besser geworden, aber heute flackerte die Angst wieder auf.

Wahrscheinlich hatte Andrew recht, wenn er darauf drängte, sie sollten London so bald wie möglich verlassen. Hier konnte sie keine Ruhe finden, noch weniger, seit sie wußte, daß auch John sich in der Stadt aufhielt.

Innen stiegen sie eine geschwungene Marmortreppe hinauf bis zu der mit rotem Samt ausgeschlagenen Loge, in der sie ihre Plätze hatten.

Belinda stieß plötzlich einen leisen Schrei aus und krallte ihre Finger in Joannas Arm.

»Sieh nur«, zischte sie, »Sir Wilkins!«

Sir Wilkins saß in derselben Loge wie sie und blätterte gerade in seinem Programmheft. Er erkannte Belinda im selben Augenblick, da sie ihn sah, stand auf und verneigte sich in ihre Richtung.

»Nein, welch eine Dreistigkeit!« empörte sich Belinda. »Wißt ihr noch, welch ein kompromittierendes Verhalten er im November an den Tag legte? Und nun wagt er es schon wieder, mit mir zu flirten, obwohl ich gerade erst Witwe bin!«

»Er flirtet doch noch gar nicht«, meinte Joanna, »komm, Belinda, setz dich neben ihn. Er wartet darauf.«

»Ich weiß nicht...« Belinda zierte sich eine Weile, aber dann nahm sie natürlich doch neben ihrem Verehrer Platz, weil sie viel zu sehr geschmeichelt war, um seine Aufmerksamkeit zu übersehen.

»Er wird noch ihre große Liebe«, flüsterte Joanna Elizabeth zu, die darüber lachen mußte. Das Angstgefühl verflog. Es gehörte zu Belindas guten Eigenschaften, daß sie mit ihrem ewig gleichen Gehabe unweigerlich Stimmungen zerstörte, auch schlechte. Die vielen Geräusche, Stimmen, das Gelächter und die Rufe verstummten, als die Musik einsetzte. Das Orchester befand sich direkt vor der Bühne, auf der aus bemalten Holzwänden eine neblig-graue Heidelandschaft aufgestellt war, aus der die drei alten Hexen hervorkamen.

In den billigen Rängen pfiffen ein paar Straßenjungen und warfen einer der greulich zugerichteten Frauen, in der deutlich ein hübsches junges Mädchen steckte, mehrere Kupfergeldstücke zu. Das Ensemble des Covent Garden Theatre war, ebenso wie das von Drury Lane, in der ganzen Stadt immer sehr genau bekannt und mit der Halbwelt ebenso verflochten wie mit dekadenten Londoner Gecken.

Jede ansehnliche Schauspielerin hatte daher Abend für Abend ihre Bewunderer im Publikum, die ihr lautstark Beifall zollten. Die Londoner liebten ihre Theater leidenschaftlich, waren in der Euphorie ebenso hemmungslos wie im Zorn, weswegen selten eine Szene ungestört über die Bühne ging. Aber natürlich, das gehörte dazu, und jeder hätte die Rufe und das Gejohle schmerzlich vermißt, wären sie einmal ausgeblieben.

Elizabeth lehnte sich weit über die Brüstung und starrte so angestrengt hinunter, als habe sie Angst, sie könne ein einziges Wort, das auf der Bühne gesprochen wurde, versäumen. Jeder einzelne Satz rührte sie an, und sie dachte, welch ein unglaublich herrliches Gefühl es für einen Dichter sein müsse, ein solches Werk zu schaffen, und für einen Schauspieler, es darzustellen. Sarah Kemble war wundervoll. Auf der Straße wäre sie niemandem aufgefallen, aber als Lady Macbeth zog sie die Zuschauer so in ihren Bann, daß für Minuten sogar jedes andere Geräusch im Saal verstummte. Sie trug ein einfaches schwarzes Kleid, das glatt und fließend zu Boden fiel, und hatte die aufgetürmten Haare leicht gepudert, womit sie sich deutlich der Mode von Shakespeares Zeiten widersetzte und sich nach ihrem eigenen Jahrhundert kleidete.

Sie gehörte zu den wenigen Schauspielern, bei denen das Publikum diese Eigenwilligkeit sanftmütig hinnahm, nachdem nun schon seit zwanzig Jahren in ganz London hitzige Debatten darüber geführt wurden, ob ein Verzicht auf stilgerechte Kostümierung den Zuschauern zuzumuten sei oder nicht. Sarah Kemble, da war man sich einig, hätte in einer Ritterrüstung spielen können, sie wäre immer Lady Macbeth geblieben und hätte jeden Zweifler blitzschnell davon überzeugt.

Während einer kurzen Pause, als sich der Vorhang senkte und die ersten Blumensträuße auf die Bühne flogen, sah Elizabeth zu ihren Begleitern hin. Edward hatte sich in seinem Stuhl zurückgelehnt und hielt die Augen geschlossen. Er sah gequält und aufgewühlt aus. Neben ihm wirkte Joanna merkwürdig konzentriert, aber nicht auf das Theater und die Menschen im Saal, sondern in eigenen Gedanken gefangen. Ihre Stirn war leicht gerunzelt. Irgend etwas schien sie ganz merkwürdig intensiv zu beschäftigen.

Andrew hingegen war ganz und gar in das Stück vertieft, ohne den Ausdruck von Schmerz auf dem Gesicht wie Edward, und Belinda – Elizabeth mußte ein Kichern unterdrücken –, Belinda dachte offensichtlich nur über ihre eigene Wirkung nach, denn sie stützte ihren Kopf höchst elegant in ihre rechte Hand und hielt ihn leicht zur Seite gedreht, so daß Sir Wilkins ihr hübsches Profil im günstigsten Winkel betrachten konnte, was er auch ausgiebig tat.

Sein schandbares Benehmen verzieh sie ihm wohl inzwischen, und ganz sicher war sie sich gerade jetzt der Tatsache bewußt, daß ihre hellblonden Haare wirkungsvoll über dem Schwarz ihres Kleides zur Geltung kamen.

Shakespeare ging weiter, von Szene zu Szene fesselnder und aufreibender. Sie waren bereits bei der Schlafwandelei der Lady Macbeth angelangt, als sich Joanna zu Elizabeth hinüberlehnte und sie anstieß.

»Elizabeth«, flüsterte sie, »weißt du, was mir merkwürdig vorkommt? Ich...«

In diesem Augenblick erhoben sich alle Zuschauer wie auf ein geheimes Zeichen hin und spendeten minutenlang tosenden Applaus. Die Schlafwandelszene galt als Glanzstück der Sarah Kemble und riß das Publikum immer wieder derart hin, daß das Stück durch Beifallsstürme unterbrochen wurde. Es soll Abende gegeben haben, an denen von diesem Moment an nicht weitergespielt wurde, weil jeder mit diesem Höhepunkt das Theater beschließen wollte und lieber über Stunden hinweg applaudierte, als weitere Szenen anzusehen.

»Was kommt dir merkwürdig vor?« fragte Elizabeth leise zurück.

»Ich dachte schon die ganze Zeit darüber nach.« Joannas Stimme war in dem Lärm beinahe nicht zu verstehen.

»Was?«

»Diese Karten von Lady Stanford – ich finde es merkwürdig, weil doch... ich bin mir ganz sicher, daß sie es war, damals bei dem Fest im November, die erklärte, sie habe Macbeth hundertemal gesehen, und ihr Sinn stehe nun wirklich nach etwas anderem...«

Andrew wandte sich ihnen zu.

»Was ist denn?«

Joanna antwortete ihm nicht, sondern senkte ihre Stimme noch mehr.

»Ich verstehe daher nicht, weshalb sie diese Karten gekauft hat.«

»Vielleicht hat sie es sich inzwischen anders überlegt«, meinte Elizabeth, »sie sagte das im November, jetzt ist Januar, und sie könnte...«

»Kommen die Karten ganz sicher von Lady Stanford?« unterbrach Joanna.

»Belinda hat das doch gesagt, oder nicht?«

»Ja, ich meine das ja auch.«

Vorsichtig griff Elizabeth an Andrew vorbei nach Belindas Hand.

»Belinda«, flüsterte sie. Belinda wandte sich ihr mit einer anmutigen Bewegung zu.

»Ja?«

»Belinda, die Karten für den heutigen Abend kamen doch von Lady Stanford?«

»Ja sicher.«

»Weißt du das genau?«

»Aber bitte, ich bin schließlich nicht...«

Der Beifall ebbte ab, die Zuschauer setzten sich wieder. Sarah Kemble gab den Zurufen nach und spielte die letzte Szene noch einmal. Im Saal herrschte völlige Stille.

Elizabeth wußte, daß sie riskierte in der Luft zerrissen zu werden, wenn sie jetzt weiter sprach, aber sie versuchte es noch einmal.

»Belinda... wer hat dir die Karten denn gebracht?«

»Ruhe!« verlangte eine erboste Frauenstimme aus der Loge neben ihnen, was sofort weitere Zischeleien zur Folge hatte.

»Irgendein Dienstmädchen brachte sie«, antwortete Belinda, »ein einfaches, nettes Ding... Sarah oder Samantha oder so ähnlich.«

Elizabeth stockte der Atem.

»Samantha?«

»Elizabeth, du bist zu laut«, murmelte Andrew.

»Bist du sicher, daß sie Samantha hieß?« wiederholte Elizabeth.

Nun aber brach der Sturm der Entrüstung endgültig los.
»Unverschämtheit!« schrie jemand von unten.
»Charles, ich verlange, daß du diese impertinente Person dort drüben zurechtweist«, keifte eine Frau, woraufhin ihr Mann erschrocken murmelte:
»Leise, das ist die Countess Locksley!«
»Nun, dann muß man sich über ihr Benehmen nicht wundern. Man weiß ja allgemein, daß...«
Glücklicherweise brach die Frau ihre wütende Rede ab, weil Sarah auf der Bühne, die Unruhe bemerkend, lauter und intensiver zu sprechen begann. Alle Aufmerksamkeit wandte sich ihr zu. Auch Elizabeth und Joanna schwiegen, Elizabeth mit steigender Verwirrung kämpfend. Noch gelang es ihr nicht, sich alles zusammenzureimen, aber die Ahnung eines Unheils verstärkte sich in ihr. Samantha – der Name allein ließ sie erschauern, weil er sie an die verzweiflungsvollsten Minuten ihres Lebens, an Johns Verhaftung an jenem brütendheißen Sommernachmittag vor beinahe drei Jahren erinnerte. Natürlich mußte es nicht diese Samantha sein, es gab Dutzende von Dienstmädchen in London, die diesen Namen trugen. Aber nun, da Joanna ihren Argwohn geweckt hatte, fiel ihr eine weitere Seltsamkeit auf. Warum schenkte Lady Stanford ihre Karten ausgerechnet Belinda? Elizabeth war noch nicht lange genug wieder in London, um die feinen Beziehungen und Intrigen innerhalb der Gesellschaft genau zu kennen, doch sie meinte mitbekommen zu haben, daß die Lady gerade für Belinda nichts übrig hatte. Andererseits war Belinda gerade erst Witwe geworden, ihr Mann hatte sein Leben für England gelassen, und es mochten Pflichtbewußtsein und Mitleid sein, die Lady Stanford zu ihrem Tun bewogen hatten. Es konnte alles eine harmlose Angelegenheit sein, aber wenn nicht, dann blieb die Frage, welchen Sinn dieses Spiel hatte. Und es wurde Elizabeth abwechselnd heiß und kalt, wenn sie überlegte, daß der einzige Zweck dieses Abends sein konnte, sie und Andrew aus dem Haus zu locken, um dort nur noch eine Dienerschaft zu haben, die bestechlich sein konnte und von der Elizabeth nie mit felsenfester Sicherheit zu behaupten gewagt

hätte, daß sie bis hinunter zum untersten Küchenmädchen loyal zu ihnen stand. Wer aber sollte in das Haus des Earl Locksley eindringen wollen? Menschen, die sie bestehlen wollten, die vielleicht dringend Geld brauchten?

»O Gott, nein, nur das nicht«, stöhnte sie leise. Andrew hörte es.

»Was ist denn?« fragte er. »Du bist ja ganz blaß!«

»Es ist schon gut.« Sie krampfte die Hände ineinander, um sich zu beherrschen. Sally und ihre Freunde, diese Leute um John. Aber sie werden es doch nicht ausgerechnet in meinem Haus wagen, dachte sie, Sally ist meine Freundin, mich können sie nicht berauben!

Aber zugleich fiel ihr ein, daß sie der einzige Mensch war, der dieses Verbrechen möglicherweise ein klein wenig abzusichern versprach. Der Plan war nicht ungefährlich, denn die Lüge konnte jederzeit entdeckt werden, wenn womöglich Leute auftauchten, die sicher wußten, daß die Stanfords nie vorgehabt hatten, diesen Abend in Covent Garden zu verbringen, oder wenn den Betrogenen selbst Unstimmigkeiten auffielen. Aber wenn sie, Elizabeth, selbst zu den Opfern gehörte, dann konnte damit gerechnet werden, daß sie versuchen würde, die Verbrecher zu decken und die Rückkehr des Earl zu verzögern.

Es gelang ihr für die restliche Zeit nicht mehr, sich auf das Stück zu konzentrieren. Natürlich, so sagte sie sich, konnten das alles Hirngespinste sein, kam es ihr doch wie ein verworrenes, unwahrscheinliches Phantasiegebilde vor, das nur im Kopf einer Frau mit besonders schlechten Nerven entstehen konnte. Aber es war nicht unmöglich! Zu keiner Zeit vorher und nachher, nicht einmal während der atemberaubenden Restauration der Stuarts nach dem Bürgerkrieg, hatte das Verbrechen in London in so hoher Blüte gestanden wie in diesem frühen neunzehnten Jahrhundert, in dem die vernichtende Armut innerhalb der Stadt unbändigen Haß und unhemmbare Angriffslust in den Menschen heraufbeschwor. Täglich wurden wohlhabende Leute überfallen, ausgeraubt und nicht selten dabei niedergestochen. Und jeder konnte das Opfer sein, auch der Earl Locksley.

Schließlich waren die letzten Worte gesprochen, die Schauspieler traten vor den Vorhang und verneigten sich, die Zuschauer spendeten heftigen Applaus. Joanna schob sich an Andrew heran und redete hastig auf ihn ein. An seiner ungläubigen Miene bemerkte Elizabeth, daß sie ihm offenbar von ihren Überlegungen berichtete und damit Argwohn in ihm weckte. Gerade als sie dachte, es könne sich doch wohl kaum um die Bande um John handeln, denn er würde doch nicht ausgerechnet mit Samantha gemeinsame Sache machen, sagte Andrew durch den Beifallstrubel hindurch zu ihr:

»Elizabeth, Joanna hat mir gerade von eurem Gespräch berichtet. Mir erscheint das alles auch etwas merkwürdig. Wir sollten gleich nach Hause gehen.«

Elizabeth wußte, daß sie jetzt handeln mußte, ohne noch lange zu überlegen. Sie machte ein mißmutiges Gesicht.

»Aber ich hatte mich so gefreut, noch etwas zu essen«, sagte sie, »ich möchte den Abend nicht schon beenden. Es ist bestimmt alles in Ordnung.«

Andrew, der sich seines Mißtrauens wegen wohl auch ein wenig schämte, gab zögernd nach. Nebeneinander stiegen sie die breite Freitreppe hinab, verließen vom Strom der Menschen getrieben das festliche Opernhaus und traten hinaus in die eisige Nacht.

6

Sir Wilkins wurden sie natürlich nicht mehr los, denn diesmal hatte er sich fest entschlossen, sich durch keine Widrigkeit des Schicksals abhängen zu lassen. Er begleitete sie in das vornehme ›Tudor Rose Inn‹ am Ufer der Themse, unterhalb der Gärten des ehemaligen Königspalastes Whitehall gelegen, wo sie ein köstliches, mehrgängiges Essen zu sich nahmen und viel Wein tranken. Andrew schien seine Befürchtungen ganz zu vergessen, denn er unterhielt sich angeregt mit Edward, der außergewöhnlich entspannt wirkte. Joanna war darüber so glücklich, daß sie ebenfalls keine Gedanken mehr an ihre eigenen Überlegungen wandte, und Sir Wilkins und Belinda hatten nur Augen füreinander. So saß Elizabeth allein da und grübelte.

Die Wahrscheinlichkeit, daß an diesem Abend ein Einbruch in ihrem Haus stattgefunden hatte, war groß, aber auf der anderen Seite konnte sie ziemlich sicher damit rechnen, daß in diesem Augenblick bereits alles vorüber war. Macbeth hatte lange gedauert, das Essen ebenfalls, und jetzt mußte es auf Mitternacht zugehen. Trotzdem konnte eine Verzögerung nicht schaden. Auf gar keinen Fall durfte Andrew auf die Diebe treffen. Elizabeth wurde allein bei dem Gedanken daran ganz schwindelig. Sie wußte, wie schnell die Einbrecher ihre Messer und Pistolen zur Hand hatten, wenn sie sich bedroht fühlten. Ihre ganze Lebenseinstellung, das Bewußtsein, daß sie nichts zu verlieren hatten, machte sie zu unberechenbaren, rücksichtslosen Kämpfern. Und ihnen gegenüber Andrew, der vornehme, kultivierte Andrew. Sie wagte sich nicht auszumalen, was daraus entstehen konnte.

Das Essen war beinahe zu Ende, als sich Belinda für einen Moment von Sir Wilkins löste und sich über den Tisch hinüber zu Elizabeth lehnte.

»Hast du mich nicht vorhin nach dem Dienstmädchen gefragt, das mir die Karten von Lady Stanford brachte?« erkundigte sie sich. »Stell dir vor, was mir gerade einfällt: Diese Samantha war Dienstmädchen bei euch, früher, als ihr noch das schöne Haus in London hattet. Du müßtest dich noch an sie erinnern!«

»Was?« fragte Joanna erschrocken. Die Unterhaltung am Tisch verstummte.

»Was ist denn los?« wollte Andrew wissen. Joanna hatte große, unruhige Augen bekommen.

»Samantha«, wiederholte sie, »mein Gott, Elizabeth, erinnerst du dich an sie?«

»Jaja, schon«, entgegnete Elizabeth nervös.

»Ich wollte dir das gleich erzählen«, plapperte Belinda weiter, »aber ich vergaß es dann völlig.«

»Wer ist diese Samantha?« fragte Andrew scharf.

»Wir kannten sie, als wir Kinder waren«, sagte Joanna. »Sie war... nun, ich würde nie meine Hand dafür ins Feuer legen, daß sie ein ehrlicher und anständiger Mensch ist.«

Elizabeth biß sich auf die Lippen. Andrew sprang auf.

»Wir fahren sofort nach Hause«, bestimmte er, »es reicht mir jetzt. Irgend etwas stimmt nicht, und wir hätten das längst merken müssen. Wenn diese Frau uns vielleicht nur aus dem Haus locken wollte, dann...«

Edward machte erstaunte Augen.

»Ein Einbruch?«

»Vermutlich. Kommen Sie schnell!« Sie zahlten, verließen die ›Tudor Rose‹ und kletterten in höchster Eile in ihre Kutsche. Andrew rief dem Kutscher zu, er solle sich beeilen, und schon jagten die Pferde los.

Natürlich blieb jetzt nicht mehr die Zeit, Belinda, Sir Wilkins, Joanna und Edward nach Hause zu bringen. Sie mußten den Earl begleiten, wobei Sir Wilkins noch nicht genau begriff, was eigentlich geschehen war. Er fand es schrecklich, daß Belindas Freunde jedesmal dann in dramatische Situationen gerieten, wenn er gerade seinen ganzen Charme hatte spielen lassen. Aber heute würde er sich unter keinen Umständen abschütteln lassen.

Das Klappern der Pferdehufe und das Rasseln der Räder klangen viel zu laut durch die stille Nacht. Hin und wieder, wenn die Kutsche den Schein einer nebelverhüllten Hauslaterne kreuzte, konnte Elizabeth Andrews angespanntes Gesicht erkennen.

Wer immer sie sind, er haßt diese Menschen, dachte sie, auch meinetwegen.

Endlich kamen sie an, die Kutsche hielt. Andrew flüsterte dem Kutscher etwas zu, dann eilte er auf die Haustür zu und hämmerte dagegen. Nichts rührte sich hinter den dunklen Fensterscheiben.

Elizabeth griff nach Andrews Arm.

»Nicht so laut«, beschwor sie ihn, »du weckst die ganze Straße, und wir wissen doch gar nicht...«

»Wir wissen! Wir hätten längst...« Er schlug wieder gegen die Tür.

»Kann mir jemand sagen, was geschehen ist?« erkundigte sich Sir Wilkins.

»Ich glaube, der Earl vermutet, daß Diebe in seinem Haus sind«, erklärte Belinda. Sir Wilkins machte eine etwas verächtliche Miene.

»Nun«, begann er, aber da öffnete sich endlich die Tür, und das verängstigte Gesicht des Küchenmädchens Jean erschien.

»Ist alles in Ordnung?« fragten Andrew und Elizabeth gleichzeitig. Jean nickte. Sie machte einen Schritt zurück, so daß die sechs Ankömmlinge eintreten konnten.

Auf der breiten, geschwungenen Marmortreppe, die in den ersten Stock hinaufführte, gerade unter einem kristallenen Kronleuchter, dessen Kerzen im Luftzug flackerten, stand Samantha, aufrecht, ein unglaublich schmutziges, zerrissenes graues Kleid tragend, über das ihre roten Locken bis zur Taille hinabfielen, und genoß sichtlich ihren Auftritt. In der Hand hielt sie eine schwere, silberbeschlagene Pistole.

»Guten Abend, Countess«, sagte sie.

Die anderen starrten sie sprachlos an. Erst als auf einen Wink von ihr Jean die Haustür schloß, erwachte Andrew aus seiner Betäubung.

»Was geht hier vor?« fragte er kalt. Oben auf der Galerie erschien ein bewaffneter Mann. Elizabeth erkannte Alex.

»Sir, ich muß Sie bitten, sich ruhig zu verhalten«, rief er hinunter. »Samantha, sieh nach, ob die Herren bewaffnet sind!«

Samantha kam auf sie zu. Sie hatte sich wenig verändert, seitdem Elizabeth sie zuletzt gesehen hatte, nur war ihr Gesicht noch magerer und schärfer geworden, die Augen lagen weiter zurück. Sie wirkte wie eine alte, räudige und erfahrene Katze, während sie Andrew, Edward und Sir Wilkins nach Waffen durchsuchte.

»Alles in Ordnung«, sagte sie dann.

»Ich verlange jetzt zu wissen, wer ihr seid«, wiederholte Andrew. Alex lachte.

»Bedaure, Sir, unsere Namen gehen Sie nichts an. Und was unsere Absichten betrifft – fragen Sie doch die Countess!«

Alle Augen richteten sich auf Elizabeth.

»Was?« fragte Andrew sehr leise.

»Elizabeth, wußtest du...« Joannas Stimme erstarb in Ungläubigkeit. Elizabeth sah sich um und erkannte in allen Blicken das gleiche Entsetzen und Mißtrauen. Vor ihren Augen begann sich alles zu drehen, so unwirklich erschien ihr die Situation.

»Ich wußte es nicht«, sagte sie beinahe tonlos, »ich schwöre euch bei Gott, ich wußte es nicht. Ich wußte, daß diese Leute Geld brauchen, aber ich ahnte nicht... Du lieber Himmel«, schrie sie plötzlich zu Alex hinauf, »nehmt euch doch, was ihr wollt, nehmt es euch, aber geht, verschwindet! Zieht mich nicht mit hinein! Ich habe nichts mit euch zu schaffen!«

»Also das war es, wenn du immer zu deiner Freundin Sally gingst«, murmelte Andrew, »in Wirklichkeit...« Er sah nicht zornig aus, sondern todtraurig. Dann auf einmal lachte er voller Bitterkeit.

»Es ist so einfach und offensichtlich. Karten für einen großen Abend in Covent Garden, Shakespeare – und Elizabeth hat immer neue Einfälle, wie der Abend noch ein wenig verlängert werden kann! Ich hätte es wissen müssen!«

»Andrew...«, begann Elizabeth, aber Alex unterbrach sie:

»Kommen Sie die Treppe herauf. Es gefällt mir nicht, wie Sie dort unten an der Tür herumstehen.«

Samantha schwenkte ihre Pistole.

»Geht!« befahl sie. Nacheinander stiegen sie die Treppe hinauf. Oben blieb Elizabeth einen Moment lang vor Alex stehen.

»Was versprecht ihr euch denn davon?«

Er sah sie aus schwarzen Augen an, die auf kein Ziel gerichtet schienen.

»Nicht Ihre Sorge, Mylady, oder?«

»Weiß Sally, was ihr tut?«

»Nein, keine Sorge. Von Sally sind Sie nicht verraten worden.

Aber vielleicht von jemandem, bei dem es noch schlimmer ist.«

Belinda, die direkt hinter Elizabeth gegangen war, stieß gegen sie.

»Geh weiter«, zischte sie. Elizabeth erkannte, daß ihr Gesicht grau geworden war vor Angst. Sie ließ sich mitziehen, in ihr Schlafzimmer hinein, dessen Tür Samantha einladend weit offenhielt. Auf der Schwelle stehend zuckte sie zusammen und schrie leise auf. Auf dem weichen weißen Teppich neben ihrem Bett kniete John, und um ihn herum, wunderbar glitzernd und funkelnd im Kerzenlicht, lagen all ihre Juwelen verstreut, die ganzen Saphire, Smaragde, Diamanten und Rubine, mit denen Andrew sie in den zwei Jahren ihrer Ehe so großzügig überschüttet hatte. Dieses Bild, das prunkvolle Zimmer, der zerlumpte Mann, die funkensprühenden Edelsteine, sie wußte es in diesem Moment, es würde sich für alle Zeiten in ihr Gedächtnis eingraben, unauslöschlich.

Es bildete den Höhepunkt in diesem unwirklichen Alptraum, doch ließ es ihn gleichzeitig zur Wirklichkeit zerspringen. Und schmerzhaft wurde Elizabeth bewußt, daß John durch seine bloße Anwesenheit das ganze Zimmer und all die Kostbarkeiten darin lächerlich und nichtig werden ließ.

Er richtete sich auf, lächelte ihr zu. Elizabeth fand es selber bedeutungslos, aber ihr fiel in dem Moment nichts anderes ein, und so zog sie die Augenbrauen hoch und fragte mit einem Seitenblick auf Samantha:

»Mit ihr zusammen?«

»Wir können uns im Leben nicht alles und jeden aussuchen«, entgegnete John. Der einfache kurze Satz reichte aus, Elizabeths Knie wurden weich, und sie schwankte. Unter seiner Stimme brach sie völlig zusammen. Sein Tonfall, der ihr so vertraut war wie nichts sonst auf der Welt, und sein Lächeln dabei machten sie schwach. Sie erschrak, als auf einmal Andrew neben ihr war. Schnell überlegte sie, daß es besser wäre, er erführe nicht, wem er da gegenüberstand. Aber da trat schon Joanna ein und sagte entgeistert:

»John Carmody!«

Zum zweiten Mal innerhalb weniger Minuten wurde Elizabeth zum Blickfang für alle, und diesmal gab es nicht nur Mißtrauen, sondern vollendeten Verdacht. Sogar Sir Wilkins schien Zusammenhänge zu ahnen.

»Carmody!« sagte er. »Das ist doch der Mann, von dem man behauptet, daß er mit der Countess...« Ein Rippenstoß von Edward brachte ihn zum Schweigen.

John erhob sich nun ganz.

»Guten Abend, Joanna«, grüßte er. Joanna nickte ihm kühl zu.

»Mein Mann, der Earl Locksley«, stellte Elizabeth vor.

»Das ist hier wohl ein offizieller Empfang«, sagte Andrew bissig, »und ich dachte schon, es handele sich um einen Überfall.«

»Ja«, meinte John mit einem entwaffnenden Lächeln, »es ist alles etwas durcheinandergegangen. Die meisten eurer Dienstboten sind bestochen, aber die Köchin nicht, und die ausgerechnet bekam, kaum daß ihr fort wart, Besuch von ein paar Herren. Dadurch verschob sich unser ganzer Zeitplan. Sonst wären wir nicht mehr hier.«

»Der ganze Plan war nicht klug«, bemerkte Joanna. »Es war Wahnsinn von Samantha, ihren Namen preiszugeben.«

John nickte.

»Der gröbste Fehler in diesem Stück«, gab er zu. »Ich hielt es für ausgeschlossen, daß Lady Darking sie nach so langer Zeit noch erkennen würde, aber ich hielt es ebenso für ausgeschlossen, daß sich Samantha selbst verraten würde. Sie hat völlig unüberlegt gehandelt.«

»Und trotzdem gabt ihr nicht auf!«

»Wir haben es versucht.«

Andrew starrte John an.

»Sie sind also John Carmody.«

»Ja, Sir.«

Eine Welle von Feindseligkeit ging durch den Raum. Samantha lachte laut und schrill.

»Herrlich«, sagte sie, »diese Nacht ist noch schöner, als ich dachte!«

»Daß du mit ihr gemeinsame Sache machst«, murmelte Elizabeth.

John zuckte mit den Schultern.

»Alex ist mein Freund. Und zufällig lebt Samantha gerade mit ihm zusammen.«

»Sie sind überhaupt nicht Dienstmädchen bei Lady Stanford«, stellte Belinda fest.

»Wie scharfsinnig, Schätzchen«, erwiderte Samantha, »aber ich war nicht schlecht in meiner Rolle, nicht wahr?«

Niemand antwortete ihr. Schließlich sagte Edward:

»Und wie soll das nun weitergehen? Wollen wir hier stehen und uns unterhalten?«

»Verzeihung, Sie dürfen sich natürlich setzen«, sagte John. Er wies auf die Stühle, die entlang den Wänden standen. »Nehmen Sie doch Platz. Wir sind gleich fertig, dann verschwinden wir wieder.«

Mit starren Mienen kamen sie der Aufforderung nach. Andrews Gesicht wirkte völlig verschlossen und regungslos. Elizabeth, die an die Wand gelehnt stehenblieb, wußte, daß diese Nacht alles veränderte. Ihr Leben mit Andrew war vorbei, und dabei hatte sie gerade erst, in diesem Winter, den Entschluß gefaßt, es zu leben. Der Versuch scheiterte, klanglos, einfach und unwiderruflich. Ihr Blick glitt über die Freunde hinweg, wie sie da verängstigt saßen, in ihren edlen Kleidern, mit ihrem Schmuck und ihren kostbaren Parfüms. Das war ihre Welt gewesen vor vielen Jahren, Louisiana, Heron Hall, die Spiele mit Joanna, Miss Brande und die allererste Zeit in London, aber seit John konnte es niemals wieder ihre Welt werden.

Reichtum, Prunk, Gold und Seide waren die Unwirklichkeit, Armut und Kampf das wahre Dasein.

Für mich jedenfalls ist es so, dachte sie, und mir wird übel, wenn ich noch ein einziges Mal Champagner trinke.

Dabei wußte sie, daß sie ihre Freunde liebte, Joanna und Andrew, Edward und sogar die gräßliche Belinda. Und wenn sie sich von ihnen trennen würde, mußte es ihr fast das Herz brechen.

Jetzt traten Bruce und Dan ein, große Taschen in den Händen schwenkend.

»Wir sind fertig«, berichteten sie, »und wir sollten schleunigst verschwinden.«

»Sofort.« Hastig raffte John den Schmuck zusammen, packte ihn in ein Tuch, verknotete es und warf es Samantha zu.

»Das trägst du«, befahl er. Dann machte er eine ironische Verbeugung zu seinen Opfern hin.

»Ich darf mich verabschieden«, sagte er höflich. »Vielleicht sehen wir uns sogar einmal wieder?«

»Kaum«, bemerkte Edward hastig. John ging zur Tür, wo er kurz stehenblieb.

»Auf Wiedersehen, Elizabeth«, sagte er leise. Elizabeth traten die Tränen in die Augen, sosehr sie sich auch bemühte, sie zurückzuhalten. Sie brachte kein Wort hervor, als John nun eine ihrer schwarzen Locken aufnahm, durch die Finger gleiten und wieder fallen ließ.

Dann ließ ein lautes Geräusch sie alle herumfahren. Belinda kreischte entsetzt. Andrew war aufgesprungen und stand in der Mitte des Raumes, in der Hand hielt er einen riesigen, blitzenden Degen. Keiner verstand, wie er die Waffe plötzlich hatte ergattern können, nur Elizabeth fiel ein, daß hinter ihm auf dem Fensterbrett immer ein Degen gelegen hatte. Von allen unbemerkt mußte er hinter sich gegriffen und die Waffe an sich gezogen haben.

»John Carmody«, sagte er drohend, »wenn ein Bastard wie Sie glaubt, mein Haus ausrauben zu können, ohne daß ich ihn daran hindere, dann hat er sich getäuscht!«

Er trat auf ihn zu, einen solchen Haß in den Augen, daß jeder begriff, es ging nicht um das Diebesgut, sondern einzig um Elizabeth. Alex sagte erregt:

»Lassen Sie den Unsinn!«, im gleichen Augenblick, da John seine Pistole hob. Elizabeth fiel ihm voller Entsetzen in den Arm.

»Nicht schießen, John!« schrie sie. »Um Gottes willen, nicht schießen!«

John glitt die Pistole aus der Hand. Andrews Degen traf ihn an der Schulter, noch ehe er ausweichen konnte. In Sekundenschnelle trat das Blut hervor. John machte ein paar Schritte zurück.

»Verdammter Halunke«, flüsterte Andrew. Er wollte hinter seinem Gegner her, doch Alex stieß ihm seine Pistole in die Rippen.

»Ich schieße dich ab wie einen Hasen«, warnte er. Andrew fuhr herum und stand bewegungslos, die Waffe noch immer in der Hand. Elizabeth verlor völlig die Nerven.

»Hört endlich auf!« schrie sie. »Verdammt, hört auf! Wirf den Degen weg, Andrew! Und ihr anderen verschwindet! Was wollt ihr denn alle nur erreichen? O Gott, ich verstehe nicht, was ihr wollt!« Sie sah zu John hin, der am Treppengeländer im Gang lehnte und eine Hand gegen seine Wunde preßte.

»Was willst du?« Ihre Stimme überschlug sich beinahe, und sie zitterte am ganzen Körper. »Ihr seid so wahnsinnig, und du, John, bist in all den Jahren um nichts und gar nichts klüger geworden! Was glaubst du denn, bewirkst du mit diesem Gehabe hier? Du willst deine Freunde freikaufen, und du denkst, der Richter wird dir freudig die zweitausend Pfund abnehmen und glauben, du habest sie auf ganz und gar ehrlichem Weg erworben, vor allem, da kurz vorher das Haus des Earl Locksley ausgeraubt wurde, der natürlich nicht seinerseits zum Richter gehen und ihm deinen Namen nennen wird!«

Sie bebte vor Wut und vor Kummer.

John blickte sie an.

»Wir haben es versucht«, sagte er einfach, wie schon einmal an diesem Abend. In seinen Augen las Elizabeth das Wissen um alle Vergeblichkeit, ohne Auflehnung und ohne Angst. Wie er dort stand im düsteren Licht des hohen Treppenhauses mit all den würdevollen Ahnenporträts, aus der Wunde blutend, die Andrew ihm zugefügt hatte, da erschien er ihr wie die Verkörperung der Vergeblichkeit selbst. Auf einmal hätte sie weinen mögen. John hatte für etwas gekämpft, berauscht von den Gedanken der Französischen Revolution, die ihn ergriffen hatten wie so viele Menschen in jenem wilden vergangenen Jahrhundert, und er hatte an einen Sieg geglaubt. Und dann später hatten ihn Sorgen und Not, Flucht und Gefängnis zermürbt, und sein Tun war in eine verzweifelte Sinnlosigkeit abgeglitten, doch irgendwo tief in ihm hatte es noch einen winzigen Funken von Glauben gegeben. Aber jetzt war auch dieser verloschen, und statt seiner lebte in ihm ein zynisches Wissen um Sinnlosigkeit und Ausweglosigkeit. Ihr fielen die Worte ein, die Phillip vor vielen, vielen Jahren über John gesagt hatte:

»Es gelüstet ihn danach, sich den Kopf einzurennen!«

Und Elizabeth mußte auch daran denken, was sie sich selbst immer wieder vorgehalten hatte, wenn sie an John zweifelte und Angst sie befiel:

Ich liebe ihn, und ich bleibe bei ihm, auch wenn er mich geradewegs ins Verderben führt!

Wie schön gesagt und wie jämmerlich unerreicht! Sie war abgesprungen, feige abgesprungen an jenem Abend in Devon zwei Jahre zuvor, als sie meinte, dieses Leben nicht länger aushalten zu können. Heute erst begriff sie, welche Ahnung eines Unheils sie damals in solch einen Schrecken gestürzt hatte. Zum erstenmal hatte sie in den betrunkenen Gesichtern von John und den anderen Männern jenes wonnevolle Bewußtsein des eigenen Unterganges erblickt, und eine furchtbare Angst war in ihr aufgestiegen. In diesem Moment hätte John sie am dringendsten gebraucht, aber sie war eilig davongelaufen, um Sicherheit bei Andrew zu suchen und ihn damit auch noch zu betrügen.

Und nun stand sie hier, und alles, was sie wollte, war, mit John fortzugehen.

»Ihr und dieses Land mit eurem ganzen verdammten Reichtum«, sagte John, »ihr verkommt selber, noch mehr als ihr uns in die Verkommenheit treibt.«

Edward blickte nachdenklich zu ihm hin, es schien, als wolle er etwas sagen, aber gerade da dröhnte von der Haustür ein lautes Hämmern herauf, und mehrere Stimmen begehrten lautstark Einlaß. Alle zuckten zusammen, Täter wie Opfer. Samantha wurde weiß wie eine Wand.

»O nein, wer ist das?« flüsterte sie.

»Ich weiß es nicht«, sagte Alex, ebenfalls sehr bleich, »verdammt, John, wir hätten längst...«

»Unser Kutscher«, erklärte Andrew. »Bevor wir hineingingen, befahl ich ihm, die Miliz zu holen.«

Samantha bekam sofort einen Anfall. Sie schrie wie am Spieß, hob ihre Pistole und feuerte mehrere Schüsse blind in die Gegend, ohne jemanden zu treffen. Alex stürzte auf sie zu, entriß ihr die Waffe und hielt sie an beiden Armen fest. Sie wimmerte wie ein kleines Kind.

»Ich will nicht aufgehängt werden«, ihre Stimme brach beinahe vor Angst, »bitte, ich will nicht aufgehängt werden, bitte nicht...«

»Wir müssen sofort weg«, sagte John erregt. »Elizabeth, gibt es einen anderen Ausgang?«

»Ja, die Hintertür. Ich zeige sie euch.«

»Ich werde jetzt öffnen«, verkündete Andrew. Alex richtete sofort seine Pistole auf ihn.

»Sie warten, bis wir verschwunden sind. Ich kann Sie immer noch töten!«

»Andrew, laß sie entkommen«, bettelte Elizabeth. »Joanna, hilf mir doch. Wir sind es John schuldig. Cynthia wurde damals nur gerettet, weil er...«

»Das ist lange her«, entgegnete Joanna. John nahm Elizabeth an der Hand und zog sie mit sich die Treppe hinunter.

»Zeig uns den Weg«, sagte er, »und ihr anderen kommt endlich!«

Bruce, Dan, Alex und Samantha folgten ihnen, wobei Alex rückwärts ging, die Pistole ständig auf Andrew gerichtet. Die Stimmen von der Haustür her wurden immer wütender und drängender, und jeden Augenblick mußte das Holz unter der Wucht der Schläge zersplittern. Elizabeth huschte durch mehrere Salons, tastend und stolpernd, denn keiner von ihnen trug eine Kerze.

Endlich erreichten sie die kleine Pforte, die zu den Gärten führte. »Der Park reicht bis zur Themse hinunter«, erklärte Elizabeth hastig, »und dort liegen Boote. O Gott!« Sie erstarrte, denn die Stimmen, die sie von außen gehört hatten, wurden lauter. Andrew mußte die Tür geöffnet haben. John hauchte Elizabeth einen Kuß auf die Stirn, ehe er mit zitternden Fingern den Riegel öffnete. Eisige Nachtluft schlug sofort ins Zimmer. Und da waren schon Soldaten, die auch auf dieser Seite des Hauses gelauert hatten, sie drängten hinein, in Uniformen und Dreispitzen, mit Degen und Pistolen bewaffnet. Blitzschnell war der ganze Raum erfüllt von Eisenklirren, Schreien und Schüssen. Jetzt kamen sie auch von der anderen Seite, und Elizabeths letzter klarer Gedanke war: Um Himmels willen, warum denn so viele für so wenige...

Aber dann schon ergriff nur noch ein lebenserhaltender Instinkt von ihr Besitz, der sie trieb, sich so rasch wie möglich weit fort zu flüchten. Nur weg aus diesem Getümmel, bevor irgendeine Kugel sie traf. Und John mußte mitkommen.

Er war noch immer neben ihr, sie griff seine Hand und zerrte ihn mit, und er ließ es geschehen. Sie gelangten unbeschadet durch das Getümmel in einen Nebenraum. Elizabeth keuchte vor Angst.

»Ich lasse dich durch ein Fenster hinaus«, flüsterte sie, »und dann läufst du so schnell du kannst!«

John zögerte eine winzige Sekunde.

»Alex und die anderen...«

»Du kannst überhaupt nichts für ihn tun. Bitte, beeile dich doch!«

Sie fuhren beide herum, als sie von der Tür ein Geräusch hörten. Joanna stand dort, eine Kerze in der einen, eine Pistole in der anderen Hand.

»Ihre Waffe, Lord Carmody«, sagte sie mit brüchiger Stimme, »Sie verloren sie, als der Earl Sie angriff. Vielleicht können Sie sie noch brauchen...«

»O Joanna«, John war etwas aus der Fassung gebracht, aber Joanna blieb unbeweglich.

»Wegen Cynthia«, sagte sie. Elizabeth machte einen Schritt nach vorne und ergriff die Pistole.

»Danke«, sagte sie, »John, du...« Doch ehe sie den Satz beenden konnte, stürzte ein Soldat in den Raum.

»Stehenbleiben!« befahl er rauh. John riß das Fenster auf, schwang sich hinauf. Was nun geschah, blieb Joanna, die noch immer als Beobachterin neben der Tür stand, für alle Zeiten als scheußlicher, wirrer Alptraum im Gedächtnis haften. Der Soldat zielte auf John, aber keiner seiner Blicke galt Elizabeth, in der er die Countess erkannt hatte und von der er keine Gefahr erwartete. Elizabeth krallte ihre Hände um die Pistole, und Joanna dachte: Nein, nein, sie wird es nicht tun!

Da schoß sie bereits, fünfmal hintereinander, und sie traf den Soldaten mit jedem einzelnen Schuß, in die Beine, daß er vornüber knickte und hinfiel, während er kniete in den Bauch, daß er mit einem Schrei beide Hände darauf preßte, und als er lag, gab sie zwei Schüsse auf seinen Kopf ab, daß sich ein Strom von Blut über den Teppich ergoß.

Joanna taumelte gegen die Wand, sie wollte schreien, ohne einen Ton hervorbringen zu können. In diesen Augenblicken, das begriff sie, verlor sie Elizabeth. Der Zauber war vorüber. All der Glanz, die Wärme und die Liebe, die sich um Elizabeth gesponnen hatten seit dem fernen Tag, da das kleine Mädchen im Hafen von King's Lynn ankam und sie gemeinsam in Heron Hall einzogen, all diese Schönheit zerriß: Schüsse, der verblutende Mann, die totenblasse Frau, die sich hinter John jetzt auf das Fensterbrett schwang, sich auf der anderen Seite hinabfallen ließ und in der Nacht verschwand. Andere Soldaten stürzten herbei, und einer von ihnen fing in der letzten Sekunde Joanna auf, die ohnmächtig umsank.

John und Elizabeth jagten durch den Garten, wissend, daß sie jeden Moment gestellt werden konnten. Unter ihren Füßen knirschte frostüberzogenes Gras, über ihnen blitzten helle Sterne vom überklaren, kalten, schwarzen Winterhimmel. Keiner sprach, sie rannten nur, kreuz und quer über Kieswege, durch Büsche, an heimeligen Lauben vorbei und unter den Ästen kahler Bäume hindurch. Weit hinter ihnen waren Stimmen und Lichter, vor ihnen nur Dunkelheit. Elizabeth fühlte sich wie betäubt, als könne der Gedanke, daß sie soeben einen Menschen erschossen hatte, gar nicht bis in ihr Gehirn vordringen und werde jedesmal vor dem endgültigen Begreifen von einer barmherzigen Macht in ein unbewußtes Dunkel zurückgedrängt. Endlich, nachdem sie beide schon keinen Atem mehr hatten, lag vor ihnen der Fluß, die schwarze Themse mit ihren ruhig plätschernden, leichten Wellen.

John blieb stehen.

»Wo sind die Boote? Du hast von Booten gesprochen!«

»Ich weiß nicht. Das Ufer ist lang. Vielleicht hat der Gärtner sie auch weggeräumt...«

Die Stimmen hinter ihnen kamen näher.

»Wir müssen schwimmen«, sagte John entschlossen, »kannst du schwimmen?«

»Ich weiß nicht... als Kind in Louisiana habe ich mal...«

»Du mußt es versuchen. Uns bleibt kein anderer Weg.«

»Ich kann nicht!« Vor Kälte und Schrecken klapperten Elizabeths Zähne aufeinander. »Ich kann nicht in dieses Wasser...« Sie wollte umkehren, aber John packte sie und zerrte sie zum Ufer zurück.

»Es hilft nichts, Elizabeth. Du hast gerade einen Mann erschossen, und du hast nur die Wahl zwischen der Themse und dem Galgen!«

Das stinkende, verdreckte Wasser schwappte in häßlichen Geräuschen gegen die Ufersteine. Elizabeth meinte, sterben zu müssen vor Kälte und Abscheu. Sie drängte die Übelkeit zurück, die in ihr aufstieg, und watete neben John vorsichtig in den Fluß. Es wurde sehr schnell tief, im Nu stand Elizabeth bis zur Taille im Wasser.

»Wir schwimmen am Ufer entlang und versuchen in einen Garten weiter unten zu kommen«, sagte John, dann tauchte er fort wie ein stiller, schmaler Schatten. Elizabeth preßte die Lippen aufeinander und ließ sich ins schmutzige Wasser gleiten. Die Eiseskälte fiel als jäher Schmerz über sie her, als beiße sie etwas mit messerscharfen Zähnen. Ihr Herz krampfte sich zusammen und schlug so hart und hämmernd, wie sie es noch nie erlebt hatte. Sie bekam faulig schmeckendes Wasser in den Mund, begann zu husten und zu spucken, ihr nasses Kleid schlang sich wie eine Fessel um ihre Beine, und sie dachte, sie würde ohnmächtig von den Schmerzen, die in ihr tobten. Sie zuckte nur noch schwach mit den Armen, trieb halb besinnungslos in den Wellen und dachte dabei, wie gnädig das Schicksal sie behandelt hatte, indem es sie nie hatte wissen lassen, welches Ende ihr vorherbestimmt war. Nie im Leben hätte sie geglaubt, daß sie einst in den unratdurchschwemmten Fluten der winterlichen Themse würde sterben müssen. Ein letzter schwacher Wille bewog sie, sich, obwohl sie mit ihrem Dasein auf dieser Erde eigentlich schon abgeschlossen hatte, strampelnd über Wasser zu halten. Vergangene Bilder stiegen in ihr auf, in ungeordneter, zusammenhangloser Reihenfolge: Heron Hall, Blackhill, Joanna und Tante Harriet und Phillip, der einst in demselben Fluß gestorben war. Sie konnte ihren Körper vor Kälte nicht mehr fühlen, aber sie merkte plötzlich, daß sie ans Ufer gezogen wurde, daß sie steinigen Grund unter die Füße bekam und auf gefrorenes Gras sank, daß nicht länger schwarzes Wasser über ihre Lippen drang, daß sie keuchend Luft holen konnte und daß, was sie selber fast nicht zu glauben vermochte und was sie mit erschöpfter Verwunderung erfüllte, ihr Herz immer noch schlug. Niemals vorher hatte sie mit größerer Überraschung die Feststellung getroffen, daß sie tatsächlich lebte.

Waterloo
1815

I

Lady Harriet Sheridy war davon überzeugt, daß sie zu jenen Menschen gehörte, die auf Erden besonders hart leiden müssen, um in ihrer Kraft geprüft und im Jenseits für alle ausgestandenen Qualen reich entschädigt zu werden, aber es gab Zeiten, in denen sie fand, daß sie, auch als Auserwählte, vom Schicksal zu grausam behandelt wurde. Sie war ganz sicher, daß sie die tausend Schmerzen und Kränkungen ihres Lebens mit einiger Würde durchgestanden hatte, so daß sie nun jedes Recht besaß, bei der schwersten Prüfung, die ihr auferlegt werden sollte, zusammenzubrechen. Joanna wollte sie verlassen, und seit dem Morgen, da ihr dies eröffnet worden war, lag Harriet in ihrem Zimmer auf einem Sofa, fastete, weinte, jammerte und versuchte in Gesprächen mit ihrem verstorbenen Phillip herauszufinden, ob nicht auch ihr Hinscheiden endlich nahe stünde.

Es war der April des Jahres 1815, und Europa brodelte so heftig, daß jeder ahnte, welch eine ungeheure Explosion bevorstehen mußte, und nur darauf wartete, daß sie mit Pulverrauch und Kanonendonner hereinbrach. Am 20. März war Napoleon Bonaparte, der abgesetzte Kaiser der Franzosen, aus seinem Exil auf Elba nach Paris zurückgekehrt, begleitet von einer Armee, die mit jedem Tag seines dreiwöchigen Marsches von Cannes in die Hauptstadt des Landes gewachsen war, begeistert begrüßt von jubelnden Bonapartisten, voller Siegesgewißheit bereit, eine neue, glanzvolle Ära zu beginnen, von der noch niemand wußte, daß sie hundert Tage dauern und auf den Schlachtfeldern von Waterloo blutig enden sollte.

Europa und die verbündeten Armeen von England, Rußland, Preußen und Österreich, die sich ahnungsvoll bereits mit fast 600000 Soldaten rings um die Grenzen Frankreichs bereitgestellt hatten, betrachteten mit einem gewissen Staunen die Unverfrorenheit, mit der der einstige Kaiser daranging, seine Große Armee erneut aufzubauen.

In Wahrheit hatte aber wohl niemand daran geglaubt, daß dieser Mann sich geschlagen geben würde, auch nicht, als er im Mai 1814 seinen Thron und Frankreich hatte verlassen und in die Verbannung nach Elba gehen müssen. Sein Stern war lange schon am Sinken gewesen, obwohl er nach der schmachvollen Niederlage von Trafalgar noch überragende Siege hatte erringen können. In Jena und Auerstedt und in Friedland wurden die Gegner der Franzosen vernichtend geschlagen, und Napoleon, nun entschlossen, auch seinen widerspenstigsten Feind, England, endgültig zu besiegen, versuchte, die Britischen Inseln in eine Wirtschaftskrise zu treiben, die sie aushungern sollte. Er verbot jeden Handel kontinentaler Staaten mit England und versuchte sogar, die Waren britischer Schiffe aus den westindischen Kolonien zu beschlagnahmen.

Die Insel aber hielt durch. Jeder erinnerte sich noch gut an die schweren Jahre von 1806 bis 1812, in denen die wirtschaftliche Depression Großbritanniens langsam ihrem Höhepunkt entgegenstrebte, in der ungezählte Existenzen zerbrachen, Scharen von Menschen verhungerten, der Adel voller Empörung auf die sonst gewohnten überreichen Mengen an Luxusgütern verzichten mußte und es trotz allem nicht gelang, das englische Königreich in den Ruin zu treiben. Und dies, obwohl König George III. seit 1811 in vollkommene geistige Umnachtung gestürzt war, fernab der Welt vegetierte, Englands Leiden nicht erlebend, aber auch nicht mehr in der Verfassung, den großen Sieg von Waterloo wahrnehmen zu können.

Frankreich mußte schwere Niederlagen in Spanien und Portugal hinnehmen, was Napoleons Ruf im eigenen Land nicht verbesserte. Eine britische Armee hatte sich unter dem Kommando des Sir Arthur Wellesley, des späteren Duke Wellington, auf der

Pyrenäenhalbinsel aufgestellt, errang dort einen Sieg nach dem anderen und konnte 1813 die Franzosen hinter das Grenzgebirge zurückwerfen.

Kurz zuvor war Napoleons Rußlandfeldzug gescheitert, und es schien, als habe sich der Untergang des Eroberers in jenen Wochen bestimmt, als er, das brennende Moskau hinter sich, mit seiner Armee durch den russischen Winter floh und einer nach dem anderen der ihm verbliebenen Männer rechts und links des Weges im Schnee starb. Bei Leipzig wurde er von den Preußen besiegt, Wellington drang in Südfrankreich ein, und plötzlich hatte sich alles und jeder gegen ihn verschworen. Im Volk fand er keine Unterstützung mehr. Nach seiner Abdankung wurde Ludwig XVIII., der Enkel des einundzwanzig Jahre zuvor hingerichteten Ludwig XVI., von den vereinigten Armeen zum König erklärt, wobei er nicht ahnte, daß er ein Jahr später vor dem unbeugsamen Bonaparte aus den Tuilerien fliehen und sich angstvoll im royalistischen Lille verbergen würde, vor Augen immer das Bild seines Großvaters, den das eigene Volk auf die Guillotine geschleppt hatte.

Für gewöhnlich hätten Harriet die Vorgänge in Frankreich nicht im geringsten interessiert, denn Dinge bereiteten ihr immer erst dann Verdruß, wenn sie sie unmittelbar betrafen, und alles Kriegerische fand sie ohnehin verabscheuenswürdig und nicht für wert, darüber nachzudenken, aber dieser Krieg und dieser verhaßte Bonaparte drohten ihr die Menschen zu nehmen, an denen sie, seitdem Phillip und Cynthia sie verlassen hatten, am meisten hing. Den ersten Schock versetzte ihr George, der, kaum dreiundzwanzig Jahre alt, beschloß, mit Wellingtons Armee am Pyrenäenfeldzug teilzunehmen. Seine Ankündigung und die kurz darauf tatsächlich erfolgende Abreise lösten in Foamcrest Manor eine Monate dauernde Tragödie aus, in deren Verlauf Joanna Gallimore es sich eingestand, daß sie ihre Mutter zutiefst verachtete, und nicht mehr versuchte, dies vor sich selbst zu beschönigen. Harriet, die sich voller Grauen an die düstere Prophezeiung der Kinderfrau an Georges Wiege erinnerte, brachte es fertig, daß sich sämtliche Schloßbewohner über Wochen hinweg an jedem Tag vierundzwanzig Stunden lang nur um sie kümmerten, sogar Joanna, die, obwohl wütend, erschöpft und manchmal haßerfüllt, ihr Gefühl von Verpflichtung Harriet gegenüber niemals loswurde.

»Wen habe ich denn noch«, jammerte Harriet wieder und wieder, »mein Phillip ist tot, George zieht in den Krieg, und meine Cynthia, ach, meine Cynthia, wäre sie doch wenigstens noch hier!«

Joanna beneidete Cynthia insgeheim, die fern ihrer Heimat im sonnigen Rom lebte, es sich dort offenbar mit dem Lumpen Anthony und ihrer kleinen Tochter gutgehen ließ und regelmäßig heitere, zärtliche Briefe nach England schrieb, die bei Harriet jedesmal einen Sturm wehmütiger Erinnerungen auslösten.

Alles, alles, jede Krankheit, jeder Kummer, jede Bitterkeit, jede Verfehlung der Umwelt wurde nach Georges Fortgang an jedem Tag neu aufgetischt.

Harriets Gedächtnis war phänomenal, wenn es darum ging, sich die Ärgernisse zu merken, die ihr von ihren Mitmenschen zugefügt worden waren. Mit den Jahren wurde dieses Gedächtnis allerdings immer einseitiger, auf einmal waren die anderen an allem schuld, auch an ihren vielen körperlichen Leiden und an Phillips Tod. Und ohnehin natürlich an Cynthias Flucht, an der plötzlichen Armut der Sheridys und an jenem Skandal, den Elizabeth, die damalige Countess Locksley, acht Jahre zuvor in einer frostklaren Januarnacht verursacht hatte, als sie mit ihrem früheren Liebhaber, der gerade das Haus ihres Mannes ausraubte, gemeinsam die Flucht ergriff, in die Themse sprang und hinüber aufs Festland nach Belgien floh, von wo aus sie Joanna eine kurze Nachricht sandte.

Jedesmal, wenn Harriet davon anfing, wurden Joannas Augen ganz dunkel, und sie sprach kein Wort. Sie konnte mit einiger Selbstbeherrschung Harriets sonstiges Lamentieren ertragen und ihr in jeder Stunde dieselben Trostworte noch einmal sagen, aber sie konnte noch immer nicht, nach so vielen Jahren, über Elizabeth reden. In jener Nacht, in dem Augenblick, als Elizabeth mit einem plötzlich ganz fremden, weißen Gesicht und ohne das geringste Zittern in den Händen den Soldaten niederschoß und ohne ein weiteres Wort verschwand, zerbrach die Welt, die sich Joanna Jahre zuvor als kleines Mädchen aufgebaut und jeder Widrigkeit zum Trotz tapfer erhalten hatte. Obwohl sie dabei das Gefühl einer Befreiung hatte, mußte Joanna erleben, daß Freiwerden der schlimmste Schmerz sein konnte. Außerdem fand sie niemanden, dem sie sich zuwenden konnte, wobei sie zum ersten Mal in ihrem Leben bemerkte, daß sie, die sich stets für überaus sachlich gehalten hatte, in Gefühlen geradezu ertrank und kaum existieren konnte ohne einen Menschen, dem sie ihre Liebe geben konnte.

Sie hatte gedacht, daß sie, nun, da sie frei war von Elizabeth, endlich bereit sein konnte, Edward zu lieben, und sie brauchte Jahre, um zu begreifen, daß sie zu spät gekommen war. Edward blieb unerreichbar. Seit Trafalgar lebte er düster und grüblerisch, und daran vermochte die Zeit, die gewöhnlich Trost gab, nichts zu ändern. Joanna weigerte sich sehr lange, die Erkenntnis, daß Edward außerhalb ihrer Reichweite stand, anzunehmen, denn wenn sie sich je in ihrem Leben auf etwas felsenfest verlassen hatte, dann darauf, daß sie Edward immer und jederzeit haben konnte.

Lady Harriet merkte, anders als Lady Cecily, nie etwas von den Spannungen zwischen Joanna und Edward, sie war nur glücklich, als beide aus London zurückkehrten und bei ihr waren, als die Woge klatschsüchtigster Sensationslust über die Familie hereinbrach. Die Zeitungen des ganzen Landes überschlugen sich in Spekulationen, Meldungen, Gerüchten, Angriffen und Verleumdungen. Nie zuvor war Foamcrest Manor ein so begehrter Treffpunkt für die Damen und Herren der Gesellschaft gewesen wie jetzt, als Elizabeth Landales atemberaubende Flucht mit John Carmody die Schlagzeilen der Zeitungen und die Gesprächsrunden in den Salons erfüllte. Zwei Dinge bewegten die Gemüter am hitzigsten: der zur Unkenntlichkeit zusammengeschossene Soldat, den man in seinem Blut schwimmend vor den weit offenen Fenstern des Hauses gefunden hatte, und der Earl, den seit jener Nacht niemand mehr gesehen hatte und von dem es hieß, er lebe abgeschieden von aller Welt in seinem Schloß in Devon. Was den toten Soldaten betraf, so glaubte jeder, John habe ihn erschossen, denn das war es genau, was man ihm zutraute, und Joanna, die einzige Zeugin des Geschehens, sagte nie etwas anderes, um Elizabeth in einem letzten Freundschaftsdienst vor dieser Schuld zu schützen und den Namen ihrer eigenen Familie von dem Geruch von Blut und Mord freizuhalten. Aber sie haßte Elizabeth Earl Locksleys wegen. Wenn Elizabeth an nichts sonst, nicht an Joanna, nicht an Harriet, nicht an ihrer Vergangenheit in Heron Hall schuldig geworden war, ihr Verhalten Andrew gegenüber war ihre Sünde, und davon würde niemand sie jemals freisprechen können.

Harriet natürlich, die selten in die Tiefe blickte, stellte solche Überlegungen nicht an, sondern bemerkte nur, daß ihre Familie wieder einmal durch den Schmutz des ganzen Landes gezogen wurde, wie seinerzeit bei Cynthias Skandal, bloß daß sie diesmal, dank Joannas geschickter Heirat mit Edward Gallimore, genug Geld besaßen, um sich dahinter zu verstecken und den Sturm über sich hinwegbrausen zu lassen.

Da Harriet es nach Phillips Tod ohnehin aufgegeben hatte, jemals wieder eine Rolle in der Gesellschaft spielen zu wollen, konnte sie Hohn und Verachtung ihrer Umwelt fast besser und weniger jammernd ertragen als ihre Gelenkschmerzen und nächtlichen Schwindelanfälle. Was sie in die Verzweiflung trieb, waren Georges Fortgehen und schließlich Joannas Ankündigung, dies auch zu tun.

Es war zunächst Edward gewesen, der die Familie eines Morgens mit der Nachricht überraschte, er wolle nach Brüssel gehen und er wisse noch nicht genau, wann er zurückkomme. Harriet, deren Gedanken ständig an der Seite ihres Sohnes George weilten, der mit Wellingtons Armee gerade bei Brüssel stand, schrak sofort zusammen.

»Edward, Sie doch nicht auch noch!« rief sie entsetzt. »Reicht es nicht, wenn einer der Familie dort bereitsteht, England mit seinem Blut zu verteidigen und...«

»Im Augenblick will ja niemand England angreifen, und

George hilft nur, diesen dreisten Bonaparte in seine Grenzen zurückzuweisen«, unterbrach Joanna. »Aber wirklich, Edward, ich verstehe dich auch nicht! Du bist Leutnant bei der Navy gewesen, warum möchtest du...?«

»Ich gehe nicht als Soldat nach Brüssel«, entgegnete Edward, »aber halb England ist jetzt dort versammelt, und ganz Europa schaut auf diese Stadt. Ich möchte nur dabeisein.«

»Was reizt dich denn daran?« fragte Lady Cecily nervös. »Es wird dort zu einem fürchterlichen, blutigen Zusammenstoß zwischen dem französischen Heer und den Armeen der Verbündeten kommen, und ich hätte nie gedacht, daß es dich verlocken könnte, Augenzeuge eines Gemetzels zu sein!«

»Denken Sie nur an Trafalgar«, mischte sich Harriet erneut ein, »bis heute können Sie diese Bilder nicht vergessen!«

»Ich denke ja an Trafalgar. Eben deshalb werde ich nach Brüssel gehen. Ich habe überhaupt nichts mehr zu verlieren. Und jetzt entschuldigt mich bitte.« Edward stand brüsk auf, warf seine Serviette auf den Tisch und verließ das Zimmer. Alle starrten ihm nach.

»Das ist doch nicht zu glauben«, sagte Harriet verwirrt. »Was hat er denn nur?«

Joannas Augen waren schmal und zornig geworden.

»Irgendwann«, murmelte sie, »verliere ich die Geduld!«

Sie erhob sich ebenfalls und folgte Edward hinaus. Sie erreichte ihn in der Halle, wo er auf der untersten Stufe der Treppe stand und mit düsterem Blick eine steinerne Vase neben sich anstarrte.

»Weißt du«, sagte Joanna zu ihm, »ganz allmählich komme ich dahinter, was du mit deinem Benehmen wirklich bezweckst!«

»So? Was denn?« Edward drehte sich langsam um und sah Joanna sehr blaß und sehr schmal im Zwielicht der Halle stehen und ihn so böse anblicken wie schon lange nicht mehr.

»Ich glaube, du verfolgst ganz einfach nur einen ausgeklügelten Racheplan«, erwiderte sie, »du rächst dich an mir, indem du leidest. Du weißt genau, daß ich dir gegenüber ein so schlechtes

Gewissen habe, daß ich mir inzwischen auch schon Qualen, die ich gar nicht verursacht habe, anlaste.«

»Ach wirklich? Es tut mir leid. Daß du ein schlechtes Gewissen hast, wußte ich gar nicht.«

»Natürlich weißt du das. Seit Trafalgar gefällst du dir in der Rolle des zerstörten Mannes, den nichts und niemand mehr auf Erden hält. Du wußtest schon damals, daß ich mir die Schuld daran gab, dich in den Krieg getrieben zu haben, und, weiß Gott, du hast das in den letzten Jahren bis zum äußersten ausgenutzt!« Joannas Stimme war laut geworden.

»Schrei nicht so«, wies Edward sie zurecht, »deine Mutter bekommt sonst wieder eine ihrer Nervenkrisen!«

»Ach, hör bloß mit meiner Mutter auf! Dir paßt die Wahrheit nicht! Du stürzt dich wieder einmal in ein Schlachtengetümmel, weil dir der Triumph, mich um dich weinen und mich in Selbstvorwürfen winden zu wissen, sogar den eigenen Tod wert ist!«

»Liebling«, sagte Edward lächelnd, »woran du schon seit vielen Jahren leidest, das ist deine ungehemmte Selbstüberschätzung. Und wenn es einmal eine Zeit gegeben hat, in der ich bereit gewesen wäre, mein Leben zu geben, nur damit du ein einziges Mal um mich weinst, damit du ein einziges Mal ein Gefühl für mich aufwendest, dann ist das heute vorbei. Was ich auch tue, mit dir hat das nichts zu schaffen.«

»Wie verletzend du sein kannst«, sagte Joanna, »solche Worte hättest du früher nie gesprochen!«

Edward lehnte sich über das Treppengeländer zu ihr hin, und sein Gesicht sah gequält aus, als er sagte:

»Dich solltest du fragen, was oder wer mich verhärtet hat!«

Joanna empfand keine Grausamkeit, aber es mochte an ihren überspannten Nerven liegen, daß sie den Kopf zurückwarf und lachte.

»Also doch, Edward Gallimore«, rief sie amüsiert, »dachte ich es mir – verletzte Eitelkeit! An diesem Punkt seid ihr Männer so zu treffen, das ist schon beinahe zum Verrücktwerden! Ihr könnt so unterschiedlich sein, wie ihr wollt, in einem seid ihr euch allesamt gleich: Wehe der Frau, die daherkommt und eure göttliche Vollkommenheit anzweifelt! In tausend Jahren werdet ihr es noch nicht zugeben, aber sei sicher, wenn die Frauen einmal auf den Einfall kämen, euch ihre Bewunderung für alle Zeiten zu versagen, dann hättet ihr ausgespielt, dann ginge überhaupt nichts mehr bei euch! Und deshalb willst du dich an mir rächen! Dabei hast du doch bekommen, was du wolltest. Ich habe dich geheiratet!«

»Du hättest vielleicht eher Elizabeth heiraten sollen«, entgegnete Edward. »Alles, was ich je von dir haben wollte, hat doch sie bekommen!«

»Elizabeth?«

»Glaubst du, das hätte ich nie bemerkt? Du kannst ja ohne sie beinahe nicht leben! Hätte sie dich nicht verlassen, du wärest nie zu mir gekommen! Du liebst sie, und du machst dir nicht einmal die Mühe, diese Perversion vor deiner Umwelt zu verbergen!«

Joanna hätte ihm gern entgegengehalten, daß sie sich eine Menge Mühe darum gemacht hatte, daß sie schließlich deswegen in eine Ehe hineingestolpert war, aber sie erkannte in Edwards Augen einen Ausdruck von Mitleid und Verachtung, der sie nur noch lachen ließ, heller und schriller als zuvor.

»Du bist solch ein Narr, Edward«, sagte sie belustigt. »Was du glaubst, daß Elizabeth mir war«, sie sah, daß er verlegen die Augen niederschlug, und das stimmte sie noch heiterer, »was du glaubst, das stimmt überhaupt nicht. Es war alles viel, viel komplizierter. Elizabeth war nichts als ein Traum, mit dem ich hoffte, die Wirklichkeit ertragen zu können. Weißt du, die Wirklichkeit ist manchmal so niederdrückend, so verregnet, so grau und freudlos. Und ich...« Sie trat näher an ihn heran und lächelte.

»Ich bin nicht das, wofür ihr mich alle haltet«, sagte sie, »ich bin nicht stark! Ich fürchte, ich bin entsetzlich sentimental, und ich brauche immer irgend etwas oder irgend jemanden, der mir weismacht, das Leben sei heiter und klar wie ein wolkenloser Sommertag!«

»Und Elizabeth konnte das?«

»Wie niemand sonst. Sie war mein Betrug. Und ich habe sie

geliebt. Gott im Himmel, ich habe sie so geliebt, daß ich für sie hätte sterben können. Ich habe sie so geliebt, daß ich John Carmody hätte umbringen können, als er sie mir wegnahm. Ich habe sie so geliebt, daß ich meinte, mein Dasein hinge nur von ihr ab und ich könnte nicht weiterleben ohne sie!«

»Bitte«, sagte Edward, »hör auf!«

»Ja, ich hör' schon auf, bevor dein verletztes Schamgefühl dich umbringt. Du begreifst nichts, gar nichts! Und schon überhaupt nicht hast du begriffen, daß ich längst... ach«, sie winkte ab und wandte sich um, »es ist zwecklos, dir das erklären zu wollen. Auf jeden Fall hast du dich getäuscht, wenn du meinst, du könntest leidvoll von dannen ziehen und mich trauernd zurücklassen!«

»Wie meinst du das?« fragte Edward beunruhigt.

Joanna öffnete die Tür zum Eßzimmer, so daß auch Harriet die große Neuigkeit gleich mit anhören konnte.

»Ich gehe mit nach Brüssel! Ich begleite dich, Edward. Ich bin sicher, wir werden eine schöne Zeit zusammen haben!« Sie nahm Platz und fuhr fort zu essen, ohne auf Harriets entsetzte Fragen und Edwards verwirrten Gesichtsausdruck zu achten.

Beinahe hätte Joanna es sich noch anders überlegt. Wenige Tage nach jenem ereignisreichen Frühstück nämlich erschienen Lady Viola und Belinda zu ihrem allwöchentlichen Besuch in Foamcrest Manor, von dem niemand wußte, weshalb er eigentlich abgestattet wurde, denn sie hatten einander nie etwas zu sagen. Meist saßen sie sich verlegen gegenüber, bis Lady Viola die schon obligatorische Frage nach Cynthia und Elizabeth stellte. Die beiden schwarzen Schafe der Familie interessierten sie brennend. Harriet jammerte auch jedesmal sofort bereitwillig und berichtete von all dem Kummer, den die beiden Mädchen ihr schon bereitet hatten. Bis zu diesem Tag hatte sie noch nicht begriffen, daß Lady Violas mitfühlendes Interesse in Wahrheit gierige Sensationslust war. Sie hielt sie für ihre Freundin und war ganz erschüttert, als Joanna sie einmal warnte, nicht ganz so offen zu sein, da jedes einzelne ihrer Worte im Nu in der ganzen Grafschaft herumgetragen würde. Joanna fragte sich dabei verzweifelt, wie es nur möglich sein konnte, daß ihre Mutter, die sich sonst von jedem Menschen beleidigt, verfolgt und angegriffen fühlte, ihre wirklichen Feinde nie erkannte.

Belinda ihrerseits hatte sich kaum verändert, obwohl sie seit sechs Jahren Lady Wilkins hieß. Sir Wilkins' hartnäckige Bemühungen hatten zum Erfolg geführt. Belinda, des Alleinlebens schon sehr bald überdrüssig, fand auch ihre Rolle als trauernde Witwe schließlich nicht mehr reizvoll, und nachdem Lady Viola diskrete Nachforschungen über das Vermögen ihres künftigen Schwiegersohnes angestellt und es für keineswegs verachtenswert befunden hatte, nahm Belinda seinen Antrag hoheitsvoll an. Sie ging mit ihm nach Somerset, bekam ein Kind nach dem anderen und tauchte in jeder Wintersaison mit den herrlichsten Ballkleidern und dem protzigsten Schmuck in London auf. Sie begann wesentlich älter zu wirken als Joanna, denn das neue üppige Leben bescherte ihr ausladende Hüften und ein beachtliches Doppelkinn. Sie kam mit Sir Wilkins viel besser aus als mit ihrem ersten Mann, denn er war ebenso intrigant, egoistisch und genußsüchtig wie sie, und so verstand einer die Regungen des anderen. Die erste Krise gab es, als Sir Wilkins in einer plötzlichen heroischen Anwandlung beschloß, am Pyrenäenfeldzug des Duke Wellington teilzunehmen. Wie gewöhnlich hielt es Belinda nicht lang allein aus. Mit Laurence und Sir Wilkins' vier Kindern sowie mit ihrem sechsten, das sie noch im Bauch vor sich hertrug, begab sie sich jammernd auf die beschwerliche Reise nach Norfolk zu ihrer Mutter, wurde unterwegs dank der unebenen Wege und der schlecht gefederten Kutsche von den Wehen überrascht und brachte in einem Wirtshaus, dessen heruntergekommenen Zustand sie noch jahrelang immer wieder in den abscheulichsten Farben schilderte, ihr Kind zur Welt. Joanna erschrak, als sie Belinda, die sie seit jener Januarnacht in London nicht mehr gesehen hatte, zum erstenmal als sechsfache Mutter erlebte, als sie nach Foamcrest Manor geschritten kam und eine nicht enden wollende Kette von Kindern hinter sich herzog, von denen sich eines abstoßender benahm als das andere. Sie tobten über Tische und Stühle, rissen Decken herunter, verknoteten die Teppichfransen, warfen Blumenvasen um und aßen alles auf, was sie nur fanden. Joanna ertrug diese Besuche nur, indem sie sich stillschweigend und genußvoll ausmalte, was sie mit diesen Kindern tun würde, wenn es ihre eigenen wären.

Als Viola und Belinda nun wieder einmal zu einem Besuch eintrafen, berichtete Harriet sofort, daß Edward und Joanna nach Brüssel reisen wollten.

»Viola, stell dir das nur vor«, klagte sie, »keines meiner Kinder bleibt bei mir! Cynthia ist in Italien, George in Brüssel, und nun will Joanna auch noch dorthin gehen. Als ob das nicht viel zu gefährlich wäre!«

»Nun«, meinte Lady Viola, »soviel ich weiß, hält sich doch auch die liebe Elizabeth in dieser Gegend auf?«

»Wir haben lange nichts mehr von ihr gehört«, sagte Joanna kurz und versuchte sich gegen Laurence zu wehren, der eine langstielige Blume aus einer Vase gefischt hatte und Joanna damit aus sicherer Entfernung am Hals kitzelte.

»Vielleicht wird das ja ein richtiges Familientreffen«, lächelte Viola. »Ach, aber arme Harriet! Du hast es schon wirklich schwer!«

»Ich habe es auch schwer«, erinnerte Belinda, »mein Mann ist ebenfalls in Wellingtons Armee. Was gäbe ich darum, ihn endlich einmal wiederzusehen!«

Joanna schöpfte sofort Verdacht und sagte schnell:

»Oh, aber es ist natürlich sehr gefährlich, sich jetzt dort aufzuhalten. Man weiß nicht, an welchem Tag der Kampf beginnt und wie blutig er verläuft. Für Edward mag das ganz aufregend sein – aber ich jedenfalls würde ihn nie begleiten, wenn ich Kinder hätte. Dann fände ich das einfach verantwortungslos!«

Belinda hörte ihr kaum zu.

»Die Kinder könnte ich mitnehmen, dann sähen sie ihren Vater einmal wieder«, murmelte sie vor sich hin, »und überhaupt bin ich noch nie auf dem Kontinent gewesen. Brüssel muß wunderschön sein, und das gesellschaftliche Leben dort ist bestimmt sehr aufregend. So viele adlige englische Offiziere mit ihren Familien sind dort...« In ihre Augen trat ein wohlbekanntes Glitzern.

»Mutter«, sagte sie entschlossen, »ich begleite Joanna und Edward nach Brüssel!«

»Kind, ich werde keine ruhige Minute mehr haben«, sagte Lady Viola. »Joanna, daß Sie nur ja gut auf sie achtgeben!«

»Belinda sollte sich das wirklich noch einmal überlegen«, sagte Joanna verzweifelt, aber Belinda schüttelte energisch den Kopf.

»Es ist meine Pflicht, in diesen schweren Zeiten an der Seite meines Mannes zu sein«, erklärte sie, »und meine Kinder nehme ich mit!«

Die Kinder brachen in ein Triumphgeschrei aus, und Joanna, die meinte, sich keinen Moment länger beherrschen zu können, verließ das Zimmer. Draußen ballte sie vor Wut die Fäuste. Diese gräßliche Belinda, sie wurde sie wohl in ihrem ganzen Leben nicht mehr los! Sie überlegte, ob es unter diesen Umständen überhaupt richtig war, nach Brüssel zu reisen, aber sie entschied schließlich, daß es Belinda nicht wert war, alle Pläne umzustoßen.

Und so kam es, daß sie am 1. Juni auf einem weißen Segelschiff den englischen Hafen Harwich als eine große Gesellschaft verließen: Edward und Joanna mit steinernen Gesichtern, eine strahlende Belinda neben ihnen und eine Horde quirlender, schreiender, streitender Kinder, von denen erstaunlicherweise kein einziges während der zweitägigen Reise über Bord fiel.

2

Bis zu diesem Juni des Jahres 1815 hatten sich Johns letzte lebende Verwandten, Marie und Hortense Sevigny, noch nicht damit abgefunden, eine fremde Amerikanerin in ihrem Haus dulden zu müssen. Vom ersten Moment an hatten sie Elizabeth gehaßt, und daran vermochten die Jahre nichts zu ändern. Bis zum letzten Augenblick ihres Lebens würde Elizabeth nicht die schockierten Blicke der beiden schwarzgekleideten alten Jungfern vergessen, als sie und John an einem verregneten Frühlingstag neun Jahre zuvor vor den Toren von Schloß Sevigny ankamen: naß, verdreckt, halb verhungert und völlig übermüdet. Tante Marie, die Elizabeth mit ihrer scharfen Raubvogelnase und den tiefliegenden Augen fatal an Miss Brande erinnerte, stieß einen spitzen Schrei aus, weil sie in den beiden abenteuerlichen Gestalten kaum menschliche Wesen erkannte.

Als John sie freundlich anlächelte und »Guten Tag, Tante Marie« sagte, erstarrte sie. Jetzt, nach diesen Worten, wußte sie, wer vor ihr stand, und da sie im Leben nicht damit gerechnet hatte, John noch einmal wiederzusehen, gelang es ihr einfach nicht, einen Willkommensgruß über die Lippen zu bringen. Schon gar nicht, als sie feststellen mußte, daß er auch noch eine Frau mitgebracht hatte. Weder sie noch Hortense erinnerten sich an das kleine Mädchen Elizabeth aus den wilden Gärten von Blackhill, dafür hafteten Elizabeth die sauertöpfischen Mienen der Tanten noch gut im Gedächtnis, zumal sich beide kaum verändert hatten. Nicht einmal Hortense, die doch damals erst sechzehn Jahre alt gewesen war und inzwischen schon die Vierzig überschritten hatte. Ihr Gesicht schrumpelte ein bißchen, ihre Stirn wurde höher und ihre Gestalt knochiger, doch es war unverkennbar dieselbe Hortense. Es amüsierte Elizabeth zutiefst, als sie bemerkte, daß Hortense sich auf den ersten Blick in John verliebte und ihre Augen jedesmal flackerten, wenn er in ihre Nähe kam.

Natürlich waren beide, Elizabeth und John, klug genug, nicht zu verraten, daß sie keineswegs verheiratet waren, wie Marie es als selbstverständlich voraussetzte. Aber auch so wurde ihr Einzug ins Schloß äußerst mißtrauisch beobachtet. Die beiden ältlichen Damen lebten schon lange völlig zurückgezogen von aller Welt, wie eingemauert in die alten, steinernen Gemächer des einsamen Ahnensitzes, der inmitten von Wiesen und Wäldern stand und von einem Burggraben, mit undurchsichtigem, schwarzem Wasser gefüllt, umgeben war, über den hinweg im Sommer die Libellen jagten und an dessen Ufern Frösche quakten. Aus den Wäldern ringsum klangen nur die Rufe der Eichelhäher und das Pochen der Spechte, über die Wiesen bewegten sich im ersten Schatten des Abends die zarten Gestalten der Rehe, und von den Schloßtürmen begaben sich in den Nächten die Eulen zu ihren Rundflügen.

Das Schloß lag etwa zwei Tagereisen von Brüssel und nur ein kleines Stück von dem Städtchen Ligny entfernt, aber es hätte ebensogut irgendwo in einer gottverlassenen Wüste stehen können. Marie und Hortense ließen sich alle Nahrungsmittel von ihrem betagten, halbblinden Diener bringen, der einmal in der Woche nach Ligny oder Sombreffe fuhr, und sie lagen an jedem Sonntag in aller Frühe eine Stunde lang in der düsteren Schloßkapelle auf den Knien, um für ihr Seelenheil zu beten, so daß sie sich auch den offiziellen Kirchenbesuch sparen konnten. Sie hausten in eiskalten Räumen, weil sie vor lauter Geiz lieber froren, als Feuerholz zu verschwenden. Ihre schwarzen Kleider mit den völlig unmodischen ausladenden Reifröcken mußten noch aus der Mitte des vorigen Jahrhunderts stammen, aber sie gingen so sorgfältig mit ihnen um, daß sie kaum abgetragen wirkten.

»Erstaunlicherweise«, hatte John Elizabeth erklärt, »ist es den beiden immer gelungen, ihr Vermögen durch alle Notzeiten hindurchzuretten!«

Tatsächlich mußten es die Sevignys, solange es sie gab, verstanden haben, sich aus Unannehmlichkeiten herauszuhalten. Die Niederlande, auch der Teil des späteren Belgiens, wurden seit Hunderten von Jahren hin und her gerissen zwischen österreichischer, spanischer und schließlich französischer Herrschaft, aber weder dies noch die Zeit der Glaubenskämpfe, weder Hungersnöte noch Seuchen, hatten irgendeinen Einfluß auf den Reichtum der Sevignys nehmen können, nicht einmal Napoleon Bonaparte. Als nun, nach endlosen Zeiten der Fremdherrschaft, die Niederlande von den Verbündeten auf dem Wiener Kongreß zum Vereinigten Königreich erklärt wurden, standen die Sevignys so unberührt da, als habe es Jahrzehnte der Revolution und Unterdrückung nie gegeben.

Elizabeth wußte, daß ein Großteil des Vermögens Johns Mutter gehörte, die ihr Erbe nie angetreten hatte, und sie mußte daran denken, wie Johns Vater, der alte, weißhaarige Lord Carmody, vor ihr im Garten von Blackhill gestanden und erklärt hatte:

»John soll sich einmal holen, was ihm zusteht. Erinnere ihn daran, Elizabeth!« Und sie hatte geglaubt, nichts auf der Welt könnte ihn dazu bringen. Nun sah sie mit einiger Befriedigung, wie er sich seinen Anteil zueignete. Es war nur sehr ungewohnt, John im Besitz eines Vermögens zu sehen. Allerdings veränderte ihn das gar nicht. Er verachtete Geld noch genauso wie früher, und er warf es nur deshalb mit vollen Händen zum Fenster hinaus, weil er Marie und Hortense damit treffen konnte. Er hatte ihnen nie den Hochmut verziehen, mit dem sie seine Mutter bedacht hatten, daher rächte er sich nun mit großem Vergnügen. Er tat völlig unsinnige Dinge. Er verschenkte hohe Beträge an Bettler und Landstreicher, erstand in Brüssel Gemälde und Skulpturen, die er viel zu hoch bezahlte, ließ Delikatessen ins Schloß kommen, die ihm gar nicht schmeckten, ihm aber den Genuß gaben, Tante Marie vor Wut erbleichen zu sehen. Elizabeth überhäufte er mit Geschenken, was ihm früher nie in den Sinn gekommen wäre; nun aber badete sie in den teuersten Badesalzen, benutzte berühmte Pariser Parfüms und trug edelsteinbesetzte Kämmchen im Haar. Bis auf die unglückliche Zeit bei Miss Brande war sie immer zierlich gewesen, jetzt, in diesem Schloß, wo sie die eine Hälfte des Tages im Bett und die andere beim Essen verbrachte, nahm sie zu, wurde kräftig und üppig und noch schöner. In den ersten Jahren mit John hatte ihr Gesicht stets einen unruhigen und gehetzten Ausdruck gehabt, in der Zeit mit Andrew eine traurige Sehnsucht, zum ersten Mal nun wurde es ruhig und sanft.

Trotz des düsteren, kalten Schlosses mit seinen unübersichtlichen Gängen, trotz der schwarzen Gestalten, die mit fahlen Gesichtern und rotgeränderten Augen an unerwarteten Ecken auftauchten, trotz der weltabgeschiedenen Einsamkeit empfand Elizabeth in diesen Jahren ein Glücksgefühl, wie sie es nur mit wenigen Phasen ihres bisherigen Lebens verband: mit ihren ersten Kindertagen in den Wäldern Louisianas, mit Heron Hall und Hunstanton und mit den fröhlichen, leichten Saisons, die sie in London verbracht hatte.

Schloß Sevigny bedeutete für sie eine Stätte der Ruhe, viel mehr als einst Andrew, denn diesmal waren weder Unruhe noch Schuld in ihr. Bei ihrer Ankunft an jenem Frühlingstag war sie so müde, daß sie meinte, Jahre schlafen zu müssen. John und sie hatten die vielen, vielen Meilen zwischen London und Ligny zu Fuß zurückgelegt, unterbrochen nur von kurzen Fahrten auf schaukelnden Bauernwagen, wo sie sich in einer Ecke zusammenkauern durften, und jenen entsetzlichen drei Tagen, die sie auf einem abgetakelten, knarrenden, tief und schräg im Wasser liegenden Schoner auf dem Kanal verbrachten, bei Seegang, der das brüchige Schiff zu einem manövrierunfähigen, wild tanzenden, den Elementen völlig ausgelieferten Stück Holz machte.

Elizabeth erinnerte sich schaudernd an das winzige feuchte Verlies irgendwo tief unten im Schiffsbauch, das man ihr und John zugewiesen hatte, nachdem John dem äußerst verdächtig aussehenden Kapitän das brillantenbesetzte Armband gegeben hatte, das Elizabeth in der Nacht ihrer Flucht trug. Der Kapitän lebte wohl in der Hauptsache davon, Verbrecher oder sonstige Flüchtlinge heimlich aus dem Land zu schaffen, denn an Bord befanden sich eine ganze Anzahl zwielichtiger Gestalten, denen Elizabeth um keinen Preis der Welt allein hätte begegnen wollen.

Sie war die einzige Frau auf dieser Überfahrt. Wenn sie die Blicke sah, die ihr folgten, sobald sie sich an Deck blicken ließ, wurde ihr ganz kalt vor Angst, und sie flehte John an, sie keinen Moment lang alleine zu lassen. Immer wenn er abends nach oben ging, um etwas frische Luft zu schnappen, stand sie entsetzliche Ängste aus, denn wenn sie ihm etwas taten, dann konnte sie sich ausrechnen, was mit ihr geschehen würde. Daß weder Mannschaft noch Passagiere viel Federlesens machten, erfuhren sie in einer der stürmischsten Nächte, als nach einer längeren Auseinandersetzung, von der man unten kein Wort verstehen konnte, ein Mann von seinen Kameraden kurzerhand gefesselt, in einen Sack gesteckt und über Bord geworfen wurde. Es gab ein scheußliches Geräusch, als der Körper in die Wellen platschte. Elizabeth, die aus ihrem Kajütenfenster zugesehen hatte, klammerte sich mit schweißnassen Händen an John.

»Um Gottes willen, John, tu doch etwas!« rief sie außer sich. John schüttelte sie ab.

»Ich denke gar nicht daran«, entgegnete er. »Wenn wir uns da jetzt einmischen, schwimmen wir gleich hinterher. Wir verhalten uns völlig ruhig!«

Elizabeths Entsetzen über die Tat wie auch über Johns Gleichmut verblaßte noch in derselben Nacht, denn sie wurde von der Seekrankheit ergriffen, und zwar mit solcher Heftigkeit, daß sie an nichts sonst mehr denken konnte. Die Übelkeit hielt an, bis Elizabeth festen niederländischen Boden unter die Füße bekam. So lange lag sie zusammengekrümmt auf ihrem Bett, dessen Wäsche feucht war von Schweiß, sie klapperte mit den Zähnen, bekam eine grünliche Gesichtsfarbe, weiße Lippen und braune Ringe unter den Augen.

John hielt ihren Kopf und flößte ihr immer wieder vorsichtig etwas Wasser ein. Er strich ihr die klitschnassen Haare aus der Stirn und küßte ihren Mund, wenn sie jammernd erklärte, nicht länger leben zu wollen. Niemals vorher, nicht einmal, als sie sich ihre Kinder wegmachen ließ, hatte sie sich so sterbenselend gefühlt.

Nachdem sie diese Fahrt überstanden hatte, schien es Elizabeth eine Leichtigkeit, den weiten Marsch von jener verborgenen niederländischen Bucht, in der sie in einer eiskalten, schneedurchwehten Winternacht an Land gingen, bis nach Ligny zurückzulegen. Es war Februar, ein stürmischer Wind jagte über die weißlichen, rauhreifverkrusteten Wiesen dieses flachen Landes, hinter nebelverhangenen dunklen Schattenbäumen am Horizont türmten sich Schneewolken auf, die Möwen jagten mit langgezogenen, warnenden Schreien vom Meer ins Land. Aber John und Elizabeth stapften unverdrossen weiter, legten Meile um Meile zurück, verkauften Schmuck, um in Wirtshäusern übernachten zu können, bettelten darum, von vorbeifahrenden Leiterwagen mitgenommen zu werden, die zwar entsetzlich langsam dahinrumpelten, dafür aber durch die unglaubliche Wohltat entschädigten, die wunden Füße hochlegen und ausruhen zu dürfen. Als sie keinen Schmuck mehr besaßen, den sie verkaufen konnten, übernachteten sie in Scheunen, tief eingewühlt im Heu, und durch die Ritzen der löchrigen Dächer über sich sahen sie den klaren schwarzen Nachthimmel und frosthelle Sterne. Als sie Schloß Sevigny erreichten und es in Besitz nahmen, »gleich einer Heuschreckenplage«, wie Tante Marie Hortense insgeheim anvertraute, besaßen sie buchstäblich nichts mehr, bis auf die zerfetzten Kleider, die sie am Leib trugen, hatten Frostbeulen an den Füßen und Läuse im Haar, aber Elizabeth war glücklich bei dem Gedanken, sich so weit sie nur konnte von der Frau entfernt zu haben, die sie vor jener entsetzlichen Januarnacht gewesen war.

Für alle Zeiten hatte sich ihr das Bild des sterbenden Soldaten in die Erinnerung gegraben. Was sie in jenen panischen, rasenden Sekunden der Tat nicht wahrgenommen hatte, mußte dennoch tief in ihr Bewußtsein eingesickert sein, denn nach und nach tauchte es aus den Höhlen ihres Gedächtnisses wieder auf und stand ihr in glasklaren Bildern vor Augen: die wächserne Blässe seines Gesichtes und die daraus leuchtenden stark geröteten Wangen, sein Mund, der sich mit dem ersten Schuß leicht öffnete, ohne sofort zu schreien, seine Augen, dunkel und ohne Begreifen auf die Pistole gerichtet, sein Gesichtsausdruck, der in unfaßbarem Schrecken erstarrte, noch ehe ein Schimmer von Erkennen hatte darüber gehen können. Elizabeth wußte, daß der Mann bis zum letzten Schuß nicht geglaubt hatte, was ihm geschah. Hätte John auf ihn geschossen, dann wäre das etwas anderes gewesen, doch die Waffe in der Hand der Countess mußte ihm unfaßbar vorgekommen sein. Und die gleiche Ungläubigkeit hatte auch auf Joannas Gesicht gelegen. Es wurde Elizabeth viel später erst bewußt, daß sie im letzten Moment, ehe sie sich durch das Fenster hinausschwang, plötzlich gefühlt hatte, wie sie Joanna verlor. Mit dem fremden Soldaten war eine ganze Vergangenheit gestorben. Elizabeth hatte sich verwandelt, viel mehr, als sie zunächst wußte. Die letzte Bindung an ihr früheres Leben zerriß. Was sie immer, all die Jahre lang, noch im Innersten ihres Wesens gewesen war, die Tochter der feudalen Oberschicht Louisianas, die wohlerzogene englische Aristokratin, die mit dem Mann, den sie liebte, wie eine fremde Begleiterin durch die armen und stinkenden Gassen Londons zog, an Galgen vorbei und durch Gefängnisse, durch den ganzen Schmutz und das Gift des frühen neunzehnten Jahrhunderts, das alles fiel von ihr ab und ließ sie einfach und sicher dastehen, in dem Bewußtsein, endlich dort angekommen zu sein, wo sie immer hatte sein wollen: in Johns eigener, mißtrauischer, verzweifelter, gesetzloser Welt. Sie gehörte dazu, und sie mußte in der Nacht, nachdem sie halbtot aus den eisigen Fluten der Themse an Land gekrochen war und, einem Fisch eher gleichend als einem Menschen, einige Augenblicke wild nach Luft ringend auf dem gefrorenen Gras gelegen hatte, immerzu an Johns lässige Worte denken, die er viele Jahre vorher zu ihrer Wut gesagt hatte:

»Erst wenn du einen Mord begangen hast, meine Liebste, gehörst du wirklich zu uns!«

Sie hatte ihn begangen. Sie huschten frierend, gehetzt, voller Angst durch die nächtlichen Gassen der Stadt, schleppten sich vom Schatten des einen Hauses in den des nächsten, ständig gewärtig, aus der Dunkelheit die Gestalten von Soldaten auftauchen zu sehen, die sie festhalten oder gleich mit ihren Bajonetten auf sie einstechen würden. John lief vorneweg, er sagte nichts, aber er schien genau zu wissen, wohin sie mußten. Elizabeth eilte ebenso lautlos hinterher. Ihr schönes langes Musselinkleid klebte naß an ihrem Körper und stank widerlich nach dem Unrat, den die Themse mit sich führte, aber das war nicht so schlimm wie die Kälte. Unablässig betete sie im stillen darum, daß sie endlich ihr Ziel erreichen würden, welches auch immer das sein mochte, und daß es dort ein Feuer und etwas Heißes zu trinken geben möge.

Sie schafften es noch in derselben Nacht, London zu verlassen. Erst als sie sich jenseits der Stadtmauern befanden, atmeten sie etwas leichter. John erklärte, sie würden bei einer Bauernfamilie in dem Dorf St. Mary Lawn Unterschlupf suchen, denn dort habe Alex gehaust, und die Leute seien ihre Freunde. Elizabeth hatte vorgeschlagen, sich doch bei Sally und Patrick zu verstecken, aber John hielt das für zu gefährlich.

»Wahrscheinlich wurden Alex und die anderen gefaßt«, sagte er, »und es ist möglich, daß man sie zwingt, die Namen unserer Londoner Bekannten preiszugeben.«

»Andrew wird uns nicht verfolgen.«

»Die Miliz wird das tun. Wir haben einen ihrer Soldaten erschossen, vergiß das nicht!«

Elizabeth schwieg. Nie würde sie es vergessen. Sie war nicht stolz auf ihre Tat, sie billigte sie nicht, aber es quälten sie keine Gewissensbisse. Wenn sie daran dachte, so hatte sie das Gefühl einer bitteren Notwendigkeit. Sie hatte keine Wahl gehabt. John oder der andere, und sie hatte entschieden, wie sie entscheiden mußte.

Die Bauern in St. Mary Lawn nahmen John und Elizabeth auf, jedoch nur für ein paar Stunden, denn bis auf die Tatsache, daß sich der Hof wenigstens außerhalb von London befand, war es hier mindestens ebenso gefährlich wie bei Sally. Die Bäuerin, die Alex wie einen eigenen Sohn geliebt hatte, brach in Tränen aus, als sie erfuhr, was geschehen war. Sie kümmerte sich sofort um das Nötigste, machte mitten in der Nacht einige Kessel Wasser heiß, damit die halb erfrorenen Flüchtlinge baden konnten, kochte kräftigenden Kräutertee und schleppte Brot und Butter und wollene Decken herbei. Elizabeth, die in einer Abstellkammer beim Schein einer einzigen Kerze in der Holzwanne mit warmem Wasser saß und badete, kam es wie ein Traum aus einer anderen Zeit vor, daß sie wenige Stunden vorher im festlichen Theater von Covent Garden gesessen und Lady Macbeth gelauscht hatte, die mit blutbefleckten Händen eine grausige Tat beklagte.

Sie sah Andrew vor sich, aber sie fühlte sich zu müde, um darüber nachzudenken, was er jetzt wohl tat und was diese Nacht für ihn und sein weiteres Leben bedeutete. Einmal kam John herein, um zu sehen, ob sie schon fertig war. Er kniete neben der Wanne auf dem Boden nieder und ergriff Elizabeths nasse Hand.

»Warum bist du damals fortgelaufen und hast diesen Kerl geheiratet?« fragte er.

»Warum hast du nie versucht, mich zurückzuholen?«

»Hätte das irgendeinen Sinn gehabt? Ich dachte, du hättest es dir ein für allemal anders überlegt.«

»O nein«, sagte Elizabeth lächelnd, »du dachtest, ich käme von selbst zurück. Du hast es überhaupt nicht für möglich gehalten, daß ich dir davonlaufen könnte!«

»Nun gut«, gab John zu, »ich hielt es nicht für möglich. Ich glaubte...«

»Du warst dir meiner immer so unglaublich sicher, John, von Anfang an. Du warst davon überzeugt, daß ich dich brauche, und du warst mindestens ebensosehr davon überzeugt, daß du mich nicht brauchst! Sag mir doch«, sie entzog ihm ihre Hand und ließ sie ins Wasser fallen, daß es nach allen Seiten spritzte, »sag mir, was eigentlich hast du je für mich empfunden?« Sie setzte sich aufrecht hin. Das Wasser perlte über ihre Schultern und ihre Brust.

»War es das? Mein Gesicht, mein Körper, meine Jugend? War es genau das, was du bei jeder anderen Frau auch begehrt hättest, du zersetzender, zerstörender, zynischer Mensch? Bist du überhaupt fähig zu lieben? Oder nimmst du nur jeden aus, der dir über den Weg läuft, und gibst nichts zurück?«

John starrte sie an.

»Ob ich fähig bin zu lieben, Elizabeth? Wie kannst du...?«

»Wie kann ich das fragen? Bei deiner großen, wichtigen, heiligen Aufgabe, die Welt zu verändern, hast du leider meistens vergessen, den Menschen um dich herum noch irgendein Gefühl zu zeigen!«

»Trotzdem hast du heute nacht keine Sekunde lang gezögert und bist mit mir gegangen. Als hättest du die ganzen zwei Jahre lang nur auf diesen Moment gewartet.«

Elizabeth blickte hinunter in das Wasser. Sie war so müde, ihr Kopf schwer und die Gedanken verworren, aber dennoch wurde ihr klar, daß John recht hatte.

In den zwei langen Jahren mit Andrew hatte sie nur von dem Augenblick geträumt, in dem sie John wiedersehen würde, und die vielen Stunden, in denen sie sich eingeredet hatte, ihn vergessen zu haben und glücklich zu sein, waren nur eine Selbsttäuschung gewesen.

»Du hast recht«, sagte sie leise, »leider hattest du in diesem Punkt immer recht. Ich hänge tausendmal mehr an dir als du an mir, und so konntest du immer in aller Ruhe abwarten, daß ich wieder angekrochen käme, und du konntest völlig sicher sein, daß ich es tun würde, ganz gleich, wie du dich benommen hattest. Du hast dich abscheulich benommen, John, damals nachts in Blackhill. Ich habe es dir nie verziehen!« Sie sah auf, und Johns Gesicht war plötzlich ganz dicht vor ihrem. Sie gewahrte ein Glitzern in seinen Augen, das so jung und leidenschaftlich war wie an dem Tag, als sie ihn zum ersten Mal gesehen hatte. Sie dachte, er wolle sie küssen, aber er hielt nur ihre Hände fest und legte seinen Kopf an ihre Schulter. Elizabeth küßte sanft seine dunklen Haare.

»Du darfst nie wieder fortgehen«, flüsterte er, »versprich es mir, Elizabeth, geh nie wieder fort!«

»Solange ich lebe, nicht.«

»Ich weiß, ich habe es nicht verdient. Du mußt dich immer von mir im Stich gelassen gefühlt haben. Von dem Tag an, als du nach Blackhill gelaufen kamst, auf der Flucht vor dieser gräßlichen Lehrerin. Du hast mich so vertrauensvoll angesehen, und ich hatte nichts Besseres zu tun, als dich zu ihr zurückzuschicken!«

Elizabeth strich sanft über sein Haar. Die Kerze warf ein leichtes Licht auf ihr Gesicht.

»Du dachtest, ich würde eine Last für dich sein«, seufzte sie, »diese Angst hattest du immer. Du glaubtest dich für mich verantwortlich, dabei bin ich es doch genauso für dich.«

»Ja, in der Tat. Wenn ich etwas in diesen zwei Jahren gemerkt habe, dann das.«

»Und wenn du wirklich einmal eine Verantwortung hattest«, sagte Elizabeth lächelnd, »dann bist du ihr gerecht geworden. Denke zum Beispiel nur an dieses unheimliche Wirtshaus irgendwo in der Einsamkeit zwischen King's Lynn und London. Vor siebzehn Jahren. Du hast den Mann getötet, der uns angreifen wollte.«

John hob den Kopf.

»Man kann wohl sagen«, meinte er, »daß du dich heute nacht gründlich revanchiert hast.«

»Ja«, erwiderte Elizabeth langsam, »da siehst du, daß wir einander nichts schuldig bleiben.«

Ein Pochen an der Tür schreckte sie auf. Die Bäuerin rief ihnen zu, sie sollten herüberkommen. Elizabeth zog ein wollenes Kleid an, das die Bäuerin ihr zurechtgelegt hatte. Zu dem bäuerlichen, verwaschenen Stoff nahmen sich die Ringe an ihren Fingern und die Rubine um ihren Hals sehr seltsam aus. Einen der Ringe schenkte Elizabeth der Bäuerin zum Dank für ihre Hilfe, aber später, als sie und John wieder in der kleinen Kammer auf Strohsäcken lagen und vergeblich versuchten, dieser Nacht noch eine Stunde Schlaf abzugewinnen, sagte John, sie solle nicht jedesmal so großzügig sein.

»Wir werden deinen Schmuck noch dringend brauchen«, meinte er, »denn du siehst wohl ein, daß wir England verlassen müssen. Sie suchen uns wegen Raub und Mord, und ich habe keine Lust, mein Leben an einem Galgen vor diesem dreckigen Fleet Prison zu beenden!«

Elizabeth starrte in das modrige Gebälk der Decke über sich, dessen Umrisse sie im allerersten bleichen Licht des neuen Januartages schwach erkennen konnte. Trotz der bleiernen Schwere in ihren Gliedern fühlte sie sich außerstande, auch nur ein Auge zuzutun.

»Wohin wollen wir?« fragte sie.

»Nach Ligny. In das Schloß meiner Vorfahren. Und dort verprassen wir das Erbe meiner Mutter!«

»Der Kontinent ist jetzt aber nicht ganz ungefährlich. Napoleon wird...«

»Liebste, nicht einmal Napoleon ist für uns im Augenblick so gefährlich wie England. Glaub mir, sie werden uns wirklich aufhängen, wenn sie uns finden!«

»Gut«, sagte Elizabeth gleichmütig, »dann gehen wir nach Ligny.«

Die nächsten Tage verbrachten sie jedoch damit, sich in den Dörfern um London herumzudrücken. Sie fanden Unterschlupf in warmen Kuhställen oder auch bei einer Bauernfamilie, aber sie achteten darauf, nie länger als einen Tag am selben Ort zu bleiben. John wurde steckbrieflich gesucht, und nachdem sie seine genaue Beschreibung an den Bäumen vor der Stadt gelesen hatten, verzichteten sie ganz darauf, sich noch in menschliche Behausungen zu begeben. Elizabeth wurde auf diesen Briefen nie erwähnt. Es wunderte sie, denn sie wußte nicht, daß Joanna sie gedeckt und Andrew viel Geld gezahlt hatte, daß ihr Name offiziell in dieser Affäre nicht erwähnt wurde.

Sie mußte nun bei den Bauern um Lebensmittel betteln oder sie auch bezahlen, je nach Großzügigkeit ihres Gegenübers. Allein hätte sie diese Tage nie überlebt, aber John, der in den vergangenen zwei Jahren nur auf diese Weise existiert hatte, fand immer wieder ein neues Versteck. Ehe er das Land verließ, wollte er unter allen Umständen noch herausfinden, was mit seinen Freunden geschehen war. Zu diesem Zweck begab er sich sogar bis in die Stadt hinein, trotz Elizabeths heftiger Proteste. Sein Gesicht war mit Bartstoppeln bedeckt, und er trug einen Schlapphut tief in die Stirn gezogen, aber Elizabeth zitterte dennoch jedesmal um ihn. Außerdem wurden ihr die einsamen Tage ohne ihn sehr lang. Sie saß in einer zugigen Scheune im Heu, die Beine eng an den Körper gezogen, eine mottenzerfressene Decke um die Schultern gelegt, lauschte dem Rascheln der Mäuse und zählte die Minuten.

Eines Abends kam John zurück und erzählte ihr, was er erfahren hatte: daß Alex, Bruce, Dan und Samantha zum Tode verurteilt worden waren und am nächsten Tag vor dem Fleet Prison gehängt werden sollten.

John wollte dabeisein, sosehr Elizabeth ihn auch anflehte, wenigstens dieses Wagnis nicht einzugehen.

»Sie sind meine Freunde«, erklärte er, »ich muß bei ihnen sein. Danach, das schwöre ich dir, verschwinden wir sofort!«

»Diesmal warte ich nicht auf dich«, entgegnete Elizabeth zornig, »ich halte es nicht länger aus. Ich komme mit nach London!«

Glücklicherweise herrschte ein stürmischer, schneidender Wind am Hinrichtungstag, so daß alle Zuschauer völlig vermummt erschienen und John und Elizabeth mit Hut und Kopftuch und wollenen Tüchern vor den Gesichtern niemandem auffielen. Sie mischten sich in die allerdichteste Menge, weil John das am sichersten fand. Elizabeth zitterte trotzdem die ganze Zeit und wagte kaum die Augen zu heben. Doch niemand schenkte ihr auch nur einen Blick, denn jeder sah zum Galgen hin.

Die vier Delinquenten wurden in winzigen Eselskarren vom Gefängnis zur Hinrichtungsstätte gebracht und dort nacheinander, einer vor den Augen des anderen, aufgehängt. Elizabeth konnte fast ihre Tränen nicht zurückhalten, als erst Alex, dann Bruce, dann Dan auf das Gerüst kletterte, die Schlinge um den Hals gelegt bekam und unter dem häßlichen Geräusch des wegklappenden Bodens in die Tiefe fiel, bis das Seil sich straffte und sie erwürgte. Keiner der drei Männer sagte ein Wort, nur die Menge johlte bei jedem Tod. Dann aber kam die Reihe an Samantha, und wohl niemand in ganz London hatte jemals einen Menschen so schreien hören wie sie. Samanthas Stimme schwoll zu einer Lautstärke an, daß alle Zuschauer in fassungslosem Entsetzen ein paar Schritte zurückwichen. Vier kräftige Männer schafften es kaum, die ausgemergelte, in Lumpen gehüllte Gestalt aus dem Karren zu zerren, so wild und verzweifelt schlug sie mit Armen und Beinen um sich. Erst als man Eisenketten um ihre Hände und Füße gelegt hatte, wurde es möglich, sie bis zu dem Holzgerüst zu schleifen, an dessen unterster Stufe ein Priester stand. Samantha fiel vor ihm auf die Erde, ihre langen roten Haare breiteten sich über den Schmutz der Straße, sie umklammerte seine Füße mit ihren Fingern, und während sie ihren Kopf wieder und wieder auf die Pflastersteine schlug, stieß sie hohe, gellende Schreie aus, in denen sie abwechselnd Gott und die Menschheit um Gnade bat und all ihre Sünden in unverständlichen Jammerlauten bekannte. Ihre Schreie gingen schließlich in heiseres Röcheln über, aber sie hörte nicht auf zu bitten und zu betteln.

Der Priester wirkte völlig hilflos, er schwenkte sein Kreuz und murmelte etwas, ohne überhaupt angehört zu werden. Ein Mann neben Elizabeth faltete die Hände.

»Das ist keine Frau, das ist der Satan selber«, murmelte er in abergläubischer Furcht. Elizabeth mußte schlucken. Bis vor wenigen Minuten hatte sie geglaubt, sie könne, wenn nicht mit Befriedigung, so doch mit einiger Kälte der Hinrichtung Samanthas beiwohnen, da sie diese Frau beinahe für eine Verkörperung des Bösen hielt.

Aber jetzt merkte sie, wie ihr ganzer Haß und jeder Rest von Rachsucht in sich zusammenfielen. Das winselnde, kreischende, elende Geschöpf zu Füßen des Priesters erweckte in ihr nur noch Mitleid und eine traurige Erinnerung an die einst lebenslustige, strahlende Samantha mit ihrem vielen billigen Schmuck und ihrer Liebe zur Halbwelt.

Es wurden abermals vier Männer gebraucht, um Samantha die Treppe hinaufzuschleifen, und dreimal zerrte sie ihren Kopf wieder aus der Schlinge. Sie wehrte sich so, daß es bei ihr viel länger als bei den Männern dauerte, bis der Tod endlich eintrat. Noch nie hatte ein Verurteilter so zäh und verzweifelt um sein Leben gekämpft, ganz London sprach noch tagelang davon.

Da befanden sich Elizabeth und John bereits auf dem beschwerlichen Weg nach Oak's Bridges, einem verborgenen Nest an der Ostküste, von dem John wußte, daß dort nachts Schiffe mit verbotener Fracht und zweifelhaften Passagieren an Bord ablegten. Wochen später erreichten sie dann Schloß Sevigny, von wo aus sie die wilden Jahre der letzten Napoleonischen Siege, der Befreiungskriege und den Untergang des Eroberers miterlebten. Ohne daß es ihr Leben berührt hätte, hörten sie von einer Kapitulation der Franzosen nach der anderen, in Dresden, Stettin, Danzig, Torgau und Wittenberg. Sie vernahmen die Nachrichten von den großen letzten Schlachten, von La Rothière, Montmirail, Château-Thierry, Caronne, Reims und vielen anderen, bis zur Schlacht bei Paris, dem Einzug der Verbündeten in die französische Hauptstadt, dem Waffenstillstand und schließlich der Abdankung des Kaisers am 4. April 1814. Die Kämpfe in Oberitalien und Südfrankreich endeten, die Franzosen kapitulierten in den letzten besetzten Festungen. Napoleon hatte sich unterdessen von seiner Garde in Fontainebleau verabschiedet und sich nach Elba eingeschifft, und endlich, am 30. Mai 1814, wurde der Friede von Paris geschlossen.

Elizabeth und John schreckten erst wieder auf, als an einem Frühlingsmorgen 1815 Tante Marie an ihre Zimmertür pochte, um ihnen mit verkniffenem Gesicht die Nachricht zu bringen, die sie soeben von ihrem Diener erfahren hatte: daß Napoleon Bonaparte auf dem Marsch nach Paris sei. »Das gibt noch ein Unglück«, prophezeite Marie nachdrücklich, »ich habe kein gutes Gefühl!«

Diesem Ausspruch mußte einige Bedeutung beigemessen werden, denn Tante Marie nahm vom Weltgeschehen für gewöhnlich keine Notiz und hielt Schloß Sevigny für den sichersten Ort der Erde. Aber obwohl die düstere Miene der alten Frau sie ebenfalls im ersten Moment erschreckte, hielt Elizabeth, die an diesem kühlen Morgen noch verschlafen im Bett lag, Paris für sehr weit weg und Bonapartes Torheiten für wenig bedeutsam. Mochte er seine Schlachten austragen, wo er wollte, es war doch äußerst unwahrscheinlich, daß er es hier tun würde, auf den grünen Wiesen um Brüssel, zwischen all den kleinen, friedlichen Dörfern der Umgebung, in denen brabantische Bauern seit Jahrhunderten nur ihrem Ackerbau nachgingen, zwischen Quatre Bras, Waterloo und Ligny.

3

Edward und Joanna gelangten auf viel bequemere Art auf den Kontinent als John und Elizabeth neun Jahre zuvor, wenn sie auch bei ihrer Ankunft in Brüssel das Gefühl hatten, Belindas Kinder hätten ihnen alle Nerven zerrüttet. Es stellte sich als schwierig heraus, ein Zimmer zu finden, denn Brüssel quoll in diesen Tagen förmlich über von Menschen. Prinzen, Fürsten, Diplomaten und Offiziere bevölkerten die Stadt, und die meisten hatten ihre Frauen oder sogar ihre Kinder bei sich. Alle Straßen, Gassen und Häuser schienen voll geheimer, schwelender Erregung, als hätten sich Abgesandte aller Nationen versammelt, um auf ein glanzvolles Ereignis zu warten. Jeder wußte, daß es zu einem Kampf kommen mußte, und jeder ahnte, daß es der letzte Kampf gegen Napoleon sein würde. Wohin Joanna auch kam, ob sie einkaufen ging oder einfach nur durch die belebten Straßen der Stadt bummelte, überall sprachen die Leute von der armseligen Armee Bonapartes. Seine Armee zählte 300 000 Mann, die meisten davon sollten ungenügend ausgebildet sein, und es fehlte ihnen angeblich an Uniformen und Waffen. In Belgien hingegen standen 120 000 preußische Soldaten unter Feldmarschall Blücher sowie eine Armee von 93 000 Soldaten unter Wellington bereit. Dazu kamen die österreichischen und russischen Armeen, die sich noch auf dem Weg nach Belgien befanden. Insgesamt schätzten die Leute die Stärke der Verbündeten auf 582 000 Soldaten. Joanna schwindelte es, wenn sie diese Zahlen hörte. Vor ihren Augen hatte sie ständig das Bild eines unüberschaubar weiten Schlachtfeldes, über dem feiner Pulverrauch schwebte und auf dessen Wiesen Hunderttausende von verwundeten und toten Soldaten lagen, dazwischen verletzte Pferde und schwarze Kanonen. Die Vorstellung von einem Kampf wurde hier mit einemmal sehr deutlich und bedrückend. In England, in Foamcrest Manor, waren die Geschehnisse auf dem Kontinent noch sehr unwirklich gewesen, in dieser pulsierenden Stadt, in der man mehr Uniformen als andere Kleidung sah, fühlte sich Joanna von der schier unerträglichen Spannung angesteckt. Sie gewöhnte sich den gleichen raschen Gang an, den auch die anderen Leute auf der Straße hatten, und legte plötzlich wieder viel Wert auf ihre Kleider. Es gab so viele elegante Frauen in Brüssel! Sie trugen tief ausgeschnittene Musselinkleider, die glatt am Körper herabfielen und unter denen zierliche offene Sandalen aus goldgefärbtem Leder hervorsähen. Da sowohl Füße als auch Schultern und Arme der Frauen nackt sein mußten, herrschten selbst jetzt im Juni wahre Epidemien von Erkältungen, was die wahren Damen jedoch tapfer ignorierten. Sie preßten zarte Spitzentaschentücher vor ihre Nasen und hielten sich an den Armen ihrer Männer fest, wenn das Fieber sie schüttelte.

Die Männer ihrerseits liefen in prächtigen Uniformen, in weißen Hosen und hohen glänzenden Reitstiefeln, in blauen, roten oder schneeweißen Jacken mit steifen Kragen und funkelnden Orden an der Brust. Zivilisten waren dazwischen kaum zu entdecken.

Edward und Joanna hatten endlich Unterkunft in einem kleinen Gasthaus gefunden, das in einer stillen Seitengasse stand. Es gehörte kaum zu den vornehmsten Häusern von Brüssel, war aber bequem und wohnlich. Sie bekamen zwei Zimmer im ersten Stock, mit knarrendem Fußboden, Blumen an den niedrigen Fenstern und erfüllt vom Lavendelgeruch frischer Bettwäsche. Außerdem wurden ihnen unten im Haus zwei kleine Kammern für ihre Dienstboten zur Verfügung gestellt. Damit konnten sie bei dem herrschenden Zulauf sehr zufrieden sein. Leider gelang es Belinda, samt ihrer Nachkommenschaft im selben Haus unterzukriechen. Joanna blieb es ein Rätsel, wie Belinda so etwas immer fertigbekam. Sie konnte im ganzen Haus keinen Schritt mehr tun, ohne über eines der Kinder zu stolpern. Einmal schafften es zwei sogar, über einen Apfelbaum in Joannas Fenster hineinzuklettern, sich im Kleiderschrank zu verstecken und mit lautem Gebrüll hervorzustürzen, als Joanna ahnungslos vor dem Spiegel stand.

Sie erschrak so, daß sie alles fallen ließ, was sie in den Händen hielt, und laut aufschrie. Dann packte sie beide Kinder, öffnete die Tür und stieß sie in den Gang hinaus, wobei eines hinfiel und laut zu schreien begann.

»Verschwindet und laßt euch hier nie wieder blicken!« rief sie ihnen nach. »Ich dreh' euch den Hals um, das schwöre ich!«

Aufatmend schloß sie die Tür wieder und lehnte sich von innen dagegen. Scheußliche kleine Bälger! Als ob sie nicht so schon genug Sorgen hätte! Sie mußte sich ständig um Edward bemühen, der sich in Brüssel noch abweisender verhielt als in England. Oft verließ er bereits frühmorgens das Gasthaus, streifte den ganzen Tag in der Gegend umher und kam abends erschöpft zurück, ohne genau zu erzählen, wo er gewesen war. Seine Augen waren ausdruckslos in die Ferne gerichtet, und oft schrak er zusammen, wenn er unvermutet angesprochen wurde. Joanna gelangte schließlich zu der Überzeugung, daß er seelisch krank sein müsse. Sie erinnerte sich schamvoll daran, wie sie und die anderen Mädchen ihn früher immer wegen seiner Weltabgewandtheit und seiner unbeholfenen Scheu geneckt hatten. Ein Mann wie Edward hätte Trafalgar nie erleben dürfen, aber er hätte auch nie eine Frau wie sie haben sollen, das gab Joanna sich selbst gegenüber zu. Sie hatte das Gefühl, selbst ein überempfindsamer Mensch zu sein, der es zu schwer mit sich hatte, um einem anderen schwankenden Menschen zur Seite stehen zu können. Sie mußten sich ja aneinander aufreiben. Aber selbst wenn sie es versuchte, es gelang ihr nicht, ihn zu beschützen. Manchmal überlegte sie, ob es ein Fehler gewesen war, ihn nach Brüssel gehen zu lassen. Statt ihn zu begleiten, hätte sie vielleicht versuchen sollen, ihn von der Reise abzuhalten, zumal sie überhaupt nicht begriff, welchen Sinn es für ihn hatte, sich hier inmitten unabsehbarer lauernder Gefahren aufzuhalten. Er wirkte so, als warte er sehnsüchtig auf ein vernichtendes Unheil.

Da Joanna fast keinen Einfluß mehr auf ihn hatte, blieb ihr nichts anderes übrig, als ihre Zeit mit Belinda zu verbringen. Belinda, die King's Lynn lange nicht mehr verlassen hatte, stürzte sich in überwältigender Kaufwut in das Gewühl der Stadt und erstand Berge von Stoffen, Schuhen und Schmuck. Ihre Zeit verbrachte sie vor allem bei den Anproben der teuersten Brüsseler Schneider. Sie fand die neue schmale, durchsichtige Mode wundervoll, und nun, da sie sich wieder unter Menschen aufhielt und Schönheit sich lohnte, versuchte sie, in immer noch ein wenig Durchsichtigerem aufzutreten als andere Frauen. Joanna verkniff sich jede anzügliche Bemerkung über ihre ausufernden Fettmassen, die nun besonders grotesk hervorquollen. Da sie nichts anderes zu tun hatte, schlenderte sie mit ihr durch die Stadt und lauschte den vielen abenteuerlichen Geschichten, die in den Straßen kursierten. Bei ihrer Ankunft Anfang Juni sprachen die Leute überall aufgeregt von der Rebellion im sächsischen Heer, die für einige Unruhe gesorgt hatte. Sachsen war, wegen seiner Bündnistreue zu Napoleon, auf dem Wiener Kongreß von den Alliierten geteilt und zu zwei Fünfteln an Preußen gegeben worden. Als sich Anfang Mai die preußische Armee in Belgien sammelte, brach bei den sächsischen Regimentern in Lüttich plötzlich eine Rebellion gegen die Preußen los. Ein großer Haufen angetrunkener Soldaten zog vor das Haus von Feldmarschall Blücher, schrie den Namen das sächsischen Königs oder sogar »Vivat Napoleon«, beschimpfte die Preußen und warf Steine in die Fenster von Blüchers Quartier. Die Unruhen waren zunächst nicht zu kontrollieren und wurden so heftig, daß Blücher durch eine Hintertür die Flucht ergreifen mußte. Tage später erst gelang es, die aufständischen Bataillone zum Aufgeben zu bewegen und zu entwaffnen. Sieben Rädelsführer wurden sofort hingerichtet, aber trotzdem flammten hier und da wieder Aufstände auf, wenn auch vorsichtiger und zurückhaltender. Viele Menschen argwöhnten, die Sachsen würden vielleicht mitten in der entscheidenden Schlacht gegen Napoleon die

Seite wechseln und der Sache der Verbündeten damit großen Schaden zufügen.

Belinda sog solche Berichte gierig ein und hatte offenbar das Gefühl, selber eine der Hauptbeteiligten in den bevorstehenden Kämpfen zu sein. Im übrigen widmete sie sich der zunächst schwierigen Aufgabe, ihren Mann wiederzufinden, von dem sie wußte, daß er Oberleutnant in Wellingtons Kavallerie war, von dem sie aber keine Adresse in Brüssel hatte. Sie bekam beinahe einen Nervenzusammenbruch, als sie ihn während einer Spazierfahrt mit Joanna plötzlich in Begleitung einer schönen rothaarigen Frau durch die Straßen spazieren sah.

»Oh, als ob ich es nicht geahnt hätte!« schrie sie. »Genau so etwas hatte ich erwartet! Anhalten, sofort anhalten!«

Der Kutscher hielt erschrocken den Wagen, und Belinda stürmte hinaus, wobei sie mit mehreren Menschen und beinahe einem Pferdefuhrwerk zusammenstieß. Joanna folgte ihr besorgt.

Sir Wilkins schrak zusammen, als seine Frau wie eine Furie vor ihm auftauchte, seine rothaarige Begleiterin zur Seite stieß und ihn selber am Arm packte.

»So ist das, Benjamin Wilkins!« tobte sie. »Das hättest du nicht erwartet, nicht wahr? Du dachtest, ich sei in England! Aber da hast du dich getäuscht! Wer ist dieses Luder?«

Wilkins brachte vor Überraschung kein Wort hervor. Es verwirrte ihn noch mehr, als plötzlich auch noch Joanna hinzutrat.

»Sie sind auch hier? Ich verstehe nicht...«

»Lord Gallimore und ich hatten eine Reise auf den Kontinent geplant. Und Belinda hat sich angeschlossen.«

»Ah...«

»Das kommt dir recht ungelegen, wie?« fragte Belinda spitz. Sie hatte sich wieder ein wenig beruhigt, da die Rothaarige eilig verschwunden war. Sir Wilkins faßte sich endlich.

»Welch eine Überraschung!« rief er überschwenglich. »Hätte ich gewußt, daß du kommst...«

»Dann wärst du wohl nicht mit dieser abscheulichen Ziege auf offener Straße herumspaziert! Wer war sie?«

»Oh, sie ist ganz unwichtig. Komm, Liebste, lächle doch mal!« Er gurrte noch eine Weile, und schließlich war Belinda besänftigt. Joanna hoffte, sie werde nun in das Quartier ihres Mannes übersiedeln, aber leider zog statt dessen Sir Wilkins zu ihr, und alles blieb beim alten. Allerdings war Belinda nun meistens mit Wilkins zusammen, und Edward ging ohnehin seine eigenen geheimnisvollen Wege. Joanna blieb allein zurück. Die langen, warmen Nachmittage in ihrem Zimmer, die sie am Fenster stehend verbrachte, behielten für sie in der Erinnerung ein Leben lang eine stille, unheilschwangere Stimmung, den Eindruck einer Ruhe vor dem Sturm. In der schweren, sommerlichen Ruhe konnte sie ein Gefühl von kommendem Schrecken nicht loswerden. Die einzige Abwechslung bedeuteten die regelmäßigen Anproben bei einer Schneiderin, die einige Straßen weiter wohnte.

Für den Abend des 15. Juni hatte nämlich die Herzogin von Richmond, die derzeit in Brüssel ein glänzendes gesellschaftliches Leben führte und in deren Haus die höchstrangigen Gäste ein und aus gingen, zum Ball eingeladen. Die Herzogin mußte auf irgendeine Weise herausbekommen haben, daß Lord Gallimore und seine Frau sich in Brüssel aufhielten, denn auch an sie war eine Einladung ergangen. Natürlich würden auch Sir Wilkins und Belinda dasein. Joanna bedauerte insgeheim, wie völlig unwahrscheinlich das Erscheinen von Elizabeth bei dem Fest war. Sie wußte, daß die Freundin nahe bei Ligny wohnte, aber sie wagte in der augenblicklichen gefährlichen Lage keine Reise dorthin. Und wenn sie es genau überlegte, hätte sie sich vor einer Begegnung auch gefürchtet.

Zweifellos war der Ball der Herzogin von Richmond in Brüssel das glanzvollste Ereignis der Saison. Prinzen und Prinzessinnen, Herzöge, Grafen, Diplomaten, Botschafter, Offiziere und die reichsten und schönsten Frauen der Stadt tanzten im Ballsaal zu den Klängen einer Militärkapelle, bewegten sich im Walzerschritt auf spiegelblankem Marmorfußboden zwischen Blumengirlanden, Kerzen und Kristalleuchtern. Dreihundert Gäste hatte die Herzogin geladen, und es schien so, als hätte jeder der Einladung Folge geleistet. Zwischen zahllosen bunten, ordenblitzenden Uniformen konnte man die prächtigen Rüschenhemden und die mit farbigen Seidenfäden und Perlen bestickten Westen der Zivilisten und die leuchtenden Gewänder der Frauen sehen.

Veilchenparfüm war gerade Mode, daher roch der ganze Saal nach Veilchen, gemischt mit dem Duft von Champagner, Rosen und erlesenem Tabak. Musik, Gelächter, Kleider und Schmuck waren so strahlend und auffällig, als finde hier an diesem Abend der Höhepunkt des gesellschaftlichen Lebens in Brüssel statt, aber als strebe gleichzeitig auch die verhaltene Unruhe und schon unerträglich gewordene Spannung ihrem Ausbruch eiliger entgegen als zuvor.

Am frühen Morgen dieses Tages hatte Napoleon Bonaparte mit seiner Armee die Grenze Belgiens überschritten, vollkommen überraschend für die Alliierten. Die Nachricht hatte Wellington mittags um drei erreicht, nachdem er noch einen Tag zuvor in völligem Einverständnis mit seinen Generälen erklärt hatte, »Boney«, wie sie ihn spöttisch nannten, würde es niemals im Leben wagen, Paris zu verlassen, sondern sich vielmehr dort verbarrikadieren und den Angriff seiner Feinde abwarten. Zu dem Zeitpunkt, da diese Ansicht noch von jedermann in Belgien geteilt wurde, hatte Napoleon bereits heimlich und unbemerkt mit seinen Soldaten die französische Hauptstadt verlassen, so schnell, überraschend und leise, daß sein Aufbruch tatsächlich den Verbündeten völlig entging. Der ehemalige Kaiser Frankreichs hatte erkannt, daß er Paris gegen eine solche Übermacht von Gegnern nie würde halten können und daß seine einzige Chance darin bestand, so schnell zuzuschlagen, daß die andere Seite keine Zeit fand, das zu begreifen. Außerdem wußte er, daß es ihm gelingen mußte, sich zwischen die Armeen Blüchers und Wellingtons zu schieben, eine Vereinigung zu verhindern und jede von ihnen einzeln zu bekämpfen, und das möglichst noch, bevor Russen und Österreicher herankommen konnten. Seine Aussichten waren gering, aber er zog los mit dem Mut dessen, der nichts zu verlieren hat, und von einer Verzweiflung getrieben, die zur Tollkühnheit verführte.

Obwohl sie das alles jetzt genau wußten, waren Wellington und seine gesamte Generalität auf dem Ball erschienen und bildeten einen so strahlenden Mittelpunkt des Festes, daß jeder hätte meinen können, für sie gebe es in diesen Stunden überhaupt keine Sorge auf der Welt. Sie plauderten charmant und unbefangen und tanzten fast die ganze Zeit. Es fiel nur auf, daß sie kaum etwas tranken, obwohl erlesener Champagner angeboten wurde. Die meisten Offiziere schienen sich eher in einen Rausch von Tanz, Gelächter und Musik zu steigern. Die wenigsten Gäste erkannten hinter ihren lachenden Gesichtern und glänzenden Augen die Angst, die sie zu verbergen suchten, die Furcht vor einem Kampf, von dem sie ahnten, daß er mit äußerster Kraft geführt werden würde.

Sie alle kannten Napoleons glanzvolle Zeiten, seinen Siegeszug durch Europa, die Rücksichtslosigkeit, mit der er angriff, eroberte und unterwarf. Sie wußten, daß Bonaparte eher sich, seine Armee und seine Feinde zum Teufel gehen lassen würde, als auf den letzten Versuch, seine alte Macht wiederherzustellen, zu verzichten.

Als Edward, Joanna, Belinda und Sir Wilkins eintrafen, war das Fest schon in vollem Gange. Es herrschte eine aufgeputschte, etwas zu hektische Fröhlichkeit, die die Ankommenden sogleich in ihren Bann schlug. Belinda bekam glänzende Augen.

»Ist es nicht wunderhübsch hier?« fragte sie, während sie ihren schwarzen Samtmantel hinabgleiten ließ und ihre etwas zu fetten Schultern enthüllte. »Benjamin, du mußt mir sofort General Wellington zeigen. Ich brenne darauf, ihn kennenzulernen!«

»Dort drüben steht er. Neben der Herzogin von Richmond!« Wilkins wies auf einen hochgewachsenen Herrn in Uniform, der ein ungeleertes Sektglas in der Hand hielt und mit verbindlichem Lächeln einer eleganten Dame zuhörte, die zu ihm sprach. Joanna fiel sein schmales, gutgeformtes Gesicht auf, dessen wacher, konzentrierter Ausdruck sie beeindruckte. Wellington galt als ernst, ehrgeizig und vollkommen beherrscht, und Joanna begriff, daß alle diese Attribute tatsächlich auf ihn zutrafen.

Ganz sicher ein harter Gegner für Boney, dachte sie bei sich. Nachdem sie von der Herzogin begrüßt worden waren und ein paar Worte mit Wellington geplaudert hatten, wollte Belinda tanzen. Sie und Sir Wilkins verschwanden, während sich Edward unschlüssig umschaute.

»Möchtest du vielleicht auch tanzen?« fragte Joanna. Edward sah sie lustlos an.

»Nein... ich glaube nicht.«

»Wollen wir etwas essen? Oder trinken?«

»Nein.«

»Was möchtest du dann tun? Hier stehenbleiben und finster vor dich hin gucken?«

»Ich wollte nicht kommen.«

»Vielleicht«, sagte Joanna wütend, »hättest du es dann auch besser nicht tun sollen, anstatt mir den Abend auch noch zu verderben!«

Edward zuckte mit den Schultern.

»Es war dein Einfall, mich nach Brüssel zu begleiten.«

»Und du tust alles, damit ich schnell wieder abreise. Mein Gott, laß dich nicht so gehen! Von den Soldaten hier ist in ein paar Tagen vielleicht schon die Hälfte tot, das ist schlimm, und darüber könntest du dich grämen und nicht immer nur an dich denken!« Sie drehte sich um, ließ Edward einfach stehen und ging davon. Sie war sehr zornig, obwohl bereits wieder Reuegefühle in ihr aufstiegen. Immer nahm sie sich vor, geduldig mit ihm zu sein, aber dann wieder konnte sie seine Hingabe an seine Wehmut einfach nicht ertragen. Bestimmt jedenfalls nicht an einem Abend wie diesem. Von ihrer Zofe hatte sie bereits am späten Nachmittag gehört, daß Bonaparte in Belgien eingefallen war, und seither quälten sie mehr als zuvor Angst und Traurigkeit. Sie fragte sich, ob den anderen Leuten der Anblick der tanzenden Soldaten auch so ins Herz schnitt wie ihr. Viele waren noch ganz jung, sie lachten übermütig, schwenkten schöne Mädchen im Kreis und flirteten voll ungestümer Lebenslust.

So viele werden sterben, dachte Joanna, selbst wenn wir siegen. Ach, warum muß es so wahnsinnige Eroberer geben, die nur Unheil über die Menschen bringen?

Immer dann, wenn sie wieder an einer Gruppe von Gästen vorbeikam und ein paar lustige, spöttische Bemerkungen über die bevorstehende Schlacht aufschnappte, krampfte sich etwas in ihr zusammen.

»Wie viele Soldaten führt Boney nach Belgien?« erkundigte sich eine reich geschmückte Dame lachend bei ihrem Begleiter. »126000? Du lieber Himmel, glaubt er etwa, das hier würde ein lustiges kleines Nachlaufspiel?«

»Wahrscheinlich – nur leider werden er und die Franzosen es sein, die laufen!«

Alle lachten. Joanna biß die Zähne aufeinander. So einfach würde das nicht werden. Bonaparte war am Ende, aber er war nicht umsonst jahrelang einer der größten Eroberer der Geschichte gewesen. Joanna glaubte nicht an einen leichten Sieg. Sie lief durch alle Räume und sah sich dabei sehr genau um. Sie hoffte, ihren Bruder George zu entdecken, den sie in den Tagen vorher noch nicht hatte ausfindig machen können. Sie nahm an, daß er ebenfalls zu diesem Fest eingeladen worden war, und malte sich gerade sein überraschtes Gesicht aus, das er machen würde, wenn ihm plötzlich seine Schwester gegenüberstand, als sie abrupt stehenblieb, weil jemand ihren Namen rief.

Sie wandte sich um und erstarrte beinahe. Hinter ihr stand Andrew.

Einen Moment blickten sie einander stumm an, als wollten sie sich vergewissern, daß der andere der war, für den sie ihn hielten. Endlich faßte sich Joanna und reichte Andrew ihre Hand.

»Earl Locksley«, sagte sie lächelnd, »verzeihen Sie bitte meine unverhohlene Überraschung. Ich hatte nicht erwartet, Sie hier zu treffen.«

»Mir geht es genauso«, erwiderte Andrew etwas unsicher, »aber ich bin sehr froh, Sie einmal wiederzusehen, Lady Gallimore.« Sie hatten vor neun Jahren wenig Zeit füreinander gehabt, daher fühlten sie sich sehr fremd. Zwischen ihnen stand jene schreckliche Nacht des Überfalls, in der Elizabeth den Earl verlassen hatte, aber Joanna wußte sofort, daß keiner von ihnen darüber sprechen würde. Sie betrachtete Andrew forschend. Er sah sehr viel älter aus als damals und wirkte viel verschlossener; er hatte seine ganze jugendliche Herzlichkeit verloren und war zu einem höflichen, äußerst zurückhaltenden Herrn geworden. Wer wußte, was er damals durchgemacht hatte, konnte in seinem Gesicht deutlich die Spuren von Kummer und Schmerz erkennen.

Und wieder einmal, wie so oft in den letzten Jahren, wenn sie an ihn gedacht hatte, überkam Joanna ein heftiger Zorn auf Elizabeth. An diesem Gesicht vor ihr konnte sie erkennen, was Elizabeth Andrew bedeutet hatte und wie grausam sie ihn verletzt hatte.

Nach einiger Zeit erst gewahrte Joanna die junge Frau an Andrews Seite, die mit einem etwas überraschten Gesicht die schwerfällige Begrüßung zwischen dem Earl und Joanna verfolgte. Im gleichen Moment sagte Andrew:

»Verzeihen Sie, ich vergaß völlig, Sie vorzustellen. Lady Gallimore, dies ist meine Frau, Lady Anne Courtenay!«

Joanna konnte kaum einen Ausruf des Erstaunens zurückhalten. Anne blickte sie sanft und unsicher an.

Sie sah Elizabeth sehr ähnlich. Sie hatte die gleiche Größe und Figur, dichtes pechschwarzes Haar und große blaue Augen. Sie war schöner als Elizabeth, glatter, regelmäßiger, aber weniger einprägsam. »Ach, Sie haben wieder geheiratet«, sagte Joanna wenig geistreich.

»Meine erste Ehe«, erwiderte Andrew mit unbeweglichem Gesicht, »wurde aufgrund außergewöhnlicher Umstände für ungültig erklärt.«

»Oh, ich verstehe... wie nett, Sie kennenzulernen, Countess...«

»Ich bin ebenfalls sehr erfreut«, gab Anne zurück. Sie standen einander etwas verlegen gegenüber, dann sagte Joanna hastig: »Sie müssen mich jetzt entschuldigen. Ich suche ganz verzweifelt nach meinem Bruder George. Aber dieses Gedränge...«

»Das ganze Land scheint hierzusein«, stimmte Andrew zu, »lassen Sie sich nicht aufhalten. Wir wünschen Ihnen einen schönen Abend!«

Freundlich verabschiedeten sie sich voneinander. Im Fortgehen registrierte Joanna nun endlich auch, daß Andrew eine Uniform trug. Deshalb natürlich hielt er sich in Brüssel auf. Wieder einer mehr, um den sie bangen mußte.

Die Angst ist schon hier im Saal, dachte sie unbestimmt, sie wird immer stärker und dichter. Jeder weiß, was geschehen wird, jeder weiß es...

Sie stolperte schließlich fast über George, der an einer Wand lehnte und seine gekreuzten Füße weit in den Raum ragen ließ.

»George!« rief Joanna. »Mein Gott, George, ich suche dich überall!«

»Das ist ja nicht zu glauben«, sagte George fassungslos. »Was machst du denn hier?«

Er stellte sich gerade hin und schlang beide Arme um seine Schwester.

»Joanna! Du tauchst plötzlich aus dem Gewühl auf, als sei das gar nichts Besonderes. Wie schön du aussiehst!« Er betrachtete sie bewundernd und zupfte an einer langen blonden Locke, die ihr auf die Schulter fiel. George war jetzt fünfundzwanzig und sah seinem Vater immer ähnlicher. Er wirkte in seiner Uniform sehr erwachsen, anders als viele seines Alters, die dadurch eher jungenhaft aussahen. Er hatte bereits den blutigen Pyrenäenfeldzug mitgemacht, und das hatte ihn sehr reifen lassen. Joanna, in deren Vorstellung er immer nur ihr kleiner, quengelnder Bruder war, betrachtete ihn fasziniert. Zum ersten Mal an diesem Abend fühlte sie sich glücklich. Sie hatte für George nie viel übrig gehabt, aber hier in der Fremde merkte sie, wie stark die Familienzusammengehörigkeit zwischen ihnen war. Sie lächelten einander kameradschaftlich zu, noch ein wenig erstaunt und zurückhaltend, aber voller Verständnis.

»Komm, wir holen uns etwas zu trinken«, schlug George vor, »und dann mußt du mir von zu Hause erzählen und weshalb du hier bist!«

Sie nahmen sich zwei Gläser mit Sekt, aber zu einer ausführlichen Unterhaltung kamen sie kaum, so viel Gedränge herrschte hier. George wurde häufig von Kameraden angesprochen, denen er dann voller Stolz Joanna als seine Schwester vorstellte. Joanna schüttelte viele Hände, tauschte mit ihr ganz fremden Männern lachende Reden aus und sah eine verwirrende Vielzahl von Gesichtern an sich vorüberziehen.

»Auf Boneys Untergang!« rief ihr ein junger Offizier zu und kippte seinen Sekt hinunter, als sei es Wasser. »Möge er den Tag seiner Geburt bitter bereuen!«

»Trink nicht soviel, Peter«, mahnte George, »was weißt du, wann du deine Kräfte noch brauchst!«

»Die brauche ich höchstens, um mit einer schönen Frau zu tanzen«, meinte Peter großspurig. »Tanzen Sie mit mir, Lady Gallimore?«

Aber schon als er auf sie zukam, bemerkte Joanna, daß er heftig schwankte. Lachend schüttelte sie den Kopf.

»Setz dich irgendwohin und ruh dich aus«, sagte George, »und zwar, ehe Wellington auf dich aufmerksam wird.«

»Aber es ist gleich Mitternacht. Ich will nicht den neuen Tag verschlafen!«

»Nicht verschlafen, nur ausruhen!« Mit freundlichen Worten schoben sie ihn durch das Gedränge. Joanna erblickte Andrew, der mit Anne tanzte, und Sir Wilkins, der mit Belinda tanzte. Und dann sah sie Wellington, auf den eben ein Offizier zutrat, um ihm etwas zu sagen. In der Gruppe um den General entstand einige Unruhe. Wellington winkte ein paar Offiziere heran, von denen manche den Tanz abbrechen mußten, sich vor ihrer Dame verneigten und rasch herbeieilten.

»Ist bei Wellington etwas los?« fragte eine junge Frau, die mitten im Saal stand und an einem Stück Schinken knabberte.

»Ich weiß es nicht«, gab Joanna verwirrt zurück, »es sieht so aus, als habe er eine Nachricht bekommen.«

Peter stürzte auf sie zu.

»Ich kann Sie beruhigen, junge Frau«, meinte er zu der Fremden, »es ist alles in Ordnung!«

»Sie sehen mir nicht so aus, als ob Sie das noch so genau beurteilen könnten«, entgegnete die Frau spitz, »etwas stimmt doch hier nicht!«

»Ich kümmere mich gleich darum«, versprach George.

Mit vereinten Kräften schafften sie Peter zu einem Sofa, auf das er selig lächelnd niedersank.

»Setzen Sie sich zu mir, Lady Gallimore!«

»Ich bleibe ja hier. George...«

George nickte.

»Ich spreche mit Wellington. Wartet hier auf mich.« Er verschwand zwischen den Menschen. Joanna sah ihm nach. Sie fühlte sich plötzlich sehr allein. Teilnahmslos lauschte sie Peters Gerede, als plötzlich Belinda neben ihr auftauchte. Sie sah verstört aus und atmete laut und schnell.

»Joanna!« Mit heftigem Griff packte sie die Freundin am Arm. »Joanna, Benjamin ist fort!«

»Fort? Was heißt das? Wohin?«

»Ach Joanna«, Belinda weinte fast, »er hat den Befehl bekommen, sich sofort bei seinem Regiment einzufinden. Irgend etwas muß geschehen sein! Es sind noch ein paar andere Soldaten verschwunden. Ich glaube, sie ziehen jetzt die Truppen zusammen. O Joanna, ich habe solche Angst!«

Joanna preßte die Lippen aufeinander.

»Ja«, sagte sie nervös, »irgend etwas... Bleib hier, Belinda, George muß gleich zurück sein. Er wird uns sagen, was geschehen ist!«

Nebeneinander, Hand in Hand, standen sie vor dem Sofa. Draußen schlugen die Kirchenglocken Mitternacht, und im Saal spielte die Kapelle »God save the King«.

4

Als George endlich zurückkehrte, war er sehr ernst. Er lächelte Belinda flüchtig zu, nahm sich aber nicht die Zeit zu einer Begrüßung.

»George, ist es wahr, daß die Truppen zusammengezogen werden?« erkundigte sich Joanna zitternd. »Belinda sagt, daß ihr Mann und ein paar andere Offiziere bereits den Befehl bekommen haben, sich unverzüglich bei ihren Regimentern einzufinden!«

»Ja, es ist wahr. Wellington hat soeben den Prinzen von Oranien nach Braine-le-Comte geschickt, mit dem Befehl, daß die englischen Truppen nach Quatre Bras marschieren sollen.«

Braine-le-Comte war das Hauptquartier Wellingtons. Von Quatre Bras jedoch hatten weder Belinda noch Joanna je etwas gehört. »Wo liegt denn das?« fragte Joanna.

»Südlich von Brüssel. Hört zu, ihr wißt ja, daß Bonaparte heute früh die Grenze nach Belgien überquert hat, und offenbar ist er in Charleroi, gleich hinter der Grenze, sofort mit einer preußischen Abteilung zusammengestoßen und hat Charleroi dabei im Handumdrehen genommen. Und nun hat er seine Armee geteilt, und die eine Hälfte unter General Grouchy marschiert nach Sombreffe und...«

»Sombreffe?«

»Da steht Blücher mit dem preußischen Heer. Die andere Hälfte unter General Ney ist nach Quatre Bras gezogen und belagert den Ort jetzt. Im Augenblick wird er noch vom Prinzen von Sachsen-Weimar gehalten. Aber er erwartet einen Angriff und hat deshalb Wellington um Verstärkung gebeten.«

Joanna schwirrte der Kopf von so vielen Auskünften.

»Und wo ist Napoleon selbst?«

»Der zieht mit Grouchy nach Sombreffe. Blücher ist glücklicherweise auf ihn vorbereitet, denn heute früh ist einer der französischen Generäle auf unsere Seite gewechselt und hat alle Pläne verraten. Blücher erwartet die Franzosen in Ligny.«

»Elizabeth«, murmelte Joanna.

»Das klingt ja furchtbar!« rief Belinda, »mein armer Benjamin!«

»Versteht ihr, was Boney vorhat?« fragte George eindringlich. »Er muß unter allen Umständen versuchen, Blücher und die Preußen von uns abzuschneiden. Quatre Bras liegt zwischen Brüssel und Ligny. Wenn er das hat, könnte er eine Verbindung vielleicht verhindern oder wenigstens verzögern.«

Die beiden Frauen blickten ihn voller Schrecken an. George seufzte. Er nahm Joannas Hände.

»Ich muß auch gehen, Joanna«, sagte er leise. Joanna schrak zusammen.

»Nein, geh nicht!« rief sie. »Ich bitte dich, geh nicht! Du bist mein einziger Bruder, dir darf nichts geschehen!«

»Ich muß aber gehen.«

»Nein, du mußt nicht! Niemand kann von dir verlangen, daß du dich einfach totschießen läßt! Laß uns doch weglaufen!«

»Sei vernünftig, Joanna!« Er blickte sie bittend an, und sie vergrub schluchzend ihr Gesicht in den Händen.

»Es war so kurz«, flüsterte sie, »es waren nur die wenigen Stunden hier. George, ich war nie wie eine Schwester zu dir. Du bist soviel jünger als ich, und nie habe ich dich richtig beachtet. Ich habe tatsächlich erst heute abend bemerkt, daß ich einen Bruder habe!«

Sie versuchte ihre Tränen fortzuwischen, aber es wollte ihr kaum gelingen. George küßte sanft ihre Stirn.

»Aber was redest du?« fragte er zärtlich. »Nach der Schlacht kehre ich doch zurück. Du tust so, als sei ich bereits tot!«

»Es tut mir leid. Natürlich sehen wir uns bald wieder.«

Sie ließ seine Hand los, und er trat zu Peter und zog ihn von seinem Sofa.

»Wie konntest du soviel trinken!« tadelte er. »Komm mit, wir reiten nach Braine-le-Comte, und da steckst du deinen Kopf in einen Eimer mit kaltem Wasser.«

»Du kannst ihn in diesem Zustand nicht mitnehmen!« rief Joanna, aber George schüttelte den Kopf.

»Er muß mit. Aber ich bringe ihn schon wieder auf die Beine!« Die beiden Männer bahnten sich einen Weg zur Tür, George mit festen Schritten, Peter leicht schwankend. Joanna schossen schon wieder die Tränen in die Augen.

»Ich muß jetzt Edward suchen«, sagte sie schnell, aber Belinda schrie auf und klammerte sich an ihr fest.

»Nein, nein, Joanna, geh nicht weg von mir! Ich habe solche Angst um Benjamin, ich halte es einfach nicht aus! Joanna, ich bin schon einmal Witwe geworden...«

»Dann komm in Gottes Namen mit. Ich will ja auch nichts weiter als Edward suchen!«

Die beiden Frauen eilten zur Tür. Draußen im Gang sahen sie die Ordonnanzen der Offiziere in höchster Aufregung herumeilen. Sie gaben Befehle weiter, flüsterten miteinander, rannten Treppen hinauf und hinunter. Gegen die unverhohlene Spannung und überwache Erregung, wie sie in dem kühlen, nur von wenigen Kerzen erhellten Treppenhaus herrschten, wirkten Musik, Lichterglanz, Gelächter und der durch die Türen erkennbare Anblick bunter Kleider von vorübertanzenden Frauen nur noch wie eine aufgesetzte, verzweifelte Komödie.

»Hier draußen ist Edward nicht«, sagte Joanna, sich unruhig umblickend, »aber im Saal habe ich ihn auch schon lange nicht mehr gesehen.«

»Warum regst du dich seinetwegen denn so auf?« fragte Belinda weinerlich. »Er ist doch gar nicht als Soldat hier, da kann ihm auch nichts zustoßen!«

»Dennoch... ich will ihn eben finden!« Joanna mochte Belinda ihre Sorgen nicht verraten. Sie traute Edward jede nur denkbare unüberlegte Tat zu. Sie wollte sich gar nicht ausmalen, wozu ihn dieser Abend bewegen mochte.

Sie wollten wieder in den Saal zurück, als sie in der Tür fast mit Andrew zusammenstießen, der gerade herauskam. Belinda vergaß vor lauter Erstaunen über seinen Anblick fast ihren Kummer.

»Ach«, sagte sie mit weit aufgerissenen Augen, »Euer Gnaden sind auch hier? Nein, so etwas! Sie einmal wiederzusehen! Erinnern Sie sich denn nicht mehr an mich? Nun bin ich aber wirklich sehr erstaunt. Daß Sie sich noch einmal in der Öffentlichkeit blicken lassen würden – wer hätte das gedacht? Ich glaubte, Sie würden sich für alle Zeiten in Ihrem Schloß vergraben... nach dem schrecklichen Unglück damals...«

Belinda machte eine Pause, die Andrew, der unbeweglich zugehört hatte, nutzte.

»Ich muß mich leider gleich verabschieden«, sagte er, »man hat mich zu meinem Regiment beordert. Leben Sie wohl, Lady Gallimore und Lady Darking!« Er legte grüßend die Hand an seinen Hut und ging davon, während Belinda noch hinter ihm herrief: »Wilkins, Euer Gnaden, Lady Wilkins! Ich habe erneut geheiratet und...«

»Das interessiert den Earl doch jetzt gar nicht«, unterbrach Joanna. Sie zog Belinda hinter sich her in den Saal. In der Nähe der Tür stand die Herzogin von Richmond. Von ihr hatte sich Anne Courtenay soeben verabschiedet. Sie lächelte Joanna scheu an.

»Auf Wiedersehen, Lady Gallimore«, sagte sie mit leiser Stimme. Joanna tat der Anblick der blassen jungen Frau weh. Sie mußte große Angst haben, aber sie bemühte sich tapfer, sie zu verbergen. Während Belinda noch drängend herauszufinden versuchte, wer die Fremde war, und Joanna ihr entnervt Auskunft gab, erspähten sie endlich Edward. Er kam auf sie zu, bleich wie der Tod, zweifellos angetrunken, aber nicht lustig wie vorhin Peter, sondern vollkommen starr und in sich gekehrt. Er hätte Joanna völlig übersehen, wenn sie ihm nicht in den Weg getreten wäre.

»Ach Joanna«, sagte er zerstreut, »laß mich vorbei. Ich muß weg.«

»Wohin willst du?«

»Fort. Joanna, stell jetzt keine Fragen!« Er wollte sie beiseite schieben, doch sie hielt ihn am Arm fest.

»Ich lass' dich nicht gehen«, zischte sie leise, »du hast keinen Grund...«

»Die Truppen ziehen Napoleon entgegen!«

»Du gehörst nicht zu ihnen.«

»Ich gehöre zu ihnen. Aber das wirst du nie verstehen. Wenn sie alle sterben, dann sterbe ich mit!«

»Warum?« Joannas Frage kam so laut und heftig, daß einige Umstehende sie überrascht ansahen. Leiser wiederholte sie: »Warum, zum Teufel?«

Mit ausdruckslosen Augen sah er an ihr vorbei.

»Ich habe es dir gesagt. Wenn sie alle sterben, dann ist es für mich das beste, auch zu sterben.«

»Deshalb bist du nach Brüssel gegangen! Das war von Anfang an dein Plan, nicht wahr? Selbstmord – und doch bist du zu feige dazu. Andere sollen tun, was du nicht fertigbringst!«

»Du begreifst spät, Joanna. Erinnerst du dich an das Gespräch in Foamcrest Manor vor unserer Abreise? Du hast behauptet, ich verfolgte eine ausgeklügelte Rache an dir – ach Joanna, wenn du wüßtest, wie gleichgültig du mir bist! Du und das ganze Leben!«

»Wie niederträchtig du bist«, flüsterte sie. »Und wenn du es dir selber auch nicht eingestehst, ich weiß genau, daß du nichts anderes willst, als mich und alle Menschen um dich herum in ausweglose Schuld zu stürzen!«

»Fühlst du dich denn so schuldig an mir, daß mir das gelingen könnte?«

»Ja! Aber du trägst ebensoviel Schuld, denn du bist gnadenlos, und du gibst mir keine Gelegenheit, irgend etwas wiedergutzumachen!«

Edward schüttelte sie ab und ging zur Tür. Einen Augenblick lang stand Joanna fassungslos vor seiner Kälte und Unbarmherzigkeit, dann raffte sie entschlossen ihr langes Kleid und eilte hinter ihm her.

»Meinen Mantel!« rief sie im Gang einem Diener zu, »und beeile dich!«

Belinda folgte ihr noch immer wie ein Schatten.

»Was ist denn los?« fragte sie verzweifelt. »Wohin will Edward? Wohin willst du?«

»Edward ist wahnsinnig«, gab Joanna kurz zurück und schlug

ihren Mantel um die Schultern. Es war ihr plötzlich ganz gleichgültig, was Belinda erfuhr und was nicht. Ohnehin klapperte diese sonst so dreiste Frau mit den Zähnen und begriff wohl höchstens die Hälfte von dem, was sie jetzt hörte. »Und ich bin genauso wahnsinnig«, fuhr Joanna fort, »wahnsinnig genug jedenfalls, um mit ihm zu gehen!«

Sie jagte die Treppe hinunter, verlor dabei ihren Fächer, drehte sich aber nicht einmal um. Ihre Schritte hallten in dem hohen, leeren Gewölbe. Belinda kam hinter ihr her.

»Wohin gehst du mit ihm?« schrie sie. Joanna blieb stehen.

»Das weiß ich nicht«, fuhr sie Belinda an, »das bestimmt Edward. Aber vermutlich führt ihn sein Weg gerade vor eine französische Kanone!«

»Laß mich mitkommen! Bitte!«

»Jetzt nimm endlich Vernunft an, Belinda! Geh nach Hause. Deine Kinder warten auf dich.«

»Die sind bei der Kinderfrau gut aufgehoben. Nehmt mich doch mit! Ich sterbe vor Angst um meinen Mann! Ich will zu ihm!«

»Du kannst ihm jetzt nicht helfen!«

»Ich will in seiner Nähe sein!« Belindas Stimme wurde schrill. »Joanna, ich habe schon einen Mann verloren! Noch einmal ertrage ich es nicht! Ich kann es nicht aushalten!«

Joanna wußte, daß ihr keine Zeit zum Verhandeln blieb.

»So komm«, rief sie und rannte weiter. Belinda keuchte hinter ihr her.

Sie erreichten Edward auf der Straße, wo er eine Mietkutsche heranwinkte. Er beachtete die beiden heranstolpernden Frauen gar nicht, machte aber auch keine Anstalten, sie abzuwehren. Er wirkte vollkommen abwesend. Belinda betrachtete ihn mit Schrecken. Hatte Joanna recht, und hatte Edward den Verstand verloren?

Als sie alle im Wagen saßen, lehnte sich Edward zum Fenster hinaus.

»Quatre Bras«, rief er dem Kutscher zu. Dieser glaubte, nicht richtig verstanden zu haben.

»Quatre Bras, Monsieur? Da wimmelt es von feindlichen Truppen, und die Straßen dorthin sind verstopft mit Engländern. Ich halte das für ziemlich...«

»Ich sagte Quatre Bras. Ich werde Sie gut bezahlen!«

Der Kutscher schüttelte den Kopf, ließ aber die Pferde antraben. Keiner sprach ein Wort. Sie saßen in den schwankenden Sitzen, es roch nach Parfüm und einem letzten Hauch von Champagner, und silberner und goldener Schmuck glitzerte in der Dunkelheit. Edward starrte in die Nacht hinaus, Belinda schluchzte leise vor sich hin, und Joanna sagte sich, daß das Leben eine scheußliche Wirrnis sei und daß die Menschen, die es liebten, unbegreifliche Narren sein mußten.

Während sie über die holprigen Feldwege ratterten, tanzte die Gesellschaft auf dem Ball der Herzogin von Richmond bis in die frühen Morgenstunden, bis Signalhörner und Trompeten von der Straße heraufklangen und zum Aufbruch mahnten. Die Offiziere mußten sich mitten im Tanz verabschieden und zu ihren Regimentern eilen, die meisten von ihnen noch in eleganten Schnallenschuhen und Seidenstrümpfen. Unter den Klängen lebhafter Musik zog das Heer nach Quatre Bras, den Franzosen entgegen.

Die Soldaten unter dem Oberbefehl von General Grouchy, der andere Flügel des Napoleonischen Heeres, waren unterdessen in Richtung Sombreffe gezogen, wo sie hinter dem Städtchen Fleurus Stellung bezogen. Das preußische Heer lagerte gegenüber in den Hügeln von Sombreffe, aber die Franzosen befanden sich auf ihrem Gelände dennoch auf einem geographisch höheren Punkt und konnten die Position des Feindes bequem überschauen. Zwischen den Heeren lag ein enges Tal, in dem sich Dörfer, Weiden und Felder dicht aneinanderdrängten. Die Häuser und Hecken schienen dem preußischen Feldmarschall Blücher günstig zu sein, um das Gebiet zu verteidigen. Zahlenmäßig war sein Heer dem französischen unterlegen, und daher wußte er von Anfang an, daß seine Strategie nur auf einem defensiven Kampf beruhen durfte. So erstreckten sich die preußischen Stellungen quer durch das Tal und die Dörfer, den Ligny-Bach entlang, durch Wagnelée, Ligny und St. Amand. Ein drückend schwüler Junimorgen dämmerte herauf. Die Franzosen unter Ney und die englisch-holländischen Truppen unter Wellington standen vor Quatre Bras, während Napoleon und Grouchy mit ihren Franzosen den Preußen gegenüberstanden, von denen ein Korps, das des Generals Zieten, schon reichlich angeschlagen war, denn es hatte am Tag zuvor die Niederlage in Charleroi erlitten und sich in einem mühevollen Marsch kämpfend bis hinter Fleurus zurückgezogen. Sie standen einander gegenüber, und jeder wußte, wie lebenswichtig die Schlacht für beide Seiten werden konnte.

Napoleon mußte in Ligny siegen, denn nur so konnte er einen Keil zwischen die Verbündeten treiben, und von einem Sieg der Preußen hing Wellingtons Überleben ab, der bei Quatre Bras einen schweren Kampf ausfocht.

Elizabeth erwachte an diesem 16. Juni schon früh, nachdem sie erst gegen Morgen in unruhigen Schlaf gefallen war. Als am gestrigen Tag unüberschaubare Mengen von Soldaten, Trupp um Trupp, ins Land gezogen waren, hatte sie in einer ungläubigen Furcht am Fenster verharrt und die Männer beobachtet, die dort unten über die Feldwege ritten oder schwerfällig marschierten. Schloß Sevigny lag direkt zwischen Ligny und St. Amand. Sie konnte die Häuser beider Dörfer klar erkennen.

Am Nachmittag erreichten ein paar verwundete Soldaten des ersten preußischen Korps des Generals Zieten das Schloß und baten um Aufnahme. Von ihnen erfuhren die Schloßbewohner, daß Napoleon ungehindert die Grenze überschritten und Charleroi genommen hatte und nun im Sturmschritt auf Fleurus zueilte.

»Er ist uns einfach zuvorgekommen«, murmelte ein junger Offizier erschöpft, als Elizabeth ihm mit einer Schöpfkelle etwas Wasser reichte und ihm gleichzeitig vorsichtig sein blutverschmiertes Hemd von den Schultern streifte. »Gott, steh uns bei gegen diesen Franzosen!«

»Wo bleiben denn die Engländer mit Wellington?« fragte Elizabeth. Sie konnte sich mit den meisten Preußen verständigen, da sie Französisch sprachen.

»Die werden woanders zu tun haben. Bonaparte hat sein Heer geteilt. O Madame, bitte noch einen Schluck Wasser!«

Die Verletzten wurden auf die Schlafzimmer des Schlosses verteilt, wenn auch Tante Marie schockiert war über die Tatsache, daß im Himmelbett ihrer seligen Mutter ein unrasierter Soldat friedlich träumte. Sie und Hortense bewiesen jedoch eine gewisse Tatkraft. Sie brachten Verbandszeug, frisches Wasser und kräftiges Essen herbei und zierten sich nicht, Blut abzuwischen oder Wunden auszuwaschen.

Während die drei Frauen sich um die Soldaten kümmerten, suchte John im ganzen Schloß Gewehre und Munition zusammen. Elizabeth, die entnervt mit aufgelösten Haaren und hochgekrempelten Ärmeln Treppen hinauf- und hinunterlief, fragte ihn entsetzt, warum er das tue.

»Im Notfall will ich mich verteidigen können«, erwiderte John, »denn es sieht leider so aus, als würden wir in diese ganze scheußliche Sache verwickelt.«

»Aber sie werden doch nicht gerade hier...«

»Im ganzen Tal, Elizabeth. Überall. Und um Häuser wie dieses hier werden sie am erbittertsten kämpfen.« Er lächelte und strich ihr eine Haarsträhne aus dem Gesicht.

»Schau nicht so ängstlich drein. Uns geschieht nichts.«

Aber Elizabeth merkte, wie ihre Unruhe ständig stieg. Zu allem Überfluß wurde es draußen mit jeder Stunde schwüler, das Land brannte unter der Sonne, und kein Windhauch bewegte die Äste der Bäume. Nicht einmal die Nacht brachte nennenswerte Abkühlung. Als Elizabeth aufwachte, fiel eine jähe Angst über sie her. Sie setzte sich auf und sah John, der vor dem Spiegel über der Waschschüssel stand und sich rasierte.

»John«, rief sie, »ich will fort von hier! Noch ehe dieser Kampf beginnt!«

John wandte sich zu ihr um und lachte.

»Dafür ist es zu spät. Im Moment sind wir wohl am sichersten, wenn wir hier in unseren Mauern bleiben.«

»Aber wenn sie dich töten?«

»Wer? Die Franzosen? Ich versichere dir, Elizabeth, dazu werden sie gar keinen Grund haben. Ich halte mich aus allem völlig heraus!«

»Aber du bist Engländer!«

John neigte sich wieder seinem Spiegelbild zu.

»Für England würde ich nicht einmal den Verlust meines kleinen Fingers riskieren«, sagte er, »für ein Land, in dem man mich aufhängt, sobald ich nur seinen Boden betrete! Nein, Liebste, verteidigen werde ich heute nur mich und dich und in Gottes Namen Tante Marie und Hortense. Aber nicht England oder diesen verfluchten Wellington!«

Er warf sein Rasiermesser fort und wischte sich den letzten Schaum von der Wange.

»Komm, steh auf, Elizabeth. Zieh dir was an, und dann gehen wir frühstücken. Ich glaube nicht, daß uns Paulette heute etwas heraufbringt.« Gewöhnlich nämlich ließen sie sich das Frühstück von dem Dienstmädchen ans Bett bringen, weil sie nicht schon morgens die sauertöpfischen Mienen der Tanten ertrugen, aber mit den vielen Verwundeten würde Paulette heute anderes zu tun haben. So begaben sie sich hinunter ins Eßzimmer, wo Tante Marie und Hortense bereits dem ewig gleichen Ritual ihrer gemeinsamen Morgenmahlzeit folgten. Sie saßen wie zwei dunkelgraue Schatten in dem hohen, eichenholzgetäfelten Raum, durch dessen steinerne Mauern auch im Sommer keine Wärme drang und in dessen Kamin wegen Tante Maries Geiz nie ein Feuer brannte. Die beiden Frauen saßen sich an dem langen Tisch gegenüber, so weit auseinander, daß man hätte meinen können, sie gehörten gar nicht zueinander. Zwischen ihnen brannte eine Kerze auf einem altsilbernen Leuchter. Die Vorhänge des Raumes waren geschlossen, da Hortense immer behauptete, die Morgensonne sei unverträglich für ihre Haut. Für Elizabeth hatte dieses Zimmer stets die unheimliche Aura einer Gruft gehabt, die sie erschauern ließ, aber heute fühlte sie sich von dieser abgeschlossenen Stille zum erstenmal beruhigt. Hier drinnen ahnte man nichts mehr von Soldaten, Schlachtengetümmel und Weltuntergang. Sie hatte plötzlich den Eindruck, es werde diesen vertrockneten alten Frauen gelingen, ihre Welt sogar gegen einen Napoleon Bonaparte zu verteidigen. Menschen wie sie besaßen die Fähigkeit, das Geschehen draußen so hartnäckig zu ignorieren, daß sie schließlich selbst vergessen wurden und in Ruhe und Frieden leben konnten.

»Wie schön«, sagte Tante Marie, »ihr scheint euch entschlossen zu haben, heute einmal die Mahlzeiten mit uns gemeinsam einzunehmen.«

Hortense wurde sofort nervös, als sie John sah, und verschüttete ihren Tee.

»Hortense, paß doch auf«, tadelte Tante Marie, und Hortense senkte beschämt die Augen, als sei sie noch ein kleines Mädchen und keine Frau von über vierzig Jahren.

»Wie geht es den Verwundeten?« fragte Elizabeth.

»Es waren ja keine schweren Fälle dabei«, antwortete Tante Marie, »und die meisten sind schon in aller Frühe zu ihren Regimentern zurückgekehrt. Nur der Herr mit der Kugel im Bein ist noch hier.«

»Ah – der in Urgroßmutters Bett liegt«, vermutete John. Tante Marie verzog das Gesicht, aber Hortense kicherte, was ihr den zweiten Verweis an diesem Morgen einbrachte. Für den Rest der Mahlzeit saß sie ganz still und warf nur Elizabeth, die heute ein bezauberndes weißes Kleid trug, böse Blicke zu. Insgeheim beschloß sie, sich auch bald solch ein Kleid nähen zu lassen, aber sie rätselte noch, ob sie seinen Ausschnitt anziehend oder einfach vulgär fand.

Sie hatten das Frühstück kaum beendet, als ein Trupp Soldaten von etwa fünfzig Mann vor dem Hoftor Einlaß begehrte. Ihr Anführer, ein preußischer Leutnant, teilte den Schloßbewohnern mit, seine Leute würden sich im ganzen Haus an allen Fenstern und draußen entlang der Mauer verteilen und von dort aus gegen die Franzosen kämpfen. Hortense schrie auf, aber der Offizier beruhigte sie sogleich mit herablassender Miene. »Keine Angst, Madame, mit den Franzosen werden wir im Handumdrehen fertig!«

»Ja, so wie in Charleroi«, murmelte John, aber glücklicherweise hörte das niemand. Die Soldaten strömten sofort in alle Richtungen davon, stapften die Treppen hinauf, trampelten durch die Flure und lagerten sich in den Zimmern an den Fenstern. Sie hatten Gewehre bei sich und Bajonette und wirkten zwar entschlossen, aber auch sehr müde. Nachdem Napoleons Plan, die wichtigen Straßenkreuzungen im Tal von Ligny in seine Hand zu bekommen, durchschaut war, hatten die preußischen Truppen in zum Teil bestialischen Gewaltmärschen herbeikommen müssen. Elizabeth weinte beinahe beim Anblick ihrer rotumränderten Augen und blassen Wangen. Sie fragte einen Offizier, ob sie helfen könne, und er nickte ihr freundlich zu.

»Können Sie Gewehre laden, Madame?«

»Ja, ich glaube schon.«

»Gut, wenn der Kampf beginnt, könnten Sie versuchen, immer dort zur Stelle zu sein, wo nachgeladen werden muß. Das wäre eine große Hilfe!«

Der Vormittag schlich dahin, ohne daß etwas geschah. Es wurde immer schwüler und stickiger draußen, aber am Horizont zogen Wolken auf, und über dem Schloßgraben schossen flach die Vögel hin und her. Elizabeth fragte sich verwirrt, warum es denn nicht endlich losgehe, denn so angstvoll sie den Kampf auch erwartete, so erschien ihr die Verzögerung doch ein unheilvolles Zeichen. Von einem Offizier erfuhr sie, daß der französische Marschall Ney bei Quatre Bras den Truppen Wellingtons gegenüberstehe und Napoleon den Kampf bei Ligny wohl hinauszuziehen versuche, bis Ney seine Schlacht gegen die Engländer begonnen habe und sie damit vollauf beschäftigen würde. Einmal hörten sie im Laufe des Vormittags eine Salve Kanonenschüsse und stürzten sofort an die Fenster. Später erfuhren sie jedoch, daß in diesem Moment auf den Hügeln der Feinde Bonaparte selbst gesichtet worden war und man sofort geschossen hatte, ohne ihn zu treffen. Das geschah zur gleichen Zeit, als Wellington und Blücher sich in einer alten Mühle vor Sombreffe trafen, um die Lage zu besprechen. Wellington sicherte Blücher seine Hilfe zu, sobald ihm das möglich sein sollte, und ritt dann zurück nach Quatre Bras, wo seine Leute in höchster Eile eine Verteidigung gegen Neys Truppen auf die Beine zu stellen versuchten.

Napoleon schien tatsächlich warten zu wollen, bis der Kampf bei Quatre Bras begann, denn als in den Mittagsstunden schwacher Kanonendonner durch die totenstille Sommerhitze herüberdrang, gab er das Zeichen zur Schlacht.

Quer durch die Felder und Wiesen hindurch marschierten französische Soldaten auf St. Amand zu, wo drei preußische Bataillone bereitstanden, und ein furchtbares Artilleriefeuer auf Ligny setzte ein, das innerhalb weniger Augenblicke das ganze Dorf in eine undurchdringliche Wolke von Feuer und Rauch hüllte. Ein fürchterliches Gemetzel hatte in diesem Moment begonnen, dessen Grauens später in den Geschichtsbüchern wenig gedacht werden sollte, da es nicht die Entscheidung brachte und zwei Tage später für immer in den Schatten von Waterloo tauchen würde.

5

Elizabeth, John und die übrigen Bewohner des Hauses begriffen sehr rasch, daß sie an diesem Nachmittag nicht wohlverborgen im Schutz eines sicheren Schlosses einem entfernt tobenden Gefecht zusehen würden, sondern daß sie mitten im Geschehen standen und verzweifelt um ihr Leben kämpfen mußten. Kaum war das Signal zum Kampf gegeben, da schwirrte die Luft schon von hin und her sausenden Granaten, die krachend in der Erde einschlugen, tiefe Löcher in Getreidefelder rissen, Obstbäume entwurzelten und Häuser in Brand setzten. Elizabeth hatte sich unter der Treppe zusammengekauert und zitternd den Kopf auf ihre Knie gelegt. Obwohl sie sich die Ohren zuhielt, vernahm sie lautes, wildes Geschrei von draußen. Sie richtete sich auf und eilte an eines der unteren Fenster, wo sie gleichzeitig mit Hortense anlangte. Beide starrten hinaus und schrien dann gellend. Über die Wiesen vor ihnen stürmten französische Soldaten heran, bewaffnet mit Gewehren und Bajonetten und so viele, daß es schien, es müßten Abertausende sein. Offenbar hatten sie vor, die Dörfer St. Amand und Ligny zu nehmen, in deren Mauern Preußen lagen, aber alle Häuser dazwischen mußten ebenso wichtig für sie sein. Hortense klammerte sich an Elizabeth und blickte sie aus einem weißen Gesicht in panischer Furcht an.

»Sie kommen auf uns zu, Elizabeth«, schrie sie, »o Gott, sieh nur, sie kommen auf uns zu! Wir werden sterben!«

Aus den obersten Fenstern eröffneten die Soldaten nun ein heftiges Feuer auf die Angreifer. Elizabeth konnte sehen, wie eine erste Reihe von Franzosen blutend fast vollständig zusammenbrach. Aber wenige Meilen weiter ging ein Bauernhof in Flammen auf und wurde offenbar von den Feinden sofort eingenommen. Elizabeth sah sich um.

»Wo ist John?« rief sie. »Hortense, hast du John gesehen?«

Hortense schüttelte den Kopf. Sie brach schluchzend auf dem Boden zusammen, unfähig, länger die Beherrschung zu wahren. Ihre Nerven verließen sie völlig in diesen ersten Minuten der Schlacht, aber Elizabeth kümmerte sich nicht darum. Sie hastete die Treppe hinauf und blieb oben im Gang entsetzt stehen und lehnte sich kraftlos gegen die Wand, denn vor ihr, quer über den Flur hingestreckt, lag ein toter preußischer Soldat. Eine Kugel mußte ihn drinnen im Zimmer am Fenster getroffen haben, und er war dann rückwärts getaumelt, bis er hier zusammenbrach. Elizabeth schluckte und merkte, wie ihr am ganzen Körper der Schweiß ausbrach. Vorsichtig stieg sie über den Toten hinweg. Ich werde heute sterben, dachte sie beim Weiterlaufen, heute ganz sicher. Diesmal ist es aus.

In ihrem Schlafzimmer fand sie John, der zwischen zwei Soldaten kauerte und hinausschoß. Sie blieb erschrocken in der Tür stehen.

»John, was tust du denn hier?« rief sie. John drehte sich um und sah sie zornig an.

»Raus hier!« fauchte er. »Geh in den Keller und nimm Marie und Hortense mit! Beeil dich!«

»Du wolltest nicht kämpfen. Du hast gesagt...«

»Herrgott, was glaubst du, was die Franzosen mit uns machen, wenn sie das Schloß erobern? Ich muß jetzt kämpfen!«

»Laß mich helfen. Ich werde...«

»Du wirst in den Keller gehen, verdammt noch mal! Hier oben schwirren die Kugeln nur so herum!«

Elizabeth schossen die Tränen in die Augen, aber sie gehorchte. Sie rannte auf den Flur zurück, wo sie am oberen Treppenabsatz Tante Marie traf, die vor dem toten Soldaten stand und ihn etwas pikiert anblickte.

»Man sollte ihn in einen der Salons bringen, damit nicht noch jemand über ihn fällt«, sagte sie. »Elizabeth, du nimmst die Beine!«

Sie hoben ihn mit vereinten Kräften auf, wobei Elizabeth den Anblick der Blutlache, die auf dem Boden zurückblieb, zu ignorieren versuchte. Gemeinsam schleppten sie ihn in ein angrenzendes Zimmer und legten ihn auf ein Sofa. Tante Marie strich sich ihr Kleid glatt.

»Ich halte es für meine Pflicht«, erklärte sie, »das Schloß meiner Vorfahren nach besten Kräften zu verteidigen. Ich werde beim Laden der Gewehre helfen. Du bringst währenddessen den verwundeten Preußen, der im Zimmer meiner seligen Mutter liegt, in den Keller hinab. Er ist vollkommen wehrlos, und wir dürfen nicht ausschließen, daß den Feinden eine Eroberung des Hauses gelingt – was Gott verhüten möge!«

Elizabeth nickte. Sie verspürte erstmals ein wenig Bewunderung für Tante Marie. Sie schritt würdevoll und unerschrocken durch die Räume ihres bedrängten Schlosses, während vor dessen Mauern die Granaten explodierten, die Fensterscheiben unter dem Kugelhagel der Feinde zersplitterten und sich draußen schwarzer Qualm über die Welt senkte. Ein eiliger Blick aus dem winzigen Bogenfenster am Ende des Ganges zeigte Elizabeth, daß die Franzosen nun, nachdem sie zweimal zurückgeworfen worden waren, zum dritten Angriff übergingen. In der kurzen Zeit, die der Kampf nun dauerte, hatte sich das Land draußen bereits völlig verwandelt.

Alle Felder und Wiesen waren niedergetrampelt, wo Blumen geblüht hatten, lag nur noch Staub, in den die toten und verwundeten Soldaten fielen, einer um den anderen, bis ihr Blut die Erde aufweichte. Elizabeth konnte erkennen, daß sogar im Ligny-Bach Leichen trieben, und viel später hörte sie, daß am späteren Nachmittag das Wasser von toten Körpern so verstopft war, daß Soldaten, die hindurchwaten wollten, nicht mehr vorwärtskamen und umkehren mußten. Sie eilte in das würdige Schlafzimmer von Johns Urgroßmutter, wo der verwundete Soldat halb aufgerichtet auf dem Bett lag und ihr angstvoll entgegenblickte. Bis hin in diesen abgelegenen Raum drang das furchtbare Krachen und Toben von draußen.

»Was geht dort vor?« fragte er hastig. »Wie stark sind die Franzosen? Können wir uns halten?«

»Im Augenblick noch«, entgegnete Elizabeth, »aber die Franzosen scheinen ziemlich stark zu sein. Wir meinen, daß Sie sich im Keller verborgen halten sollten, falls das Schloß gestürmt wird. Sie sind völlig unfähig, sich zu verteidigen.«

Der Soldat protestierte zunächst, aber Elizabeth, die sehr schnell merkte, daß er auch Fieber hatte, blieb hart. Sie half ihm, sich zu erheben, und befahl ihm, sich auf ihre Schulter zu stützen. Der Soldat stand auf sehr wackligen Beinen und war totenblaß. Langsam nur erreichten sie die Tür. Als sie in den Gang traten, schrie gerade jemand, St. Amand und Ligny seien an den Feind gefallen und im Schloß sei kaum noch Munition. Eine Granate schlug durch die Wand und riß ein tiefes Loch in den Boden. Der Soldat zuckte zurück und wollte umkehren, doch Elizabeth zwang ihn weiterzugehen. Sie betete zu Gott, daß sie den Keller erreichten, bevor die Franzosen das Schloß stürmten, womit jederzeit zu rechnen war. Sie stolperten die Treppe hinunter, sahen durch ein Fenster neben sich keinen Himmel mehr, sondern nur noch schwarzen Qualm, und vernahmen entsetzlich nah die Schreie der heranstürmenden französischen Infanterieeinheiten, kaum übertönt von den Salven preußischer Artillerie, die sie zurückzuschlagen suchten. »Schnell, so beeile dich doch!« rief Elizabeth, aber obwohl sie in ihrer Aufregung englisch gesprochen hatte, schien der Soldat sie zu verstehen, denn er preßte die Lippen schmerzvoll aufeinander und bemühte sich, auf seinem einen Bein noch rascher zu hinken. Zu ihrem Entsetzen bemerkte Elizabeth, daß die große hölzerne Tür, die von außen in die Eingangshalle führte, bebte und schwankte, als wolle sie jeden Moment bersten.

Jetzt kamen auch Preußen die Treppe herunter, die Bajonette kampfbereit von sich gestreckt, und einer schrie Elizabeth an: »Verflucht, Madame, was suchen Sie hier? Verschwinden Sie, die Franzosen nehmen das Schloß!«

Sie erreichten den Keller in der buchstäblich letzten Sekunde. Schon brach das Schloßtor auseinander, und eine Horde französischer Soldaten drang in die Eingangshalle. Die ersten von ihnen brachen im Kugelhagel der Verteidiger zusammen, aber ihnen folgten andere nach, so viele, daß sie nicht aufzuhalten waren. Im Nu war die ganze Halle vom Klirren aufeinanderschlagender Bajonette erfüllt und von den Schreien der Getroffenen. Preußen und Franzosen kämpften Mann gegen Mann, sie rangen, schossen und stachen aufeinander ein. Die Preußen wehrten sich zäh, aber von Anfang an mußte jeder wissen, daß es den Franzosen gelingen würde, das Schloß zu besetzen. Elizabeth stieß den verletzten Soldaten fast die Treppe hinunter, zerrte die schwere Tür hinter sich zu und lehnte sich von innen aufatmend dagegen.

»Gehen Sie hinunter«, sagte sie, »verbergen Sie sich irgendwo in den Gewölben.«

Der Mann murmelte etwas und sank auf einer Stufe zusammen. Das Fieber schüttelte ihn, und er mußte furchtbare Schmerzen haben. Elizabeth sah ihn fast teilnahmslos an und fragte sich, welchen Sinn die Rettung eines einzelnen haben sollte, wenn draußen gleichzeitig die Männer wie die Fliegen starben und sie alle ohnehin bis zum Abend tot sein würden. Sie gab sich über ihre Lage keiner Illusion hin. Dieser Kampf wurde so mörderisch geführt, wie sie es sich in keinem Traum hätte vorstellen können. Sie blickte auf ihre Hände hinab und stellte fest, daß sie zitterten.

Die Kellertreppe herauf kamen Schritte. Hortense bog um die Ecke, das Gesicht vor Furcht verzerrt. Sie trug eine flackernde Kerze und sah Elizabeth an wie ein Gespenst.

»Du bist es«, sagte sie schwach, »mein Gott, ich hatte solche Angst! Sind die Franzosen...«

»Sie sind im Haus. Wo ist Tante Marie?«

»Nicht hier.«

»Bist du allein dort unten?«

»Die Dienstboten sind da. Paulette und Jerome. Sonst niemand.«

Elizabeth nickte.

»Nimm diesen Soldaten mit hinunter«, befahl sie, »vorsichtig, sein Bein ist verletzt.«

»Wo gehst du hin, Elizabeth?«

»Ich muß nach John sehen.«

»Nein, du bist wahnsinnig! Sie bringen dich um!«

»Ach, rede keinen Unsinn!« Elizabeth riß die Tür wieder auf und wollte zurück in die Halle, aber sie stieß mit Tante Marie zusammen, die sie zurückdrängte.

»Nein, Kind!« rief sie. »Bleib um Gottes willen, wo du bist! Die Franzosen töten jeden, der ihnen in den Weg kommt!«

»Ich muß zu John, lassen Sie mich vorbei...«

Aber Tante Maries eisenharte Finger umklammerten Elizabeths Handgelenke unerbittlich.

»Du würdest es nicht einmal bis zur Treppe schaffen. Sieh mich an!« Sie hob ihren Arm, und jeder konnte den tiefen, auseinanderklaffenden Riß sehen, der sich von der Schulter bis zum Ellbogen zog und heftig blutete. Hortense wurde blaß.

»Du bist ja verletzt, Tante Marie!«

»Da draußen ist die Hölle«, sagte Marie, »in unserem Schloß liegen so viele Tote, daß man kein Stück Teppich mehr sieht. Jesus im Himmel«, sie fuhr sich über die wirren grauen Haare, die heute zum ersten Mal in ihrem Leben in Unordnung geraten waren, »Ligny und St. Amand sind gefallen. Von La Haye stehen nur noch Ruinen. Und da draußen ist kein Grashalm mehr, nur noch tote Männer und tote Pferde und Feuer, wohin man sieht...« In ihre Augen traten ein paar Tränen, ein Ereignis, das von niemandem in diesen Sekunden richtig gewürdigt wurde, dabei aber doch sehr bedeutungsvoll war, denn es gab keinen Menschen auf der Welt, der sich erinnern konnte, daß Marie Sevigny jemals geweint hatte. Aber schon riß sie sich wieder zusammen.

»Hier können wir nicht bleiben«, sagte sie, »wir müssen hinaus. Durch den Park hinüber in den Pavillon!«

Elizabeth kannte den kleinen steinernen Pavillon, der am Ende des Parks stand, von Bäumen und Sträuchern verborgen und sehr idyllisch anzusehen, inzwischen aber verstaubt und von Gestrüpp überwuchert. Er war einmal für Gartenfeste oder kleinere Gesellschaften gebaut worden, aber natürlich wußten Tante Marie und Hortense nie etwas damit anzufangen. John und Elizabeth hatten manchmal überlegt, ob sie dort einziehen sollten, aber John hatte diesen Plan immer wieder verworfen, weil er damit Maries unausgesprochenem Wunsch nachgekommen wäre. Jetzt bot sich ihnen das kleine Häuschen als Zufluchtsstätte, aber Elizabeth schüttelte den Kopf.

»Ich kann John nicht...«, begann sie, aber Marie fiel ungeduldig ein:

»John kommt auch in den Pavillon. Er rettet sich genauso wie wir.«

»Haben Sie mit ihm gesprochen?«

»Ja. Er wird schon auf sich achtgeben. Jetzt kommt aber!«

Hortense und Elizabeth nahmen den verletzten Soldaten zwischen sich und stützten ihn die Treppe hinunter, wo bereits die Dienstboten Jerome und Paulette warteten. Tante Marie leuchtete ihnen den Weg. Es war ein merkwürdiges Gefühl, durch die finsteren Gewölbe des totenstillen Kellers zu eilen, in dem nichts zu hören war als das vereinzelte Tropfen von Wasser an den feuchten Wänden, und gleichzeitig zu wissen, daß oben gekämpft wurde und ein Mann um den anderen tot zu Boden fiel.

Am Ende des Vorratskellers erreichten sie eine eiserne Tür, die ins Freie führte. Sie mußten einige Stufen hinauf, ehe sie in den Park kamen, der hinter dem Schloß lag. Er erstreckte sich weit über das Land, ohne daß man seine Mauern sehen konnte, so viele Bäume und Büsche wucherten an allen Seiten. Hier war es noch friedlich. Zwar klang der Schlachtenlärm herüber, aber weit und breit ließ sich kein Soldat blicken.

»Beeilt euch«, drängte Marie. »Wenn sie uns sehen, schießen sie vielleicht!« Geduckt huschten sie durch den Garten, immer im Schutz der Bäume. Der verletzte Soldat bereitete ihnen beim Vorwärtskommen einige Schwierigkeiten. Sie konnten, während sie ihn über Steine und Wurzeln schleiften, keine Rücksicht mehr auf sein Bein nehmen, und er wurde vor Schmerzen immer blasser, bis er schließlich mit einem leisen Aufstöhnen das Bewußtsein verlor.

Hortense jammerte vor sich hin, weil ihr an einem Zweig ein Schuh hängengeblieben war und die Dornen auf dem Weg nun in ihren Fuß schnitten, aber niemand nahm Rücksicht auf ihr Quengeln. Elizabeth blickte sich einige Male um, weil sie sehen wollte, ob vielleicht John schon nachkam, aber sie sah nichts als das Schloß mit seinen zerbrochenen Fensterscheiben, hinter denen Schüsse und Schreie erklangen.

Es dauerte eine Weile, bis sie den Pavillon erreichten. Er lag weit entfernt und sehr versteckt, aber gerade das konnte später ihre Rettung sein. Sie wunderten sich, warum sich die Tür so leicht öffnen ließ, nachdem sie doch jahrelang verschlossen gewesen war, aber kaum daß sie eingetreten waren und sich an das Dämmerlicht gewöhnt hatten, erkannten sie, weshalb: In einer Ecke des Raumes kauerten einige Menschen und starrten sie aus angstgeweiteten Augen an. Die Ankommenden zuckten zurück. Für kurze Zeit begriff niemand, wem er gegenüberstand, aber dann löste sich die Spannung, als sie merkten, daß sie alle Flüchtlinge und keine Feinde waren. Es stellte sich heraus, daß die Fremden zu einer Bauernfamilie gehörten, deren Hof als einer der ersten an die Franzosen gefallen war und im Nu in hellen Flammen gestanden hatte. Die Familie ergriff die Flucht, stieß dabei auf den Pavillon und verkroch sich darin. Die alte Großmutter und zwei Kinder waren im Feuer umgekommen. Die junge Bäuerin hockte wie erstarrt auf dem Boden und brachte kein Wort hervor. Ihr Mann richtete sich mühsam auf und half Elizabeth und Hortense, den Soldaten auf ein Sofa zu legen. Es herrschte nur dämmriges Licht im Raum, weil auf den Fensterscheiben eine jahrealte Staubschicht lag und der Efeu so dicht wucherte, daß grünliche Schatten über Wänden und Möbeln lagen.

»Jetzt können wir nur noch warten«, sagte Tante Marie. Gespenstisch klangen Artilleriefeuer und Granateneinschläge zu ihnen herüber. Elizabeth kratzte eines der Fenster ein wenig vom Schmutz frei, um hinaussehen und vielleicht John entdecken zu können.

Aber die vielen Bäume versperrten ihr den Blick. Sie merkte, wie sie am ganzen Körper zitterte. Ihre Nerven schienen ihr zum Zerreißen gespannt. Das Schluchzen und Wimmern der fünf kleinen Bauernkinder machte sie so rasend, daß sie am liebsten laut aufgeschrien hätte, und sie beherrschte sich nur, indem sie sich die Fingernägel in den Arm bohrte. Wenn John nicht sofort kam, würde sie den Verstand verlieren und hinauslaufen, mitten in das höllische Inferno hinein. Sie atmete tief und fragte mit gepreßter Stimme:

»Warum haben wir das eigentlich nicht vorausgesehen und uns rechtzeitig davongemacht?«

»Das dort draußen«, entgegnete Tante Marie, »hätte niemand voraussehen können.« Sie sah sehr blaß aus, die Wunde an ihrem Arm blutete unaufhörlich.

Elizabeth nahm sich zusammen. Sie riß aus ihrem Unterrock ein großes Stück sauberen Stoff und verband damit Tante Maries Verletzung. Paulette half ihr, während Jerome der völlig unsinnigen Beschäftigung nachging, Sessel und Stühle vom Staub zu reinigen, damit die Herrschaften saubere Plätze hätten. Noch während sie sich bemühten, etwas zu tun, was sie ein bißchen ablenkte, wurde plötzlich die Tür aufgestoßen, und John stand auf der Schwelle.

Seine Kleidung war zerrissen und voller Blut, er hielt ein Gewehr in der einen und einen Degen in der anderen Hand und stieß mit dem Fuß die Tür hinter sich zu.

»Hier bin ich«, sagte er heiser, »es war höchste Zeit, aber ich habe es gerade noch geschafft.«

Er ließ sich auf einen Stuhl fallen und streckte die Hand aus. Elizabeth eilte auf ihn zu, fiel neben ihm auf die Knie und preßte ihr Gesicht gegen ihn. John legte beide Arme um sie, und so saßen sie einige Minuten da, ohne daß einer ein Wort sprach, bis Tante Marie, die in solchen Situationen wenig Zartgefühl besaß, die Stille unterbrach.

»Und? Wie steht es drüben?«

Elizabeth hob den Kopf und sah John an.

»Die Franzosen haben das Schloß«, entgegnete John, »und sie dringen auch sonst überall vor. Die Preußen ziehen sich zurück, greifen aber immer wieder an. Sie verlieren die Schlacht.«

»Woher weißt du das?«

»Ach Elizabeth, jeder kann es sehen. Die preußischen Soldaten sterben wie die Fliegen.«

»Und wir? Sind wir hier in Sicherheit?«

»Das weiß ich nicht. Im Augenblick vielleicht noch.« John lehnte sich in seinem Sessel zurück.

»Ich bin halbtot«, gestand er. »Jerome, nimm du mein Gewehr und setz dich neben die Tür. Und wenn ein verdammter Franzose hereinkommt, dann erschieß ihn.«

Die Schlacht tobte den ganzen Nachmittag. In stundenlangem Kampf wechselten St. Amand und La Haye immer wieder die Seiten, obwohl von den Häusern der Ortschaften beinahe keines mehr unversehrt stand und sich die Soldaten nur noch in ausgebrannten Ruinen verbergen konnten. Als schließlich ein Gewitter hereinbrach und strömender Regen einsetzte, verloschen die Feuer, aber zu diesem Zeitpunkt waren bereits von vielen Häusern und Gehöften nur noch qualmende Trümmer übriggeblieben. Das ganze Tal zwischen Fleurus und Sombreffe, das noch am Morgen als friedliche, blühende Sommerlandschaft erwacht war, versank nun in blutgetränktem Schlamm, wurde bedeckt von gefällten Obstbäumen, umgestürzten Büschen, niedergetrampeltem Getreide, toten oder sich in furchtbaren Qualen windenden Pferden und gefallenen Soldaten, die ihren Wunden erlagen oder wimmernd um Hilfe flehten. Und immer noch gaben die Preußen nicht auf. Die Generäle sandten die zurückgeschlagenen Truppen immer wieder in den Kampf. General Pirch, der mit seinen Soldaten auf den Hügeln von Bry stand, schickte die Männer los, La Haye einzunehmen; sie liefen blindlings in das heftige Artilleriefeuer der Franzosen, eroberten dennoch ein Haus nach dem anderen, konnten keines lange halten und traten den Rückzug an, um von Blücher sofort erneut zum Angriff getrieben zu werden, der ihre Reihen erbarmungslos lichtete. Andere versuchten, Wagnelée zu erobern, das von den Franzosen gehalten wurde, die die Angreifer nahe genug herankommen ließen, um sie dann in einem heftigen Feuergefecht bis fast auf den letzten Mann niederzumachen. In Ligny kämpften die Soldaten auf den Straßen. Viele hatten schon ihre Waffen verloren und rangen engumschlungen, unter dem ständigen Beschuß ihrer Feinde aus den Häusern. Es gab Männer, die sich vom Gemetzel der Straßen, wo man im Blut schon ausglitt, in das Innere der Häuser retten wollten, aber sie konnten nicht hineingelangen, weil in den Eingängen die Toten zuhauf lagen.

Weder Blücher noch Bonaparte erhielten die Hilfe, auf die sie sehnlichst warteten, denn Wellington und Ney kämpften noch vor Quatre Bras, ohne daß zwischen ihnen eine Entscheidung fiel. Gegen Abend wurde bei den Preußen die Munition knapp. Ihre verzweifelten Hilferufe an Blücher beantwortete dieser mit dem lapidaren Satz: »Dann kämpft mit den bloßen Händen weiter!« Aber dahinter verbarg er bloß seine Verzweiflung, denn er wußte wohl, daß diesmal nichts zu retten war. Einmal sah es sogar so aus, als bekämen die Franzosen noch unerwartete Hilfe, als der französische General d'Erlon mit seinen Truppen herankam, aber da Ney von Quatre Bras aus gleichzeitig Verstärkung verlangte, konnte d'Erlon sich für keinen Ort entscheiden und verbrachte seine Zeit damit, zwischen beiden Schauplätzen hin und her zu pendeln.

Im Pavillon in den Gärten von Schloß Sevigny wurde die Lage der Geflüchteten immer kritischer. Der Schlachtenlärm schien sie von allen Seiten zu umgeben und ständig näher zu rücken. John meinte, daß es nun doch sicherer wäre, in den Keller des Schlosses zurückzukehren, aber sie hatten keine Ahnung, in wessen Händen sich das Schloß jetzt befand und ob man auf sie schießen würde, wenn sie sich ihm näherten. Sie saßen alle eng aneinandergeschmiegt in der düstersten Ecke, zitterten und lauschten auf den Lärm der Gewehre und die unregelmäßigen Atemzüge des verletzten Soldaten. Sie rechneten so sicher mit ihrem Ende, daß es sie gar nicht mehr überraschte, als die Tür aufsprang und Soldaten auf der Schwelle erschienen. Jerome vergaß sogar zu schießen, aber bis er endlich das Gewehr anlegte, hatte John begriffen, daß Preußen vor ihnen standen. Er sprang auf und riß dem Diener die Waffe weg.

»Seid ihr wahnsinnig?« fragte der junge Offizier vor ihnen keuchend. »Hier wimmelt es von Franzosen! Warum seid ihr nicht im Schloß?«

»Es fiel in französische Hände.«

»Jetzt haben wir es. Kommt schnell! Hier ist gleich die Hölle los!«

Benommen folgten sie seiner Aufforderung. Elizabeth sah sich nach dem Verwundeten um, der sie aus wachen, schmerzerfüllten Augen anblickte.

»Wir müssen ihn mitnehmen«, sagte sie. Die anderen starrten sie an. John griff nach ihrer Hand.

»Die Offiziere tragen ihn hinüber«, versprach er. Hinter ihrem Rücken warf er den Preußen einen Blick zu, mit dem er sie bat zu schweigen.

Er wußte, daß niemand den Verletzten mitnehmen würde, und der Verletzte wußte das auch. Wenn sie ihr Leben retten wollten, durften sie sich mit ihm nicht belasten.

Wieder jagten sie durch den Park, diesmal in Dämmerung und Regen, und hatten dabei das Gefühl, die Geschosse flögen ihnen bereits um die Ohren, so dicht war der Lärm. Hinter jedem Busch konnten Feinde auftauchen, aber glücklicherweise blieb ihnen kaum Zeit, über diese Möglichkeit nachzudenken. Sie liefen wie gehetzt, und nur einmal blieben sie stehen und drehten sich erschrocken um, als sie hinter sich einen furchtbaren Krach vernahmen. Der Pavillon ging in Flammen auf.

»Was war das?« fragte Elizabeth entsetzt.

»Eine Granate wahrscheinlich. Kommen Sie, Madame«, drängte der Offizier.

»Wo ist der verwundete Soldat? Ihr wolltet ihn mitnehmen! Wo ist er?« schrie Elizabeth, die jetzt erst merkte, daß die anderen ihr Versprechen nicht gehalten hatten. John zog sie vorwärts.

»Es ging nicht. Bitte, versteh das doch!«

Schluchzend stolperte sie voran. Mit der einen Hand klammerte sie sich an John fest, mit der anderen schleppte sie eines der kleinen Bauernkinder hinter sich her. Innerlich betete sie darum, daß sie wenigstens schnell sterben durfte. Es war unmöglich, durch diese Hölle hindurch das Schloß zu erreichen, und sie konnte nur hoffen, daß sie nicht stundenlang bei vollem Bewußtsein in ihrem Blut würde liegen müssen. Sie hörte den harten Knall neben sich gar nicht, den dünnen Schrei gleich darauf auch nicht, und sie merkte erst, daß etwas geschehen war, als John sie plötzlich an sich zerrte und ihr Gesicht gegen seine Brust preßte. Dicht über ihr klang seine Stimme.

»Sieh nicht hin, Elizabeth. Tante Marie...«

»Was ist?«

»Eine Kugel hat sie getroffen. Sieh um Gottes willen nicht hin!«

»Wir müssen ihr doch...«

»Weiter!« schrie ein Soldat. »Die Frau ist tot! Lauft weiter!«

Elizabeth rang den Schwindel nieder, der ihren Kopf wie in einen Nebel tauchte, hinter dem sie alles nur noch von fern und gedämpft vernahm. Tante Marie war tot! Schwach hörte sie Hortense weinen und die Kinder schreien. Sie durfte sich nicht umdrehen, das wußte sie. Sie mußte weiterlaufen, unter Kugeln, Qualm und Regen hindurch, sie mußte sich aufrichten, wenn sie auf dem nassen Boden ausglitt, und sie durfte unter gar keinen

Umständen Johns Hand verlieren. Als sie schon nicht mehr glaubte, daß sie das Schloß je erreichen würden, tauchten die Mauern vor ihnen auf, rußgeschwärzt zwar, doch noch fest aufeinander. Sie eilten die steinerne Treppe hinunter, stießen die Tür auf, traten in den Keller, wo sie als erstes beinahe über einen toten Franzosen fielen, der, sein Gewehr fest umklammert, vor ihnen auf dem Boden lag. Elizabeth war schon so abgestumpft, daß sie ihn kaum wahrnahm. Ihr war übel, und sie fror entsetzlich.

Sie hockte sich neben die laut weinende Hortense in eine Ecke und legte ihren Arm um zwei Kinder, die schutzsuchend zu ihr herankrochen. Die Tür wurde verriegelt, dann stürmten die Soldaten hinauf ins Haus, um sich an den Fenstern zu postieren und den nächsten Angriff der Feinde abzuwehren. John, Elizabeth und die anderen blieben stumpf und matt im Keller sitzen und warteten, daß das Ende über sie hereinbrechen würde.

6

Spät in der Nacht gab der preußische General Gneisenau seinen Truppen den Befehl zum Rückzug. Blücher selbst war dazu nicht mehr in der Lage, denn er lag schwer verletzt in einem notdürftig eingerichteten Feldlazarett. Nachdem Napoleon am Abend plötzlich 10 000 Soldaten, die er bis dahin zurückgehalten hatte, zum Angriff auf Ligny geführt hatte, wo sich die Preußen ohnehin nur noch mit letzter Kraft hielten, hatte Blücher selbst die Kavallerie in einer heftigen Attacke gegen die Feinde geführt, bis sein Pferd von einer Kugel getroffen zusammenbrach und ihn unter sich begrub. Blücher verlor das Bewußtsein, aber sein Adjutant, der sich dicht neben ihm gehalten hatte, sprang sofort aus dem Sattel und warf seinen Mantel über die ordenbedeckte Brust des Feldmarschalls, so daß die an ihnen vorübersausende französische Kavallerie nicht merkte, wer dort zu ihren Füßen lag. Später trugen ihn seine Soldaten vom Feld, nachdem sie ihn mühsam unter dem schweren Körper seines toten Pferdes hervorgezogen hatten.

Im Tal wurde noch vereinzelt gekämpft, während in den Hügeln bereits zum Aufbruch getrommelt und die Reste der Truppen zusammengesucht wurden. Die Front der Preußen war völlig zusammengebrochen, in einem Moment, da auch Napoleons Soldaten an der Grenze der Erschöpfung angelangt waren, Dörfer und Häuser aber gerade in ihren Händen hatten. Überall flackerten Feuer durch die Nacht, an denen sich Männer sammelten und auf die jammernde, bettelnde Verwundete zukrochen. Trupps zogen über die Felder, um Verletzte einzusammeln. Hier und da erklangen Schüsse, wenn in einem Gehöft oder Waldstück noch Franzosen auf Preußen trafen und sie sich ein letztes kurzes Gefecht lieferten. Aber gegen Mitternacht verebbten auch diese Kämpfe. Es hatte aufgehört zu regnen, der dunkle Himmel war jedoch bewölkt, so daß nur selten einmal der Mond hindurchschien und das verwüstete Tal mit seinen niedergetrampelten Feldern, ausgebrannten Häusern, gefällten Bäumen und den Tausenden von Toten in ein bleiches Licht tauchte.

Es war kurz nach Mitternacht, als Elizabeth zum ersten Mal nach vielen Stunden wagte, ihre steifen Knochen zu bewegen und sich auf zittrigen Beinen zu erheben. Ihr war fürchterlich kalt, und sie hatte, zu ihrer eigenen Überraschung, Hunger. Sie blickte neben sich, wo John an die Wand gelehnt schlief, Hortense zusammengekrümmt auf der Erde lag und weinte und die Bauernfamilie eng aneinandergeschmiegt mit teilnahmslosen Mienen vor sich hin starrte. Ein Talglicht brannte und ließ die feuchten Steinmauern des Kellers schimmern. Elizabeth versuchte vergebens, das Zittern ihres Körpers zu beruhigen.

»Es ist vorbei«, sagte sie mit fremd klingender Stimme, »vor zwei Stunden schrie irgend jemand, die Preußen hätten den Rückzug angetreten, und seit einiger Zeit wird nicht mehr geschossen. Es ist wirklich vorbei.«

John öffnete die Augen.

»Verdammt, ist mir kalt«, sagte er. Er sprang auf und schüttelte sich.

»Wir gehen jetzt hinauf«, bestimmte er. »Da oben sind natürlich die Franzosen, aber sie haben uns vorhin nicht getötet, da werden sie es jetzt auch nicht tun.«

Als sie am Abend in das Schloß zurückgekehrt waren, hatten die Preußen es kaum eine Stunde halten können, dann eroberten es die Franzosen schon in einem Sturmangriff zurück. Die Wartenden im Keller lauschten angstvoll auf den dröhnenden Beschuß und auf die Schreie und erstarrten vor Schreck, als französische Soldaten zu ihnen heruntergestürzt kamen.

Jetzt ist alles aus, dachte Elizabeth, Gott sei Dank, John stirbt wenigstens mit mir!

Die Franzosen bedrohten John und den fremden Bauern mit ihren Bajonetten, aber beide Männer versicherten, sie seien nur Zivilisten, die mit ihren Familien hier Schutz suchten. John verriet mit keinem Wort seine und Elizabeths englische Herkunft, und offenbar war ihm kein fremder Akzent anzuhören. Die Soldaten verließen schließlich den Keller und warnten bloß noch einmal, alle sollten sich ruhig verhalten. Niemand ließ sich mehr blicken, während die Stunden verstrichen.

Aus einer Ecke klang lautes Weinen. Hortense blickte die anderen aus verschwollenen Augen an.

»Tante Marie«, wimmerte sie. John und Elizabeth sahen einander an.

»Sie hat den einzigen Menschen verloren, den sie hatte«, murmelte John, »mit Marie war sie ein Leben lang zusammen. Sie war fast wie eine Mutter für sie.«

Elizabeth trat auf Hortense zu, zog sie hoch und legte den Arm um sie.

»Laß uns hinaufgehen«, sagte sie leise, »du mußt dich hinlegen und ein bißchen ausruhen.«

Natürlich war weder an Hinlegen noch an Ausruhen zu denken. Oben im Hause lagen an die hundert tote Männer und ebenso viele verletzte, dazwischen liefen französische Soldaten hin und her, kümmerten sich um ihre Verwundeten und schrien den herumliegenden Preußen zu, sie hätten sich als Gefangene zu betrachten, was grotesk wirkte, denn kaum einer von ihnen würde den nächsten Morgen erleben.

Elizabeth stand zunächst vom Grauen gepackt inmitten stöhnender Männer, bis ein Soldat, beide Hände auf den Bauch gepreßt, auf sie zuwankte und vor ihren Füßen zusammenbrach. Das löste sie aus ihrer Erstarrung.

»John«, rief sie »hilf mir!« Gemeinsam hoben sie den Soldaten auf und trugen ihn auf ein Sofa, eines der wenigen, die noch frei waren, und Elizabeth bekämpfte mühsam den Brechreiz, der sie beim Anblick der abscheulichen Bauchwunde befiel. Ehe sie sich's versah, hatte sie alle Hände voll zu tun. Sie schleppte Wasser herbei, wobei sie kaum einen Schritt vorwärts kam, denn hundert Hände streckten sich ihr entgegen, hielten sie am Rock fest. Dünne Stimmen flehten um einen Schluck zu trinken. Sie wechselte Verbände, wischte Blut auf, hielt Sterbende, die sich an sie klammerten und schreiend um Hilfe baten, versuchte denen Trost zu geben, die vor Schmerzen halb wahnsinnig um eine rasche Erlösung kämpften, und sah dabei in den weit aufgerissenen Augen, daß sie ihre Worte kaum verstanden.

»Verflucht, nur ein kleines bißchen Morphium«, stöhnte ein französischer Offizier, »hätten wir doch nur ein bißchen Morphium!«

Immer wieder starb einer der Ärmsten, dann mußte er schnell in eine kalte Ecke getragen werden, damit die bequemeren Plätze für die Lebenden frei wurden. John, Paulette, Jerome und der Bauer halfen eifrig mit, nur mit der Bäuerin und Hortense war nichts anzufangen. Beide hatten einen Schock erlitten und sahen aus gläsernen Augen auf das Treiben um sie herum. Elizabeth wußte, daß es für beide besser wäre, in einem ruhigen, dunklen Raum eine Weile zu schlafen, aber es gab kein einziges freies Bett im Schloß, nicht einmal einen freien Tisch oder Teppich. Die Verwundeten lagen überall, viele so dicht, daß sie einander bei jeder Bewegung Schmerzen zufügten. Elizabeth rannte hin und her, bis sie meinte, es vor Müdigkeit nicht mehr auszuhalten. Seit dem frühen Morgen hatte sie keinen Bissen mehr gegessen und nur in der letzten Stunde ab und zu einen Schluck Wasser getrunken. Beim Vorbeikommen an einem zersprungenen Spiegel hatte sie festgestellt, daß ihre Lippen rissig waren und eine bräunliche Farbe angenommen hatten, daß ihr Haar aufgelöst bis zur Taille hing, daß ihr einst weißes Kleid voller Ruß, Schlamm und Blut war. Ihr Gesicht schien ihr fremd, verstört und grau. Sie schämte sich, daß sie in einer Nacht wie dieser an ihren Hunger dachte, aber sie lief dennoch in die Küche, um zu sehen, ob sie etwas zu essen finden könnte. Dort hockten ein paar leicht verletzte Franzosen. Elizabeth blieb in der Tür stehen.

»Gibt es hier noch irgend etwas zu essen?« fragte sie. Die Männer schüttelten den Kopf.

»Nein, Madame. Alles verbraucht.«

»Ja, ich verstehe...« Elizabeth konnte nicht verhindern, daß ihr Tränen in die Augen stiegen. Sie weinte weniger vor Enttäuschung als wegen ihrer Kraftlosigkeit. Die Männer betrachteten sie mitleidig.

»Scheußlich da draußen, wie?« fragte einer.

»Ja, scheußlich, ganz furchtbar. Es ist ganz furchtbar!« Elizabeth stützte sich mit beiden Armen auf einen niedrigen Schrank und ließ den Kopf hängen.

»Ich kann nicht mehr«, schluchzte sie, »ich kann es nicht mehr sehen und nicht mehr ertragen! Sie sterben und schreien, und ich kann ihnen nicht helfen. O Gott, dieser Tag heute, ich werde nichts davon vergessen, ich werde nie wieder schlafen können, ich werde nicht mehr leben können...«

»Ach Madame, das sind hier im Schloß doch nur einige wenige! Sehen Sie hinaus, durch die Nacht kriechen Tausende, und die Gedärme hängen ihnen aus dem Leib und...«

»Laß doch«, unterbrach ein anderer, »sie wird uns ohnehin gleich ohnmächtig!« Er stand mühsam auf, hinkte zu Elizabeth hin und hielt ihr eine Flasche vor die Nase.

»Hier, Madame, trinken Sie einen Schluck. Das hilft ein bißchen!« Elizabeth ergriff die Flasche und nahm einen tiefen Schluck daraus. Ein schauerlich scharfes Zeug rann ihr durch die

Kehle und erfüllte sie mit brennender Hitze. Der Schnaps erinnerte sie an einen Augenblick in ihrer Kindheit, als Luke sie aus ihrer Bewußtlosigkeit weckte. Dies hier schmeckte ebenso scheußlich, hatte aber die gleiche heilsame Wirkung. Sie konnte sich wieder beherrschen.

»Danke«, sagte sie schwach, »jetzt geht es mir besser.« Ihr Kopf fühlte sich ein bißchen leicht an, und ihr Hunger war wenigstens für kurze Zeit betäubt. Doch kaum kehrte sie in die Halle zurück, wo die meisten Soldaten lagen, da bekam sie Krämpfe im Magen, der, seit vielen Stunden nüchtern, gegen den starken Branntwein aufbegehrte.

Durch eine Seitentür lief sie hinaus in den Park, wo sie sich an die Wand lehnte und zusammengekrümmt wartete, daß der Schmerz verging. Erst dann konnte sie sich aufrichten und starrte in den verwüsteten Garten. Nichts stand dort mehr, nicht die Obstbäume, die Eichen, die Rosen, kein Gras wuchs mehr, die sauberen Kieswege waren verschwunden. Nur noch verbranntes Holz, tote Pferde, tote Männer und dazwischen die Löcher, die Granaten in den Boden gerissen hatten. Tante Marie hatte nichts erreicht. Schloß Sevigny und sie selbst waren nicht verschont geblieben.

»Aber es bleibt ja gar nichts verschont!« schrie Elizabeth plötzlich. Ihre Augen brannten schon wieder, und sie wartete darauf, daß sie weinen würde, aber es wollten keine Tränen kommen. Die Verzweiflung, die sie empfand, war leer und kalt und ohne Erleichterung. Sie richtete ihren Blick in eine Ferne, die sie gar nicht sah. Dies war nun die Wahrheit. Nie wieder würde sie etwas Schönes empfinden können, sich nie wieder nach etwas sehnen oder von etwas träumen. Alle Bitternis, durch die sie hatte gehen müssen, seitdem ihre Kindheit in Louisiana in einem brütendheißen Sommer ein jähes Ende gefunden hatte, war nicht grausam genug gewesen, ihr den Glauben zu nehmen, daß die Welt und das Leben im Innersten gütig sein mußten. Dabei hätte sie es tausendmal schon begreifen müssen. Heute endlich wußte sie, welch einzigem Gesetz die Erde folgte. Sie ahnte nicht, daß in ihr in diesen Stunden das geschah, was Edward Gallimore viele

Jahre früher durchlebt hatte, und sie wußte nicht, daß sie damit fertig werden würde.

Sie riß sich aus ihrem dumpfen Grübeln. Heute nacht würde es ihr nicht mehr gelingen, ihre aufgewühlten Gefühle zu beruhigen. Sie meinte, ein Stück weiter draußen im Garten eine Bewegung gesehen und eine menschliche Stimme vernommen zu haben. Sie überwand ihr Grauen und stieg vorsichtig über die Toten hinweg, die ihr im Weg lagen.

Der Mond ließ sich gerade nicht blicken, so daß sie, wie sie dankbar feststellte, die Körper nicht erkennen konnte. Aber plötzlich hob sich ein weißer Arm vom Boden, ein Gesicht mit großen, hellen Augen sah sie an.

»Madame, um Gottes willen, helfen Sie mir«, bat eine brüchige Stimme. Elizabeth blieb stehen und neigte sich hinab, um gleich darauf mit einem Entsetzenslaut zurückzuschrecken. Dem preußischen Soldaten, der dort vor ihr auf der Erde lag, waren beide Beine weggeschossen worden, er kroch in seinem eigenen Blut, ohne sich richtig vom Fleck bewegen zu können.

»O nein«, murmelte Elizabeth. Der Mann schien kaum fähig zu sprechen, so sehr mußten ihn die Schmerzen quälen, aber er formte mühsam einige Worte.

»Madame... bitte, dort... liegt meine Waffe!« Sein ausgestreckter Arm wies mit letzter Kraft auf einen toten Franzosen nur wenige Schritte entfernt, neben dem eine Pistole lag.

»Seit... Stunden... ich komme nicht heran... Madame, schießen Sie bitte... bitte...«

Elizabeth schüttelte entsetzt den Kopf.

»Nein. Nein, das kann ich nicht. Nein, nicht!« Sie wollte sich umdrehen und weglaufen, aber seine Stimme hielt sie zurück.

»Lassen Sie mich nicht allein... bitte, Madame, helfen Sie mir!«

»Aber ich kann das nicht tun. Bitte verstehen Sie, ich kann so etwas einfach nicht.«

»Madame!«

Elizabeth blieb noch einmal stehen.

»Madame, so... geben Sie mir die Pistole!« Von der Stimme

hypnotisiert ging sie auf die Pistole zu, hob sie auf und reichte sie dem Verwundeten. Seine Augen glühten vor Dankbarkeit.

»Danke, Madame...«

»Oh, bitte, ich wünschte nur, ich könnte mehr für Sie...« Ihre Stimme brach, sie wandte sich ab und lief so schnell sie konnte davon. Der Wind zerrte an ihren Haaren und toste in ihren Ohren, aber nicht laut genug, um den Schuß zu übertönen, der durch die Nacht hallte. Die Hände gegen die Ohren gepreßt, hastete sie weiter. Sie verstand nicht mehr, wie sie zwölf Stunden lang um ihr Leben hatte kämpfen können, wenn es ihr doch jetzt vorkam, als sei Sterben das einzige, was sie sich wünschen konnte.

Sie blieb vor der Kellertür stehen, heftig atmend, und strich sich die fliegenden Haare aus dem Gesicht. Sie klammerte ihre Finger um die noch regenfeuchten Steine der Hauswand, lehnte den Kopf dagegen und atmete den frischen, nassen Geruch. Als sich eine Hand auf ihre Schulter legte, fuhr sie zusammen, aber es war John.

»Hier bist du«, sagte er, »ich suche dich schon überall. Man hat dich ziemlich durcheinander in der Küche gesehen, und dann warst du verschwunden. Dieser Schuß eben...«

»Ein Soldat. Dort hinten im Garten. Ich habe ihm eine Pistole gegeben, weil er unmenschlich leiden mußte.« Elizabeth war selber erstaunt, wie klar sie sprechen konnte. Für jeden anderen Menschen hätte sie merkwürdig unbeteiligt gewirkt, aber John wußte, wie verzweifelt sie war. Er zog sie an sich.

»Arme, tapfere Elizabeth«, flüsterte er, »weine ruhig, wenn du möchtest. Ich würde es auch tun, wenn es ginge, aber es geht einfach nicht.«

»Du kannst nicht weinen? Ich auch nicht. Alles in mir ist kalt und wie abgestorben. Diese Schlacht...« Ihr fiel etwas ein, und sie hob den Kopf.

»Tante Marie«, sagte sie. John strich ihr übers Haar.

»Du mußt dir um sie keine Sorgen machen. Die Kugel hat sie in den Hals getroffen, sie war auf der Stelle tot. Sie hat keine Sekunde gelitten.«

»Die arme Tante Marie. Ich habe sie heute zum ersten Mal gemocht, weil sie plötzlich ganz menschlich war, und nun...«

»Wir müssen versuchen, sie so in Erinnerung zu behalten, wie sie heute war.«

»Ja. Wie geht es Hortense?«

»Sie sitzt immer noch auf der Treppe, aber ich glaube, sie ist jetzt eingeschlafen.«

»Mein Gott, die Glückliche«, murmelte Elizabeth, »daß sie schlafen kann! Ich dachte vorhin, daß nichts im Leben wieder so sein wird, wie es gewesen ist.«

»Aber Liebste, es wird wieder so sein. Wir werden so viel davon vergessen. Es scheint grausam, aber es ist wirklich gut. Wir werden es vergessen.«

»Niemals! Diesen Tag nie!«

»Doch. Wir werden hier leben, mit Hortense zusammen, wir werden die Verwüstung im Haus beseitigen und den Park in Ordnung bringen, den Pavillon aufbauen. Wir beide werden reisen, uns Europa anschauen und uns keinen Moment lang trennen.«

Elizabeth stöhnte leise.

»Aber weißt du«, flüsterte sie, »es ist auf einmal so, als könne es gar keine Hoffnung mehr geben. Ich habe das noch nie so empfunden, nicht einmal, als ich deinen Verfolger in London erschoß. Was auch immer wir erlebt haben, ich dachte, es sei etwas, das nur uns betrifft und auch nur deshalb, weil wir es herausfordern. Ich glaubte, wenn man es nur wollte, könnte man in Ruhe und Frieden leben. Aber es geht nicht. Und was geschah, betraf nie nur uns.« Sie sah sich um, das Gesicht voller Trostlosigkeit. »Wer von denen hier hat diesen Tag schon gewollt«, sagte sie, »wir nicht und die Tausende Soldaten auch nicht. Schon gar nicht die Pferde, die gar nicht wissen, warum sie in dieses Gemetzel hineingetrieben wurden und jetzt mit zerfetzten Gliedern irgendwo auf der Erde liegen. Keiner wollte es, aber keiner kann entkommen.«

»So ist es aber immer gewesen, Elizabeth.«

»Ja, und nur ich wollte es nie glauben. Ich hätte merken müssen, wie verrottet die Welt ist, schon als Kind, als diese abscheuliche Miss Brande mich quälte, aus keinem anderen Grund als aus ihrer Lust am Kummer anderer heraus. Um ihre Machtgelüste zu befriedigen und ihre Gier nach Herrschaft. Wie Bonaparte!«

»Ja, von denen gibt es eine Menge. Die Welt ist nicht gut.«

»O nein, weiß Gott nicht!« Elizabeth trat ein paar Schritte zur Seite.

»Komm mit«, bat sie, »wir müssen ins Haus zurück. Wir haben viel zu tun heute nacht. Wir machen ja nichts besser dadurch, daß wir hier stehen und philosophieren.« Sie ging fort, mit hochgerecktem Kopf, wie sie es immer tat, wenn sie ihre Angst nicht zeigen wollte.

Aus der halbgeöffneten Tür fiel der Schein von Kerzen und Talglichtern hinaus auf die ausgetretenen, nassen Stufen, in deren Ritzen Gras wuchs, das einzige Gras, das vierzehn Stunden nach Beginn der Schlacht im Tal noch stand. Elizabeth atmete tief, weil sie all ihre Kraft brauchte, um das Haus mit den vielen Sterbenden zu betreten, da fühlte sie sich am Arm gepackt und herumgerissen. Sie seufzte erschrocken, dann stand sie bereits an John gepreßt, er neigte sich zu ihr hin und küßte sie, als hätte es diesen Tag nie gegeben und als wäre es eine Sommernacht wie viele andere, in denen er sie so umarmt hatte.

»Du hast recht«, sagte er heftig, »dadurch ändern wir nichts. Aber ich liebe dich, Elizabeth, und das ist es, was wir dieser schaurigen, bösartigen Welt entgegenhalten können. Ich werde dich immer lieben. Solange ich dich habe und du bei mir bist, können wir alles ertragen, was auch geschieht!«

Elizabeth sah in sein bleiches Gesicht und in seine glitzernden, überlebendigen Augen, aber zum ersten Mal seit sie ihn kannte, fühlte sie sich nicht von seiner Leidenschaft ergriffen und in atemberaubende Höhen emporgeschleudert, in denen alle ihre Vorbehalte, ihre Vernunft, jede Wirklichkeit in Stücke zersprangen. Sie blieb, wo sie war, auf feuchter, zertrümmerter Erde, und müde dachte sie nur:

Er glaubt es wirklich! Er glaubt es. John, du Narr, du meinst wahrhaftig noch, hinter unserer Liebe könnten wir uns verbergen und alle Schrecken überstehen! Du einfältiger Träumer. Du wolltest mir beweisen, ich könnte die Wirklichkeit nicht sehen und annehmen – und dabei bin ich es, die begriffen hat, daß nicht einmal die Liebe uns schützen kann, daß jeder, der es darauf anlegt, sie uns nehmen kann. Und du hast unsere Liebe immer mehr zu deinem einzigen Halt erkoren! Ja, jetzt klammere dich nur an mir fest und glaube, du gäbest mir Schutz damit!

Beinahe hätte sie gelächelt, aber sie bezwang diesen Wunsch. Wenn sie nur konnte, dann wollte sie verhindern, daß er jemals erkannte, wie wenig Illusionen sie noch besaß.

Sie blieben stehen und blickten sich an, bis über ihnen die Tür geöffnet wurde und ein französischer Major hinaustrat.

»Madame, kommen Sie doch bitte!« rief er. »Die andere Dame weint und verlangt nach Ihnen!«

»Hortense«, sagte Elizabeth, »die arme Hortense! Ich gehe zu ihr.« Sie eilte die Treppe hinauf, der Major trat zur Seite, und sie verschwand im Haus. John sah ihr nach.

»Eine tapfere Frau«, bemerkte der Major, »ich habe gesehen, wie sie sich um die Verletzten kümmerte. Manche andere würde zusammenbrechen bei dieser Arbeit!«

»Elizabeth ist außergewöhnlich«, erwiderte John, »und beinahe jeder Mensch, den sie in ihrem Leben traf, hat sie von Anfang an geliebt. Nur ich nicht.«

»Nicht sehr klug von Ihnen, Monsieur!«

»In der Tat nicht sehr klug von mir. Aber Sie müssen wissen, daß ich ein sehr schwacher Charakter bin. Entweder berauscht von hohen Idealen, die so großartig sind, daß ich darüber alles andere vergesse, oder so zynisch, daß ich, alle Welt verachtend, kalt lächelnd zugrunde gehen könnte. Gott möge wissen«, er sah unwillkürlich zum Himmel hinauf, »Gott möge wissen, was diese Frau je in mir gesehen hat!«

Der Major fragte sich das auch, aber er mochte es natürlich nicht sagen. Er kannte diese überraschenden Lebensbeichten und brutalen Selbstbespiegelungen bei Männern, die sich entweder betrunken hatten oder an der alleräußersten Grenze ihrer Erschöpfung angelangt waren. Letzteres schien hier der Fall zu sein; nach seiner Erfahrung halfen dagegen entweder ein tiefer Schlaf, was in dieser Nacht unmöglich war, oder neue Arbeit. So sagte er:

»Sie sollten etwas tun. Ich glaube, im Moment gibt es für jeden von uns genug Aufgaben.«

»Da haben Sie recht«, sagte John, »ich werde meine Großtante suchen. Sie liegt irgendwo tot im Park.«

»Das tut mir leid.«

»Ich möchte sie begraben.« Er verschwand in der Dunkelheit. Er kannte Hortense und fürchtete, daß sie am nächsten Morgen losstürzen und die Tote suchen würde, was zu einem erneuten Zusammenbruch führen mußte. Außerdem hatte er Tante Marie zu Lebzeiten genug zugesetzt, und es war nur richtig, wenn er nach ihrem Tod dafür sorgte, daß sie wenigstens ein anständiges Grab auf dem idyllischen Familienfriedhof fand – falls von dem noch etwas übrig war.

Am nächsten Morgen um neun Uhr zogen die letzten preußischen Regimenter ab – geschlagen, zerstört, im Bewußtsein ihrer Niederlage voller Selbstzweifel und hoffnungslos. Sie wären sicher gern dem Befehl Gneisenaus gefolgt, sich bis nach Lüttich zurückzuziehen und dort neue Kräfte zu sammeln, aber Blücher, der sich langsam von seinem schweren Sturz erholte, entschied, sich mit General Wellington zusammenzutun, um mit ihm gemeinsam den nächsten Kampf gegen die Franzosen zu wagen. Sein ungebrochener Mut gab auch den Soldaten ein wenig Selbstvertrauen zurück. Blücher gab den Befehl, sich nur bis Wavre, nicht weit von Sombreffe, zurückzuziehen und weitere Schritte der Engländer abzuwarten.

Diese hatten bei Quatre Bras eine schwere Schlacht gekämpft, die mit gleichen Verlusten auf beiden Seiten ausging. Wellington beschloß, sich auf dieselbe Höhe wie die Preußen zu begeben, und zog seine Armee zurück in die Nähe des kleinen Dorfes Waterloo.

Es herrschte eine glühende, hochsommerliche Hitze an diesem Morgen, aber wie am Tag davor zogen schon wieder Wolken auf, und jeder ahnte, daß es am Mittag regnen würde. Napoleon, gesundheitlich angegriffen und seit Nächten ohne Schlaf, verpaßte den Abzug der Preußen, weil er im Schloß von Fleurus in tiefer Erschöpfung schlief. In den frühen Mittagsstunden, als er aus seinem fiebrigen Schlummer erwachte, ordnete er hastig die Verfolgung an. Inzwischen regnete es tatsächlich, die Wege verschlammten, so daß Wagen und Kanonen steckenblieben und viele Pferde ausrutschten und hinfielen. Eine untergründige Ahnung mochte dem nervösen Napoleon sagen, daß die Möglichkeit bestand, Blüchers geschlagenes Heer werde die Verbindung mit den englischen Truppen suchen, aber Erschöpfung, Angst und völlige Überanstrengung verboten ihm, daran zu glauben. Er klammerte sich an den Gedanken, Blücher ziehe sich nach Lüttich zurück, und beging damit den folgenschwersten Irrtum seines Lebens.

Die Armeen hinterließen ein verwüstetes Tal, in dem sich ganz langsam und beinahe behutsam neues Leben regte. Ligny und St. Amand waren zum größten Teil zerstört worden, von La Haye war nahezu nichts übriggeblieben, viele Bauernhöfe lagen in Schutt und Asche. Die meisten Bewohner hatten in weit abgelegenen Dörfern Zuflucht gesucht und kehrten jetzt zurück. Manche, die ohne Hab und Gut dastanden und kein Dach über dem Kopf mehr hatten, suchten Hilfe in Schloß Sevigny. Sie langten wie eine Schar abgerissener Bettler dort an, blaß, hohläugig, zitternd vor Furcht und Müdigkeit. Sie wurden eingelassen, obwohl kaum noch Platz im Haus war, aber sie brauchten auch nicht viel Raum, sondern kauerten sich meist stumm in die hintersten Ecken. Nur die Kinder weinten, schrien und bettelten um Eßbares. In der Küche gab es nichts mehr, aber unten im Keller fanden sie einen verborgenen Vorratsraum, der der Zerstörung entgangen war. Sie schleppten Schinken, Eier, Brot und Milch hinauf, und Paulette teilte streng bemessene Rationen aus. Sie wußten alle, daß ihnen entbehrungsreiche Zeiten bevorstanden, denn auf den verwüsteten Feldern würde in diesem Sommer keine Ernte heranreifen. Man würde viel Geld brauchen, um Nahrungsmittel von weither kommen zu lassen. Die Sevignys besaßen Geld, aber die Bauern wußten, daß für sie selbst die Zeit der Verluste und des Überlebenskampfes noch keineswegs ihr Ende gefunden hatte.

Im Schloß waren viele Verwundete zurückgeblieben, in der Hauptsache Preußen, denn die Franzosen hatten einige ihrer Leute trotz des überstürzten Aufbruchs auf provisorischen Tragbahren mitgenommen. Diejenigen, die einen Transport nicht überstanden hätten, vertrauten sie Elizabeth an, die sich bei dem Anblick völlig gemischt durcheinanderliegender Preußen und Franzosen kopfschüttelnd fragte, wie es nur Kriege geben konnte. Diese Männer waren noch einen Tag zuvor mit Waffen aufeinander losgestürzt; heute teilten sie Wasser und Brot und bewegten sich rücksichtsvoll, um einander nicht weh zu tun.

Am Nachmittag zwang Hortense Elizabeth und John sowie die Dienstboten, trotz des strömenden Regens an einer Trauerfeier am Grab von Tante Marie teilzunehmen. Obwohl Elizabeth vor Ungeduld vibrierte, weil sie wußte, daß es Wichtigeres zu tun gab, konnte sie der schmerzerstarrten Hortense diesen Wunsch nicht abschlagen.

Wundersamerweise, aber auch makaber anzusehen, war der Familienfriedhof als einzige Ecke des Parks einigermaßen unversehrt geblieben. Teile der ihn umgebenden alten Steinmauer waren geborsten, Granaten hatten Löcher in die Wege gerissen, und die uralte Trauerweide, in deren Schatten Generationen von Sevignys schliefen, hatte einige Zweige verloren. Die Gräber selbst lagen unberührt da, wie all die Jahrzehnte zuvor. John, Elizabeth, Hortense, Paulette und Jerome standen in ehrfürchtiger Stille um das frischgeschaufelte Grab in der äußersten Ecke des Friedhofs und beteten leise. Zumindest tat jeder so, aber Elizabeth vermutete, daß Hortense als einzige wirklich Zwiesprache mit der Toten hielt. Sie selbst konnte sich nicht helfen, es war ihr unmöglich, jetzt schon, noch ganz im Bann der Ereignisse, zu Gott zu beten.

Hortense trug einen schwarzen Schleier vor dem Gesicht, wie das in ihrer Familie bei Trauerfeierlichkeiten von jeher üblich gewesen war. Es hatte sie einige Mühe gekostet, ein geeignetes

Stück Spitze dafür zu finden, denn jedes brauchbare Stück Stoff im Schloß war längst als Verbandszeug genutzt worden. Aber mit viel Geduld hatte Hortense den ganzen Vormittag über schmale dunkle Spitzenbesätze von einem alten Kleid getrennt und in einer langwierigen Arbeit zu einem breiten Schleier zusammengenäht. Elizabeth, die sie dabei hatte jammern und stöhnen hören, überlegte die ganze Zeit, ob sie soviel ungebrochenes Traditionsbewußtsein bewundern oder verachten sollte.

Glücklicherweise ahnte weder sie noch sonst jemand, was John dachte, als er mit gesenktem Kopf und gefalteten Händen am Grab stand. Er überlegte, was Hortense wohl tun würde, wenn sie wüßte, daß keineswegs nur Tante Marie unter der frischen Erde ruhte, sondern mit ihr zwei preußische Soldaten, die er, da er nun ohnehin eine Grube geschaufelt hatte und die vielen Toten sowieso noch ein Problem werden würden, gleich mit ihr bestattet hatte. Aber Hortense ahnte nichts, und er selbst würde das Geheimnis, daß auf dem geheiligten Friedhof der Sevignys einfache preußische Soldaten ruhten, sicher dereinst mit ins eigene Grab nehmen.

Endlich wandte sich Hortense aufschluchzend ab und verließ, auf Paulette gestützt, die ummauerte Stätte. John und Elizabeth folgten ihr langsam. Es hörte noch immer nicht auf zu regnen, und die Welt sah grau und herbstlich aus, obwohl sie am Beginn des Sommers stand.

7

Das Dörfchen Quatre Bras, das etwa auf halbem Weg zwischen Ligny und Waterloo lag, bestand nur aus ein paar niedrigen, steingemauerten Bauernhütten, Blumen- und Gemüsegärten, mageren Feldern und kleinen Waldstücken, zwischen denen der Garmioncourt-Bach leise plätschernd floß. Es lebten wenige

Menschen dort, Bauern mit ihren Familien, die nichts weiter besaßen als eine Handvoll braune Hühner, dürre Ziegen, ein altes Pferd und Scharen von hungrigen Katzen, die in den Scheunen Mäuse fingen und draußen auf den staubigen Feldwegen von struppigen Hunden gejagt wurden. Über die grünen, fruchtbaren Wiesen hüpften nur ein paar Hasen, am Rand des Baches lebten einige Sumpfottern, Blindschleichen, dicke gelbe Kröten und Frösche. Es gab kaum eine Attraktion in diesem Ort, der nur eine zufällige Zusammenfügung menschlicher Behausungen zu sein schien und seine einzige geringe Bedeutung aus der Tatsache gewann, daß sich hier die Wege von Namur nach Vivelles und von Charleroi nach Brüssel kreuzten und daher häufig Reisende aus der einen oder anderen Richtung vorbeikamen. Aus diesem Grund verfügte Quatre Bras über eine Herberge, ein ebenso rohes, ungefüges Steingemäuer wie auch die übrigen Bauernhäuser, aber über der Eingangstür mit einem angerosteten Schild versehen, das darauf hinwies, daß man hier übernachten und eine Mahlzeit bekommen konnte. Trat man durch die niedrige Tür, zu der moosüberwachsene, glitschige Stufen hinaufführten, so gelangte man in den weißgekalkten Schankraum, vor dessen Kamin meist ein Hund schlief. Weder hier an den wuchtigen Eichenholztischen noch in den Gärten und auf den Wegen des Dorfes herrschte jemals große Betriebsamkeit, denn die Menschen, die hier lebten, waren zu arm, um große Lust zum Feiern und Fröhlichsein zu verspüren, aber doch schimmerten in den Nächten vereinzelt Lichter aus den Fenstern ihrer Stuben. Wenn es Sommer war, kauerten Frauen auf den niedrigen Treppen vor ihren Häusern, um sich in der Kühle der Dunkelheit von den Strapazen des Tages zu erholen. Sie scheuchten ihre Kinder ins Haus und sahen lächelnd und etwas wehmütig den jungen Mädchen und Männern nach, die Hand in Hand über die Wiesen davonliefen, weil sie sich von den dunklen Wäldern und dem sanften Mondschein am Himmel ein wenig Abwechslung und Abenteuer versprachen.

Es war die Nacht vom 18. auf den 19. Juni. Nachdem der Regen der vergangenen Tage endgültig aufgehört hatte, klarte der

Himmel nun mehr und mehr auf. Die Wolken schoben sich auseinander, Sterne und Mond blitzten hell hervor, ein leichter, warmer Wind wehte. Doch in ihm schwang nicht wie sonst in hellen Sommernächten der schwere, süße Duft blühender Linden und erster Rosen. Das ganze Land um Quatre Bras lag unter Pulverrauch, der sich ganz langsam nur verzog, und weder Linden noch Rosen standen hier mehr. Die steinernen Häuser lagen dunkel in der Nacht. Die niedergetrampelten Gärten aber, die zu Staub und Schlamm getretenen Äcker, der Bach und die Wiesen waren bedeckt mit gefallenen Soldaten. Nichts unterschied Quatre Bras von Ligny. Männer, Pferde, Säbel, Bajonette, zerfetzte Kleider, blutverschmierte Sättel und leergeschossene Gewehre lagen durcheinander. Über sie fluteten in dieser Nacht die fliehenden Franzosen hinweg, die, von den Preußen verfolgt, in einer verzweifelten Anstrengung die französische Grenze zu erreichen suchten. Denn der vergangene Tag hatte die Entscheidung gebracht. Die Große Armee des Kaisers Napoleon Bonaparte war bei Waterloo geschlagen worden.

Joanna, Edward und Belinda saßen dicht zusammengedrängt in einer engen, ungefederten Kutsche, die in halsbrecherischer Geschwindigkeit über die unebenen Wege ratterte. Sie hatten dem Kutscher einen atemberaubenden Preis dafür zahlen müssen, daß er sie an diesem späten Abend überhaupt fuhr, und er schien seine Nachgiebigkeit bereits zu bereuen, denn er jagte die Pferde vorwärts, als gehe es um Leben und Tod. Mehr als einmal glaubten die Fahrgäste, eine Achse müsse brechen oder ein Rad sich lösen und das ganze Gefährt den nächsten Wiesenhang hinunterstürzen. Sie wagten nicht hinauszusehen, sondern starrten nur vor sich hin auf den Fußboden, die angespannten Gesichter hin und wieder vom weißlichen Mondlicht beschienen. Belinda weinte immer noch, und Joanna hielt sich nur mit äußerster Mühe davor zurück, ihr mit scharfen Worten ihre ewige, unerträgliche Wehleidigkeit vorzuhalten. Belinda tat so, als sei alles Unglück der letzten Tage nur auf sie heruntergegangen, dabei hatten sie alle die Hölle durchlebt, und jeder von ihnen mußte damit fertig werden. Einmal hob sie den Kopf und sagte schniefend:

»Wäre ich bloß nicht mit euch gekommen! Ich verstehe gar nicht...«

»Niemand hat dich gezwungen«, unterbrach Joanna, »und erklären kann ich dir auch nichts!«

Tatsächlich hatte Joanna keine Erklärung gewußt. Was hätte sie sagen sollen über den kopflosen Aufbruch Edwards vom Ball der Herzogin drei Abende zuvor, über ihre Fahrt in Richtung Quatre Bras, wo sie kurz vorher in östliche Richtung abbogen, weil der Kutscher sich weigerte, der französischen Armee direkt in die Arme zu laufen. Sie waren bis zu einem einsamen Gasthaus in den Wiesen und Wäldern irgendwo zwischen Ardenelle und Tilly gelangt, wo sie noch zwei Zimmer fanden, in denen sie die nächsten drei Tage verbrachten. Joanna war Stunde um Stunde wie eine eingesperrte, ruhelose Katze von der einen Wand ihres Zimmers zur anderen gelaufen, während Edward bloß stumm auf einem Stuhl am Fenster saß, sein Gesicht gegen die regenbespritzte Scheibe preßte und mit leeren Augen auf etwas blickte, das es nicht gab. Hin und wieder sickerte draußen zwischen den grauen Wolken ein etwas helleres Licht hindurch, so fahl und häßlich wie der Tag selber, und wenn etwas davon auf Edwards Gesicht fiel, dann schienen seine Lippen erschreckend blaß, und zwischen Mund und Nase glitzerten Schweißperlen. Es lag ein Ausdruck von Schwermut und Endgültigkeit über ihm, der Joanna zunehmend ängstigte und schließlich zornig werden ließ.

»Bist du nun wenigstens glücklich?« fauchte sie. »Wir sitzen hier und warten nur darauf, daß eine Horde blutrünstiger Franzosen über uns herfällt und uns alle tötet!«

Edward schwieg. Durch den Regen hindurch vernahmen sie das Artilleriefeuer von Quatre Bras und Ligny. Die Kämpfe dauerten bereits Stunden, und Joanna kam es vor, als habe sie ihr Leben lang kein anderes Geräusch gehört als dieses unaufhörliche Schießen. Die Gerüchte hinter den Fronten überschlugen sich, es hieß, die Preußen seien dicht vor einer Niederlage und Wellington könne ihnen auch nicht mehr helfen. Ein paar Bauern, die ihre Höfe im Tal Hals über Kopf verlassen hatten, berichteten, es könne sich nur noch um wenige Stunden handeln, dann müßten die Verteidigungslinien der Preußen völlig zusammenbrechen.

»Ehe der neue Tag beginnt«, flüsterten sie mit rußgeschwärzten Gesichtern, »ist Bonaparte der Herr im Lande, und die Franzosen werden plündern und morden!«

Joanna wurde beinahe wahnsinnig vor Angst. Da sie wußte, daß an zwei Orten dicht bei ihr gekämpft wurde, bekam sie immer mehr das Gefühl, in einer Falle zu sitzen. Es gelang ihr nicht länger, sich um Edward zu sorgen und Rücksicht auf seine schwierige seelische Verfassung zu nehmen. Sie fragte sich nur noch verzweifelt, warum sie ihn begleitet hatte, und sie wünschte sich aus ganzem Herzen, in England zu sein. Sie lief herum, bis sie sich schließlich neben Edward niederkauerte, seine Beine mit beiden Händen umfaßte und schüttelte.

»Womit habe ich denn das verdient?« schrie sie. »Sag mir doch endlich, was ich getan habe! Was habe ich getan, daß du dir das Recht nimmst, dich umzubringen und mich mit?«

Edward sah sie mitleidlos an.

»Daß du heute hier bist«, sagte er, »habe ich nicht gewollt.«

»Aber ich konnte doch nicht zusehen, daß du davonläufst, um zu sterben! Und ich wollte auch nicht zusehen. Du kannst nicht von mir verlangen, daß ich...«

»Du siehst seit Jahren ungerührt zu, wie ich leide.«

»Wie du leidest? O Himmel«, Joannas Stimme zitterte vor Wut, »dann sag mir doch, woran du leidest! Sag mir, was es ist. Ich? Trafalgar? Die Menschen, die Welt, das Leben? Woran leidest du denn?«

Edward sah wieder zum Fenster hinaus.

»Spiel mir nichts vor, Joanna«, sagte er, »du hast nur Angst jetzt. Ich interessiere dich in Wahrheit überhaupt nicht.«

»Ja, da hast du ganz recht!« Joanna stand auf, ihre Hände klammerten sich am Fensterbrett fest. »Es interessiert mich einen gottverdammten Dreck, Edward Gallimore, was hinter deiner Stirn vorgeht! Aber ich will es trotzdem wissen. Weil ich, verdammt noch mal, einen Grund erkennen will, weswegen ich hier sterbe!«

»Das mußt du doch wissen.«

»Ich weiß es aber nicht. Ich muß vollkommen wahnsinnig gewesen sein, als ich den Ball der Herzogin verließ, um mit dir ohne jeden Sinn und Verstand den Truppen nachzueilen, was auf nichts anderes hinausläuft als auf unseren Tod!«

»Aber natürlich weißt du, warum du es tatest«, sagte Edward lächelnd. Er wandte ihr sein Gesicht zu, und Joanna gewahrte darin einen Ausdruck von Haß, wie sie ihn noch nie an Edward gesehen hatte. Sie wich zurück.

»So? Und warum also?«

»Wegen Elizabeth. Du bist doch nur mitgegangen, weil du endlich eine Gelegenheit gewittert hast, sie wiederzusehen, weil ich dich immer näher zu ihr führte. Aber bitte«, er wies aus dem Fenster, mit einer ausfahrenden, höhnischen Gebärde, »geh doch! Ich halte dich nicht und niemand sonst! Dort hinter den Hügeln liegt Ligny. Da dort gerade Bonaparte und Blücher einen heftigen Zusammenstoß haben, kannst du es kaum verfehlen!«

»Du bist krankhaft eifersüchtig, Edward, das ist alles. Und theatralisch außerdem! Du hättest Tragödiendichter werden sollen, damit hättest du wahrscheinlich weit über dein Jahrhundert hinaus Ruhm erworben. Du willst doch bloß wahrmachen, was du mir einst vor vielen Jahren im Park von Foamcrest Manor so überaus eindringlich verkündet hast: daß ich es bitter würde bereuen müssen, wenn ich dir meine Liebe nur vorspielte und du das herausfinden solltest!«

Ehe Edward etwas darauf erwidern konnte, kam Belinda ins Zimmer, wie üblich in Tränen aufgelöst. Joanna wurde bei ihrem jämmerlichen Anblick unwillkürlich von Mitleid ergriffen. Belinda stand offenbar aufrichtige Ängste um Sir Wilkins aus. Zudem mußte sie es zutiefst bereuen, sich in jener ereignisreichen Nacht unbedachterweise Joanna und Edward angeschlossen zu haben. Da sie weder von Edward noch von dessen komplizierter Beziehung zu seiner Frau etwas wußte, erschien es ihr völlig unverständlich, weshalb die beiden sich in diesen verlassenen Gasthof zwischen den Fronten geflüchtet hatten und nicht geneigt schienen, irgend etwas zu unternehmen, um ihre Haut zu retten.

»Joanna!« rief sie. »Ich habe das Gefühl, daß die Soldaten immer näher herankommen! Warum bleiben wir hier? Bitte, bitte, laß uns versuchen, nach Brüssel zurückzukehren!«

»Du kannst ja gehen, Belinda. Es tut mir leid, was hier geschieht, aber ich hatte dich gewarnt. Nun mußt du allein sehen, wie du zurechtkommst. Edward jedenfalls bleibt hier, fürchte ich.«

»Aber Joanna, ich kann nicht allein nach Brüssel zurück! Ich fürchte mich zu Tode! An jeder Wegkreuzung können Soldaten auftauchen, und wer weiß, was die dann mit mir machen! Bitte Joanna, du mußt mitkommen!«

»Aber ich könnte dich doch auch nicht beschützen. Zu zweit sind wir kaum stärker als allein.«

»Du darfst mich nicht im Stich lassen!« schrie Belinda. »O Gott, denk doch wenigstens an meine Kinder, die allein und mutterlos zurückbleiben, wenn ich...« Sie sank in einen Sessel und schlug die Hände vors Gesicht. Joanna fragte sich zum hundertsten Mal, welchem Schicksal sie nur die Tatsache zu verdanken hatte, in jeder unangenehmen Lebenslage auch noch für Belinda sorgen zu müssen.

»An deine Kinder hättest du eher denken sollen«, sagte sie hart, »im Augenblick kann ich dir wirklich nicht helfen.«

»Aber warum bleibst du bei Edward? Er ist verrückt, du hast es selbst gesagt! Geh doch bloß weg von ihm, bevor er dich auch noch ins Unglück stürzt!«

»Mich braucht niemand mehr ins Unglück zu stürzen«, sagte Joanna bitter, und als Belinda sie fassungslos ansah, setzte sie heftig hinzu:

»Bitte, Belinda, versuche gar nicht erst, das alles zu verstehen. Diese Dinge hast du noch nie verstanden. Und sieh nicht drein, als sei schon das Jüngste Gericht über dich hereingebrochen! Noch ist gar nicht sicher, daß wir sterben!«

Leider verließ Belinda für die folgenden Stunden das Zimmer nicht, sondern blieb zusammengekrümmt und laut weinend in ihrem Sessel sitzen. Sie preßte die Hände auf die Ohren, wenn das Artilleriefeuer besonders laut herüberdröhnte, oder betete leise vor sich hin, wenn für einen Augenblick Ruhe eintrat.

So verlebten sie den ganzen Tag, das Ende der Kämpfe in der Nacht, dann den verregneten Anbruch des nächsten Tages. Sie sahen das geschlagene preußische Heer vorüberziehen, erschöpfte, verschmutzte Männer mit grauen, eingefallenen Gesichtern, Pferde, die aus irren, entsetzten Augen blickten, Tragbahren mit Verwundeten, blutend, stöhnend oder sterbend; manche von ihnen konnten sich nicht halten und rollten kraftlos in den nächsten Straßengraben oder auf einen gänseblümchenbewachsenen Wiesenrand, wo sie unbeachtet liegenblieben. Halb abgedeckte, von Kugeln durchsiebte Planwagen rollten vorüber, die Gewehre, Munition und Essensvorräte geladen hatten, schwarze, schwere Kanonen wurden halb von Pferden gezogen, halb von Männern geschoben, und irgend jemand schleppte eine zerfetzte preußische Fahne mit sich herum, deren Gewicht ihn fast zu Boden drückte. Es war ein Zug voller Elend und Jammer, und der stetig fallende Regen, die vom Wind zerzausten Bäume, kreischende schwarze Vögel am Himmel gaben der Szenerie etwas grauenvoll Unwirkliches. Joanna und Belinda standen am Fenster und sahen mit brennenden Augen hinaus. Belinda war auf einmal fest davon überzeugt, daß Sir Wilkins gefallen war, und Joanna dachte an George. Bei der Vorstellung, er könne ebenso blutig und zerschlagen wie die Männer vor ihr auf einer Tragbahre oder auf einem feuchten Acker liegen, hätte sie weinen mögen.

Vor zwei Abenden, dachte sie, hat er noch getanzt.

Später zogen die Franzosen vorüber, die unter der Führung von General Grouchy die preußische Armee verfolgten. Hätte Joanna nicht gehört, daß die Franzosen als Sieger aus der Schlacht von Ligny hervorgegangen waren, sie hätte keinen Unterschied zu den Preußen festgestellt.

Die Sieger schienen ihr ebenso am Ende zu sein wie die Verlierer, und bloß wenn man ihr Geschick kannte und genau hinsah, konnte man erkennen, daß die französischen Soldaten weniger niedergeschlagen und verzweifelt wirkten als die Preußen. Aber natürlich trat auch in ihren Zügen die Angst hervor, die sie empfanden, denn sie wußten, daß die eigentliche Entscheidung noch nicht gefallen war, und gleichzeitig waren sie sich darüber im klaren, daß ihre entscheidende Kraft bereits verbraucht war. Es hatte zu viele Tote gegeben, sie hatten wenig Munition übrig, und ihr Anführer, Napoleon, an dessen Siegesgewißheit sich seine Armeen immer geklammert hatten, schien krank und am Ende seiner Kräfte.

Als der nächste Tag, ein Sonntag, anbrach, standen sich das englische und das französische Heer südlich des Mont St. Jean gegenüber. Am späten Vormittag gab Napoleon das Zeichen zum Kampf. Joanna, Belinda und Edward, die nun schon den dritten Tag in dem engen Zimmer des Gasthofes beieinander saßen, schraken zusammen. Belinda schrie auf.

»Nein! Nein, nicht schon wieder! Nein, ich halte es nicht länger aus!« Sie krümmte sich zusammen vor Entsetzen, als die dumpfen Kanonenschüsse zu ihnen herüberdrangen.

»Ich will hier weg! O Gott, bitte, Joanna, bring mich hier weg! Ich will nach Brüssel, ich will zu meinen Kindern! Ich will weg!« Joanna versuchte sie zu beruhigen, aber Belinda stieß sie weg und schrie ohne Unterlaß. Erst am Nachmittag brach sie erschöpft zusammen, nachdem ihre Stimme bereits nichts weiter als ein heiseres Krächzen war und ihre Hände so zitterten, daß sie nicht einmal ein Glas Wasser zum Mund führen konnte, ohne alles zu verschütten. Zu diesem Zeitpunkt mußte der Kampf seinen Höhepunkt erreicht haben, denn es langten Scharen von Flüchtlingen aus der Gegend von Waterloo an, die mit großen, schreckensvollen Augen von einem Gemetzel berichteten, das grausamer sein sollte als alles, was die Geschichte je hervorgebracht hatte.

»Es sind so viele gefallen, daß niemand sie wird zählen können«, stieß eine Frau atemlos hervor, die ihren gesamten Hausrat auf einem Karren hinter sich herzog, »und sie gehen so gewaltsam aufeinander los, daß man glauben könnte, eine Herde hungriger Bestien vor sich zu haben. Oh, gnade Gott unseren Seelen!« Sie bekreuzigte sich rasch. Joanna umklammerte ihren Arm.

»Und wer wird siegen?« fragte sie atemlos.

»Ich weiß nicht, niemand weiß es. Aber ich glaube, die Sache steht schlecht für die Engländer. Wellington wartet auf Blücher, aber der kommt nicht!«

Sie sahen einander ratlos an, dann sprang Edward plötzlich auf, warf sich seinen Mantel um die Schultern und schlüpfte in seine Schuhe.

»Ich reise nach Brüssel«, erklärte er.

»Wie bitte?« fragte Joanna fassungslos.

»Das wolltet ihr doch die ganze Zeit, du und Belinda. Es wird hier zu gefährlich.«

»Ja, aber was glaubst du, wie gefährlich es ist, jetzt nach Brüssel zu reisen? Da wird doch überall gekämpft! Du kriegst auch gar keine Kutsche!«

Aber Edward bekam eine Kutsche. Der Wirt des Gasthofes, der schon die ganze Zeit überlegt hatte, ob es nicht besser sei, die Gegend zu verlassen, erklärte sich schließlich bereit, die Reisenden zu fahren, wenn er dafür viel Geld bekäme. Edward überhäufte ihn mit Goldstücken, und kurz darauf saßen sie in der Kutsche.

Nun also rollten sie über die holprige Straße nach Quatre Bras, nicht ahnend, daß General Wellington, der noch am Nachmittag den verzweifelten Ruf: »Die Nacht oder die Preußen!« ausgestoßen hatte, seinem Sieg entgegenging, daß Blücher mit seiner Armee rechtzeitig eingetroffen war, daß die Kaisergarde des Napoleon Bonaparte zum letzten Mal gegen Wellingtons Stellungen ankämpfte, im Artilleriefeuer der Engländer zusammenbrach und schließlich wich, womit sich das gesamte französische Heer von einem Moment zum anderen auflöste und in einer wilden, überstürzten Flucht das Schlachtfeld verließ, auf dem in der milden, klaren Sommernacht Tausende starben.

Als die Kutsche an der Wegkreuzung von Quatre Bras anlangte, blieben die Pferde stehen. Joanna lehnte sich zum Fenster hinaus und gewahrte im Mondlicht eine Gruppe von ärmlich gekleideten Bauern, die sich um den Wagen drängten. Sie hatten die Hände gehäuft voll mit Ringen, Uhrketten, silbernen Sporen, Orden und Amuletten. Ihre Zähne blitzten, und ihre Augen leuchteten.

»Von den Toten«, flüsterten sie geheimnisvoll, »sie liegen hier herum, seit zwei Tagen schon. Und jetzt haben wir uns schnell alles geholt, ehe die Franzosen kommen!« Die Bauern traten noch dichter heran.

»Verschwindet lieber«, warnten sie leise. »So schnell ihr könnt! Die Franzosen kommen! Sie sind besiegt worden, sie fliehen zur Grenze. Sie trampeln nieder, was ihnen in den Weg kommt!«

»Sie kommen diese Straße?« fragte der Kutscher.

»Ja, Monsieur. Diese Straße kommen sie. Viele tausend. Wir haben uns geholt, was wir wollten. Wir sehen zu, daß wir fortkommen!«

Schon tauchte die kleine Gruppe in der Nacht unter.

»Alles aussteigen«, befahl der Kutscher, »ich bin nicht so wahnsinnig und fahre den Truppen noch entgegen. Jesus im Himmel, hätte ich mich nur nie auf dieses Abenteuer eingelassen! Ich bleibe dort in dem Wirtshaus.«

»Das müssen wir dann wohl auch tun«, meinte Joanna. »Herrgott, Belinda, hör endlich auf zu heulen!«

Steifbeinig stiegen sie aus der Kutsche. Joanna packte schnell Belindas Arm und drehte sie zur Seite, ehe sie die Leichen dreier Soldaten neben der Gartenmauer erblicken konnte, die dort nackt und geplündert lagen.

So schnell sie konnten, huschten sie hinüber zum Wirtshaus. Sie fanden die Tür verschlossen und fürchteten schon, es sei niemand da, der ihnen öffnen würde, aber endlich erschien ein mißtrauisch blinzelnder Wirt.

»Wir haben uns im Keller verbarrikadiert«, erklärte er flüsternd, »die Franzosen kommen! Die Garde ist niedergemacht. Sie fliehen!«

»Dürfen wir hier die Nacht verbringen?«

»Kommt herein. Aber beeilt euch!«

Sie traten in den niedrigen, weißgekalkten Hausflur. Der Wirt leuchtete ihnen mit einer Kerze den Weg in den Keller. Zwischen alten Weinfässern, geräuchertem Schinken und verrosteten Mausefallen saßen bereits die Familie des Wirtes, ein paar Gäste und einige Flüchtlinge. Sie rückten stumm zur Seite, um den Ankommenden Platz zu machen, die sich ebenso schweigend auf dem feuchten, kalten Fußboden niederließen. Joanna und Belinda rückten zum ersten Mal in ihrem Leben eng aneinander, weil sie es sonst in der Kälte nicht ausgehalten hätten. Gegen Mitternacht richtete sich der Wirt auf, er schien zu lauschen, auf seinem Gesicht malte sich Grauen.

»Hört ihr?« flüsterte er. »Hört ihr das?« Alle hielten den Atem an. Durch die festen Steinmauern des Kellers drangen kaum Geräusche, aber jetzt konnte jeder von fern ein Dröhnen hören, gleichmäßig und anhaltend. Es kam ihnen auf einmal vor, als bewege sich die Erde.

»Was ist das?« fragte Belinda mit heiserer Stimme.

»Die Franzosen«, erklärte der Wirt, »sie kommen von Waterloo. Sie müssen nach Charleroi und dann über die Grenze, sonst geht es ihnen schlecht. Ich wette, die anderen verfolgen sie.«

»Werden sie uns etwas tun?«

»Ich denke mir, die haben es zu eilig. Aber ich bleibe hier unten und rühre mich nicht!«

Alle schwiegen, dann stand Joanna auf.

»Ich möchte mir das ansehen«, sagte sie.

Vorsichtig balancierte sie über die vielen ausgestreckten Beine und stieg langsam die Treppe hinauf. Nirgendwo schien ein Licht, aber als sie an eines der Küchenfenster trat, lag vor ihr sternenhell die Nacht. Sie atmete hörbar, in ungläubigem Staunen. Denn dort draußen zog ein endloser Menschenstrom vorüber, Hunderte und Tausende, ein Soldat nach dem anderen, über den Weg, über die Felder und stumpf und gleichgültig über die Leichen ihrer gefallenen Kameraden hinweg. Kanonen wurden vorbeigeschoben, Pferde trotteten vorüber, Soldaten stützten Verwundete oder schleppten sich selber, verletzt oder nur zutiefst erschöpft, auf ihre Gewehre gestützt den Weg entlang. Andere brachen am Ufer des Garmioncourt-Baches zusammen und schöpften gierig mit beiden Händen Wasser, tranken es, spülten es über ihre Wunden oder benetzten sich die Gesichter damit. Manche fielen hin und standen überhaupt nicht mehr auf, manche krochen auch auf allen vieren weiter. Jede einzelne Gestalt war in der klaren Nacht deutlich zu erkennen. Der Strom von Menschen bot einen grauenerregenden, gespenstischen Anblick. Immer wieder hallten Rufe durch die Dunkelheit: »Lauft weiter! Weiter! Die Preußen kommen!« Und alle rafften sich noch einmal auf und taumelten voran.

Joanna spürte eine Bewegung hinter sich und wandte sich erschrocken um. Es war Edward, der hinter ihr stand.

»Die Franzosen«, murmelte er, »sieh sie dir nur an. Sie sind am Ende!«

Eine kleine Gruppe von Reitern hielt dicht vor dem Wirtshaus. Ihre Pferde blieben mit hängenden Köpfen stehen und suchten auf der lehmigen Erde nach etwas Gras.

Edward und Joanna wichen in den Schatten des Zimmers zurück.

»Was wollen die?« frage Joanna leise.

»Ich nehme an, sie müssen ausruhen. Die Pferde brechen ja gleich zusammen.«

Unbemerkt waren der Wirt und seine Frau herangekommen; mit großen Augen sahen sie nach draußen. Niemand sagte etwas, jeder beobachtete nur die Reiter, die, sich leise unterhaltend, vor dem Fenster ihre Pferde verschnaufen ließen. Einer von ihnen blickte plötzlich zurück, schrak zusammen und nahm eine aufrechte Haltung an.

»Der Kaiser«, sagte er, »der Kaiser kommt!«

In die Gruppe kam Unruhe. Joanna vergaß alle Furcht. Sie preßte ihr Gesicht dicht an die Fensterscheibe, nun hellwach und aufgeregt.

»Wo ist der Kaiser?« fragte sie. »Ich will ihn sehen!«

Dann sah sie ihn. Sie zweifelte keinen Moment, daß er es sein mußte, denn er ritt mitten in die kleine Schar von Reitern hinein, auf einem weißen Pferd, zügelte es und blickte sich um. Die anderen verneigten sich leicht, aber keiner sprach ein Wort. Joanna schluckte, Ungläubigkeit trat in ihre Augen.

»Aber das...«, sagte sie verwundert, »das kann doch nicht... das ist Napoleon Bonaparte?«

Der Kaiser der Franzosen saß zusammengekrümmt auf seinem Pferd, die Hände auf den Bauch gepreßt, das Gesicht verzogen, als leide er Schmerzen. Er war klein, mager und völlig zusammengefallen, ein gebrochener, kranker Mann, der sich wegen seines Rheumas und seiner Magengeschwüre kaum noch bewegen konnte und soeben die fürchterlichste und zugleich endgültige Niederlage seines Lebens erlitten hatte. Auf seiner Stirn glänzte Schweiß, und aus seinen Augen liefen Tränen. Was niemand je für möglich gehalten hätte, geschah in dieser Nacht: Napoleon weinte, und er machte sich nicht einmal mehr die Mühe, das vor seinen Offizieren zu verbergen. In einer kraftlosen Bewegung fuhr er sich mit der Hand über die Augen, ehe er mit den anderen Reitern ein paar Worte wechselte.

»Aber es kann nicht sein«, murmelte Joanna. Nie hätte sie sich den großen Bonaparte so vorgestellt. Der Mann, vor dem Europa gezittert hatte, der von einem Sieg zum nächsten geritten war, der Mann, von dem die Geschichte reden würde – er saß dort auf seinem Pferd in zerrissenen Kleidern, kaum noch fähig, sich aufrecht zu halten, mit tränenüberströmtem Gesicht und am ganzen Körper zitternd.

Niemals wieder, daß wußte jeder, der ihn so sah, würde er versuchen, Triumphe zu feiern.

Von ferne waren Schüsse zu hören. Alle zuckten zusammen. Bonaparte hob mühsam den Kopf.

»Die Preußen!« rief er. »Wir müssen weiter!«

Schon trieben die Reiter ihre Pferde wieder an. Schüsse und Trommelwirbel klangen bereits näher. Joanna trat zurück.

»Edward, ich...«, begann sie, hielt dann aber inne. »Wo ist Edward?«

Die anderen blickten sich um.

»Monsieur hat soeben das Zimmer verlassen«, erklärte der Wirt, »ich weiß nicht, wohin er gegangen ist.«

Joanna stieß alle beiseite und drängte sich hinaus in den Gang. Die Tür nach draußen stand offen. Einen Moment verharrte sie, weil sie nicht gleich begreifen wollte, aber dann rannte sie hinaus. Die Nachtluft umfing sie samtweich und warm, die vorüberziehenden Soldaten starrten sie aus leeren Augen an. Sie blieb auf den grasbewachsenen Stufen stehen, die Hände gegen ihr hämmerndes Herz gedrückt, den Mund geöffnet in hilflosem, grausamem Schrecken.

»Edward!« schrie sie. Scharen von Männern gingen an ihr vorbei, aber sie konnte Edward unter ihnen nicht entdecken. Sie eilte die Treppe hinab, durch das wuchernde, disteldurchsetzte Gras des Gartens. Sie schob sich an den Fliehenden vorüber, stieß jeden rücksichtslos fort, der ihr in den Weg kam, wurde schließlich von dem Strom ergriffen und mit vorangetrieben. Sie stolperte vorwärts, längst barfuß, weil sie ihre Schuhe verloren hatte. Sie schrie nach Edward, aber sie bekam keine Antwort. Niemand achtete auf sie. Es gelang ihr, sich an einem Baum festzuklammern, bevor sie noch weiter mitgerissen wurde. Sie konnte keinen Schritt mehr tun, so schwach fühlte sie sich plötzlich, und sie wußte, daß die Horde über sie hinwegtrampeln würde, wenn sie hinfiele. Sie rief noch einmal, mit bereits erschöpfter Stimme nach Edward, aber wieder antwortete ihr niemand. Irgendein Soldat sah sie mitleidig an, ohne daß sie es richtig wahrnahm. Sie konnte es kaum fassen, aber in ihr dämmerte eine Ahnung, die sie instinktiv als Wahrheit erkannte: Edward hatte seinen Plan ausgeführt. Er war sie losgeworden, er hatte sie verlassen. Er trieb irgendwo mit dieser Welle von Flüchtlingen unerkannt der französischen Grenze zu. Sie würde ihn niemals wiedersehen.

8

Mit langsamen Schritten wanderte Joanna durch den Park von Heron Hall. Sie ging so, als sei sie in tiefe Gedanken versunken, dabei betrachtete sie in Wirklichkeit wach und aufmerksam jeden Baum und jede Blume am Wegesrand. Sie trug ein leichtes Sommerkleid, hatte sich aber einen Schal aus Wolle um die

Schultern gelegt, denn die Luft wurde bereits sehr kühl. Es war ein Augustabend, und die Sonne ging gerade leuchtend rot im Westen unter, sanfte graue Schatten breiteten sich über die Wiesen, die Vögel zwitscherten lauter, und der Wind, der vom Meer her kam und der in Joannas Empfindungen immer nach den braunen Klippen und den tangbewachsenen Felsbrocken von Hunstanton roch, wurde ruhig. In ihm schwang heute ein starker Duft von frischgemähtem Gras mit; sicher waren irgendwo die Bauern bereits bei der Heuernte, und ihre beladenen Leiterwagen rollten über die Feldwege gemächlich den Höfen und Scheunen zu.

Eine Stimmung von Ruhe und Frieden und der ganzen satten Zufriedenheit eines Sommerabends lag über dem Land. Auf den Wiesen von Norfolk hatten lange schon keine Schlachten mehr stattgefunden, ihr Gras stand so grün und hoch wie jedes Jahr, und die dichten Blätter der Laubwälder rauschten.

Joanna ging über die vertrauten Wege ihres Parks. Hier hatte sie den größten Teil ihres Lebens verbracht, und nun, zwölf Jahre nachdem sie Edward Gallimore geheiratet hatte, war es ihr, als begrüße sie mit jedem Schritt einen alten Bekannten. Sie fand die knorrige, jahrhundertealte Eiche wieder, auf die sie und Elizabeth als Kinder manchmal geklettert waren, sie balancierte über die schmale, schwankende Holzbrücke, die über den Bach führte und von der die Kinder stets gehofft hatten, sie werde einmal unter Agatha zusammenbrechen und samt der alten Kinderfrau ins Wasser fallen. Sie sah die Weide, auf der die Ponys gegrast hatten, und die steinerne, moosüberwachsene Mauer am Wald, auf der man wie an keinem anderen Platz der Erde sitzen und träumen konnte.

Und zwischen den Büschen und Bäumen, zwischen Hecken und Dornen sah sie immer wieder das Schloß selbst auftauchen. Es stand so unverändert wie eh und je, seine grauen Mauern ragten ein wenig baufällig in den Abendhimmel, aber der wilde Wein, der an ihnen emporkletterte, leuchtete, und in den Fenstern spiegelte sich die rötliche Sonne.

Natürlich hatten zwölf Jahre Verlassenheit Heron Hall nicht

unberührt gelassen. Zu Anfang war manchmal ein Gärtner hiergewesen, der sich um den Park kümmerte, aber später hatte niemand mehr, auch Joanna nicht, so recht daran gedacht, und Heron Hall und seine Gärten verwilderten. Auf den Wegen wuchsen Disteln und Brennesseln, die Wiesen vermoosten und waren übersät mit Löwenzahn und anderem Unkraut, alle Büsche wucherten ungehemmt über Zäune und Mauern hinweg, und der einst klare Bach floß nicht mehr leise plätschernd über helle Kieselsteine, sondern stand als unbewegliches, dunkelgrünes, von Algen durchzogenes Gewässer, an dessen Rand Frösche saßen und nach Fliegen schnappten. Es gab keine Blumenbeete mehr, sondern nur ineinander verschlungene Rosenranken, durchsetzt mit Brombeerhecken, in deren Schatten winzige wilde Erdbeeren wuchsen. An manchen Stellen des Parks hatte es früher Lauben gegeben, mit weißen Marmorbänken, jetzt gab es nur noch undurchdringliches Gestrüpp und wahre Brennesselwälder, zwischen denen schwach weißes, zerbrochenes Gestein hervorleuchtete, mit dem grünlichen Schimmer von jahrealtem Moos überzogen.

Es tat Joanna nicht weh, Heron Hall so zu sehen. Sie wußte, es würde wieder so werden wie einst, sie würden den Park in Ordnung bringen und im Haus den Staub fortwischen, der über allen Möbeln lag, sie würden Feuer in den Kaminen anzünden und morgens im Salon frühstücken, dessen Tür zum Garten ging und in den immer der Seewind so kühl und frisch hineinwehte. Er sollte den modrigen Geruch verjagen und Heron Hall wieder zu einem lebendigen Schloß machen. Es konnte kaum lange dauern, dann sah alles so schön und gepflegt aus wie in früheren Jahren. Joanna fand, nichts an der Atmosphäre habe sich verändert. Als sei sie keinen Tag fort gewesen, so vertraut schien ihr jeder Stein unter ihren Füßen.

Beinahe war es ihr, als müsse jeden Augenblick Agatha herbeieilen und ärgerlich schimpfen, weil es schon viel zu kühl war, um noch herumzuschlendern, und dann müßte sie Elizabeth und sie mit tausend Lockungen und Versprechungen ins Haus führen.

Aber natürlich, Agatha hätte Lady Joanna Gallimore keine Vorschriften mehr gemacht, auch wenn sie vielleicht wirklich, alt und gebeugt, mit ihrem schneeweißen Haar und freundlichen blauen Augen an einem der Fenster stünde und leise auf die Unvernunft der jungen Herrin schimpfte, die sich da draußen noch den Tod holen würde. Und Elizabeth war nicht da. Elizabeth war in Ligny, drüben auf dem Kontinent, wo ganz langsam nach Jahrzehnten von Sturm und Grauen, von Revolution, Krieg und Unterwerfung wieder Friede einkehrte. Alles, was Joanna von ihr hatte, war ein Brief, den heute ein Bote aus King's Lynn gebracht hatte und den sie nun schon den ganzen Tag über mit sich herumtrug. Auch jetzt zog sie das zusammengerollte gelbliche Pergament mit dem aufgebrochenen Siegel der Sevignys wieder aus der Tasche ihres Kleides hervor und sah es an. Sie mußte die Augen zusammenkneifen, wenn sie die Schrift noch erkennen wollte, denn inzwischen war die Sonne ganz untergegangen und erhellte nur noch einen Streifen am Horizont im Westen.

»Liebe Joanna«, begann er, »ich war so überrascht und bestürzt, als John und ich aus Paris zurückkehrten und Johns Kusine Hortense uns berichtete, Du seiest in unserer Abwesenheit hiergewesen, und mit Dir George und Belinda und sechs schreckliche, verzogene Kinder! Überrascht war ich, weil ich nie im Leben geglaubt hatte, Du könntest einmal nach Ligny kommen, und schon gar nicht in diesen Zeiten, bestürzt, weil ich nahezu alles gegeben hätte, Dich zu sehen, und dann mußten wir uns doch verfehlen. Hortense gab mir die Nachricht, die Du für mich hinterlassen hast. O Joanna, es tut mir so leid, daß Edward gefallen ist. Ich verstehe zwar nicht ganz, warum er gerade jetzt nach Brüssel kommen mußte und sich dann noch in Quatre Bras herumtrieb, aber wie auch immer, es tut mir so leid!«

Jeder glaubte, Edward sei gefallen, er sei unvorsichtigerweise in eines der vielen kurzen Rückzugsgefechte zwischen Preußen und Franzosen geraten und habe dabei sein Leben lassen müssen. Joanna stützte diese Version, indem sie ihr nicht widersprach und alle Beileidsbekundungen wortlos entgegennahm. Im Innersten war sie davon überzeugt, daß Edward lebte, daß er sich irgendwo in Frankreich aufhielt und ganz sicher niemals nach England zurückkehren würde. Sie ahnte, daß er wohl nicht mehr viel Zeit zum Leben hatte und daß er einsam, verwirrt und arm in irgendeinem Asyl für Obdachlose würde sterben müssen. Aber sie merkte, daß sich ihre Kraft verbraucht hatte. Sie konnte ihm nicht helfen, und sie wollte nichts anderes als heim nach England, nach Heron Hall, um die Alpträume der Tage und Nächte von Napoleons letzten Schlachten zu vergessen und in Tiefen ihres Gemüts zu drängen, aus denen heraus sie nie wieder von ihnen heimgesucht werden konnte.

Sie hatte sehr lange gezögert, sich aber schließlich doch entschlossen, nach Ligny zu fahren und Elizabeth zu besuchen, bevor sie das Schiff nach England wieder bestieg, denn plötzlich erschien es ihr unmöglich, fortzugehen, ohne Elizabeth noch einmal zu sehen. Sie spürte ein wenig Scheu vor der Begegnung, daher war sie froh, daß George sie begleitete. Er sah sehr blaß aus, hatte einen Verband um den Kopf und einen um Oberkörper und rechten Arm, denn er war bei Waterloo schwer verletzt worden und hatte zwei Wochen im Lazarett gelegen. Belinda, die ebenfalls mitkam, trug ein schwarzes Kleid, einen schwarzen Hut und einen dunklen Schleier vor dem Gesicht. Waterloo hatte sie zum zweiten Mal zur Witwe gemacht. Sir Wilkins war bereits in den ersten Minuten der Schlacht von einer Kugel tödlich getroffen worden.

Die Tage nach Waterloo hatten sie in Brüssel verbracht, sonnige, warme Junitage, in denen ganz Europa vom Sieg der Alliierten sprach. Die französische Armee war nach Frankreich geflohen, Blücher marschierte mit seinen fürchterlich plündernden Truppen nach Paris, Wellington und die Engländer folgten. Bonaparte verkroch sich in Schloß Malmaison, floh aber bereits nach wenigen Tagen wieder. Er hatte sich später freiwillig an England ausgeliefert, war nach London gebracht worden und dann in die Verbannung nach St. Helena gegangen. Ludwig XVIII. sollte erneut zum König von Frankreich erklärt werden. Wellington und Blücher stritten darum, welchen Namen jener glanzvolle Sieg über die Franzosen vom 18. Juni 1815 tragen sollte: Waterloo, nach jenem Ort, an dem Wellington sein Hauptquartier gehabt hatte, oder Belle Alliance, nach dem des Marschalls Blücher. Aber dies alles interessierte die Menschen, die an den Schauplätzen der Kämpfe lebten, und jene vielen, deren Angehörige gefallen waren, nicht. Sie begruben die Toten, trauerten um ihre Verluste und wußten nicht, wie sie mit den Zerstörungen leben sollten.

Es berührte Joanna eigenartig, in einer Kutsche an den Schauplätzen der wilden, bewegten Tage vorbeizukommen, an Waterloo, Belle Alliance und Sombreffe. Überall bot sich ihnen das gleiche Bild der Verwüstung, wenn auch langsam erstes Leben zurückkehrte. Viele Menschen hausten bereits wieder in ihren alten Dörfern, in den Kellern ihrer einstigen Häuser oder im Freien zwischen rußgeschwärzten, zerbrochenen Mauern. Sie hatten die Leichen der Soldaten fortgeschafft und den Schutt von den Wegen geräumt und begannen nun, nach und nach die Steine der Ruinen wieder aufeinanderzusetzen. Auf den lehmigen Feldern spielten Kinder, Hunde tobten bellend herum, und ein paar Ziegen standen angepflockt zwischen kärglichen Resten von Löwenzahn und Disteln.

Joanna war voller Dankbarkeit, daß George neben ihr saß, verletzt zwar, aber er war zurückgekehrt. Sie dachte, daß sie es nie hätte aushalten können, ihn zu verlieren. Wenn sie nun nach England ging, dann wartete nicht nur Harriet auf sie, dann hatte sie auch noch George, der jung war und voller Pläne und Träume. Er würde auf eine Universität gehen und dann nach Heron Hall kommen und dort leben, er würde heiraten und Kinder haben. Heron Hall würde wieder schön sein, lebendig, voller Stimmen, Gelächter und Durcheinander. Sie hätte es vor niemandem außer sich selbst zugegeben, aber Edwards Verlust schmerzte sie nicht so sehr, wie es der von George getan hätte. In all der Traurigkeit dieser Tage konnte sie sich noch darüber freuen, daß auch Andrew Courtenay die Kämpfe überlebt hatte. In einem Park in Brüssel hatte sie ihn getroffen, wie er, mit schmerzverzogenem Gesicht, auf Anne gestützt, zaghafte Gehversuche machte. In Quatre Bras hatte ihn eine Kugel ins Bein getroffen, aber er behauptete, es gehe ihm schon viel besser. Sobald wie möglich wollte er auf ein Schiff nach England und sich dann den Sommer über auf seinem Landsitz in Devon erholen.

Joanna erzählte ihm nicht, daß sie Elizabeth besuchen wollte. Sie hatte das Gefühl, ihm gegenüber von der Freundin am besten gar nicht mehr zu sprechen, und zudem wollte sie es ohnehin so geheim wie möglich halten. Es war schlimm genug, daß sich Belinda natürlich wieder an ihre Fersen heftete. Den ganzen Weg über dachte Joanna darüber nach, wie sie es fertigbringen sollte, wenigstens für wenige Augenblicke mit Elizabeth allein zu sein. Aber dann war Elizabeth gar nicht da. Sie erreichten Schloß Sevigny an einem glühendheißen Julinachmittag, überquerten auf einer geschwungenen steinernen Brücke das schilfige Gewässer des Burggrabens und betrachteten staunend das hohe graue Gemäuer mit den unzähligen Bogenfenstern, in denen kein Glas mehr war und vor denen zerrissene Vorhänge hingen. Sie traten durch eine herausgebrochene Haustür und standen der schwarzgekleideten Hortense Sevigny gegenüber, die sie voller Mißtrauen ansah und noch verschlossener wurde, als sie erfuhr, wer die Fremden waren.

»John Carmody und Madame sind nicht da«, erklärte sie mit spröder Stimme, »sie sind nach Paris gereist, und ich weiß nicht, wann sie zurückkommen.«

»Aber was tun sie denn jetzt in Paris?« fragte Joanna erstaunt. Hortenses hageres Gesicht drückte tiefste Mißbilligung aus.

»Das möchte ich auch wissen«, entgegnete sie heftig, »wir haben furchtbare Tage hinter uns. Meine Tante Marie kam bei den Kämpfen um das Schloß ums Leben, alles ist zerstört – und die beiden haben nichts anderes zu tun, als nach Paris zu reisen! Aber natürlich«, nun wurde ihre Stimme haßerfüllt, »geschah dies auf Betreiben von Madame Elizabeth! Eine völlig unstete Frau. Sie verpraßt unser Geld und läßt John keinen Moment in Frieden und...« Sie brach ab, als ihr klar wurde, daß sie zu wildfremden Menschen sprach und für einen Moment die Selbstbeherrschung verloren hatte.

»Wie gesagt, ich weiß nicht, wann sie zurückkommen«, meinte sie kühl, »es kann Tage dauern oder auch Wochen.«

»Ich werde Elizabeth eine Nachricht hinterlassen«, murmelte Joanna, »es hat wohl keine Sinn zu warten.« Sie fühlte sich fast gekränkt, verletzt, aber zugleich erleichtert. Sie spürte, daß es die letzte Gelegenheit gewesen war, Elizabeth wiederzusehen, denn sie selbst hatte nicht das geringste Verlangen, noch einmal auf den Kontinent zu reisen, und Elizabeth würde kaum je einmal wieder nach England kommen. Vielleicht, so dachte sie, hatte sie Edward wirklich nur deshalb begleitet, um Elizabeth zu treffen. Wenn es so war, dann waren die grauenvollen Tage und Nächte umsonst gewesen, die sie in Wirtshäusern und dahinjagenden Kutschen zwischen den feindlichen Linien verbracht hatte. Aber nicht einmal der Gedanke daran tat ihr so weh, wie sie erwartet hätte. Es war wirklich zu Ende.

Jetzt stand sie in dem Park, von dem sie einmal voller Wut gesagt hatte, sie kenne ihn so gut, daß sie ihn nicht mehr sehen könne, von dem sie heute aber wußte, daß sie nirgendwo sonst würde leben wollen. Sie sah wieder auf Elizabeths Brief. Sie konnte tatsächlich kaum noch etwas erkennen, so rasch kam nun die Nacht. »Sicher hast Du Dich gewundert, warum John und ich nach Paris gereist sind«, fuhr sie im Lesen fort, »aber wir waren so durcheinander, fühlten uns so elend und verzweifelt – wir wollten irgendwohin, bloß erst einmal fort. Weißt Du, ich habe dieses Schloß nie recht leiden können und das ganze Land nicht, aber ich werde wohl hier leben bis zu meinem Tod. In Paris habe ich gemerkt, daß es gleich ist, wo ich bin. Ich fühle mich nirgends daheim, weil ich eine solche große Sehnsucht nach England mit mir herumtrage, daß ich fremd sein muß, ganz gleich, an welchem Ort ich mich aufhalte. Es ist ganz gewiß, daß wir niemals werden zurückkehren können, denn du weißt, welche Taten wir begangen haben, und dafür bezahlen wir jetzt. Ich muß mich sehr bemühen, nicht ständig dagegen aufzubegehren, denn ich halte uns beide, John und mich, für unschuldig, auch wenn wir es vor dem Gesetz nicht sind. Aber wir, ganz besonders John, sind Opfer einer Zeit gewesen, Opfer ihrer Ideen, ihrer Träume, ihrer

Ideale. Vor allem aber die Opfer von Menschen, die nicht reif und nicht bereit waren, neue Gedanken anzunehmen. Man kann einem Mann wie John tausend Fehler vorwerfen, aber ein Land wie England hat Schlimmeres verbrochen – korrupt, gierig, aufgeblasen und intolerant, wie es ist. Beherrscht von Männern und Frauen, die eher ihre Seelen zum Teufel gehen lassen, als auch nur um Haaresbreite von ihren jahrhundertealten, kostbaren Privilegien Abstand zu nehmen. Aber, ach Joanna, ich habe trotzdem Heimweh! Ich liebe England, als hätte es Louisiana nie gegeben und als sei ich nie etwas anderes gewesen als Deine Schwester, die mit Dir in Heron Hall lebte und über die Klippen von Hunstanton spazierenging. Ich denke an das fahle, gelbliche Gras in den Dünen, an die Schreie der Möwen, an den salzigen Wind. Und ich denke an London, an die alte, graue Themse und an die schmalen Gassen, in die oft nur ein einziges Mal am Tag ein hauchfeiner Sonnenstrahl fällt und das Kopfsteinpflaster aufleuchten läßt. Ich denke an die uralten, schiefen Häuser, an die verhärmten Gestalten, die davor sitzen, an die Kutschen, die durch die Gassen rumpeln, an die lachenden, schreienden, bunten Menschen im Hyde Park mit ihren Zylindern und mit den Federn im Haar, mit ihrer Eleganz und ihrer Verkommenheit. Ich denke an Covent Garden, an Whitehall, an Westminster und an St. Paul's. Ich denke an all die vielen kleinen englischen Kirchen, von denen jede einzelne aussieht wie eine normannische Burg und die in verwunschenen Gärten stehen, für die es keine Zeit zu geben scheint. Es ist bestimmt das wundervollste Land auf der Erde, aber hochmütig und nachtragend natürlich. Es nimmt seine gefallenen Kinder niemals wieder auf.

Ich habe darüber nachgedacht, wie seltsam es ist, daß Du gerade hier warst, als Bonapartes Epoche so fürchterlich und blutig zu Ende ging. Ich jedenfalls weiß bestimmt, daß ich keine Sekunde dieser Tage jemals werde vergessen können. Und ich schäme mich noch nachträglich für die unzähligen Stunden, die ich damit verbrachte, völlig unwesentlichen Kümmernissen nachzuweinen, die doch gar nichts sind, verglichen mit dem, was hier geschehen ist. Ich denke, wir haben uns beide ein leichtes und schönes Leben erträumt und haben dann oft panisch reagiert, wenn es nicht so leicht wurde. Wie dumm, denn nun haben wir ja gesehen, wozu das Leben und das Schicksal fähig sind, und wir müssen wohl beide bekennen, daß wir im Grunde sehr gut behandelt worden sind.

Wobei ich leider sicher bin, daß diese Anwandlung von Weisheit in mir ihre Kraft verlieren wird, daß sie im gleichen Maß schwindet, wie dort draußen Bäume nachwachsen, die Felder neue Saat tragen, aus den Ruinen Häuser entstehen und die Gefallenen vergessen werden. Die Zeit nimmt eben allem Erlebten seine Schärfe, und manchmal ist das ja auch gut und die einzige Rettung für uns.

Du warst also hier, in Brüssel, in Quatre Bras, gerade jetzt, und es ist deshalb eigenartig, weil es wie ein Abschied aussah, der zusammentraf mit Napoleons Ende, und weil wir uns an dem Tag begegneten, als das Zeitalter von Revolution und Kriegen begann, am 14. Juli 1789, als sie in Paris die Bastille stürmten und jene Ideen von Europa Besitz ergriffen, die Onkel Phillip zu seinen schrecklichen Wutanfällen hinrissen und ihm sicher einige graue Haare wachsen ließen. Wenn wir damals, an jenem Tag, geahnt hätten, was aus alldem entstehen würde, daß die Epoche der Guillotine begonnen hatte und die eines größenwahnsinnigen Eroberers, uns hätte es geschaudert. Auch wenn wir gewußt hätten, was dies alles für unser Leben bedeuten würde! Aber das meinte ich vorhin, als ich schrieb, John und ich seien Opfer einer Zeit. Wir sollten vielleicht nie zu streng mit uns sein. Wir müssen unsere Taten auch an den Umständen messen, in die wir hineingeboren wurden.

Liebste Joanna, ich möchte nicht, daß dieser Brief ein Abschied ist. Ich will nicht glauben, daß wir einander niemals wiedersehen. Auf jeden Fall werde ich Dir schreiben – und auf Deine Briefe warten, in Schloß Sevigny oder sonstwo in Europa, wenn John und ich durch all die zauberhaften, schönen, prachtvollen Städte des Kontinents reisen, uns gegenseitig versichern, wie glücklich wir doch seien, sie sehen zu dürfen, und dabei heimlich, ohne es einander zu sagen, von London träumen.

Ich umarme Dich und wünsche Dir alles Glück, Deine Elizabeth.«

Joanna ließ den Brief sinken. Die letzten Zeilen hatte sie mehr geahnt als gelesen, so tiefdunkel wurde es nun. Sie merkte, daß sie fror, und zog ihren Schal fester um die Schultern. Wenn sie ins Haus kam, würde Harriet ihr einen langen, jammernden Vortrag über Erkältungen halten, und Agatha würde ihr einen scheußlichen Gesundheitstee brauen. Sie lächelte bei dem Gedanken daran und schrak gleich darauf zusammen, als eine Gestalt auf sie zugeeilt kam und vor ihr stehenblieb.

»Oh, hier bist du, Joanna!« Es war Belindas Stimme, und gleich darauf flutete auch ihr aufdringliches Parfüm über Joanna hinweg. »Lady Harriet bat mich, dich zu suchen. Aber ich muß sagen, du hast dich wirklich in den tiefsten Winkel des Parks verkrochen!« Joanna ließ unauffällig den Brief in die Tasche ihres Kleides zurückgleiten. Belinda brauchte ihn nicht zu bemerken, sie würde sonst doch nur so lange bohren, bis sie ihn lesen durfte.

»Ach Belinda, ich wußte gar nicht, daß du heute kommst!«

»Aber Lady Harriet hat meine Mutter und mich zum Dinner eingeladen, wußtest du das wirklich nicht?«

»Doch – ich hatte es vergessen«, bekannte Joanna, »es tut mir leid. Sind... deine Kinder auch da?«

»Ja, alle. Sie warten schon auf dich. Komm mit ins Haus!« Sie ergriff Joannas Arm und zog sie mit sich fort. »Weißt du«, meinte sie, »nach allem, was wir erlebt haben, hätten wir eine Ablenkung verdient, findest du nicht? Ich dachte mir, daß wir beide im Oktober nach London reisen und dort den Winter verbringen könnten.«

»Nein, nicht schon wieder, Belinda. Diesmal geht es wirklich nicht. Wir sollten hierbleiben. Ich glaube auch, keine von uns könnte den Trubel in London genießen.«

»Da hast du recht«, sagte Belinda betroffen, »aber wenn wir hierbleiben, dann können wir uns jeden Tag sehen, nicht wahr? Ich bin jetzt so allein, Joanna, ich brauche dich!«

»Natürlich können wir uns sehen. Wir haben doch beide einen

schweren Verlust erlitten.« In Joannas Stimme klang amüsierte Ergebenheit. Die Welt mochte in Stücke brechen, Kriege konnten toben und einst unbesiegbare Eroberer ihren rauschenden Untergang erleben – Belinda würde jeden Tag ihres Lebens gleich bleiben, unveränderlich und vollkommen ungebrochen. Zum ersten Mal fand Joanna, daß in dieser Tatsache sogar etwas Tröstliches lag. Sie lauschte der gleichmäßig plätschernden Stimme neben sich und vernahm bei jedem Schritt das zarte Knistern des Briefes in ihrer Tasche. Sie traten auf die Wiese, und vor ihnen stand Heron Hall. Aus seinen Fenstern fiel das weiche Licht der Kerzen hinaus in die Dunkelheit.

HISTORISCHE ZEITEN BEI GOLDMANN

Große Persönlichkeiten, gefährliche Abenteuer und magische Riten –
Geschichten aus den Anfängen unserer Zivilisation

43452

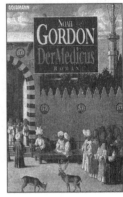

43768

41609

43116

GOLDMANN

SCHMÖKERSTUNDEN BEI GOLDMANN

42747

43250

43310

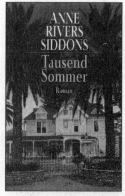

43746

GOLDMANN

TANJA KINKEL

Ihre farbenprächtigen historischen Romane
exklusiv im Goldmann Verlag

9729

41158

42955

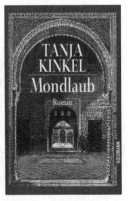

42233

GOLDMANN

EVA IBBOTSON

London, Ende der dreißiger Jahre. Aus Deutschland und Österreich strömen Emigranten in die Stadt. Ein englischer Professor rettet das Leben der Wiener Studentin Ruth Berger – durch eine Paßehe, die so schnell wie möglich wieder gelöst werden soll. Aber die Liebe geht ihre eigenen Wege...

»Ein kluges und wunderbar leichtes Buch – mitreißend erzählt, so daß man es bis zur letzten Seite atemlos liest.«
Brigitte

43414

GOLDMANN

*Das Gesamtverzeichnis aller lieferbaren Titel erhalten Sie
im Buchhandel oder direkt beim Verlag.
Nähere Informationen über unser Programm erhalten Sie auch im Internet unter:*
www.goldmann-verlag.de

★

Taschenbuch-Bestseller zu Taschenbuchpreisen
– Monat für Monat interessante und fesselnde Titel –

★

Literatur deutschsprachiger und internationaler Autoren

★

Unterhaltung, Kriminalromane, Thriller
und Historische Romane

★

Aktuelle Sachbücher, Ratgeber, Handbücher und
Nachschlagewerke

★

Bücher zu Politik, Gesellschaft, Naturwissenschaft und Umwelt

★

Das Neueste aus den Bereichen
Esoterik, Persönliches Wachstum und Ganzheitliches Heilen

★

Klassiker mit Anmerkungen, Anthologien und Lesebücher

★

Kalender und Popbiographien

★

Die ganze Welt des Taschenbuchs

★

Goldmann Verlag • Neumarkter Str. 18 • 81673 München

Bitte senden Sie mir das neue kostenlose Gesamtverzeichnis

Name: _____

Straße: _____

PLZ / Ort: _____